回来吧,小栗巴

英美优秀剧作选

丛书主编 黄会林　主　编 田卉群/王宜文　副主编 李紫涵/拓　璐

中国戏剧出版社
CHINA THEATRE PRESS

图书在版编目（CIP）数据

回来吧，小希巴：英美优秀剧作选 / 田卉群，王宜文主编；李紫涵，拓璐副主编. -- 北京：中国戏剧出版社，2024.5
（京师戏剧译丛 / 黄会林主编）
ISBN 978-7-104-05465-8

Ⅰ．①回… Ⅱ．①田… ②王… ③李… ④拓… Ⅲ．①剧本－作品集－英国－现代②剧本－作品集－美国－现代 Ⅳ．①I561.35②I712.35

中国国家版本馆CIP数据核字（2024）第056255号

回来吧，小希巴：英美优秀剧作选

策划编辑：朱铭歆
责任编辑：齐　钰　杨　娟
责任印制：冯志强

出版发行：	中国戏剧出版社
出 版 人：	樊国宾
社　　址：	北京市西城区天宁寺前街2号国家音乐产业基地L座
邮　　编：	100055
网　　址：	www.theatrebook.cn
电　　话：	010-63385980（总编室）　010-63381560（发行部）
传　　真：	010-63381560

读者服务：010-63381560
邮购地址：北京市西城区天宁寺前街2号国家音乐产业基地L座

印　　刷：	北京鑫益晖印刷有限公司
开　　本：	787mm×1092mm　1/16
印　　张：	30.75
字　　数：	428千字
版　　次：	2024年5月　北京第1版第1次印刷
书　　号：	ISBN 978-7-104-05465-8
定　　价：	168.00元

版权专有，违者必究；如有质量问题，请与出版社联系调换。

序 言

黄会林

　　戏剧，这个古老而又恒新的艺术形式，在舞台上描绘着人世百态，演绎着人性的终极追问，让我们看到希望的力量，感受到生命的光辉，获得审美的愉悦。其中，剧作作为戏剧的灵魂，是演员表演的基石，也是戏剧思想和情感的直接载体。与观看演出相比，阅读剧作更像是一种主动探索的过程，可以让人不受舞台空间和表演形式的限制，直接与剧作家对话，品味文字的深意，感受人物冲突和舞台张力，甚至可以自由驰骋、尽情想象，在脑海中搭建舞台，将文字转化为具体的画面和场景，从而获得独特的审美体验。

　　优秀的戏剧作品不只属于一个时代，还属于一切时代；不只属于一个国家，还属于全人类。欣赏多样的戏剧作品，如踏入时光河流，与不同时代、不同国家、不同文化背景的人们相遇、对话，这一切均有赖于剧作译介这一载体来实现。在多元文化相互交融的今天，剧作译介的意义更加重大，它不仅为读者带来更丰富、多元的读本，还可以推动外国剧目在本土的排演，加强戏剧学术发展及学科建设，丰富本土戏剧艺术的表现形式和审美情趣，更能够加深不同国家、文化间的理解互鉴。然而，相比于浩繁的各国优秀剧作，中文译介可谓稀缺，许多译作或年代久远，或篇幅受限，难以满足读者与研究者的需求。

　　为此，北京师范大学戏剧学科推出《回来吧，小希巴——英美优秀剧作选》一书。本书汇集了《白魔》《儿童时期》《回来吧，小希巴》《野餐》《巴士站》

《楼梯顶上的黑暗》六部不同时期的英美经典剧作。约翰·韦伯斯特的《白魔》带我们走进充满阴谋与复仇的伊丽莎白时代，讲述多方势力反复角力下的毁灭与死亡，主题尖锐，观点鲜明；莉莲·海尔曼的《儿童时期》揭示了社会偏见对个体的残酷伤害，展现了道德与情感的深刻冲突，情节紧凑，对话精妙；威廉·英奇的《回来吧，小希巴》刻画婚姻关系中的拉扯与挣扎，《野餐》描绘青春的迷惘和对真爱的追寻，《巴士站》讲述不同个体的情感体验和生命历程，《楼梯顶上的黑暗》展现小镇家庭生活中的对抗与和解。威廉·英奇的四部作品情感真挚，富有诗意，深入揭示了20世纪美国中西部地区的社会问题和人们的种种心理现象。这六部剧作虽来自不同的背景和年代，却都以其深刻洞察和细腻笔触，触及人们共通的情感与问题，也能与当下人们的精神状态和生活境遇产生深层共鸣，是不容错过的戏剧佳作。目前，上述三名剧作家作品的中文译本在市面上尚属罕见，希望读者能够通过本书，领略约翰·韦伯斯特笔下丰富的意象、深刻的隐喻和复杂的道德性，感受莉莲·海尔曼独特的心理洞察力和强烈的现实批判性，体会威廉·英奇对人性的深入剖析和对人物的深刻同情。

  剧作翻译是一项复杂而重要的心智工作，除字面内容的翻译外，更需要全面考察、分析、把控作品，既要保持原有的文学风貌，又要排除文化障碍，进行鲜活生动的口语化呈现，这就要求译者具备扎实的语言功底、丰富的戏剧知识和跨文化理解能力。本书的译者和编辑在工作中精益求精，付出诸多心血和汗水，力求精准呈现作品的艺术魅力，编纂过程艰辛而富有成效，我谨在此对他们的努力和坚持致以敬意。

  希望本书的面世能够在一定程度上填补当下英美剧作译介的空白，成为广大读者戏剧之旅的良伴，为相关研究、创作提供养分与灵感。必有不周之处，敬请专家和读者批评、指正。

目 录

001 白　魔
　　约翰·韦伯斯特（John Webster）著
　　刘鹏博　译

105 儿童时期
　　莉莲·海尔曼（Lillian Hellman）著
　　高灵毓　译

183 回来吧，小希巴
　　威廉·英奇（William Inge）著
　　张雨露　译

253 野　餐
　　威廉·英奇（William Inge）著
　　吕金彦　译

331 巴士站
　　威廉·英奇（William Inge）著
　　邓雪　译

403 楼梯顶上的黑暗
　　威廉·英奇（William Inge）著
　　钱佳仪　译

白　魔

The White Divel

[英] 约翰·韦伯斯特（John Webster）著　刘鹏博　译

导 读

谈到文艺复兴、谈到英国戏剧、谈到传世经典，想必"莎士比亚"这个名字呼之欲出，其实在戏剧的海滩上，还有很多搁浅的珍珠掩埋在贝壳之下。

作为英国文艺复兴时期最著名的戏剧家之一，约翰·韦伯斯特（John Webster）如今并不十分为人津津乐道，目前流传于世的信息也不外乎是"生于伦敦，生卒约为1580年至1632年，父亲是伦敦的一名裁缝，而他本人也当过裁缝店的学徒，此外还做过剧团的演员"。然而正如"孤篇压全唐"的张若虚，约翰·韦伯斯特的生平事迹虽然已经化为历史的微尘掩埋于黄沙，但他为戏剧界留下的剧本却实实在在地给人带来冲击与震撼，并让他收获"伊丽莎白时代最后一位伟大的剧作家"的高度评价。

一、十年磨一剑：剧作家韦伯斯特出世

（一）在都铎王朝出生与成长

韦伯斯特出生在英国都铎王朝（1485—1603年）的第五个阶段，即伊丽莎白一世（Elizabeth Ⅰ）统治时期（1558—1603年）。

这个时期是英国文艺复兴时期至关重要的一个部分，也为英国文艺复兴戏剧带来了黄金时代。时代的更迭促使英国戏剧发生巨变，英国文艺复兴戏剧不再停滞于玛丽一世（Mary Ⅰ）统治时期（1553—1558年）的"插曲"和"道德剧"发展阶段，也打破了只流通在王公贵族的碧瓦金篷之中的禁锢，公共剧院流行起来，跌宕起伏的悲剧和喜剧轮番上演，情感与欲望、人性与道德、灵魂与肉身的复杂交织和巧合矛盾在舞台上酣畅淋漓地呈现，最为世界戏剧人所熟知的莎士比亚等剧作家在这个时期崭露头角并跃升为戏剧新星，英国戏剧带着空前的生命力蓬勃发展。莎士比亚时期的戏剧陪伴着韦伯斯特的成

长历程，并呈现在他的作品之中，化为华美的语言和诗意的表达、复杂的人物和多变的关系、爱情的诱因与人性的囚笼、权力的倾轧和立场的交锋。

（二）在黑暗时期积淀与成才

周而复始，否极泰来，历史轮回，盛极必衰。有着"荣光女王""英明女王"之称的伊丽莎白一世逝世，英国戏剧也随着英国政权更迭进入了下一个历史阶段。詹姆斯一世（James Ⅰ）登基，不仅终结了百余年都铎王朝，也将英国戏剧推向了雅各宾剧院时期（1649—1660年）。乱世出英雄，尽管这一时期也频出佳作，但总体而言被称为黑暗时期。在这一时期，由于宗教改革和道德意识兴起，雅各宾政权对宗教和道德实行的严格约束也对戏剧创作产生了政治干预，通过审查制度对戏剧剧本进行严格的监督和管理，审查委员会根据政治与道德立场批准演出是否进行，剧作遭到审查和禁演，剧作家的创作自由受到限制。

绝处逢生，另辟蹊径，政治的动荡反映在戏剧的表达上就诞生了更加黑暗和复杂的风格，剧作家们戴着镣铐跳出了更别样的舞蹈，在语言文字和表达方式上的巧妙构思是严格限制之下的逆向创作思路，暗示、隐喻、象征成为这一时期作品的强烈特征，韦伯斯特恰逢其时，经典作品横空出世，剧作家身份的韦伯斯特应运而生。

二、一朝试锋芒：悲剧《白魔》诞生

韦伯斯特共创作了四个剧本，其中代表作《白魔》（*The White Devil*，1611）和《马尔菲公爵夫人》（*The Duchess of Malfi*，1614）"以其独特的浪漫主义风格而成为传世之作"。

（一）剧情复杂，人物错综

《白魔》讲述了有妇之夫布拉齐亚诺公爵爱上了有夫之妇维多利亚女士，为这段不伦之恋残害自己的妻子伊莎贝拉和维多利亚的丈夫卡米洛，然而这四人都非等闲之辈，于是在盘根错节的多方势力的反复拉扯之下，接连殒命、无人善终的故事。

两对夫妇、四个家族，再加上站队的、看戏的、搅浑水的、帮倒忙的，若干人物之间发展出了父母子女、兄弟姐妹、夫妻恋人、朋友、主仆、仇敌等种种交叉联系,每个人的立场和诉求、欲望和私心,人与人之间的亲疏与阵营、信任与背叛,都是导致一个个节点与最终结局的推手。

不做过多剧透,但根据译者本人更新人物关系图的经验,第一遍阅读的时候首先搞清楚谁是谁的谁、谁死了、谁也死了、谁又死了是基础,在此基础上如果想一举精准把握每次冲突和死亡对各方思想和行动、命运和关系的影响,就需要认真理解、仔细分析。

(二)语言"诗"意,"韵"味悠长

1.诗化处理,诗性语言

如果读者看到英文原版,便会发现《白魔》的鲜明特色就是"诗"。

此前已经略略提到,伊丽莎白一世时期是戏剧和诗歌的黄金时代,生活在这一时期的鲜明代表人物就是莎士比亚,除了四大悲剧和四大喜剧之外,他的《十四行诗》也尤为出名。而韦伯斯特的《白魔》正是运用了极其诗性的语言,除了部分大段表述,几乎以全篇之力完成一部长诗。因此《白魔》与《马尔菲公爵夫人》不仅在当时演出时大获成功,也在文学史上赢得了赞誉。

因此,之所以将上一个小标题归纳为"剧情复杂",其实还有一个原因就是韦伯斯特诗意的诗性语言风格导致通篇的对话或独白随处隐匿着巧妙的修辞,读者需要在繁复的诗化语言和发散的联想思维中甄别剧情、分析隐喻,做去芜存菁的情节抓取,才能较为顺畅地直通结局。

2.押韵狂魔,意韵鲜活

在《现代汉语词典》(第7版)中,"诗"的释义为"文学体裁的一种,通过有节奏、韵律的语言集中地反映生活、抒发情感"。确乎如此,韦伯斯特极强的诗性除了文体格式几乎不依托段落,而寄生于短句,更重要的能称之为"诗"的原因为韵脚和谐。翻译的过程中,为了尽可能还原风味,译者在保障行文流畅的第一要务下,尽己所能最大限度地进行了韵脚的平衡。

除了音韵,还有意蕴。《白魔》经常有"看山是山,看山不是山,看山还是山"的哲学境界,比如第二幕第二场加入的两节典型非语言表演段落,再比如第一幕结尾处维多利亚在讲述自己梦境之时,便用"紫杉树"这个意象完成主要指代,构建了具象而又朦胧的意境,暗含了人物命运的隐喻。此类用法不胜枚举,在小部分俚语和隐喻的使用上,译者在尽可能遵从英文原著的前提下，尽量化用了更适合中国本土文化的表述，以便更好理解，希望没有失掉诡秘而又神奇的调性。

（三）主题尖锐，观点鲜明

在英国历史黑暗时期创作出来的作品浸满了时代的墨汁，《白魔》并不回避魔鬼出现的恐怖场景、害命徇私的黑暗人性、生命消逝的惨烈血腥、暴力权谋的残酷纷争，未知的恐惧在人物变节和剧情陡转中营造紧张刺激，既定的命运在似有希望和更强重击中加剧悲惨阴郁。不是毁灭别人，就是毁灭自己，谁都好不了，谁都逃不掉，是鲜血淋漓的揭露，是剜肉刮骨的痛苦，是权力斗争的讽刺，是命如草芥的叹息，是戏剧《白魔》，也是彼时时代隐喻。

再说就变成大型剧透现场，不多详叙。

在《白魔》中寻找属于你的"哈姆雷特"吧！无论感受到诗意，还是领悟到释义，希望被誉为"英国文艺复兴时期最具代表性的戏剧之一"的《白魔》能够让你感受到"仅次于莎士比亚"的戏剧的魅力。

出场人物：

蒙蒂塞索：主教，后任教皇保罗四世。
弗朗西斯科·德·梅迪奇：佛罗伦萨公爵，在第五幕乔装成摩尔人穆里纳萨。
布拉齐亚诺：又名保罗·乔尔达诺·乌尔西尼，布拉齐亚诺公爵，伊莎贝拉的丈夫，爱上了维多利亚。
乔瓦尼：布拉齐亚诺与伊莎贝拉所生的儿子。
洛多维克：意大利伯爵，爱上了伊莎贝拉。
安托内利：洛多维克的朋友，后来的同谋。
加斯帕罗：洛多维克的朋友，后来的同谋。
卡罗：布拉齐亚诺的随从，暗中与弗朗西斯科勾结。
佩德罗：布拉齐亚诺的随从，暗中与弗朗西斯科勾结。
卡米洛：维多利亚的丈夫，蒙蒂塞索的侄子。
霍顿西奥：布拉齐亚诺的军官之一。
马塞洛：士兵，弗朗西斯科的追随者，维多利亚的弟弟。
弗拉米尼奥：维多利亚的弟弟，马塞洛的哥哥；布拉齐亚诺的秘书。
朱利奥：医生。
* **克里斯托弗罗**：朱利奥的助手。
* **吉德·安东尼奥**
* **费内泽**
* **贾克斯**：摩尔人，乔瓦尼的仆人。

伊莎贝拉：弗朗西斯科的妹妹，布拉齐亚诺的妻子。

维多利亚·科罗博纳：威尼斯女子，初嫁卡米洛，后嫁布拉齐亚诺。

科妮莉亚：维多利亚、马塞洛和弗拉米尼奥的母亲。

赞奇：摩尔人，维多利亚的侍女。

皈依者之家的女舍监

魔术师、大使、军械师、随从、宰相、廷臣、律师、官员、侍从、医生、登记员、女士等。

* 表示不说话的角色或幽灵角色。

场景：

故事最初发生在罗马，中途在意大利，最后一幕在帕多瓦。

第一幕

第一场

[*洛多维克伯爵、安托内利和加斯帕罗进场。*

洛多维克　　被放逐了？
安托内利　　听到这个判决我很难过。
洛多维克　　哈哈，德谟克利特之神统治着整个世界！
　　　　　　宫廷赏罚！命运就是个混蛋。
　　　　　　如果她给了应得的，她就会首先蚕食，以便骤然鲸吞。
　　　　　　大敌当前，上帝保佑：
　　　　　　当你的狼饥饿的时候，命运比饿狼更甚。
加斯帕罗　　你说的敌人都是王公贵族。
洛多维克　　哦，我为他们祈祷。
　　　　　　世人崇拜电闪雷鸣，却又被它击得粉身碎骨。
安托内利　　得了，我的大人，你注定要被毁灭。
　　　　　　请回想一下，你在三年里毁灭最尊贵的伯爵领地……
加斯帕罗　　你的追随者们把你像木乃伊一样吞进肚子里，被你这种可怕又
　　　　　　难受的药物恶心得把你吐到狗窝里……
安托内利　　你喝了那么多酒，跌跌撞撞。一个市民是两个庄园的主人，他
　　　　　　叫你主人只是为了鱼子酱。
加斯帕罗　　那些贵族应邀参加你的酒池肉林。
　　　　　　在那里，尽管凤凰都难以逃脱你们的喉咙，但凤凰嘲笑你们的
　　　　　　苦难，像是预见到你们就像流星划过大地，很快就会灰飞烟灭、

销声匿迹。

安托内利　　嘲笑你，说你是在地震中诞生的，你毁了这么好的主人。

洛多维克　　很好，这口井有两个桶，我必须把其中一个倒出来。

加斯帕罗　　比这些更糟的是，你在罗马犯下了一些血腥恐怖的谋杀案。

洛多维克　　那是跳蚤咬的，那他们为什么不取我的头？

加斯帕罗　　哦，大人啊，
法律有时会调停，
鼓励永远不在鲜血中浸泡暴力罪行。
这种温和的忏悔可能会终结你的罪孽，
为这个糟糕的时代以身作则。

洛多维克　　是的，但我很奇怪，有些伟人竟然躲过了放逐。
现在定居罗马的布拉齐亚诺公爵保罗·乔尔达诺·乌尔西尼就是其中之一，
殷勤献媚，企图玷污维多利亚·科罗博纳的名誉。
维多利亚可能会因为亲吻公爵而得到我的赦免。

安托内利　　你的内心要完整。
老话说得好，"宝剑锋从磨砺出，梅花香自苦寒来"。
所以痛苦充分地诠释了品质，无论是无价宝还是西贝货。

洛多维克　　从你幻想中的世外桃源中走出来吧，如果我回来，会在他们的内脏里做意大利剪贴画。

加斯帕罗　　哦，大人。

洛多维克　　我有耐心。
我见过一些要被处决的人，他们对刽子手和颜悦色、散尽家财，还跟刽子手混得很熟。我也一样，我感谢他们，如果他们能迅速把我打发走，我会认为他们高尚仁慈。

安托内利　　一路顺风，我们绝对会抽时间废除对你的放逐。

［响起一声号角。

洛多维克　　我永远与你同在。
请善加利用世人的施舍。

伟人卖羊，先把羊毛剃光卖掉，然后再把羊分尸。
[暗场。

第二场

[布拉齐亚诺、卡米洛、弗拉米尼奥、维多利亚·科罗博纳进场。
[随从进场。

布拉齐亚诺　　祝您休息愉快。
维多利亚　　　欢迎公爵大人！热烈欢迎！
　　　　　　　多来点儿灯光迎接公爵大人。
　　　　　　　[维多利亚和卡米洛退场。
布拉齐亚诺　　弗拉米尼奥。
弗拉米尼奥　　大人。
布拉齐亚诺　　弗拉米尼奥，我有点迷茫。
弗拉米尼奥　　追求你崇高的理想吧，我会像闪电一样迅速地为你服务，我的大人！
　　　　　　　（耳语）我幸福美丽的姐姐维多利亚将会觐见在场观众。
　　　　　　　先生们，让狂欢继续下去吧，大人乐于见到你们把所有的热情都燃尽了再离开。
　　　　　　　[随从退下。
布拉齐亚诺　　我们真的非常幸福吗？
弗拉米尼奥　　是的，难道不是吗？
　　　　　　　我尊贵的主人，今晚你没看见你走到哪里，她的目光就投向哪里吗？
　　　　　　　我已经和她的侍女打过交道了，赞奇是摩尔人，她为能成为如此崇高的精神的代理人而感到无比自豪。
布拉齐亚诺　　我们的快乐超乎想象，因为这是美德。
弗拉米尼奥　　这是美德！我们现在可以畅所欲言了：这是美德！你怀疑什么？她的害羞？那不过是大多数女人的表面情绪罢了；然而，

为什么女士们听到那件她们并不害怕处理的事就脸红了呢？哦，她们是有头脑的！她们知道，我们的欲望是由于难以享受而萌生的；而饱食则是一种迟钝、疲倦和昏昏欲睡的激情；如果宫廷里的送餐口一直敞开着，就不会有那么热情的人群……

布拉齐亚诺　哦，可是她那妒火中烧的丈夫……

弗拉米尼奥　绞死他吧，一个脑浆被流银腐蚀殆尽的金匠，肝肠也不会更冷了。据他的医生所说，他掉下的头发比这些巨大的屏障蜕下的羽毛还多。爱尔兰的赌徒光着膀子玩，然后冒着风险把工资全押在里面，也不比他更胆大妄为。他无法取悦女人，他就像一件荷兰紧身上衣一样，整个后背都缩进了马裤里。

你现在壁橱里稍做等待，我的好主子，现在必须想办法把我姐夫和他漂亮的床伴分开。

布拉齐亚诺　哦，要是她不来……

弗拉米尼奥　我绝不能让大人这样不明智地多情：我自己也爱过一位女士，并用许多不成熟的抗议来追求她。这就像夏天花园里的鸟笼：外面的自由鸟绝望地想进去，里面的笼中鸟绝望地想出来，生怕永远出不来。走吧，走吧，大人，

（卡米洛进场）看，他来了。

［布拉齐亚诺退场。

弗拉米尼奥　（自言自语）有些人会根据这个家伙的衣着说他是个政治家，但如果质疑他的智慧，你会发现他不过是个裹了脚布的驴子。

（对卡米洛）怎么了，兄弟，要和你的娇妻上床吗？

卡米洛　我向你保证，兄弟，不是的。我的航程在更北的地方，在更寒冷的气候里。我保证，我不太记得我最后一次和她躺在一起是什么时候。

弗拉米尼奥　真奇怪，你怎么会记不住呢？

卡米洛　我们从未同床共枕，在清晨之前，我们之间就有了瑕疵。

弗拉米尼奥　如果你能弥补这个缺陷，那就更好了。

卡米洛　没错，但她讨厌。

		我该进去了。
弗拉米尼奥	怎么了？怎么了，先生？
卡米洛	你的公爵主子来看我了。我很感谢他，我觉得他就像一个认真的投球手一样，非常热衷于把球投向他应该投的方向。
弗拉米尼奥	我希望你别这么想。
卡米洛	贵族会打保龄球吗？他的脸颊偏向一边，恨不得和我的情妇一起跳。
弗拉米尼奥	你是个混蛋吗？ 亚里士多德还想戴绿帽子？ 查查你的表，看看你最初是在什么星球的襁褓中长大的？
卡米洛	嘘，先生，别跟我说什么行星，也别跟我说什么星历表。 在星星的眼睛都睁不开的青天白日，一个人可能会被戴上绿帽子。
弗拉米尼奥	哦，上帝的孩子，我真得把你托付给你塞满角屑①的枕头。
卡米洛	哥们儿？
弗拉米尼奥	上帝没回应，但我可以建议你，你现在唯一的办法就是把你的妻子关起来。
卡米洛	很好。
弗拉米尼奥	不让她看到狂欢。
卡米洛	好极了。
弗拉米尼奥	别让她去教堂，让她像猎犬一样紧跟着你。
卡米洛	这是为她好。
弗拉米尼奥	因此你应该确信，现在她贞洁无辜；但在两周内，你会被戴上绿帽子这件事还悬而未决。这是我的忠告，免费的噢。
卡米洛	哦，你不知道我的睡帽把我拧到哪里去了。
弗拉米尼奥	戴上它，让你的大耳朵露出来就容易多了。不过，禁止你的妻子娱乐，我会很痛苦的：在女人最不受约束的时候，会更心甘

---

① horn-shavings，角屑，从角上刮下来的碎屑，据说长在绿帽子头上。

情愿、引以为荣地保持贞洁。

你似乎是一个善变、工于心计、忌妒成性的舵手，在东风来临之前就早早地竖起船帆。这些细枝末节的渗透就像是挑衅，反而能激起内心的反抗。

卡米洛　　这对我并没好处。

弗拉米尼奥　　看来你吃醋了。我举一个熟悉的例子来告诉你它的错误：我见过一副透视眼镜，只要放下一先令，就好像有二十枚。现在，如果你戴上一副这样的眼镜，看到你妻子系鞋带，你就会想象有二十只手在拿起你妻子的衣服，这会让你陷入可怕的无端暴怒。

卡米洛　　先生，这不是视力的问题。

弗拉米尼奥　　确实，但得了黄疸病的人，会认为他们所看到的一切物体都是黄色的。妒忌更可怕，它发作时就像一盆水里有许多泡泡，当二十多张扭曲放大的脸出现在泡泡里，他自己的影子就成了戴绿帽子的人。

［维多利亚·科罗博纳进场。

弗拉米尼奥　　看，她来了，你有什么理由嫉妒她？如果有人对着她的眼睛写十四行诗，或者称她的额头为意大利的雪，或科林斯的象牙，或者把她的头发比作黑鸟的喙，而她的头发更像黑鸟的羽毛，那他该算得上是多么无知的驴子或谄媚的小人。如你所见，聪明点，我会让你们成为朋友，你们可以躺在一起。想想吧，其实结婚不是你的追求，你无论如何也坚持不下去的。你走得远远的吧，我不会让你看见。（对维多利亚）姐姐，我的主人在宴会厅招待你，你的丈夫非常不满。

维多利亚　　我没做什么让他不高兴的事，我在晚饭时还给他夹菜了。

弗拉米尼奥　　你不必把服侍他吃饭当成头等大事，他们说他已经饱得像一只马上能下锅的鸡了。我几乎要跟你翻脸了，像卡米洛这样出身高贵的绅士怎么会这样呢？

卡米洛　　现在他开始给她挠痒痒了。

弗拉米尼奥	一个优秀的学者（其实是一个没有一点圣贤思想的草包），蹲着向你借宿一晚（他的腿脚闲不住，一有问题就来找你，就像玻璃房子里的火一样，七年都没有熄灭）。他难道不是一位彬彬有礼的绅士吗？
卡米洛	他会让她知道我的真面目。
弗拉米尼奥	来吧，我的主人在等着你。你去和我的主人躺在一起吧。
卡米洛	现在他来了。
弗拉米尼奥	带着一种像葡萄酒商品尝新葡萄酒一样好奇的感觉，（对卡米洛）我正在认真分析你的案例。
卡米洛	一个善良的兄弟，我的荣幸。
弗拉米尼奥	他会给你一枚镶有贤者之石的戒指。
卡米洛	我的确在研究炼金术。
弗拉米尼奥	你将躺在铺满海龟羽毛的床上，沉醉在香喷喷的亚麻布中，就像被玫瑰花熏陶过的人一样。你的幸福将是如此完美，就像海上的人以为陆地、树木和船只是这样走的，天地也会像你的航程一样。只是你要用钻石的钉子去迎接他，这是必需品。
维多利亚	（在一旁对弗拉米尼奥说）我们怎样才能把他赶走？
弗拉米尼奥	我马上给他安上尾巴，让他去四处闲逛。（对卡米洛）我几乎把她逼急了，我发现她来了。可是我现在劝你，这一夜不要和她同床，我要改变她的脾气，使她更加谦恭。
卡米洛	我该这样做吗？确定要吗？
弗拉米尼奥	这会显示出你的判断力超群。
卡米洛	诚然，与哗众取宠的观点不同的思想，是不受欢迎的。
弗拉米尼奥	尽管你与她保持距离，但最终她还是会被你所吸引，来到你的身边。
卡米洛	一个哲学上的解释。
弗拉米尼奥	以贵族的方式从她身边走过，告诉她你会和她躺在一起。
卡米洛	维多利亚，我不能被引诱，或者像某人说的那样被煽动……
维多利亚	做什么，先生？

卡米洛	今夜与你共眠。你的蚕每隔三日就要禁食一次,而且越往后越好。明天晚上我就来找你。
维多利亚	你会纺出好线的,相信我。
弗拉米尼奥	但你听着,我会让你在午夜时分偷偷到她的房间去。
卡米洛	你这样想?你看你这兄弟,别以为我会哄骗你。拿起钥匙,把我锁进房间吧,然后告诉我你会对我放心的。
弗拉米尼奥	我愿意为你效忠,为你做一次狱卒,但你从来没有虚掩过一扇门吗?
卡米洛	呸,我是基督徒。你明天得告诉我,她是如何为我不近人情的离别而崩溃的。
弗拉米尼奥	我会的。
卡米洛	你没注意到蚕的笑话吗?晚安,我相信我会经常用这一招的。
弗拉米尼奥	啊,对对对!
	[卡米洛退场。
弗拉米尼奥	现在你安全了,哈哈哈,作茧自缚。
	[布拉齐亚诺进场。
弗拉米尼奥	来吧,姐姐,黑夜掩盖了你的脸红。月黑风高夜,欲念破土时。大人,我的大人!
布拉齐亚诺	赞美吧!我真希望时间静止,永远不要结束这次会面、这个时刻,但所有的快乐很快就会被吞噬。
	[赞奇拿出一块地毯,铺开,在上面铺上两个漂亮的垫子。
	[科妮莉亚进场,在后面听。
布拉齐亚诺	让我投入温香软玉, 用我的誓言代替雄辩。 不要放开我,夫人! 如果你放弃我, 我将迷失难返。
维多利亚	先生,出于同情,我希望你全心全意。
布拉齐亚诺	你是个可爱的医生。

| 维多利亚 | 当然，先生，女士们最讨厌残忍的行为，就像医生讨厌许多葬礼一样，这让他们失去了荣誉。
| 布拉齐亚诺 | 好姑娘，我们把残忍的人称为仙女，那你呢，怎么如此仁慈？
| 赞　奇 | 看，他们关门了。
| 弗拉米尼奥 | 最幸福的结合。
| 科妮莉亚 | （喃喃自语）我觉得大难临头！
| | 我的儿子是个怂货，现在我发现我们的房子沉入废墟。
| | 地震留下了铁、铅或石头，
| | 但是，悲哀的毁灭、狂暴的欲望，一个也没留下！
| 布拉齐亚诺 | 这珠宝有什么价值？
| 维多利亚 | 空虚财库的点缀。
| 布拉齐亚诺 | 不，我要用我的珠宝换你的珠宝。
| 弗拉米尼奥 | 好极了！他的珠宝换我姐姐的珠宝，公爵说得好。
| 布拉齐亚诺 | 不，让我看看你戴上它的样子。
| 维多利亚 | 给，先生。
| 布拉齐亚诺 | 不，低一点，你应该把我的珠宝戴低一点。
| 弗拉米尼奥 | 这样更好，我姐姐必须把他的珠宝戴低一点。
| 维多利亚 | 为了打发时间，我要告诉大人，我昨晚做了一个梦。
| 布拉齐亚诺 | 乐意至极。
| 维多利亚 | 是一个愚蠢的空想：
| | 我梦见在深夜散步，走进一个教堂院子，看到一棵漂亮的紫杉树。
| | 在那棵紫杉树下，我忧伤地倚靠着一个用十字架点缀的坟墓。
| | 悄悄传来脚步声，走来的是公爵夫人和我的丈夫。
| | 一个拿着一把镐，另一个拿着一把生锈的铁锹。
| | 他们用粗鲁的语言向我宣战，
| | 用来挑衅我的就是这棵紫杉。
| 布拉齐亚诺 | 那棵树？
| 维多利亚 | 这是棵无害的紫杉树。

	他们说要戳破我的意图，
	说我要把这棵长势良好的紫杉树连根拔起，
	在它旁边种上一棵枯萎的黑荆树。
	他们发誓要活埋我入土。
	你的公爵夫人用镐挖土，
	铲子挥舞，像在发怒，
	泥土破碎，到处是散落的尸骨。
	上帝啊！
	我在颤抖，但恐惧入骨，让我祈祷无路。
弗拉米尼奥	不，魔鬼只在你的梦里。
维多利亚	一阵旋风来袭，
	我知道我的救星出现在我的梦里。
	从那棵粗壮的植物上落下一只巨大的手臂。
	他们两人都被那神圣的紫杉树砸死，
	死在他们应得的浅浅的坟墓里。
弗拉米尼奥	恶魔干得漂亮！在梦中指引公爵大人赶走他的夫人和我姐的丈夫。
布拉齐亚诺	我将甜蜜地为你解梦：
	你在他①的怀抱里，他将保护你，
	使你免受丈夫妒火中烧的折磨，
	和来自公爵夫人冰冷可怜的嫉妒。
	我要让你凌驾于法律和丑闻之上，
	用你的思想创造快乐和成果，
	政府也不会让我与你分离，
	时间也不会超过我对你的呵护，
	你将成为我的公爵、健康、妻子、孩子、朋友和一切。
科妮莉亚	（推）轻飘飘的心真可悲，它们仍然预示着我们的堕落。

---

① 译者注：指梦中人。

| 弗拉米尼奥 | 什么怒火把你烧起来了？走开，走开！
[赞奇退场。
| --- | --- |
| 科妮莉亚 | 夜深了，阁下怎么还在这里？
这里的花从没发过霉，直到现在。
| 弗拉米尼奥 | 请你上床睡觉，免得枯萎。
| 科妮莉亚 | 哦，要是这座美丽的花园最初种植的都是色萨利的毒草，
就不会成为巫术的苗圃，也不会成为两位阁下的墓地。
| 维多利亚 | 亲爱的母亲，请听我说。
| 科妮莉亚 | 哦，你让我的眉头弯向大地，你比大自然更早让我屈服。看看孩子们的诅咒吧！在生活中，他们让我们经常流泪；在冰冷的坟墓里，他们让我们陷入苍白的恐惧。
| 布拉齐亚诺 | 来吧，来吧，我不会听你的。
| 维多利亚 | 亲爱的大人。
| 科妮莉亚 | 你的公爵夫人现在在哪里？
你做梦也想不到，今夜她已来到罗马。
| 弗拉米尼奥 | 怎么会？来罗马……
| 维多利亚 | 公爵夫人……
| 布拉齐亚诺 | 她最好……
| 科妮莉亚 | 王子们的生活就像移动的表盘，他们的榜样是如此强大，让时代因他们而走向正确或错误。
| 弗拉米尼奥 | 所以，你做到了吗？
| 科妮莉亚 | 不幸的卡米洛。
| 维多利亚 | （跪下）我抗议任何否认我贞洁的质疑，如果除了鲜血之外的任何东西能够减轻他对我一直以来的掌控。
| 科妮莉亚 | （跪下）我将和你一起，为母亲最悲惨的结局下跪。
如果你这样玷污了你丈夫的床，你的生命就会像伟人葬礼上的眼泪一样短暂。
| 布拉齐亚诺 | 呸，呸，这女人疯了！
| 科妮莉亚 | 像犹大一样行事，在亲吻中背叛。

愿你在他奄奄一息时被人嫉妒，在他死后像个可怜虫一样被人怜悯。

维多利亚 我被诅咒了。

［维多利亚退场。

弗拉米尼奥 你的理智呢？我的大人。

（对布拉齐亚诺）对我去把她接回来。

布拉齐亚诺 不，我要睡觉了。

让朱利奥医生马上来见我。

（对科妮莉亚）无情的女人，你轻率的言语引起了一场可怕的大风暴，你是一切的祸根。

［布拉齐亚诺退场。

弗拉米尼奥 现在，你们这些以荣誉为重的人，你们觉得今晚是个合适的时候吗？

让公爵一个人回家？

我很想知道你们为我囤积的财富在哪里，好让我能从公爵的马镫上抬起头来？

科妮莉亚 什么？因为我们穷，我们就该凶恶吗？

弗拉米尼奥 请问你有什么办法让我不上船也不上绞架？

我父亲自称是个绅士，卖掉了所有的土地，像个幸运儿一样，钱还没花完就死了。我承认是你在帕多瓦把我拉扯大的，在那里，我抗议，由于缺乏经济来源（大学对他的评判），至少七年，我一直卑微地跟着导师的脚后跟。我和一个络腮胡子合谋，让我成了一名毕业生，然后为这位公爵服务；我去了趟宫廷，回来时更加彬彬有礼，也更加好色，但也没比现在更有钱。我的晋升之路如此坦荡，如此自由，难道我苍白的额头上还会留着你的乳汁吗？不，我要用美酒来武装我的脸庞，让它不至于羞愧难当。

科妮莉亚 哦，我但愿没有生育过你！

弗拉米尼奥 我也想！

我真希望罗马最普通的妓女是我的母亲，而不是你！妓女在自然界太可怜了，她们只生了几个孩子，而那些孩子却有很多个父亲，他们肯定不会匮乏。

去吧，去！向我伟大的主教大人申诉吧！

他也许会为他的行为开脱。来库古① 相信，人虽要给母马提供好种马，却又要让自己的美貌妻子不能生育。

科妮莉亚　　真叫人痛不欲生。

[科妮莉亚退场。

弗拉米尼奥　　公爵夫人来宫里了？我不喜欢这样。我们正在干坏事，必须继续下去。就像河流要探寻大海一样，在逼仄的河岸下弯弯曲曲地流淌。或者就像我们看到的那样，要登上某个山顶的道路不是笔直的，而是模仿冬天的蛇的微妙褶皱，所以谁了解自然规律和一个女人的真实面目，谁就会发现她的策略曲折迂回。

[暗场。

第二幕

第一场

[弗朗西斯科·德·梅迪奇、主教蒙蒂塞索、马塞洛、伊莎贝拉、乔瓦尼和摩尔人贾克斯进场。

弗朗西斯科　　你来了以后就没见过你丈夫吗？

伊莎贝拉　　还没有，先生。

弗朗西斯科　　他确实是个善良的人。

---

① 译者注：来库古（Lycurgus），古希腊的一位政治人物。传说中来库古要去埃及的德尔斐向预言家请教，在走之前跟国民立下誓约，在他回来以前，不能改变他的法律。他到了德尔斐之后，预言家告诉他他的法律很优秀，于是来库古绝食自尽，使得斯巴达人墨守来库古的法律，不敢更易。

如果我有一个像卡米洛那样的鸽子屋，我就会放火烧了它，只要能烧死那些经常出没的妓女一般的臭鼬……我可爱的外甥……

乔瓦尼　　　　舅舅大人，您答应给我一匹马和盔甲的。

弗朗西斯科　　是的。我的漂亮外甥，马塞洛看着它装好了。

马塞洛　　　　大人，公爵来了。

弗朗西斯科　　妹妹，走吧，你还不能被人看见。

伊莎贝拉　　　我恳求你温和地劝他，不要用你粗暴的言语使我们产生更大的分歧。我可以宽恕他所有的过错，就像人们尝试用珍贵的独角兽角做成一个防腐圈，在里面放一只蜘蛛，让这些武器成为会迷倒他的毒药，迫使他服从，并使他免受感染的流浪者的伤害。

弗朗西斯科　　但愿如此，我希望它能，走吧。

　　　　　　　〔伊莎贝拉退场。
　　　　　　　〔布拉齐亚诺和弗拉米尼奥进场。
　　　　　　　〔换景。
　　　　　　　〔弗拉米尼奥、马塞洛、乔瓦尼和贾克斯退场。

弗朗西斯科　　不客气，坐吧。我请求大人，请您做我的发言人，我的心里堵得慌，我会支持你的。

蒙蒂塞索　　　在我开始之前，请允许我恳求阁下放弃因我的侃侃而谈可能引发的所有激情。

布拉齐亚诺　　这里就像教堂里一样安静，你可以开始了。

蒙蒂塞索　　　您的高贵的朋友们都觉得奇怪，您曾经叱咤风云，手握权杖，学富五车，却在壮年时为了一张贪得无厌的软床而放弃了可怕的王位。哦，我的大人，酒鬼在觥筹交错之后，干了又清醒。当你从这淫乱的梦中醒来，悔恨也会随之而来，就像毒蛇的尾巴上被刺了一下一样。当财富只在他们臃肿的王冠上绽放一朵小花，或只从他们的权杖上夺走一颗珍珠时，王子们是多么可悲啊！但，唉，当他们在肆无忌惮地践踏自己的王位时，他们又是多么可悲啊！所有的王公贵族头衔都与他们的名字一起

	消亡。
布拉齐亚诺	大人,您说得够多了……
蒙蒂塞索	我还没有恭维您的伟大呢!
布拉齐亚诺	你是他的副手,你怎么说?
	不要像雏鹰一样,在你的游戏里飞来飞去。
弗朗西斯科	别害怕,我会用你自己的"鹰语"回答你的。有些鹰本应仰望太阳,却很少高飞,而是从粪坑里的鸟儿那里捕捉到猎物后,便恣意翱翔。你认识维多利亚吗?
布拉齐亚诺	是的。
弗朗西斯科	当你离开网球场,你去那里换衬衣。
布拉齐亚诺	很高兴。
弗朗西斯科	她的丈夫家境贫寒,而她也衣衫单薄。
布拉齐亚诺	这又如何?您是否会敦促我的主教大人将其作为下一次忏悔的一部分,并知道它从何而来?
弗朗西斯科	她是你的姘头……
布拉齐亚诺	不文明的先生,你的口气里有毒芹的味道,还有那黑色的诽谤;如果她是我的姘头,你所有的大炮,你借来的箭,你的帆船,你发誓的同盟者,都不能取代她。
弗朗西斯科	我们说点正经的。你有一个妻子,她是我的妹妹,我把她的一只手交给你,你却把她两只洁白的手捆绑在一起,锁在她最后的裹尸布里,让她去死。
布拉齐亚诺	你把灵魂交给了上帝。
弗朗西斯科	没错。你的鬼魂父亲赦免了你的一切,但你却永远不能这样做。
布拉齐亚诺	吐出你的毒药吧……
弗朗西斯科	我不需要,欲望用它锋利的鞭子抽打着自己的腰带。看着吧,我们的怒火正在发出雷霆万钧之势。
布拉齐亚诺	雷霆?
	它们不过是脆饼。
弗朗西斯科	我们用大炮来结束这一切。

布拉齐亚诺	你除了伤口撒盐和鼻孔冒火,什么也得不到。
弗朗西斯科	总比把香水换成膏药好。
布拉齐亚诺	你真可怜。如果你能向你的奴隶或人们展示你新犁过的前额,那该多好。反抗——我就跟你拼了,就算你在最优秀的人堆里。
蒙蒂塞索	大人们,如果没有更温和的措辞,你们就不要再对峙了。
弗朗西斯科	我愿意。
布拉齐亚诺	你这样诱骗狮子,是在宣告胜利吗?
蒙蒂塞索	我的大人!
布拉齐亚诺	我很温和,我很温和,先生。我们派人去找公爵商量对付海盗的事,公爵大人不在家。我们亲自去,公爵大人还是忙得不可开交,但我们担心当台伯河上每一个徘徊的旅客发现成群的野鸭时,公爵大人——我的意思是,在换羽的时候——我们一定会找到您,和您谈谈。
布拉齐亚诺	啊?
弗朗西斯科	这只是一个关于浴缸的故事,我的话很无聊,不过是为了用自然的道理来表达十四行诗,"当雄鹿变得忧郁,你会找到时机"。
	[乔瓦尼进场。
蒙蒂塞索	不,大人,来了一位勇士,他将结束你们之间的分歧,他就是您的儿子乔瓦尼勋爵。看看你们对他寄予了多大的希望。这是你们两个王冠的匣子,应该像珍宝一样珍藏。他现在很有求知欲,因此要知道,培养有王室血统的人的美德,用榜样比用戒律更直接、更公平。如果用榜样,他应该努力模仿谁,而不是他自己的父亲呢?那就做他的榜样,给他传授美德,即使命运撕破了他的帆,劈断了他的桅杆,他的美德也能持久。
布拉齐亚诺	你的孩子要当兵吗?
乔瓦尼	给我一个长矛。
弗朗西斯科	怎么,这么年轻就练长矛了?
乔瓦尼	大人,就当我是荷马笔下的一只青蛙,在这样折腾我的牛筋草吧。请先生告诉我,一个谨慎的孩子难道不能成为一支军队的

	首领吗？
弗朗西斯科	是的，外甥，一个有判断力的年轻王子可能会这样做。
乔瓦尼	您这么说？我听说，一个将军不应该经常危及自己的人身，这样他在马背上就会发出声音，就像一个丹斯克鼓手一样，好极了！他不必打仗，我想他的马也可以替他率领一支军队。如果我还活着，我就在全军的最前头，冲锋陷阵。
弗朗西斯科	什么？什么？
乔瓦尼	不叫我的士兵跟上去，而是叫他们跟随我。
布拉齐亚诺	头戴贝壳的百灵鸟飞向前方。
弗朗西斯科	漂亮的孩子。
乔瓦尼	在我参战的第一年，我将释放所有的俘虏，无需赎金。
弗朗西斯科	哈，不用赎金？那么，你将如何奖赏那些为你抓俘虏的士兵呢？
乔瓦尼	是的，大人！ 我会让他们娶了当年所有落难的富有寡妇。
弗朗西斯科	那如果第二年你就没有人和你一起去打仗了呢？
乔瓦尼	那我就逼着女人上战场，然后男人也会跟着上战场。
蒙蒂塞索	机智的勋爵！
弗朗西斯科	好习惯让孩子成才，坏习惯让人变成野兽。来吧，我们是朋友。
布拉齐亚诺	乐意至极，就像骨头断了又接好，愈合愈紧。
弗朗西斯科	（打电话）叫卡米洛过来。 你听说洛多维克伯爵变成海盗的事了吗？
布拉齐亚诺	是的。
弗朗西斯科	我们正在准备船只把他接来。 ［伊莎贝拉进场。
弗朗西斯科	公爵夫人，我们现在要离开了，除了您好言相劝，别无所求。
布拉齐亚诺	你真让我着迷。 ［弗朗西斯科、蒙蒂塞索、乔瓦尼退场。
布拉齐亚诺	我们看到你很健康。

伊莎贝拉　　　比健康更重要的是，看到我的大人安好。
布拉齐亚诺　　我很好奇，是什么风流韵事让你匆匆来到罗马？
伊莎贝拉　　　虔诚，我的大人。
布拉齐亚诺　　虔诚？
　　　　　　　你的灵魂难道饱受罪孽折磨？
伊莎贝拉　　　我想，我们的负担太重了，越是殚精竭虑，睡眠就会越安稳。
布拉齐亚诺　　去你的房间吧。
伊莎贝拉　　　不，亲爱的主人，我不会让你生气的。我离开你两个月，难道不值得一吻吗？
布拉齐亚诺　　我不习惯亲吻。如果这能打消你的醋意，我向你发誓。
伊莎贝拉　　　我亲爱的大人啊，我忌妒？我不是来责备你的。
　　　　　　　我要学习意大利语的含义，我来对你投怀送抱，就像我是你的处女。
布拉齐亚诺　　哦！你的气息！桂馥兰馨，暗藏砒霜。
伊莎贝拉　　　你常常为这两片嘴唇忽视了决明子或春天紫罗兰的天然甜味，它们还没怎么枯萎。我的大人，我本该快乐，你的皱眉在可爱的头盔上显现，但对我来说，在这样一次平静的会面中，我觉得它们太粗鲁了。
布拉齐亚诺　　啊，虚伪！
　　　　　　　你们这些派系反对我吗？你学会了向亲人抱怨这样厚颜无耻的卑鄙伎俩吗？
伊莎贝拉　　　从来没有，我亲爱的主人。
布拉齐亚诺　　是我鬼迷心窍了，还是你想在罗马邂逅某个多情的绅士？这正是我们中断的原因吗？
伊莎贝拉　　　我祈求您让我心碎，在我死后求您的怜悯，尽管我知道这不是爱。
布拉齐亚诺　　因为你哥哥是个肥头大耳的公爵，是大公爵。他死了，我也不会马上在网球赛上拍走五百克朗，但会记录在案。我蔑视他就像蔑视一个波兰人，他所有令人肃然起敬的智慧都藏在衣柜

	里，当他穿上国袍时，他就是个谨慎的家伙，你哥哥，伟大的公爵！因为他有一艘大帆船，还时不时洗劫一艘土耳其飞艇，现在所有地狱的复仇女神都要带走他的灵魂。首先促成这桩好事的是唱婚礼弥撒的牧师，甚至是我。
伊莎贝拉	哦，你诅咒得太过分了！
布拉齐亚诺	我要亲吻你的手，这是我最新的爱情仪式。从此以后，我再也不会和你躺在一起。就凭这枚婚戒，我再也不会和你说谎了，这次离婚就像法官判定的一样，将被真正地遵守。祝你幸福，我们永别了。
伊莎贝拉	如果禁止甜蜜的结合，天上的圣人也会为此蹙眉的。
布拉齐亚诺	不要让你的爱使你成为怀疑者。我的誓言永远不会因我的悔改而满足。让你的哥哥在可怕的暴风雨中或海上肆虐吧，我的誓言是坚定不移的。
伊莎贝拉	哦，我的裹尸布，现在我需要你了。亲爱的大人，让我再听一次我不愿听的话吧，永不？
布拉齐亚诺	永不！
伊莎贝拉	哦，我不近人情的大人，但愿你的罪孽能得到宽恕，就像我在凄惨的寡妇床上为你祈祷一样，即使不把你的目光投向你可怜的妻子和充满希望的儿子，也希望你能及时把目光投向天堂。
布拉齐亚诺	不说了，去吧，去吧，向伟大的公爵诉苦去吧。
伊莎贝拉	不，我亲爱的主人，你可以目睹我将如何使你们和平相处。我有理由这么做，你却没有。我要让自己成为你诅咒誓言的始作俑者，我有理由这么做，而你没有。为了你们两个公国的利益，我恳求你隐瞒这件事。让我把过错归咎于所谓的忌妒，想想我将怀着多么悲痛欲绝的心情来完成接下来这悲惨的一幕。
	[弗朗西斯科、弗拉米尼奥、蒙蒂塞索、马塞洛进场。
布拉齐亚诺	好吧，随你便。（对弗朗西斯科）我尊敬的兄弟！
弗朗西斯科	妹妹！——这可不好啊，我的大人——为什么是妹妹！她不应

该受到这样的欢迎。

布拉齐亚诺 欢迎？

她的欢迎词很尖锐。

弗朗西斯科 你傻了吗？

来擦干你的眼泪吧。这是谦虚的做法吗？

为了更好地做无用功而抱怨和哭泣吗？

你们若不和好，天理难容，我再也不跟你们打交道了。

伊莎贝拉 先生，虽然维多利亚在这种情况下会变得诚实，但你不能这样做。

弗朗西斯科 我们离开后，你丈夫很凶吗。

伊莎贝拉 以我的生命发誓，先生，我发誓我不怕失去。

从前美丽的这些废墟是为妓女的胜利而建的吗？

弗朗西斯科 你听见了吗？

看看其他女人，她们是以怎样的耐心忍受这些轻微的错误，又是以怎样的公正的态度来报复这些错误。就这样做吧。

伊莎贝拉 我要是个男人，或者我有能力来实现我的愿望，我要用蝎子鞭打一些人。

弗朗西斯科 什么？

伊莎贝拉 挖出那贱货的眼睛，让她躺上二十几个月，直到死去。割掉她的鼻子和嘴唇，拔掉她的烂牙，把她的肉像木乃伊一样保存起来，作为我正义之怒的战利品。地狱对我的痛苦来说不过是雪水。

看在您的分儿上，先生，哥哥，主教大人，靠近点。布拉齐亚诺先生，让我向您借一个吻，从今以后，我再也不和您躺在一起了，就凭这个，这个结婚戒指。

弗朗西斯科 怎么不再和他躺在一起？

伊莎贝拉 这婚离得真真切切，就像在熙熙攘攘的法庭上，有一千只耳朵在聆听，有一千个律师的手在为离婚证盖章。

布拉齐亚诺 不会对我撒谎吧？

伊莎贝拉	不要因我以前的糊涂而怀疑我，我的誓言永远不会因我的悔改而满足，（拉丁文）"他坐立不安"①。
弗朗西斯科	你是个愚蠢、疯狂、嫉妒的女人！
布拉齐亚诺	你看，这不是我谋求的。
弗朗西斯科	这是你的珍贵的独角兽角防腐圈吗？你说它能迷住你的主人？现在，角就在你身上，因为嫉妒就该有角。信守你的誓言，去你的房间吧。
伊莎贝拉	不，先生，我现在就去帕多瓦，我一分钟也不待了。
蒙蒂塞索	好，夫人。
布拉齐亚诺	最好让她尽情发泄，半天的旅程就能让她胃口大开，然后她就会转身离去。
弗朗西斯科	看到她来向主教大人求情，她那轻率的誓言会引来哄堂大笑。
伊莎贝拉	你的不幸，你的心碎，这些都是不敢言说的致命悲伤。
	［伊莎贝拉退场。
	［卡米洛进场。
马塞洛	卡米洛来了，大人。
弗朗西斯科	佣金呢？
马塞洛	在这儿。
弗朗西斯科	把印章给我。
弗拉米尼奥	（对布拉齐亚诺）大人，您注意到他们的窃窃私语了吗？我要用他们的两个脑袋配制一种药剂，比大蒜更强，比锑更致命：当斑蝥刺入心脏时，几乎看不到它在肌肉上留下的痕迹，但它却能狡猾地用无声或无形来做这件事。
	［医生朱利奥进场。
布拉齐亚诺	关于谋杀。
弗拉米尼奥	他们要把他送到那不勒斯去，但我要把他送到坎迪去，这里还有另一处房产。

---

① 译者注："他坐立不安"原文为拉丁文"manet alta mente repostum"，节选自古典拉丁文《埃涅阿斯纪》（*The Aeneid*）（第一卷）第1—45行。

| 布拉齐亚诺 | 医生啊。
| 弗拉米尼奥 | 一个可怜的庸医骗子,大人,一个本该因为好色而受到鞭笞的无赖。
| | 但他承认了一项判决,被执行了死刑,所以鞭子就打不到他了。
| 医　生 | 然后被一个比我更卑鄙的流氓骗了,我的主人,并付出了所有的代价。
| 弗拉米尼奥 | 他会把药丸射进人的肠子里,让肠子里的气孔比矢车菊或沙丁鱼还多。他会在亲吻时下毒,而且因为爱尔兰不产毒药,他曾经为了自己的杰作,转而在一个西班牙人的屁股里放了一种致命的蒸气,本可以毒死整个都柏林。
| 布拉齐亚诺 | 圣安东尼之火啊!
| 医　生 | 您的秘书很兴奋,大人。
| 弗拉米尼奥 | 你这可恶的反自然者!让我拥抱你这只癞蛤蟆吧,让我爱你吧,你这令人憎恶的可厌的癞蛤蟆,你会用忌惮的眼光去捞取肺、脾、心和肝。
| 布拉齐亚诺 | 不能再好了,我必须雇用你这个诚实的医生,你必须去帕多瓦,顺便把你的医术给我们用上。
| 医　生 | 我会的。
| 布拉齐亚诺 | 卡米洛呢?
| 弗拉米尼奥 | 他今晚就会死于这样的政治压力。人们会以为他死于自己的发动机熄火。
| | 可是公爵夫人的死呢?
| 医　生 | 我会让她死无葬身之地的。
| 布拉齐亚诺 | 小麻烦也会因更大的麻烦而变得安全。
| 弗拉米尼奥 | 你这奴才给我记住,当恶棍得到优待时,他们就像低地国家的绞刑架一样:一个人站在另一个人的肩上。

[布拉齐亚诺、弗拉米尼奥和朱利奥医生退场。

| 蒙蒂塞索 | 这是一个徽章,侄子,请看一看。这是你从窗户扔进来的。
| 卡米洛 | 在我窗前?

	这是一只鹿，我的主人把它的角摘下来了，可怜的野兽为失去它们而哭泣。
	"Inopem me copia fecit"？这个词组我不认识。
蒙蒂塞索	就是说，拥有的牛角太多，使他失去了牛角。
卡米洛	这是什么意思？
蒙蒂塞索	我告诉你，你戴了绿帽子。
卡米洛	是这样说的吗？
	我的大人，我宁愿这样的报道，也不要传出去。
弗朗西斯科	你有孩子吗？
卡米洛	没有，大人。
弗朗西斯科	那更好了。我给你讲个故事。
卡米洛	洗耳恭听，大人。
弗朗西斯科	一个古老的传说：
	很久很久以前，光之神福玻斯①，
	也就是我们所说的太阳神，需要结婚。
	众神同意了，墨丘利②被派去向全世界宣布。
	但是，在铁匠和毛毡匠中间，发出了多么悲惨的呼声啊！
	在铁匠、毛毡匠、酿酒师和厨师中，
	在收割者和黄油女工、鱼贩中，
	还有其他千百种行业的人，都因他的过度炎热而烦恼，
	真是可悲可叹。
	他们满头大汗地来到朱庇特面前，
	一个大胖子厨师是他们的发言人，
	他恳求朱庇特发布禁令。
	因为现在只有一个太阳，

---

① 译者注：福玻斯·阿波罗（Phoebus Apollo），是古希腊神话中的光明、预言、音乐和医药之神，是消灾解难之神，同时也是人类文明、迁徙和航海者的保护神。福玻斯是"光明"或"光辉灿烂"的意思。

② 译者注：墨丘利（Mercury），是罗马神话中众神的使者，也是畜牧、小偷、商业、交通、旅游和体育之神，罗马十二主神之一，对应希腊神话中的赫尔墨斯（Hermes）。他行走敏捷，精力充沛，多才多艺，是朱庇特（Jupiter）最忠实的信使，为朱庇特传送消息，并完成朱庇特交给他的各种任务。

可是如果他结了婚，
应该生更多的孩子吗？
那些孩子像他们的父亲一样，
这么多人就会被他们的暴热所毁灭。
他们该怎么办？
所以我说，
我要把它用在你妻子身上：
她的事情，如果天意不阻止，
会让自然、时间和人类都悔恨不已。

蒙蒂塞索　侄子，看看你自己，去换换空气、散散心吧，看看你的缺席会不会毁了你的聚宝盆。马塞洛被选为解除意大利海岸海盗之患的全权代表。

马塞洛　我很荣幸。

卡米洛　但先生，在我回来之前，雄鹿的角可能已经长出来了，而且比这些角长得更大。

蒙蒂塞索　别害怕，我会做你的护林员。

卡米洛　你必须在夜里看守，那是最危险的时候。

弗朗西斯科　再见了，好马塞洛。战士们的所有美好愿望都会把你带到船上。

卡米洛　要不是我现在当了兵，我早就离开我的妻子了，卖掉她所有的东西，然后离开她。

蒙蒂塞索　你的离别如此快乐，我期望着你的美好生活。

卡米洛　大人，您真幽默。我决心今夜一醉方休。

［卡米洛带着马塞洛退场。

弗朗西斯科　好极了，现在我们来看看，他的缺席将如何让布拉齐亚诺公爵的欲望如愿以偿。

蒙蒂塞索　为什么会这样？我们还能做什么别的选择呢？他是个船长，此外，传说中的海盗洛多维克伯爵现在就在帕多瓦。

弗朗西斯科　是真的吗？

| 蒙蒂塞索 | 非常肯定。
| | 我收到了他的来信，信中请求尽快解除流放。他打算向我们的公爵夫人申请抚恤金。
| 弗朗西斯科 | 很好。
| | 我们不希望他缺席超过六天。我真希望布拉齐亚诺公爵陷入声名狼藉的丑闻，因为在这种令人诅咒的晚年，没有任何东西可以弥补他的名声，只有深深地感到某种无尽的耻辱。
| 蒙蒂塞索 | 也许有人会认为我不光彩，这样玩弄我的亲戚，但我回答说，为了报仇，我愿意拿兄弟的生命做赌注，因为他受了委屈，却不敢为自己报仇。
| 弗朗西斯科 | 来看看这个贱货。
| 蒙蒂塞索 | 伟大的诅咒，他肯定不会离开她。
| 弗朗西斯科 | 他不会离开她的，没什么好遗憾的，就像榆树上的槲寄生被风雨侵蚀。就让他与她相依为命，双双腐烂。
| | 〔暗场。

第二场

〔布拉齐亚诺带着一个魔术师进场。

| 布拉齐亚诺 | 现在，先生，我要求你兑现诺言，午夜已过，是时候用你的艺术告诉我谋杀卡米洛和我们憎恨的公爵夫人是如何行动的了。
| 魔术师 | 你的慷慨让我做了一件我不常做的事。有些人，用诡辩的伎俩，想得到黑巫师的名号，而我却很愿意失去这个名号；有些人在纸牌上玩杂耍，看似在变魔术，其实是在骗人；还有些人，为了做一个骰子，把他们的同伙的灵魂举起来，围着风车转，危及自己的脖子；还有些人，养着一个妓院，表演杂耍的把戏，还说"那是一种灵魂"。除此之外，还有一大堆制作历书的人、玩弄数字的人。
| | 这些人只靠偷偷摸摸过日子，因为他们只会骗人的钱财。他们

会让人以为魔鬼是快活的，他们会说肮脏的拉丁语。请坐下，戴上这顶睡帽，先生，这顶睡帽很迷人，现在我就用我的高超技艺向你展示一下让公爵夫人伤心欲绝的情形。

第一节　愚蠢的表演

［朱利奥和他的助手克里斯托弗罗鬼鬼祟祟地进来。他们在布拉齐亚诺的画像前拉上帘子，戴上遮住眼睛和鼻子的玻璃眼镜，然后在画像前焚香，给画像"洗嘴"。做完这一切，熄灭火，摘下眼镜，大笑着离开。

［伊莎贝拉穿着睡衣上床，身后跟着灯光。洛多维克伯爵、乔瓦尼、吉德·安东尼奥和其他人在等着她。她跪下祈祷，然后拉开画像的帘子，对着画像虔诚地拜了三拜，又吻了三下。她晕倒了，不等他们靠近画像，就死去了；乔瓦尼和洛多维克伯爵表示悲伤。她被庄严地送了出去。

布拉齐亚诺　好极了，那么她死了。

魔术师　她中毒了，被那幅烟熏过的画像毒死的。她有个习惯，每晚临睡前去看看你的画像，用嘴唇去吻那幅死画。朱利奥医生发现了，就用一种油和其他有毒的东西熏了那幅画像，很快就毒死了她。

布拉齐亚诺　我好像看见洛多维克伯爵在那儿。

魔术师　是的，我发现他对公爵夫人非常宠爱。现在换个角度，来看看卡米洛更为离奇的命运：在这块充满魅力的土地上奏响更响亮的乐章，奏出符合剧情的悲剧之声。

第二节　哑剧

［弗拉米尼奥、马塞洛、卡米洛和另外四名随从进场。

［他们喝着保健酒，跳着舞，一匹跳马被牵进房间，马塞洛和

另外两个人耳语着离开房间，而弗拉米尼奥和卡米洛则脱掉上衣。当卡米洛要跳马时，弗拉米尼奥用手掐住他的脖子，并在其他人的帮助下扭动他的脖子，似乎想看看他的脖子是否断了，然后把他折起来放在马下，作势求救。

[马塞洛走了进来，唉声叹气，叫来主教和弗朗西斯科公爵。他们带着武装人员走了出来，对这一情形感到惊奇，命令把尸体抬回家，逮捕了弗拉米尼奥、马塞洛和其他人，然后去逮捕维多利亚。

布拉齐亚诺	做得很巧妙，我还没有完全品出来。
魔术师	哦，这是最明显不过的了。首先，你看见他们带着深深的健康祝福开启了他们的美好旅程。其次，弗拉米尼奥叫来了一匹跳马，以满足他们的运动需求。贤德的马塞洛在房间里天真地谋划着，而你的眼睛看到了其余的一切，可以告诉你这一切的行动轨迹。
布拉齐亚诺	看来马塞洛和弗拉米尼奥都犯了罪。
魔术师	是的，你看到他们被看守着。现在他们是专程来捉拿你的女主人、美丽的维多利亚。我们现在就在她的屋檐下，最好马上从后门出去。
布拉齐亚诺	尊贵的朋友，你让我与你永结同心，这将附在我的签名上，强制我付酬。
魔术师	先生，感谢你。

[布拉齐亚诺退场。

魔术师　　阳光温暖时，鲜花和野草都会萌发，就像伟大的人做伟大的好事，否则就会造成巨大的伤害。

[魔术师退场。

第三幕

第一场

[弗朗西斯科、蒙蒂塞索以及他们的大臣和书记官进场。

弗朗西斯科 您谨慎地安排了所有的重臣使节出席,听取对维多利亚的审判。

蒙蒂塞索 并无不妥,因为先生您知道,关于她丈夫的死,我们没有任何证据,只能以情节来控告她,因此,他们对她黑色欲望证据的认可,将使她在我们所有的邻国声名狼藉。不知道布拉齐亚诺会来吗?

弗朗西斯科 呸,厚颜无耻得毫不掩饰!

[弗朗西斯科退场。

[弗拉米尼奥、马塞洛和一名律师进场。

律　师 怎么,你这星期来吗?所以,我现在要试试你的智慧是否会被紧紧地束缚住:我想除了老妓女,谁也不应该坐在你姐姐身上……

弗拉米尼奥 或者是绿帽子,因为你的绿帽子是你最可怕的兴奋剂:妓院老板也可以,因为除了那些老嫖客,没有人是嫖客的裁判。

律　师 公爵大人和她一直很低调。

弗拉米尼奥 你真是个蠢驴,他们已经公开威胁过我了。

律　师 如果能证明他们只是互相亲吻的话。

弗拉米尼奥 然后呢?

律　师 主教大人会把他们揪出来。

弗拉米尼奥 我希望主教不会捕捉海螺。

律　师 因为播种亲吻——注意我说的话——播种亲吻就是收获淫荡,

|弗拉米尼奥|我敢肯定，一个能忍受亲吻的女人已经赢了一半。
没错，按照这个规则，她的上半身已经赢了。如果你还想赢得她的下半身，你知道接下来会发生什么。
|律　　师|听，使者们点灯了。
|弗拉米尼奥|（自言自语）我穿上这身假笑的外衣，其实是为了消除怀疑。
|马塞洛|我不幸的姐姐啊！我真希望我的匕首能刺穿她的心脏，当她第一眼看见布拉齐亚诺的时候，你说过，是他的发动机，是他的跟屁虫，来对付我的姐姐。
|弗拉米尼奥|我为她和我自己的喜好开辟了一条道路。
|律　　师|你的毁灭。
|弗拉米尼奥|哼！你是个追随着伟大公爵的士兵，用你的鲜血喂养他的胜利，就像巫师喂养他们的亡灵一样。你得到了什么？不过是一撮可怜的财富。你把它捧在掌心，就像人捧着水，你想紧紧地抓住它，那脆弱的奖赏却从你的指缝里溜走了。
|马塞洛|先生——
|弗拉米尼奥|你几乎没有足够的保养费让你穿上新鲜的羚羊皮鞋。
|马塞洛|哥！
|弗拉米尼奥|听我说。
因此，当我们甚至为自己的野心或闲散的脾性而投入到巨大的争斗中时，我们将如何找到回报呢？就像我们很少发现槲寄生在橡树上是神圣的，而它旁边却没有曼德拉草一样，我们在追求利益时也是如此。
唉，他们最可怜的强颜欢笑也不过是举手之劳，却能打动人心，这是可悲的教义。
|马塞洛|来吧，来吧。
|弗拉米尼奥|当岁月将你染白，如同盛开的山楂树……
|马塞洛|我打断你的话，因为对美德的热爱会让你拥有一颗诚实的心，并超越一切政治上的尊重。如果我是你的父亲，就像我是你的弟弟一样，我不会有野心给你留下更好的遗产。

[萨伏依大使进场。

弗拉米尼奥　　我会考虑的。大使大人。
[大使们分别走过舞台。
[法国大使进场。

律　师　　　我的法国朋友，你认识他吗？他是个令人钦佩的倾诉者。
弗拉米尼奥　　我终于看到他在倾斜。他就像一个穿着盔甲的人，手里拿着一根倾斜的杖，比十二磅重的蜡烛大不了多少。
律　师　　　哦，但他是个出色的骑手。
弗拉米尼奥　　他蹩脚的伎俩……他睡在马背上，就像一只啄木鸟。
[英国大使和西班牙大使进场。

律　师　　　瞧，我的西班牙人！
弗拉米尼奥　　他把脸藏在围脖里，就像我见过服务员把眼镜藏在柏树帽带里一样，稳得可怕，生怕弄坏了。他看起来就像一只黑鸟的爪子，先用盐腌过，然后在蜡烛里炙烤。
[暗场。

第二场　提审维多利亚

[弗朗西斯科、蒙蒂塞索、六位大使、布拉齐亚诺、维多利亚、赞奇、弗拉米尼奥、马塞洛、律师和一名侍从进场。

蒙蒂塞索　　请原谅，大人，这里没有分配给您的位置，这件事交给我们来做吧。
布拉齐亚诺　　与你同在！
[在他身下铺上一件华丽的长袍。
弗朗西斯科　　给大人准备一把椅子。
布拉齐亚诺　　别客气，不速之客应该像荷兰女人上教堂那样，随身带着凳子。
蒙蒂塞索　　请便，先生。
　　　　　　女士们，请站到桌前。
　　　　　　现在开庭，请陈述。

律　　师	（拉丁语）主犹大，把你的眼睛转向这个邪恶的女人。
维多利亚	他是什么人？
弗朗西斯科	一个律师，他对你不利。
维多利亚	大人，请让他说他惯用的语言吧。 我不做其他回应。
弗朗西斯科	为什么你懂拉丁语？
维多利亚	是的，先生，我懂，但在场这些听众至少有一半可能不懂拉丁语。
蒙蒂塞索	继续吧，先生。
维多利亚	承蒙恩典，我不会让我的控诉被一种陌生的语言所蒙蔽，所有的人都要听听你能指控我什么。
弗朗西斯科	先生，你不必多说，请换一种语言吧。
蒙蒂塞索	看在上帝的分儿上。女士，你的名声会因此而更加响亮。
律　　师	好吧，那就请便吧。
维多利亚	我已经瞄准你了，先生，我会盯着你并且告诉你离目标有多远。
律　　师	请各位法官大人一定要做出审判，这个放荡不羁、多愁善感的女人，祸国殃民，令人发指。她罪行累累，想通过阴谋得逞，让人永远记住她。
维多利亚	这都是些什么？
律　　师	别激动，滔天罪行必见天日。
维多利亚	显而易见，各位大人，这位律师肯定是吞下了一些医生笔走龙蛇的处方，现在这些难以消化的词句就像我们给鹰治疗时喂的药石一样浮现出来。这就是威尔士语和拉丁语的区别。
律　　师	法官大人，这位女士文不通比喻，又不明数理，在语法演讲的学术推导方面更是不尽如人意。
弗朗西斯科	先生，您的苦心会得到回报，您的雄辩值得那些理解你的人啧啧称赞。
律　　师	大人。
弗朗西斯科	（轻蔑的）先生，把你的文件放进你充满夸夸其谈的粗布袋子

	里，接受我对你学识渊博乱掉书袋的看法吧……哦，真不好意思，这是装着金口玉言的律师麻布包。
律　师	衷心感谢大人，我会在别处用到它们。
	［律师退场。
蒙蒂塞索	我会对你更直截了当，用比你脸颊上更自然的袍红和事实黑白来描绘你的愚蠢。
维多利亚	哦，您搞错了。
	您的脸颊上流淌着和您母亲一样高贵的血液。
蒙蒂塞索	看来我必须饶了你，直到有确凿证据确定你是妓女。尊敬的大人们，请在这里观察这个生物，这是一个有着惊人精神的女人。
维多利亚	尊敬的大人，这样扮演律师可不适合一位受人尊敬的主教。
蒙蒂塞索	哦，你的职业指导了你的语言！
	你们看，我的大人们，她看起来是多么美好的果实啊，然而就像旅行者们说的那些长在索多玛和蛾摩拉那里的苹果一样，我只要一碰她，你们就会发现她会灰飞烟灭。
维多利亚	您的毒药罐就能做到这一点。
蒙蒂塞索	我敢肯定，如果还有第二个天堂，这个魔鬼一定会背叛它。
维多利亚	可怜的慈善家啊，您很少穿深红色的衣服。
蒙蒂塞索	有谁不知道，她是如何假冒王子的宫廷？当一个又一个夜晚来临时，她的大门前车水马龙水泄不通，她的房间璀璨胜星灯火通明，在音乐、宴会和最糜烂的狂欢中，这个妓女，竟然纯洁神圣。
维多利亚	啊？妓女？什么意思？
蒙蒂塞索	妓女？要我向你解释什么是妓女？没问题，我会告诉你她们的完美特征。
	她们首先让人吃腐烂的甜食，在人的鼻孔里散发着有毒的香水。她们是炼金术的毒药，是风平浪静时的鞭炮！
	什么是妓女？
	俄罗斯寒冷的冬天，看起来如此贫瘠，仿佛大自然忘记了春天。

她们是地狱里真正的物质之火，比那些低地国家付出的贡品还要糟糕，对肉、饮料、衣服、睡眠的征税，甚至是对人的灭亡和罪孽的征税。她们是那些脆弱的法律证据，因为只要漏掉了一个音节，就会有一个可怜人丧失全部财产。

什么是妓女？

她们是那些谄媚的钟声，在婚礼和葬礼上，都是一个曲调。那些有钱的妓女只是被勒索填满的金库，又被诅咒的暴乱掏空。她们比在绞刑架上乞讨来的死尸还要糟糕，被外科医生加工用以教导人类，通过她们让人知道哪里不完美。

什么是妓女？

她就像一枚有罪的伪币，谁先盖上印章，谁就会给所有收到它的人带来负累。

维多利亚　　这种描述让我惊讶。

蒙蒂塞索　　先生们，从所有的野兽和矿物中提取致命的毒药……

维多利亚　　然后呢？

蒙蒂塞索　　我会告诉你。

我会在你的药店把这些毒物都找到。

法国大使　　她过得很不好。

英国大使　　没错，但主教太苦了。

蒙蒂塞索　　你知道什么是妓女……接着是魔鬼成人，然后是魔鬼谋杀！

弗朗西斯科　　你不幸的丈夫死了。

维多利亚　　他是个幸福的丈夫，现在他也不欠大自然什么了。

弗朗西斯科　　通过跳马。

蒙蒂塞索　　一个显而易见的阴谋，他跳进了坟墓。

弗朗西斯科　　真是神迹啊，一个瘦弱的人从两码高①的地方摔断了脖子？

蒙蒂塞索　　我的推断。

弗朗西斯科　　更何况，一瞬间就失去了所有的语言能力，就像一个人躺了三

---

① 译者注：两码高约为 1.8 米高。

	天，现在标记每种情况。
蒙蒂塞索	瞧，这个家伙就是他的妻子。她来的时候不像寡妇，她带着轻蔑随意和厚颜无耻的神气。这是哀悼的习惯吗？
维多利亚	如果我像您说的那样提前知道他的死讯，我就会把我的哀思写在纸上。
蒙蒂塞索	你真狡猾。
维多利亚	您的机智和判断力令人汗颜。怎么，我正义的辩护被我的法官称为厚颜无耻？那就让我在这个基督教法庭向无礼的鞑靼人提出申诉。
蒙蒂塞索	各位大人们，请看啊，她玷污了我们的程序。
维多利亚	我谦恭地、卑微地向最值得尊敬的大使们献上我的谦逊和女性的风范，但由于被诅咒的指控所缠绕，以至于我必须像珀尔修斯一样，以男性的美德来捍卫自己的武力。 说重点，只要发现我有罪，就把我的头从身上砍下来，我们会分开，我不屑于在您或任何人的恳求下保住我的生命，先生。
英国大使	她有一种勇敢的精神。
蒙蒂塞索	行了，行了，鱼目混珠、泥沙俱下，常有的事。
维多利亚	你们都被骗了，因为你们知道，你们所有人的头颅，一旦碰到钻石矿，只会变成被敲碎的玻璃锤，这些不过是给我罗织罪名的假象。大人，用涂脂抹粉的魔鬼来吓唬小婴儿吧，我已经摆脱了这种不必要的麻痹。因为所谓的妓女和杀人犯的名字，都是从您这里散布的，就像一个人逆风吐口水一样，污秽又回到了他的脸上。
蒙蒂塞索	请女主人回答我一个问题：在你丈夫摔断脖子的那个夜晚，是谁住在你的屋子里？
布拉齐亚诺	关于这个问题，我不得不打破缄默，我当时在场。
蒙蒂塞索	关你什么事？
布拉齐亚诺	我是来安慰她的，并想办法解决她的财产问题，因为我听说她丈夫欠了您的债。

蒙蒂塞索	是的。
布拉齐亚诺	我很害怕你会强迫她。
蒙蒂塞索	谁让你监督的？
布拉齐亚诺	我的仁慈，它应该从每一个慷慨高尚的人身上流淌给孤儿和寡妇。
蒙蒂塞索	你的欲望。
布拉齐亚诺	胆小的狗吠得最响。牧师，我稍后再跟你谈。你听见了吗？你用好脾气打造的剑如此锋利，我会在你的肠子里出鞘。你的职业有几分像你们普通的邮差。
蒙蒂塞索	啊？
布拉齐亚诺	像那些唯利是图的市侩邮差。你们的信是真实的，但都是你们粗鲁无礼满口谎言的伪装。

[布拉齐亚诺向门口走去。

侍　从	大人，您的礼服。
布拉齐亚诺	你撒谎，那是我的凳子。把它送给你的主人吧，别指望你的主人去挑家里其他的东西，因为我布拉齐亚诺从来就不那么吝啬，从来不会从别人的住处拿一个凳子，让他在上面给他的床铺上缀草，或者给他最尊敬的寝室做一块床帘。蒙蒂塞索，我不该责备你。

[布拉齐亚诺退场。

蒙蒂塞索	你的捍卫者走了。
维多利亚	狼会捕食得更好。
弗朗西斯科	但没有确凿证据证明是谁干的。就我而言，我不认为她有这么邪恶的灵魂做如此血腥的事。就算她有的话，就像在寒冷的国度，丈夫种下葡萄树并用热血给它们施肥。即便如此，只要一个夏天，葡萄树就会结出难看的果实。到明年春天，枝叶和根茎都会枯萎。让养分和鲜血流逝，只剩下断绝关系的问题了。
维多利亚	我在您镀金的药丸下看到了毒药。

蒙蒂塞索	现在公爵走了,我要拿出一封信,信中密谋他和你会在台伯河畔一家药剂师的避暑别墅会面。大人们请看:杯盘宴饮、酒池肉林、鸳鸯戏水、鱼水情深……我请求大家读一读,其余的我羞于启齿。
维多利亚	我被诱惑了,情欲的诱惑不能证明行为。您读出了他对我热情似火的爱恋,但想要我冷若冰霜的回答。
蒙蒂塞索	淫邪之日!奇怪!
维多利亚	您因为公爵爱我而谴责我?您也可以责怪某条美丽清澈的河流,责怪某个忧郁心烦的人投河自尽。
蒙蒂塞索	真的淹死了。
维多利亚	我祈求您总结一下我的缺点,您就会发现,美貌、华服、心态乐天、爱吃盛宴,是您能指控可怜的我的全部罪行。我的大人,您可以用手枪打苍蝇,这样的行为高尚倍增。
蒙蒂塞索	很好。
维多利亚	不过,随您便吧,看来您先是要挟我,现在又想毁了我。我有房子、珠宝和可怜的残余,如果这些能让您心存善念就好了。
蒙蒂塞索	如果魔鬼化成人形,请看看他的模样。
维多利亚	您还有一个优点,您不会奉承我。
蒙蒂塞索	这封信是谁带来的?
维多利亚	我不便告诉您。
蒙蒂塞索	八月十二日,公爵大人给你送来了一千个金币。
维多利亚	那是为了让您侄子免于牢狱之灾,我为此付出了代价。
蒙蒂塞索	我倒觉得是为了他的欲望。
维多利亚	除了您自己,还有谁会这么说?如果您是我的控告者,请不要再做我的法官了,从审判席上下来吧,提出您对我不利的证据,让他们来主持公道吧。主教大人,如果您的耳朵能够灵敏地发现秘密,如果您的舌头和我一样诚实,我也不在乎您把它们都说出来。
蒙蒂塞索	去吧,去吧。在你那丰盛而又虚荣的宴会之后,我会给你一个

	难以下咽的生梨。
维多利亚	您自己嫁接的？
蒙蒂塞索	你出生在威尼斯，是维泰利家族的光荣后裔，这是我侄子的命运——我可以说出时间。他娶了你，他向你父亲买了你。
维多利亚	啊？
蒙蒂塞索	他在那里住了六个月，花了我们一千金币，据我所知，他和你一起收到的嫁妆中没有一个价值六便士的胡里奥硬币，只有一些过于廉价的便士。我只是扒开你的金玉皮囊，现在让大家看看你的腹内草莽：你从那里来时是个臭名昭著的荡妇，现在也是如此继续。
维多利亚	大人……
蒙蒂塞索	不，请听我说，你会有时间畅所欲言。布拉齐亚诺大人，我只是在重复那些普通的日常闲话，重复那些在舞台上会上演的戏码，但这恶习在当今时代找到了如此般配的朋友，以至于传教士都噤若寒蝉。弗拉米尼奥和马塞洛两位先生，法庭现在没有什么要控告你们了，只是你们必须留下担保人出庭作证。
弗朗西斯科	我代表马塞洛。
弗拉米尼奥	公爵大人代表我。
蒙蒂塞索	至于你，维多利亚，你的公众过错，加上现在的状况，让你失去了所有高贵的怜悯。你的生命和美貌都受到了如此败坏的考验，在不祥的命运中，你的形象不亚于王子眼中的炽星。听着你的判决：你将被禁闭在皈依者之家和你鸨母的房子里。
弗拉米尼奥	（低声）我是谁？
蒙蒂塞索	摩尔人。
弗拉米尼奥	（低声）哦，我又是一个健全的人了。
维多利亚	皈依者之家，那是什么？
蒙蒂塞索	一个收容忏悔的妓女的处所。
维多利亚	是罗马的贵族们为他们的妻子建造的，所以我才被派到那里居住吗？

弗朗西斯科	你必须有耐心。
维多利亚	我必须先复仇。我很想知道,你们这样做是否是靠特别许可证?
蒙蒂塞索	把她带走。
维多利亚	暴行!暴行!
蒙蒂塞索	怎么说?
维多利亚	是的,你蹂躏了正义,强迫它满足你的快乐。
蒙蒂塞索	呸,她疯了!
维多利亚	把那些药丸塞进你最可恶的嘴里,应该会给你带来健康,或者当你坐在长凳上时,让你自己的唾沫呛死你。
蒙蒂塞索	她已经怒不可遏了!
维多利亚	让最后的审判日找到你,让你变回原来的恶魔。请教我一些吸血水蛭的花言巧语,用以说出叛国言论吧。既然你不能用行动夺走我的生命,那就用言语吧!哦,女人可怜的复仇,只能停留在口头上!不,我不会哭泣,我不屑掬起一滴可怜的泪水来为你的不公献媚,所以,带我去那个房子吧!那个专门给它安的减刑名头是什么来着?
蒙蒂塞索	皈依者之家。
维多利亚	这不会是皈依者之家。尽管你是主教,我的心会让它比教皇的宫殿更尊贵,比你的灵魂更安宁。要知道这一点,让它在一定程度上激起你的怨恨,钻石在黑暗中散发着最耀眼的光芒。

[维多利亚带着赞奇,在护卫下退场。

[布拉齐亚诺进场。

布拉齐亚诺	现在我们是朋友了,先生,我们握个手吧。这是个合适的地方。我们将在朋友的墓前握手言和,因为它象征着柔和的和平,可以消除我们的仇恨。
弗朗西斯科	先生,怎么了?
布拉齐亚诺	我不会再从你深爱的脸颊上追逐更多的鲜血,你已经失去太多了。祝你好运。

[布拉齐亚诺退场。

弗朗西斯科	这些话听起来多么奇怪!怎么解释?
弗拉米尼奥	（自语）很好,这是发现公爵夫人之死的序言。他做得很好。因为现在我不能为他夫人的死而佯装发牢骚,所以我要为我姐姐的耻辱而装疯卖傻,这样就可以避免闲言碎语了。叛国者的舌头有一种恶毒的麻痹,我会和任何人说话,不听任何人的话,并在一段时间内显得像个政治狂人。
	〔弗拉米尼奥退场。
	〔乔瓦尼、洛多维克伯爵进场。
弗朗西斯科	我尊贵的外甥,怎么穿黑衣服?
乔瓦尼	是的,舅舅。我被教导要在美德上模仿您,而您必须在服装的颜色上模仿我。我亲爱的母亲……
弗朗西斯科	怎么会?在哪儿?
乔瓦尼	具体在哪里,我不会告诉您,因为我会让您哭泣。
弗朗西斯科	死了?
乔瓦尼	别怪我没告诉您。
洛多维克	她死了,大人。
弗朗西斯科	死了?
蒙蒂塞索	死了,你现在已经脱离苦海了。请两位大人退场吧。
	〔大使们退场。
乔瓦尼	舅舅,死人都做些什么?他们吃东西、听音乐、打猎,像我们活着的人一样吗?
弗朗西斯科	不,他们睡觉。
乔瓦尼	主啊,主啊,我已经六夜未眠了。我大概快死了。他们什么时候醒来?
弗朗西斯科	等上帝的旨意。
乔瓦尼	上帝保佑,让她永远安睡吧!因为我知道她曾在无数个夜晚醒来的时候,枕着的枕头都被她的泪水浸透。我要向您诉苦,舅舅,现在她死了,我会告诉您她死后他们是怎么利用她的:他们残忍地给她灌铅,不让我吻她。

弗朗西斯科	你爱过她。
乔瓦尼	我常听她说她给了我乳汁,看来她很爱我,因为贵族们很少这样做。
弗朗西斯科	哦,我可怜的妹妹还活着!看在上帝的分儿上,把乔瓦尼带走吧!
	[乔瓦尼退场。
蒙蒂塞索	现在怎么样了,大人?
弗朗西斯科	相信我,我只不过是她的坟墓,我将把她神圣的记忆保存得比一千篇墓志铭还要长久。
	[暗场。

第三场

[心不在焉的弗拉米尼奥、马塞洛和洛多维克进场。

弗拉米尼奥	我们像铁砧或坚硬的钢铁一样忍受击打,直到疼痛本身让我们感觉不到疼痛。现在谁来帮我?服务到此为止了吗?我宁可去锄大蒜;走遍法国,做我自己的鞋匠,穿羊皮衬里或发黑发臭的鞋子;加入波兰四万小贩的行列。
	[萨伏依大使进场。
弗拉米尼奥	真希望我在为布拉齐亚诺服务之前,就腐烂在威尼斯某个外科医生用治疗花柳病和痔疮的钱建造的房子里。
萨伏依大使	你会得到安慰的。
弗拉米尼奥	你的话从你健康的嘴里说出,就像津津有味的蜂蜜,而在我受伤的嘴里,却如蜂蜇口、如鲠在喉。哦,他们狡猾地达到了目的,看似他们这样做并不是出于恶意。其中,政治家模仿魔鬼,就像魔鬼模仿大炮。无论他到哪儿作恶,都是背对着你。
	[法国大使进场。
法国大使	证据确凿。

| 弗拉米尼奥 | 证据！证据！那是堕落。金子啊，你是何等的神！人啊，你是何等的魔鬼，竟受那被诅咒的矿石的诱惑！这多情的律师，注意他！恶棍变成告密者，就像蛆虫变成苍蝇一样！人们可以用任何一种方法捉到蛆虫。主教——我希望他能听到我说的话——没有什么东西是那么神圣的，金钱会使它腐化堕落，就像赤道上的沧海一粟。 |

［英国大使进场。

弗拉米尼奥	你在英国很幸福，大人。在这里，他们用那些压死人的砝码出卖正义。哦，可怕的薪水！
英国大使	弗，弗……弗拉米尼奥。
弗拉米尼奥	我希望主教在上断头台之前，永远没有祈祷的雅兴。

［大使们退场。

弗拉米尼奥	也许他们现在才在争论中去了解邦联，但你们的贵族有免于刑讯的特权，而且很有可能这样做。因为在提审他们之前，一件小事就能把他们中的一些人撕成碎片。哦，宗教是怎么与政策相结合的，世界上最早的流血事件就是因为宗教。我要是犹太人就好了。
马塞洛	哦，犹太人太多了。
弗拉米尼奥	你被骗了，犹太人不够多，牧师不够多，绅士也不够多。
马塞洛	怎么会？
弗拉米尼奥	我会证明的。如果有足够多的犹太人，就不会有那么多基督徒变成高利贷者；如果有足够多的牧师，就不会有一个人拥有六个教区；如果有足够多的绅士，就不会有那么多从粪坑里长出来的后起之秀渴望成为绅士。永别了！让其他人靠乞讨为生吧，你也可以成为他们中的一员：在英格兰练习沃尔纳的艺术，吞下别人给你的一切；但凡一次"清扫"就让你像锯木厂工人一样再次挨饿。我去听听叫声。我去听猫头鹰的报丧。

［弗拉米尼奥退场。

| 洛多维克 | （自语）这是弗拉米尼奥的花言巧语。奇怪的是，在他对通奸 |

的姐姐如此开诚布公显而易见的内疚中，他竟然敢说出如此可耻的激情，我必须得探寻他的真实意图。

［弗拉米尼奥进场。

弗拉米尼奥　（自语）这个被放逐的伯爵还没有得到赦免，怎么敢回到罗马？我听说被骗的公爵夫人给了他一笔抚恤金，他从帕多瓦随年轻的乔瓦尼勋爵而来。医生治中毒的同时，还会反用毒药。

马塞洛　记住这奇怪的相遇。

弗拉米尼奥　忧郁之神把你的胆汁变成毒药，让你脸上的皱纹像波涛汹涌的浪花一样一波未平一波又起。

洛多维克　我感谢你。为了你，我衷心祝愿一年到头都是淫邪之日。

弗拉米尼奥　乌鸦是怎么叫的？我们的好公爵夫人死了吗？

洛多维克　死了。

弗拉米尼奥　命运啊！不幸就像加冕者的事务一样，一团一团地蜂拥而至。

洛多维克　你愿意和我一起管家吗？

弗拉米尼奥　是的，我的荣幸。让我们不拘小节地交际吧。

洛多维克　一起坐上三天，谈谈心。

弗拉米尼奥　素面朝天，躺在我们的衣服里。

洛多维克　躺在我们的衣服里，用柴草当枕头。

弗拉米尼奥　做个懒人。

洛多维克　穿着塔夫绸衬衣，感受着那温柔的忧郁，睡上一整天。

弗拉米尼奥　是的，像你那忧郁的野兔一样在午夜之后进食。

［安托内利和加斯帕罗笑着进场。

弗拉米尼奥　我们被发现了，看你的同伴多么悲伤。

洛多维克　傻子笑起来多奇怪啊，就像人被造出来没有用处，只为龇牙咧嘴。

弗拉米尼奥　告诉你吧，如果每天早上都能用一碟巫婆凝固的血来洗脸，那会比戴眼镜更好。

洛多维克　亲爱的流氓，我们永不分离。

弗拉米尼奥　永不分离。直到朝臣们乞讨、牧师们不满、士兵们匮乏，以及所有命运之轮上的生物从背后被绑着双手,在最底层的枷锁上吊起来。在我们的一生中,都被教导要学会蔑视这个被生活匮乏所剥夺的世界。

安托内利　　大人,我带来了好消息。在佛罗伦萨公爵的恳求下,教皇临终前签署了对你的赦免令,恢复了你的名誉。

洛多维克　　谢谢你的消息!再把头抬起来,弗拉米尼奥,看我的赦免令。

弗拉米尼奥　你笑什么?盟约中没有这样的条件。

洛多维克　　为什么?

弗拉米尼奥　你看起来不会比我更快乐,你知道我们的誓言,先生,如果你愿意快乐的话,就像某个伟大的人坐着处决他的敌人。

尽管这种姿态对你来说非常恣肆,但也不要像一个脾气暴躁的政客。

洛多维克　　你姐姐是个可恶的妓女。

弗拉米尼奥　啊?

洛多维克　　我是笑着说的。

弗拉米尼奥　你还想再说话吗?

洛多维克　　你听见了吗?愿意把她的四十盎司①血卖给我,用来浇灌可以制毒的神秘曼陀罗吗?

弗拉米尼奥　可怜的主啊,你真是活得太糟糕了。

洛多维克　　是的。

弗拉米尼奥　就像一个人因为负债累累而永远失去了白天。

洛多维克　　哈,哈!

弗拉米尼奥　我并不十分奇怪你会这样,老爷(布拉齐亚诺)早就知道了,但我要告诉你。

洛多维克　　什么?

弗拉米尼奥　我们会支持你。

洛多维克　　我渴望它。

---

① 译者注:液体盎司,容量计量单位,1英制液体盎司≈28.41毫升。

弗拉米尼奥　　这笑声肆无忌惮地变成了你的脸。如果你不忧郁，那就生气吧。
　　　　　　　［弗拉米尼奥打洛多维克。
弗拉米尼奥　　看，现在我也笑了。
马塞洛　　　　你是罪魁祸首，我要逼你就范。
洛多维克　　　放开我！
　　　　　　　［马塞洛和弗拉米尼奥退场。
洛多维克　　　我怎么会被强迫改正错误呢，在一个怂货身上？
安托内利　　　大人。
洛多维克　　　他的拳头就像霹雳一样。
加斯帕罗　　　这说明了什么？
洛多维克　　　我的剑怎么会没刺中他？这些流氓最厌倦自己的生命，却仍能躲过最大的危险。他真该死，他所有的名声，甚至他家族的善良，都抵不上这场地震的一半。我知道没有哪个剑客会这样发抖，来，我不说他了，去喝点酒。
　　　　　　　［暗场。

第四幕

第一场

　　　　　　　［弗朗西斯科和蒙蒂塞索进场。
蒙蒂塞索　　　来吧，来吧，我的大人。
　　　　　　　解开你一团乱麻的思绪，
　　　　　　　让它们像贞洁新娘的秀发一样披散开来。
　　　　　　　你妹妹中毒了。
弗朗西斯科　　我不想复仇。
蒙蒂塞索　　　怎么，你变成大理石了？

弗朗西斯科	我是否应该反抗他（布拉齐亚诺），
将一场战争这最沉重的负担，
压到我可怜臣民的脖颈上，
而我却无力结束这场战争？
你知道，所有的谋杀、奸淫和偷窃，
都是在可怕的战争欲望中犯下的罪行，
谁若不公正地导致了它首先发生，
谁就将播种于他的坟墓和他的后代中。
蒙蒂塞索	我不希望你这么做，请看看我。
我们看到，破坏比大炮还厉害。
把你的错误隐藏起来吧，像乌龟一样忍耐；
让骆驼在你背上匍匐前进，与狮子同眠，让这群安全的蠢老鼠玩弄你的鼻孔；
直到血腥的审判和致命的攫取的时机成熟。
闭上一只眼睛，像一个狡猾的捕禽人一样瞄准目标，这样你就能更好地锁定你的猎物。
弗朗西斯科	让我的清白从背叛的行为中解脱出来。
我知道那边有雷声，我会直直站立，
像安全的山谷，向某座仰止高山低头屈膝。
因为我知道叛逆，就像蜘蛛为苍蝇织网。
当她的恶行被发现，也就在其中死去，消磨这些思想。
为了打消这些念头，法官阁下，据说您拥有一本书，
在这本书里，你通过秘密情报，
引用了潜伏在城里的所有恶棍流氓的名字。
蒙蒂塞索	是的，先生。
有些人称它为我的黑皮书。
这书名倒是不错，因为它虽然没有传授巫术，
但它潜伏着许多魔鬼的名目。
弗朗西斯科	让我们看看吧。

| 蒙蒂塞索 | 我拿给大人。
| | [蒙蒂塞索退场。
| 弗朗西斯科 | 蒙蒂塞索，我不会相信你，
| | 但在我所有的阴谋中，我会像被围困的城镇一样警惕。
| | 如果你无法触及我的意图，你的亚麻会很快点燃，又很快熄灭，
| | 但金子加热很慢，也热更长时间。
| | [蒙蒂塞索进场，向弗朗西斯科递上一本书。
| 蒙蒂塞索 | 就在这里，大人。
| 弗朗西斯科 | 请先让我们看看您的情报人员。
| 蒙蒂塞索 | 他们的人数奇怪地增加，
| | 其中有些人你会认为他们很诚实，
| | 下一秒就发现他们是拉皮条的。
| | 这些是你们的海盗，这些是卑鄙的流氓，
| | 他们通过买卖商品，让年轻的绅士们身败名裂。
| | 他们囤积居奇，给政治破产者，
| | 也给对自己的妻子颐指气使的家伙；
| | 只为藏着一些诸如马匹、珠宝、钟表甚至锈迹斑斑的盘子，
| | 到他们的第一个孩子出生时。
| 弗朗西斯科 | 有这样的吗？
| 蒙蒂塞索 | 对于厚颜无耻的荡妇，他们准备穿着的男装；
| | 对于高利贷者，他们将好报告与书记官分享；
| | 对于律师，他们将篡改日期，提前他们的令状。
| | 你可能会在那里找到一些神，
| | 但我把它们忘了，为了良心。
| | 这里是一份无赖骗子的总目录，
| | 一个人可能会研究所有的监狱，
| | 但却永远不能将这些知识获取。
| 弗朗西斯科 | 杀人犯们。
| | 我请求把这些书页折下来。

	好大人，让我借用一下这奇怪的信息。
蒙蒂塞索	求求您，请不要，大人。
弗朗西斯科	我向大人保证，您是国家的栋梁，您在发现这些罪犯。
蒙蒂塞索	是的，先生。
弗朗西斯科	天哪！上帝啊！比在英格兰进贡的狼皮更好，它们的皮会挂在树篱上。
蒙蒂塞索	我必须大胆地说，离开大人。
弗朗西斯科	亲爱的大人，我感谢您。如果有人在法庭上找我，请报告您把我交给了无赖。

〔蒙蒂塞索退场。

弗朗西斯科　我现在明白了，有一个狡猾的家伙，是我上司的官员，最近从书记官的位子上跳到了法官的位子上，他发出了这张卑鄙狡猾的无赖传票，并打算就像爱尔兰叛军卖人头一样，把这些人头当作奖品。

就这样，你们这些可怜的流氓出了钱，却没有办法用拳头来贿赂，其余成员就都从流氓的记录里被抹掉了。要不然，我上司就轻而易举地把他们揩油，他的人发了财，流氓还是流氓，无赖仍然是无赖。

但我要利用它，它可以给我提供一份杀人犯的名单、有任何恶行的代理人。

如果我想要十个衙役，它能满足我；更不用说三军的军妓。

这么点纸，就能毁灭这么多人！

还不如二十份官方通告那么大。

你看，有些被腐蚀的人败坏了书本的神性，被一些狂热的血液攫取，拔刀相向，激起战火，毁掉一切美好。

为了让我的复仇更加严肃，让我记住我死去妹妹的脸。

要她的照片？不，我会闭上眼睛，在忧郁的思绪中勾勒出她的身影。

〔伊莎贝拉的灵魂进场。

| 弗朗西斯科 | 她的身影就在我眼前。
| | 现在我明白了,想象力是多么强大,它能让不存在的想象实现!
| | 她的身影就在我眼前。我很快想到,如果我足够别出心裁,只要我脑子里灵光一现,也能把她的模样刻画出来。
| | 思想,就像一个精妙的魔术师,让我们把超自然的东西,看成是病态。这是我的忧郁。
| | 你是怎么死的?——我有多无聊,竟然质疑自己的懒散——有人曾梦醒至今?——把这东西从我脑中移走:我与坟墓、灵床、葬礼或眼泪有什么关系呢?那有必要沉思复仇吗?

〔伊莎贝拉的灵魂退场。

| 弗朗西斯科 | 所以现在它结束了,就像一个老太太的故事。
| | 政治家们认为他们看到的景象往往比疯子更陌生。来吧,干这件大事吧。
| | 我的悲剧必须有一些闲情逸致,否则它永远不会过去。
| | 我恋爱了,爱上了科罗博纳(维多利亚),
| | 我的诗歌向她致意——

〔弗朗西斯科书写。

| 弗朗西斯科 | 我很少这样做。哦,王室公爵的命运!
| | 我是如此习惯于频频奉承别人,现在我一个人在奉承自己,但这是有用的。已经封好了。

〔弗朗西斯科打电话呼叫仆人。

〔仆人进场。

| 弗朗西斯科 | 等你有空的时候,把它送到皈依者之家。
| | 如果有布拉齐亚诺的追随者在旁边的话,把它交给科罗博纳(维多利亚),或者交给女舍监。
| | 走吧!

〔仆人退场。

| 弗朗西斯科 | 全凭蛮力的人,智慧浅薄。

当一个人的头走过，四肢也会跟着。
我生意的发动机，是大胆的伯爵洛多维克，
这样的工具必然获得金子，空拳是引不来猎鹰的。
布拉齐亚诺，我现在可以和你交手了，
像狂野的爱尔兰野人一样，除非我能用你的头踢足球，否则我
决不认为你死了。
"倘若我无法抵达天堂，至少我可掀翻整个地狱。"①
［暗场。

第二场

［女舍监和弗拉米尼奥进场。

女舍监 如果让人知道公爵这样对待你被囚禁的姐姐，我会因此受到严重的伤害和诋毁。

弗拉米尼奥 教皇毫无顾忌地躺在病床上，而现在他们的脑袋里除了守护一位女士外，还在忙着其他的事情。

［仆人进场。

仆 人 （自语）那边是弗拉米尼奥在和女舍监谈话。
（对女舍监）让我和你谈谈，我想请你帮我转交这封信给美丽的维多利亚。

女舍监 我会的，先生。

［布拉齐亚诺进场。

仆 人 请务必小心谨慎，保守秘密。今后您将认识我，并受到我感谢的礼遇。

弗拉米尼奥 怎么了？那是什么？

女舍监 一封信。

---

① 译者注："Flectere si neoueo superos, Acheronta movebo"，意为"倘若我无法抵达天堂，至少我可掀翻整个地狱"。取自《埃涅阿斯纪》（第七卷）第312行。这里的Acheronta指的是希腊神话中的冥河Acheron。

| 弗拉米尼奥 | 给我姐姐的。我会看着它送到的。
[女舍监退场。
| --- | --- |
| 布拉齐亚诺 | 弗拉米尼奥，你读的是什么？ |
| 弗拉米尼奥 | 看。 |
| 布拉齐亚诺 | 啊？（读信）"致最不幸的、他最尊敬的人维多利亚……"
信使是谁？ |
弗拉米尼奥	我不知道。
布拉齐亚诺	不知道？谁送来的？
弗拉米尼奥	瞧您说的，就好像一个人在切开烤肉之前，就应该知道里面装的是什么鸡一样。
布拉齐亚诺	我会打开的，那是她的心。这是什么？"佛罗伦萨？"这戏法太恶心了。我已经找到了传达的方式，读吧，读吧。
弗拉米尼奥	（读信）"你的泪水我将化作胜利的喜悦。你的后盾已经陨落，我很遗憾。这棵历代王公贵族渴求的葡萄树，因为缺乏支持者，现在已经凋零枯萎。"
我相信，我的大人，有了酒糟，就会有酒喝。
（读信）"我很快就会解除你的悲惨囚禁，用王子般潇洒的臂膀把你带到佛罗伦萨。在那里，我的爱和关怀将把你的愿望挂在我的银发上。"
他奇怪地含糊其词。
（读信）"我的岁月也不会归还我的秋波：
谁宁要花开，不要果实？"
因在稻草堆里住得太久，我的知识已经腐朽。
（读信）"所有的诗句都让人信服：
诸神不老，王子亦然。"
呸，把它撕碎！
看在上帝的分儿上，不要再有无神论者了。
布拉齐亚诺	该死的，我要把她碎尸万段、挫骨扬灰！让野地来的北风把她卷起吹进那男人的鼻孔。这个妓女在哪儿？

弗拉米尼奥	什么？您叫她什么？
布拉齐亚诺	哦，我可能疯了，防止她给我带来花柳病，把我的头发扯下来。这善变的女人在哪儿？
弗拉米尼奥	我向您保证，就算她的头和耳朵都进水了，也不会做让您厌烦的事。
布拉齐亚诺	你在怂恿我！
弗拉米尼奥	我是什么？大人，我是您的狗吗？
布拉齐亚诺	一条猎狗，你勇敢吗？你支持我吗？
弗拉米尼奥	支持您？让那些有病的人化脓吧，我不需要膏药。
布拉齐亚诺	你想挨揍吗？
弗拉米尼奥	您会被扭断脖子吗？我告诉您，公爵，我不在俄国，我的小腿必须保持完整。
布拉齐亚诺	你认识我吗？
弗拉米尼奥	哦，公爵！千真万确。 在这个世界上，罪恶是有程度之分的，魔鬼也有等级之分。 您是伟大的公爵，我是您可怜的秘书， 我现在每天都在寻找西班牙无花果或意大利沙拉。
布拉齐亚诺	马屁精，开你的船队吧，别再唠叨了。
弗拉米尼奥	您对我的好就像波吕斐摩斯①对尤利西斯的那种可悲的礼节，您把我留到最后才吃掉，您想从我的坟墓里挖出火鸡来喂您的百灵鸟：那对您来说简直是天籁之音。来吧，我带您去见她。
布拉齐亚诺	你面对着我吗？
弗拉米尼奥	哦，先生，我不会背对着一个政敌，即使我身后有一个旋涡。 [维多利亚进场，走近布拉齐亚诺和弗拉米尼奥。
布拉齐亚诺	你能读懂情妇吗？ 看看那封信，既没有密码，也没有象形文字。 你无须置评，我已成为你的接收者。

---

① 波吕斐摩斯（Polyphemus），独眼巨人之一，见《奥德赛》（Odysseta）第九章，第369—370节。

	上帝的宝贝，你将成为一位勇敢的伟大女性、 一个端庄高贵的妓女。
维多利亚	先生说什么？
布拉齐亚诺	来吧，来吧，让我们看看你的橱柜，发现你的情书宝库。死亡和愤怒，我全都要看。
维多利亚	先生，我用灵魂担保，我没有情书，这是从哪里来的？
布拉齐亚诺	我对你的谨慎无知感到困惑！
	[把信给维多利亚。
布拉齐亚诺	你被收回了，是吗？我把铃铛给你，让你飞向魔鬼。
弗拉米尼奥	我的主人，你真是一只谨慎的鹰鹫。
维多利亚	（读信）"佛罗伦萨！"这是个奸诈的阴谋！大人，对我来说，甚至在我睡觉的时候，这地方也从来都不可爱啊。
布拉齐亚诺	没错，这就是阴谋。你的美貌！哦，一万个诅咒。 我在水晶里看魔鬼多久了？ 你引导我，像异教徒献祭， 用音乐和致命的花轭走向我永恒的毁灭。 女人之于男人，不是神就是狼。
维多利亚	大人。
布拉齐亚诺	走开！ 我们会像两块同极磁石一样泾渭分明，一个会避开另一个。 怎么，你哭了？ 只要你找来十个骗子，你就能为所有的爱尔兰葬礼提供嚎叫的爱尔兰野人。
弗拉米尼奥	呸，大人！
布拉齐亚诺	那只手，那只被诅咒的手，我曾用宠爱的吻使它疲惫不堪！哦，我最可爱的公爵夫人，你现在多么可爱！ （对维多利亚）你散漫的思绪像流银一样散开，我被迷惑了，因为全世界都在说你的坏话。
维多利亚	没关系，我现在要活下去，让世人反悔，改变他们的言论。你

	给你的公爵夫人取了名字。
布拉齐亚诺	上帝宽恕了她的死。
维多利亚	上帝为她的死复仇！你这个最不敬虔的公爵！
弗拉米尼奥	现在是两股旋风。
维多利亚	我从你身上得到了什么？
	你玷污了我的家族一尘不染的荣誉，把高贵的社会吓得魂飞魄散。
	就像那些得了瘫痪的病人，身上还留着恶臭的狐狸，仍然被那些更有品位的人避而远之。
	你管这房子叫什么？这是你的宫殿吗？法官不是说这是忏悔的妓院吗？
	谁派我来的？谁让维多利亚进了这所不检点的学院？难道不是你吗？
	去吧，去吹嘘吧，有多少女士像我一样被你糟蹋了。
	祝你好运，先生，让我不再听到你的声音。
	我的四肢已经腐烂成了溃疡，但我已经把它们砍掉了，现在我要拄着拐杖向天堂哭泣。
	对于你的礼物，我会一一奉还。
	我真希望能让你全权负责我所有的罪孽。哦，我真希望能尽快把自己扔进坟墓。看在你的分儿上，我不会再流泪了，我会先崩溃。
	[维多利亚扑倒在床上。
布拉齐亚诺	我喝了忘情水。维多利亚！
	我最亲爱的幸福！维多利亚！
	我的爱人，你怎么了？你为什么哭泣？
维多利亚	是的，我现在哭泣了，你看。
布拉齐亚诺	那双无与伦比的眼睛难道不是我的吗？
维多利亚	我宁愿它们是不好看的。
布拉齐亚诺	这嘴唇不是我的吗？

维多利亚	是的，我宁愿咬掉它，也不愿把它给你。
弗拉米尼奥	转向我的主人，好姐姐。
维多利亚	滚开，马屁精！
弗拉米尼奥	马屁精？我是罪魁祸首吗？
维多利亚	是的。他是个小偷放进来的小偷。
弗拉米尼奥	我们是地雷，大人。
布拉齐亚诺	你听见了吗？ 嫉妒你一次就是表示我将永远爱你，永远不再嫉妒。
维多利亚	你这个傻瓜，你的聪明才智被你的伟大所掩盖！ 除了继续做你的娼妓，你敢做什么让我不敢承受的？为此，你应该早点在海底生火。
弗拉米尼奥	看在上帝的分儿上，不要发誓。
布拉齐亚诺	你能听见我说话吗？
维多利亚	再也听不见。
弗拉米尼奥	女人真该死，女人的意志是什么鬼东西？没有什么能打破它吗？（对布拉齐亚诺）呸，呸，我的主人，抓住女人就像抓住乌龟一样，她必须仰面朝天……姐姐，就凭这只手，我站在你这边……来吧，来吧，你错怪她了。 你真是个奇怪的轻信者，大人，你认为佛罗伦萨公爵会爱上她吗？商人会拿走别人的物品吗？有哪个商人会在东西被别人拖走玷污之后还拿走它呢？不过，姐姐，你这皱眉的样子多难看！年轻的野兔站不久，女人的愤怒应该像它们的逃跑一样，也应该给它们带来一点乐趣。 哭上一刻钟，然后被扔进死尸堆里。
布拉齐亚诺	这双眼睛在你脸上停留了如此之久，现在要熄灭吗？
弗拉米尼奥	世界上没有一个残酷的女房东会这样做，她会向环卫工们伸出援手，并利用他们。 我的主人，拥抱她，然后亲吻她，不要像白鼬，一吹气就松手。
布拉齐亚诺	我们重新握手吧。

维多利亚	好吧。
布拉齐亚诺	决不要暴怒或忘情的美酒，使我犯同样的错误。
弗拉米尼奥	现在你已经上道了，跟紧我。
布拉齐亚诺	你和我和平相处吧，让全世界都来威胁我吧。
弗拉米尼奥	记住他的忏悔，再好的天性也会犯最严重的错误，
	就像最好的葡萄酒也会变成最烈的醋。
	我告诉你，大海比平静的河流更汹涌澎湃，但也不那么甜美和健康。
	安静的女人就像大桥下的一汪静水，男人可以安全地拥有她。
维多利亚	哦，你们这些胡言乱语的人！
弗拉米尼奥	我们在第一个婴儿期就从女人的乳房里吸出乳汁来了，姐姐。
维多利亚	苦上加苦。
布拉齐亚诺	最甜蜜。
维多利亚	我还不够低贱吗？
	是啊，是啊，你善良的心像雪球一样越聚越多，现在你的感情冷淡了。
布拉齐亚诺	它会再次融化成一颗心，否则罗马所有的葡萄酒都会流下眼泪。
维多利亚	你的鹰犬应该得到比我更好的奖赏，我一句话也不再说了。
弗拉米尼奥	用甜蜜的吻封住她的嘴，大人。
	现在潮水退了，船也靠岸了，
	他是个可爱的臂膀。哦，我们这些卷发男人还是对女人最亲切，这很好。
布拉齐亚诺	你应该这样责备。
弗拉米尼奥	哦，先生，你的小烟囱冒出的烟最多。
	我为你捏了一把汗，就像古希腊人骑着木马一样沉默。
	我的主人，请用行动兑现你的诺言，
	你知道，涂脂抹粉的肉食不能充饥。
布拉齐亚诺	留在忘恩负义的罗马吧！

弗拉米尼奥　　罗马！它活该因我们的恶行而被称为巴巴里。
布拉齐亚诺　　软弱，佛罗伦萨公爵——我不知道他是出于爱情还是诡计——为她的逃亡制定了同样的计划，我将继续执行。
弗拉米尼奥　　没有比今晚更合适的时机了，大人。
　　　　　　　教皇死了，所有的主教都来参加选举新教皇的会议。
　　　　　　　全城一片混乱，我们可以给她穿上侍从服去帕多瓦。
布拉齐亚诺　　我要马上偷出乔瓦尼勋爵的车去帕多瓦，你们俩和你们的老母亲，还有照顾佛罗伦萨公爵的马塞洛，如果你们能说服他跟我来，我会为你们垫付一切。为了你，维多利亚，想想公爵夫人的头衔吧。
弗拉米尼奥　　爱你，姐姐。
　　　　　　　请留步，大人，我给您讲个故事。有一只比鹩鹩大不了多少的小鸟，是鳄鱼的清道夫。它飞进鳄鱼的嘴里，把虫子抠出来，然后给鳄鱼治病。鳄鱼很高兴，又很感激它，但怕小鸟在国外大肆议论自己不付钱，就合上鱼嘴，打算把它吞下去，让它永远保持沉默。可是，大自然厌恶这种忘恩负义的行为，就在这只鸟的头上扎了一根鹅毛刺，刺伤了鳄鱼的嘴，迫使它张开血盆大口，把这只漂亮的剔牙鸟从它残忍的病人身边赶走了。
布拉齐亚诺　　你的意思是，我没有报答你们对我的帮助。
弗拉米尼奥　　不，我的主人。姐姐你就是鳄鱼，你的名声有了污点，但我的主人会治好你的。虽然不能一一比较，但你要记住，这只头上长刺的鸟对你有什么好处，不要忘恩负义。
　　　　　　　（自语）就这样，说着无稽之谈和疯话，有时还用干巴巴的句子，塞满了圣人之言。不过，这也容许我变化多端，"无赖通过成为伟人的猿猴而变得伟大"。
　　　　　　　[暗场。

第三场

［洛多维克、加斯帕罗和六位大使进场。
［佛罗伦萨公爵弗朗西斯科从另一扇门进场。

弗朗西斯科	大人，我赞赏您的勤勉。
	好好守卫会议，按照命令不要让任何人与主教会面。
洛多维克	我会的，大人。给大使们留个位置。
加斯帕罗	他们真是衣着华丽。为什么他们有这些不同的习惯？
洛多维克	哦，先生，他们是几个骑士团的骑士。
	穿黑斗篷、戴银十字架的那位大人是罗德斯骑士；
	接着是圣米迦勒骑士、金羊毛骑士；那边的法国人是圣灵骑士；
	我的萨伏依大人是圣母领报骑士；英国人是尊贵的骑士，献给他们的圣人圣乔治。
	我可以向你们描述他们的各种制度，以及他们的骑士团所附带的法律，但时间不允许。
弗朗西斯科	洛多维克伯爵呢？
洛多维克	在这儿，大人。
弗朗西斯科	晚餐时间到了，为主教服务吧。
洛多维克	先生，我会的。

［仆人端着几个盘子进场。

洛多维克	站起来，让我检查检查你的盘子，这是给谁的？
仆　人	给主教蒙蒂塞索大人的。
洛多维克	这是给谁的？
仆　人	给波旁主教大人的。
法国大使	他为什么要检查餐具？为了观察一下烹制了什么肉？
英国大使	不，先生，这是为了防止有人送信来贿赂或拉拢主教。当他们第一次进入会场时，王子的使节可以合法地与他们一起进入会场，并为王子最中意的人提出申请，但在此之后，直到大选之

前，任何人都不得与他们交谈。

洛多维克　你们这些侍候主教大人的人，打开窗户，接受他们的美食。

侍　从　主教们正在忙着选举教皇，他们已经放弃了审查，转而钦佩教皇。

洛多维克　走吧，走吧。

[端盘子的仆人退场。

弗朗西斯科　我出一千个金币，你马上就会听到教皇的消息。听，他肯定当选了！

[阿拉贡主教出现在露台上。

弗朗西斯科　看！我的阿拉贡大人出现在教堂的城垛上了！

阿拉贡　（拉丁语）我带来极大的快乐，主教洛伦佐·德·蒙蒂塞索被选为使徒会议的成员，并为他取名为"保罗四世"。

全　体　（拉丁语）瓦尔塔·圣·皮特·保罗·奥德修斯。

[仆人进场。

仆　人　维多利亚，我的大人……

弗朗西斯科　她怎么了？

仆　人　逃出城了。

弗朗西斯科　啊？

仆　人　和布拉齐亚诺公爵一起。

弗朗西斯科　逃了？逃走了？乔瓦尼呢？

仆　人　跟他父亲走了。

弗朗西斯科　把皈依者的母亲抓起来。逃跑？真该死！

[仆人退场。

弗朗西斯科　（自语）我的愿望多么幸运啊，为什么？因为我只是劳心劳力，我确实寄了信告诉他该怎么做。

亲爱的公爵，我先是毒害了你的名声，指引你去娶一个妓女，还有什么比这更糟的呢？

接下来就是这样：必须用手来淹没多情的舌头，我不屑于佩剑和喋喋不休。

［蒙蒂塞索进场。

蒙蒂塞索　（拉丁语）我们以祝福和赦罪的方式为你缔结了一位使徒。

［弗朗西斯科对蒙蒂塞索耳语。

蒙蒂塞索　我的领主报告，维多利亚·科罗博纳被布拉齐亚诺从皈依者之家偷走了，他们逃离了这座城市。现在，虽然这是我们就职的第一天，但我们不能让这些受诅咒的人离开神圣的教会，这是对神权最大的亵渎。因此，我们宣布将他们二人逐出教会；在罗马，我们同样驱逐所有属于他们的人。继续！

［除弗朗西斯科和洛多维克外，其他人退场。

弗朗西斯科　来吧，亲爱的洛多维克，你已接受圣礼，准备起诉这件谋杀案。
洛多维克　坚定不移。
　　　　　　　但是，先生，我不知道您会不会亲自参与，因为您是一位伟大的公爵。
弗朗西斯科　别转移我的注意力，在座的大多数人都是我这一派的，还有一些人是我的顾问。尊贵的朋友，我们的危险在这一计划中是一样的。请允许我也有一份荣耀。

［弗朗西斯科退场，蒙蒂塞索进场。

蒙蒂塞索　佛罗伦萨公爵为何如此谨慎？恳求您的原谅？说！
洛多维克　意大利的乞丐们会告诉你谁乞求施舍，就叫他们乞求的人为他们自己做好事；或者是他用播种的手施舍，就像国王一样，多次慷慨解囊，不是为了沙漠，而是为了他们的快乐。
蒙蒂塞索　我知道你很狡猾。来吧，你养的是什么恶魔？
洛多维克　恶魔，大人？
蒙蒂塞索　我问你，公爵是怎么雇用你的？他离开你的时候，他的帽子就这样掉在他的膝盖上？
洛多维克　为什么？我的大人，
　　　　　　　他告诉我有一匹健壮的巴巴里马，他很想把它带到战场上，那就是"索"和"环"。现在，大人，我有一个难得的法国骑手。
蒙蒂塞索　你要小心注意，免得野马或者女人打断你的脖子。你想用你的

	野马把戏来搪塞我吗？你说谎，哦，你是一朵污浊的乌云，你酝酿着狂风暴雨。
洛多维克	暴风雨就在空中。大人，我的境界太低了，不能酝酿暴风雨。
蒙蒂塞索	可怜的家伙！
	我知道你是万恶之源，就像狗一样，一旦沾了血，就会永远杀人。
	关于谋杀？不是吗？
洛多维克	我不会告诉你，我也不在乎告不告诉你，就这样准备结婚吧。圣父，我不是以知识分子的身份来见您，而是作为一个忏悔的罪人。我所说的只是忏悔，你知道绝不能泄露。
蒙蒂塞索	你必须告诉我。
洛多维克	先生，我确实深爱着布拉齐亚诺公爵夫人。或者说，我用火热的情欲追求她，尽管她从不知道。她中了毒，为此我发誓要报复对她的谋杀。
蒙蒂塞索	献给佛罗伦萨公爵？
洛多维克	是的。
蒙蒂塞索	可悲的家伙！
	如果你执迷不悟，那就太可恶了。
	你以为可以在血泊中滑行而不沾上可耻的污点吗？
	或者，就像一棵忧郁的黑树，你想把自己扎根在死人的坟墓里，却能枝繁叶茂？
	对你的教诲就像甘甜的雨露洒向坚硬的土地，润物细无声，我就这样离开你。
	你的脖子上挂着所有的复仇女神，直到你悔过自新，从你的胸膛里召唤出那个残忍的恶魔，消除你的罪恶。
	〔蒙蒂塞索退场。
洛多维克	我就不说了。他说这是可恶的。另外，卡米洛死了，我还指望他的投票权呢。
	〔仆人和弗朗西斯科进场。

弗朗西斯科	你知道伯爵吗？
仆　人	是的，大人。
弗朗西斯科	把这一千金币送到他的住处，告诉他是教皇送来的，这比其他所有的都要好。

[弗朗西斯科退场。

| 仆　人 | 先生。

[仆人把钱包交给洛多维克。

洛多维克	给我，先生？
仆　人	教皇陛下给你送来了一千金币，并嘱咐你，如果你要旅行，就把他当作你情报的守护神。
洛多维克	他的造物，永远受命。

[仆人退场。

| 洛多维克 | 为什么现在会这样？他对我大加奚落，但这些王冠已被告知并准备就绪。
在他知道我的行程之前，艺术啊，伟大的谦虚的形式！
他们坐在那里，就像婚宴上的新娘，而无表情，从最轻微的恣意妄为，转向了最激烈的胆大妄为。
当他们思想放纵时，就会厌恶谦虚，甚至在午夜时分上演那些火辣辣的体育运动。
他的狡猾就在于此！
他用金色的坠子敲击我的心房。我现在全副武装。现在是血腥行动。
宽广的地狱里只有三个复仇女神，但在一个伟人的胸膛里却有三千个女神居住。

[暗场。

第五幕

第一场

[布拉齐亚诺、弗拉米尼奥、马塞洛、霍顿西奥、维多利亚·科罗博纳、科妮莉亚、赞奇等人从舞台上通过。
[弗拉米尼奥和霍顿西奥进场。

弗拉米尼奥 在我疲惫的一生中,从来没有一天像现在这样,这桩婚事证实了我的幸福。

霍顿西奥 这是个很好的保证。你还没看到那个摩尔人来到宫廷吗?

弗拉米尼奥 是的,我在公爵的衣橱里和他谈过。我从来没有见过比他更好的人物,也从来没有和一个在国家事务或战争初期有更好经验的人交谈过。

据说这七年来他曾两次在坎迪为威尼斯人服务,还主导过许多大胆的构想。

霍顿西奥 陪伴他的那两个人是谁呢?

弗拉米尼奥 匈牙利的两位贵族。八年前,他们以指挥官的身份为皇帝服务,但与宫廷所有人的期望相反,由于他们的事业没有得到很好的发展,他们离开了他们的教会,回到了宫廷。为此,他们良心不安,发誓要为基督的敌人效忠。他们去了马耳他,在那里被授予了骑士称号。在他们回来的这个伟大庄严的时刻,他们决心永远抛弃这个世界,在帕多瓦的卡普钦教会的一所房子里定居下来。

霍顿西奥 真奇怪。

弗拉米尼奥 有一件事让人觉得奇怪。他们发誓要永远赤身裸体地穿着他们服役时穿的军大衣。

霍顿西奥	艰难的忏悔。摩尔人是基督徒吗？
弗拉米尼奥	他是。
霍顿西奥	他为什么要为我们的公爵效劳？
弗拉米尼奥	因为他知道我们和佛罗伦萨公爵之间会有一场战争，他希望能在这场战争中找到工作。我从未见过一个人在严厉果敢的神情中流露出更多的命令，也从未见过他在豪言壮语中表达出更多的真知灼见。或对我们这些轻浮的朝臣更深的蔑视。他说起话来，就像遍访了基督教世界所有的王公贵族：凡事都竭力让所有与他争论的人知道，荣耀就像萤火虫，远看闪耀着光芒，近看却无热无光。
	公爵！

[布拉齐亚诺、乔装成摩尔人穆里纳萨的佛罗伦萨公爵弗朗西斯科、洛多维克、安托内利、乔装打扮的加斯帕罗、带着剑和头盔的费内泽、卡罗和佩德罗进场。

布拉齐亚诺	我们非常欢迎您。我们已经充分了解了您对上耳其人的光荣战绩。勇敢的穆里纳萨，我们会给您一笔可观的抚恤金；但令人遗憾的是，那两位值得尊敬的绅士的誓言，使他们无法享受我们提供的恩惠。您的愿望是把您的宝剑留在我们的教堂里作为纪念，我认为这是我莫大的荣幸，请您允许我为公爵夫人的狂欢做准备。只有一件事，出于你所能看到的最后一点虚荣心，不要拒绝我的挽留，你将有私人看台。数位亲王的伟大使节从罗马回国时，都很高兴能为我们的婚礼捧场，并以这样的运动来款待我。
弗朗西斯科	我会说服他们留下来，大人。
布拉齐亚诺	快去吧。

[布拉齐亚诺、弗拉米尼奥和霍顿西奥退场。

| 卡　罗 | 尊贵的大人，欢迎您的光临。

[密谋者在此拥抱。

| 卡　罗 | 您把我们的誓言和圣礼封在一起，以支持您的尝试。

佩德罗	一切准备就绪，他不可能自取灭亡。
	倘若他绝望了，他也不会自取灭亡。
洛多维克	你不会走我的路。
弗朗西斯科	这样更好。
洛多维克	把他的祈祷书、一对佛珠、马鞍鞍部、望远镜或球拍柄都下毒了。哦，那个，那个！当他在打网球的时候，他可能会发誓要下地狱，把自己的灵魂打入危险之中！哦！我的主啊！我希望我们的计划情节是巧妙的，以后记录下来，作为范例，而不是借鉴别人的案例。
弗朗西斯科	没有比这更快的速度了。
洛多维克	那就开始吧。
弗朗西斯科	然而我认为这复仇是可怜的，因为它像贼一样偷袭了他。
	在田野里把他打得鼻青脸肿，把他引到佛罗伦萨！
洛多维克	这很难得。在那里，他戴上了一个臭大蒜花环，这表明了他的政府的尖锐和欲望的愤怒。弗拉米尼奥来了。
	[除弗朗西斯科外，所有人退场。
	[弗拉米尼奥、马塞洛和赞奇进场。
马塞洛	这魔鬼为何缠着你？说！
弗拉米尼奥	我不知道。
	因为我没有用这道光为她变魔术。让魔鬼复活并不像人们想象的那么狡猾，因为它已经复活了，最巧妙的是把它放倒。
马塞洛	她是你的耻辱。
弗拉米尼奥	请原谅她。你看，在信仰上，女人就像马刺，她们的感情投向哪里，她们就扎向哪里。
赞奇	那是我的老乡，一个好人。
	当他闲暇时，我会用我们自己的语言和他交谈。
弗拉米尼奥	我求你了。
	[赞奇退场。
弗拉米尼奥	勇敢的战士，你好吗？哦，我看到了你的一些钢铁般的日子！

	我祈祷把你的一些贡献告诉我们。
弗朗西斯科	一个人做自己的编年史是一件可笑的事；我从来不用自己的赞美之词漱口，因为我怕自己的口臭。
马塞洛	你太拘谨了，公爵会对你另眼相看的。
弗朗西斯科	我永远不会奉承他，我对人研究得太多了，不会那样做。公爵和我之间的区别就像两块砖头之间的区别，都是用同一种黏土做的，无非是一块被放在炮塔顶上，而另一块被随意地放在井底。如果我和公爵站得一样高，我也会站得一样稳，表现得一样好，同样经得起风吹雨打。
弗拉米尼奥	如果这名士兵有在教堂乞讨的专利，那么他会给他们讲故事。
马塞洛	我也当过兵。
弗朗西斯科	你是怎么熬过来的？
马塞洛	信仰。很糟糕。
弗朗西斯科	这就是和平的悲哀。只有外人受到尊重。就像河上的船看起来很大，而在海上却显得很小。宫廷中的一些人也是如此。宫中的巨人像如果来到田野上，就会显得像是很可怜的猪仔。
弗拉米尼奥	给我一个漂亮的房间，但要挂满栅栏，还要有一个伟大的主教，让他揪着我的耳朵，把我当作他的心腹。
弗朗西斯科	你可以这样做——魔鬼知道你在做什么坏事。
弗拉米尼奥	而且很安全。
弗朗西斯科	是的，你会看到，在乡下，每到收获季节，鸽子虽然从来没毁坏过这么多玉米，但农夫却不敢用鸟枪指着它们！为什么？因为它们是庄园主的，而你们可怜的麻雀，是天主的，它们却去吃锅里的饭。
弗拉米尼奥	我现在要给你一些政治上的指导。公爵说他会给你抚恤金，这不过是赤裸裸的许诺，还是从他手里拿吧。因为我认识一些人，他们在服役的三四个月里，抚恤金可以给他们买新的木腿和新的膏药，可是后来就没有了。而这种可悲的礼节，就好像一个折磨人的人，给一个死了四分之三的人喝热饮料，只是为了让

这可悲的灵魂再次忍受更多的狗啃屎。

[霍顿西奥、一个年轻人、赞奇和另外两个人进场。

弗拉米尼奥　现在怎么样，勇士们？怎么，他们准备好过关了吗？

[弗朗西斯科退场。

年轻人　是的，大人们正在穿盔甲。

霍顿西奥　他是什么人？

弗拉米尼奥　一个新来的，说起脏话来像个猎鹰猎人，一天到晚在公爵耳边撒谎，像个编年鉴的。可是自从他来到宫廷，我就知道他身上的汗臭味比网球场下的守门员还难闻。

霍顿西奥　你看，那边是你可爱的女主人。

弗拉米尼奥　你是我的结拜兄弟，我告诉你，我爱那个摩尔人，爱得很勉强。她知道我的一些恶行，我爱她，就像人揪住狼的耳朵一样，但我怕她反过来咬我，咬断我的喉咙。我愿意让她去见魔鬼。

霍顿西奥　我听说她要求嫁给你。

弗拉米尼奥　我对她许下了这样一个黑暗的诺言，为了逃避这个诺言，我就像一只被瓶子咬住尾巴的受惊的狗，恨不得把尾巴咬断，却不敢看身后。（对赞奇）我亲爱的吉卜赛人！

赞　奇　唉，你对我的爱更像是清凉而非热烈。

弗拉米尼奥　玛丽，我是一个更可靠的情人。我们城里有许多女人，热得太快了。

霍顿西奥　那你觉得这些香喷喷的英俊男子怎么样？

弗拉米尼奥　他们的绸缎救不了他们。我确信他们有某种疾病的味道。与狗同眠，必与跳蚤同起。

赞　奇　相信吧！一点油漆和漂亮衣服就让你讨厌我了。

弗拉米尼奥　怎么会？爱一个女人是因为她的画和她的衣服？我再给你举个例子。埃索普养了一条笨狗，它为了捕捉影子而放开了自己的口中肉。我希望朝臣们能更好地用餐。

赞　奇　你要记住你的誓言。

弗拉米尼奥　恋人们的誓言就像水手们的祈祷，都是在危急关头说出来的；

但当暴风雨过去、船只倾覆，他们就会从抗议转为饮酒。然而，在先生们中间，抗议和喝酒是相辅相成的，就像鞋匠和威斯特伐利亚熏肉一样。因为喝酒会引起抗议，抗议又会引起更多的喝酒。这番话难道不比你那位被太阳晒伤的绅士的道德观更好吗？

［科妮莉亚进场。

科妮莉亚　这就是你的栖息地吗，你这憔悴的家伙？飞去炖肉那儿吧。

［科妮莉亚打赞奇。

弗拉米尼奥　你现在应该被拴住脚跟，要当庭攻击吗？

［科妮莉亚退场。

赞　奇　她什么都不擅长，她只会让她的女仆们在寒冷的夜晚受冻。她们不敢用床单，因为害怕她闪闪发光的指印。

马塞洛　你是个贱货！厚颜无耻！

弗拉米尼奥　你为什么踢她？说啊，你觉得她像核桃树吗？在她结出好果子之前，一定要把她掐死吗？

马塞洛　她吹嘘你会娶她。

弗拉米尼奥　那怎么办？

马塞洛　我宁愿她被钉在木桩上，在某个新种的花园里，吓唬吓唬她的乌鸦伙伴们。

弗拉米尼奥　你是个孩子，一个傻瓜！看管好你的猎犬吧，我已经长大了。

马塞洛　如果我把她带到你身边，我会割断她的喉咙。

弗拉米尼奥　用羽毛扇？

马塞洛　为了你，我会用鞭子抽你的愚蠢。

弗拉米尼奥　你是脾气暴躁吗？我要用大黄把它洗净。

霍顿西奥　你的兄弟啊！

弗拉米尼奥　吊死他！他在最不该得罪我的地方却得罪了我。（对马塞洛）我怀疑母亲在怀你的时候做了手脚。

马塞洛　现在，我的希望破灭了，就像俄狄浦斯两个被杀的儿子，我们的感情之火，会用你的心血来回答。

弗拉米尼奥	照做,就像前进中的吉斯,你知道在哪里能找到我。
马塞洛	很好。

[弗拉米尼奥退场。

马塞洛	你是个高尚的朋友,把我的剑拿给他,让他把剑的长度调好。
年轻人	我会的。

[除赞奇外,所有人退场。

[佛罗伦萨公爵弗朗西斯科进场。

赞 奇	(自语)他来了,所以我才会想到我的耻辱,我从未爱过自己的肤色,直到现在,因为我可以脸不红心不跳地说,我爱你。
弗朗西斯科	你的爱情来得不是时候,米迦勒节有春天,但只是微弱的春天。我年事已高,且已经发誓永不结婚。
赞 奇	唉,可怜的姑娘们得到的情人比丈夫还多。不过你可能误会我的财富了。就像派去祝贺王子的使者,通常都会随身带着丰厚的礼物。这样,王子虽然不喜欢使者本人,也不喜欢使者的言辞,却很喜欢礼物。我也可以用同样的方式来见你,我的嫁妆比我的美德更受喜爱。
弗朗西斯科	我考虑一下。
赞 奇	好吧,我不再耽搁你了。等你闲暇时,我会告诉你一些让你血脉偾张的事情。不要责怪我表露的激情,情人死后,他们的火焰会被掩盖。
弗朗西斯科	在所有的智慧中,这可能是最好的。我一定会从这肮脏的巢穴里引出奇怪的禽鸟。

[弗朗西斯科退场。

[暗场。

第二场

[马塞洛、科妮莉亚以及一名留在后台的侍者进场。

科妮莉亚	我听到宫廷里有人在窃窃私语。

	你们要决斗，谁是你们的对手？
	你们在吵什么？
马塞洛	这只是空穴来风。
科妮莉亚	你会撒谎吗？你这样吓我当然不好。我向你保证，你除了最生气的时候，脸色从来没有这么难看过。不，我要叫公爵来，他会教训你的。
马塞洛	不要流露出恐惧，以免变成嘲笑，事实并非如此。
	这十字架不是我父亲的吗？
科妮莉亚	是的。
马塞洛	我听你说过，在我哥哥吸奶的时候，他把十字架夹在两手之间。
	〔弗拉米尼奥进场。
马塞洛	然后折断了一条腿。
科妮莉亚	是的，但已经补好了。
弗拉米尼奥	我把你的武器带回来了。
	〔弗拉米尼奥刺穿马塞洛。
科妮莉亚	啊，我的天啊！
马塞洛	你真的把它带回家了。
科妮莉亚	救命！他被谋杀了。
弗拉米尼奥	你能大胆起来吗？我去避难所找个外科医生来。
	〔弗拉米尼奥退场。
	〔卡罗、霍顿西奥、佩德罗进场。
霍顿西奥	怎么会这样？
马塞洛	哦，妈妈，现在请记住我对折断的十字架说的话：再见了。无论通过什么歪门邪道光耀门楣，上天都会对整个家庭降罪。这是要昭告天下，不义之财，取之必祸。天理昭彰，报应不爽。一棵树要想长久地稳住脚步，它的枝干不会比树根还粗。
科妮莉亚	哦，我永远的悲伤！
霍顿西奥	马塞洛已经死了，请离开他吧，女士。来吧，请节哀。
科妮莉亚	唉，他还没死，他只是失去了意识。

	他死了谁也别想得到什么。
	看在上帝的分儿上，让我再叫叫他吧。
卡　罗	我倒是希望你是被骗了。
科妮莉亚	你胡说！你胡说！你胡说！有多少人因为缺乏照顾而这样走了？抬起头来，抬起头来，他的内出血会要了他的命。
霍顿西奥	你看他走了。
科妮莉亚	让我到他身边去，把他原封不动地交给我，如果他还在人间的话。让我给他一个热烈的吻，你就可以把我们俩放进一口棺材里。拿个望远镜来，看看他的呼吸会不会把它弄脏，或者从我的枕头上拔几根羽毛，把它们贴在他的嘴唇上，你会因为一点小小的辛苦而失去他吗？
霍顿西奥	你最仁慈的行为就是为他祈祷。
科妮莉亚	唉，我不会为他祈祷的。如果你让我去找他，他也许会活着把我埋葬，再为我祈祷。
	［布拉齐亚诺全副武装并戴着一个头盔护面，跟弗拉米尼奥进场。
	［弗朗西斯科乔装成穆里纳萨，洛多维克化装。
布拉齐亚诺	这是你的杰作吗？
弗拉米尼奥	这是我的不幸。
科妮莉亚	他说谎！他说谎！他没有杀他，是这些人杀了他，他们不会让他受到更好的对待。
布拉齐亚诺	安慰我伤心的母亲吧。
科妮莉亚	哦，你这只尖嘴鸟。
霍顿西奥	别这样，好夫人。
科妮莉亚	让我走，让我走。
	［科妮莉亚拔出刀跑向弗拉米尼奥，来到他面前，把刀扔在地上。
科妮莉亚	天主宽恕你。为什么我还为你祈祷？我告诉你为什么：我几乎没有气力再数二十分钟了，我可不想把时间花在咒骂上。

祝你好运——你自己的一半躺在那儿，但愿你能活着，用他的骨灰装满一个沙漏，告诉人们你该如何用这段时间来忏悔。

布拉齐亚诺 母亲，请告诉我他是怎么死的？发生了什么争吵？

科妮莉亚 我的小儿子确实过分依赖他的男子气概，对他恶言相向，先拔出了剑。我已经失去了理智，我也不知道是怎么回事，他的头就掉了下来，正好就砸在我的怀里。

布拉齐亚诺 这不是真的，夫人。

科妮莉亚 我祈求你平安。刻舟求剑，再寻枉然，只是徒劳无功。

布拉齐亚诺 去，把尸体抬到科妮莉亚的住处。

我们命令任何人都不能把这件不幸的事告诉我们的公爵夫人。

至于弗拉米尼奥，听着，我不会原谅你的。

弗拉米尼奥 不！

布拉齐亚诺 只饶你一命，给你的命续一天的租约，你必须每天晚上续租，否则就要被绞死。

弗拉米尼奥 悉听尊便。

[洛多维克在布拉齐亚诺的头盔护面的面罩上撒毒药。

弗拉米尼奥 你的意愿就是法律，我不会干涉的。

布拉齐亚诺 你曾在你姐姐的住所里为我壮胆，现在我要让你敬畏我。我的头盔护面的面罩呢？

弗朗西斯科 （自语）他在呼唤他的灭亡。

崇高的年轻人，我同情你悲惨的命运。

现在遇到的艰难险阻，是他通往冥河的必经之路。

他做的最后一件好事，是把杀人犯宽恕。

[暗场。

第三场

[响起冲锋号和呐喊声。他们在壁垒处厮杀，先是单挑，然后是三对三。

［布拉齐亚诺、弗拉米尼奥、乔瓦尼、维多利亚和弗朗西斯科等人进场。

布拉齐亚诺　军械师！死了一个军械师！
弗拉米尼奥　军械师，军械师在哪？
布拉齐亚诺　把我的护面撕下来。
弗拉米尼奥　您受伤了吗，大人？
布拉齐亚诺　我的脑子火辣辣地疼。

［军械师进场。

布拉齐亚诺　头盔里有毒。
军械师　我的主啊，我的灵魂啊！
布拉齐亚诺　带他去受刑。

［军械师退场，被人看守。

布拉齐亚诺　就在我身边的有些大人物也参与了这件事。
维多利亚　我亲爱的主人，中毒了？
弗拉米尼奥　把面罩卡扣打开，这是不幸的狂欢。
快叫医生来，你们遭殃了。

［两位医生进场。

弗拉米尼奥　我们已经领教了你太多的狡猾，我担心大使们也中了毒。
布拉齐亚诺　哦，我已经中招了。传染病飞向大脑和心脏，哦，你这颗坚强的心！
他们不愿打破与世界之间的盟约。
乔瓦尼　我最爱的父亲啊！
布拉齐亚诺　把孩子带走。这个好女人在哪里？如果我有无限的世界，但对你来说也太小了。我必须离开你吗？你们这些尖叫的乌鸦怎么说？毒液是致命的吗？
医生　最致命的。
布拉齐亚诺　最腐败的政治刽子手！你杀人用心，但你的救人之术却屡屡失灵，就像你救不了那些需要帮助的伟人的朋友一样。我给了犯法的奴隶和卑鄙的杀人犯生命，难道我就没有权利延长我自己

	的生命十二个月吗？
	（对维多利亚）不要吻我，因为我会毒死你。这是佛罗伦萨公爵赐予我的恩典。
弗朗西斯科	先生，请节哀。
布拉齐亚诺	啊，这柔软的自然之死，与最甜美的沉睡共存，降灾的彗星不凝视你的离去，沉闷的乌鸦不敲打你的门窗，嘶哑的狼嗅不到你的腐肉，怜悯缠绕着你的尸体，而恐怖等待着你的王子。
维多利亚	我永远迷失了。
布拉齐亚诺	在女人们的号叫中死去多么悲惨啊！
	［伪装成卡普钦人的洛多维克和加斯帕罗进场。
布拉齐亚诺	那是什么？
弗拉米尼奥	方济会的，他们带来了极度圣餐礼。
布拉齐亚诺	如果我死了，谁也不许向我提起死亡，违者处死。那是个无限可怕的字眼。
	退下吧。
	［除弗朗西斯科和弗拉米尼奥之外，其他人退场。
弗拉米尼奥	看看垂死的王子是怎样的孤独，就像以前他们使城镇荒无人烟，使朋友生离死别，使富户门可罗雀。那么现在，啊，正义啊！他们的谄媚者现在在哪里？谄媚者不过是王子身体的影子，在最薄的云层下也看不见他们。
弗朗西斯科	为他发出了巨大的呻吟。
弗拉米尼奥	瞧着吧，再过几个小时，宫廷里的每间办公室里都会流出大量的盐水。但请相信，他们中的大多数人只会对着继母的坟墓哭泣。
弗朗西斯科	你怎么这么刻薄？
弗拉米尼奥	怎么了？他们就像一些生活在边缘地带的人一样，装腔作势地掩饰自己。
弗朗西斯科	你在他手下干得不错。
弗拉米尼奥	信仰，就像女人胸中的狼。我曾用家禽喂养，但为了钱，请理

解我，我和他们中的任何一个军官一样，都想捉弄他，但我不够狡猾。

弗朗西斯科　你觉得他怎么样？畅所欲言，别有顾忌。

弗拉米尼奥　他是个政治家，他宁愿计算他对一个城镇发射了多少炮弹，然后计算相关花费，也不愿计算他失去了多少英勇无畏的臣民。

弗朗西斯科　哦，说公爵的好话。

弗拉米尼奥　我已经说过了。想听听我的宫廷智慧吗？

〔洛多维克进场。

弗拉米尼奥　斥责王子确实危险，但过誉某些王子则是明显说谎。

弗朗西斯科　公爵怎么样了？

洛多维克　　病得很重。

他陷入了一种奇怪的分心状态，谈论战斗和垄断、征收赋税。从那以后，他就开始说最伤脑筋的话了。他的心思集中在二十几个目标上，把深奥的道理和愚蠢的行为混为一谈。这种可怕的结局可能会让一些人明白，虽然他们活得最快乐，但死得也不会太幸福。

他把整个公国都交给了你姐姐，直到勋爵成年。

弗拉米尼奥　这还算有点好运气。

弗朗西斯科　看，他来了。

〔布拉齐亚诺躺在床上，维多利亚和加斯帕罗等其他人也进场。

弗朗西斯科　他的脸上已经有了死亡的气息。

维多利亚　　我的好大人。

〔这几句话是几种描述，在行动中完成。

布拉齐亚诺　走开，你辱骂了我。

你把钱币运出我们的领土，买卖官职，欺压穷人，我做梦也想不到。

算算你们的账吧，我现在要做我自己的管家了。

弗拉米尼奥　先生，耐心点儿。

布拉齐亚诺　我确实太该受责备了。你可曾听过昏鸦斥责黑夜？或者听说过

|||魔鬼抨击蹄类动物吗？
维多利亚|我的大人！
布拉齐亚诺|给我来点美味的鹌鹑当晚餐吧。
弗拉米尼奥|好的，先生。
布拉齐亚诺|不，来点炸狗鱼吧，你的鹌鹑吃的是毒药……那个老狐狸，那个政客佛罗伦萨公爵……我会放弃狩猎，改行屠狗……难得的是，我要和平，和平！
|||那边有个好奴隶进来了。
弗拉米尼奥|哪儿？
布拉齐亚诺|为什么在那儿？
|||戴着一顶蓝帽子，穿着一条大马裤。哈哈哈，你看，他的胸衣上插满了珍珠别针。你不认识他吗？
弗拉米尼奥|不认识，大人。
布拉齐亚诺|为什么是魔鬼？我认识他是因为他鞋上有一圈花边来掩盖他裂开的脚，我要和他争辩，他是个罕见的语言学家。
维多利亚|大人，这里什么也没有。
布拉齐亚诺|什么都没有？真稀奇，什么都没有！当我要钱的时候，我们的国库空空如也，什么都没有。我不会被这样利用的。
维多利亚|躺着别动，我的主人……
布拉齐亚诺|瞧，瞧，杀了他哥哥的弗拉米尼奥正在绳索上跳舞，他两手各拎着一个钱袋以保持平衡，怕自己摔断脖子。还有一个穿着天鹅绒长袍的律师，目瞪口呆地紧盯着钱袋什么时候会掉下来。流氓是多么的无赖！它应该挂在上吊绳上。
|||在那儿的那个，她是什么人？
弗拉米尼奥|维多利亚，大人。
布拉齐亚诺|哈哈哈。她的头发上撒了鸢尾花粉，让她看起来像在糕点房里犯了罪。
|||他是什么人？
弗拉米尼奥|一位牧师，我的主人。

布拉齐亚诺	他一定会喝醉的,避开他。当教徒们踉踉跄跄地走进来时,争论是很可怕的。你看,六只掉了尾巴的灰老鼠爬上了枕头,快点去放捕鼠器。我要创造奇迹,让宫廷里没有害虫。弗拉米尼奥在哪儿?
弗拉米尼奥	我不喜欢他经常叫我的名字,尤其是在临终前。这预示着我将不久于人世。看,他已奄奄一息。
	[布拉齐亚诺在此时奄奄一息。洛多维克和加斯帕罗按照卡普钦人的习惯,拿着十字架和圣烛来到他的床前。
洛多维克	请允许我们离开,布拉齐亚诺公爵。
弗拉米尼奥	看看,他是多么坚定地注视着十字架。
维多利亚	啊,保持不变。这使他狂乱的精神安定下来,让他的眼睛充满泪水。
洛多维克	(在十字架旁,拉丁语)布拉齐亚诺公爵,你在战争中一直战斗。现在你会在地狱里找到你敌人的盾牌。
加斯帕罗	(在圣烛旁,拉丁语)战前,极度匆忙占了上风。现在你将祭出这把神圣的剑来对抗存活的敌人。
洛多维克	(拉丁语)我相信你,布拉齐亚诺公爵,想你所想,做你所做,如果危险,请记住我。
加斯帕罗	(拉丁语)主啊,布拉齐亚诺,你要知道,你是有功劳的,如果你的罪孽深重,我就不把你放在眼里。
洛多维克	(拉丁语)如果你现在尝试我们之间所做的一切,你会喜极而泣。
	(恢复常用语言)他要离开了,请大家站在一边。让我们只在他耳边低语一些私人冥想,我们的命令不允许你们听到。
	[其他人离开后,洛多维克和加斯帕罗发现了对方。
加斯帕罗	布拉齐亚诺。
洛多维克	恶魔布拉齐亚诺,你该死。
加斯帕罗	永世不得超生。
洛多维克	你伟大的主人是一个被定罪并送上绞刑架的奴隶。

加斯帕罗	因为你把艺术献给魔鬼。
洛多维克	你这个奴隶!你这个被关押的著名政治家,你的艺术是毒药!
加斯帕罗	你的良心被谋杀。
洛多维克	那在妻子被毒死之前,就已经从楼梯上摔断她的脖子。
加斯帕罗	你那恶毒的盔甲……
洛多维克	还有精美的刺绣瓶子,和冬天的瘟疫一样致命的香水……
加斯帕罗	现在还有水银……
洛多维克	还有红铜……
加斯帕罗	还有流银……
洛多维克	还有其他恶魔般的东西都在你的政治头脑中融化。听到了吗?
加斯帕罗	这位是洛多维克伯爵。
洛多维克	这位是加斯帕罗。而你会像个可怜虫一样死去。
加斯帕罗	像只被苍蝇叮过的死狗一样臭气熏天。
洛多维克	在你的葬礼布道之前就会被人遗忘。
加斯帕罗	维多利亚!维多利亚!
洛多维克	被诅咒的魔鬼再次回到他自己身边!我们完了。

[维多利亚和侍从进场。

| 加斯帕罗 | (对洛多维克低语)私下里勒死他。
(对维多利亚)什么?你还要把他叫回来让他受三倍的折磨?为了慈善,为了基督徒的仁慈,请回避这个房间。 |

[维多利亚和侍从退场。

| 洛多维克 | 你在说什么,先生?这是一个佛罗伦萨公爵送来的真爱之结。 |

[布拉齐亚诺被勒死了。

| 加斯帕罗 | 什么?怎么了? |
| 洛多维克 | 咽气了。世界上没有一个女看守员,就算她在隔离病院练习了七年,也不会做得更巧妙。 |

[维多利亚、弗朗西斯科、弗拉米尼奥和侍从进场。

| 洛多维克 | 大人们,他死了。 |

众　人	让他的灵魂安息吧。
维多利亚	我的天哪！这地方简直是地狱。

［维多利亚带着侍从和加斯帕罗退场。

弗朗西斯科	她承受的得有多重啊。
弗拉米尼奥	哦，是的，是的。

如果女人的眼睛里有可以航行的河流，人们就会用完全部河流。

当然，我想知道，既然城市里的水卖得这么便宜，我们为什么还要希望有更多的河流呢？我告诉你，这些不过是悲伤或恐惧的朦胧阴影，没有什么比女人的眼泪更快流干了。

为什么我所有的收获就这么多，他什么也没给我。

法庭承诺！让聪明人把他们算在内，让聪明人去诅咒他们吧，因为在人们活着的时候，谁得分最高，谁就得付出最惨重的代价。

弗朗西斯科	这当然是佛罗伦萨公爵干的。
弗拉米尼奥	很有可能。沉重的击打来自一个人的手部，但是致命的出击则来自一个人的头脑。

哦，典范阴谋家马赫维利人的罕见技巧，

他不会像对待一个粗笨的奴隶一样来把你累死。不是的，我古怪的流氓，他胳肢你到死，就好像你吞下了一磅藏红花。

你看，这一招，三下五除二就练成了。为了教会宫廷诚实，它在冰上跳。

弗朗西斯科	现在人们可以自由交谈，说说他的恶行。
弗拉米尼奥	王公们的悲哀。必须强迫他们的奴隶接受审查！

不仅因为做了坏事而受到指责，还因为没有做所有人都会做的事。他最好是个鞭打者。我还想和这位公爵谈谈呢。

弗朗西斯科	现在他死了？
弗拉米尼奥	我不能变魔术，但如果祈祷或者发誓可以让我和他说话，尽管会有四十个魔鬼身披火焰外衣等着他，我会和他说话，和他握

	手，即使我被炸死。
	[弗拉米尼奥退场。
弗朗西斯科	好极了，洛多维克！
	怎么了？你最后一口气把他吓住了吗？
洛多维克	是的，而且如此轻而易举，公爵就像被我们吓坏了一样。
弗朗西斯科	怎么会？
	[摩尔人赞奇进场。
洛多维克	你以后会听到的。
	看，你是让我们成为笑柄的魔鬼。
	现在揭开这个秘密：她爱上你时许下的诺言。
弗朗西斯科	在这悲哀的世界里，你们热烈地相遇了。
赞　奇	我希望你抬起头来，先生，这些法庭上的眼泪不需要向他们致敬，让那些因内疚而悲伤的人哭吧。
	昨晚我做了个噩梦，知道会有祸事发生，但说实话，我的梦跟你最有关系。
洛多维克	你在做梦吗？
弗朗西斯科	是的，为了赶流行，我和她一起做梦。
赞　奇	我还以为你偷跑到我床上来了呢。
弗朗西斯科	你相信我吗，亲爱的？在这灯光下我也梦见了你，在我的印象里，我看见你赤身裸体。
赞　奇	呸，先生，我跟你说过的，我以为你躺在我身边。
弗朗西斯科	我的梦也是这样，因为怕你着凉，我给你盖上了这件爱尔兰斗篷。
赞　奇	我确实梦见了。你对我有些放肆，但我还是来了。
洛多维克	怎么会？我希望你不要到这儿来。
弗朗西斯科	不，你必须听我把梦说出来。
赞　奇	好吧，先生，说吧。
弗朗西斯科	当我把斗篷披在你身上时，你笑了，我想你一定笑得很开心。
赞　奇	笑？

弗朗西斯科　　也哭了出来，头发让你发痒。
赞　　奇　　确实有一个梦。
洛多维克　　请注意她，她笑得像洗过船的肥皂泡。
赞　　奇　　来吧，先生，你身上会降临好运气。
　　　　　　我要告诉你一个秘密：
　　　　　　佛罗伦萨公爵的妹妹伊莎贝拉被一幅愤怒的画毒死了，
　　　　　　而卡米洛的脖子被该死的弗拉米尼奥扭断了，
　　　　　　这一不幸是由一匹跳跃的马造成的。
弗朗西斯科　　太奇怪了。
赞　　奇　　千真万确。
洛多维克　　蛇笼被打破了。
赞　　奇　　我很遗憾地承认，我参与了这桩黑幕。
弗朗西斯科　　你一直听从他们的主意。
赞　　奇　　是的。为此我悔恨交加，打算今晚去劫持维多利亚。
洛多维克　　很好的忏悔。讲师做梦时都会梦见自己在布道。
赞　　奇　　为了加快我们的逃离，我请求让我先行告退，去参加我一个乡下朋友的葬礼。这个借口会让我们逃得更快，在金银珠宝方面，我至少可以给你十万克朗。
弗朗西斯科　　哦，高贵的姑娘！
洛多维克　　这些王冠我们共享。
赞　　奇　　这是嫁妆。
　　　　　　我想，这应该能让那句谚语不攻自破，"把埃塞俄比亚人洗白"。
弗朗西斯科　　会的！
赞　　奇　　准备好逃走吧。
弗朗西斯科　　天亮前一小时。
　　　　　　[摩尔人赞奇退场。
弗朗西斯科　　哦，奇怪的发现！为什么到现在我们还不知道他们死亡的情况。
　　　　　　[摩尔人赞奇进场。

赞　奇	你午夜时分会在小教堂等吗？
弗朗西斯科	在。
洛多维克	为什么现在我们的行动是合理的？
弗朗西斯科	为了正义。
	是什么损害了正义？我们现在像鹧鸪一样，用月桂来清除疾病，因为名声将为事业加冕，并让耻辱烟消云散。
	［暗场。

第四场

［弗拉米尼奥和加斯帕罗进场，乔瓦尼从另一条路进场。

加斯帕罗	年轻的公爵。你见过比他更可爱的王子吗？
弗拉米尼奥	我知道一个可怜女人的私生子比他更受青睐，这是在背后说。现在，当着他的面，所有的比较都是可恨的。站在一旁的几个小笨鸟拿她的美貌和国王的老鹰做比较，说老鹰比她漂亮得多，不是因为她的羽毛，而是因为她的智慧。老鹰的羽毛会慢慢长出来的。我和蔼可亲的大人。
乔瓦尼	请回吧，先生。
弗拉米尼奥	阁下一定很高兴，我有理由哀悼。你知道那个骑马跟在他父亲后面的小男孩说了什么吗？
乔瓦尼	为什么？他说了什么？
弗拉米尼奥	他说："爸爸，等你死了，我也要骑马。"一个人坐在马鞍上是很勇敢的：他可以在马镫上伸展身体，环顾四周，看到整个半球。大人，您现在就在马鞍上。
乔瓦尼	好好祈祷吧，先生，忏悔吧。你应该想想以前的事。我听人说，悲伤是罪恶的长子。
	［乔瓦尼退场。
弗拉米尼奥	研究我的祈祷？他神神道道地威胁我，我已经粉身碎骨了：我不在乎，即使像阿那卡西斯一样被臼子捣死。然而，死亡更适

合把高利贷者的金子和他们自己打在一起，为魔鬼做成最亲切的"天沟"。

他已经有了他舅舅的恶相，（西班牙语）用十六进制表示。（常用语言）先生，现在你是什么？

[侍臣进场。

侍　　臣　　先生，年轻的公爵很高兴您能容忍他的出席以及向他致敬的房间。

弗拉米尼奥　所以，狼和乌鸦年轻时都是漂亮的傻瓜。
先生，你的职责就是把我拒之门外吗？

侍　　臣　　是公爵的旨意。

弗拉米尼奥　真的，侍臣大人，不是所有的事情都要这么做的。譬如说，有位女士在午夜时分被人从床上掳走，关进安杰洛城堡的塔楼里，身上除了罩衫什么也没有，那门房先生会不会残忍地夺走她的上衣，把它扯到头上和耳朵上，然后把她赤身裸体地关进去？

侍　　臣　　很好，您真会开玩笑。

[侍臣退场。

弗拉米尼奥　他是在对我进行宫廷表演吗？一个燃烧的火苗在烟囱外比在烟囱里更能放出烟雾，我要抽几支。

[佛罗伦萨公爵弗朗西斯科进场。

弗拉米尼奥　现在是怎么了？你很悲伤。

弗朗西斯科　我看到了迄今为止最悲惨的景象。

弗拉米尼奥　你在这里遇到了另一个人，一个可怜的堕落的朝臣。

弗朗西斯科　您尊敬的母亲两小时后就成了老太婆。
我发现她们在包裹马塞洛的尸体，
在凄凉的歌声和泪水之间，
在悲歌、泪水和悲伤的挽歌之间，
就像老祖母们在亡灵旁守望一样。
相信我，没有烛光指引我走出房间，

|弗拉米尼奥|我会看到她们。
|弗朗西斯科|你太无情了，因为你的视线会增加她们的眼泪。
|弗拉米尼奥|我会看到她们的。
| |她们在横木后面。我会发现她们迷信的嚎叫。
| |［画出横线。
| |［科妮莉亚、摩尔人赞奇和其他三位女士进场，围绕着马塞洛的马车，唱着歌。
|科妮莉亚|迷迭香已经枯萎了，去采点新的保持新鲜，
| |希望这些草药能在他的坟墓里生长，
| |当我死了、腐烂了、汇入到海湾，
| |我要在他头上绑个月桂叶花环为他加冕，
| |让我的孩子远离闪电。
| |这张床单我已经保存了二十年，
| |我每天都为它祈祷，
| |我没想到他能用上。
|赞　奇|你看，那边是谁？
|科妮莉亚|把花递给我。
|赞　奇|夫人太傻了。
|女　士|唉，她的悲伤又使她的孩子转向了。
|科妮莉亚|（对弗拉米尼奥）不客气，这里有迷迭香，还有芸香以及镇静剂，祝你用得其所。我给自己留了更多。
|弗拉米尼奥|女士，这是谁？
|科妮莉亚|我猜你是掘墓人。
|弗拉米尼奥|是的。
|科妮莉亚|是弗拉米尼奥。
| |［科妮莉亚拉着弗拉米尼奥的手。
|科妮莉亚|你要把我当傻瓜吗？
| |这是一只洁白的手，

起始行：她们是如此水深火热。

血这么快就能洗掉吗？让我看看。
[科妮莉亚用多种方式分散弗拉米尼奥的注意力。

科妮莉亚 当尖叫的乌鸦在烟囱顶上呱呱叫，
烤箱里的怪蟋蟀又唱又跳，
当你的手上出现黄斑，
你一定会听到。
你看，那是怎样的斑点！
肯定是癞蛤蟆干的，
牛粪水对记忆力有好处，
请经常给我买三盎司。

弗拉米尼奥 我希望我来自这里。

科妮莉亚 你听到了吗，先生？
我给你讲个故事，我的祖母，当她听到钟声时，她会对着她的琉特琴唱道……

弗拉米尼奥 唱你会唱的，唱吧。

科妮莉亚 "叫来红胸知更鸟和鹪鹩，
因为它们在树荫下盘旋环绕，
用树叶和流水覆盖，
埋葬了没有朋友的人的尸体，
呼唤他的葬礼。
田鼠、鼹鼠和蚂蚁，
为他筑起小丘，让他温暖地躺在土里，
而且（当人们盗墓时）不会受到伤害，
但要远离狼獾，那是人类的敌害，
会用指甲把人再挖出来。"
因为他死于争吵，她们不愿埋葬他，
但我对此回答：
"让神圣的教会正式接纳他，
既然他将教会的税如实缴纳。"

他的财富已经罄尽，这是他所有的财产。

穷人有此，伟人再无。

现在商品都已卖完，

我们可以关店。

祝福你们，

所有善良的人们。

［科妮莉亚、赞奇和女士们退场。

弗拉米尼奥 我的身体里有一种奇怪的东西，如果没有同情心，我就无法给它命名。我祈祷它离开我。

［弗朗西斯科退场。

弗拉米尼奥 今夜我将知道我富有的姐姐指派我做什么，我将知道我的命运。

我曾过着糜烂的生活，像一些生活在宫廷里的人。

有时，我的脸上洋溢着笑容，

其实已经深陷良心迷宫。

那些折磨，往往是对我华美衣冠的考验，

就像笼中鸟在嘤嘤哭泣，我们却以为它在啾啾欢啼。

［布拉齐亚诺的鬼魂出场，他穿戴着皮袍、马裤、靴子和头巾，手里拿着一盆百合花，上面插着一个骷髅头。

弗拉米尼奥 哈！我受得了你。近一点，再近一点。

死亡对你是怎样的嘲弄？你看起来很伤心。

你在什么地方？是在星空长廊，还是在受诅地狱？

不说话？

先生，告诉我，一个人最好死在什么宗教里？

或者，回答我，我还得活多少时间？

这是最必要的问题。

不回答？

你还像某些伟人一样，像影子一样走来走去，漫无目的，说……

［鬼魂向弗拉米尼奥撒土，给他看骷髅头。

弗拉米尼奥　那是什么？哦，真要命！
他往我身上扔泥巴，一个死人的头骨埋在树根下。
请说吧，先生。我们的意大利教士让我们相信，死人会和他们的家人会面，而且很多时候会到家人的床上来，和他们一起吃饭。
［鬼魂退场。

弗拉米尼奥　他走了。瞧，头骨和大地都消失了。
这真是令人沮丧。
我敢说我的命运是最糟糕的。
现在到我姐姐的住处去，把这些可怕的事情都总结一下：
王子给我带来的耻辱，
接着是我哥哥的死亡惨状，
还有我母亲的白鬓苍苍，
最后是这可怕的景象。
这些全都将在维多利亚的恩惠下转危为安，
否则我将用她的鲜血淹没这把武器。
［暗场。

第五场

［弗朗西斯科、洛多维克和霍顿西奥侧耳倾听进场。

洛多维克　我的大人，我的灵魂告诉你，你不能再这样了，你的承诺已经太离谱了。
就我而言，我已经还清了所有的债务，所以就算什么时候我破产了，我的债主们也不会跟着倒下。
我发誓要在这个大胆的集会上向最卑鄙的追随者致敬。我的大人，离开这座城市，否则我发誓放弃杀人。

弗朗西斯科　再见了，洛多维克。
如果你在这光荣的行动中丧生，我也会缅怀你，让你青史留名。

［弗朗西斯科和洛多维克退场。

霍顿西奥　　有黑衣人在追杀我们，我现在就去城堡召集人马。
　　　　　　这些强势的宫廷派系不受任何制约，在行动中经常扭断骑士的脖子。
　　　　　　［暗场。

第六场

［维多利亚手持一本书同赞奇进场，弗拉米尼奥在后面跟着她们。
弗拉米尼奥　什么？你在祈祷吗？别这样。
维多利亚　　怎么了，恶魔？
弗拉米尼奥　我来找你谈谈世俗的生意，坐下，坐下。你会听到的，门开得够快了。
维多利亚　　啊，你喝醉了吗？
弗拉米尼奥　是的，是的，酒用苦艾草泡的，你马上就能尝到。
维多利亚　　你怎么这么生气？
弗拉米尼奥　你是我主人的遗嘱执行人，我要求奖赏，以表彰我长期以来的服务。
维多利亚　　因为你的服务？
弗拉米尼奥　来吧，这里有纸和笔，写下你要给我的东西。
维多利亚　　好吧。
　　　　　　［维多利亚书写。
弗拉米尼奥　你写好了吗？这封转易财产的文件太短了。
维多利亚　　我念给你听。
　　　　　　（维多利亚念）我把你应得的那份给你，而不是你杀死弟弟后哼唧着垂涎的那份。
弗拉米尼奥　一个最高贵的专利。
维多利亚　　你是个恶棍。
弗拉米尼奥　难道不是这样吗？有人说，聚众斗殴可以治愈瘟疫，你心里有魔鬼，我要试试能不能把他从你身上吓走。坐着别动，我的主人给我留下了两箱珠宝，这两箱珠宝会让我蔑视你的慷慨赏赐，你会看到它们的。

[弗拉米尼奥退场。

维多利亚　　他肯定分心了。

赞　　奇　　他已经走投无路了！为了你的安全，对他说话温柔点。

[弗拉米尼奥他带着两箱手枪走进来。

弗拉米尼奥　看，在一个小得要死的角落放着，比你所有的珠宝箱都要好。

维多利亚　　然而我想，这些宝石没有美丽的光泽，镶嵌得也不好。

弗拉米尼奥　我把右边朝向你，你就能看到它们在闪闪发光。

维多利亚　　把这恐怖的东西从我面前移开！你想怎样？你要我做什么？我的一切不都是你的吗？我有孩子吗？

弗拉米尼奥　求你了，好女人，不要用这些不着四六的俗事烦我，你祈祷吧。我向我的故主发过誓，你和我都不会比他多活四个小时。

维多利亚　　他嘱咐过吗？

弗拉米尼奥　他是这么说的。他嫉妒得要死，唯恐有人在他之后享用你，所以他要我这样做。至于我的死，我是自愿的，因为我知道，如果他身为大公爵在自己的宫廷里都不安全，那我们还有什么希望呢？

维多利亚　　这就是你的忧郁和绝望。

弗拉米尼奥　走开，你真是个傻瓜，竟以为政治家们会为了消除伤害的恶果，而让伤害的种子存活下去！难道我们要在镣铐里呻吟，或者成为公众脚手架上可耻而沉重的负担吗？这就是我的决心：我不因任何人的恳求而生，也不因任何人的吩咐而死。

维多利亚　　你听见了吗？

弗拉米尼奥　我的生为他人服务，我的死为自己所图，你要准备好。

维多利亚　　你真的想死吗？

弗拉米尼奥　我很高兴，就像父亲给我礼物一样。

维多利亚　　（对旁边的赞奇）门锁上了吗？

赞　奇	是的，夫人。
维多利亚	你长大后是无神论者了吗？你要把你的肉体——灵魂的美好宫殿——变成灵魂的屠宰场吗？哦，这个被诅咒的魔鬼，让我们背负了其他所有的罪，它用三倍甜的糖衣包裹了令人绝望的苦胆和锑，然而，我们尽情狂欢，甘之如饴。
	（对一旁的赞奇）大声呼救。
	让我们抛弃为人类创造的美好世界，沉沦于为魔鬼创造的永恒黑暗。
赞　奇	救命！救命！
弗拉米尼奥	我会用冬梅封住你的喉咙。
维多利亚	但请记住，现在有数百万人躺在坟墓里，他们终有一天会像曼陀罗一样嘶叫着爬起来复活。
弗拉米尼奥	别唠叨了。这些不过是语法上的哀叹、女性化的论点，它们打动我的方式就像有些人在讲坛上用感叹而非理智或合理的教义打动他们的听众一样。
赞　奇	（自语）温和的夫人似乎同意了，只劝他教授死亡之道。让他以身试法。
维多利亚	（自语）很好，我明白了。
	自杀是一种肉食行为，我们必须像吃药一样，不要咀嚼，而是迅速吞下。伤口的疼痛或手部的无力可能会带来三倍的痛苦。
弗拉米尼奥	无法死去，我认为这是一种悲惨无比的生活。
维多利亚	哦，不过是脆弱！
	然而我现在已经决心解脱了，告别苦难吧。
	看啊，布拉齐亚诺，我在你活着的时候，曾用我的心做了一个火焰祭坛献给你，现在我准备献出我的心和一切。再见了，赞奇。
赞　奇	怎么？夫人！你以为我会比你长寿吗？
	尤其是当我最好的弗拉米尼奥也要远行时。
弗拉米尼奥	最爱的摩尔人啊！

赞　奇	既然我们谁也不能让你或我，做她的悲哀品尝者，教她如何死去，让我用我所有的爱恳求你。
弗拉米尼奥	你教得很好，拿着这些手枪——因为我的手已经沾满了鲜血——你要用其中两把对准我的胸膛，另一把对准你的胸膛，我们就这样死去。 我们会死得其所，但首先要发誓，别比我活得久。
维多利亚 赞　奇	虔诚起誓。
弗拉米尼奥	那么，我的末日就到了。再见吧，日光。 哦，卑鄙的医生！花了这么长时间学习，却只保存了这么短的生命，我向你告别。 [弗拉米尼奥展示手枪。
弗拉米尼奥	这是两只放血杯，可以把我受感染的血都吸出来。 准备好了吗？
维多利亚 赞　奇	准备好了。
弗拉米尼奥	我现在该何去何从？ 哦，卢锡安，你那荒唐的炼狱！亚历山大大帝在补鞋，庞培在贴标签，恺撒在做发扣，汉尼拔在卖薰衣草，奥古斯都在叫卖大蒜，查理曼在一打一打地卖布条，皮平国王在一匹马拉的车上叫卖苹果。 我到底是下定决心要火、土、水、空气，还是所有的元素都要一点点，我不知道，也不太在乎。开枪吧，开枪，在所有的死亡中，暴力死亡是最好的，因为它从我们自己身上偷走了我们自己，痛苦一旦降临，就会马上过去。他们向他开枪，跑过去，踩在他身上。
维多利亚	怎么，你掉下去了？
弗拉米尼奥	我已经和泥土混在一起了。既然你是高尚的，就履行你的誓言，勇敢地追随我。

| 维多利亚 | 去哪里？下地狱？
| 赞　奇 | 这是最可靠的诅咒。
| 维多利亚 | 你这受诅咒的恶魔。
| 赞　奇 | 你被抓住了。
| 维多利亚 | 在你自己的引擎里，我踩灭了本会毁灭我的火。
| 弗拉米尼奥 | 你要做伪证吗？你要做伪证吗？冥河是怎样的宗教誓言，众神都不敢违背？哦，要是我们也有这样的誓言，在我们的法庭上也能遵守得这么好就好了。
| 维多利亚 | 想想你要去哪里？
| 赞　奇 | 也记住你干了些什么坏事。
| 维多利亚 | 你的死将使我像一颗炽热的不祥之星，抬头颤抖。
| 弗拉米尼奥 | 哦，我被陷阱困住了！
| 维多利亚 | 你看，狼来了说很多次就会死，这就是事实。
| 弗拉米尼奥 | 用几只母狗就能把它咬死。
| 维多利亚 | 在它活着的时候，没有比它更适合作为地狱煞星的祭品了。
| 弗拉米尼奥 | 哦，路又黑又可怕！我看不见，我没有同伴吗？
| 维多利亚 | 是的，你的罪孽在你面前奔跑，从地狱取火，照亮你前进的道路。
| 弗拉米尼奥 | 哦，我闻到了烟灰的味道，最臭的烟灰，烟囱着火了，我的肝脏像苏格兰圣饼一样煮熟了。有一个水管工，在我的内脏里铺设管道，烫伤了我。你会比我活得更长吗？
| 赞　奇 | 是的，用木桩刺穿你的身体。你对自己施暴了，我们会把它拔出来。
| 弗拉米尼奥 | 哦，狡猾的魔鬼们！现在，我已经试过了你们的爱，也配合了你们的计谋。我没有受伤。（弗拉米尼奥站起来）手枪里没有子弹，这是一个阴谋，为了证明你们对我的仁慈恩情。我活着就是为了惩罚你们的忘恩负义，我知道你们总有一天会找到办法给我下猛药。啊，那些躺在病床上被河东狮吼困扰的人啊，千万不要相信她们。在蠕虫刺穿你的被单之前，在蜘蛛为你的

墓志铭做成薄薄的帷幕之前，她们就会改嫁。

你真狡猾，居然开枪！你在炮兵场练习吗？相信女人？决不，决不。布拉齐亚诺是我的先例，为了换取一点快感，我们把灵魂典当给魔鬼，而女人却做了男人应该做的卖身契！为了一个救了她的丈夫和主人的许珀耳涅斯特拉①，她的四十九个姐妹在一夜之间都割断了自己的喉咙。那里有一群贤惠的马蛭，这里还有两件乐器。

［洛多维克、加斯帕罗、卡罗、佩德罗进场。

维多利亚	救命！救命！
弗拉米尼奥	那是什么声音？啊？宫廷里的假钥匙。
洛多维克	我们给你带来了假面舞会。
弗拉米尼奥	从你们拔出的剑来看，似乎是个斗牛士，教徒变成了狂欢者。同谋们， 伊莎贝拉，伊莎贝拉！ ［他们卸下伪装。
洛多维克	你现在认识我们了？
弗拉米尼奥	洛多维克和加斯帕罗。
洛多维克	是的，公爵给予抚恤金的那个摩尔人是佛罗伦萨的大公爵。
维多利亚	我们迷路了。
弗拉米尼奥	你不能从我手中夺走正义，让我杀了她——我要把我的安全从你们的钢铁外衣上割开。命运是一只猎犬，我们无法摆脱它。现在还剩下什么呢？让所有做坏事的人引以为戒，人可以预见命运，但不能阻止命运。 在所有的公理中，这将是最重要的：'与其明智，不如幸运。'

---

① 译者注：许珀耳涅斯特拉（Hypermnestra），达那俄斯（Danaus）之女，她违抗父命，保全了心爱的丈夫林叩斯（Lynceus）的性命。达那俄斯从兄弟那里逃出，来到阿尔戈斯利，受到珀拉斯戈斯的接待，他在那里教民掘井，后来成为阿尔戈斯国王。埃古普托斯的儿子们也来到阿尔戈利斯，强迫达那俄斯把女儿嫁给他们。达那俄斯的女儿们遵从父命，在新婚之夜杀死自己的丈夫，只有许珀耳涅斯特拉未曾从命，没有对丈夫林叩斯下手。达那俄斯的女儿们犯下罪行，在死后永远受到惩罚，永无止境地往无底桶里灌水。

加斯帕罗	把他绑在柱子上。
维多利亚	哦,你温柔的怜悯!
	我见过一只乌鸫,它宁愿飞到人的怀里,也不愿等待凶猛的雀鹰的攫取。
加斯帕罗	你的希望欺骗了你。
维多利亚	要是佛罗伦萨公爵在宫里,他一定会杀了我。
加斯帕罗	傻瓜,王公们用自己的双手给予奖赏,却用别人的双手给予死亡或惩罚。
洛多维克	你曾经攻击过我,我要打中你的心脏。
弗拉米尼奥	你这样做就像一个刽子手,一个卑鄙的刽子手,不像一个高尚的人,因为你看到了,我不能再打了。
洛多维克	你笑了?
弗拉米尼奥	你想让我像出生时一样,在抱怨中死去吗?
加斯帕罗	向天堂推荐你自己吧。
弗拉米尼奥	不,不,我要带着我自己的赞美上天堂。
洛多维克	哦,我能不能一天杀你四十次,四年一起杀人案那也太少了,除了你太少而无法满足我们复仇的饥荒之外,没有什么会让人悲伤。你在想什么?
弗拉米尼奥	没什么,什么也没想,别再问你那些无聊的问题了。喋喋不休都是闲话。我想静静地想一想。我什么都不记得了,没有什么比人自己的思想更令人苦恼的了。
洛多维克	哦,你这光荣的贱货,如果我能把你的呼吸从这纯净的空气中分离出来,当它离开你的身体时,我一定会把它吸进去,然后呼到某个荒丘上。
维多利亚	你,我的死神,我觉得你看起来还不够恐怖,你的脸太好看了,不像是个刽子手。如果你是,那就以正确的形式履行你的职责,跪下来请求宽恕吧。
洛多维克	哦,你是最惊人的彗星,但我要截断你的随从,先杀了摩尔人。
维多利亚	你不能先杀她。看我的胸膛,我将在死后被伺候,我的仆人永

	远不会先我而去。
加斯帕罗	你这么勇敢？
维多利亚	是的，我将迎接死亡，就像王子迎接伟大的使者一样，我会在半路上迎接你的武器。
洛多维克	你在颤抖，我想恐惧应该把你化为空气。
维多利亚	你被骗了，我是个太真实的女人，虚荣永远杀不死我。我告诉你吧，我死也不会流一滴眼泪。如果我脸色苍白，那是因为缺血，而不是害怕。
卡　罗	你是我的任务，黑色的愤怒。
赞　奇	我的血和他们的血一样红，你想喝一点吗？这对治病倒有好处。
	我很骄傲死亡不能改变我的肤色，我永远不会苍白。
洛多维克	出击，出击，用连环招数。
	［他们打起来了。
维多利亚	这是男子汉的一击，下一次你就会杀了吃奶的婴儿，然后就会名扬天下。
弗拉米尼奥	什么刀？是托莱多刀，还是英国狐狸刀？
	我曾想过我的死因应该由刀匠而不是医生来分辨。
	把我的伤口挖得深一点，用制造它的钢材做探头。
维多利亚	哦，我最大的罪过在于我的激情血性，现在用我的生命之血来偿还。
弗拉米尼奥	你是个高贵的姐姐，我现在爱你了。如果女人孕育了男人，她就应该教他成人。祝你好运！要知道，许多以男性美德著称的光辉女性，都曾是恶毒的，只有更快乐的沉默才会降临到她们身上。她没有缺点，她有隐藏缺点的艺术。
维多利亚	我的灵魂就像黑色风暴中的一艘船，我不知该往何处去。
弗拉米尼奥	那就抛锚吧。
	"繁荣使人迷惑，看似清澈，但当岩石靠近时，大海会发笑，露出白色。

| | 我们不再悲伤,不再做命运的奴隶,我们不再因死亡而死亡。"
| | (对赞奇)你走了吗?
| | (对维多利亚)你就这样沉沦了吗?虚假的报道说女人与九位缪斯争夺九条坚韧耐久的生命,我不看谁在前方指引,也不看谁在后面追随。不,我将以自己为起点和终点。"当我们仰望天堂时,我们将知识与知识混为一谈。"哦,我在迷雾中。
| 维多利亚 | 那些从未见过宫廷,也从未通过报道认识伟人的人啊,他们是幸福的。
| | 〔维多利亚死去。
| 弗拉米尼奥 | 我就像一个用完的火折子,刹那间复燃,又瞬间熄灭。
| | 让所有属于伟人的人牢记老太太们的传统,像圣烛节时塔楼里的狮子一样,因为害怕冬天可怜的余威,即使阳光普照,也要哀悼。
| | 我的生是黑色的地狱,好在我的死还算有情有义。
| | 我得了永远的感冒,我的嗓子已经完全失声。别了,光荣的恶棍们,"这繁忙的生活似乎是徒劳无益的,因为安息孕育着安息,所有人都在痛苦中寻求痛苦。"
| | 别让刺耳的谄媚的钟声敲响我的丧钟!打雷吧,为我的告别发出雷鸣。
| | 〔弗拉米尼奥死去。
| | 〔大使们和乔瓦尼进场,卫兵们跟随。
| 英国大使 | 这边,这边,开门,这边。
| 洛多维克 | 我们被出卖了?
| | 那就让我们一起死,做完这最崇高的事。
| | 不畏厄运,不怕流血。
| 英国大使 | 让王子退后,开枪,射,射……
| | 〔卫兵向密谋者开枪。
| 洛多维克 | 哦,我受伤了,我担心我会死。
| 乔瓦尼 | 你们这些该死的恶棍,你们凭什么大屠杀?

| 洛多维克 | 凭你的权势。 |
| 乔瓦尼 | 我的? |
| 洛多维克 | 是的,你的舅舅,这是他嘱咐我们的。

你一定认识我,我是洛多维克伯爵,你最尊贵的舅舅,昨晚在你的宫廷里乔装打扮。 |
| 乔瓦尼 | 啊! |
| 卡 罗 | 是的,那个摩尔人。你父亲选中了他作为抚恤金给予者。 |
| 乔瓦尼 | 他变成了杀人犯?

把他们送进监狱,受尽折磨。

所有参与此事的人,都要受到我们的审判。我希望天堂也是如此。 |
| 洛多维克 | 我的荣幸,我可以说这是我自己的行为。刑架、绞刑架和刑轮,对我来说都不过是酣睡。我在这里休息,"我完成了这首夜曲,这是我的得意之品"。 |
| 乔瓦尼 | 把尸体搬走,看看我尊敬的大人,你该如何利用对他们的惩罚。"让我们挂着纤细的芦苇做的拐杖,记住他们的罪恶行径。"

[暗场。 |

幕落

儿童时期

The Children's Hour

[美] 莉莲·海尔曼（Lillian Hellman）著　高灵毓　译

导　读

在 1942 年出版的个人戏剧集的导言部分，莉莲·海尔曼（Lillian Hellman，1905—1984）为自己前期的戏剧创作风格贴上了几个"标签"——重视道德的、现实主义的、佳构剧式的、情节剧式的。自此，对海尔曼剧作的讨论常常难以绕过这几个维度，人们有时甚至会因此忽视或淡化其他的丰富面向。

事实上，若要概述海尔曼所作的八部原创戏剧剧本、她的漫长创作生涯，以及观众与剧评人对她的评价，那么适宜切入这一话题的角度实在是纷繁多样：莉莲·海尔曼是第一位闯入美国戏剧文学经典场域的女性剧作家，是多次荣获纽约剧评奖、手握多部公演数百场的畅销剧作的剧坛宠儿，是 20 世纪中期美国新左派与第二波女性主义运动的偶像人物，也是曾被众议院非美活动调查委员会（The house committee on Un-American Activities）列入好莱坞黑名单因而一时沉寂的反叛者，是在当下女性主义文艺批评话语中颇受争议的创作者。

正如美国历史学者爱丽丝·凯瑟勒-哈里斯（Alice Kessler-Harris）在《棘手的女人：莉莲·海尔曼充满挑战的生活与时代》（*A Difficult Woman: The Challenging Life and Times of Lillian Hellman*，2012）中所言，"莉莲·海尔曼作为一位面临艰难抉择的历史人物，生活在一个被意识形态与道德严重分裂的世纪"，身为犹太人、南方人、女性作家，她的身份与她的创作相互影响，"产生了一种独特的、复杂的，又非常美国化的混合体"。

因此，在海尔曼的作品中，我们常能寻到时代车辙与个人生活履痕交织的印记，这一点尤其凸显于其戏剧中与社会现实关联甚密的两大主题。其一，反映资本主义社会问题，描摹美国南北方社会及其冲突。1905 年，莉莲·海尔曼出生于美国南部新奥尔良（一座种族与文化构成颇为多元的繁荣港口城市）的一个犹太裔家庭，虽早在五六岁时便随家人迁居纽约，但时常回故乡和姑姑们一起生活。根据海尔曼的自述，幼年时看护她的保姆启发她形成了平等主义价值观，令她学会尊重他人的信仰、反抗种族主义观念；与姑姑们共处的时光给予了她温情的家庭记忆；母亲富有的亲戚们（尤其是冷酷无情的舅祖父）却是她嫌恶的对象，海尔曼后来甚至参考他们的形象创作了几部戏剧中的反面角色——她的名作《小狐狸》(The little Foxes, 1939）及其姊妹篇《丛林深处》(Another Part of the Forest, 1947）便刻画了一组生活于美国南部的新兴资本家形象，描摹与无节制追求财富的行为相伴而生的道德危机，剧作中贪婪的兄妹三人不仅残酷地盘剥下层民众，对待亲人亦是心狠手辣、机关算尽。除此以外，海尔曼还写作了与劳资问题、工人运动相关的《未来岁月》(Day To Come, 1936），并深度参与了美国的编剧工会活动。20世纪60年代，她在遭受政治性封杀后重新回归大众视野，时隔九年再度创作原创戏剧剧本——《阁楼顶上的玩具》(Toys in the Attic, 1960），将舞台搭建在没落的南方贵族家庭之中，并提及由种族隔离导致的爱情悲剧。

其二，以《守望莱茵河》(Watch on the Rhine, 1941）、《刺骨寒风》(The Searching Wind, 1944）为代表，描摹第二次世界大战期间美国反法西斯战士的斗争、普通民众的处境，批判美国外交官僚的冷漠自私、耽于享乐。1937年，海尔曼在由巴黎前往莫斯科的途中，为反法西斯地下工作者——好友茱莉亚（Julia）将五万美元送至柏林，用以营救被关押的反法西斯同胞。在后来被改编为著名电影《茱莉亚》(Julia, 1977）的小说中，海尔曼记述了这段惊险的真实经历以及她和茱莉亚之间的真挚情谊。我们除了能够据此具象感受海尔曼关于第二次世界大战的立场与观点以外，还可以从中窥见与剧作《儿童时期》(The Children's Hour, 1934）颇有异曲同工之处的深厚情感——"在这些年里和在茱莉亚死后的岁月里，我有充裕的时间思考我对她的爱，不能把这么强烈的、这么复杂的爱，仅仅说成是一个女子对另一个女子的同性之恋。当然同性之恋也是存在的。我说不清楚，我也不在乎，反正现在这已经成为人们无聊的猜谜游戏了"。同年，海尔曼前往西班牙内战战场，目睹了轰炸等严酷的战争事件，这段经历既与她20世纪40年代的反战剧本创作关联紧密，也构成了她日后参与反法西斯活动的诱因。

不应忽视的是,在海尔曼的剧作中,上述较为宏大的主题常常与家庭纠葛、个体情感并存,而她的第一部原创戏剧剧本《儿童时期》甚至与上文中的两大主题无涉,完全聚焦于道德与情感——凯伦·莱特与玛莎·多比经过多年苦心经营,终于使她们创办的私立女校步入正轨,却因惩罚了一位受娇宠而性格乖僻的富家女孩玛丽·蒂尔福德,而被后者诽谤为同性恋人。玛丽的祖母惊怒之下将此事公之于众,办学事业很快难以为继,境况逐渐滑向更坏的深渊。

这部作品令海尔曼在百老汇一举成名,却也令她被迫走进舆论的暴风眼中。无论作者本人如何强调她想表达的核心在于道德善恶,在于谣言的恐怖影响以及正义在盲从的众人面前的落败,观众、评论家乃至审查委员会总是无法将目光从女同性恋话题上移开,故此,该剧一度只能在有限的私人认购基础上演出,直至近二十年后才获准正常公演。甚至,在《儿童时期》首次被改编为电影时,海尔曼还亲自操刀将谣言改为"凯伦与玛莎卷入了一场异性三角恋情",片名自然也变成了《三人行》(*These Three*, 1936)。

最后,在沿着不同路径探访了海尔曼的作品与时代背景、个人经历的复杂关联后,我们或许又要回到由她本人提出的那几个关键词,以此简述《儿童时期》的创作风格——重视道德的、现实主义的、佳构剧式的、情节剧式的。在该剧本紧凑的情节与精妙的对话之间,盘踞着令人胆寒的恶意、自以为是的审判欲以及众口铄金的沉重力量,它们似乎有能力撕毁任何人苦心维持的一切。

出场人物：

凯伦·莱特：女子学校的校长之一。
玛莎·多比：女子学校的校长之一，凯伦的好友。
玛丽·蒂尔福德：女子学校的学生。
艾米莉亚·蒂尔福德：玛丽的祖母。
约瑟夫·卡丁：医生，凯伦的未婚夫，玛丽的表哥。
莉莉·莫塔尔：玛莎的姑妈，曾是戏剧演员。
罗沙莉·威尔斯：女子学校的学生。
伊芙琳·穆恩：女子学校的学生。
佩吉·罗杰斯：女子学校的学生。
露易丝：女子学校的学生。
海伦：女子学校的学生。
玛丽：女子学校的学生。
凯瑟琳：女子学校的学生。
阿加莎：蒂尔福德夫人的女仆。
杂货店男孩

场景与时间：

第一幕
莱特—多比女子学校的起居室
四月的一个下午

第二幕
第一场
蒂尔福德夫人家的起居室
几小时后

第二场
场景与第一场相同
当天傍晚

第三幕
场景与第一幕相同
十一月

第一幕

［场景：莱特—多比女子学校中的一个房间。这所学校距离马萨诸塞州的柳叶刀镇大约十英里①，由农舍改建而成。这是一个舒适、朴素的房间，在下午被用作自习室，在其他时段则被用作起居室。

中间偏左的大门正对着观众，右边有一面单扇门。两面墙上都靠着书架。右边有一张大书桌；此外，还有一张桌子、两个沙发与八到十把椅子。

四月的一个下午。

［幕启：莉莉·莫塔尔夫人坐在正中央的一把大椅子上，头向后仰，闭着眼睛。她四十五岁，体态丰满，面色红润，头发染成了淡红色。对于教室场合来说，她的衣着有些太华丽了。

几个十二到十四岁的女孩三三两两地坐在椅子和沙发上。其中六个人正在缝制未经加工的白色布料。剩下的人中，伊芙琳·穆恩在用她的剪刀给罗莎莉·威尔斯修剪头发。罗莎莉紧张地坐在她身前，伊芙琳则让罗莎莉的头以一个别扭的角度后仰着，自顾自玩得开心。

另一个女孩，佩吉·罗杰斯坐在一把更高的椅子上，大声读着一本书。百无聊赖的她用一种单调、疲惫的口吻朗读着。

佩　吉　　慈悲不但给幸福于受施的人，也同样给幸福于施与的人；它有

---

① 译者注：10 英里 ≈ 16.09 千米。

	超乎一切的无上威力，比皇冠更足以显出一个帝王的高贵。御杖不过象征着俗世的威权，使人民对于君上的尊严……（莫塔尔夫人突然睁开眼睛，盯着剪发的伊芙琳。孩子们试图提醒伊芙琳。佩吉逐渐提高声音，直到叫嚷起来）凛然生畏。慈悲的力量却高于……①
莫塔尔夫人	伊芙琳！你在做什么？
伊芙琳	（含含糊糊）嗯——没什么，莫塔尔夫人。
莫塔尔夫人	你肯定在做什么。首先，你在动剪子。
佩 吉	（大声的）慈悲的力量却高于权力之上，它……
莫塔尔夫人	等一下，佩吉。真遗憾，你们不能一边安静地做着针线活，一边饮下这不朽诗人的不朽词句。（她叹了一口气）伊芙琳，继续做你的针线活。
伊芙琳	我没办法把褶边弄直。说实话，我已经试了三周了，但我就是做不到。
莫塔尔夫人	海伦，帮伊芙琳弄一下褶边。
海 伦	（站起来，举起伊芙琳缝制的衣服。它又脏又被剪得不成型，即使对于一个五岁的孩子来说都不够大。海伦咯咯地笑起来）她永远都没办法穿上它，莫塔尔夫人。
莫塔尔夫人	（含糊的）那就试着用它做点什么，做成手帕或别的什么。要聪明一点，女人必须学会这些技巧。（对佩吉说）继续——它有超乎一切的无上威力。
佩 吉	它有超乎一切的无上威力，比皇冠更足以显出一个帝王的高贵。御杖——御杖不过象征着俗世的威权，使人民对于君上的尊严……
露易丝	（当佩吉朗读时，她在教室后排单调地轻声哼着）Ferebam,

---

① 佩吉朗读的是莎士比亚《威尼斯商人》第四幕第一场中鲍西娅的台词。本文选用朱生豪先生的译本（[英]莎士比亚：《威尼斯商人——莎士比亚喜剧五种》，朱生豪译，人民文学出版社2016年版），下文同。

	ferebas, ferebat, ferebamus, ferebatis, fere——fere——①
凯瑟琳	（与露易丝隔着两个座位，把书立在自己面前）Ferebant.
露易丝	Ferebamus, ferebatis, ferebant.
莫塔尔夫人	谁在发出声音？
佩 吉	（噪声停止了。她仓促地继续读）使人民对于君上的尊严凛然生畏；慈悲的力量却高于权力之上，它深藏在帝王的内心，是一种属于上帝的德性……
莫塔尔夫人	（难过的）佩吉，你就不能把自己想象成鲍西娅吗？你就不能带点感情、带点同情地读这些台词吗？（轻柔地）同情。啊！就像亨利爵士多次对我说的那样，是同情造就了女演员。你为什么不能怀着同情之心呢？
佩 吉	我想我有感到同情。
露易丝	Ferebamus, ferebatis, fere——fere——fere——
凯瑟琳	Ferebant，笨蛋。
莫塔尔夫人	这个房间里到底有多少人在讲话？佩吉，再读一遍台词，我会给你提词。
佩 吉	提词是什么意思？
莫塔尔夫人	提词就是为了提醒演员接下来的台词，而告诉他一句话或者一个词。
海 伦	（柔声的）为了提醒他。
罗莎莉	（一个微胖的戴眼镜的女孩）您演过电影吗，莫塔尔夫人？
莫塔尔夫人	我曾多次受到邀请，亲爱的，但是电影是一种肤浅的艺术。它没——没——（含糊的）没有四维空间。现在，佩吉，试着让自己沉浸在这个问题中。你在祈求帝王饶恕一个男人的命。（她站起身，女孩们面无表情地、厌倦地盯着她，发出微弱的叹息。她一边做手势一边背诵着）慈悲的力量却高于权力之上，它深藏在帝王的内心，是一种属于上帝的德性，执法的

---

① 露易丝在背诵拉丁语词汇，凯瑟琳在提示她，下同。

人倘能把慈悲调剂着公道，人间的权力就和上帝的神力没有差别。

露易丝　　　（几乎放声唱出来）Utor, fruor, fungor, potior 还有 vescor 要用与格。①

凯瑟琳　　　是要用离格。

露易丝　　　哦，天哪。Utor, fruor, fung—

莫塔尔夫人　（讽刺地对露易丝说）你有什么事要告诉全班同学吗？

露易丝　　　（抱歉的）今天下午我们有一场拉丁语考试。

莫塔尔夫人　那你是打算占用缝纫和朗诵的时间来学昨天就应该学的东西吗？

凯瑟琳　　　（疲惫的）她光用昨天一天来学拉丁语可不够。

莫塔尔夫人　我可不允许你像这样打断我们。

凯瑟琳　　　但我们都已经缝好了。

露易丝　　　（羡慕的）我想您一定很擅长拉丁语，莫塔尔夫人。

莫塔尔夫人　很久以前，亲爱的，那是很久以前的事了。现在，把你的书拿到窗边，不要打扰我们欣赏莎士比亚。（凯瑟琳和露易丝站起来，走到窗边，站在那里一边喃喃自语一边做着手势）让我们再回到正题。它是一种属于上帝的德性——（这时门开了，玛丽·蒂尔福德攥着一束有些褪色的野花，小心翼翼地挤了进来。她十四岁，既不漂亮也不丑陋，是个样貌平凡的女孩）执法的人倘能把慈悲调剂着公道，人间的权力就和上帝的神力没有差别。我们既然祈祷着上帝的慈悲，就应该按照慈悲的指点……

佩　吉　　　（高兴的）您跳过了三句台词。

莫塔尔夫人　在我的整个职业生涯中，我从来没有落下过一句台词。

佩　吉　　　但是您的确跳过了三句台词。（拿着书走向莫塔尔夫人）您看。

莫塔尔夫人　（看到玛丽正沿着墙边朝屋子的另一端走去。为了避开佩吉和

---

① 露易丝在背诵拉丁语词汇的变格类型。

	书，她转向玛丽）玛丽！
玛　丽	怎么了，莫塔尔夫人？
莫塔尔夫人	我必须得说，你现在来上缝纫课还真是选了个合适的时间。就算你对自己的工作不感兴趣，也至少该记得要对我有礼貌。礼貌就是教养。教养是一种极好的东西。（转向全班同学）永远记住这一点。
罗莎莉	莫塔尔夫人，请问我能把它写下来吗？
莫塔尔夫人	当然可以。你们都应该把它写下来。
佩　吉	但我们上周已经写过了。
	［玛丽咯咯地笑。
莫塔尔夫人	玛丽，我还在等你的解释。你刚刚去哪里了？
玛　丽	我去散步了。
莫塔尔夫人	所以你是去散步了。那我想请问，小姐，我们有在上课时间散步的习惯吗？
玛　丽	我很抱歉，莫塔尔夫人，我去为您摘这些花儿了。我以为您会喜欢的，而且我没想到要用这么长时间才能把它们摘下来。
莫塔尔夫人	（因受奉承而感到满意）好吧，好吧。
玛　丽	您上周告诉过我们您有多喜欢花，我想我应该给您带一些……
莫塔尔夫人	你真贴心，玛丽。我总是喜欢体贴周到的孩子，但你不该让任何事情干扰你的课程。现在快去吧，亲爱的，拿个花瓶装些水，把我的花插进去。（玛丽转过身，对海伦吐了吐舌头，说了声"啊——啊——"，然后从左边离开）你可以把这本书收起来了，佩吉。我相信你的家人永远不用担心你会登上舞台。
佩　吉	我不想上台表演。我想成为一个灯塔看守人的妻子。
莫塔尔夫人	唔，我衷心希望你不会给他朗读。
	［同学们的笑声取悦了莫塔尔夫人。佩吉坐回到假装没有分心做其他事情的女孩们之间。莫塔尔夫人回到她的座位上，头向后仰，闭上眼睛。

凯瑟琳	啊，Cataline①，你还要消磨我们的耐心到什么时候呢？（对露易丝）现在把它翻译出来，看在上帝的分儿上，这次尽量把它翻译对。
莫塔尔夫人	（无缘无故的）心中有一种至高无上的激情，就像亚伦的毒蛇，吞噬了剩下的一切。②
	〔当凯伦·莱特走进来的时候，莫塔尔夫人和露易丝正在喃喃自语。凯伦是一位二十八岁的迷人女人，举止随和，又不失热情与端庄。她对女孩们微笑，走到书桌前。她一走进来，女孩们的态度立刻发生了转变，她们既喜爱她又尊敬她。听见莫塔尔夫人的背诵后，凯伦恼怒地看着她。
露易丝	Quo usque tandem abutere……③
凯　伦	（下意识的）Abutere，（拉开书桌的抽屉）你的头发怎么了，罗莎莉？
罗莎莉	它被剪掉了，莱特小姐。
凯　伦	（微笑）我看得出来。一种新风格吗？看起来就像是被剪出了小洞。
伊芙琳	（咯咯笑）我不是故意剪得那么糟的，莱特小姐，可还是把罗莎莉的头发弄得很滑稽。我在报纸上看到过一张照片，本来想试着剪成那样的。
罗莎莉	（摸了摸她的头发，可怜地看着凯伦）哦，我该怎么办呢，莱特小姐？（比画着）这里很长，这里也很长，但这里又很短——
凯　伦	待会儿来我的房间，让我看看能不能帮你修剪好。
莫塔尔夫人	从此以后我们就不许再理发了。
凯　伦	海伦，你找到你的手镯了吗？
海　伦	还没有，但我已经四处都找遍了。

---

① 凯瑟琳在用拉丁语（Cataline）念自己的名字。
② 莫塔尔夫人背诵的内容为18世纪英国诗人亚历山大·蒲柏（Alexander Pope）《人论》（*An Essay on Man*）中的诗句。
③ 此处为拉丁文，大意为"只要他能利用它……"。

凯　伦	再找找，它一定就在你房间里的什么地方。
	［玛丽从右边走了进来，端着装有野花的花瓶。凯伦惊讶地看着花朵。
玛　丽	下午好，莱特小姐。（坐下，看着正目不转睛盯着花的凯伦）
凯　伦	你好，玛丽。
莫塔尔夫人	（四处转悠）佩吉一直在为我们朗读鲍西娅。
	［佩吉叹了口气。
凯　伦	佩吉不喜欢鲍西娅吗？
莫塔尔夫人	我觉得她不太欣赏，但是……
凯　伦	（轻轻拍了拍佩吉的头）我想我也不大喜欢。玛丽，你从哪儿弄来的这些花？
莫塔尔夫人	她为我采来的。（匆忙的）这让她上课迟到了一点，但她听到我说我很喜欢花，就为我采来了这些。（叹了一口气）这个季节最早开放的花。
凯　伦	但这并不是最早的，对吗，玛丽？
玛　丽	我不知道。
凯　伦	你从哪儿采来的？
玛　丽	我想是在康韦的麦田附近。
凯　伦	没必要走那么远。今天早晨垃圾桶里有一束和它一模一样的。
莫塔尔夫人	（顿了一秒）哦，我真不敢相信！多糟糕的事情！（对玛丽）我想你今天早餐迟到一小时也有同样好的借口，还有上周——（对凯伦）我之前本来不想告诉你这些事，但是……
凯　伦	（铃声响起，匆忙离开舞台）铃响了。
露易丝	（向门口走去）Ad, ab, ante, in, le, inter, con, post, prae①——（抬头看着凯伦）我好像记不住剩下的了。
凯　伦	Prae, pro, sub, super. 别担心，露易丝，你会通过的。（露易丝微笑，离开。玛丽试图快速离开）等一下，玛丽。（玛丽不情

---

① 此处露易丝在背诵拉丁语词根。

愿地转过身来，其他女孩鱼贯而出）玛丽，我有一种感觉——而且我不认为这感觉错了——这里的女孩们很快乐；她们喜欢多比小姐和我，也喜欢这所学校。你觉得是这样吗？

玛　丽　　莱特小姐，我得去拿我的拉丁语课本了。

凯　伦　　我一直以为是这样的，直到一年前你来到这里。我觉得你在这里不太开心，我想弄明白为什么。（看着玛丽，等待一个答案，却没有得到，摇了摇头）比如，为什么你觉得有必要经常对我们说谎呢？

玛　丽　　（头也不抬）我没有说谎。我出去散步，看到了那些花。它们看起来很漂亮，而且我当时不知道已经那么晚了。

凯　伦　　（不耐烦的）停下，玛丽！我没兴趣再听一遍那个愚蠢的故事了。我知道你是从垃圾桶里把花拿出来的。我真正想知道的是，你为什么认为有必要为此说谎？

玛　丽　　我确实是在康韦的麦田附近采来了花。您从来没有相信过我。您相信所有人，就是不相信我，总是这样。我说什么您都小题大做，我做什么都是错的。

凯　伦　　你知道不是这样的。（走到玛丽身边，用手臂环住她，直到她停止啜泣）看，玛丽，看着我，（用手捧起玛丽的脸）让我们试着互相理解。如果你觉得需要散散步，或者不能来上课，或者想要自己到村子里去，就来告诉我，我会尽力理解你的。我并不是说我总是会同意你完全按照自己的想法去做，但我也有类似的情绪——每个人都有——我不会对你的情绪不近人情。可是，如果你像现在这样说谎，那会让一切都变得糟糕。

玛　丽　　（冷静地看着凯伦）我在康韦的麦田附近采了这些花。

凯　伦　　（看着玛丽，叹了口气，走回书桌前站了一会儿）好吧，看来没有别的办法了，你得接受惩罚。在接下来两周的课余时间里，你都得一个人待着，不能骑马，也不能打曲棍球，不能因为任何原因离开学校。清楚了吗？

玛　丽　　（小心的）星期六也是吗？

凯　伦	对。
玛　丽	可您说过我可以去参加划船比赛的。
凯　伦	抱歉，但现在你不能去了。
玛　丽	我会告诉我奶奶的。我会告诉她这里的所有人是怎么对待我的，告诉她我为自己做的每一件小事受到了怎样的惩罚。我会告诉她的，我会……
莫塔尔夫人	哎哟，我要打玛丽的手！
凯　伦	（从门口折回，没有理睬莫塔尔夫人的话。对玛丽）上楼去，玛丽。
玛　丽	我觉得不舒服。
凯　伦	（疲倦的）现在上楼。
玛　丽	我很疼，我疼了一早上，就是这里疼。（模糊地指了指心脏的位置）是真的。
凯　伦	让多比小姐给你一些热水和小苏打。
玛　丽	疼得很厉害。我以前从来没有这样过。我的心脏！是我的心脏疼！它要停跳了。我喘不上气了。（她深吸一口气，笨拙地倒在地板上）
凯　伦	（叹气，摇了摇头，跪在玛丽身边。对莫塔尔夫人）让玛莎给乔打电话。
莫塔尔夫人	（向外走）你觉得——。心脏问题对孩子来说是很严重的。

　　〔凯伦将玛丽从地上抱起来，抱着她从右侧离开了。过了一会儿，玛莎·多比走到舞台中央。她和凯伦年纪相仿。她是一个神经紧张、容易焦躁不安的女人。

凯　伦	（从右侧登台）联系到乔了吗？
玛　莎	（点头）玛丽怎么了？几个小时前她还好好的。
凯　伦	她现在大概还是好好的。我告诉她，她不能去参加划船比赛了，然后她就心脏病发作了。（坐在桌前，开始批改试卷）她是个问题，那孩子。她耍的最新伎俩是用我们扔掉的那些褪色的花来骗你姑妈，好逃过缝纫课，然后又威胁说要去告诉她奶奶自

己受了虐待。

玛 莎　　上帝保佑。她奶奶会相信她,把她带走的。

凯 伦　　这会让学校的名声受损的。我们应该做点什么。

玛 莎　　和蒂尔福德夫人谈谈怎么样?

凯 伦　　(微笑着)你想要这么做吗?(玛莎摇摇头)我讨厌这样做。她一直对我们那么好。无论如何,这样做不会有任何效果的。她太爱玛丽了,没办法看清她的缺点——那孩子也知道这一点。

玛 莎　　让乔和她谈谈怎么样?她会听乔的话。

凯 伦　　那就等于承认我们自己胜任不了这份工作。

玛 莎　　我们是做不到,我们也该承认这一点。能想到的所有办法我们都已经试过了。她受到的关注比其他孩子的三倍还多。即便如此,我们还是完全不知道她脑袋里在想什么。

凯 伦　　她是个奇怪的女孩。

玛 莎　　这是温和版的形容。

凯 伦　　(大笑)我们总是说得好像她已经是个成年女性了。

玛 莎　　这不好笑。那孩子有点不对劲。从她来学校的第一天起就是这样。她在这里制造麻烦,对别的女孩也不好。我不知道具体是什么——但有一种感觉,有什么地方不对劲。

凯 伦　　好吧,好吧,我们和乔谈谈这件事。那我们的另一位讨厌鬼呢?

玛 莎　　(大笑)我的演员姑妈?她做了什么?

凯 伦　　没什么特别的。昨晚吃饭的时候,她一直在和孩子们说自己在蒙大拿州丢了旅行箱的事,还有她如何在飓风中完美饰演了罗莎琳德[①]。今天在厨房里,你能听到她谈论亨利爵士对她说的话。

[①] 罗莎琳德,莎士比亚戏剧作品《皆大欢喜》(*As You Like it*)中的女主角。

玛 莎	等着看她单脚站着饰演海达·高布乐①吧。是亨利爵士教她这样做的。他说这是一种考验演技的方式。
凯 伦	你的童年一定很快乐。
玛 莎	（苦涩的）哦，是的，没错，确实如此。天哪，我以前多讨厌这一切……
凯 伦	我们能不能快点摆脱她，玛莎？我讨厌让你为难，但她真的不该留在这里。
玛 莎	（过了一会儿）我知道。
凯 伦	我们可以凑够钱送她离开。我们就这么做吧。
玛 莎	（走向凯伦，亲昵地拍了拍她的头）你一直都对这件事这么耐心。我真抱歉，我今天会和她谈谈。她可能需要一两个星期才能准备好离开。可以吗？
凯 伦	当然可以。（看了看手表）你是让乔本人接的电话吗？
玛 莎	我打过去的时候他已经在路上了。他不是总在来这里的路上吗？
凯 伦	（笑着）我未来要和他结婚，你知道的。
玛 莎	（看着她）你已经很久没提结婚的事了。
凯 伦	我已经和乔谈过了。
玛 莎	那么你正在考虑——很快就结？
凯 伦	也许等这个学期结束吧。到那个时候我们应该就能还完债了，学校大概也能收支平衡。
玛 莎	（紧张地把玩着桌子上的书）那我们不能一起度假了吗？
凯 伦	当然不是。我们三个一起。
玛 莎	我一直盼着能去湖边的什么地方——只有你和我——就像我们在大学的时候一样。
凯 伦	（欢快的）现在我们可以三个人一起了。那也会很有意思的。
玛 莎	（顿了顿）你以前为什么一直没告诉我？

---

① 海达·高布乐，易卜生戏剧作品《海达·高布乐》（Hedda Gabler）中的女主角。

凯　伦　　我没和你说是因为我们不常聊这件事。
玛　莎　　但你现在突然说会马上结婚。
凯　伦　　我很高兴能这样做。我和乔已经相爱很久了。（玛莎走到窗前，站在那里看着窗外，背对着凯伦。凯伦改完试卷，站起身）今天可是学校的重要日子。罗莎莉终于能在拼"could"的时候不落下"l"了。
玛　莎　　（没有从窗前转过身来）你真的要离开了，是吗？
凯　伦　　我不会走，你是知道的。你为什么要这样说？很久以前我们就达成过共识，我结婚不会给学校带来任何改变的。
玛　莎　　但它会带来改变的。你知道会变的。这是没办法控制的。
凯　伦　　这是无稽之谈。乔不希望我放弃这里。
玛　莎　　（从窗前转过身）建这所学校这么困难，我们辛辛苦苦、倾家荡产来维持它。想想看我们有没有一件冬衣的内衬没有破洞吧。现在我们好不容易站稳了脚跟，你又打算让它见鬼去了！
凯　伦　　这场争论太蠢了，玛莎，我们停下吧。我说的话你一个字都没有听进去。我不是明天就要结婚，而且就算结婚了，也不会影响我在这里的工作。你这是在无中生有。
玛　莎　　之后我一个人继续工作会很困难。
凯　伦　　看在上帝的分儿上，你是希望我放弃结婚吗？
玛　莎　　我不是那个意思，但是……
　　　　　［中间的门打开了，约瑟夫·卡丁①医生走了进来。他身材高大、长相和蔼、衣着随意，大约三十五岁。
卡　丁　　你好，亲爱的。嗨，玛莎。有什么好消息吗？
玛　莎　　你好，乔。
凯　伦　　我们刚才给你打了电话，进来看看你表妹。
卡　丁　　她怎么了？
凯　伦　　你最好来看看她的情况。她说她心脏疼。（从右侧离场）

---

① 译者注：即 Joseph Cardin，玛莎等与医生关系亲近的人通常叫他的昵称"乔"（Joe）。

卡　丁	（停下来点了一支烟）我们的小玛丽出现在每天的报道中。
玛　莎	（不耐烦的）去看看她吧。心脏病可不是好开玩笑的。
卡　丁	（看着她）我这辈子从来没有拿这个开过玩笑。（从右侧离场）
	［玛莎在房间里转了一圈，最后走到窗边凝视着外面。莫塔尔夫人从右侧登台。
莫塔尔夫人	我被请出了房间。（玛莎没有在意）在检查期间我似乎不受欢迎。
玛　莎	（转回头）这有什么不妥吗？
莫塔尔夫人	这有什么不妥吗？这是有意怠慢我。
玛　莎	看一个男人用听诊器没什么有趣的。
莫塔尔夫人	这孩子应该有我在她旁边，这不是很自然的吗？一个年长的女人在场不是理所应当的吗？（玛莎没有回答）很好，如果你脸皮够厚，不讨厌这种事的话……
玛　莎	您在说什么？我的天，您为什么应该在她旁边？
莫塔尔夫人	按照——按照惯例，做检查的时候需要有一位年长的女性在场。
玛　莎	（大笑）把这话告诉乔。也许他会给您一份在他办公室为女孩做保姆的工作。
莫塔尔夫人	迪莉娅·兰伯特在布法罗心脏病发作的时候，是我救了她的命。那一次我们几乎就要失去她了。我和可怜的迪莉娅一起去过伦敦。她和罗伯特·拉封结过婚。过了不到七个月，拉封就抛下了她，和在伯明翰饰演妮内塔·克拉姆斯①的伊芙·克伦私奔了……
玛　莎	没事的。如果您曾经见过一次心脏病发作，那就等于见过所有的了。
莫塔尔夫人	所以你就不介意自己的姑妈被怠慢、被羞辱？
玛　莎	哦，莉莉姑妈！

---

① 妮内塔·克拉姆斯（Ninetta Crummles）是查理斯·狄更斯的小说《尼古拉斯·尼克贝》(*Nicholas Nickleby*)中的角色，此处原文中莫塔尔夫人说的是她的昵称 infant phenomenon。

莫塔尔夫人　　凯伦一直对我很无礼,你是知道的。
玛　莎　　我知道的是她对您很有礼貌,而且——更重要的是——很有耐心。
莫塔尔夫人　　对我有耐心?我,辛辛苦苦、兢兢业业工作的我?!
玛　莎　　别老是这样自我暗示,莉莉姑妈,您会信以为真的。
莫塔尔夫人　　我知道这就是真的。你还能从哪儿找来像我这样有名望的女教师,来给这些孩子们上声乐课和朗读课?对我耐心一点儿!我已经奉上了……
玛　莎　　您可是领了工资。
莫塔尔夫人　　那么少一点钱!我以前演出一场,就能挣到那些钱的两倍多。
玛　莎　　那些镀金的日子!他们付给您那么多钱,真是太奢侈了。(突然对整件事都感到厌倦)您在这里不太开心,对吗,莉莉姑妈?
莫塔尔夫人　　作为一个穷亲戚来说,我想我已经足够满意了。
玛　莎　　(做了一个厌恶的手势)但您不喜欢学校,也不喜欢农舍,还有……
莫塔尔夫人　　我一开始就告诉过你,你不应该买下来这样的地方。隐居农舍工作!你未来会后悔的。
玛　莎　　我们喜欢这里。(过了一会儿)莉莉姑妈,您总是提到伦敦,您想去那儿吗?
莫塔尔夫人　　(叹了一口气)我已经有二十年没有去过伦敦了。有生之年我应该再也不会去了。
玛　莎　　您想什么时候去都可以。我们现在凑得出这笔钱,这对您很有益处。您选一条想要乘坐的船,我会拿到通行许可的。(她说得很快,急于结束这一切)现在一切都解决了。您可以见到所有的老朋友,一定会很愉快。而且如果您过得简朴一点儿,我应该能拿出足够您生活的钱。(她开始收拾书、笔记本和铅笔)
莫塔尔夫人　　(缓缓的)所以你是想让我离开吗?
玛　莎　　不是这个意思。从我记事起,您就一直想去伦敦。

莫塔尔夫人	你这是想摆脱我。
玛　莎	就是这样。我们挖掘宝藏的时候不希望您在旁边。
莫塔尔夫人	所以呢，你要把我赶出去？我都这么大年纪了！好啊，你可真是个懂得感恩的姑娘！
玛　莎	天啊，谁能和您好好打交道？如果您去自己想去的地方，我们分开各自生活，那对每个人都合适。您一直抱怨农场、抱怨学校、抱怨凯伦，现在您得到自己想要的了，却还在找事儿抱怨。
莫塔尔夫人	（高贵的）请不要提高嗓门。
玛　莎	您该高兴我还没做更糟的事。
莫塔尔夫人	我绝不要被遣送到三千英里外的地方。我不去英国。我应该重新回到舞台上。我明天就给经纪人写信，只要一有好消息，我就……
玛　莎	事实上，我希望您尽快离开。我们三个不能住在一起，无所谓是谁的错误导致了这一点。
莫塔尔夫人	你想要我今晚就走吗？
玛　莎	别再装傻了，莉莉姑妈。找个您喜欢的地方，然后赶快离开吧。我明天会给您把钱存到银行里。
莫塔尔夫人	你觉得我会要你的钱吗？我宁可先擦地板赚钱。
玛　莎	您会改变主意的。
莫塔尔夫人	我早该知道，当那个男人在这屋里的时候，最明智的做法就是离你远点。
玛　莎	您在说什么？
莫塔尔夫人	没什么。我早该知道的。你总是把我当出气筒。
玛　莎	出气筒？（不耐烦）啊，今天就到这儿吧。我累了。我从今早六点一直工作到了现在。
莫塔尔夫人	无论哪天他到这屋子里来，事情都会变得很糟糕。
玛　莎	谁到这屋子里来？
莫塔尔夫人	别以为你骗得过我，小姑娘，我又不是三岁小孩。

玛　莎　　　莉莉姑妈，要治好您脑袋里那些乱七八糟的烦恼，可能得让心理医生忙上好几年。现在快去睡午觉吧。

莫塔尔夫人　我知道我是对的。每次那个男人进到这屋里来，你都大发雷霆。你好像就是没办法忍受他们俩在一起。天知道他们结婚以后你会怎么做。你妒忌那个男人，就是这样。

玛　莎　　　（声音很紧张，此前收敛在温和态度下的怒气消失了）我很喜欢乔，你是知道的。

莫塔尔夫人　我知道的是你更喜欢凯伦。这是反常的，太违反常理了。你不喜欢他们俩在一起。你还是小孩子的时候就总是这样。当你的女性朋友喜欢上其他人的时候，你总会发火。好了，你最好找个属于自己的情人——一个和你同龄的女人。

玛　莎　　　您快点离开这里，越快越好。您让我感到恶心，我再也受不了了。我希望您离开……

〔就在这时，位于舞台中央的大门外传来了声响。玛莎停下来。过了一会儿，她走到门前，打开了门。伊芙琳和佩吉正站在楼梯上。玛莎呆立了一会儿，她们停下来看着她。玛莎担心她对姑妈的怒气会影响到和孩子们说话的语气，便再次穿过房间，背对她们站着。

玛　莎　　　你们俩在门外做什么？

伊芙琳　　　（匆忙的）我们正准备上楼梯，多比小姐。

佩　吉　　　我们下楼是为了看看玛丽怎么样了。

玛　莎　　　然后你们停了这么久，来看看我们在做什么。你们是故意偷听的吗？

佩　吉　　　我们不是有意的。我们只是听到了声音，然后忍不住……

莫塔尔夫人　（社交口吻）偷听可不是好女孩该做的事。

玛　莎　　　（把脸转向孩子们）现在上楼去。我们晚点再谈这件事。（当孩子们上楼时，她缓缓地关上了门）

莫塔尔夫人　你的意思是你不打算做点什么吗？（没有得到答案。她发出狞笑）这就是那些新式训导观念的弊端……

| 玛　莎 | （沉思的）您留在孩子们身边真的很糟糕。
| 莫塔尔夫人 | 这到底是什么意思？
| 玛　莎 | 意思是我不想让她们听到您说的这些话。哦，我会"做点什么"的，但事实是，这里是她们的家，不该说什么她们听不得的话。当您好好发挥的时候，您说的话连最温柔的耳朵都听不得。
| 莫塔尔夫人 | 所以现在怪我了，是吗？就和我刚刚说的一样，无论什么时候他在这个屋子里，你都要拿我出气。你不得不找点办法把怒气宣泄出……

〔门被打开了，卡丁从右侧进来。

| 玛　莎 | 玛丽怎么样了？

〔莫塔尔夫人昂着头，对玛莎恶意地露出了似笑非笑的表情，然后从中间离场。

| 莫塔尔夫人 | 祝你度过美好的一天，约瑟夫。
| 卡　丁 | 公爵夫人这是怎么了？
| 玛　莎 | 她只是在保持演员状态，以防亨利公爵正在天堂看着她。玛丽怎么样了？
| 卡　丁 | 她没事，什么事也没有。
| 玛　莎 | （叹了口气）我也这么想。
| 卡　丁 | 我六岁的时候都比她更会装晕倒。
| 玛　莎 | 她真的一点事都没有吗？
| 卡　丁 | （大笑）没有，女士，一点儿也没有。这只是她想出来的一个小伎俩。
| 玛　莎 | 但这样做太愚蠢了。她知道我们会把你叫来。（叹气）也许她没那么聪明。你家族里出过白痴吗，乔？有过近亲结婚的例子吗？
| 卡　丁 | 别为她的事责怪我，我们是同一家族的两个面。（笑着）看看艾米莉亚姑妈，你就知道了：古老的新英格兰血统，从不和波士顿以外的人结婚，仍旧认为荣誉无比重要，晚餐该在八点开席。没错，女士，我们是一群维系古老血统的骄傲的家伙。

玛　莎　　　朱克斯家族①也很古老。听着，乔，你知道玛丽到底怎么了吗？我的意思是，她一直都这样吗？

卡　丁　　　她一直是个可爱的孩子，尽管艾米莉亚姑妈很溺爱她。

玛　莎　　　我们对她已经无计可施了。类似的事情……

卡　丁　　　（看着她）你是不是把它想得太严重了？

玛　莎　　　（过了一会儿）也许是吧。但你和孩子们待在一起的时间太长了，以至于不确定该把什么事严肃对待。我确实觉得需要有人跟蒂尔福德夫人谈谈玛丽的情况。

卡　丁　　　你的意思不会是希望我去谈吧，多比小姐？

玛　莎　　　今天下午，凯伦和我讨论过这件事，并且我们……

卡　丁　　　听着，朋友，我是要和凯伦结婚，但我没有要把玛丽·蒂尔福德写进我们的婚约里。（玛莎微微移动了一下。卡丁抓着她的肩膀，让她转过身来再次面对他。他神色严肃，声音温和）暂时把玛丽忘掉。你和我有些分歧。每次谈到结婚——谈到凯伦和我的婚事——你就——我喜欢和你相处，而且一直以为你不讨厌我。这是怎么了？我知道你有多么喜欢凯伦，但我和凯伦的婚事不会对你们造成很大的……

玛　莎　　　（把他的手从自己肩膀上拂开）你这该死的。我希望……（她用双手捂住脸。卡丁沉默地看着她，机械地点燃了一支烟。玛莎将手从脸上拿开，向他伸出双手，懊悔地说）乔，对不起，我很抱歉。我是个傻瓜，一个恶毒的、尖刻的……

卡　丁　　　（用一只手握住玛莎的手，用另一只手轻轻拍着）噢，别说了。
〔卡丁用一只胳膊环住玛莎，她的头倚在他的领口处。当凯伦从右侧登台时，他们就像这样站着。

玛　莎　　　（一边拭泪，一边对凯伦说）你朋友的肩膀很适合让人靠着哭一场。

凯　伦　　　他在各方面都是个很出色的男人。对了，玛丽那小天使正在穿

---

① 一个古老的纽约家族，因族人多罪犯而闻名，常被当作优生学研究的论据。

	衣服。
玛 莎	即使在昏迷的时候，小天使的影响力也依旧不小。当莉莉姑妈和我互相大吼大叫的时候，小天使的室友们正忙着在门外偷听呢。
凯 伦	我们得让那几个女孩分开住。
	〔屋后响起铃声。
玛 莎	我的课要开始了。我去叫佩吉和伊芙琳下楼，你和她们谈谈。
凯 伦	好的。（玛莎离场时，凯伦走向右边的门，在经过卡丁时亲了他一下）玛丽！
	〔玛丽打开门，走进来，扣着领口处的扣子。
卡 丁	（对玛丽）从坟墓里回来的感觉怎么样？
玛 丽	我心脏疼。
卡 丁	（大笑。对凯伦）科学失败了。试试用梳子治病吧。
玛 丽	是我的心脏，它很痛。
凯 伦	坐下来。
玛 丽	我想见我奶奶。我想……
	〔伊芙琳和佩吉胆怯地从中间进场。
凯 伦	坐下来，姑娘们，我想和你们谈谈。
佩 吉	我们真的非常抱歉。我们没想要……
凯 伦	我也很抱歉，佩吉。（体贴的）你和伊芙琳以前从没有偷听的习惯。我们得把你们三个分开。
伊芙琳	啊，莱特小姐，我们住在一起都快要一年了。
凯 伦	佩吉，你搬进露易丝的房间，露易丝会搬去和伊芙琳住。玛丽搬去和罗莎莉一起住。
玛 丽	罗莎莉讨厌我。
凯 伦	我无法想象罗莎莉讨厌任何人。
玛 丽	（哭了起来）这一切都是因为我生病了。如果其他人生病了，她们会被抱到床上去，会被好好照顾。你总是针对我，我无论做什么都会被责备、受惩罚。（对卡丁）是的，乔表哥，一直

以来，每一次都是这样的。

[玛丽号啕大哭。当凯伦转向她时，一直皱着眉头的卡丁抱起玛丽，把她放在沙发上。

卡　丁　　你对莱特小姐已经够不客气了。躺在这儿，直到你不会把自己折腾得头昏脑胀为止。（拿起他的帽子和包，对凯伦微笑）我得走了。她不会因为哭而让自己生病的。下次她再昏倒，我会等到她在地板上躺累了为止。（经过玛丽时拍了拍她的头。玛丽猛地躲开他）

凯　伦　　等一下，我和你一起走到车那儿。（对孩子们说）现在上楼去搬你们的东西，告诉露易丝把她的行李准备好。

[凯伦和卡丁从中间离场。门关上后，过了一会儿，玛丽跳起来，朝大门丢了一个坐垫。

伊芙琳　　别这样做。她能听到你的动静。

玛　丽　　谁在乎她听不听得到！（踢桌子）这样她也能听到。

[小摆件从桌子上掉下来，落在地上摔碎了。伊芙琳和佩吉倒吸了一口气。

伊芙琳　　（害怕的）现在你打算怎么办？

佩　吉　　（弯下腰徒劳地捡着碎片）你会放出魔鬼的。这是卡丁医生送给莱特小姐的。我想它大概算某种恋人的礼物。人们总是会因为恋人的礼物被弄坏而特别生气。

玛　丽　　哦，别管它了。她永远不会知道是我们干的。

佩　吉　　不是我们干的，是你自己弄的。

玛　丽　　如果我说就是我们一起弄的，你会怎么办？（大笑）别担心，我会想点别的解释。可能是风把它吹倒了。

伊芙琳　　嗯，她会相信这个理由的。

玛　丽　　哦，别再担心了。我会想办法渡过这个难关的。

伊芙琳　　你真的不舒服吗？

玛　丽　　我昏倒了，不是吗？

佩　吉　　有时候我希望自己也能昏倒，但我甚至连眼镜都没戴过，就像

	罗莎莉那样。
玛　丽	喝醉能让你昏倒。
伊芙琳	同学们离开自习室以后,莱特小姐对你做了什么?
玛　丽	她告诉我,我不能参加划船比赛了。
伊芙琳	为什么?
佩　吉	但我们会记住比赛中发生的所有事,我们还会给你带所有的纪念品和其他东西。
玛　丽	如果我不能去,那我也不会让你去。不过我会想办法参加的。你们刚才在做什么?
佩　吉	我们本来想下楼看看你怎么了,但门是关着的,我们能听到多比小姐和莫塔尔夫人吵得很厉害。后来多比小姐打开了门,我们被发现了。
玛　丽	我猜你们俩还卑躬屈膝、哭哭啼啼来着。
伊芙琳	我们为偷听感到很不安。我觉得这不……
玛　丽	啊,你总是对一切都感到抱歉。她们当时在说什么?
佩　吉	谁当时在说什么?
玛　丽	多比和莫塔尔,蠢货。
佩　吉	(逃避的)我想只是在聊天吧。
伊芙琳	你的意思是在争执。
玛　丽	关于什么?
伊芙琳	好吧,她们在讨论莫塔尔要去英国的事……
佩　吉	你知道,偷听真的不太好,我觉得把偷听到的告诉别人会更糟糕。
玛　丽	你这么想,是吗?那你就试试看不告诉我会怎么样吧。
	[佩吉叹了口气。
伊芙琳	莫塔尔很不高兴地说她们只是想摆脱她,然后谈到了卡丁医生。
玛　丽	关于他的什么事?
佩　吉	我们最好动身离开。我们现在知道的是莱特小姐很快就会回来。

玛　丽　　（凶狠的）闭嘴！继续说，伊芙琳。
伊芙琳　　关于他们要结婚了。
玛　丽　　人人都知道这件事。
佩　吉　　但没人知道多比小姐不希望他们结婚。你怎么看？
　　　　　［门开了，罗莎莉·威尔斯探出头来。
罗莎莉　　我马上要去上课了。如果你要把东西搬过来……
玛　丽　　把门关上，你这个白痴！（罗莎莉关上门，站在门边）你想做什么？
罗莎莉　　我是想告诉你，如果你要把东西搬过来——我这么说不是因为想和你一起住——那你最好现在就搬。莱特小姐马上就要过来了。
玛　丽　　谁在乎她是不是快来了！
罗莎莉　　（朝门口走去）我是为了你好才告诉你。
佩　吉　　（站起身）我们就来了。
玛　丽　　不，让罗莎莉给我们搬东西。
罗莎莉　　你疯了吗？
佩　吉　　（紧张的）没关系。伊芙琳和我去给你搬东西，快走吧，伊芙琳。
玛　丽　　你是打算逃跑，不告诉我她们说了什么，是吧？行了，你这样是逃不掉的。坐下，别像个胆小鬼似的。罗莎莉，你上楼去给我搬东西，不许把我们在楼下的事情说出去。
罗莎莉　　昨天由谁担任你的法国女佣，玛丽·蒂尔福德？
玛　丽　　（大笑）反正今天是你。现在去吧，罗莎莉，去收拾好我们的行李。
罗莎莉　　你疯了吗？
玛　丽　　下次我们进城的时候，我会让你戴我的金吊坠和金搭扣。你会喜欢的，对吧，罗莎莉？
罗莎莉　　（后退，紧张地摆弄她的手）我不知道你在说什么。
玛　丽　　哦，我没有故意说什么。你现在快去吧，下次记得提醒我把吊坠和搭扣给你。

罗莎莉	（盯着她看了一会儿）好吧，我这次会这么做的，但只是因为我性格好。可别以为你以后能随便使唤我，玛丽·蒂尔福德。
玛　丽	（微笑）我的确没这么想。（罗莎莉朝门口走去）把东西收拾得整整齐齐的，罗莎莉，别弄皱我的白色亚麻灯笼裤……
	["砰"的一声，门被关上了。玛丽大笑。
伊芙琳	你怎么看那件事？为什么她不同意？
玛　丽	哦，我们知道了一个小秘密。接着说，她们还说了什么？
佩　吉	唔，莫塔尔说多比嫉妒他们，说她从小就是这样，还说她最好给自己找个情人，因为她的想法是违背常理的。还有，莫塔尔说多比不希望其他任何人喜欢莱特小姐，这也违背常理。天哪！多比小姐听到这话特别生气。
伊芙琳	然后我们就没听到什么了。佩吉弄掉了一本书。
玛　丽	她说多比妒忌是什么意思？
佩　吉	什么是违背常理？
伊芙琳	"违背"就是"不符合"的意思，就是说不正常。
佩　吉	这很有趣，因为每个人都是要结婚的。
玛　丽	很多人不会——因为他们太丑了。
佩　吉	（跳起来，用手捂住嘴）哦，我的上帝！罗莎莉会发现那本《莫平小姐》①。她肯定会四处嚷嚷的。
玛　丽	啊，她一个字也不会说的。
伊芙琳	我们搬出去以后，这本书归谁呢？
玛　丽	你留着吧。我今天早上就在做这个——把它看完。其中有一部分……
佩　吉	哪一部分？
	[玛丽大笑。
伊芙琳	好了，那部分是什么？
玛　丽	等你读了就知道了。

---

① 原文为法语。《莫平小姐》(*Mademoiselle de Maupin*)是法国作家儒勒·皮埃尔创作的书信小说。

佩　吉　　　真遗憾我们要搬走。我得和海伦一起住，她整晚都在擤鼻涕。露易丝告诉我的。

玛　丽　　　让我们搬出去是个肮脏的手段，她只是想看看能从我这里夺走多少乐趣。她恨我。

佩　吉　　　不，她没有，玛丽。她对你就和对我们其他人一样——几乎更好。

玛　丽　　　这就对了，维护你的暗恋对象吧。和她站在一边，跟我作对。

佩　吉　　　我不是那个意思。

伊芙琳　　　（看了看手表）我们最好上楼去。

玛　丽　　　我不去。

佩　吉　　　罗莎莉没那么糟。

伊芙琳　　　你打算怎么处理这个小摆件？

玛　丽　　　我不在乎罗莎莉，也不在乎这个小摆件。我不会留在这里。

伊芙琳
佩　吉　　　（齐声）不会留在这里！这是什么意思？

玛　丽　　　（冷静的）我要回家。

佩　吉　　　哦，玛丽——

伊芙琳　　　你不能这么做。

玛　丽　　　我不能？你就看着吧。（开始在房间里踱步）我不会再待在这里了。我要回家告诉我奶奶我不会再待在这里了。（暗笑）我会告诉她我在这里不开心。她们害怕我奶奶——我奶奶在她们刚开始办学校的时候帮过忙，你们是知道的——相信我，当我奶奶和她们说什么的时候，她们会坐直身子好好听的。她们不能这么对待我还不被追究，她们别以为自己能逃脱惩罚。

佩　吉　　　（害怕的）你就准备这么一走了之吗？

伊芙琳　　　你打算和你奶奶说什么？

玛　丽　　　哦，谁在乎呢？我会想出点事情来和她讲的。我一向很擅长临场发挥。

佩　吉　　　她会立刻把你送回来。

玛　丽	别替我操心了。我奶奶很喜欢我，因为我爸爸是她最喜欢的儿子。我能应付得了她。
佩　吉	我真觉得你不应该走，玛丽。这样只会制造一大堆麻烦。
伊芙琳	这个小摆件怎么办？
玛　丽	就说是我弄碎的——这对我来说已经无所谓了。听着，你们俩得帮我。只要你们让罗莎莉一直关着门，那她们在吃晚饭之前就不会想起我。现在，我要穿过田野去弗伦奇家，再坐车回家。
伊芙琳	你要怎么乘电车？
玛　丽	我搭出租车去，白痴。
佩　吉	首先，你要怎么离开学校呢？
玛　丽	走出去。你们知道前门在哪儿吗？我要直接从前门出去。
伊芙琳	天哪，我可没有这个胆子。
玛　丽	你当然没有了。你任由她们对你想做什么就做什么。她们可不能这样对我。你们谁身上有钱？
伊芙琳	我没有，一美分都没有。
玛　丽	我至少需要花一美元搭出租车，还需要十美分来坐巴士。
伊芙琳	那你要去哪儿找这些钱呢？
佩　吉	你看，为什么不等到周一，等你拿到零花钱，就可以想去哪里就去哪里了。也许到那个时候……
玛　丽	我今天就要走，现在。 （走向佩吉）你身上有钱，你有两美元二十五美分。
佩　吉	我——我——
玛　丽	去给我拿来。
佩　吉	不！不！我不会给你的！
伊芙琳	你不能要那些钱，玛丽……
玛　丽	给我拿来。
佩　吉	（声音很恐惧）我不给，我不会给的。妈妈给我寄的零花钱不多，还不到其他人的一半，我存了这么久，上次你就把我的钱要走了……

伊芙琳	啊，上次她想买那辆自行车。
佩 吉	我从来没有看过电影，我从来没有买过糖，我从来没有得到过你们拥有的任何东西。我存了这么久，而且……
玛 丽	上楼去给我把钱拿来。
佩 吉	（歇斯底里地向后退）我不会！我不会！我不会的！

〔玛丽突然冲向佩吉，抓住她的左臂，又狠又熟练地把她的手臂向后拽。佩吉轻声尖叫。伊芙琳想把玛丽的手拉开，却没有救出佩吉，还被扇了一耳光。伊芙琳哭了起来。

| 玛 丽 | 等你挨够了就说一声。 |
| 佩 吉 | （小声的，闷闷的）够了——好了——我去拿。 |

〔玛丽点了点头。幕落。

第二幕

第一场

〔场景：蒂尔福德夫人家的起居室。这是一个布置井然的房间，但不显得清冷或精致造作。家具虽旧却很好。通向大厅的出口在左侧，右侧的玻璃门通往一个看不见的餐厅。

〔幕启：舞台上没有演员。有人在大厅里说话。

| 阿加莎 | （在舞台外）你在这里做什么？好了，进来吧——别站在那里瞪着我。她们给你放假了吗？还是你只是想回家吃顿更好的晚餐？（阿加莎从左侧登台，玛丽跟在她身后。阿加莎是位面部瘦削、棱角分明的女仆，不太年轻，爱发牢骚）你都不问声好吗？ |
| 玛 丽 | 你好，阿加莎。你都没给我机会打招呼。奶奶在哪儿呢？ |

阿加莎	你为什么没在学校里待着？看看你的脸和衣服，你这是去哪里了？
玛 丽	在回家路上有点弄脏了。我在树林里走了一段路。
阿加莎	你为什么没穿水手服和棕色的旧外套？
玛 丽	哦，别再问我问题了。奶奶在哪里？
阿加莎	一天中的这个时间，爱干净的人应该在哪里呢？她正在洗澡。
玛 丽	有人要来吃晚饭吗？
阿加莎	她没提过你会回来。
玛 丽	笨蛋，她怎么会提？她都不知道。
阿加莎	那你来这里做什么？
玛 丽	别管我了。我觉得不舒服。
阿加莎	你为什么感觉不舒服？谁听说过人不舒服的时候会去树林里散步？
玛 丽	哦，别烦我了。我回家是因为我生病了。
阿加莎	你看起来没事。
玛 丽	但是我感觉不太好。每次回家都有人对我唠唠叨叨的。
阿加莎	别以为你能骗过我，小姑娘。你也许能蒙骗一些人，但是——我敢说你肯定又在搞鬼了。（怀疑地盯着玛丽）好吧，你就在这儿等我告诉你奶奶。如果你真那么不舒服，那晚上肯定什么也不想吃了。一剂苏打水泡大黄粉能治好你。（从左侧下场）
	［玛丽朝着阿加莎离开的方向做了个鬼脸，停止了抽泣。她紧张地环视房间，然后走到一面低矮的镜子前，多次尝试让自己的脸看起来病弱而憔悴。蒂尔福德夫人从左侧登台，身后跟着阿加莎。蒂尔福德夫人是位六十岁的身材高大、气质高贵的妇人，面容和蔼、坚毅。
阿加莎	（跟着蒂尔福德夫人走进房间时，对她说）您为什么不干脆往胸口洒点凉水呢？您想在这个年纪死于感冒吗？您何必这么着急呢？
蒂尔福德夫人	玛丽，你回家来做什么？

[玛丽冲向蒂尔福德夫人，把头埋在她的衣服里，大哭起来。蒂尔福德夫人拍了拍她的头，搂住她，把她带到沙发上。

蒂尔福德夫人 没事了，亲爱的，别哭了，告诉我出了什么事。

玛　　丽 （渐渐停止哭泣，抚摸着蒂尔福德夫人的手）见到您真好，奶奶，您整整一周都没来看我。

蒂尔福德夫人 我本来打算明天去。

玛　　丽 我好想您。（朝着蒂尔福德夫人微笑）我想家想得不得了。

蒂尔福德夫人 我很高兴只是因为这个。阿加莎说你不舒服的时候，我吓坏了。

阿加莎 我有这么说吗？我说的是她需要一剂苏打水泡大黄粉。她很可能只是为了周三晚上的软糖蛋糕才回家的。

蒂尔福德夫人 我们都会想家。但你是怎么回来的？是凯伦小姐开车送你的吗？

玛　　丽 我——我几乎一路走了回来，然后有位女士让我搭了顺风车，然后……（胆怯地看向蒂尔福德夫人）

阿加莎 她必须穿着她最好的外套穿过树林吗？

蒂尔福德夫人 玛丽！你的意思是你未经允许就从学校离开了吗？

玛　　丽 （紧张地）我逃跑了，奶奶。她们不知道……

蒂尔福德夫人 这么做很糟糕，她们会担心的。阿加莎，给莱特小姐打电话，告诉她玛丽在这儿。约翰会在晚饭前开车送她回去。

玛　　丽 （当阿加莎朝电话走去时）别，奶奶，别这么做，求您别这么做，求您让我留下。

蒂尔福德夫人 但亲爱的，你不能想什么时候离开学校就什么时候离开。

玛　　丽 哦，求您了，奶奶，别立刻把我送回去。您不知道她们会怎么惩罚我。

蒂尔福德夫人 我想她们不会那么生气的。好了，你表现得像个傻乎乎的小女孩。

玛　　丽 （当她看到阿加莎要拿起话筒时，歇斯底里地说）奶奶！求求您！我不能回去！我不能！她们会杀了我的！她们会的，奶奶！她们会杀了我！

［蒂尔福德夫人和阿加莎惊诧地盯着玛丽。玛丽把她的头枕在蒂尔福德夫人的腿上，啜泣着。

蒂尔福德夫人 （做了个手势，示意阿加莎离开房间）现在不用打电话了，阿加莎。

阿加莎 您打算让她……

［蒂尔福德夫人重复了一遍那个手势。阿加莎从右侧退场。

蒂尔福德夫人 别哭了，玛丽。

玛丽 这里真好，奶奶。

蒂尔福德夫人 我很高兴你喜欢和我一起待在家里，但在你这个年纪，你几乎不能——是什么让你像那样说莱特小姐和多比小姐的坏话？你知道她们不会伤害你的。

玛丽 哦，但她们会的。她们——我——（停了下来，像是在寻找线索一样地环顾四周）我今天昏倒了！

蒂尔福德夫人 昏倒了？

玛丽 对，我昏倒了。我的心脏——我心脏痛。我心脏疼得受不了，我在课上昏倒了。她们给乔表哥打电话，可他说我没事。他说也许只是因为我早餐吃得太快了，然后莱特小姐就因为这个责怪我。

蒂尔福德夫人 （松了一口气）我相信如果约瑟夫说不严重，那就确实不严重。

玛丽 但我确实心脏痛，说真的。

蒂尔福德夫人 现在还在痛吗？

玛丽 我想已经没有那么严重了，但我感觉有点虚弱，而且因为莱特小姐对生病的我太苛刻了，我很害怕她。

蒂尔福德夫人 害怕凯伦？胡说。你很可能是真的觉得痛，但如果你真的生病了，你的约瑟夫表哥肯定会知道的。你明明没有生病却假装生病来吓唬人，这是不好的。

玛丽 我不想生病，但我总是做什么都要受惩罚。

蒂尔福德夫人 （轻柔的）你不能这样胡思乱想，孩子，不然你长大以后会变成一个闷闷不乐的女人。我不会再因为你这次回家而责备你了，尽管我想我应该这样做。上楼去洗洗脸，换身衣服，晚饭过后约翰会开车送你回去。去吧。

玛　丽　　　（高兴的）我可以留下来吃晚饭吗？

蒂尔福德夫人　是的。

玛　丽　　　也许我可以待到这周的第一天。周六是您的生日，我可以留在这里陪您。

蒂尔福德夫人　我们不一起庆祝我的生日，亲爱的。晚饭后你必须回学校。

玛　丽　　　但是——（她犹豫了一下，然后走向蒂尔福德夫人，用胳膊搂住了老妇人的脖子。轻声地说）您有多爱我？

蒂尔福德夫人　（微笑着）就和全世界所有的书里所有的词一样多。

玛　丽　　　还记得我小时候，您总是在我睡前说这句话吗？家里有条规矩，是您说完话以后，没人能再多说一个字。您总是喜欢拖长音说这句话的最后一个词，然后我就得紧紧地闭上眼睛。我实在太想您了，奶奶。

蒂尔福德夫人　我也想你，可我担心自己的拉丁语已经太生疏了——你在学校会学得更好。

玛　丽　　　但我不能在校外过完这个学期吗？也许等到暑假过后，我就不会这么苦恼了。我会刻苦学习，不说谎，而且……

蒂尔福德夫人　你是个诚恳的小骗子，但这是不可能的。你今晚就回去吧。（开玩笑地拍了玛丽一下）我们现在别再谈这件事了，你也别再从学校逃跑了。

玛　丽　　　（缓缓的）那我今晚真的必须回去吗？

蒂尔福德夫人　当然。

玛　丽　　　您不爱我。您根本不在乎她们会不会杀了我。

蒂尔福德夫人　玛丽！

玛　丽　　　您不在乎！您不在乎！您不在乎我遭遇了什么！

蒂尔福德夫人　（严厉的）但我很在乎你这么跟我说话。

玛　丽　　　我很抱歉说了那些话，奶奶。我不是有意伤害您的感情的。（用胳膊搂住蒂尔福德夫人的脖子）原谅我吧！

蒂尔福德夫人	是什么让你那样说？
玛　丽	（耳语）我害怕，奶奶，我好害怕。她们会对我做那些可怕的事情。
蒂尔福德夫人	可怕的？胡说。她们只会因为你逃跑而惩罚你。你也应该接受惩罚。
玛　丽	不是这个。不是因为我做了什么。从来不是这样的。她们——她们不管怎样都要惩罚我，就好像她们对我有意见。我害怕她们，奶奶。
蒂尔福德夫人	这很荒谬。她们之前对你做过什么糟糕的事情？
玛　丽	很多——一直都是这样。莱特小姐说我不能参加划船比赛，还有……（意识到这个回答不够充分，她停了下来，犹豫了一会儿，最后结结巴巴地说）就在——就在今天发生了那件事以后。
蒂尔福德夫人	你的意思是，今天你除了耍淘气假装昏倒、逃学之外，还做了别的事吗？
玛　丽	我真的昏倒了，我没有装。她们那样说只是为了让我心里难受。总之，那件事不是我做的。
蒂尔福德夫人	那是什么事？
玛　丽	我不能告诉您。
蒂尔福德夫人	为什么？
玛　丽	（闷闷不乐的）因为您只会站在她们那边。
蒂尔福德夫人	（有点恼火）很好。现在快上楼去准备吃晚饭。
玛　丽	是——是关于多比小姐和莫塔尔夫人的事。佩吉和伊芙琳听到她们在聊糟糕的事，被多比小姐发现了，然后她们就让我们搬出自己的房间。
蒂尔福德夫人	这和你有什么关系？你说的话我一个字都没听懂。
玛　丽	她们让我们搬出我们的房间。她们说我们不能再住在一起了。她们害怕我们靠近她们，事情就是这样，可她们把气撒在我头上。她们害怕您。
蒂尔福德夫人	作为一个小姑娘，你幻想的事情太多了。她们为什么会害

怕我？

玛　丽　　　她们害怕您会发现。

蒂尔福德夫人　发现什么？

玛　丽　　　（含糊的）一些事情。

蒂尔福德夫人　快上楼去，玛丽。

玛　丽　　　（缓缓向门口走去）好吧，但真的有很多事情。她们有些秘密什么的，怕我会发现然后告诉您。

蒂尔福德夫人　隐瞒秘密的人不一定有什么错。

玛　丽　　　但她们的秘密很奇怪。佩吉和伊芙琳听到莫塔尔夫人对多比小姐说，她妒忌莱特小姐和乔表哥的婚事。

蒂尔福德夫人　你不该复述那种话。

玛　丽　　　但她就是这么说的，奶奶。她说一个女孩有那种想法是反常的。

蒂尔福德夫人　什么？

玛　丽　　　让我来告诉您她说了什么。她说这件事很古怪，而且多比小姐一向如此，甚至当她还是个小女孩的时候就是这样了，这是违反常理的……

蒂尔福德夫人　别再用那个愚蠢的词了，玛丽。

玛　丽　　　（隐约意识到她的做法是有效的，匆匆继续说）但莫塔尔夫人一直在用这个词，奶奶，然后她们就发火了，告诉莫塔尔夫人她必须离开。

蒂尔福德夫人　这可能根本不是真正的原因。

玛　丽　　　（用力点头）我敢打赌，一定是这个原因。因为说实话，每当乔表哥过来的时候，多比小姐都暴躁又刻薄，今天我还听到她先是对表哥说"你这该死的"，又说她是个被妒忌心冲昏了头脑的傻瓜……

蒂尔福德夫人　玛丽，你可是学到了一些好词啊，不是吗？

玛　丽　　　奶奶，她就是这么说的。还有一次多比小姐在莱特小姐的房间里哭，莱特小姐试图阻止她，就说，好吧，也许自己不会马上结婚……

蒂尔福德夫人	你都是怎么知道这些事的？
玛　丽	我们不小心听到的，因为她们——我是说多比小姐——当时说得特别大声，而且她们的房间正好紧挨着我们的。
蒂尔福德夫人	谁的房间？
玛　丽	我是说莱特小姐的房间，您可以问问佩吉和伊芙琳我们有没有听到。几乎每一次我们上床睡觉后，多比小姐都会去莱特小姐的房间待上很长时间。我猜这就是她们想摆脱我们——摆脱我——的原因，因为我们听到了一些事情。她们还总是惩罚我，就因为……
蒂尔福德夫人	关于你偷听到的事情，我应该想想。（她机械地说着。她内心混沌迷茫，正努力掩饰玛丽对校园生活的描述令她担忧这个事实）好了，我想我们已经听够了流言蜚语，不是吗？晚饭快好了，我可不能和一个顶着小脏脸的姑娘一起用餐。
玛　丽	（轻声的）我还听到了别的事情。我听到过别的事情。很多别的事情，奶奶。
蒂尔福德夫人	什么事？
玛　丽	很糟的事。
蒂尔福德夫人	唔，那是什么？
玛　丽	我不能告诉您。
蒂尔福德夫人	玛丽，你让我非常恼火。如果你有什么话想说，那就说出来，别再犯傻了。
玛　丽	我的意思是我没办法大声说出来。
蒂尔福德夫人	不可能有什么事情可怕到让你没法大声说出来，要么说实话，要么保持安静。
玛　丽	好吧，有很多事我不太懂，但很可怕。有时候她们会吵架，接着又和好；多比小姐会哭，莱特小姐会生气，然后她们又和好，还会发出奇怪的声音。我们很害怕。
蒂尔福德夫人	噪音吗？我猜你们这些姑娘在想象一桩谋杀案的时候一定很开心。

玛　丽	我们还看到了一些事,奇怪的事。(看到祖母不耐烦的样子)我想告诉您,但我必须贴着您的耳朵小声说。
蒂尔福德夫人	你为什么非得小声说?
玛　丽	我不知道。我只是必须这么做。

[玛丽爬到蒂尔福德夫人身边的沙发上,开始低声耳语。起初她的低语缓慢而犹豫,渐渐变得又快又兴奋。说到一半,蒂尔福德夫人打断了她。

蒂尔福德夫人	(颤抖的)你知道自己在说什么吗?(玛丽没有回答,继续低声说着,直到蒂尔福德夫人抓住她的肩膀将她转过来,盯着她的脸)玛丽!你对我说的是实话吗?
玛　丽	真的,是真的。您只要问问佩吉和伊芙琳——(过了一会儿,蒂尔福德夫人站起来,开始在房间里踱步。玛丽仍在滔滔不绝地说着,但蒂尔福德夫人已不再听了)她俩也知道的。也许还有其他孩子知道,可我们一直很害怕,就没有问过。有一天晚上我想去弄明白真相,但中途害怕了,于是我们早早睡觉,这样就听不见了。可有时候我不得不听见。但我们从来没有多谈这件事,因为觉得她们会发现,然后——哦,奶奶,别让我回到那个可怕的地方。
蒂尔福德夫人	(入神的)什么?(又开始四处踱步)
玛　丽	别让我再回到那个地方,我再也没法忍受它了。真的,奶奶,我在那儿太不开心了,要是我能在校外过完剩下的这个学期就好了,然后……
蒂尔福德夫人	(做了个生气的手势)安静一分钟。(过了一会儿)你今晚可以待在这里。
玛　丽	(抱住蒂尔福德夫人)您是全世界最好、最慈爱的奶奶。您——您不生我的气啦?
蒂尔福德夫人	我没生你的气。现在去准备吃晚饭吧。(玛丽亲了她一下,高兴地跑开,从左侧下场。蒂尔福德夫人站在那里盯着她看了好一会儿。随后,她极慢地戴上眼镜,走到电话旁。她拨出了一

个号码)莱特小姐——莱特小姐在吗?(等了一会儿,又匆匆放下话筒)没事,不用了。(拨出另一个号码)请找卡丁医生,我是蒂尔福德夫人。(她一动不动地等待着。当她开口时,声音低沉而紧张)约瑟夫?约瑟夫?你能立刻来见我吗?是的,我很好。不,但这事很重要,约瑟夫,非常重要。我必须立刻见到你。我——我不能在电话里告诉你。你不能快点过来吗?这和玛丽昏倒的事情没有关系——我说了这和玛丽无关,约瑟夫,某种意义上也和她有关——(突然安静下来)但医院那边需要花这么长时间吗?很好,约瑟夫,尽快过来吧。(挂断电话,坐了一会儿,举棋不定。接着,她深吸一口气,拨出了另一个号码)请帮我接穆恩夫人,我是蒂尔福德夫人。是米莉亚姆吗?我是艾米莉亚·蒂尔福德。你能立刻来我家吗?我需要一些建议——我想和你说——谢谢。

[幕落。

第二场

[场景:与第一场相同。窗帘已被拉下,标识着几个小时的流逝。
[幕启:玛丽正趴在地板上玩拼图游戏。阿加莎拖着毯子和枕头穿过房间。快到门口时,她停了下来,生气地看了玛丽一眼。

阿加莎	留意别让她把我的好被子弄脏了,让她换上你的绿色睡衣。
玛 丽	谁?
阿加莎	谁?罗莎莉·威尔斯今晚会来和你待在一起。
玛 丽	你是说她要睡在我的房间?
阿加莎	你没听错。
玛 丽	为什么?
阿加莎	难道我会知道这里正在发生的每一件疯狂的事情吗?穆恩夫人来访,她们和远在纽约的威尔斯夫人通了电话,花了整整三美

	元八十五美分,简直是一家人的糊口钱。威尔斯夫人想知道罗莎莉能不能在这里待到明天。
玛 丽	(松了一口气)哦。不能换伊芙琳·穆恩来吗?
阿加莎	当然可以。我们会让全镇人都来讨你欢心。
玛 丽	我不会让罗莎莉·威尔斯穿我的新睡衣的。
阿加莎	(前门的门铃响了,她走出去)别告诉我你不想做什么。这辈子就这一次,你要表现得像个淑女。(在幕后)请进,罗莎莉。进来吧,就像在自己家一样。你吃过晚饭了吗?
罗莎莉	(在幕后)晚上好。是的,女士。
阿加莎	(在幕后)请把你漂亮的外套挂起来。你洗过澡了吗?
罗莎莉	(在幕后)是的,女士。今天早上洗过了。
阿加莎	(在幕后)唔,你最好再洗一次。
	[阿加莎向楼上走去,罗莎莉走进了房间。玛丽躺在沙发前的地板上,藏起来没被罗莎莉看见。罗莎莉拘谨地坐在椅子上。
玛 丽	(轻声的)呜噢噢噢。(罗莎莉跳了起来)呜噢噢噢。(罗莎莉吓了一跳,匆忙向门口跑去。玛丽坐起身,大笑)你这个呆头鹅!
罗莎莉	(挑衅的)哦,原来是你啊。唔,谁喜欢在晚上听到奇怪的噪音呢?你本可以招来狼人,和它们成为同类的。
玛 丽	狼人肯定不想要你。
罗莎莉	你是个万事通,不是吗?(玛丽笑了。罗莎莉走近,站在那里盯着拼图)上学很没意思吗?
玛 丽	它有什么有趣的地方吗?
罗莎莉	别装得像你每晚都能回家似的。
玛 丽	也许从现在开始,我就可以了。(惬意地翻了个身)说不定我永远不用回去了。
罗莎莉	我会回去吗?我不想待在家里。
玛 丽	你愿意用什么来交换这个消息?
罗莎莉	什么都不愿意。我要去问我妈妈。

玛 丽	如果我告诉你答案,你会和我讲一句别人背着我说过的恭维话吗?
罗莎莉	(思考了一会儿)好吧。露易丝·费希尔①跟海伦说过你很聪明。
玛 丽	这是条旧消息了。我不接受交换。
罗莎莉	你必须接受。
玛 丽	不。
罗莎莉	(大笑)反正你也不知道答案。
玛 丽	我知道自己听到了什么,我还知道我奶奶和你在纽约的妈妈通过电话。你只会在我家待一个晚上。
罗莎莉	但发生了什么事?佩吉、海伦、伊芙琳和露易丝今晚也回家了。你觉得是有人得了猩红热之类的传染病吗?
玛 丽	不是。
罗莎莉	那你知道发生了什么吗?你是怎么发现的?(没有得到回答)你总是假装什么都知道,你只是在装样子。(怒气冲冲地离开)无所谓,别费心告诉我。不管怎样,我觉得好奇是很不淑女的行为。我一点也不关心你那些蠢秘密。
玛 丽	如果我告诉你,我也许说过你参与了呢?
罗莎莉	参与了什么?
玛 丽	那个秘密。如果我告诉你,我也许说过是你跟我讲的那个秘密,那怎么办?
罗莎莉	玛丽·蒂尔福德!你不能做那种事。我什么都没跟你讲过。(玛丽大笑)你真的和你奶奶这么说了吗?
玛 丽	说不定呢。
罗莎莉	你有这么说吗?
玛 丽	大概有吧。
罗莎莉	好吧,我会直接去找你奶奶,告诉她我什么都没跟你讲过,不

---

① 英文名为 Lois Fishero。

	管那个秘密是什么。你就是想让我惹上麻烦,我不会让你得逞的。(向门口走去)
玛　丽	等一下,我和你一起去。我想跟她提一下海伦·伯顿的手镯。
罗莎莉	(突然坐回去)提它做什么?
玛　丽	告诉她是你把它偷走了。
罗莎莉	闭嘴!我从没做过那种事!
玛　丽	没有错,是你干的。
罗莎莉	(含泪)你瞎编,你一直是个撒谎精!
玛　丽	别叫我撒谎精,罗莎莉·威尔斯。这是种激将法,我不会上当的。不管怎么样,我想我还是去告诉我奶奶吧。然后她就会报警,警察会来抓你,你就要在单人牢房里过完这辈子了。你会越来越老,等你老得看不见东西的时候,他们也许会放你出来。那个时候,你的爸爸妈妈都死了,你没地方可去,只能在街边乞讨……
罗莎莉	我什么也没偷。我只是借走了那只手镯,打算等戴它看完电影以后,就立刻放回去。我从没想过要留着它。
玛　丽	没人会相信的,尤其是警察。你只是一个再常见不过的小偷罢了。别哭了,你马上要把房子震塌了。
罗莎莉	你不会讲出去吧?说你不会。
玛　丽	我是撒谎精吗?
罗莎莉	不是。
玛　丽	那就说"我跪在地上道歉"。
罗莎莉	我跪在地上道歉。我们来玩拼图吧。
玛　丽	等一下。继续说"从现在开始,我,罗莎莉·威尔斯,愿做玛丽·蒂尔福德的家臣,无论她吩咐什么,我都照办不误。我以骑士的身份庄严宣誓"。
罗莎莉	我不会说这些的。这是最糟糕的誓言。(玛丽朝门口走去)玛丽!求你不要——
玛　丽	你能发誓吗?

罗莎莉	（抽泣）但那样的话，你就可以吩咐我做任何事了。
玛　丽	你必须这么做。快说，不然我就……
罗莎莉	（匆忙的）从现在开始，我，罗莎莉·威尔斯，愿做玛丽·蒂尔福德的家臣，无论她吩咐什么，我都照办不误。我以骑士的身份庄严宣誓。（她吸了一口气。蒂尔福德夫人登场。罗莎莉坐直了身子）
玛　丽	别忘记这一点。
蒂尔福德夫人	晚上好，罗莎莉，你气色很好。
罗莎莉	晚上好，蒂尔福德夫人。
玛　丽	她一天比一天胖。
蒂尔福德夫人	（心不在焉的）这样显得更漂亮。（门铃响了）一定是约瑟夫来了。玛丽，带罗莎莉去图书室。你们都要在十点半之前睡下。

［罗莎莉向右侧下场口走去，看到玛丽，停下来犹豫着。

玛　丽	继续走，罗莎莉。（等到罗莎莉不情愿地离开）奶奶。
蒂尔福德夫人	怎么了？
玛　丽	奶奶，乔表哥会说我必须回学校去。他会说我真的没有……

［卡丁登场，玛丽跑出房间。

卡　丁	您好，艾米莉亚。（好奇地看着逃跑的玛丽）玛丽回家了吗？
蒂尔福德夫人	（看着玛丽离开）你好，约瑟夫，请坐。（卡丁坐下来，好奇地看着她，等她开口）喝威士忌吗？
卡　丁	好的，谢谢。您觉得怎么样？又头痛了吗？
蒂尔福德夫人	（把酒放在桌子上）没有。
卡　丁	那些都是很好的药粉。小苏打泡水，永远不会对身体有害。
蒂尔福德夫人	没错。你最近怎么样，约瑟夫？（含糊的，拖延时间）我已经好几周没见到你了。阿加莎很想念有你在的周日晚宴。
卡　丁	我最近一直在忙。婚恋季节结束了，我们在照看有身孕的病人们。
蒂尔福德夫人	我害你从病人身边离开了吗？
卡　丁	没有，我刚才在医院。

蒂尔福德夫人　医院的近况怎么样？

卡　丁　　　还是老样子，缺少资金，设备不全，实验室藏污纳垢，每个人都冲着对方大吼大叫——艾米莉亚，您不会是叫我来这里和您讨论医院的吧。发生什么事了？

蒂尔福德夫人　我——我有些事要告诉你。

卡　丁　　　您说吧。

蒂尔福德夫人　这件事让人很难开口，约瑟夫。

卡　丁　　　让您很难告诉我？（没有得到回答）不用担心玛丽。我猜她跑回家告诉您她昏倒了，这只是坏脾气引起的，还伪装得很笨拙。艾米莉亚，她实在被宠坏了……

蒂尔福德夫人　我已经听说她昏倒的事了，但我担心的不是这个。

卡　丁　　　（温和的）您遇到什么麻烦了吗？

蒂尔福德夫人　我们都有麻烦了，很严重的麻烦。

卡　丁　　　我们？您的意思是也包括我？我没遇到什么问题。

蒂尔福德夫人　你最后一次见凯伦是什么时候？

卡　丁　　　就在今天，今天下午。

蒂尔福德夫人　哦。是在七点之前？

卡　丁　　　七点之后发生了什么事吗？

蒂尔福德夫人　约瑟夫，你和凯伦已经订婚很久了。你的结婚计划比一年前更明确了吗？

卡　丁　　　您可以准备买结婚礼物了。如果您不介意的话，我们想在这里举办婚礼。我担心学校里有小姑娘们与煮过的亚麻布的味道。

蒂尔福德夫人　为什么凯伦突然决定把结婚的事定下来？

卡　丁　　　她没有突然做出什么决定。学校运转得很好，现在莫塔尔夫人又要离开了……

蒂尔福德夫人　我听说她们把莫塔尔夫人赶出去了。

卡　丁　　　把她赶出去？唔，也许吧。但拥有一大笔旅行费用，还有一个好侄女承诺会负担余生的所有支出，听上去可真是一种令人羡慕的被驱逐方式。

蒂尔福德夫人　（缓缓的）你不觉得奇怪吗，约瑟夫，她们怎么这么想摆脱那个愚蠢的、无害的女人？

卡　丁　我不明白您在说什么，但这一点也不奇怪。莉莉·莫塔尔不是一个无害的女人，尽管天知道她的确够愚蠢。她是一个烦人的、被惯坏了的老泼妇。如果您要成立一个莫塔尔权益保护协会，那您就是在浪费时间。（起身，放下酒杯）浪费时间可不像您的风格。好了，您真正在想的到底是什么？

蒂尔福德夫人　你不准和凯伦结婚。

卡　丁　（吃了一惊，嬉笑着）您是位很无礼的女士。为什么我——（模仿她）不准和凯伦结婚？

蒂尔福德夫人　因为凯伦身上有问题——很可怕的问题。

［门铃响了，铃声既漫长又响亮。

卡　丁　我不允许您这样说，艾米莉亚。

蒂尔福德夫人　我有充分的理由这么说。（她听到舞台外传来的声音，停了下来）谁来了？

凯　伦　（在幕后）阿加莎，我找蒂尔福德夫人，她在吗？

阿加莎　（在幕后）是的，女士，进来吧。

蒂尔福德夫人　我不会让她进来。

卡　丁　（恼火的）您在说什么？

蒂尔福德夫人　我不会让她进来。

卡　丁　那也就是不想让我待在这里。（转向凯伦和玛莎）亲爱的，怎么了？

凯　伦　（看见他以后停了下来，用手盖住眼睛）这是个玩笑吗，乔？

玛　莎　（极用力地冲着蒂尔福德夫人说）我们来看看你这是在做什么。

凯　伦　这太疯狂了！太疯狂了！她为什么要这么做？

卡　丁　你在说什么？你是什么意思？

蒂尔福德夫人　你们不应该来这里。

卡　丁　这一切都怎么了？发生了什么？

凯　伦　我试过联系你，但没有接通。她还没告诉你吗？

卡　丁	没有人告诉我任何事。除了胡言乱语以外，我什么都没有听到。怎么了，凯伦？（她几欲开口，却又只是默默摇头）发生了什么，玛莎？
玛　莎	（激烈的）有人从疯人院里被放出来了。我们怎么会知道发生了什么？
卡　丁	怎么了？
凯　伦	我们不知道这是怎么了。没人愿意和我们谈谈，没人愿意告诉我们任何事。
玛　莎	让我来告诉你，我来告诉你。你看看能不能弄明白。晚饭时间，穆恩太太的司机说必须立刻接伊芙琳回家。到了七点半，伯顿夫人来了，要我们把海伦的行李收拾好，还说她要在外面等，因为她不想走进像我们学校这样的地方。五分钟后，威尔斯家的管家又来接罗莎莉了。
卡　丁	这是怎么回事？
玛　莎	学校成了间疯人院。人们冲进冲出，把孩子们推进车里……
凯　伦	终于，罗杰斯太太告诉我们了。
卡　丁	什么？她说什么？
凯　伦	她说——她说玛莎和我——和我相爱了，说我们在恋爱。是蒂尔福德夫人告诉她们的。
卡　丁	（呆立了一会儿，难以置信地盯着她。然后他穿过房间，眺望窗外，终于转向蒂尔福德夫人）是您告诉她们的吗？
蒂尔福德夫人	是的。
卡　丁	您生病了吗？
蒂尔福德夫人	你知道我没有。
卡　丁	（厉声急速的）那您为什么要这么说？
蒂尔福德夫人	（缓缓的）因为这是真的。
凯　伦	（怀疑的）那么你认为这是真的？
玛　莎	你这个蠢货！你这个该死的、恶毒的……
凯　伦	你明白自己在说什么吗？

蒂尔福德夫人	我很清楚，而且……
玛　莎	你什么都不清楚，什么都不……什么都不……
蒂尔福德夫人	这就是我认为你们不该来这里的原因。（安静的）我不会骂你们，也不允许你们骂我。我不相信自己能和你们好好谈论这种事，无论是现在还是以后。
凯　伦	她在说什么，乔？她这是什么意思？她想对我们做什么？大家都在对我们做什么？
玛　莎	（轻声的，仿佛在自言自语）任人摆布。我们被疯子摆弄来摆弄去。（微微发抖）太可怕了。我们站在这里——（卡丁搂着凯伦，和她一起走到窗前，他们并肩站在那里）我们站在这里承受它。（突然暴怒）你不知道我们会来这里吗？难道当你用这些谎言践踏我们的时候，我们应该躺在地上咧嘴笑吗？
蒂尔福德夫人	这样做对我们都没有任何好处，多比小姐。
玛　莎	（轻蔑地模仿她）"这样做对我们都没有任何好处。"听着，听着，试着明白这一点：你不是在玩纸娃娃，我们是人，明白吗？你是在摆弄我们的人生，我们的人生！这对我们来说是一件严肃的事情。你能理解吗？
蒂尔福德夫人	我能理解，我也很后悔，但你们一直在拿孩子们的人生开玩笑，所以我才会出手阻止。（更冷静的）我知道这对你们来说有多严肃，也知道对我们所有人来说有多严肃。
卡　丁	（愤怒的）我想你并不知道。
蒂尔福德夫人	我想避开这次见面，因为它起不到任何好作用。你们来这里是为了弄清楚是不是我引出的这些变故。你们现在已经弄清楚了，就此停下吧。我很抱歉这些事给你带来的影响，约瑟夫。
卡　丁	我讨厌你的怜悯。
蒂尔福德夫人	很好。我不会再做什么，也不想再做什么了。任何人都无能为力。
卡　丁	（谨慎的）你已经做了一件可怕的事。
蒂尔福德夫人	我做了我该做的事。她们是什么样子也许只是她们自己的事。

	可一旦涉及孩子，事情就远不止这样了。
凯　伦	（失控的）这不是真的，没有一个字是真的。你不明白吗？
蒂尔福德夫人	你们俩都不会受到任何惩罚的。这——这是你们自己的事。带着这件事远走高飞吧。我不懂这种事，我也完全不想参与其中。
玛　莎	（缓缓的）所以你觉得我们会远走高飞？
蒂尔福德夫人	我想这对你们来说是最好的出路。
玛　莎	我们一定能对你做点什么，不管是什么，我们会找到办法的。
蒂尔福德夫人	那样会很不明智。
凯　伦	你害怕就对了。
蒂尔福德夫人	我不害怕，凯伦。
卡　丁	你老了——而且很不负责任。
凯　伦	（走向蒂尔福德夫人）我不想和你这摊烂事扯上任何关系，你听到了吗？被迫说出这些让我感到肮脏又恶心，但我还是要说：你说的每一个字都是假的。我们站在这里是为了保护我们自己，还为了对抗，对抗一个谎言。一个巨大的、可怕的谎言！
蒂尔福德夫人	很抱歉，我不能相信你。
凯　伦	你这该死的！
卡　丁	但你可以相信：她们工作了整整八年才攒够钱买下那个农场，才创办了那所学校。她们舍弃了年轻人应该拥有的一切，才做成了这些。你不会了解那所学校对她们来说意味着什么：是自尊，是面包和黄油，还有诚实的工作。你明白为一件事竭尽全力是什么意思吗？现在都化为泡影了。（突然用手猛击桌子边缘）你该死的到底为什么要这样做？
蒂尔福德夫人	（轻声的）我必须得这么做。
卡　丁	正义可真是种伟大的品质。
蒂尔福德夫人	（温柔的）我明白你的感受。
卡　丁	你根本不了解我的感受。你也不了解她们的感受。
蒂尔福德夫人	我爱你就像爱自己的亲生儿子一样，即便是他们陷入这种境况，我也不会放过他们。现在我也不能放过你。

| 卡　丁 | （凶狠的）我相信你。
| 玛　莎 | 能拿你怎么办？我们能对你做什么？一定有什么——有什么能让你体会到我们今晚的感受。你说自己一点儿也不想参与其中，但你会参与进来的，远远超出你的预想。（突然）听着，你愿意坚持自己今晚所说的每一句话吗？
| 蒂尔福德夫人 | 是的。
| 玛　莎 | 好的。很好。但别以为我们会让你悄悄说谎：你既然编出了这个谎言，那就要和它一起站在大家面前，尖叫着让它传遍你的柳叶刀镇吧。我们会让你把它尖声大喊出来的——而且是在法庭上这么做。（语速很快地说）明天，蒂尔福德夫人，你就会收到诽谤诉讼的法院传票。
| 蒂尔福德夫人 | 那样做是非常不明智的。
| 凯　伦 | 非常不明智，那是对你来说。
| 蒂尔福德夫人 | 我考虑的是你们。我是在为你们担心。今晚你们在这里厚着脸皮说出来已经是错了，如果在大庭广众之下还这么厚颜无耻，那真是愚蠢至极。那样做只会给你们带来痛苦。你们不能再受惩罚了。
| 玛　莎 | 你觉得自己年纪太大了，不会受到惩罚。你相信我们会放过你。
| 蒂尔福德夫人 | 你知道我不是那个意思。
| 卡　丁 | （从窗边转过身来）所以你是相信了一个孩子的话？
| 玛　莎 | （看着他）我也猜到了。
| 凯　伦 | 你真是这样得到的消息？我不敢相信——这不可能。啊，她还是个孩子。
| 玛　莎 | 她不再是个孩子了。
| 凯　伦 | 哦，我的上帝，现在一切都严丝合缝了。那女孩已经恨我们很久了。我们从来没弄懂原因，也永远不会弄懂了。也许没有任何理由……
| 玛　莎 | 就是没有任何理由。她恨所有人、所有事。
| 凯　伦 | 你家玛丽是个奇怪的姑娘，是个坏女孩。她身上有很严重的

问题。

蒂尔福德夫人　我正等着你这么说呢,莱特小姐。

凯　伦　　我说的是实话。我们早就应该告诉你了。(停下来,叹了口气)没用的。

玛　莎　　她在哪儿?把她带过来,让我们听听她要说什么。

蒂尔福德夫人　你不能见她。

卡　丁　　她在哪儿?

蒂尔福德夫人　我不会允许那种事发生的,约瑟夫。

卡　丁　　我要和她谈谈。

蒂尔福德夫人　(对凯伦和玛莎)你们来这里是为了要个解释,可本应是我向你们要解释。你们攻击我,你们攻击玛丽。我告诉过你们,我没想要让你们受到任何伤害。我现在也还是不想。你们声称那不是事实,你们自然会这么说,但我知道那就是真的,无论你们说什么。你们都很清楚,如果我没有百分之百确定的话,是不会采取行动的。我只想让这些孩子们离开学校,我也已经做到了。我不会再提起这件事,也不会再提起你们——我会留意的。你们在我家待得够久了,出去。

凯　伦　　(站起身)恶人太年轻了,恶人又太年老了。我们回家吧。

卡　丁　　坐下来。(对蒂尔福德夫人)当两个人来到这里,把她们的人生摊在桌子上供你肢解成碎片时,唯一正直的做法就是给她们一个机会完整地公开真相。你是正直的人吗?

蒂尔福德夫人　我一直这么认为。

卡　丁　　那么玛丽在哪里?(过了一会儿,蒂尔福德夫人将头转向右侧的门。卡丁迅速走到门口,打开门)玛丽!过来。

　　　　　[过了一会儿,玛丽出现了,紧张地站在门口。她显得羞怯又害怕。

蒂尔福德夫人　(柔声的)坐下,亲爱的,别害怕。

玛　莎　　(她的嘴唇几乎没动)让她说实话。

卡　丁　　(在玛丽面前踱步)听着,每个人都说过谎,有时是不得不说,有时则不是。我因为很多不同的原因说过谎，但很少能得到机会收回谎言、说出真相。如果你得到了这样的机会，那你很幸运。我之所以和你说这些，是因为要问你一个问题。在你回答之前，我想说，如果你撒了谎——如果你犯了一个错误，那你就必须把握这次机会说出来。你不会因此受到惩罚的。你都明白了吗？

玛　丽	（胆怯的）是的，乔表哥。
卡　丁	（冷酷的）好了，我们开始吧。你今天下午和你奶奶说的是实话吗？是莱特小姐和多比小姐的真实情况吗？
玛　丽	（毫不犹豫的）哦，是的。

［凯伦深深地叹了一口气。玛莎攥紧拳头，背向玛丽。卡丁看着玛丽，微笑着。

卡　丁	好了，玛丽，那本是你的机会，你错过了它。（拉来一把椅子，坐在玛丽面前）现在让我们找出真相。
蒂尔福德夫人	她已经告诉你了。这话不能通过你的测试吗？
卡　丁	绝对不能。你已经挑起了事端，我们会帮你完成整件事的。玛丽，你能再回答我几个问题吗？
玛　丽	好的，乔表哥。
玛　莎	别再用那种恶心的、甜美的语气了。

［蒂尔福德夫人几乎站了起来，卡丁将她按了回去。

卡　丁	你为什么不喜欢多比小姐和莱特小姐呢？
玛　莎	哦，我很喜欢她们，可她们就是不喜欢我。她们从来没有喜欢过我。
卡　丁	你怎么知道？
玛　丽	她们总是找我的茬儿。她们总是为发生的所有事惩罚我。不管发生什么，都是我倒霉。
卡　丁	你觉得她们为什么这么做？
玛　丽	因为——因为她们是——因为她们——（停下来，转过身）奶奶，我……

卡　丁　　　好吧，我们跳过这个问题。你今天受到惩罚了吗？

玛　丽　　　是的，而且只是因为佩吉和伊芙琳偷听到她们说话，她们就拿我出气。

凯　伦　　　这是谎话。

卡　丁　　　嘘。偷听到了什么，玛丽？

玛　丽　　　莫塔尔夫人对多比小姐说她有些奇怪。她说多比小姐对莱特小姐有种奇怪的感情，还说那是违反常理的。这就是我们被惩罚的原因，仅仅因为……

凯　伦　　　那不是她们受惩罚的原因。

蒂尔福德夫人　（对玛莎）多比小姐？

玛　莎　　　我姑妈是个蠢女人。她说的话让人很不愉快，她这么讲是为了激怒我。她的意思仅此而已。

玛　丽　　　还有，乔表哥，她说每次你来学校多比小姐都会嫉妒，还说多比小姐不想让你们结婚。

玛　莎　　　（对卡丁）她也说了这话。这个——这个孩子在歪曲一些小事、一些家庭琐事的含义——（停下来，突然用混杂怀疑与好奇的情绪注视着玛丽）你在短短的时间里是从哪儿学到了这么多？

卡　丁　　　玛丽，你觉得莫塔尔夫人是什么意思？

蒂尔福德夫人　停下，约瑟夫！

玛　丽　　　我不知道，但确实有点奇怪，她总是说这些话，而且每当多比小姐深夜去莱特小姐的房间时，女孩们都会讨论这件事……

凯　伦　　　（生气的）我们有时在看电影，有时在一起读书，还有的时候是喝茶。连这些也都是有罪的吗，蒂尔福德夫人。

玛　丽　　　而且还总发出一些奇怪的声音。我们有时候醒着，不得不听到那些声音，我会觉得害怕，因为那些声音就像是……

玛　莎　　　闭嘴！

凯　伦　　　（激烈的）不，不！你不会想让她现在闭嘴的。你还听到了什么？

玛　丽　　　奶奶，我……

蒂尔福德夫人　（愤怒地对卡丁说）你这是想让玛丽说出那种事的名字。
卡　丁　　　（不理睬她，对玛丽说）继续。
玛　丽　　　我不知道，就是些声音。
卡　丁　　　但你觉得那是什么？为什么它会吓到你？
玛　丽　　　（虚弱的）我不知道。
卡　丁　　　（对蒂尔福德夫人微笑）她不知道。
玛　丽　　　（慌忙的）我还看到了。有一天晚上，声音太响了，我以为有人生病了，就从钥匙孔往里看，看到她们在接吻，还说了些什么，然后我就被吓坏了，因为那是不同的……
玛　莎　　　（她的表情扭曲了，转向蒂尔福德夫人）那孩子——那孩子有病。
凯　伦　　　再问问她是怎么看到我们的。
卡　丁　　　你是怎么看到多比小姐和莱特小姐的？
玛　丽　　　我——我——
蒂尔福德夫人　把你小声和我说的那些话告诉他。
玛　丽　　　那是在晚上，我弯着腰从钥匙孔里看到的。
凯　伦　　　我的房门上没有钥匙孔。
蒂尔福德夫人　什么？
凯　伦　　　我的——房门上——没有——钥匙孔。
玛　丽　　　（匆匆的）那不是她的房间，奶奶，我想那是另一个房间。那是多比小姐的房间。我从多比小姐房门上的钥匙孔里看到的。
卡　丁　　　你怎么会知道多比小姐的房间里有人？
玛　丽　　　我告诉过你，我告诉过你了。因为我们听到了。每个人都听到了她们在……
玛　莎　　　我和姑妈住在同一个房间，它在房子一层的另一侧。从她的房间不可能听到那里传出的任何声音。（对卡丁）叫她自己来学校看看。
蒂尔福德夫人　（声音颤抖着）这是怎么回事，玛丽？为什么你说你是从钥匙孔里看到的？你能在自己的房间里听到声音吗？

玛　丽	（大哭起来）每个人都在冲我大吼大叫。我不知道自己在说什么，大家都把我搞乱了。我确实看到了！我确实看到了！
蒂尔福德夫人	你看到了什么？你在哪儿看到的？我现在要知道真相！真相！无论它是什么。
卡　丁	（站起来，把他的椅子挪了回去）我们可以回家了。我们结束了。（环顾四周）这里不是什么让人愉快的地方。
蒂尔福德夫人	（恼火的）别哭了，玛丽，站起来。
	〔玛丽站起来，歇斯底里地号哭着。蒂尔福德夫人站在她的正前方。
蒂尔福德夫人	我想知道真相。
玛　丽	好——好的。
蒂尔福德夫人	真相是什么？
玛　丽	是罗莎莉看到的。我刚才那么说只是因为不想告发罗莎莉。
卡　丁	（疲倦的）哦，我的上帝！
玛　丽	是罗莎莉，奶奶，这些都是她告诉我们的。她说她在书上读过这种事，所以她明白。（绝望的）你去问罗莎莉，你去问罗莎莉吧。她会告诉你的。我们以前总是在讨论这件事。这是事实，是最真实的真相。她说有一次门开着，她还告诉了我们她看到的一切。我只是想保护罗莎莉，结果每个人都冲我发脾气。
蒂尔福德夫人	（对卡丁）请等一下。（走到图书室门口）罗莎莉！
卡　丁	你这是在给自己找打击受，艾米莉亚，这都是你活该。
蒂尔福德夫人	（站起来等罗莎莉，用手遮住脸）我不知道，我不知道了。也许这确实是我活该。（罗莎莉战战兢兢地出现在门口，对每个人鞠躬。蒂尔福德夫人轻轻拉着罗莎莉的手，带她来到舞台中央，紧张地说）真抱歉这么晚了还不让你睡觉，罗莎莉。你一定累了。（语速很快地说）玛丽说最近学校里有很多关于莱特小姐和多比小姐的议论，这是真的吗？
罗莎莉	我——我不明白您的意思。
蒂尔福德夫人	你们这些小姑娘之间在传的话。

罗莎莉	（睁大眼睛，害怕的）什么话？我从来没有——我——我——
凯　伦	（温柔的）别害怕。
蒂尔福德夫人	那些传言是什么，罗莎莉？
罗莎莉	（完全陷入迷茫）我不明白她的意思，莱特小姐。
凯　伦	罗莎莉，玛丽和她奶奶说学校里有些事情——呃——让你们困扰，尤其是你。
罗莎莉	历史课让我困扰。我想我不太擅长历史，海伦有时候会帮我，如果……
凯　伦	不，她不是这个意思。她说你告诉她你看到了一些——一些多比小姐和我之间的动作。她说有一次门开着，你看到我们在亲吻对方，用一种——（无法承受孩子的表情，背过身去）用一种女人一般不那样互相亲吻的方式。
罗莎莉	哦，莱特小姐，我没有，没有，我没有。我从来没有说过这样的话。
蒂尔福德夫人	（严肃的）是真的吗，亲爱的？
罗莎莉	我从来没说过这样的话。玛丽总是编造我还有其他人的事情。（激动地哭了起来）我从来没有说过这样的话。我甚至从来都没想过……
玛　丽	（盯着她，缓缓地说）你说了，罗莎莉。你只是想逃避。我记得你是什么时候说的。我记得，因为那天海伦·伯顿的手镯……
罗莎莉	（怔怔地站着，恐惧地看着玛丽）我从来没有。我——我——你只是在——
玛　丽	是在海伦的手镯被偷的那一天，当时没人知道是谁干的，海伦说如果她妈妈查出来了，她会把小偷送进监狱。
凯　伦	（和其他人一样，为罗莎莉态度的突然转变感到困惑）没什么好哭的。你得说出真相来帮我们。怎么了，出了什么事，罗莎莉？
玛　丽	奶奶，有件事我要告诉你……
罗莎莉	（尖声哭喊）是的，是的。我确实看到了。我告诉了玛丽。玛

丽说的是真的。是我说的,是我说的……

[罗莎莉栽倒在沙发上,歇斯底里地哭着。玛莎倚门呆立。凯伦、卡丁和蒂尔福德夫人愕然地盯着罗莎莉。玛丽缓缓坐下。帷幕落下。

第三幕

[场景:与第一幕相同。在学校的起居室中。

[11月(距离第二幕已过去七个月)。

[幕启:房间变了。它并不脏,却黯淡无光、无人打理。窗户紧紧关着,窗帘也拉得严严实实。凯伦坐在舞台右侧的一把大椅子上,脚踩着地板。玛莎躺在沙发上,将脸埋在枕头堆里,背对着凯伦。幕启一两分钟后,才有人开口说话。

玛　莎　　这里好冷。

凯　伦　　是的。

玛　莎　　现在几点了?

凯　伦　　我不知道。

玛　莎　　希望已经到我洗澡的时间了。

凯　伦　　今天就早点洗吧。

玛　莎　　(大笑)哦,我不能那样做。我一整天都在盼望着洗澡时间。这是我和充实生活的唯一联系了。知道还有一件事正等着我,还有一件事我必须完成,这让我感觉自己很重要。你也该给自己找点这样的事做。比如说,在每天五点钟梳头。这样怎么样?相信我,这么做对你更好。早上醒来以后,你对自己说,这一天并不是完全空虚的,生活又丰富又充实:等到五点钟我要梳头发。

[她们重归沉默。过了一会儿，电话响了，没人为它分出一点心神。可铃声坚持响着。凯伦起身，取下话筒，又走回她的椅子旁坐下。

凯　伦　　外面下雨了。
玛　莎　　饿了吗？
凯　伦　　不。你呢？
玛　莎　　不，但我想感觉到饿。还记得我们上大学的时候总是吃多少东西吗？
凯　伦　　那已经是十年前的事了。
玛　莎　　好吧，也许再过十年我们就能感觉到饿了。这样比较省钱。
凯　伦　　是不是有句老话，说时间比面包更有营养？
玛　莎　　也许吧。
凯　伦　　乔今天迟到了。现在几点了？
玛　莎　　（翻了个身，再次侧躺着）我们坐在这里，询问对方时间，已经这样过了整整八天了。你没听说吗？这里不再有时间这种概念了。
凯　伦　　我们足不出户已经有好几天了。
玛　莎　　唔，我们迟早得从这些椅子上起来。再过几个月，它们会需要被掸掸灰。
凯　伦　　我们起身以后要做什么？
玛　莎　　天知道。
凯　伦　　（几乎是耳语）真可怕。
玛　莎　　我们还是别聊这个了。（过了一会儿）晚饭吃鸡蛋怎么样？
凯　伦　　好的。
玛　莎　　我准备做洋葱配土豆，用你以前喜欢的那种做法。
凯　伦　　事情发生在上周四。直到昨天，我都觉得它不像真的。现在它足够真实了。好了，让我们出门去吧。
玛　莎　　（转过身来，盯着她）去哪儿？
凯　伦　　我们去散步。

玛　莎　　　去哪儿散步？

凯　伦　　　我们为什么不去散散步呢？我们谁都不会遇见的，就算见到了又怎么样？我们就……

玛　莎　　　（缓缓起身）走吧，我们去逛公园。

凯　伦　　　他们也许会看到我们。（她们站着，面面相觑）我们别去了。（玛莎走回沙发旁，再次躺下）我们明天再去。

玛　莎　　　（大笑）别再自欺欺人了。

凯　伦　　　但乔说我们必须出门。他说如果我们继续这样躲着，所有起初不相信这是真相的人也会开始怀疑的。

玛　莎　　　如果想象存在这种人能让你感觉好受一些，那就这么做吧。

凯　伦　　　他说我们应该进城去买东西，表现得就像……

玛　莎　　　买东西？这是个好主意。整个柳叶刀镇找不出三家商店愿意卖给我们任何东西。乔难道没听说过女士俱乐部、女士聚会，还有她们的圈子和她们的……

凯　伦　　　（轻声的）别告诉他。

玛　莎　　　（柔声的）我不会说的。（大厅里传来脚步声，还有一种拖拽东西的声音）我们的朋友来了。

　　　　　　［杂货店的男孩拖着一个箱子出现了。他把箱子放进房间，站在那儿看着她们，轻笑了几声。接着他走向凯伦，停下来打量着她。凯伦紧张地坐着，把视线从他身上移开。男孩一边目不转睛地看着凯伦，一边开口说话。

杂货店男孩　我敲过厨房的门，但没人回应。

玛　莎　　　你昨天已经说过这话了。好的，谢谢，再见。

凯　伦　　　（再也无法忍受他的注视）让他停下。

杂货店男孩　这是你们的东西。（咯咯笑着，走向玛莎，站在那里看着她。玛莎突然伸出手）

玛　莎　　　我只有八根手指，看到了吗？我是个怪胎。

杂货店男孩　（止不住笑）车来了。（向门口退去，依旧盯着玛莎）再见。（退场）

玛　莎	你现在还觉得我们能去城里吗？
凯　伦	我不知道。我什么都不知道了。（过了一会儿）玛莎，玛莎，玛莎——
玛　莎	（温柔的）怎么了，凯伦？
凯　伦	我们要做什么？这就像是在夜里最暗的时候，你半睡半醒间挣扎着穿过漆黑混沌的梦。然后，你突然醒过来，看见自己的床或者睡衣，明白你又回到了现实世界。但是现在一切都是噩梦，现实世界并不存在。哦，玛莎，这一切为什么会发生？出了什么事？我们这样在这里做什么？
玛　莎	等待。
凯　伦	等待什么？
玛　莎	我不知道。
凯　伦	我们得离开这个地方。我再也受不了了。
玛　莎	你很快就要结婚了。到了那个时候，一切都会好起来的。
凯　伦	（含糊的）是的。
玛　莎	（听到她的语气，抬起头）怎么了？
凯　伦	没什么。
玛　莎	你和乔之间一定不会有任何问题，绝不会。
凯　伦	（不确定的）什么问题也没有。（听到大厅传来脚步声，她的脸被喜悦点亮了）这次是乔来了。
	〔莫塔尔夫人提着小箱子站在门口，神情窘迫而羞涩。
莫塔尔夫人	我回来了。你好，你好。
玛　莎	（翻过身来盯着她的姑妈。对凯伦说）是公爵夫人，对吗？终于回来了。（兴高采烈的）请进。我们很高兴见到您。您旅途劳累吗？有什么我能帮忙的吗？
莫塔尔夫人	（惊讶的）我也很高兴见到你们，（环顾四周）很高兴再见到这个老地方。一切都好吗？
玛　莎	一切都好，我们好极了，谢谢您。您刚好赶上了茶点时间。
莫塔尔夫人	如果不太麻烦的话，我想喝点茶。

玛 莎	一点也不麻烦。再来点三明治和白兰地？
莫塔尔夫人	（困惑的）怎么了，玛莎？
玛 莎	你到底去哪儿了？
莫塔尔夫人	去了周围，周围。我度过了一段特别有趣的时光。很多东西……
玛 莎	你为什么不回我的电报？
莫塔尔夫人	剧场里的一切都变了——可以说是彻底变了。
玛 莎	回答我，别担心我的脾气。
莫塔尔夫人	（紧张的）我之前一直搬来搬去的。（健谈的）如果我说罗切斯特的大剧院的后台安上了洗手间，那一定会给想了解剧院新情况的人提供一条很有启发性的线索。
玛 莎	让罗切斯特的大剧院的洗手间见鬼去吧。你去哪儿了？
莫塔尔夫人	我告诉过你了，就在周围四处转转。
凯 伦	现在说这些还有什么用呢？
莫塔尔夫人	凯伦说得很对。过去的就让它过去吧。我刚刚说到，剧院里现在有了洗手间，这就能解释……
玛 莎	你为什么不愿意回来为我们做证？
莫塔尔夫人	哎呀，玛莎，我根本不是不愿意回来。你这种看法错了。我在旅行，你知道旅行也是一种道德义务。现在我们别再谈不愉快的事情了。我上楼去放些东西，明天还有充足的时间去拿我的行李箱。
凯 伦	（大笑）你知道，这里已经不一样了。
玛 莎	她不知道。她盼着能径直走到舒适的炉火旁坐下，她小心翼翼地等着整件事情结束。（向前倾身，对莫塔尔夫人说）听着，凯伦·莱特和玛莎·多比以诽谤的罪名起诉了一个叫蒂尔福德的女人，因为她的孙女指控她们进行了法官所谓"罪恶的性行为"。（莫塔尔夫人举起手抗议，玛莎笑了起来）你不喜欢这个说法，是吗？对了，被告人的大部分证据都基于莉莉·莫塔尔——一位身处罗切斯特的大剧院的洗手间里的女演员——

对她的侄女玛莎说的话。而且被告人的绝大多数辩词都基于一个有力的事实，那就是莫塔尔夫人不愿出庭否认或者解释这些言论。莫塔尔夫人对剧院负有道德义务。你可能已经在报纸上看到了，我们输掉了这场官司。

莫塔尔夫人　我和你的想法不一样，玛莎。卷进那种不愉快的恶名对我们大家来说都没有一点好处……（看到玛莎的表情，匆忙的）但如今既然你已经解释了，唉，我也从你的角度看明白了，很抱歉我没有回来。但现在我在这里，我准备和你肩并肩站在一起。我明白你经历了什么，可你知道身体和心灵都是会复原的。我会留在这里和你一起工作，我们……

玛　莎　八点钟有一班火车，去坐吧。

莫塔尔夫人　玛莎。

玛　莎　你回来是为了敲骨吸髓。这里没什么东西给你。

莫塔尔夫人　（抽泣了一声）你怎么能这样跟我说话？

玛　莎　因为我恨你，我一直都恨你。

莫塔尔夫人　（轻声的）上帝会为此惩罚你的。

玛　莎　他一直没对我做什么。

莫塔尔夫人　如果你想道歉，我会暂时在房间里等你。（准备离开，差点撞到卡丁，端庄地后退）你好。

卡　丁　（大笑）看看这是谁来了。有点晚了，不是吗？

莫塔尔夫人　原来是你。我管这种行为叫忠贞。很多男人不会愿意留在这里，他们会觉得……

玛　莎　滚出去！

凯　伦　（打开门）等到赶火车的时间，我会给你打电话的。

〔莫塔尔夫人看着凯伦，走下台。

卡　丁　你觉得她为什么现在回来？

凯　伦　天知道。

玛　莎　我知道，她破产了。

卡　丁　（拍拍玛莎的肩膀）别再为她烦心了，玛莎。我们会给她一些钱，然后摆脱她这个麻烦。（将凯伦拉到身边）今天出门了吗，亲爱的？

凯　伦　　我们正准备出去。

卡　丁　　（摇了摇头）感觉还好吗？

［凯伦倾身去吻卡丁，他微微向后退。

凯　伦　　你为什么这么做？

玛　莎　　凯伦。

卡　丁　　什么？

凯　伦　　像那样往后退。

卡　丁　　（笑起来，吻了她）如果我们继续百无聊赖地坐在这里，那会变成蝙蝠的。我今天把房子卖给福斯特了。

凯　伦　　你做了什么？

卡　丁　　我们这周就要结婚了。然后我们就离开这里——我们三个人。

凯　伦　　你不能离开这里。我不会让你为了我这么做的。医院那边怎么办，还有……

卡　丁　　别说了，亲爱的，我都解决了。我们会去维也纳，而且很快就去。费舍尔在信里说我可以回以前的地方工作。

凯　伦　　不！不！我不能让你这么做！

卡　丁　　已经定好了。费舍尔付不了我多少工资，但足够我们三个人用了。如果我们生活得节俭一点，那就很充裕。

玛　莎　　我不能和你一起去，乔。

卡　丁　　胡说，玛莎，我们都要去。我们又会过得很开心的。

凯　伦　　（缓慢的）你并不想回到维也纳去。

卡　丁　　不想。

凯　伦　　那为什么要这样做呢？

卡　丁　　听着，我不想去维也纳，我更愿意留在这里。但如果这样的话，你也不会想去维也纳，会更愿意留在这里。好了，见鬼去吧。我们不能继续留在这里，而维也纳又能提供足够我们吃喝玩乐的条件。现在别再反对了，拜托你，亲爱的，好吗？

凯　伦　　好吧。

玛　莎　　我不能去。我不去的话对我们大家都好。

卡　丁　　（搂住她）现在别这样做。你现在要和我们待在一起。等过一段时间，如果你想走的话就随你，好吗？

玛　莎　　（微笑）好吧。

卡　丁　　太好了。我会给你们买好吃的咖啡蛋糕，然后带你们一起去巴德伊舍尔度蜜月。

玛　莎　　（拿起杂货箱，朝门口走去）放了一大堆葡萄干的大咖啡蛋糕。能重新喜欢上什么真好。（退场）

卡　丁　　（带着点不自然的热心）我将要和一个属于我的美丽姑娘一起回去了。我要带着你到处炫耀——对恩格尔哈特医生，对前台的护士，对蛋糕店的胖姑娘，还有费舍尔。（大笑）我上次见他还是在火车站，他把我从行李车厢那边带回来。（模仿对方的口音）"约瑟夫，"他说，"你会成为一个好医生，我能信任你给我家明娜动手术。但你不是一位出类拔萃的医生，也永远没法变得出类拔萃。回到你出生的地方，去照顾你的病人吧，把复杂的工作留给别人。"我就回到了家。

凯　伦　　总有一天你会再回来的。

卡　丁　　我们别再谈这个了。（过了一会儿）你需要一些衣服吗？

凯　伦　　要几件。哦，你的费舍尔医生是对的，你属于这里。

卡　丁　　我需要一件大衣和一套西装。你会需要很多衣服，厚衣服。现在那边很冷，远比你想象中的要冷……

凯　伦　　是我害了你，我让你被迫离开了想要的一切。

卡　丁　　不过山里很美，我们会去那里待一个月。

凯　伦　　她们——是她们的错。她们夺走了我们的所有机会，我们想要的一切，我们即将实现的一切。

卡　丁　　我们不能再这样聊下去了。（抓住她的肩膀）我们现在有一个机会，但只有这一次机会，如果错过它，我们就完了。这意味着我们必须把那件事完全抛在脑后。现在，凯伦，你做了什么，

	你造成了什么后果——要把那种想法抛掉。
凯 伦	我做了什么？
卡 丁	（不耐烦的）你遭遇了什么。
凯 伦	你是什么意思？（没有得到回答）你刚才说"你做了什么"是什么意思？
卡 丁	（大喊）没什么！没什么！（接着很平静地说）凯伦，这世上有很多人都在生活中遇到过大麻烦，我们是其中三个。我们可以无所事事地度过余生，陷在麻烦中过活，直到最后一无所有也一无所求。但那不是我会做的事，我也不会让你这么做。
凯 伦	我明白，我很抱歉。（过了一会儿）乔，我们能马上要个孩子吗？
卡 丁	（含糊的）是的，我想可以，虽然我们现在不太宽裕。
凯 伦	你以前总是想尽快要一个孩子。你过去常说那是你的愿望。你的改变是有原因的。
卡 丁	天哪，我们不能再这样下去了。我说的每句话都被你当作另有他意，我们不再像正常人那样交谈了。哦，我们尽快离开这里吧。
凯 伦	（好像要替他把话说完）然后每个字依旧会另有他意。你觉得我们能逃开吗？女人、孩子、爱、律师——没有一个词能让我们安心地使用了。（笑了起来）病态的、可悲的人，这就是我们未来的样子。
卡 丁	（温柔的）不，我们不会，亲爱的。爱情是变化不定的——这是它应有的样子。我们必须再从头弄清楚，我们必须再学会像其他人一样生活和相爱。
凯 伦	不会有用的。
卡 丁	什么？
凯 伦	我们两个人在一起。
卡 丁	（疾声的）别那样说话。
凯 伦	这是真的。（突然的）我希望你现在把它说出来。

卡　丁　　我不知道你在说什么。
凯　伦　　不，你知道。我们都知道很久了。我在输掉官司的那天就确定了。那天在法庭上，我一直注视着你的脸，看到了羞耻的神情——并且你为自己感到羞耻而难过。说出来吧，乔，现在就问。
卡　丁　　我没什么要问的，什么也没有——（很快的）好吧。你们——你们曾经有过……
凯　伦　　（用手掩住他的嘴）没有。玛莎和我从来没有碰过对方。（搂着他的头，让他倚上自己的肩膀）没关系，亲爱的，我很高兴你问了出来。我一点也不生气，真的。
卡　丁　　对不起，凯伦，我很抱歉。我不想伤害你，我……
凯　伦　　我知道。你想等这一切都结束了，你根本从没想过要问。你不太确定，觉得那些话里可能会有一点点真相。（心情很好的）你一直都对我很好，也很忠诚。你是个很好的男人。（怕自己会掉眼泪，她拍拍他，走开了）坐下吧，乔，我有些话想说。它们混成了一团，我得理理清楚。
卡　丁　　我们不要再谈下去了。让我们忘掉这些，继续往前走吧。
凯　伦　　（困惑的）继续往前走？
卡　丁　　是的，凯伦。
凯　伦　　那你是相信我了？
卡　丁　　我当然相信你。我只是需要听你亲口说出来。
凯　伦　　不，不，不，事情不是这样的。也许你相信我，但我永远不会知道你是否怀疑过，你自己也不会知道。我们不能这样。你看不出未来会发生什么吗？我们会被它纠缠一辈子。我会一直陷在恐惧中，最后那种恐惧会让我——会让我恨你。（看到他微微动了一下）是的，会这样的，我知道会的。我会为自己对你造成的影响而恨你。我也会恨我自己。那种情绪会生长、再生长，直到我们都被它毁掉。（看到他想开口）啊，乔，你自己也预想到了这一切，是你先明白的。

卡　丁	（柔声的）我以前不是那个意思，我现在也不这么想了。
凯　伦	（微笑）你还在试着宽慰我，还在试着告诉自己我们也许会重归于好，但我们不会一切都好的，永远不会，永远，永远。我不知道所有的原因。你看，我现在站在这里，我没有变。（伸出双手）我的手看起来和以前一样，我的脸也是老样子，只是我的衣服旧了。我们俩在一个从前来过这么多次的房间里，你就坐在常坐的地方，快到晚饭时间了。我和其他人一样，我能拥有其他人拥有的一切。我能拥有你，我能去集市，我们还可以去看电影，然后人们会和我说话——（突然注意到他脸上痛苦的神情）哦，对不起，我不该那么说。那些再也不会成真了。
卡　丁	会实现的，凯伦，我们会让它实现的。
凯　伦	不。那只是我们现在想要的，是我们现在不能拥有的。回家去吧，亲爱的。
卡　丁	（用力的）别这么说。无论如何，我们都不能离开彼此。我不能离开你……
凯　伦	乔，乔，让我们现在就分开，立刻分开，等到以后再分开就太难了。
卡　丁	不，不，不！我们依旧相爱。（他的声音破碎了）如果能收回刚才的提问，我愿意付出一切，凯伦。
凯　伦	这个问题迟早得被问出来——得被回答。你是个好男人——是我所认识的男人中最好的——你一直都对我很好——但现在这对我们来说都没有意义了，你也能明白这一点。
卡　丁	它有意义。你说我帮了你，现在你来帮帮我，帮我变得足够坚强、足够好——（张开双臂向她走去）凯伦！
凯　伦	（后退）别这样，乔！（随后她停下来）你能为我做件事吗？
卡　丁	不，我不会。
凯　伦	你能——你能不能先离开两天——一天——然后一个人把一切都想清楚——离开我，也离开爱和同情。你愿意吗？到了那个时候再做决定。

卡　丁　　（停顿了很长一段时间）好吧，如果你希望这样的话，但这不会带来任何变化，我们会……

凯　伦　　什么都别说了，请离开吧。（她坐下来，微笑着，闭上了眼睛。卡丁站在那里看了她一会儿，然后缓缓戴上帽子）我爱你的心依旧不变。

卡　丁　　（站在门口，准备离开）我会回来的。（不情愿地缓缓离开，关上了门）

凯　伦　　（过了一会儿）不，你不会回来的，永远不会，亲爱的。（保持着这个姿势，直到玛莎从右侧登台）

玛　莎　　（点亮了灯）现在天黑得这么早。（坐下来伸了个懒腰，笑着）做饭总能让我心情变好。好了，我想我们得让公爵夫人吃点晚饭。既然鹭鹰突然造访，你就不得不给它们喂食。乔在哪里？（没有得到回答）乔去哪儿了？

凯　伦　　他走了。

玛　莎　　有病人找他？到晚餐时间他会回来吗？

凯　伦　　不会。

玛　莎　　（看着她）那我们就给他留些晚餐。凯伦！出了什么事？

凯　伦　　他再也不会回来了。

玛　莎　　（缓慢又小心的）你的意思是他今晚不会回来了。

凯　伦　　他再也不会回来了。

玛　莎　　（迅速走向凯伦）发生什么了？（凯伦摇摇头）发生什么了，凯伦？

凯　伦　　他以为我们真的是情人。

玛　莎　　（紧张的）我不相信。

〔凯伦疲倦地把头转到一边。

凯　伦　　好吧。

玛　莎　　（下意识的）我不相信。他这几个月从来没有说过一个字，在整个审判期间——（突然攥着凯伦的肩膀，摇晃她）你没告诉他吗？看在上帝的分儿上，你没告诉他那不是真的吗？

凯　伦　　我说了。

玛　莎　　他不相信你？

凯　伦　　我想他相信了。

玛　莎　　（恼火的）那你这是做了什么？

凯　伦　　做了必须做的事。

玛　莎　　这样不对，太蠢了。他很快就会回来，你会把一切都说清楚——（意识到自己所说的为什么不会发生，用手捂住嘴）哦，天哪。我以前很希望你赶他走。

凯　伦　　别说了。我觉得胃不舒服。

玛　莎　　（走到凯伦对面的沙发旁，趴在沙发上，蜷起身子，把头埋进自己的臂弯里）我们怎么了？我们到底怎么了？

凯　伦　　我不知道。我真希望自己已经困了。我想去睡觉。

玛　莎　　回到乔身边。他很坚强，他会理解的。像现在这样，你会吃不消的。

凯　伦　　（急躁的）别再说了。我们去收拾行李，然后离开这里。我们去坐明天早上那班火车。

玛　莎　　坐火车去哪儿？

凯　伦　　我不知道。随便什么地方，任何地方。

玛　莎　　工作呢？钱呢？

凯　伦　　在大城市我们能找到点事情做。

玛　莎　　他们会认出我们的。我们已经出名了。

凯　伦　　那就去一个小镇。

玛　莎　　他们会知道有关我们的更多事。

凯　伦　　（像个孩子似的）难道我们无处可去吗？

玛　莎　　无处可去。我们是坏人。我们会无所事事地坐着。我们余生都会无所事事地坐着，想不明白到底发生了什么。你觉得这个场景很奇怪吗？好了，来适应它吧，我们会在这里待上很长时间。（突然掐了一下凯伦的手臂）我们偶尔掐一下对方吧，这样就能判断我们是不是还活着。

| 凯 伦 | （颤抖着，无精打采地站起身，开始在壁炉里生火）但这并不是她们口中我们做的那种事带来的罪过。其他人不会被那种事摧毁。
| 玛 莎 | 那是相信它、渴望它，也选择了它的人。我们不一样，我们并不相爱。（突然停了下来，走到壁炉前，站在那里出神地看着凯伦，漫不经心地说）我不爱你。当然，我们一直都很亲近。我像朋友一样爱着你，就和千千万万的女人对其他女人的感情一样。
| 凯 伦 | （似听非听）没错。
| 玛 莎 | 这当然不存在任何隐情。这种感情一点错也没有。我喜欢你是再合常理不过的事，我……
| 凯 伦 | （倦怠的）你为什么跟我说这些？
| 玛 莎 | 因为我爱你。
| 凯 伦 | （含糊的）是的，当然。
| 玛 莎 | 我爱你就像——或许就像她们说的那样。我不知道。（等了一会儿，没有得到回答，跪在凯伦身旁）听我说！
| 凯 伦 | 什么？
| 玛 莎 | 我一直像她们说的那样爱着你。
| 凯 伦 | 你疯了！
| 玛 莎 | 一直都有什么不对劲，一直——从我能记事开始，但我一直不明白那是什么，直到这一切发生。
| 凯 伦 | （第一次抬起头）别说了！
| 玛 莎 | 你害怕听到它，我比你还要害怕。
| 凯 伦 | （用手捂住耳朵）我不会听你说的。
| 玛 莎 | 把手放下来。（倾身过去，把凯伦的手拉开）你必须知道这件事，我不能再隐瞒了。我必须告诉你自己有多重的负罪感。
| 凯 伦 | （缓慢而小心的）你没有任何罪过。
| 玛 莎 | 自从那天晚上我们听到了那孩子说的话，我就一直像你这样告诉自己，我一直祈祷能够说服自己。我不能，我不能再这么做

了。它的确存在。我不知道怎么回事，也不明白为什么，但我的确爱过你。我的确爱着你。我讨厌你的婚约也许是因为我想要你，也许我一直想要你，也许我过去没认清这种感情是什么，也许从我刚认识你的时候就开始了……

凯　伦　　（紧张的）这是谎话。你在自我欺骗。我们从来都没有像那样想过对方。

玛　莎　　（痛苦的）不，你当然没有。但谁说我没有呢？除了你，我从没对别人产生过那种感情。我从来没有爱过任何男人——（停下来，轻声地说）我以前一直不明白原因，也许就是她们说的那样。

凯　伦　　（小心翼翼的）你累了，而且生病了。

玛　莎　　（仿佛在自言自语）真有趣，这些想法都混在一起了。你心里有某种东西，你并不了解它，也没有为它做任何事。突然有一天，一个孩子出于无聊而说了个谎，于是你第一次看到了那个东西。（闭上眼睛）我不知道。我好像都想起来了。某种意义上，我毁掉了你的生活。我也毁掉了我自己的生活，而我甚至都不知道。（微笑）现在我们之间有很大不同了，凯伦。我觉得一切都很肮脏，而且——（伸出她的手，触碰凯伦的头）我再也不能和你待在一起了，亲爱的。

凯　伦　　（用一种颤抖的、不确定的语气）这都不是真的。你以前从没说过，我们明天就会忘掉……

玛　莎　　明天？凯伦，我们必须发明一门新的语言，就像孩子们做的那样，一门没有"明天"这种词汇的语言。

凯　伦　　（哭着）去躺下休息吧，玛莎，你会觉得好一点的。

〔玛莎慢慢地、仔细地打量着这个房间。她非常平静地从右侧离开，在门口看了凯伦一会儿，然后缓缓将门关上。凯伦一动不动地独自坐着。房间里寂静无声，几分钟后，传来了一声枪响。枪声不太响亮。声音消散后的几秒钟里，凯伦仍旧没有动作。接着，她突然从椅子上跳起来，穿过房间，拉开右侧的门。

几乎与此同时，楼梯上响起脚步声。

莫塔尔夫人 那是什么声音？从哪儿传来的？（走进房间，惊恐地、盲目地四处寻找着）凯伦！玛莎！你们在哪儿？我听到了枪声，那是什么——（看到凯伦出现，停了下来。一边围着她踱步，一边继续说着。直到看见凯伦的表情，又停下来）什么——那是什么？（凯伦摆了摆手，轻轻摇头，然后经过莫塔尔夫人身旁，向窗边走去。莫塔尔夫人盯着她看了一会儿，冲向右侧的房门。凯伦独自留下，倚着窗户。莫塔尔夫人大哭着再度登台。过了一会儿，说）我们该怎么办？我们该怎么办？

凯 伦 （用一种不带任何感情的声音）什么都做不了。

莫塔尔夫人 我们得找个医生——就现在。（向电话走去，紧张地、笨拙地开始拨号）

凯 伦 （依旧没有转身）没用了。

莫塔尔夫人 我们得做点什么。噢，真可怕，可怜的玛莎！我不知道我们能做……（放下话筒，瘫倒在椅子上，低声啜泣）你觉得她已经死……

凯 伦 是的。

莫塔尔夫人 可怜的，可怜的玛莎。我不敢相信这是真的。哦，她怎么会——她是那么——我不知道怎么——（抬起头，依然哭着，惊异地说）我——我很害怕。

凯 伦 别哭了。

莫塔尔夫人 我控制不住。我怎么可能忍得住？（啜泣声渐渐停止，她摇摇晃晃地坐起来）我永远不会原谅自己对她说的最后一句话，但我过去对她很好，凯伦，你知道上帝会原谅我这一次的。我总是尽力去做我能做的一切。（突然的）自杀是种罪过。（没有得到回应，胆小的）我们难道不该叫人来……

凯 伦 等一会儿。

莫塔尔夫人 她本来不会这么做，她本来不会这么做的，都是因为那件糟糕的事。她本来可以再找到一份工作，重新开始——她只是太担心了，生了病……

凯　伦　　　那不是她这么做的原因。

莫塔尔夫人　什么？为什么？

凯　伦　　　（疲倦的）现在说这些有什么意义？

莫塔尔夫人　（责备的）你没有哭。

凯　伦　　　没有。

莫塔尔夫人　我会怎么样？我一无所有。可怜的玛莎……

凯　伦　　　她过去对你很好，她对我们都很好。

莫塔尔夫人　哦，我知道，凯伦，而且我也对她很好。我做了能做的一切。我——我无处可去了。（沉默了一会儿）我很害怕。这似乎很奇怪——就发生在隔壁的房间里。（发抖）

凯　伦　　　别怕。

莫塔尔夫人　对你来说不一样，你还年轻。

[门铃响了，莫塔尔夫人跳了起来。凯伦没有挪步。门铃再次响起。

莫塔尔夫人　（紧张的）是谁来了？（门铃又响了一次）我该去开门吗？（凯伦耸耸肩）我想最好去吧。（从中间的房门出去，很快回来。阿加莎跟在她身后，站在门口）有个女人来了。（没有回应）有个女人要见你，凯伦。（没有得到回答，她转向阿加莎）你现在不能进来，我们——我们这里遇到了点麻烦。

阿加莎　　　莱特小姐，我必须和你谈谈。

凯　伦　　　（缓慢地、机械地转过身）阿加莎。

阿加莎　　　（走向凯伦）拜托了，莱特小姐。我们一直在想办法联系你。我一直在往这里打电话，想要联系到你，打了一通又一通。拜托了，求你让她进来，就一分钟，莱特小姐，求你了……

莫塔尔夫人　谁想进来？

阿加莎　　　蒂尔福德夫人。（看着凯伦）你不舒服吗？（凯伦摇摇头）你生我的气吗？

莫塔尔夫人　那个女人不能进这里，她导致了所有这……

凯　伦	我不生你的气，阿加莎。
阿加莎	我能——我能给你拿点什么吗？
凯　伦	不用。
阿加莎	可怜的孩子，你看起来很痛苦。（犹豫着，拉着凯伦的手）我来这里只是因为她的情况太糟了。她必须得见你一面，莱特小姐，她必须得这样。她一直坐在外面的车里等着，盼着你能出门。她联系不到乔医生，他——他再也不和她说话了。我不希望她来——我总是站在你这边的——但她生病了。如果你能见她，就让她进来一分钟吧。
凯　伦	我做不到，阿加莎。
阿加莎	我不怪你，但是我不得不说，她老了，这会要了她的命。
凯　伦	（痛苦的）会害死她？蒂尔福德夫人在哪儿？
阿加莎	在屋外。
凯　伦	好吧。
阿加莎	（按了按凯伦的胳膊）你一直是个好姑娘。（匆匆离场）
莫塔尔夫人	你要让那个女人进来吗？就在玛莎还躺在那里的时候？你怎么能这么无情？（她哭了起来）我不会留下来看着，我不会和这件事扯上任何关系。我永远不会让那个女人……（抽泣着冲出房间）
	［过了一会儿，蒂尔福德夫人出现在门口。她的面容、步态和声音都变了。
蒂尔福德夫人	凯伦，请让我进来。
	［凯伦没有转身，只是点了点头。蒂尔福德夫人走了进来，眼睛盯着地板。
凯　伦	你为什么要来？
蒂尔福德夫人	我必须来见你。（向凯伦伸出手，凯伦没有转向她。她又垂下了手）我现在知道了，我现在知道那不是真的了。
凯　伦	什么？
蒂尔福德夫人	（小心翼翼的）我知道那不是真的了，凯伦。

凯　伦　　　（盯着她，颤抖着）你知道那不是真的了？我不在乎你知道了什么，这已经不重要了。如果这就是你要说的，那你已经说完了，滚吧。

蒂尔福德夫人　（把手放在喉咙上）我必须告诉你。

凯　伦　　　我不想听你说话。

蒂尔福德夫人　上周二，威尔斯夫人在罗莎莉的房间里发现了一个手镯，那手镯已经被藏了好几个月。我们发现它是罗莎莉从另一个女孩那儿偷来的，而且玛丽——（闭上了眼睛）玛丽知道这件事，利用它来强迫罗莎莉说她看见你和多比小姐在一起。我——我已经和玛丽谈过了。我弄清楚了。（凯伦突然尖声大笑起来）别这样，凯伦。我还有一点要说的，我这六天一直想和你说。我已经和波特法官谈过了，他会安排的，我们会公开道歉和解释。我会全额赔偿这桩案子给你们造成的损失——赔偿你们想要的一切。我——我必须确保你们不会再受折磨了。

凯　伦　　　我们俩不会再受折磨了。玛莎死了。（蒂尔福德夫人倒吸了一口气，拼命摇头，像是想甩开这个事实，然后用手捂住了自己的脸。凯伦看着她）所以你是来这里减轻自己的愧疚感吗？我不会做你的告解者。这件事让你窒息，是吗？（暴怒地说）你想结束窒息的感觉，是吗？你犯了错，你想纠正这个错误，不然就没法再放松下来。你想要变得"公平正直"，不是吗？你想要我们帮你变得正直？你找错地方了。你想重新做回"好"女人，不是吗？（痛苦的）哦，我明白了。那天晚上你和我们说你做了非做不可的事。现在你也非这么做不可。公开道歉，再赔点钱，然后你就又可以安心吃饭睡觉了。这件事就结束了，你就可以安心了。你老了，老人是麻木无情的。你还剩十年、十五年可活。但我呢？我还有整个人生，整个该死的人生！（突然安静下来，指着右边的门）那她呢？

蒂尔福德夫人　（大哭着）你还活着。

凯　伦　　　是的，我想是这样。

蒂尔福德夫人 （竭力控制自己）我来这里不是为了让自己解脱，我对天发誓我没有。我来这里是为了——是为了试试看。我知道我没有得到解脱，凯伦，也知道永远不会解脱。（紧张的）但我为什么来这里已经不重要了，现在唯一重要的是你和——现在是你。

凯　伦　　我什么都没有了。

蒂尔福德夫人　哦，让我们试着为你做点什么。你还年轻，而且我——我能帮你。

凯　伦　　（微笑着）你能帮我吗？

蒂尔福德夫人　（心情好起来）拿走我能给你的一切。把它们拿去，用在自己身上。这样做不会给我带来平静，如果你担心这个的话。（微笑）至于你刚才说的这十年或者十五年，它们会是很糟的日子。

凯　伦　　我累了，蒂尔福德夫人。你未来会过得很艰难，不是吗？

蒂尔福德夫人　是的。

凯　伦　　玛丽呢？

蒂尔福德夫人　我不知道。

凯　伦　　你可以把她送走。

蒂尔福德夫人　不，我决不这么做。无论她做什么，都一定得由我而不是其他人来承受。她是——她是——

凯　伦　　没错。她是完全属于你的，是要和你度过余生的人。（她注视了一会儿蒂尔福德夫人的表情）对我来说这件事已经结束了，但对你来说永远不会终结。她伤害了我们俩，但我想她对你造成的伤害更深。（坐在蒂尔福德夫人身边）我很抱歉。

蒂尔福德夫人　（紧紧抱住她）今后你要试着为自己做点什么。

凯　伦　　好的。

蒂尔福德夫人　你和乔。

凯　伦　　不，我们不会在一起了。

蒂尔福德夫人　（抬头看着她）也是我害的，对吗？

凯　伦　　我觉得这不是因为任何人做的任何事。

蒂尔福德夫人　（几乎站起身）我现在就去找他。

凯　伦　　　别，现在这样更好。
蒂尔福德夫人　但他必须知道我发现的事。凯伦，你必须回到他身边。
凯　伦　　　（微笑）不，我再也不会了。
蒂尔福德夫人　你必须，你必须——（看着她的脸，犹豫了）也许再过一段时间，凯伦？
凯　伦　　　也许吧。
蒂尔福德夫人　（两人都沉默地坐了一会儿）现在就离开这里吧，凯伦。（凯伦摇摇头）你不能待在有……（将头转向右边的门）
凯　伦　　　等她下葬以后，我再离开。
蒂尔福德夫人　你会好起来的吧？
凯　伦　　　我想会的。再见了。
〔她们都站起身。蒂尔福德夫人恳切地开口。
蒂尔福德夫人　你会让我帮你吗？会让我试着这么做吗？
凯　伦　　　会的，如果这样能让你感觉好一些的话。
蒂尔福德夫人　（情绪转好）哦，是的，哦，是的，凯伦。（凯伦向窗边走去）
凯　伦　　　（突然的）外面天气好吗？
蒂尔福德夫人　最近一直很冷。（凯伦微微打开窗户，坐在窗台上）
凯　伦　　　感觉天气很好。
蒂尔福德夫人　你会偶尔给我写信吗？
凯　伦　　　等到我有话想说的时候。现在，再见了。
蒂尔福德夫人　再见，亲爱的。
〔凯伦微笑着，蒂尔福德夫人离开了。凯伦没有转向她，但过了一会儿抬起了手。
凯　伦　　　再见。
〔幕落

回来吧，小希巴

Come Back, little Sheba

[美] 威廉·英奇（William Inge）著　张雨露　译

导 读

《回来吧，小希巴》是美国剧作家威廉·英奇于1950年创作的戏剧处女作，彼时他在圣路易斯华盛顿大学任教。威廉·英奇曾说过："我认为一出戏更像一出乐章，而不仅仅是一个故事，因为那是生活的提纯，而不是生活的记叙。"《回来吧，小希巴》讲述了婚姻中根深蒂固的挫折，以及不可避免的愤怒和爆发。该剧以一对中年夫妻洛拉和德莱尼医生的生活为中心，描绘了他们的生活因寄宿生玛丽的到来而被打乱。玛丽是一名艺术系的大学生，对周围的年轻人有着极大的兴趣，洛拉在玛丽身上看到了年轻时的自己，并鼓励她追求家乡的男朋友布鲁斯，以及她的同学——运动型男孩特克。德莱尼医生（多克）是一名脊椎按摩师，多年前他与怀孕的洛拉结婚后放弃了热爱的医学职业，但洛拉随后却因意外失去了孩子，多克不堪打击，终日酗酒。

多克是一位正在康复中的酒鬼，他的清醒状态不太稳定。对他来说，玛丽代表着青春和早已逝去的机会，看到她和特克在一起，引起了多克对洛拉毁了他生活的怨恨。最终，这些感觉导致他失去理智重新酗酒，并对洛拉采取暴力行为。害怕的洛拉打电话给戒酒处人员，后者将多克带到戒酒处并强制住院。随后，多克清醒了过来，寄宿生玛丽离开后，他和洛拉重归于好。

标题中的"小希巴"指的是洛拉失踪的狗，它在戏剧开场前就消失了，并且在整个故事中也没有找寻回来。在整部剧中，洛拉每天都在前门喊"回来吧，小希巴"，希望小狗能回来，但她最终面对现实，放弃了小希巴的回归，也意味着与逝去青春的和解和告别。

《回来吧，小希巴》是百老汇经典戏剧，最初由丹尼尔·曼（Daniel Mann）执导，于1950年2月15日在布斯剧院（Booth Theatre）首演，共演出190场。首演之夜的演员阵容包括雪莉·布斯（Shirley Booth）饰演洛拉、西德尼·布莱克默（Sidney Blackmer）饰演医生多克以及琼·洛林（Joan Lorring）饰演玛丽。最终，布斯荣获托尼奖①最佳话剧女主角奖，布莱克默荣获最佳男主角奖。

值得一提的是，1952年，布斯在由这部戏剧改编的电影《兰闺春怨》（Come Back, Little Sheba）中再次演绎女主角洛拉，伯特·兰卡斯特（Burt Lancaster）饰演医生多克，特里·摩尔（Terry Moore）饰演玛丽。布斯凭借对洛拉的塑造，荣获1953年奥斯卡最佳女主角奖和金球奖戏剧类最佳女主角奖。

此后，《回来吧，小希巴》多次被改编成音乐剧和影视版本，并作为百老汇复兴剧不断重演，引起了强烈的反响。威廉·A·亨利三世（Willam·A·Henry Ⅲ）在《时代》（Time）杂志的评论中指出："就像英奇所有最好的戏剧一样，《回来吧，小希巴》情节简单，但气氛浓郁，中年被描绘成一段痛苦的性挫败感时期。角色们的相互作用是真实的生活，经常迟钝但永远有弹性。"在《纽约时报》（The New York Times）的评论中，本·布兰特利（Ben Brantley）称其为"深刻的感觉复兴"和"一部经常被视为潮湿的时代作品的戏剧复兴之作"，并补充道："女演员很少表达洛拉的感受，她似乎只是感觉到了，而我们立即敏锐地明白了。这种情感上的真诚是曼哈顿剧院俱乐部复兴的标志，该剧对角色的投入揭示了威廉·英奇戏剧中令人惊讶的优点。"

2017年，美国非营利的非百老汇剧院运输集团剧团（Transport Group Theatre Company）重新制作了《回来吧，小希巴》，希瑟·麦克雷（Heather Maclae）凭借该剧的表演获得了奥比戏剧奖②。

《回来吧，小希巴》被称为英奇最优秀的舞台剧，却从未在中国与观众见面，也并未有中译剧本。这部剧本中的人物对话以短句为主，平淡又简单的对话让每次的戏剧冲突和情感迸发更具有张力，形成一种"安静的戏剧力量"。

---

① 托尼奖（Tony Award）全称安东尼特·佩瑞奖（Anthony Perry Award），是由美国戏剧协会为纪念该协会创始人之一的安东尼特·佩瑞女士于1947年设立的。托尼奖一直以来被视为美国话剧和音乐剧的最高奖项。

② 美国戏剧奥比奖（Obie Awards）又名美国外百老汇剧院奖（Off-Broadway Theater Awards），是由《乡村之声》、美国戏剧协会主办的戏剧类奖项，创办于1956年，该奖项被视为外百老汇与外外百老汇戏剧的最高奖。

这部戏剧的动人之处在于，洛拉的生活影射了几乎每个人都会经历的中年困境，她一次次地修复创伤，一遍遍地与破碎生活和解。失去的梦想一直是多克转向酗酒的借口，而丢失的小狗小希巴则象征着洛拉寻找自我的过程。这部戏剧对人性阴暗面有着感人而又简单的审视。

译者完成译本后久久不能平复，沉浸于这部戏剧动人真挚的情感，期待有更多读者认识《回来吧，小希巴》，并走进威廉·英奇的戏剧世界。

威廉·英奇：

威廉·英奇（William Inge，1913—1973），美国著名剧作家，是20世纪50年代美国最成功、最具代表性的剧作家之一。英奇出生于美国中部堪萨斯州的英迪潘顿市，他的父亲是一名推销员，常常整月不归家。与母亲相伴成长的童年，令他与母亲的感情非常深厚，这也使得英奇的剧作中，有着对于女性情感的敏锐捕捉。在堪萨斯大学期间，英奇被剧作家田纳西·威廉斯（Tennessee Williams）引荐，逐渐从学生剧社走向了百老汇的舞台。英奇是当代美国剧坛中第一位深入细腻地描写小镇生活的剧作家，他对于中西部小镇生活中出现的社会问题和心理现象的关注超越了以往对于中西部小镇生活传统而肤浅的描述，他不仅写出了小镇的偏狭与粗暴，也刻画了普通小镇居民的一般生活情状。

1949年起，英奇在威廉斯的鼓励和帮助下先后创作了诸多脍炙人口的名剧。1950年的《回来吧，小希巴》(*Come Back, Little Sheba*) 在百老汇连演190场，并获得了该年度纽约剧评人奖的提名。1953年的《野餐》(*Picnic*) 是当年百老汇演出季最受欢迎的作品，一举夺得了普利策戏剧奖、纽约剧评人奖、唐纳逊戏剧奖三个奖项。1955年的《巴士站》(*Bus Stop*) 更是连演了478场。1957年的《楼梯顶上的黑暗》(*The Dark at the Top of the Stairs*) 则是英奇精心构思了六年的剧本，该剧目在百老汇连演了468场，好评如潮。他的文字精准而生动，他的作品表现了人性的复杂和多样。他对人性的深入洞察和对美国中西部小镇社会的敏锐观察，使他的作品具有了深远的启示意义。

威廉·英奇是一位杰出的剧作家，他以独特的视角和敏锐的观察力揭示了美国社会的种种问题,呈现了人性的复杂和多样。他的作品至今仍然被广泛阅读和研究,被视为美国戏剧的瑰宝。本书翻译了威廉·英奇的四部代表作品:《回来吧,小希巴》《野餐》《巴士站》《楼梯顶上的黑暗》。

出场人物：

洛拉（女）：一名中年全职太太，一次流产后失去生育能力，将情感寄托在家养的小狗希巴身上。

多克（德莱尼医生）：洛拉的丈夫，为照顾家庭放弃研究事业成为按摩师，妻子的意外让他开始酗酒，变得麻木痛苦。

玛丽（女）：洛拉的租客，年轻活泼。

特克：玛丽的情人，帅气强壮。

科夫曼夫人（女）：洛拉的邻居。

布鲁斯：玛丽的未婚夫。

艾德·安德森：经验丰富的戒酒所人员。

埃默·休斯顿：经验丰富的戒酒所人员。

邮递员：洛拉家的邮递员。

送奶员：洛拉的送奶员，酷爱健身锻炼。

西部联合公司投递员：为玛丽送电报的投递员。

场景：

某中西部城市，一栋位于破败街区中的老房子。

第一幕

第一场　晚春的一个早晨

第二场　当日的晚饭之后

第二幕

第一场　第二日早上

第二场　第二日傍晚

第三场　第三日清晨五点半

第四场　一星期之后的早晨

第一幕

第一场

［舞台上没有人。

［这是坐落于某中西部城市，一个颇有名望的街区的一栋老宅子的楼下。舞台被分成两个房间，右边是客厅，左边是厨房，中间有一个楼梯和一扇门。楼梯脚有一张小桌子，上面放着一台电话机。时间大概是上午八点，晚春的一个早晨。

［拉开窗帘，太阳还没有完全升起，外面的光线有点灰暗。屋子里非常脏乱。客厅被人用廉价的装饰品粉饰出20世纪20年代精致而体面的氛围，整体效果有一种吹毛求疵的尴尬。这些家具都很笨重，而且是圆形的，椅子和长沙发上覆盖着亮闪闪的马海毛，长沙发上的物品是凌乱的，所有的椅子上都套着蕾丝罩子。在这样的地区，房子离得很近，它们互相遮挡阳光。阳光能透过右边的窗户照进屋里，但却被烟灰色的窗帘遮住了。厨房正中间有一张桌子，上面堆放着前一天晚饭后留下的脏餐具，厨房里的木制品又黑又脏，没有人会花费任何工夫把这里变成人们通常认为的厨房应有的那种纯白又欢快的样子。舞台上持续数秒钟没有任何表演动作。

［多克下楼来到厨房，他的大衣放在椅背中央。他拉直椅子，从排水板上的袋子里拿出卷筒，把袋子折叠起来，再塞到水槽后。他点燃炉子，走到餐桌前，把盘子装满，把餐盘拿到了水

槽里。他打开水龙头,把毛巾塞在背心里当作围裙。他走到椅子前祈祷,然后走到火炉前,把煎锅放到水槽里,打开水龙头。〔住在这里的十八九岁的年轻姑娘玛丽从她的卧室(客厅旁边)出来,气喘吁吁、连蹦带跳地进了厨房。她头顶的发丝打着卷儿,身着一件轻薄精致的便服,脚上穿着一双带羽毛的时髦拖鞋。她身上有一种只有年轻人才能在早晨感受到的活力。

玛 丽　　(走向椅子,打开那儿的笔记本)嗨!
多 克　　我们的小明星今天早上怎么样?
玛 丽　　挺不错的。
多 克　　现在想吃早餐吗?
玛 丽　　我只有果汁。我会在穿衣服和吃早餐的时候喝。
多 克　　(将两个玻璃杯放在桌子上)你起得有点早。
玛 丽　　我得赶在别人之前去图书馆借些书。
多 克　　是的,你想努力学习,有朝一日成为一名优秀的艺术家,画很多美丽的作品。我记得我母亲挂在我家壁炉上的一张照片,那是夕阳下的大教堂,欧洲的某个地方的一个大教堂。光是看它一眼,你就会感到很虔诚。
玛 丽　　这些不是艺术的书,是生物的。我有考试。
多 克　　生物?他们为什么让你上生物课?
玛 丽　　(笑)这是必须的。你上大学时不是必须学生物的吗?
多 克　　嗯……是的,我当时准备学医,所以当然要学生物那些东西。你知道……那时我想成为一名真正的医生……只不过我在大学第三年时离开了学校。
玛 丽　　发生了什么?你不喜欢医学预科课程吗?
多 克　　不,我当然喜欢……但我不得不放弃。
玛 丽　　为什么?
多 克　　(端着盘子上的面包卷走向炉子,回避问题)我现在把你的甜面包卷放进去,这样当你想吃的时候,它就是热腾腾的。

玛　丽	德莱尼医生，你对你妻子很好，对我也很好。事实上，你对每个人都很好。我希望我的丈夫像你一样好，大多数丈夫永远都不会自己做早餐。
多　克	（对玛丽的话非常满意）嗯……你不妨坐下……对，就坐这里。我现在给你拿你的早餐。玛丽，我们可以一起吃，就我们俩一起。
玛　丽	（跳着舞从他身边穿过，淡淡地笑了）不，我喜欢先洗澡，这能让我整洁又精神地开始新的一天。我现在要跳进浴缸里，等会儿见。（她上楼了）
多　克	（玛丽的措辞吸引了他）是的，整洁又精神……（多克有些失望，继续公事公办地把他自己的早餐放在桌子上）
玛　丽	（幕后画外音）德莱尼夫人。
洛　拉	（幕后画外音）早上好，亲爱的。
	［洛拉下楼，她与多克和玛丽的整洁形成了鲜明的对比。她在睡衣外披了一件皱巴巴的和服。她的眼中流露出早上起床后特有的幻灭暗淡，就像晨起恍然发现昨晚的美梦都并非真实。她的脚上搭着脏兮兮的宽松裤脚。
洛　拉	（有些自怨自艾）我不能像以前那样熬夜了。以前，如果我想的话，我可以睡到中午，但是现在不行了，我不知道为什么。
多　克	习惯是会变的。这是你的果汁。
洛　拉	（接过）多克，应该是我给你做早餐，而不是你给我。
多　克	宝贝儿，不管怎样我得振作起来了。
洛　拉	（伤心的）昨晚我又做了一个梦。
多　克	（倒咖啡）关于小希巴？
洛　拉	（突然精神起来）那个梦就像真的一样。我梦见我用皮带牵着它，然后我们一起去市中心购物。街上所有的人都转过身来赞美它，我感到很自豪。然后我们开始走过一个又一个街区，我走得太快了，小希巴跟不上我。突然，我环顾四周，小希巴不见了。这不是很有趣吗？我到处找它，但找不到。我站在那里，

有点害怕。（停顿）你觉得这意味着什么？

多　克　　这是个很有趣的梦。

洛　拉　　你觉得小希巴会回来吗？

多　克　　宝贝儿，我不知道。

洛　拉　　（使起小性子）多克，我很想它。它是一只那么可爱的小狗。它是不是很可爱？

多　克　　（微笑着回忆）是的，它很可爱。

洛　拉　　还记得我给它洗过澡后，它是多么白多么毛茸茸的吗？还有它走起路来，它的小屁股是如何左右摇摆的？

多　克　　（美好的回忆）我记得。

洛　拉　　它是只那么可爱的小狗，我讨厌看它变老。你也是，对吧？

多　克　　是的，小希巴应该永远年轻。有些人和事物永远都不该变老，我想这就是它的意义所在。

洛　拉　　它已经走了好久了，你觉得它发生了什么事？

多　克　　你我都不知道。

洛　拉　　（焦虑的）你觉得它是被车撞了吗？还是隔壁科夫曼家的老女人毒死了它？如果是，我一点也不惊讶。

多　克　　不是的，宝贝儿。它就这么消失了，这是我们所知道的一切。

洛　拉　　（啰唆的）就在某一天突然消失了……消失得无影无踪。（就像一场梦一样）

多　克　　宝贝儿，我说过，我会再给你找一只小狗。

洛　拉　　（悲观的）但你再也找不到像小希巴这么可爱的小狗了。

多　克　　（回到现实）要鸡蛋吗？

洛　拉　　不了，我只要杯咖啡。（他倒了咖啡，坐下吃早餐。洛拉突然开口）多克，你祷告完了吗？

多　克　　是的，宝贝儿。

洛　拉　　你有没有祈求上帝与你同在——让你整天都保持强壮？

多　克　　我有，宝贝儿。

洛　拉　　上帝与你同在，多克。他已经和你在一起快一年了，我为你

		骄傲。
多　克	（稍微整理一下）有时候我也会为自己骄傲。
洛　拉	那说说你的祈祷吧，多克，我喜欢听。
多　克	（就事论事）上帝给了我平和的心态去接受我无法改变的事情，给了我勇气去改变我所能改变的事情，还给了我智慧去分辨两者之间的不同。
洛　拉	那真是太好了。我想起以前你一喝酒就总是打架，给我们惹了很多麻烦，我害怕极了！我不知道会发生什么。
多　克	那是很久以前的事了，宝贝儿。
洛　拉	多克，我知道了。我知道你现在回家了，我知道你以后会怎么样。（她轻吻了他）
多　克	我不知道没有你我该怎么办。
洛　拉	你已经戒酒快一年了。
多　克	没错。下个月就一年了。
	［多克拿起咖啡杯和两个玻璃杯，站起来走向水槽，冲洗它们。
洛　拉	你今晚一定要去开会吗？
多　克	我可以暂时不去。
洛　拉	太好了！那你可以带我去看电影。
多　克	抱歉，宝贝儿。我要和艾德·安德森一起做一些第十二步的工作。
洛　拉	那是什么？
多　克	（烘干玻璃杯）我给你看了匿名戒酒会必须遵循的十二个步骤，这是最后一个。在你学会以后，你就可以出去帮助其他有需要的人了。
洛　拉	哦！
多　克	（走向水槽）当我们帮助别人的时候，我们也在帮助自己。
洛　拉	我明白你的意思，每当我以某种方式帮助玛丽时，我都感觉很好。
多　克	是啊。（洛拉把杯子拿给多克，他洗了杯子）宝贝儿，你说得对，

	但这次很不一样。当我出去帮助一些可怜的醉汉,我必须给他们保持清醒的勇气,就像我一直保持清醒一样。多数酗酒者是对生活失望的人……他们需要勇气……
洛 拉	那你从来没有失望过吗,多克?
多 克	(又是回避问题的停顿)重要的是忘记过去,活在当下,并且保持清醒。
洛 拉	今晚你要帮助谁?
多 克	昨晚他们在贫民区抓到的一个人。(从椅背上拿起他的外套)他们在市立医院找到了他,我有点害怕。
洛 拉	我以为你觉得这会对你有帮助。
多 克	(穿上外套)确实会有帮助,但前提是你能够忍受这些事。我以前在那里做过一些第十二步的工作。他们把酗酒者和疯子关在一起,太可怕了,这些人扭动着、颤抖着,眼神飘忽不定,充满痛苦。那里有个家伙,他的拳头被紧紧地夹住了,所以他杀不了任何人。还有个年轻人,只是个年轻人,他把自己的眼睛挖出来了。
洛 拉	(畏缩)多克,不要。因为一个人喝醉了,就把他带去那种地方,这是一种羞辱。
多 克	嗯,他们能让那个人清醒,这才是重要的,别说这个了。
洛 拉	(如释重负)丽塔·海华丝①的电影今晚在广场上演。你想看吗?
多 克	也许玛丽会和你一起去。
洛 拉	不。她今晚可能会和特克出去。
多 克	她是个很好的女孩,不应该和特克这样的男人出去。
洛 拉	多克,我不知道为什么你这么说,特克是个很好的人。(切咖啡蛋糕)
多 克	他那样的人,对年轻漂亮的女孩一点也不尊重,你只要看着他

---

① 丽塔·海华丝(Rita Hayworth),出生于美国纽约的布鲁克林,美籍西班牙犹太裔舞者、影视演员。

洛 拉	我从未见过玛丽反对任何有关谈情说爱的事。
多 克	一个像特克那样高大强壮的家伙,他可能会强迫玛丽吻他。
洛 拉	多克,不是这样的。有一次我从后门进来,他们在客厅。我看见玛丽吻着他,就好像他是鲁道夫·瓦伦蒂诺①。
多 克	(愤怒地否认)玛丽是个好女孩。
洛 拉	我知道她很好,我只是说她和特克在亲热,我一点也不惊讶,如果……
多 克	亲爱的,我不想再听了。
洛 拉	你试图让每个年轻女孩都像《圣女之歌》②里的珍妮弗·琼斯③一样。
多 克	我没有。我只是愿意相信像她这样的年轻人是正派自爱的……

［玛丽下楼。

玛 丽	嗨!(从排水板上拿了杯子和碟子)
洛 拉	(在火炉旁)亲爱的,今天早上有额外的甜面包圈给你,我不想吃。
玛 丽	谢谢,我只要一个就够了。
多 克	你今天早上什么时候走?

［洛拉拿来了咖啡。

玛 丽	(吃早餐)吃完就走。
多 克	好吧,我等你,我们可以一起走到街角。
玛 丽	哦,多克,对不起。特克来了,他也得去图书馆。
多 克	哦,好吧,我不会和一个足球运动员竞争的。(对洛拉)这是一个美好的春天的早晨,想和我一起去电影院吗?

---

① 鲁道夫·瓦伦蒂诺(Rudolph Valentino),美国著名男演员。曾主演过《启示录四骑士》(*The Four Horsemen of the Apocalypse*)、《茶花女》(*Camille*)、《酋长》(*The Sheik*)、《碧血黄沙》(*Blood and sand*)等影片。

② 《圣女之歌》(*The Song Bernadette*)是美国导演亨利·金(Henry King)在1943年执导的传记影片,由珍妮弗·琼斯(Jennifer Jones)和威廉·埃塞(William Eythe)出演。

③ 珍妮弗·琼斯,美国电影演员、慈善工作者。1943年,她主演传记电影《圣女之歌》,并因此获得了第16届奥斯卡金像奖最佳女主角奖。

洛　拉　　多克,我看起来乱糟糟的,我还没换衣服。

多　克　　和我吻别。

洛　拉　　(起身轻柔地亲吻他)多克再见,再见。如果你饿了就回家,我会给你准备一些东西。

玛　丽　　你不打算吻我吗,德莱尼医生?

　　　　　[洛拉让多克往前走。

多　克　　(惊讶又犹豫,努力让自己明白她只是在开玩笑,回答)我总不能花时间亲吻所有的女孩吧。

　　　　　[玛丽笑。多克走进客厅,而洛拉和玛丽继续交谈。玛丽的围巾被扔在椅子上,盖在了多克的帽子上。他将围巾捡起,深情地看着,举在空中欣赏它的精致优雅。他把围巾放回椅子上,然后出去了。

玛　丽　　我觉得德莱尼医生人很好。

洛　拉　　(她现在在衣橱边,那里放着一些私人物品。她正在穿一件更合适的罩衫)你刚刚说特克什么时候来?

玛　丽　　他说他会在九点半左右到。(多克离开,听到了一些关于特克的话)那件罩衫很漂亮。

洛　拉　　(走向桌子,坐在椅子上,换鞋)要是能在家里工作就更好了。

玛　丽　　(听起来不太开心)德莱尼夫人,今天早上我在等一封电报。如果到了,你能把它放在我的梳妆台上吗?

洛　拉　　当然,亲爱的。我希望没有坏消息。

玛　丽　　哦,没有!那是布鲁斯发来的。

洛　拉　　(玛丽的男朋友是她最感兴趣的事情之一)哦,是你那个在辛辛那提①的男朋友啊。他要来看你吗?

玛　丽　　我想是的。

洛　拉　　我非常想见他。

玛　丽　　(改变话题)德莱尼夫人,你和多克真的对我太好了。我只想

---

① 辛辛那提(Cincinnati),美国中部俄亥俄州西南端的一个工商业城市,被誉为"西方皇后",境内有俄亥俄河河港,运河通连伊利湖。

		让你知道，我很感激。
洛 拉		谢谢你，亲爱的。
玛 丽		你们就像是我的父母。我很感激。
洛 拉		谢谢你，亲爱的。
玛 丽		前几天晚上，特克还说你们是很好的运动员。
洛 拉		（梳头）是吗？
玛 丽		当然。他说和你在一起，就像和同龄人在一起一样有趣。
洛 拉		（受宠若惊）我喜欢特克。他让我想起了我高中时认识的一个男孩，荷兰人麦考伊。你在哪里认识他的？
玛 丽		在美术课上。
洛 拉		特克学艺术？
玛 丽		（笑）不。那算是生活课。他在做模特。许多运动员都做。每小时一美元。
洛 拉		真好。
玛 丽		德莱尼夫人，我需要修改几幅画。今天上午我可以带特克回家摆造型吗？只需要几分钟。
洛 拉		当然，亲爱的。
玛 丽		现在有一场比赛，是春季接力赛的宣传，他们会给最佳宣传画颁奖。
洛 拉		你要给特克画一幅画？那真好。（突然想到）多克今晚不在，如果你想，你们可以睡在客厅。（有点隐秘的）
玛 丽		（这是一种诱惑）好的，谢谢。（走进卧室）
洛 拉		和我说说布鲁斯的事。（跟着她来到卧室门口）
玛 丽		（卧室在幕后。回忆她的那段亲密关系）他出生在辛辛那提最好的家庭之一，他们有一所很大的房子，还有一个女仆。他性格很好，每月挣三百美元。
洛 拉		就这些？
玛 丽		他住最好的酒店，他的公司坚持这样做。（回到舞台）
洛 拉		你喜欢他吗，像喜欢特克那样？（帮玛丽扣衬衫后面的扣子）

玛　丽　　　（闪烁其词）布鲁斯很可靠，而且……他也是个绅士。
洛　拉　　　你要嫁给他吗，亲爱的？
玛　丽　　　也许在我大学毕业后，他觉得他能养活妻子和孩子，我会有很多很多的孩子。
洛　拉　　　我也想要孩子。当我失去我的孩子，还发现我再也不能生育时，我不知道该怎么办了。我想找份工作，但多克不同意。
玛　丽　　　布鲁斯总有一天会赚很多钱的，他的叔叔做男士吊袜带的生意，发了财。（退出到她的房间）
洛　拉　　　（靠在门框上）我嫁给多克时，他是个有钱人，他母亲去世后留给他两万五千美元。（幻灭）他花了很长时间才开始他的事业，还有一切其他事情……然后，他就生病了。（她做了一个徒劳无功的手势；又转向明亮的一面）但多克一直都对我很好……现在。
玛　丽　　　（重新进入）哦，多克是个很好的人。
洛　拉　　　我以前很漂亮，有点像你。（她从桌子上拿起照片）我是我们高中的校花，不过，我爸爸对我非常严格。有一次他抓到我和那个英俊的荷兰人麦考伊牵手，我爸爸把那个荷兰人送回家，然后整整一个月，禁止我在晚饭后出门。我爸爸永远不会让我和男孩子出去，只是因为我很漂亮。你知道的，他担心所有男孩都会有那种不好的想法。遇到多克前，我从没开心过。
玛　丽　　　有时候我很庆幸我不认识我父亲，我妈妈总是让我随心所欲。
洛　拉　　　多克是第一个被我爸爸允许我和他一起出去的男孩，那年春天我们就结婚了。（换一张照片。玛丽坐在沙发上，穿上袜子和鞋）
玛　丽　　　你父亲对此有什么看法？
洛　拉　　　我们直接去了城里，多克放弃了医学预科课程，转而去了脊椎推拿治疗学校。
玛　丽　　　你一定很早结婚。
洛　拉　　　哦，是的，十八岁。

玛　丽	那一定让你父亲非常生气。
洛　拉	确实。从那以后，我再也没有回家，但是我妈妈有时会从绿谷①来看我。
特　克	（从外面闯进前屋。他是一个二十岁左右的年轻、高大、健壮、英俊的男孩。他有年轻人的开放、慷慨、活力和健康，他在部队里服役了一段时间，但他并不是人们所说的有纪律的人。他穿着褪色的工作服和T恤衫，他总是不请自来，他向玛丽叫道）嘿，玛丽！准备好了吗？
玛　丽	（回答。跑进卧室，关上门）等一下，特克。
洛　拉	（秘密的）我会好好招待他，直到你准备好了。（她对任何有魅力的男人都很腼腆。她捡起文件，把它们放在桌子下面）这房子也太乱了，特克！我打赌你一定认为我是个糟糕的管家，总有一天我会让你大吃一惊，不过你现在就像这个家的一员。（停顿）天哪，你来得真早。
特　克	我得去图书馆了。我还没有为生物考试翻书复习，玛丽得帮我。
洛　拉	（不自觉地欣赏他的身材和体格，打量着他）天哪，你穿着这件薄薄的小衬衫跑来跑去，不会很冷吗？
特　克	我吗？我在隆冬时节也是这样。
洛　拉	你是个强壮的男人。
特　克	（笑）哦，我是个粗鲁的动物。
洛　拉	你应该去好莱坞拍那些人猿泰山电影。
特　克	我在海军服役时受够了那种地方。
洛　拉	这样啊。
特　克	（喊道）嘿，玛丽，快点。
玛　丽	耐心点，特克。
特　克	（对洛拉）她不知道我有多忙，我最多只有半个小时的学习时间，我要在十点半向教练报到。

---

① 绿谷（Green Valley），美国地名。

洛　拉　　你现在在训练什么？
特　克　　春季赛道。他们让我扔标枪。
洛　拉　　标枪？那是什么？
特　克　　（嘲笑她的无知）是一把又大又长的长矛。（摆出矫健的姿势）你像这样拿着它，直立，然后松手，它就会在空中歌唱，落在几码远的地方，如果你很擅长的话，它会插在地上，像箭一样颤抖。我是去年的州冠军。
洛　拉　　（她看着，仿佛被迷住了）哦，天哪！
特　克　　（很慷慨）找个下午，让玛丽带你去田径场，你可以来看我训练。
洛　拉　　真令人激动。
玛　丽　　（跳着舞进来）嗨，特克。
特　克　　嗨，亲爱的。
洛　拉　　（这年轻的一对走向门口）记住，玛丽，你和特克今晚可以睡在前厅。那里完全属于你们，你可以放收音机、跳舞，做一盘软糖，或者其他任何你想要的东西。
玛　丽　　（对特克）可以吗？
特　克　　（急切的）当然可以。
玛　丽　　那我们走吧。（退场）
洛　拉　　再见，孩子们。
特　克　　再见，德莱尼夫人。（轻抚了一下她的下巴）你的裙子真漂亮。
　　　　　［洛拉受宠若惊，她一时喘不过气来。他们出门，洛拉依旧站在那里，悲伤地看着他们离开，脸上露出了悲伤和茫然。她的手臂无力地垂下。她慢慢走到前廊，打电话。
洛　拉　　小希巴！回来吧，小希巴。回来……回来，小希巴！（她等了一会儿，然后疲惫地回到屋子里，关上身后的门。现在她已经进入早晨的状态了。她去厨房，踢掉了她的高跟鞋，又换回宽大舒适的拖鞋。她看到排水板上的盘子，感到沮丧。显然，她很无聊。突然，电话响了。她接起了电话）喂——哦，不，你

	打错了——哦,没关系。(看起来又没希望了,她听到了邮递员的声音,现在她的精神又振奋了。她跑到门口,打开门,等着邮递员。当邮递员站在远处时,她连珠炮似的向他表示欢迎)早上好啊,邮差先生。
邮递员	早上好,夫人。
洛　拉	你今天最好有些东西给我。有时候,我觉得你甚至不知道我住在这里。整整两周,你都没给我留下任何东西。如果你不能做得更好,我只好找一个新邮递员了。
邮递员	(在门廊上)夫人,那你得找人给你写几封信。抱歉,还是没有你的东西。
洛　拉	嗯,我只是在开玩笑。你知道我是在开玩笑,我打赌你一定渴了,你快进来,我给你拿杯凉水。进来坐几分钟,让你的脚休息一下。
邮递员	谢谢你的邀请,夫人,我确实很渴。(进来)
洛　拉	你坐一下,我马上就回来。(去厨房,从冰箱里拿出水壶并拿回来)
邮递员	春天马上就要变成可怕的夏天了。
洛　拉	你可以随时在我这里停下喝水。这就是我们在这里的目的,不是吗?为了让彼此舒服。
邮递员	谢谢你,夫人。
洛　拉	(执着,不想这么快就剩一个人,赶紧搭话拉住他)你做我们的邮递员的时间不长,是吗?
邮递员	(她给他倒了杯水。他喝的时候,她拿着水壶站在旁边)不长。
洛　拉	邮递员这份工作很不错。我听说,为政府工作二十年后就会得到丰厚的养老金。我觉得那很好,这是一份很好的工作。(又给他倒了第二杯水)你可能会累,但我认为,对一个男人来说,出去多锻炼是有好处的,能更加强壮健康。我丈夫是一名医生,脊椎推拿治疗师,他不得不整天待在办公室里,他唯一的运动就是按摩别人的脊椎。(他们大笑。洛拉放下水壶,走向桌子)

这使他的手变得很强壮，他有一双你见过的最强壮的手，但是他消化不良，我一直告诉他应该偶尔呼吸点新鲜空气，做点运动。（邮递员站起来，好像要走，这让她陷入了一段更有趣的独白）你知道吗？我丈夫是匿名戒酒会成员。他不在乎我是否告诉你，因为他以此为荣。他几乎一年没沾一滴酒了。我们在食品储藏间有一夸脱威士忌，而他却碰都没碰。要知道，酗酒者是不能像普通人一样喝酒的，他们对酒过敏。酒对他们的影响，与对我们的不同。他们一开始喝酒就停不下来。酒精会改变他们。有时，他们变得刻薄、暴力，想打架，但如果他们不去碰酒，他们就完全没事，就像你和我一样。（邮递员试图离开）你应该在多克停止酗酒以前见过他。他失去了所有的病人，甚至都不去诊所，只想一整天都喝醉，他晚上回家……如果你现在看到他，你不会相信。他的病人都回来了，他做得很好。

邮递员　　当然，我认识德莱尼医生。我递送过他的邮件。他是个好人。

洛　拉　　哦，谢谢。你从不喝酒，是吗？

邮递员　　哦，偶尔喝点啤酒。（他准备走了）

洛　拉　　嗯，我想那东西对我们都没什么好处。

邮递员　　没有好处。（从楼层中央向下穿过去取邮件）早，夫人。

洛　拉　　你有孩子吗？

邮递员　　有三个孙子。

洛　拉　　（从桌上拿了玩具）我们没有孩子。我们在早餐食品里得到了这个玩具，你把它带回家给你的孩子吧。

邮递员　　天哪！你真好，夫人。（他拿着玩具走了）

洛　拉　　再见，邮递员先生。

邮递员　　（在门廊上）我会看到你收到自己的信的，哪怕是我得亲自写给你。

洛　拉　　谢谢，再见。（只有她一个人时，她打开收音机，然后去厨房洗碗，用她无聊时心不在焉的方式洗。她把水放到冰箱里。然后她直视着科夫曼夫人，后者正在厨房门外的绳子上晾婴儿衣服。她走到门口）我的天啊，科夫曼夫人，你今天早上可真是个大忙人。

科夫曼夫人　　（德国口音。她在外面，但是把她的头伸了进来）忙碌让人快乐。

洛　拉　　我想是的。

科夫曼夫人　　我没有你那么容易。当你有七个孩子要照顾的时候，你没有时间坐在家里，德莱尼夫人。

洛　拉　　是的，我想也没有。

科夫曼夫人　　但你听不到我的抱怨。

洛　拉　　哦，不，你从不抱怨。（停顿）我想我的小狗狗永远走了，科夫曼夫人，我真的很想它。

科夫曼夫人　　避免丢失一只狗的唯一方法是再找一只。

洛　拉　　（去水槽关上水）哦，我再也找不到像小希巴这么可爱的小狗了。

科夫曼夫人　　你在报纸上登广告了吗？

洛　拉　　整整两周都没有人回答，就像它消失了一样，消失在空气中。（她喜欢这个比喻）不过，我每天都会去门廊呼唤它。说不准，它可能就在附近。你不觉得吗？

科夫曼夫人　　你应该忙起来，然后忘记它。德莱尼夫人，你应该找一些事情忙起来。

洛　拉　　是的，我会的，我很快就要开始春季大扫除了。科夫曼夫人，为什么不进来和我喝杯咖啡呢？我们可以聊一会儿。

科夫曼夫人　　我有工作要做，德莱尼夫人。我有工作。（离开）

〔洛拉从窗口转过身，对科夫曼夫人的拒绝感到恼火。她正要开始洗碗时，送奶员来了。她打开后门，叫住了他。

送奶员　　早上好，科夫曼夫人。

科夫曼夫人　　早上好。

洛　拉　　你好，送牛奶的先生，你今天好吗？

送奶员　　早上好，女士。

洛　　拉　　我今天想要做一些特色菜，你能马上来吗？（去冰箱）

送奶员　　（进来）会是什么？（他大概已经习惯她了。他不是一个英俊的男人，但穿着制服显得很健壮，很有魅力）

洛　　拉　　（在冰箱处）好吧，现在让我们看看。你有奶酪吗？

送奶员　　我们总是有干奶酪，女士。（给洛拉看卡片）你所要做的就是检查卡上的项目，然后我们把它们留下。现在我要回到卡车上。

洛　　拉　　不要骂我。我一直想这么做，但是在我想到之前，你总是在这里。我想我现在还需要一些咖啡奶油——半品脱①。

送奶员　　咖啡奶油，好的。

洛　　拉　　现在让我想想……哦，是的，我想要一夸脱酪乳。自从我丈夫戒酒后，他就喜欢上了酪乳。我丈夫是个酒鬼，不得不放弃。我告诉过你吗？（开始聊天，停在水槽）

送奶员　　说过，女士。（开始走了，洛拉跟着）

洛　　拉　　现在他吃不饱，一天要吃六次。他在上午回到家，我给他准备了点心。下午三点左右，他喝了一杯加鸡蛋的麦芽牛奶，然后睡觉前再吃一份点心。

送奶员　　为什么？

洛　　拉　　保持精力充沛。

送奶员　　我敢打赌。还有别的吗，女士？

洛　　拉　　不，我想没有了。

送奶员　　（出去）马上回来。（给了她一张纸条）

洛　　拉　　很抱歉给你增加了这么多额外的工作。（他走了，很快就带着奶制品回来了）

我会尽我所能记住卡上的东西，我认为让人做额外的工作是不对的。（去冰箱放好东西）

送奶员　　（微笑）没关系，女士。

洛　　拉　　也许你想要一块蛋糕或三明治。冰箱里有非常好的冷切。

---

① 品脱（Pint）是一种容积单位，主要在美国、英国及爱尔兰使用。1英制品脱约等于0.57升，1美制品脱约等于0.47升。

送奶员	不了,谢谢,女士。
洛　拉	或者你想喝杯咖啡。
送奶员	不用了,谢谢。(他正在核对条目,把它们记在账单上)
洛　拉	你只是个年轻人,你应该去上大学。我认为每个人都应该接受教育。你喜欢你的工作吗?
送奶员	挺好的。(看着洛拉)
洛　拉	你是个强壮的年轻人。你应该去好莱坞拍那些人猿泰山的电影。
送奶员	(后退几步,感觉有点受宠若惊)当我刚做这项工作时,我没有得到足够的锻炼,所以我开始做杠铃训练。
洛　拉	杠铃?
送奶员	它能让你保持苗条。
洛　拉	(着迷)是的,我想是的。
送奶员	上个月,我把我的照片发给了《力量与健康》。(自豪)这是一项体能研究!如果他们出版了,我会带一份给你。
洛　拉	哦,真的吗?我认为我们都应该更好地照顾自己,你说呢?
送奶员	如果你问我,女士,这就是当今世界的问题所在。我们没有照顾好自己。
洛　拉	对此我并不惊讶。
送奶员	每天早上,我在吃早饭前会做四十个俯卧撑。
洛　拉	俯卧撑?
送奶员	像这样。(他在地板上展开身体,快速做了三个俯卧撑。洛拉非常着迷。然后他跳起来)这对肩部发育有好处。想摸摸我的肩膀吗?
洛　拉	噢……噢,好的。(他将一只手臂绷紧,把她的手放在他的肩膀上)为什么?它就像一块石头。
送奶员	我可以一口气做七十九个。
洛　拉	七十九!
送奶员	现在摸摸我的胳膊。
洛　拉	(照做)天哪!

送奶员　　　你一定不会相信我曾经是一个弱小的孩子。体弱多病,没有食欲。

洛　拉　　　真的?天哪!看看你现在。

送奶员　　　(非常自豪)任何人都可以做到……只要他照顾好自己。

洛　拉　　　哦,当然,当然。

〔幕后响起了喇叭声。

送奶员　　　这是我的伙伴,我得走了。(拿起他的东西,握手,匆忙离开)明天见,女士。

洛　拉　　　再见。

〔洛拉从厨房的窗户看着送奶员,直到他消失在自己的视线中。她的脸上有一种奇怪的神情,带着一种空虚,仿佛她无法理解发生在她身上的任何事情。她看了看钟表,跑进客厅,打开收音机。先是一段今日广播的主题介绍,然后是广播员说话。

广播员　　　(戏剧性的声音)嗒——碰!(现在用的是非常柔和的、高度个性化的声音。洛拉坐在沙发上吃糖果)广播听众们,这里是嗒——碰,你们的《十五分钟诱惑》。(充满诱惑的声音)不加入我吗?(洛拉向上摆动双脚)你难道不想抛下你的琐事,那些构成你生活的无聊的忧虑,那些小小的忧虑、不确定,工作环境的混乱,和我一起到一个异教徒精神狂欢的地方吗?在那里,当地人在迷人月色笼罩下的小岛上轻盈地跳舞,棕榈树随着好动的海潮摇摆不定,在白色的海岸上不安分地涌动。你不一起来吗?(更多手鼓声。现在是一个油腔滑调的声音)但是记住,这里是嗒——碰!

〔现在,手鼓开始演奏一个感性、原始的节奏旋律。洛拉从节目一开始就呆住了。她躺在长沙发上听着,慢慢地,她感到越来越舒服。

西部联合公司投递员　(在门口)玛丽·巴克霍尔德小姐的电报。

洛　拉　　　她不在。

西部联合公司投递员　在这里签名。

[洛拉照做。然后她关上门，把电报拿进屋里，好奇地看着它。这对她来说是一个巨大的诱惑。她把电报放在桌子上，但还是忍不住要看它，最后她屈服了。她把它拿到厨房，用蒸汽蒸开。这时玛丽和特克冲进房间。洛拉很着急，想着如何处理这封电报。就在千钧一发之际，她把它塞进了围裙口袋里。

玛　丽　德莱尼夫人。（关上收音机。听到玛丽的声音，洛拉笨拙地把电报塞进口袋里，跑出去迎接他们）您介意我们把客厅改成一个艺术工作室吗？

洛　拉　当然不介意，请便。你好，特克。（特克挥动手臂）

玛　丽　（对特克，指着她的卧室）你可以在那里换衣服，特克。（有一个出口通往卧室）

洛　拉　（不解）换衣服？

玛　丽　他得脱掉衣服。

洛　拉　啊？（关上门）

玛　丽　这些画是我的生活课用的。

洛　拉　（得到解释但依旧不解）哦。

玛　丽　（坐在沙发上）特克是这一年来我们最好的男模。有很多运动员来做模特，为我们摆姿势，因为他们都有肌肉，更容易画。

洛　拉　你是说……他要裸体摆姿势？

玛　丽　（笑）不，女人这样做，但男人总是更正派。特克会穿着他的运动服摆姿势。

洛　拉　哦。（几乎自言自语）女人裸体摆姿势，但男人不会。（这让她觉得前后矛盾，令人吃惊）如果对女人来说没问题，那么对男人来说也应该如此。

玛　丽　（公事公办）男人总是遮遮掩掩的。（对特克喊）快点，特克。

特　克　（当所有肌肉都到位后，他出来了。他对自己半裸的身体一点也不害羞。他觉得这理所当然，但洛拉被他的身体弄得晕头转向）你想要这个可爱的身体摆出什么样的姿势，和美术课上的一样吗？

玛　丽	是啊。到那里，那里有更多的光照在你身上。
特　克	（打开门，开始摆姿势）屋子里有我可以用来做标枪的东西吗？
玛　丽	有吗，德莱尼夫人？
洛　拉	扫帚怎么样？
特　克	可以。

[洛拉跑出去拿。特克去厨房找她，拿走扫帚，回到客厅，继续摆姿势。

玛　丽	（从沙发上站起来，研究特克与自己的素描，移动他的腿）你的左脚再往这里一点。（研究它）好的，拿着。（开始快速、努力地画草图。洛拉恋恋不舍地看着）
洛　拉	（不情愿地走进厨房，改变主意又回去。玛丽和特克太忙了，没时间评论。洛拉看着草图）嗯……玛丽，真的很漂亮。（玛丽是专注的。洛拉走近看这幅画）它……它真的很艺术。（停顿）我希望我有些艺术天赋。
特　克	宝贝儿，我不能一次保持这个姿势很久。
玛　丽	想休息就休息。
特　克	好的。
玛　丽	（对洛拉）如果我画得好，他们会用这幅画来做春季接力赛的海报。
洛　拉	是啊。你告诉过我。
玛　丽	（对特克）我完成这些草图后，就不会再打扰你了。
特　克	不麻烦。（揉了揉他的肩膀，他摆了个姿势）不过姿势很僵硬。抓住我的肩膀。

[玛丽没有在意。洛拉热切地注视着特克，他变得有点难为情，停止了摆姿势。洛拉也回过神。

洛　拉	我给你热些咖啡。（去厨房）
特　克	（轻声对玛丽说）嘿，你不能让她出去吗？她让我感到一丝不挂。
玛　丽	（笑）我不能让她离开自己的家，对吧？
特　克	她以前没见过男人吗？

玛　丽	没见过像你这么高大英俊的，特克。（特克微笑着，因自己的外表得到认可而受宠若惊，他把这当作是求爱的直接邀请。当多克来到门廊时，特克拉起玛丽，亲吻她。玛丽推开了特克）特克，回到你的角落。
	［多克从外面进来。
多　克	（愉快的）大家好。
玛　丽	你好。
特　克	嗨，多克。
	［多克看到了特克，立刻感到愤怒。走进厨房对洛拉说。
多　克	这是怎么回事？
洛　拉	（拿杯子）哦，你好，多克。玛丽在画画。
多　克	（试图弄清楚状况。玛丽和特克忙得没时间说话）哦。
洛　拉	我刚热好咖啡，要来点吗？
多　克	好的。特克的衣服怎么了？
洛　拉	玛丽在为她的生活课画画。
多　克	她不能画他穿衣服的样子吗？
洛　拉	（拿着咖啡，显得很专业）不，多克，这不一样。你瞧，这是一堂生活课。他们画身体，他们在教室里都这样做。
多　克	为什么？玛丽只是个年轻姑娘，她不应该画那样的东西。我不关心这是否是在大学里教的东西。这是不对的。
洛　拉	（否认）我不知道。
特　克	（转过来）我累了。
玛　丽	（蹲在他脚边）让我把脚画完。
多　克	她为什么不画点别的，一盆花或者一座大教堂……或者日落？
洛　拉	她告诉我，如果她画得很好，他们会用这幅画来制作春季接力赛的海报。（停顿）所以我猜他们不想要日落。
多　克	如果现在有人走进来，他们会怎么想？
洛　拉	多克，玛丽刚刚问我特克能不能过来给她摆姿势。就这么多，我说可以。但是如果你觉得这是错的，我就不会让他们再这样

做了。

多　克　　我就是不喜欢这样。

玛　丽　　再坚持一分钟。

特　克　　好的。

洛　拉　　好吧,那你和玛丽谈谈,如果……

多　克　　(他不会对玛丽提起任何不赞同的事)不,宝贝儿,我做不到。

洛　拉　　好吧,那……

多　克　　而且这也不是她的错。如果是大学里的那些人让她画那样的画,我想她必须画。我只是觉得她不该这么做,仅此而已。

洛　拉　　好吧,如果你认为这是错的……

多　克　　(准备驳回)没事了。

洛　拉　　我看不出有什么坏处,多克。

多　克　　别管他们了。

洛　拉　　(走向冰箱)你想喝点酪乳吗?

多　克　　好的,谢谢。

　　　　　[玛丽完成草图。

玛　丽　　好了,今天就这些。

特　克　　还有什么我能为您效劳的?

玛　丽　　有,穿上你的衣服。

特　克　　好的,教练。(特克退场)

洛　拉　　多克,你知道玛丽说什么吗?她说女人会裸体摆姿势,但男人不会。

多　克　　当然了,亲爱的。

洛　拉　　这是为什么?

多　克　　(难倒了)这个……

洛　拉　　如果女人可以,那男人也应该可以,但是男人总是遮遮掩掩。她就是这么说的。

多　克　　嗯,就应该这样,亲爱的。一个男人,毕竟是一个男人,他……嗯,他得保护自己。

洛　拉　那女人不应该吗？
多　克　这不一样，亲爱的。
洛　拉　是吗？多克，我有个秘密，布鲁斯要来了。
多　克　真的？
洛　拉　（闷闷不乐的沉默之后）你知道他是玛丽那个辛辛那提的男朋友。很久以前我答应过玛丽，她未婚夫来时我会请客。所以我拿出最好的瓷器，做你吃过的最好的一餐。
多　克　她什么时候得到这个消息的？
洛　拉　今天早上发来的电报。
多　克　那很好。在我听来，布鲁斯正是适合她的人。我想我要进去祝贺她。
洛　拉　（紧张）现在不行。
多　克　为什么？
洛　拉　特克在。这会让他感到尴尬。
多　克　既然布鲁斯来了，特克为什么不离开？他还在这里干什么？她和布鲁斯订婚了，不是吗？

〔特克从卧室进来，走向玛丽，开始示好。

洛　拉　玛丽正在给他画像，多克。
多　克　你总是为特克说话，鼓励他。
洛　拉　嘘，多克，不要难过。
多　克　（非常气愤）好吧，但是如果那个女孩出了什么事，我永远不会原谅你。

〔多克上楼了。特克抓住玛丽，热情地亲吻她。

幕落

第二场

〔当天晚上，晚饭后。外面漆黑一片，整个房子发生了奇迹般的变化。很明显,洛拉一整天都在快速、努力地工作。房间一尘不染,还添置了新灯罩、新窗帘等。厨房里所有的搪瓷制品表面都闪闪发光,成堆的垃圾都已经处理掉了。洛拉和多克在厨房里,多克在洗碗,洛拉在四处检查完成最后的清理。

洛　拉　（在火炉旁)还剩下一些豆子,你想要吗?

多　克　够了,不用了。

洛　拉　希望你今晚吃饱了,多克。我一直忙着打扫,没时间照看你。

多　克　我不是很饿。

洛　拉　（清理餐桌)你猜怎么着?科夫曼夫人说,我可以去她那儿摘下所有我想要的紫丁香,放在明天的餐桌中央。这不是很好吗?我现在觉得她没有毒死小希巴,你说呢?

多　克　我从没这么觉得,宝贝儿。你在哪里买的新窗帘?

洛　拉　我今天下午出去买的。漂亮吗?小心那个木制品,已经上过清漆了。

多　克　亲爱的,为什么这么隆重?

洛　拉　（从壁橱里拿出扫帚和簸箕)布鲁斯要来了。我想我得找个时间做春季大扫除。

多　克　你一天之内做完了这些?这屋子已经很多年没有这样了。

洛　拉　如果我想的话,我可以成为一个很好的管家,不是吗,多克?

多　克　（拿着簸箕给洛拉)我从来没有抱怨。玛丽现在在哪里?

洛　拉　我不知道。自从她今天早上和特克离开后,我就没见过她。

多　克　（带着不赞同的表情)玛丽是个好女孩,不应该和他浪费时间。

洛　拉　多克,玛丽能照顾好自己,别担心。(将扫帚放回壁橱)

多　克　（走进客厅)《撒小谎的麦基和莫莉》(Fibber McGee and Molly)要开始了。

洛　拉　（解开围裙,走向壁橱,然后走向后门)多克,我要去科夫曼夫人家看看她有没有银器。我马上回来。

　　　　[多克去开收音机。洛拉退场。

[在收音机旁，多克开始调频道。他跳过了一个又一个嘈杂的节目，然后意外地收听到了舒伯特①的那首著名的用高音演唱的《圣母颂》②。也许他以前在其他地方听过这首作品，但现在他又像是第一次听了。他渐渐进入一个他从不知道有其存在的空灵美丽的世界，他专注地听着，音乐中流露出他从未实现的理想，他甚至有点困惑。然后洛拉从后门进来，"砰"的关门声打断了他的畅想。

洛　拉　（洪亮有力地宣布）是不是很有趣，今晚我一点也不累。你可能以为我在如此努力地工作了一整天后，会累成狗的。

多　克　（在客厅的沙发上蜷缩着）宝贝儿，不要用那个词。

洛　拉　（放下银器，来到多克身边）多克，对不起。我经常听到玛丽和特克这么说，我觉得这个词很可爱。

多　克　这个词……很庸俗不雅。

洛　拉　（亲吻多克）那我不会再说了，多克。《撒小谎的麦基和莫莉》还没开始吗？

多　克　还没到时候。

洛　拉　那让我们来点欢快的音乐。

多　克　（调到伤感的舞蹈乐队）这是你想要的吗？

洛　拉　可以。（多克从收音机上拿起一包卡片，开始非常熟练地洗牌）我喜欢看你洗牌，多克，你的手很优雅。（她仔细看着）给我变一个纸牌魔术。

多　克　宝贝儿，你都看过了。

洛　拉　但是我永远不会看腻。

多　克　好吧，拿一张卡片。（洛拉照做）现在留着，别告诉我那是什么。

洛　拉　我不会。

---

① 弗朗茨·舒伯特（Franz Schubert），奥地利作曲家，早期浪漫主义音乐的代表人物，也被认为是古典主义音乐的最后一位巨匠。

② 《圣母颂》（*Ave Maria*），舒伯特在 1825 年根据英国诗人瓦尔特·司各特（Walter Scott）的叙事长诗《湖边夫人》（*The Lady of the lake*）中的《爱伦之歌》（*Song of Ellen*）谱写而成。歌曲抒发了叙事诗主人公少女爱伦祈求圣母饶恕其父罪行的纯真感情。

多　克	（再次洗牌）现在把它放回桌板上，我不会看的。（他闭上眼睛）
洛　拉	（带着孩子气的喜悦）好。
多　克	把它放回去。
洛　拉	嗯。
多　克	好。（再次洗牌，切牌，取了上半部分牌，拿出洛拉选择的牌，这让洛拉大吃一惊）这是你选的牌吗？
洛　拉	多克，你是怎么做到的？
多　克	宝贝儿，我已经骗过你很多次了。
洛　拉	但是我还是不明白你是怎么做到的。
多　克	很简单。
洛　拉	多克，让我看看你是怎么做到的。
多　克	（带着可以原谅的无伤大雅的优越感）你自己试试。
洛　拉	多克，你很聪明。我永远做不到。
多　克	这没什么。
洛　拉	告诉我你是怎么做的。
多　克	告诉你我所有的秘密？这是天赋，亲爱的，神奇的天赋。
洛　拉	不能分给我一些吗？
多　克	（拿起报纸）一个男人必须把一些事留给自己。
洛　拉	这根本不是天赋，只是你学的一些小把戏。
多　克	好吧，宝贝儿，你怎么想都行。
洛　拉	让我们来点音乐。你还有多久去见艾德·安德森？ ［多克打开收音机。
多　克	还有点时间。（欣慰）
洛　拉	玛丽看到屋子整洁干净一定会非常高兴的。布鲁斯来的时候，她可以在这里招待他，也许我们可以在这里开个小派对，你可以玩你的纸牌魔术。
多　克	好的。
洛　拉	我认为一个年轻的女孩能够带她的朋友回家。
多　克	当然可以。

洛　拉	我们从来不喜欢在屋子里坐圆桌，因为周围都是别人。（起身，开始独自跳舞）还记得我们过去常去的舞会吗，多克？
多　克	当然记得。
洛　拉	我们度过了非常美好的时光，不是吗？
多　克	是的，宝贝儿。
洛　拉	还记得返校舞会吗？我和查理·凯特坎普赢了查尔斯顿舞①比赛。
多　克	亲爱的，我在看书。
洛　拉	你生他的气，因为他觉得他应该带我回家。
多　克	我没有生气。
洛　拉	你生气了。多克，我和查理没什么，你只是嫉妒。
多　克	我没有嫉妒。
洛　拉	（她现在非常忸怩轻浮，像一只故技重施的老狗）每次我们出去，我看一眼其他男孩你都会嫉妒。我和查理之间从来没有什么，从来没有。
多　克	那是很久以前的事了……
洛　拉	许多男孩打电话和我约会……萨米·奈特……汉德·彼得曼……荷兰的麦考伊。
多　克	当然，宝贝儿。你是那个最好的女孩。
洛　拉	（企图引起他的注意）但是我所有的约会都只和你一起，不是吗？
多　克	（试图开玩笑）仅限于我知道的那些约会，宝贝儿。
洛　拉	（受伤）多克，你要相信，除了你，我从没和其他男孩约会过。
多　克	（有点疲倦和不耐烦）现在都忘了。（关上收音机）
洛　拉	多克，你怎么能这样说？那是我们一生中最快乐的时光，我永远不会忘记。
多　克	（不以为然的）亲爱的。

---

① 查尔斯顿舞（The Charleston），流行于20世纪20年代的快步舞。

洛　拉	（在窗口）那是一个美好的春天，树木长得翠绿茂盛，空气闻起来是如此甜美。还记得我们曾经走过的路吗？去老教堂的路，那里是如此安静。（坐在沙发上）	
多　克	在春天，一个年轻人的奇思妙想变得……相当奇特。	
洛　拉	（在同样的遐想中）我那时很漂亮不是吗，多克？还记得你第一次吻我吗？我相信年轻时的你肯定很害怕，你在颤抖。（她变得非常温柔娇羞，沉浸在幻想中。多克有点哽咽，无法回答）我们已经在一起一整年了，你总是那么害羞。然后你第一次抓住我，吻了我。多克，你热泪盈眶，你说你会永远爱我，记得吗？你说……如果我不嫁给你，你想死……我记得，因为任何人说这样的话都会吓到我。	
多　克	（以压抑的语气）是的，宝贝儿。	
洛　拉	夜晚来临，我们在凉爽的草地上伸展四肢，你吻了我一整夜。	
多　克	（开门）宝贝儿，你必须忘记那些事情，那是二十年前的事了。	
洛　拉	我很快就四十岁了。那些年就这样消失了——消失得无影无踪。	
多　克	是的。	
洛　拉	就这样消失了——就像小希巴一样。（停顿）也许你现在后悔娶了我。你不知道我会变老变胖变邋遢……	
多　克	哦，宝贝儿！	
洛　拉	这是事实。我现在就是这样。但我当时也不知道我会变成现在这样。你后悔娶我吗？	
多　克	当然不。	
洛　拉	我是说，你后悔娶了我吗？	
多　克	（走向门廊）宝贝儿，我们永远不该讨论这个。	
洛　拉	（跟着多克出去）多克，你是我的第一个，也是唯一一个。如果你不相信我，我会死的。	
多　克	（温柔的）我知道，宝贝儿。	
洛　拉	多克，你是那么好，那么正派。我以为我们一起做的事情是不

	会有错的，也不会让我们不开心。你觉得我们错了吗？
多 克	（安慰）没有，宝贝儿，当然没有。
洛 拉	我想，除了我的家人，没人知道这件事。
多 克	没人知道，宝贝儿。
洛 拉	（跟着他进去）多克，我希望那个孩子还活着。那个女人根本不知道她在做什么，你说是不是？
多 克	是的，我猜她不知道。
洛 拉	如果我们去看医生，她就能活下来，你说呢？
多 克	也许吧。
洛 拉	医生不会知道我们刚结婚，对吧？我们为什么害怕？
多 克	（坐在沙发上）我们只是孩子，孩子还不知道如何照顾别人。
洛 拉	（坐在沙发上）如果我们有孩子，她现在会是一个年轻的女孩。多克，你也许会存钱，然后她就能像玛丽一样上大学。
多 克	宝贝儿，事情已经这样了。
洛 拉	你一想到自己不得不放弃当医生，想到自己不像以前那么有钱，一定会感觉很糟糕。
多 克	宝贝儿，不，没有。我们永远不该对已经发生的事感到难过，过去的事已经没办法改变了。你必须忘掉它，活在当下。如果你不能忘记过去，你就被困在里面永远出不来了。我今天可能是一个医学博士，而不是一个脊椎推拿治疗师；我们可能要抚养一个孩子并且孩子现在就在我们身边；如果我动动脑筋，谨慎地做一些投资，而不是夜夜酗酒，我们可能有更多钱；我们可能会有漂亮的房子、舒适的生活和一群朋友，但是我们没有这些。那又怎样！我们还是要继续活下去，不是吗？我不能因为犯了几个错误就停下来，我必须继续前进。
洛 拉	当然，多克。
多 克	（叹气和擦额头）我……我希望你不要再问我这样的问题了，宝贝儿。我们不要再谈论这些了。我必须坚持下去，不让这些事困扰我，或者说……我在市医院看到的足够让我保持清醒很

长一段时间。

洛 拉　　多克，对不起，我不是故意让你难过的。

多 克　　我没有难过。

洛 拉　　你今晚什么时候回家？

多 克　　大约十一点钟。

洛 拉　　我希望你今晚不要去，我很寂寞。

多 克　　我也不想，宝贝儿。但不久以后我们会一起出去。戒酒后，我就开始讨厌去夜店那样的地方，但以后某个晚上我会带你出去吃饭。

洛 拉　　你会吗，多克？

多 克　　我们会盛装打扮，去温德米尔①吃一顿丰盛的晚餐，并在两道主菜间跳舞。

洛 拉　　（急切的）走吧，多克。我存了点钱。我在厨房里拿了大约四十美元。如果你需要，我们可以拿走。

多 克　　月初我会有很多钱。

洛 拉　　（她的情绪马上有了变化，仿佛看到未来的一个无忧无虑的欢乐的夜晚。）我们这么严肃地坐在这里干什么？（转向收音机）我们来点音乐吧。（洛拉在收音机里听到了活泼的狐步舞，她开始与多克跳舞。他们劲头十足地跳舞，似乎是为了摆脱之前对话中的悲伤，但悲伤还是慢慢地缠绕上他们。洛拉气喘吁吁）我们应该去跳舞……一直跳下去，多克……这对我们有好处。如果我多跳舞，我会减掉些脂肪。我记得……我曾经可以整夜这样跳舞，一点也不会觉得累。（洛拉在一段查尔斯顿舞老调中停下）记得查尔斯顿舞吗，多克？

［多克正随着节奏拍手。玛丽从前门闯进来，带着洛拉试图重新找回年轻与活力。

多 克　　你好，玛丽。

---

① 温德米尔（Windermere），美国佛罗里达州的一个小镇。

玛 丽	你们在跳吉格舞吗，德莱尼夫人？（玛丽并非故意，但她的话还是伤害了洛拉。洛拉突然停止跳舞，失去了她为自己创造的所有乐趣。她觉得自己可能会哭，所以为了隐藏自己的感情，她趁多克和玛丽没注意，悄悄跑到了厨房。玛丽注意到气氛的变化）发生了什么？
多 克	洛拉觉得自己很勤劳。你该去厨房看看。
玛 丽	（跑向厨房。厨房的变化太大了，以至于玛丽都没注意到在角落哭泣的洛拉。玛丽一进来，洛拉就直起了身子）德莱尼夫人，你是怎么做的？你创造了奇迹，太棒了！
洛 拉	（轻轻的）谢谢你，玛丽。
玛 丽	（跑回客厅）我简直不敢相信这是同一个地方。
多 克	你觉得你的男朋友会喜欢吗？（说的是布鲁斯）
玛 丽	（想起了特克）你知道男人是怎样的。特克从来不会注意这种事情。
	〔玛丽走向她的房间，路上给多克一个飞吻。洛拉回来了，轻轻地擦着她的眼睛。
多 克	特克？（玛丽走了。他转向洛拉）怎么了，亲爱的？
洛 拉	我不知道。
多 克	为什么难过？
洛 拉	我不想让她看到我那样跳舞。让我觉得有点傻。
多 克	为什么这么想？你是个很好的舞者。
洛 拉	我觉得有点傻。
玛 丽	（拿着她的电报跳回房间）我的电报来了。什么时候来的？
洛 拉	一小时前送来的，亲爱的。（洛拉紧张地看着多克。多克看起来很困惑，还有点恼火）
玛 丽	布鲁斯来了！"中部时间明天下午五点到，22号航班，爱你的布鲁斯。"什么时候来的？
多 克	（绝望地看着洛拉）一小时前就来了。
洛 拉	（紧张的）我把房子都打扫干净了。玛丽，明晚你带布鲁斯和

	我们一起吃饭。这是你们的结婚礼物。
玛 丽	太好了，德莱尼夫人，但我不想给你添麻烦。
洛 拉	一点也不麻烦，现在我坚持这样认为。（门铃响了）那一定是特克。
玛 丽	（耳语）不要告诉他。（走向门口。洛拉轻快地跑进厨房）嗨，特克，进来吧。
特 克	（进入。跟着玛丽）你好。（环顾四周，看看是否有人在场，然后把玛丽抱在怀里，开始吻她）
洛 拉	多克，对不起，电报的事我很抱歉。
多 克	宝贝儿，人们不会做这种事。你不明白吗？好人是不会做这种事的。
玛 丽	停下！
特 克	怎么了？
玛 丽	他们在厨房里。
	［特克拿着书坐着。
多 克	电报来的时候，你为什么不给她？
洛 拉	今天早上特克来给玛丽当模特，我不能当着特克的面给玛丽。
	［特克在门外偷听。
多 克	拆别人的信很不好。
	［特克走到玛丽的门前。
洛 拉	你觉得我不是好人，是这个意思吗？
玛 丽	特克，你能离开那扇门吗？
多 克	不，宝贝儿，但……
洛 拉	多克，我看不出有任何害处。我把它蒸开，然后封回去。（特克在客厅）她永远不会知道区别，我看不出有什么问题。
多 克	（放弃）好吧，宝贝儿，如果你觉得这没事，我也无话可说了。（准备出发）
洛 拉	多克，对不起。我再也不会这么做了。你会原谅我吗？
多 克	（给了她一个吻）我原谅你。

玛　丽	（带着书回来）这样我们看起来就像是在学习。
特　克	生物？热狗！
洛　拉	（玛丽离开房间后）我感觉好多了。你一定要现在走吗？
	［特克坐在玛丽旁边的沙发上。
多　克	是的。
洛　拉	你走之前为什么不给玛丽表演一下你的魔术呢？
多　克	（勉强的）现在不行。
洛　拉	表演一个吧，他们会为之疯狂的。
多　克	（自豪的）好吧。（稍微整理了一下自己）如果你认为他们会喜欢的话……（洛拉走向客厅，突然看到玛丽和特克在一本书后面搂搂抱抱，她停了下来。她脸上露出笑容，静静地站在那里看着。多克在水槽边）怎么了，宝贝儿？
洛　拉	（轻声）哦……没什么……没什么……多克。
多　克	你到底想不想让他们看我的魔术？
洛　拉	（回到中央厨房，用神秘的声音，咯咯地笑）我猜他们现在不会感兴趣了。
多　克	（刚才的得意不复存在，有些恼火和受伤）哦，很好。
洛　拉	多克，你快来看。
多　克	（震惊和愤怒）不要！
洛　拉	多克，就看一眼，他们只是孩子，多甜蜜啊。（拽着他的胳膊）
多　克	（抽出胳膊）宝贝儿，别这样，我不会这么做。像那样窥探别人是不体面的，这很卑劣。
洛　拉	（从未想到这一点）真的吗？
多　克	当然是真的。
洛　拉	我没有想变得粗鄙卑劣。
多　克	那你为什么这么做？
洛　拉	多克，你会在电影里看年轻人做爱，对吗？这有什么问题吗？我认识玛丽并且喜欢她，特克也很好。他们那么年轻漂亮。为什么我不能看他们？

多 克　　我不想和你说了。

洛 拉　　我为什么不能看呢?

多 克　　我不知道,宝贝儿,但这不好。

　　　　[特克亲吻玛丽的耳朵。

洛 拉　　(哀怨)可我觉得这是我知道的最好的事之一。

玛 丽　　我们去门廊吧。(他们偷偷溜出来)

多 克　　玛丽那样做是不对的,尤其是在布鲁斯快来的时候。我们不该允许这种事发生。

洛 拉　　哦,多克,不会有任何坏事发生的。我觉得没问题。

　　　　[特克和玛丽去了门廊。

多 克　　这一点也不好。我不知道你为什么会赞同鼓励这种事。

洛 拉　　我不鼓励。

多 克　　不,你鼓励。你说你喜欢那个特克,即使我觉得他不好。玛丽甜美又天真,她不了解特克那样的男人。我想我应该把他赶出家门。

洛 拉　　多克,你不要这么做。

多 克　　(激动的)那你去和玛丽谈谈,告诉她我们的感受。

洛 拉　　嘘,多克,他们会听到的。

多 克　　我不在乎他们是否听到。

洛 拉　　(对着火炉处的多克)别难过,多克。布鲁斯就要来了,特克也不会再在这里了。我向你保证。

多 克　　好吧,我该走了。

洛 拉　　多克,我和你一起去。让我上去拿件毛衣,等我一下。

多 克　　快点,宝贝儿。

　　　　[洛拉上楼。多克在台阶上听到特克在门廊上大笑。多克看到了威士忌酒瓶,伸手去拿,又听到了玛丽咯咯的笑声。多克在特克的笑声响起时转身走向酒瓶。这时候楼上传来洛拉的声音。

洛 拉　　几分钟就好。(走下楼)我准备好了。(多克关掉厨房的灯,他们走进客厅）我陪你走到巴士那里。（多克看到特克拿着洛拉的照片。多克从特克手中拿走照片，放回架子上，洛拉领着多克出去。多克离开舞台）然后我会在月光下散步。祝你玩得愉快。（洛拉离场）

玛　丽　　再见，德莱尼夫人。（离场）

特　克　　他很讨厌我。（走到前门）

玛　丽　　不，他没有。（跟着特克，在门口堵住他）

特　克　　不，他有。我觉得他是嫉妒。

玛　丽　　嫉妒？

特　克　　我一直都认为他暗恋你。

玛　丽　　别傻了，特克。多克是对我很好，但只是在一些小事上，比如给我做早餐。事实上，他对每个人都很好。

特　克　　他和你调情过吗？

玛　丽　　从来没有。以后也不可能会有。

特　克　　但愿如此。

玛　丽　　特克，别傻了。多克是个很好很安静的人。如果对我好能让他快乐，那为什么不接受呢？

特　克　　他有自己的妻子，不是吗？他为什么不对自己的妻子好？

玛　丽　　我们不该关心他们的夫妻私事。

特　克　　好吧。抱抱怎么样，亲爱的？

玛　丽　　今晚到此为止吧，特克。

特　克　　为什么今晚和其他任何夜晚都不一样？

玛　丽　　我想我们应该定个规矩，每隔一段时间，只是坐下来谈谈。（一开始坐在沙发上，后来又走向椅子）

特　克　　（在沙发上坐立不安）好吧。谈什么？

玛　丽　　嗯……很多事情。

特　克　　好，开始吧。

玛　丽　　没人会这样开始谈话。

特　克　　你想怎么开始都行。

玛　丽　　　两个人应该有话题聊，比如政治或心理学或宗教。

特　克　　　做爱怎么样？

玛　丽　　　特克！

特　克　　　（在沙发上追问她）你读过金赛性学报告①吗，巴克霍尔德小姐？

玛　丽　　　我没有。

特　克　　　巴克霍尔德小姐，你第一次做爱时多大？你和别人发生过关系吗？

玛　丽　　　停下，特克。

特　克　　　是你想聊聊的。我只是按你说的做，取悦你。我们接吻吧。

玛　丽　　　今晚不行。

特　克　　　你在为谁守贞？

玛　丽　　　别那样说。

特　克　　　（站起身，打哈欠）谢谢你，巴克霍尔德小姐，今晚过得很愉快。这是一次非常愉快的谈话。

玛　丽　　　（焦虑）特克，你去哪里？

特　克　　　我想我是个实干家，宝贝儿。

玛　丽　　　特克，别走。

特　克　　　为什么不？我在这里没事做。

玛　丽　　　不要走。

特　克　　　（回来了，她摸了摸他。他们坐回到沙发上）你以前不是这样的，为什么？来吧，让我们干吧。

玛　丽　　　哦，特克，这就是我们能干的所有事。

特　克　　　你在抱怨？

玛　丽　　　（微弱的）没有。

特　克　　　那为什么要这样？欲拒还迎吗？

---

① 金赛性学报告（The Kinsey Report），美国著名性学专家金赛和同事们历经多年努力，搜集了近18000个与人类性行为及性倾向有关的访谈案例，积累了大量极为珍贵的第一手资料，用大量的访谈资料和分析图表，向世人第一次揭示了男性性行为与女性性行为实况。

玛　丽	不是！
特　克	那还能是什么？（模仿她）哦，不，特克。今晚不行，特克。我想谈谈哲学，特克。（停止模仿）你一直都知道，如果我来了，但是没能带给你那些美妙的体验，你会难受得要死……不是吗？
玛　丽	（她必须对自己承认这是真的，她笑了）哦……特克……
特　克	那是事实，不是吗？
玛　丽	也许是。
特　克	小可爱，今晚怎么样，寂寞吗？
玛　丽	特克，你正在训练。
特　克	那又怎么样？我可以在任何时候……任何时候掷出那把旧标枪。来吧，宝贝儿，我们以前都习惯了，不是吗？
玛　丽	我不确定。
特　克	什么意思？
玛　丽	有时候我觉得德莱尼夫人知道。
特　克	好吧，带上她。如果能让她安静，我也可以和她做。
玛　丽	（震惊）特克！
特　克	你为什么会这么想？
玛　丽	女人就是能感觉到这些东西，她问了那么多问题。
特　克	她说了什么吗？
玛　丽	没有。
特　克	好吧，那就是你在胡思乱想。
玛　丽	也许吧。
特　克	那就别想了。
玛　丽	好吧。
特　克	（跟着玛丽）亲爱的，我知道我有时在你面前说话很粗鲁，我从来都不是一个很有绅士风度的人，但是你真的不介意……是吗？（她只是顽皮地笑了笑）无论如何，你知道我为你疯狂。
玛　丽	（沾沾自喜）是吗？

〔现在他们开始了一场小小的打斗，特克像一只饥饿的熊一样钳制玛丽，她回应着"住手""特克，你弄疼我了"等。她开玩笑地打了他一巴掌，然后他们一起笑。洛拉悄悄地从后门进来，蹑手蹑脚地穿过黑暗的厨房，站在门口，她可以偷看到他们。她露出平静而满意的微笑，警觉地注视着他们的一举一动。

特　克　巴克霍尔德小姐，你对生活在原子时代的心理压力有什么看法？

玛　丽　（开玩笑的）特克，不要取笑我。

特　克　今晚吗？

玛　丽　（当她让特克多待一会儿时，她双眼一亮）好吧。

特　克　不会再有今晚了。（这是真的，她笑了）好吗？

玛　丽　不会再有今晚了……（他们拥抱并开始跳舞）我们先出去喝几杯啤酒吧。他们睡着以后，我们才能回来。

特　克　好吧。

〔他们慢慢地跳着舞出了门。然后，洛拉悄悄地走进客厅，走到门廊上。可以在那里听到她用失落的声音哀怨地呼唤。

洛　拉　回来吧，小希巴……回来吧，小希巴。回来吧。

幕落

第二幕

第一场

〔第二天早上。洛拉和多克在吃早餐。洛拉漫无边际地说着话，而多克坐在那里沉思。他低着头，双手捂着脸。

洛　拉　（以一种轻松幽默的口吻，仿佛年轻人犯错就像小狗无法控制行为一样无可指责。咯咯地笑）然后他们跳了一会儿舞，手挽着手一起出去了……

多　克	（坐在餐桌旁，非常紧张）我不想再听到这些了，宝贝儿。
洛　拉	怎么了，多克？
多　克	没什么。
洛　拉	你看起来不太舒服。
多　克	我昨晚没睡好。
洛　拉	你没吃安眠药吗？
多　克	没有。
洛　拉	别不吃药。医生说这会对你很不好。
多　克	过一会儿，我会感觉好一些。
洛　拉	你当然会。
多　克	玛丽昨晚什么时候回来的？
洛　拉	我不知道，多克。我很早就上床睡了。怎么了？
多　克	哦……没什么。
洛　拉	如果你没听到她回来，那你一定睡着了。
多　克	我听到她了，过午夜后。
洛　拉	那你问我做什么？
多　克	我不确定是不是她。
洛　拉	什么意思？
多　克	我想我听到了一个男人的声音。
洛　拉	特克可能和她一起进了门。
多　克	（困扰）我想我听到有人在笑，一个男人的笑声……我想我听到了。
洛　拉	祈祷吧。
多　克	（起身）好吧。
洛　拉	吻我，再见。（他俯身吻了她，然后穿上外套离开）你能早点回家吗？我想让你帮我一起招待布鲁斯。玛丽说他大约下午五点半会到。我要做一顿美味丰盛的晚餐，填馅的猪排、烤土豆

和芦笋，甜点是一个大巧克力蛋糕，也许还有冰激凌……

多　克　　听起来不错。

洛　拉　　所以你得回家帮我。

多　克　　好的。

〔多克离开厨房，走进客厅。椅子上还有玛丽的围巾，他像以前一样捡起它，抚摸它。然后是特克的笑声，轻柔得几乎听不见，这听起来像是酒神巴克斯①的笑声。多克的身体僵硬了，这是一个他必须面对的令人作呕的事实。抒情的、优雅的、万福玛利亚一般的精神理想破灭了。他一直在与真相抗争，一直自欺欺人。他看起来要吐了，他所有盲目的困惑都在内心翻滚。他面无表情，一动不动，跟跟跄跄地走到沙发前方的桌子旁。

洛　拉　　（还在厨房）你还没走吗，多克？

多　克　　（茫然）没……没有，宝贝儿。

洛　拉　　（在门口）有什么问题吗？

多　克　　不，我很好。

〔多克丢下围巾，拿起帽子，离开。他设法让自己的声音听起来非常自然。他振作精神，走出去。洛拉站了一会儿，好奇地看着他的背影。然后科夫曼夫人进来，把头伸进后门。

科夫曼夫人　　有人在家吗？

洛　拉　　（在平台上）早上好，科夫曼夫人。

科夫曼夫人　　（观看厨房的新貌）这就是你一直在忙活的，德莱尼夫人？

洛　拉　　（自豪）是的，我一直很忙。

〔玛丽的门开了又关。玛丽把头伸出卧室门，看看四周是否安全，然后又把头缩进去，小声告诉特克，他可以离开了，不会被发现。

科夫曼夫人　　很忙？天哪！我从未见过这样的活动。夫人，你怎么了？

洛　拉　　今晚有客人，应该稍微整理一下。

---

① 巴克斯（Bacchus），罗马神话中的酒神和植物神，对应古希腊神话中的狄俄尼索斯（Dionysus）。

科夫曼夫人	你是说你一天就做完了这些？
洛 拉	（带着明显的骄傲）是的，我一天都在忙这些。
科夫曼夫人	亲爱的上帝，你一天就完成了春季大扫除。

［特克出现在客厅。

洛 拉	（很得意）我还稍微布置了一下客厅。
科夫曼夫人	我必须看看。（走进客厅。特克无意中听到了她的声音，躲回了玛丽的房间，关上门）天哪，你一晚上就把这个地方布置得焕然一新！
洛 拉	是的，我还买了些新东西。
科夫曼夫人	干净整洁，温暖舒适。我向你脱帽致敬，德莱尼夫人，我不知道你有这个本事。这些年来，我一直对自己说："德莱尼夫人是个一无是处，整天坐在家里无所事事的女人，她甚至从来没有碰过拖把。"这说明，我们从来没有真正了解别人。
洛 拉	我还有些咖啡。
科夫曼夫人	现在不行，德莱尼夫人。看到你家这么干净，我很惭愧，我得回家干活了。（去厨房）
洛 拉	（跟随她）我也得忙起来。我要拿出所有的银器和瓷器，我喜欢早点摆好桌子，这样我就有一整天的时间来欣赏它。

［她们两人都笑了。

科夫曼夫人	日安，德莱尼夫人。（退场）

［听到纱门"砰"的一声关上，玛丽守着厨房门，特克从前门溜了出去，但是他们都没有料到多克会出现。看到特克安全后，玛丽向他飞吻告别，然后进入洛拉的厨房。但是当特克要出去的时候，多克从前门进来了。有一段尴尬的时间，多克只是呆呆地看着，而特克在含糊不清地道歉后跑了出去。一开始，多克很迷惑，试图弄清楚一切，他的表情看起来越来越困惑。与此同时，玛丽和洛拉正在厨房里聊天。

玛 丽	嘘！（偷偷溜到洛拉身后的后门廊）
洛 拉	（跳来跳去）天哪！你吓到我了，玛丽。你已经起来了？

玛丽	是啊。
洛拉	今天是星期六。你想睡多晚都可以。
玛丽	（倒了一杯咖啡）我想我应该早点起来帮你。
洛拉	谢谢，亲爱的。吃完早饭后，你可以帮忙摆客厅的桌子。我们在那儿吃饭，帮我布置一下。

［多克关上门。

玛丽	好的。
洛拉	想吃甜面包圈吗？
玛丽	不用了，特克和我昨晚喝了太多啤酒。他很紧张。
洛拉	他不该那样，玛丽。
玛丽	（从客厅开始）给我热一点咖啡，我马上要再来一杯。（停下来看到多克）德莱尼医生，我以为你已经走了。
多克	（试图保持他一贯的态度）早上好，玛丽。（但是不看着她）
玛丽	（她马上想知道）为什么，你在这里多久了，多克？
多克	刚到，就这一分钟。
洛拉	（进来）是你吗，多克？
多克	是我。
洛拉	你回来干什么？
多克	我……我只是想如果我喝一杯苏打水……也许我会感觉好点……
洛拉	恐怕你不会，多克。
多克	我没事。（从厨房开始）
洛拉	（帮玛丽收拾桌子）汽水在沥水板上。

［多克去厨房拿了一些苏打水，站了一会儿思考。然后他坐在那里喝汽水，好像在努力下定决心。

洛拉	玛丽，你能帮我搬一下桌子吗？如果我们现在有一个餐厅就好了，不是吗？但是如果我们有餐厅，我想我们就不会有你了，玛丽。把餐厅改成卧室出租是我的主意，几年前，当多克病得很重的时候，我想了很多获取额外收入的事情。

[洛拉和玛丽摆好桌子。洛拉从橱柜里拿桌布。

玛 丽	这块桌布真可爱。
洛 拉	爱尔兰亚麻布,是我们结婚时多克的妈妈给我们的,她还给了我们所有的银器和瓷器,瓷器是哈维尔林瓷器,我为此骄傲,这是我们拥有的最有价值的财产。我刚洗过……你能帮我把它搬进来吗?(从厨房拿瓷器)多克是索图瓦妈妈的宝贝。他是独生子,他是他母亲的全世界。是不是,多克?她把多克培养成了一个真正的绅士。
玛 丽	餐巾在哪里?
洛 拉	哦,我给忘了。它们太漂亮了,所以我把它们和我的手帕一起放在我的衣柜抽屉里了。上楼来,我们一起去拿。

[洛拉和玛丽上楼。多克听着以确保洛拉和玛丽在楼上,小心翼翼地看着餐具室架子上的威士忌酒瓶,但几次都忍住了。最后,他屈服于诱惑,抓起架子上的一瓶酒,然后开始考虑如何瞒过洛拉带走它。最后,他想到把它包在自己的风衣里,那是他从食品室拿来的,挎在胳膊下。楼下传来了洛拉和玛丽的声音,她们回到客厅继续摆桌子。多克离开。

洛 拉	(下楼)你注意过他的指甲有多漂亮吗?没有多少男人会打理那样的事情。以前他每周日都带他母亲去教堂。
玛 丽	(在餐桌上)多克是个真正的绅士。
洛 拉	对待女人就像她们都是美丽的天使。在他第一次吻我之前,我们在一起整整一年。(多克拿着外套和瓶子穿过客厅,走向前门)你现在要回办公室吗,多克?
多 克	(背对着她们)是的。
洛 拉	多克,走之前不跟我吻别吗?(洛拉走向多克,吻了他。玛丽看到多克的眼睛,笑了。然后她回到自己的房间,让门开着)早点回家,我需要你,我们要给布鲁斯一个盛大的欢迎派对。
多 克	好的,宝贝儿。
洛 拉	你还好吗?

多 克	挺好的。
洛 拉	（在门口，多克在门廊上）照顾好自己。
多 克	（单调的声音）再见。（他走了）
洛 拉	（带着高兴的表情回到餐桌，然后变成困惑的表情，对玛丽说）真有趣，多克为什么带着雨衣？天气那么好，没有一朵云。

幕落

第二场

[现在是傍晚五点半。场景和前一场一样，只是布置得更加完备了。洛拉和玛丽仍然在摆桌子，她们点燃蜡烛，穿着最正式的衣服。洛拉正在布置餐桌中央的装饰品。

洛 拉	（桌子上方，固定花）我喜欢紫丁香，你呢，玛丽？（拿起一朵观看）科夫曼夫人很好，她让我拿了我想要的所有花。（仔细看了看）这些花不漂亮吗？它们闻起来很香。我认为这是世界上最美的花。
玛 丽	它们不会开很久。
洛 拉	（郑重的）就只能开几天，科夫曼夫人说它们前天才开始开花的。
玛 丽	那这个星期的第一天它们都会凋谢。
洛 拉	它们会消失在空气中。（快乐的）这里，亲爱的，我们现在有些多余的花，把这个别在你的头发上。（玛丽照做）我最近觉得，科夫曼夫人很好，我以前不喜欢她。多克在哪里？他答应会早点回来，他甚至没有回家吃午饭。
玛 丽	（从卧室拿了两张椅子）德莱尼夫人，你真是太好了。
洛 拉	（拿盐和胡椒）天哪，我比你还要兴奋激动。你认为布鲁斯会喜欢我们吗？
玛 丽	如果他不喜欢，我就再也不和他说话了。

洛 拉	（急切的）我非常想见他，但是我又觉得很抱歉，因为我没有为特克做任何事。
玛 丽	（小心窥探）多克有没有跟你说过特克和我的事？
洛 拉	关于特克和你？没有，亲爱的。怎么了？
玛 丽	只是好奇。
洛 拉	如果布鲁斯发现你和别人约会了怎么办？
玛 丽	在我来读书前就和布鲁斯达成了一个切实的共识，不因为分居而和其他异性断绝交往。
洛 拉	你对特克是不是有点刻薄？
玛 丽	我不觉得。
洛 拉	布鲁斯来的时候，他什么感受？
玛 丽	他可能会恼火一会儿，但会好的。
洛 拉	他不会伤心吗？
玛 丽	他已经关注了他历史课上的一个漂亮的西班牙小女孩很长时间了。我喜欢特克，但他不是那种我会与之结婚的人。
洛 拉	真的吗？

［洛拉坐在长沙发的扶手上，脸上带着悲伤和惊奇的表情。这对她来说是一个巨大的幻灭。

| 玛 丽 | 发生了什么事？|
| 洛 拉 | 我……我只是觉得有点累。|

［门铃尖锐的"嗡嗡"声。玛丽跑去开门。

玛 丽	那一定是布鲁斯。（她再次跳到镜子前，然后跑到门口）布鲁斯！
布鲁斯	亲爱的，你好吗？
玛 丽	棒极了！
布鲁斯	你收到我的电报了吗？
玛 丽	当然。
布鲁斯	你看起来棒极了。
玛 丽	谢谢，你怎么这么久才来？

布鲁斯　　亲爱的,我得先去酒店,然后洗了个澡。
玛　丽　　布鲁斯,这是德莱尼夫人。
布鲁斯　　(现在他的声音听起来很亲切)您好,女士。
洛　拉　　你好!
布鲁斯　　玛丽在信中说您很棒。
玛　丽　　德莱尼夫人为我们准备了一顿很丰盛的晚餐。
布鲁斯　　现在该我请客了。亲爱的,我现在有一大笔预算。我想我们可以一起去酒店吃晚饭,先喝几杯鸡尾酒庆祝一下。
洛　拉　　哦,我们也可以喝鸡尾酒。不好意思,稍等一下。
　　　　　[洛拉匆忙来到厨房,开始寻找威士忌。布鲁斯亲吻玛丽。
玛　丽　　(耳语)布鲁斯,她一整天都在准备这顿晚餐。她甚至为你打扫了房子。
布鲁斯　　(带着审视的目光)是吗?
玛　丽　　多克也会一起,你会喜欢他的。
布鲁斯　　亲爱的,我们整晚都要待在这里吗?
玛　丽　　我们不能什么都不吃就跑了,但我们会尽快离开。
布鲁斯　　希望如此。我升职了,亲爱的,他们给了我新的负责项目。
　　　　　[洛拉发现瓶子不见了,在厨房里焦急万分。她匆忙回到客厅。
洛　拉　　你们得自己玩会儿了,因为我要待在厨房里忙活晚饭了。为什么不打开收音机,玛丽?来点舞曲。我把门关上,这样……这样我就不会打扰你了。
　　　　　[洛拉关上门,然后走向电话机。
玛　丽　　布鲁斯,来看看我的房间。我才收拾好,亲爱的。我把你的照片放在梳妆台上最漂亮的相框里。
　　　　　[玛丽和布鲁斯离开,他们的声音从卧室传来,而洛拉正在打电话。
洛　拉　　(打电话)我是德莱尼夫人,多克在吗?那么,艾德·安德森在吗?嗯,你能给我艾德·安德森的电话号码吗?你看,他赞助多克加入俱乐部并帮助他……你知道……今晚我有点担心……哦，谢谢。是的，我明白了。（她记下电话号码）如果艾德·安德森来了，请他打电话给我好吗？谢谢你。（她挂了电话。脸上是恐惧、焦虑和怀疑的忧郁表情。她搜寻面粉箱、冰箱、壁橱。然后她走进客厅，一边走一边喊玛丽和布鲁斯）我想我们不用等多克了，玛丽。

玛　丽　　（从她的房间进来）怎么了，德莱尼夫人？

洛　拉　　嗯……他在工作上有些事被耽搁了……这常发生。真可惜，这些事在我最需要他的时候发生。

玛　丽　　你确定不需要帮忙吗？

洛　拉　　啊？哦，不需要，我一个人可以完成，一切准备就绪，我告诉你我要做什么。三个人太挤了，所以我来当管家，为你们这对小情侣准备晚餐……（电话铃响）对不起……稍等一下。（她冲向电话机，关上身后的门）喂？艾德，你看到多克了吗？他今天早上出去了，还没有回来。我们有客人来吃晚饭，他应该早点回家的……这还不是全部，这次我们在厨房里准备了一夸脱威士忌，而多克从来没碰过它。但是我今晚去拿酒，晚餐时我需要用鸡尾酒招待客人，它不见了。是的，我昨天在那儿看见了。不，我不这么认为……他说他今天早上胃不舒服，但是……哦，你会吗……谢谢你，安德森先生，万分感谢你，有什么发现就告诉我。是的，我会在这里……是的。（挂断电话，回到客厅）好了，我想我们都准备好了。

布鲁斯　　你不打算看看你的礼物吗？

玛　丽　　哦，当然，让我拿一下剪刀。

[他们的声音继续在卧室里回荡。

玛　丽　　（和布鲁斯一起进来）德莱尼夫人，我们认为你应该和我们一起吃。

洛　拉　　哦，不，亲爱的，我不太饿。这是几个月来你们第一次在一起，我想你们应该独处。玛丽，你为什么不点上蜡烛？那样我们就有了合适的氛围。

[洛拉走进厨房,从冰箱里拿西红柿汁。布鲁斯点燃蜡烛。

布鲁斯 我们必须在烛光下吃饭吗?我看不见了。

[洛拉回来了。

洛 拉 布鲁斯,你坐在这里。(布鲁斯和玛丽坐下)那不是很舒服吗?两人晚餐。抱歉,我们没时间喝鸡尾酒了,让我们来点音乐。

[洛拉打开收音机,随着幕布落下,维也纳华尔兹舞曲响起,洛拉看着两个年轻人在吃饭。

幕落

第三场

[悲哀的气氛。大约是翌日清晨五点半。外面的天刚开始变亮,而房间里的角落仍然布满阴影。昨晚的剩饭堆满了客厅的桌子,蜡烛在肮脏的餐盘中已经变成了残根,餐桌中央的紫丁香已经枯萎了。洛拉正趴在长沙发上睡觉,她慢慢醒来,看着晨光。她站起来,奇怪地四处张望,她开始对她的处境感到绝望。她穿着前一晚的那件漂亮连衣裙,但是现在已经皱了,她的围巾也皱了。她的一只丝袜松了,掉在她的脚踝上。当她清醒地意识到自己的处境时,她冲向电话机,拨通了一个号码。

洛 拉 (打电话。她听起来很疯狂)是安德森先生吗?安德森先生,还是我,德莱尼夫人。很抱歉这么早打电话给你,但我不得不这么做……你找到多克了吗……不,他还没回家。他只有喝得烂醉如泥想睡觉时才会回家……我不知道还有什么可想的,安德森先生。我很害怕,安德森先生,我非常害怕,你能马上过来吗……谢谢,安德森先生。

[洛拉挂了电话,去厨房煮咖啡。她发现一些前一晚剩下的咖啡,于是打开火来加热。她晕晕乎乎地四处游荡,试图理清思

路，听到每一个声音都惊得跳起来。她给自己倒了一杯咖啡，然后拿到客厅，坐下来喝。多克悄悄地从厨房后门进来，他拿着一大瓶威士忌，小心翼翼地放回餐具室，没有发出一点声音。他挂上大衣，然后把西装外套放在椅背上，开始上楼。但是洛拉说话了。

洛 拉　　多克，是你吗，多克？
　　　　　［多克悄悄地从厨房走进来。他喝得酩酊大醉，但他设法在几分钟内表现出完全清醒的样子，装作什么也没发生。然而，他的脚步不太稳，他的眼睛模糊，眼神迷离。洛拉害怕得说不出话来，她张着嘴，害怕得喘不过气来。

多 克　　早上好，亲爱的。
洛 拉　　多克，你还好吗？
多 克　　晨报在这里吗？我想看晨报。
洛 拉　　多克，我们没有早报，你知道的。
多 克　　哦，我想我是喝醉了还是怎么的。这就是你想说的吗？
洛 拉　　多克，不……
多 克　　那么，给我晨报。
洛 拉　　（急忙从桌案上拿昨晚的报纸）好的，多克，在这里。现在你就坐在那里，保持安静。
多 克　　（更加抗拒）我为什么会不安静？
洛 拉　　没什么，多克……
多 克　　（艰难、努力地铺开报纸，用报纸遮住脸，但离得太近，挡住了他的全部视线）没什么，多克。（讥讽的）
洛 拉　　（沉默了几分钟后，小心翼翼的）多克，你没事吧？
多 克　　当然，我没事。我为什么会有事？
洛 拉　　你去哪了？
多 克　　我去哪里关你什么事？我去伦敦见女王了，你有什么想法？（显然她也不知道怎么想的）你就放过我吧，这是我唯一的要求，我没事。

洛　拉　　　（呜咽）多克，你为什么要这样？你说你昨晚会回家的……因为我们有客人。布鲁斯在这里，我准备了一顿丰盛的晚餐……而你却没回来。怎么了，多克？

多　克　　　（嘲弄的）我们为了布鲁斯才能吃上一顿丰盛的晚餐。

洛　拉　　　也是为了你。

多　克　　　嗯……我不想要。

洛　拉　　　多克，别生气。

多　克　　　（带些威胁）玛丽在哪里？

洛　拉　　　多克，我不知道。她昨晚没回来，她和布鲁斯出去了。

多　克　　　（回到观众面前）我猜你把他们一起塞到床上，从钥匙孔里偷看并鼓掌。

洛　拉　　　（恶心）多克，别这么说。布鲁斯是个好男孩，他们要结婚了。

多　克　　　他可能是不得不娶她，这个可怜的混蛋。只是因为他有一天变得多情了而且玛丽很漂亮……就像我不得不娶你一样。

洛　拉　　　哦，多克！

多　克　　　你和玛丽都是荡妇。

洛　拉　　　多克，请不要这样说。

多　克　　　你会什么？你甚至不能在早上起来给我做早餐。

洛　拉　　　我会的，多克，我会的。

多　克　　　你甚至不扫地，直到某个笨蛋来和玛丽做爱，然后你就把屋子布置得像白金汉宫一样，灯泡上有香水，还有花，还拿出了我妈妈给我们的金饰瓷器。我们不会再用这些了，我妈妈买那些盘子不是给荡妇用的。

〔多克猛拉桌子上的布，把盘子弄得嘎吱作响。

洛　拉　　　多克，看看你做了什么。

多　克　　　看看我做了什么？我没做什么。我去拿点喝的。（去厨房）

洛　拉　　　（跟着他到平台）哦，不，多克！你知道喝酒对你有什么影响！

多　克　　　你说得太对了，我知道喝酒对我有什么影响。喝酒让我愿意回到这里看着你，你这头两吨重的老母牛。（喝了一大口）那里！

|很快我就会有下一杯，下下一杯。

洛　拉　　（带着恐惧）哦，多克！（洛拉拿起电话。多克见状去橱柜抽屉里拿砍肉刀，没找到，他从后门廊拿了一把斧头）安德森先生？快来，安德森先生。他回来了，他回来了！他有一把斧头！

多　克　　他妈的！离电话远点。（他追着洛拉进了客厅，她躲到沙发后）打电话吧！告诉全世界我喝醉了，告诉全世界，尖叫吧，你这个胖婊子，大喊大叫直到所有的邻居都认为我比你强。布鲁斯现在在哪里——在玛丽的床下？你对他很好，不是吗？你梳了一次头——你甚至洗了颈背，系上了腰带。你愿意把所有的脂肪捆成一捆。

洛　拉　　（几乎在毁灭性指控的重压下晕倒）多克，不要再说了……我宁愿你用斧头砍我……但是我不能听你说这样的话。

多　克　　我应该砍掉你所有的脂肪，然后等着玛丽，砍掉她总在跳舞的漂亮脚踝……然后去找特克并修理他。

洛　拉　　多克，你在说疯话！

多　克　　我这辈子第一次明白。你以为我不知道，是吗？但是我看见他出来了，我看见他了。你一直都知道这件事，还以为你隐瞒了什么……

洛　拉　　多克，我对此一无所知。真的，多克。

多　克　　如果你以为我不知道，那你就是那个疯子。你在经营一个普通的家庭，是吗？自从我们结婚以来，这种情况可能已经持续了很多年。

[多克扑向洛拉，她逃到厨房。他们在水槽前追打。

洛　拉　　多克，不是这样的，不是这样的。你要相信我，多克。

多　克　　你在撒谎，但是不会再发生了。我现在要教训你，一劳永逸……

洛　拉　　多克……别这样对我。（洛拉极度恐惧，抓住多克的脖子，抓住多克的胳膊，斧头放在多克身边）多克，是我，洛拉！你

	说我是你见过的最漂亮的女孩。你想起来了吗？多克！是我！洛拉！
多　克	（记忆涌来。他倒下了，慢慢地喃喃自语）洛拉……我漂亮的洛拉。
	［多克昏倒在地板上。洛拉出神地站着。科夫曼夫人悄悄从后门溜了进来。
科夫曼夫人	（轻声呼唤）德莱尼夫人。（洛拉甚至没有听到。科夫曼夫人进来）德莱尼夫人！是你，女士。我听到尖叫声，我很害怕。
洛　拉	我……我会没事的……有些人很快就来了，一切都会好的。
科夫曼夫人	我会一直待到他们来。
洛　拉	（突然觉得有必要）你会吗……你能不能，科夫曼夫人……（突然抽泣起来）
科夫曼夫人	当然，夫人。（看向多克）多克又"生病"了？
洛　拉	他们很快就会到这里……
科夫曼夫人	他们来之前，我会尽力把事情处理好……
	［洛拉坐在椅子上，挂断电话，拿起斧头。艾德·安德森和埃默·休斯顿来时，她正拿着这把斧头。他们是经验丰富的戒酒所的人员，年近中年，衣着整洁。
艾　德	请原谅我们直接进来了，德莱尼夫人，但我不想浪费一秒钟。（蹲在多克身旁）
洛　拉	（微弱的）没关系……
	［艾德和埃默看着躺在地板上的多克，表情中夹杂着理解和讽刺。艾德的脸上甚至有一丝嘲讽的微笑，他们有着医生的客观判断。
艾　德	斧头在哪里？（对埃默，好像在评估多克的状况）你觉得怎么样，埃默？
埃　默	如果他想玩斧头，我们不能把他留在这里。
艾　德	帮我一把，埃默。我们要让他坐起来，然后试着给他讲道理。（他们努力架起多克，多克咕哝着抵抗）来吧，多克，老伙计，

是艾德和埃默，我们会照顾你的。（让他坐在桌子前）

多　　克　　（仿佛穿过浓雾）让我一个人待着。

艾　　德　　醒醒，我们要带你离开这里。

多　　克　　让我一个人待着，该死。（向前跌倒，头撞在桌子上）

埃　　默　　（对科夫曼夫人）有咖啡吗？

科夫曼夫人　我想应该有，我看看。（拿起排水板上的杯子走向炉子，加热咖啡）

艾　　德　　喝咖啡对他没有用。

埃　　默　　会对一些人有帮助，给他喝点热的。

艾　　德　　也许我们能让他吃点东西。吃点热食怎么样，多克？

　　　　　　［多克比画着，他们不强迫他。

埃　　默　　市医院，艾德？

艾　　德　　我想只能这样了。

洛　　拉　　你要带他去哪里？（埃默去打电话，悄悄地和市医院讲话）

艾　　德　　不知道。我想先和他谈谈。

科夫曼夫人　（拿着咖啡进来）这是咖啡。

艾　　德　　（接过咖啡）抓住他，埃默，让他喝下这个。

埃　　默　　来吧，多克，你的咖啡。

　　　　　　［多克抽噎。

多　　克　　（咖啡下肚后）呃……这……这是怎么回事？

艾　　德　　是我，多克，你的老朋友艾德。埃默和我在一起。

多　　克　　（脸痛苦地扭曲着）你们两个都出去，让我自己待着。

艾　　德　　多克，我们会带你一起走。

多　　克　　我没事，我只是出了点小状况，我们都会犯错……

艾　　德　　多克，有时候是的，但我们必须克服犯错。

多　　克　　我会没事的，给我一天时间清醒一下，我会好的。

艾　　德　　多克，还记得上次吗？你说你早上会好的，结果我们发现你锁骨骨折了。走吧。

多　　克　　孩子们，我会没事的，现在让我一个人待会儿。

艾 德	他喝了多少，德莱尼夫人？
洛 拉	我不知道，他昨天离开这里时喝了一夸脱，直到现在才回家。
艾 德	他可能已经喝了几夸脱了，他已经戒酒很久了，这对他的影响会很大。是的，这几天他会很严重。（大声对多克说，好像在对一个聋哑者说话）想去市医院吗，多克？
多 克	（这个问题让他突然清醒。他鬼鬼祟祟地环顾四周，寻找逃跑的可能）不……不，孩子们，别带我去那里，那是个刑讯室。不，艾德，你不会这样对我的。
艾 德	他们会让你清醒。
多 克	艾德，我去过那里，我见过他们把疯子带到那里。你不能这样对我，艾德。
艾 德	你疯了，不是吗？拿着斧头去追你的妻子。

〔他们把多克扶了起来。多克用忧郁的恳求的眼神看着洛拉，她双手捂着脸。

多 克	（悲伤，他的声音哽咽）亲爱的，亲爱的。（洛拉不敢看他。现在多克试图逃跑，他横冲直撞地跑进客厅，直到两个男人抓住他并把他拉到客厅桌子前）亲爱的，别让他们带我去那里。他们会相信你的，告诉他们你不会再让我喝的。
洛 拉	你们不能带他去别的地方吗？
艾 德	私人疗养院会花很多钱。
洛 拉	我厨房里有四十美元。
艾 德	那不够。
多 克	明晚我就会像你一样清醒地出席会议。
艾 德	（对洛拉）德莱尼夫人，谁都不能阻止他再喝一杯。他让自己陷入其中，他得努力熬过去。
多 克	我不去市医院，他们把疯子带到那里。（跌跌撞撞地坐到椅子上）
艾 德	（现在用他所有的耐心）多克，听着，埃默和我是你的朋友，你知道的，如果你自己不过去，我们就要叫警察了，你觉得怎

	么样？（多克惊呆了）重要的是你要保持清醒。
多　克	我不想去。
艾　德	市医院或市监狱，做出你的选择，我们不会把你留在这里。来吧，埃默。（他们抓住了多克）
多　克	（收拾自己，放弃抵抗）好吧，孩子们，再给我一杯酒，我就走。
洛　拉	不，多克。
艾　德	不妨迁就一下他，夫人，现在再多喝几杯也没什么区别了。（科夫曼夫人跑去餐具室拿瓶子和玻璃杯，然后回来了，她把它们递给洛拉）好了，多克，我们让你喝一杯。这将是你未来很长很长一段时间内的最后一杯。（艾德拿起瓶子，打开软木塞，给多克倒了一杯威士忌。多克倾尽全部力气，一边喝酒一边时不时地大口呼吸。然后艾德从他手中拿过杯子，递给洛拉并对洛拉说）他们会留他三到四天，德莱尼夫人，然后他就会改过自新，再回家。（谦虚的）我……我不想干涉私人事务，夫人……但是他会需要你的，非常需要……来吧，多克，我们走吧。
	〔艾德抓住多克的外套袖子试图控制他。多克的眼睛里有一种恍惚的神情，一种饱含着惊慌和恐惧的茫然的神情。他站了起来。
多　克	（努力让自己的话听起来合理）等一下，孩子们……
艾　德	什么事？
多　克	我……我想要一杯水。
艾　德	一会儿你会有水喝的。走吧。
多　克	（在艾德的控制下有点别扭）一杯水……就这些……（他愤怒地快速动了一下，躲开了艾德）
艾　德	快点，埃默。（埃默动作很快，他们在多克逃跑前抓住了他。然后多克竭尽全力挣扎着，像个被宠坏的孩子一样又踢又叫，艾德和埃默紧紧地抱着他，把他带了出去）
多　克	（当他被带出来时）别让他们带我去那里，别带我去那里。来

人啊，拦住他们，阻止他们。他们把疯子带到那里。哦，上帝，谁来阻止他们？阻止他们！

［当艾德、埃默与多克一起离开时，洛拉茫然地看着。一段时间的沉默。

科夫曼夫人	（轻柔的）我现在还能为你做些什么吗，德莱尼夫人？
洛　拉	我想不用了。
科夫曼夫人	（把手放在洛拉的肩膀上）去忙吧，夫人，忙起来就没事了。
洛　拉	是的……我马上就开始忙。谢谢，科夫曼夫人。
科夫曼夫人	我该走了，我得给孩子们做早餐，如果你需要我做什么，告诉我。
洛　拉	好的……好的……再见，科夫曼夫人。

［科夫曼夫人退场。洛拉太累了，无法从椅子上离开。起初她甚至哭不出来，然后眼泪慢慢地、轻轻地流下来。过了一会儿，布鲁斯和玛丽兴高采烈地进来。洛拉微微转过头，认为他们来自另一个星球。

玛　丽	（跳进房间，布鲁斯跟着）快祝贺我，德莱尼夫人。
洛　拉	什么事？
玛　丽	我们要结婚了。
洛　拉	结婚？（几乎没有预兆）
玛　丽	（展示戒指）看这里，我的订婚戒指。

［玛丽和布鲁斯太专注于自己的幸福，没有注意到洛拉的错愕。

洛　拉	很漂亮……漂亮。
玛　丽	我们度过了最美好的时光。我们跳了一整夜的舞，然后开车去湖边看日出。
洛　拉	真好。
玛　丽	我们已经定好了所有的计划。我要退学，今天下午和布鲁斯一起飞回辛辛那提。他妈妈邀请我回家前去拜访他们。这不是很好吗？
洛　拉	是的……是的，确实很好。

玛　丽	你会想我吗？
洛　拉	是的，当然，玛丽。我们会非常想念你……嗯……恭喜你。
玛　丽	谢谢，德莱尼夫人。（走向卧室门）来吧，布鲁斯，帮我拿东西。（对洛拉）德莱尼夫人，你能把所有的东西都扔进一个大箱子里，然后寄到我家吗？我们还没吃早餐，我们要去酒店庆祝。
布鲁斯	很抱歉我们太匆忙了，但是已经有一辆出租车在等着我们了。（他们走进房间）
洛　拉	（走向电话机，拨号）长途电话吗？我想接绿谷223。是的，这是德尔玛1887。

〔洛拉挂断了电话。玛丽从卧室出来，后面跟着提着手提箱的布鲁斯。

玛　丽	德莱尼夫人，我真的不想和你说再见，你对我太好了。但是布鲁斯说我可以偶尔来看你，不是吗，布鲁斯？
布鲁斯	当然可以。
洛　拉	你们要走了？
玛　丽	我们要去市区吃早餐，然后买点东西，最后赶飞机。谢谢你所做的一切，德莱尼夫人。
布鲁斯	你邀请我们共进晚餐真是太好了。
洛　拉	晚餐？哦，不客气。
玛　丽	（对洛拉）现在没有太多时间说再见了，但我只是想让你知道，布鲁斯和我祝你一切顺利。你和多克都是。替我向多克道别，好吗？我认为你们两个都是很好的人。
布鲁斯	快点，亲爱的。
玛　丽	再见，德莱尼夫人！（她出去了）
布鲁斯	再见，德莱尼夫人。谢谢你对我的女孩这么好。（他和玛丽一起出去了）
洛　拉	（电话响了，她立马去接）你好，妈妈，我是洛拉。妈妈，你好吗？妈妈，多克又病了。你觉得多克会让我回家住一段时间

吗？我非常不开心，妈妈。你认为……直到我下定决心吗……好吧。不，我想你来这里不会有任何好处……我……我会让你知道我决定做什么。就这样，妈妈，谢谢了，向多克问好。

[洛拉挂断电话。

幕落

第四场

[一周后的早晨，房子又整洁了。科夫曼夫人进来时，洛拉正在客厅掸灰尘。

科夫曼夫人 德莱尼夫人！早上好，德莱尼夫人。
洛　拉 请进，科夫曼夫人。
科夫曼夫人 （进来）今天是比赛的好天气。我已经准备好盒饭了，我要带所有的孩子去体育场。我儿子也给你买了张票，你快换件衣服和我们一起走。
洛　拉 谢谢，科夫曼夫人，但我还有事情要做。
科夫曼夫人 但是今天是个好日子。春季接力赛……所有的大学运动员都应该在那里。
洛　拉 哦，是的。你知道那个男孩，特克，他经常来这里看玛丽——他是大明星之一。
科夫曼夫人 是这样吗？来吧……一起去吧。我们给你买了一张票……
洛　拉 哦，不，我得留在这里打扫房子，多克今天可能会回家，我和他通过电话。他不确定他们什么时候会放他出来，但是我希望这个地方对他来说很好。
科夫曼夫人 好吧，我回家后会告诉你一切，大家都会在那里。
洛　拉 祝你玩得愉快。
科夫曼夫人 再见，德莱尼夫人。
洛　拉 再见。

[科夫曼夫人离开了。洛拉走进了厨房。邮递员来到门廊,留下了一封信,但洛拉甚至不知道他来了。然后送奶员敲了敲厨房的门。

洛　拉　　请进。

送奶员　　(抱着一堆瓶瓶罐罐的奶制品进屋)女士,我看到了你的清单,你有很多额外的东西。

洛　拉　　是的,我想我丈夫要回家了。

送奶员　　(他将东西放在桌子上,然后拿出杂志)记得吗,我告诉过你我的照片会出现在《力量与健康》①杂志上。(向她展示杂志)嗯,看到那堆肌肉了吗?那就是我。

洛　拉　　我的天哪,你在杂志上有自己的照片。

送奶员　　是的,夫人。看到上面说我的胸肌变大了吗?三个月内最大的自我提升。

洛　拉　　天哪,你会出名的,不是吗?

送奶员　　如果我不停地举杠铃,或许会的。我现在在为"肌肉分离"努力着。

洛　拉　　真好。

送奶员　　(愉快的)日安,女士。

洛　拉　　你忘了你的杂志。

送奶员　　这是给你的。

[送奶员退场。洛拉把食物放进冰箱里。多克从前门进来,拿着洛拉之前为他打包的小手提箱。他与往常一样,举止安静严肃。洛拉被他的突然出现惊到了,她害怕得跳起来。

洛　拉　　多克!

[洛拉不由自主地流露出害怕的神情。多克注意到了,这显然让他感到痛苦。

多　克　　早上好,亲爱的。(停顿)

---

①《力量与健康》(*Strength and Health*),美国著名健身杂志。

洛　拉　　　（在平台上）你……你没事吧，多克？

多　克　　　是的，我很好。（尴尬的停顿。然后多克试图安慰洛拉）真的，我很好，亲爱的。请不要那样站在那里……好像我要……要……

洛　拉　　　（试着放松）多克，对不起。

多　克　　　你怎么样？

洛　拉　　　哦，我很好，多克。

多　克　　　有什么新鲜事吗？

洛　拉　　　我在电话里告诉过你玛丽的事。

多　克　　　是啊。

洛　拉　　　布鲁斯是个非常好的男孩，多克，非常好。

多　克　　　那很好，我希望他们会幸福。

洛　拉　　　（努力让声音听起来明亮）她说……也许有一天她会回来看我们。她就是这么说的。

多　克　　　（停顿）回家的感觉真好。

洛　拉　　　是吗，多克？

多　克　　　是啊。（开始哽咽，只是一点点）

洛　拉　　　一切都好吗……我是说……他们对你好吗……

多　克　　　（不能控制情绪，热泪盈眶，几乎是扑向洛拉，抓住她的手臂，把头埋进她的怀里）亲爱的，永远不要离开我，请不要离开我。如果你这么做了，他们会一直把我关在那个地方。我不知道我对你说了什么或者做了什么，我几乎什么都不记得了，但是请原谅我……拜托……我会尽力弥补一切。

洛　拉　　　（她惊喜又满足。她的举止变得近乎天使般，温柔地将一只柔软的手放在多克的头上）多克！我当然不会离开你。（满意地笑）你是我的全部，我的全部。（他非常温柔地吻她）

多　克　　　（收拾自己。洛拉坐在多克旁边）我……我感觉好多了……已经好了。

洛　拉　　　（快乐）我也是。吃过早饭了吗？

多 克	没有，那里的食物很糟糕。当他们告诉我今天早上可以走的时候，我决定回家亲自给自己做早餐。
洛 拉	（高兴的）到厨房来，让我给你做一顿丰盛的早餐。我去炒几个鸡蛋，然后……你看，我已经按照你喜欢的方式把这个地方打扫干净了。（多克去厨房）现在你坐在这里，我去给你拿果汁。（多克坐下，洛拉从冰箱里拿果汁）我今天早上也吃了熏肉，哎呀，现在很贵。我会开烤箱给你做些烤面包，还有一些橘子果酱，还有……
多 克	（拥有全新的主导感）果汁，我现在需要很多果汁，医生说这会帮助我补充维生素。你看，那该死的威士忌会杀死我体内所有的维生素，吃光我肾脏里所有的糖。他们每天早上都过来，给我的胳膊注射维生素。哦，不过不疼。医生告诉我要每天喝一夸脱的果汁。你今天早上在杂货店给我买些糖果，医生说要多吃糖果，尽量替代糖。
洛 拉	我会的，多克，先来一杯菠萝汁，我去买些糖果。
多 克	医生说我应该培养个爱好，多出去走走。我就是有这点毛病，我想也许我会偶尔去打猎。
洛 拉	对，多克，然后带很多好吃的回家。
多 克	我想要一只大猎犬。你想要一只愁眉苦脸的老猎犬在家里吗？
洛 拉	当然想。（她所有的生命和精力都恢复了）你知道吗？多克，昨晚我又做了一个梦。
多 克	关于小希巴？
洛 拉	哦，关于所有人和所有事。（以欣喜若狂的语气。她从冰箱里拿出熏肉开始做）玛丽和我要去我们高中的旧体育馆看奥运会，那里有成千上万的人，特克在场地中央投掷标枪。每次他扔标枪的时候，人群都会欢呼……你知道负责人是谁吗？是我父亲。这不是很有趣吗？但是特克一直在变成别人，然后我父亲取消了他的资格，所以他只能坐在场边……猜猜谁取代了他的位置，多克？是你！你在球场上小跑，就像你喜欢的

那样……

多　克　　（微笑）我表现得怎么样，宝贝儿?

洛　拉　　好吧。你非常小心地拿起标枪，好像它非常重，但是你把它扔向了天空，多克，它再也没有下来过。（多克看起来很满意。洛拉继续说）然后开始下雨了，我找不到小希巴，我几乎疯了一样地去找它，那里有很多人，我甚至不知道去哪里找。你等着带我回家，我们走啊走，穿过泥泞，人们在我们周围匆匆忙忙地行走，然后……然后……（离开火炉坐下，伤感的泪水涌上她的眼睛）但这一部分是悲伤的，多克。突然，我看到了小希巴……它躺在田野中间……死了……我哭了，多克。没人理会……我一直哭。多克，我很难过。那只可爱的小狗……它卷曲的白毛上全是泥，没有人停下来处理它的后事……

多　克　　你为什么不能?

洛　拉　　我想的，但是你不让。你一直说："我们不能待在这里，亲爱的，我们得继续。我们必须继续。"（停顿）现在看来，这难道不奇怪吗?

多　克　　梦很有趣。

洛　拉　　我认为小希巴再也不会回来了，多克，我不会再去呼唤它了。

多　克　　没什么意义，宝贝儿，我想它永远离开了。

洛　拉　　我来给你炒鸡蛋。

［洛拉站起来，拥抱多克，然后走向火炉。多克留在餐桌旁喝果汁。幕布缓缓落下。

献给

菲利斯·安德森[①]

[①] 菲利斯·安德森（Phyllis Stohl Andson），女性剧作家，威廉·英奇剧作团《回来吧，小希巴》的副制作人。

野 餐

Picnic

[美]威廉·英奇（William Inge）著　吕金彦 译

导 读

威廉·英奇的三幕剧《野餐》是其在《回来吧，小希巴》取得巨大成功后，为了从悲伤情感中解脱出来，所创作的"夏天的浪漫曲"。《野餐》的风格轻松愉悦，好似一首悠扬动听的美国西部歌谣，在温柔轻快的抒情旋律之下，是淡淡的哀婉伤情。在角色们生活着的堪萨斯州小镇上，各色的人物共同生活着，他们维系着一种脆弱而虚假的平衡，这种宁静在一个充满野性和阳刚之气的流浪汉的闯入下被打破，构成了一出西部风情剧。可以说，威廉·英奇的这部《野餐》是一出融合了西部的浪漫与野性的出色的情景喜剧。

故事围绕着比邻而居的两个女性家庭展开。一家的女主人是寡妇弗洛·欧文斯，她独自抚养两个女儿梅姬和米莉长大，如今大女儿梅姬已经出落的亭亭玉立并正与镇上有钱人的儿子艾伦约会，小女儿米莉也聪明伶俐，二人都向往着自由的生活。她们家楼上的房间租给了镇上的一位未婚女教师罗斯玛丽·辛尼。在她们的隔壁住着海伦·波茨和她年事已高的母亲。当海伦·波茨还是一个少女的时候，她曾经与一个名叫波茨的青年人相恋，二人本欲厮守终生，却被波茨的母亲强行地拆散，而海伦·波茨也因此选择终身不婚，并执拗地称呼自己为"波茨夫人"。劳动节这天，邻里好友间相约外出野餐。然而如此平静的生活却因哈尔的出现被打破，哈尔是一名流浪汉，但他曾经也有梦想，是一个充满野性而生机勃勃的男孩。他深深地吸引着梅姬，也影响了梅姬与艾伦的关系。为安慰自卑敏感的哈尔，梅姬和哈尔缺席了野餐，这也彻底改变了这些人的生活。弗洛·欧文斯坚决反对女儿与哈尔的交往，却拗不过女儿，最终也未能阻止梅姬听从内心的召唤踏上离开小镇的火车，跟随哈尔浪迹天涯。而罗斯玛丽也在野餐的过程中经历了与小店老板霍华德之间情感的震动，终于放下了矜持，袒露了心迹，并接受了霍华德的求婚，在众人的祝福中，搬离了弗洛家的房子。

威廉·英奇的作品受奥尼尔和契诃夫的叙事风格影响，在给人们带来艺术的享受同时，也有着鲜明的现实批判性和明显的象征色彩，激发了人们对社会和人性的思考。《野餐》是一部具有深刻社会现实主义洞察力的作品，它以一个典型的美国小镇为背景，描绘了小镇上各个角色的生活和情感，以及他们之间的羁绊和影响。首先，该剧的主题非常具有现实性，它涉及家庭、友情、爱情、工作等各个方面。这些主题紧紧贴合美国小镇生活，能够引起观众广泛的共鸣和思考。其次，该剧的角色塑造非常生动真实。每个角色都有自己的性格和特点，他们是生活在美国小镇上有着各种缺点和不足的人。干练务实的弗洛、温柔多情的梅姬、机灵敏捷的米莉、渴望爱情却又挑剔的罗斯玛丽、执拗的海伦、强势的海伦母亲、犹豫的艾伦、充满野性和阳刚之气的年轻流浪汉哈尔、成熟体贴的小店老板霍华德……这种角色塑造方式使观众能够更加深入地了解每个角色的内心世界和情感状态，从而更好地理解剧情和主题。

不仅如此，该剧的语言也十分生动细腻，更为贴近真实的小镇生活。威廉·英奇运用了大量的日常用语和口语化表达方式，使观众能够身临其境地感受到小镇的人文气息，更加自然地理解和感受剧中角色的情感和内心世界。透过威廉·英奇笔下的台词，能够深入地窥探每个角色的性格和内心，他的语言不仅准确地传达了人物的情感，更表现出了角色与角色之间的不同。

而故事的结局更是充满了紧张而浪漫的情调，亦喜亦悲的矛盾冲突中，虚假的平衡被打破，年轻的女性角色们遵从自己的内心，粉碎了为小镇女性营造出的精神假象，勇敢踏出了自己脚下的步伐，不再重复前代女性情感历程。正如作者自己指出的"在这个世界里，她们假装男人根本不存在，这是一个注定要被摧毁的世界，至少从戏剧价值的角度上说"，他给她们设置了不同于老一辈的独立命运，无比热切地期盼着这些女性在新建构的世界中生存并探索。

《野餐》由美国纽约同仁剧院（The Theatre Guild）和乔舒亚·洛根（Joshua Logan）于1953年2月19日在纽约市音乐盒剧院制作，演员阵容如下：

海伦·波茨：露丝·麦克德维特（Ruth McDevitt）饰。
哈尔·卡特：拉尔夫·米克尔（Ralph Meeker）饰。
米莉·欧文斯：金·斯坦利（Kim Stanley）饰。
邦　波：莫里斯·米勒（Morris Miller）饰。
梅姬·欧文斯：珍妮丝·鲁尔（Janice Rule）饰。
弗洛·欧文斯：佩吉·康克林（Peggy Concklin）饰。
罗斯玛丽·辛尼：艾琳·赫卡特（Eileen Heckart）饰。
艾伦·西摩：保罗·纽曼（Paul Newman）饰。
伊尔玛·克朗凯特：雷塔·肖（Reta Shaw）饰。
克莉丝汀·肖恩瓦尔德：伊丽莎白·威尔逊（Elizabeth Wilson）饰。
霍华德·贝文斯：亚瑟·奥康奈尔（Arthur O'Connell）饰。

乔舒亚·洛根执导。
乔·米尔兹纳布景和灯光。

场景：

故事发生在堪萨斯州的一个小镇上，弗洛·欧文斯和海伦·波茨生活的地方。

第一幕
清晨，劳动节

第二幕
当天下午晚些时候

第三幕
第一场
午夜过后

第二场
几小时后的清晨

第一幕

[在堪萨斯州的一个小镇上,两栋小房子比邻而立。

右边的房子属于弗洛·欧文斯夫人,一位四十岁左右的寡妇,与她的两个女儿梅姬和米莉住在一起。观众只看到房子的一部分,从门阶和前门延伸到后门。观众看到的是房子的门廊。

左边的房子住着海伦·波茨夫人,另一位年长的寡妇,与年迈多病的母亲住在一起。她的房子后面,有通往后门的台阶。再往下是一间木棚,屋顶与房子相连。木棚和房子之间是一条狭窄的通道,通向波茨夫人家的其他地方。两栋房子之间的院子由两栋房子的成员交替使用,供来访和休闲之用。

两栋房子都是简陋的住宅,除了为居住者提供舒适的住所外,别无他用。女主人们虽无法常常粉刷房屋,但她们努力保持着房屋的外观整洁、院落干净,并照看花坛,为门廊家具提供各色的罩子。

房子后面是一段篱笆墙,有一条人行道通向房屋之间的院子。栅栏之外,远处是一个典型的中西部小镇的全景,包括一个谷物升降机、一个火车站、一个大筒仓和一个教堂尖顶,这一切都被小镇蔚蓝的天空笼罩着。

帷幕在空旷明亮的舞台上拉开。现在是夏末的清晨,劳工节① 这一天,秋天开始用棕色的画笔描绘着绿色的景观。露水尚未干透,薄雾从远处的地面升起。波茨夫人出现在她家后门廊的

---

① 劳工节,在美国和加拿大为9月的第一个星期一。

左边。她是一个快乐的胖女人，接近六十岁。她走下台阶，站在木棚前，等待着哈尔·卡特的跟随。哈尔肩上扛着一篮子垃圾上场，他是一个穿着T恤、工装裤和牛仔靴的极其英俊、嗓音沙哑的年轻人。在过去，他会被称为流浪汉，但在今天，通常被称为游民。波茨夫人同他说话。

波茨夫人　你刚刚吃了很多，要不要在上班前休息一会儿？
哈　尔　（愉快的声音）工作对我的消化有好处，女士。
波茨夫人　别再为早餐而感到尴尬了。
哈　尔　我从未那样过。
波茨夫人　没关系的，人都有困难的时候。
哈　尔　在我看来，女士，我却似乎常常如此。

［而后二人相视而笑。波茨夫人带着他穿过通道。片刻，米莉·欧文斯从厨房门冲出来。她是一个十六岁的孩子，喧闹而自信，若是人们能看出她试图掩饰的羞涩，就会发现她讨人喜欢之处。她的秘密习惯是早餐后来到外面，在她母亲看不到的地方享受她早晨的香烟。报童邦波出现在后门，把报纸扔到房子上，发出了嘈杂的声音。这给了米莉一个攻击他的机会。

米　莉　嘿，疯子，想把房子推倒吗？
邦　波　（一个和米莉年龄相仿的孩子）我听不见。
米　莉　如果你把窗户也打破，你就能听见了。
邦　波　回去睡觉吧！
米　莉　擤擤鼻涕吧！
邦　波　（看着房子上层标示着梅姬房间的窗户）回到房间，让你漂亮的姐姐出来，看着你真没意思。（米莉没理他，邦波不依不饶）我在和你说话，笨蛋！
米　莉　（跳到他跟前，用飞拳打邦波）收回你的话，你这个暴躁的混蛋，收回你的话！
邦　波　（笑，轻松躲避她的击打）听啊！她像个男人一样骂人！
米　莉　（挥着双拳追赶）我要杀了你，你这个暴躁的混蛋！我要杀

　　　　　　了你!
邦　波　　（躲避）看看这位泰山夫人吧! 泰山夫人!
梅　姬　　（从后门出来。她是一个美丽动人的十八岁女孩,她似乎认为自己的美貌是理所当然的。她穿着一件简单的水洗连衣裙和一双凉鞋,刚刚洗了头发,现在正在用毛巾擦头发）是谁这么吵?
邦　波　　（腼腆地笑）嗨,梅姬!
梅　姬　　嗨,邦波。
邦　波　　希望我没有吵醒你,或者打扰到你,梅姬。
梅　姬　　并没有。
邦　波　　（热身）嘿,梅姬,我们这帮人正流行开改装车,车上还有收音机之类的。我每周五晚上都会开出来。
梅　姬　　我不是那种你们男生每次开着改装车拐弯按喇叭就会自己跳上去的女孩。如果一个男孩想和我约会,他要像个绅士一样来到门口询问我。
米　莉　　艾伦·西摩每次出门都会送花给她。
邦　波　　（对梅姬）我不能给你送花,宝贝,但可以把我送你!
米　莉　　听他吹牛!
邦　波　　（坚持）改天晚上西摩带你回家后,我来接你。
梅　姬　　（有点傲慢）这对艾伦来说是不公平的。我们很稳定。
米　莉　　你知道"稳定"是什么意思吗,傻瓜?
邦　波　　我看到你在他的凯迪拉克上兜风,就像你是公爵夫人一样。为什么漂亮的女孩都如此自傲?
梅　姬　　（跳起,愤怒）我才没有! 收回你的话,邦波!
邦　波　　（仍然坚持）让我找个晚上来接你,拜托!（梅姬走开躲避他,但邦波就跟在她身后）我们去买几罐啤酒,然后开到河边听收音机里的音乐。
　　　　　　［哈尔·卡特从右侧上场,在木棚里放了一个耙子。他观察着梅姬和邦波。

米　莉　（嘲笑邦波）那多浪漫啊！
邦　波　（抓住梅姬的胳膊）来吧，梅姬，给个机会！
哈　尔　（对邦波）做你的事儿去吧，小男孩。
邦　波　（转身）你是谁？
哈　尔　那有什么关系？我比你大。
　　　　［邦波看着哈尔，感觉自己有些相形见绌，而后悻悻跑走。
米　莉　（在邦波后面喊）去卖你的报纸吧！
　　　　［米莉在邦波拿着报纸离开时，啐了他一下。
哈　尔　（对米莉）有烟吗，孩子？（米莉给了哈尔一支香烟，好奇他是谁）谢谢，孩子。
米　莉　你在为波茨夫人工作吗？
哈　尔　在院子里干点活。
米　莉　她为你提供早餐？
哈　尔　（尴尬）是的。
梅　姬　米莉，别多管闲事。
哈　尔　（转向梅姬，面目变得明亮）嗨！
梅　姬　嗨！
　　　　［梅姬和哈尔相视而立，略显尴尬。弗洛·欧文斯夫人几乎立刻走了出来，她一只手拿着针线篮，另一只手拎着件派对礼服，似乎早已察觉到哈尔的存在。她是一个相当不耐烦的女人，十余年来辛勤工作，既当父亲也当母亲。在她坚毅的性格之下，能够感受得到她对女儿们深深的爱和关心。她警惕地看着哈尔。
弗　洛　年轻人，这是我的房子，你是需要什么吗？
哈　尔　随便逛逛，女士。
弗　洛　我们很忙，没有时间在这儿闲逛。
　　　　［哈尔和弗洛对视了一眼，双方都在判断对方是否存在威胁。
哈　尔　您是她们的母亲？
弗　洛　是的，你最好立刻离开。
哈　尔　如您所愿，这是您的地盘。

［哈尔耸耸肩，大步走下舞台。

弗　洛　　海伦·波茨又收留了一个流浪汉？
梅　姬　　我不明白他怎么就成了流浪汉，只因波茨夫人给他提供早餐？
弗　洛　　我必须要和她谈谈，关于她接纳每一个汤姆、迪克和哈里这件事。
梅　姬　　他没有造成任何伤害。
弗　洛　　我敢打赌，他想。（坐在门廊上，开始缝制礼服，对梅姬）你今早给艾伦打电话了吗？
梅　姬　　我没时间。
米　莉　　他很快就会过来带我们去游泳。
弗　洛　　（对梅姬）告诉他，今晚公园会有很多人，所以他最好利用他父亲在市政厅的关系预订一张桌子。哦，告诉他在河边找一个靠近荷兰烤箱的地方。
梅　姬　　他会认为我很专横。
弗　洛　　艾伦是那种不介意女人专横的男人。

［远处传来火车进站的声音。梅姬侧耳倾听。

梅　姬　　每当我听到那列火车进站的声音，我总是感到兴奋。（抱臂）
米　莉　　每当我听到它，我都会告诉自己，总有一天我要坐上它去纽约。
弗　洛　　那列火车只开到塔尔萨①。
米　莉　　到了塔尔萨，我可以搭另一班火车。
梅　姬　　我总是在想，也许会有某个非常了不起的人在这里下车，只是偶然，他会来一毛钱商店买点东西，在柜台后面看到我，他会非常奇怪地研究我，然后选定我为华盛顿间谍部门一直在寻找的担任重要工作的人选。（思绪万千）或者也许他想让我做一些伟大的医学实验，拯救整个人类。
弗　洛　　那样的事情是不会发生在一毛钱商店里的。（转移话题）米莉，你能把牛奶拿进去吗？

---

① 塔尔萨（Tulsa），美国俄克拉何马州第二大城市。

米　莉	（拿着牛奶进入厨房）唉。
弗　洛	（片刻后）你和艾伦昨晚的约会，玩得开心吗？
梅　姬	嗯。
弗　洛	你们做了什么？
梅　姬	我们去了他家，他放了几张古典唱片。
弗　洛	（顿了一下）然后还做了什么？
梅　姬	开车去切里韦尔①，吃了一些烧烤。
弗　洛	（难以启齿）梅姬，艾伦是个浪漫的人吗？
梅　姬	当我们开车去切里韦尔时，我们总是把车停在河边，享受浪漫。
弗　洛	你允许他吻你吗？毕竟，你们整个夏天都在一起。
梅　姬	当然。
弗　洛	他曾想做接吻之外的事吗？
梅　姬	（感到尴尬）妈妈！
弗　洛	我是你妈妈，看在上帝的分儿上，这些事情必须讨论！他有吗？
梅　姬	是的，他有。
弗　洛	如果你不让他继续，他会生气吗？
梅　姬	不会。
弗　洛	（困惑地自言自语）他不会……
梅　姬	艾伦不像大多数男孩。他不想做任何会让自己感到抱歉的事情。
弗　洛	你喜欢他亲你吗？
梅　姬	是的。
弗　洛	你听起来并不热情。
梅　姬	你想让我怎样，每次他搂着我的时候，我都晕过去吗？
弗　洛	不，你不必晕倒。（将她一直在缝制的礼服递给梅姬）给，放到身上比一比。（她继续说）能和艾伦结婚真是太好了，你会舒适地度过余生，所有商店、汽车和旅行中都有收费账户。他

---

① 切里韦尔（Cherryvale），美国堪萨斯州切里韦尔。

	所有的朋友都会邀请你参加他们家里和乡村俱乐部的聚会。
梅 姬	妈妈,我觉得我和他们格格不入。
弗 洛	怎么会?你和他们一样优秀。
梅 姬	我知道,妈妈,但艾伦的所有朋友都在谈论大学和去欧洲旅行,我感觉融入不进去。
弗 洛	你会慢慢克服的。艾伦几周后就要回学校了,你最好忙起来。
梅 姬	忙什么?
弗 洛	一个漂亮的女孩的青春不长,只有几年。然后她就能与国王平起平坐,她可以走出这样的棚屋,和一个宠爱她的丈夫住在宫殿里,他一生都会让她幸福快乐。
梅 姬	(自言自语)我知道。
弗 洛	因为曾经她年轻又漂亮,而一旦她失去了这个机会,她所有的美貌都会化为乌有,成为徒劳。
	[给梅姬礼服。
梅 姬	(当弗洛检查裙长时,将裙子摆在她面前)我才十八岁。
弗 洛	明年夏天,你将年满十九岁,然后是二十岁,然后是二十一岁,然后岁月飞逝,以至于你根本抓不住。你反应过来的时候,会发现,你四十岁了,还在一毛钱商店卖糖果。
梅 姬	你不必如此病态。
米 莉	(拿着素描本走出来,看到梅姬拿着礼服)除了我,这里的每个人都可以打扮得漂漂亮亮地去很多地方。
梅 姬	艾伦说他会帮忙给你找个约会对象,参加今晚的野餐。
米 莉	我不希望艾伦让城里的那些疯狂的男孩带我去任何地方。
梅 姬	乞丐是没有选择的!
米 莉	闭嘴!
弗 洛	梅姬,别太刻薄。今晚亭子里会有一场舞会,米莉也应该有个约会。
梅 姬	如果她想约会,为什么不打扮得体面些?
米 莉	因为我会按照我想要的方式穿衣和行动,如果你不喜欢,你也

　　　　　　管不了我！

梅　姬　　她没有任何朋友，所以她总是抱怨，但她太难闻了，人们根本不想靠近她！

弗　洛　　姑娘们，别吵架。

米　莉　　（无视弗洛）装模作样的人！梅姬是最漂亮的，但她是如此愚蠢，他们几乎不得不烧毁校舍，才能让她出来。

〔米莉模仿梅姬。

梅　姬　　不是这样的！

米　莉　　哦，不是吗？如果不是因为神经兮兮的杰特，你永远也毕不了业。

弗　洛　　（试图加入话题）谁是神经兮兮的杰特？

米　莉　　他教历史，孩子们叫他神经兮兮的杰特，因为他和班上所有漂亮女孩的关系都很紧张。他给梅姬不及格，直到她走进他的房间哭了，然后说——（再次模仿）"我不知道如果我的历史不能及格，我该怎么办！"

梅　姬　　妈妈，这都是她编的。

米　莉　　才怪！你甚至连辛尼小姐的简写课都不能通过，还得在一毛钱商店工作！

梅　姬　　（她们彼此很清楚对方的痛处）你这个母老虎！

弗　洛　　（无奈）哦，孩子们！

米　莉　　（愤怒）梅姬，你这个荡妇！把那个拿回来，否则我会杀了你！

〔米莉追着梅姬，梅姬尖叫着跑到门廊上。

弗　洛　　姑娘们，邻居们会怎么说啊！

〔米莉扯着梅姬的头发，弗洛不得不介入。

米　莉　　我不会放过任何叫我母老虎的人。

弗　洛　　你骂她骂得更难听！

米　莉　　我叫她什么都无所谓！她很漂亮，所以名字对她来说根本不重要！她很漂亮，所以其他什么都不重要。

〔米莉冲进屋里。

弗　洛	可怜的米莉。
梅　姬	（对不公正感到沮丧）我听到的都是"可怜的米莉"，可怜的米莉为自己赢得了整整四年大学的奖学金！
弗　洛	像米莉这样的女孩在其他方面也需要自信。
	〔这让梅姬安静下来。片刻寂静。
梅　姬	（平静的）妈妈，你爱米莉胜过爱我吗？
弗　洛	当然不是了！
梅　姬	有时候你表现得好像你是。
弗　洛	（含情脉脉，试图彼此理解）你是头胎，你父亲认为你就是日头的东升西落。他过去常常把你扛在肩上，让所有邻居都能看到，但是米莉来的时候，情况就不一样了。
梅　姬	怎么？
弗　洛	（疑虑）只是……不太一样，你父亲不常在家。米莉出生的那天晚上，他和他的狐朋狗友在路边旅馆鬼混。
梅　姬	我爱爸爸。
弗　洛	（略带愤恨）哦，大家都爱你的父亲。
梅　姬	你呢？
弗　洛	（长时间的停顿）有些女人因为爱上一个男人而感到耻辱。
梅　姬	为什么？
弗　洛	（边说边想）因为女人本来就很脆弱。我想，有时女人对男人的爱几乎让她感到无助。也许女人会反抗男人，只因女人的爱使她太过卑微。
	〔又一次沉默，梅姬陷入沉思。
梅　姬	妈妈，漂亮有什么用？
弗　洛	问得好！
梅　姬	我是认真的。
弗　洛	嗯，是人生中很难得的事情。
梅　姬	但有什么用呢？
弗　洛	嗯……美丽的事物，比如鲜花、日落和红宝石，还有漂亮女孩，

	它们就像广告牌一样，告诉我们生活是美好的。
梅 姬	那我又该何去何从？
弗 洛	什么意思？
梅 姬	如果我厌倦了被人注视呢？
弗 洛	梅姬！
梅 姬	或许真的是这样。
弗 洛	别说得那么自私。
梅 姬	我不在乎我是否自私，光漂亮是没用的，没用的！
哈 尔	（从通道上场）女士，我可以生火吗？
弗 洛	（跳到哈尔面前）什么？
哈 尔	那位好女士，她说今天已经够热了，也许你会反对。
弗 洛	（理所当然）我想我们可以忍受。
哈 尔	谢谢您，女士。
	〔哈尔跑着离开。
弗 洛	（看着他）他会不顾你的意愿立马行动！
梅 姬	我第一次见到他就知道你不会喜欢他。
弗 洛	你呢？
梅 姬	我不喜欢他，也不讨厌他。我只是想知道他是什么样的人。
	〔罗斯玛丽·辛尼突然略显傲慢地走出前门。她是个房客，可能和弗洛差不多的年纪，但她绝不会承认。她的头发披散着，穿着一件花卉图案的和服。
罗斯玛丽	有人介意我这个老处女教师加入吗？
弗 洛	请坐，罗斯玛丽。
罗斯玛丽	邮件来了吗？
弗 洛	今天是劳动节，没有邮件。
罗斯玛丽	我忘了，我想我可能会收到去年春天在高中野餐时遇到的那个人的来信。（笑得花枝乱颤）他一直想娶我，是个好人，也很风趣，可一旦男人开始认真，我就没时间陪他们玩了。
弗 洛	你们这些老师都很独立。

[米莉看着书走出厨房。

罗斯玛丽　　天哪!我已经很长时间不和男人一起生活了,我不知道如何才能打破这种状态。

弗　洛　　霍华德呢?

罗斯玛丽　　霍华德只是一个男性朋友,而不是一个男朋友。(对此,梅姬和米莉咯咯地笑,罗斯玛丽嗅着空气中的味道)我闻到了烟味。

弗　洛　　海伦·波茨正在烧叶子。闻起来不错吧?

罗斯玛丽　　(看到台阶下的哈尔)那个年轻人是谁?

弗　洛　　海伦·波茨收留的另一个无赖。

罗斯玛丽　　(非常担心)欧文斯夫人,他赤裸着上身在那儿工作,我认为在女士们面前这样是不对的。

弗　洛　　(当米莉过去看时)离那儿远点,米莉!

米　莉　　(回到门口)我每天去游泳的时候见到的那些孩子们穿的衣服还没有他现在穿的一半多。

弗　洛　　游泳不一样。

米　莉　　梅姬,我能用一下你的美甲工具套组吗?

梅　姬　　如果你能保证不把它弄得一团糟的话。

[米莉拿起美甲工具开始尝试着使用。

弗　洛　　(看着哈尔)看他得意的样子!

罗斯玛丽　　(得体转身)他以为谁感兴趣。(按摩着脸)

弗　洛　　(对罗斯玛丽)你擦的是什么?

罗斯玛丽　　庞思娜三效面霜,可以为你的妆容打下良好的基础。

弗　洛　　《读者文摘》[①]曾刊登过一篇文章,讲述了一位女士因使用各种面霜而导致皮肤中毒的故事。

罗斯玛丽　　哈里特·布里斯托尔——一位美国历史老师——去年冬天,她得到了一些美容泥,结果差点把皮肤弄脱皮,我们都以为她得了麻风病!

---

① 《读者文摘》(*The Reader's Digest*),美国家庭杂志,所涉及的故事、文章涵盖了健康、生态、政府、国际事务、体育、旅游、科学、商业、教育以及幽默笑话等多个版块。

［罗斯玛丽又回头看了一眼哈尔。

米　莉　　　（费力地修指甲）梅姬，你的右手是怎么修的？

梅　姬　　　如果你对别人好一点，也许别人会为你做些好事。

罗斯玛丽　　你有情郎了吗，米莉？

米　莉　　　没有！

罗斯玛丽　　你骗不了我！女孩们只有认为会被男孩注意到的时候，才会涂指甲。

弗　洛　　　梅姬，亲爱的，你现在能试穿一下这件礼服吗？

［梅姬拿着礼服进屋。

波茨夫人　　（出现在她家的后门廊，抱着一堆湿衣服）弗洛！

弗　洛　　　（用像猫头鹰一样的声音回话）呜呼！

波茨夫人　　你今天早上要用晾衣绳吗？

弗　洛　　　应该不用。

波茨夫人的母亲　（一个苍老而颤抖的声音，从房子上层的左侧窗户传出，带着命令性）海伦！海伦！

波茨夫人　　（回话）我正在晾衣服，妈妈。我马上回来。

［波茨夫人匆忙从通道下台。

弗　洛　　　（偷偷对罗斯玛丽）可怜的海伦！她告诉我，她有时每晚需要起夜三次，带她妈妈去洗手间。

罗斯玛丽　　为什么不把妈妈送到养老院？

弗　洛　　　没有人愿意收留她，她太刻薄了。

罗斯玛丽　　如果那个故事是真的，她大概确实很刻薄。

弗　洛　　　是真的！海伦和波茨家的男孩私奔结婚了，海伦的母亲当天就抓住了她，并宣布婚姻无效！

罗斯玛丽　　（摇摇头）她只是名义上的波茨夫人。

弗　洛　　　有时我认为她保留恋人的名字是为了反抗老太太。

［听到艾伦的车在驶近，直至停了下来，车门"砰"的一声关上。

米　莉　　　（放下书）嗨，艾伦！（跳起来，往里走）哦，天哪！我要去换衣服。

弗　洛	（冲米莉）看看梅姬是否得体。（艾伦从右侧上台）早上好，艾伦。
艾　伦	早上好，欧文斯太太……辛尼小姐。
	［罗斯玛丽懒得说话，她通常对男人漠不关心。
波茨夫人	（从通道回来）女孩们，你们见过为我工作的那个英俊的年轻人吗？
罗斯玛丽	我认为这是一种耻辱，他像印度人一样赤身裸体地走来走去。
波茨夫人	（保护的）是我让他脱掉衬衫的。
弗　洛	海伦·波茨，我希望你不要再收留各种流氓了。
波茨夫人	他不是流氓，他曾经读过几所很好的大学。
弗　洛	上过大学——然后乞讨早餐？！
波茨夫人	他为得到早餐而付出了工作！艾伦，他说他在大学里认识你。
艾　伦	（不知道她在说谁）谁？
米　莉	（从前门出来）我们去游泳吗，艾伦？
艾　伦	当然。
弗　洛	艾伦，你为什么不上去看看梅姬？只需从楼梯下唤她。
艾　伦	（进去，呼唤）嗨，美人。
弗　洛	（看到米莉要和艾伦一起进去）米莉！
	［米莉意识到梅姬和艾伦要独处，生起闷气。
罗斯玛丽	（私下对弗洛）你认为艾伦会娶梅姬吗？
弗　洛	（她通常是一个非常诚实的女人）我没怎么想过。
波茨夫人	（片刻后，用手帕擦干脖子）每年这个时候都这么热。每每此时，我都希望能来一场大风。
弗　洛	我宁愿擦擦汗，也不愿被风吹。
波茨夫人	（看着哈尔，满脸微笑地赞叹）看看他，抬那个大浴缸，就像抬纸片一样！
波茨夫人的母亲	（台下，再次）海伦！海伦！
波茨夫人	（耐心但坚定）我正在拜访弗洛，妈妈。你没事的，你不需要我。
弗　洛	你给他吃了什么？

波茨夫人	松饼。
弗　洛	你用那么多心思？
波茨夫人	他太饿了。我给了他火腿和鸡蛋，还有他能喝的所有热咖啡。然后他在冰箱里看到一块樱桃馅饼，他也想要那个。
罗斯玛丽	（大笑）在我看来，波茨夫人给自己交了一个新的男朋友！
波茨夫人	（起身，感到受伤）我不认为这很有趣。
弗　洛	海伦，别这样，坐下吧。
罗斯玛丽	天哪，波茨夫人，我只是在开玩笑。
弗　洛	坐吧，海伦。
波茨夫人	（仍然很敏感）我可以坐在自己的门廊上，但我不想让邻居们认为我是孤单一人。
	［梅姬和艾伦一起出来。梅姬穿着她的新衣服。他们手牵手出场，举行了一个模拟仪式，就像走在红地毯上一样。
罗斯玛丽	（欣慰的）波茨夫人，如果我说了什么冒犯你的话……
弗　洛	（示意罗斯玛丽安静，指向梅姬和艾伦）新娘和新郎！看啊，各位！新娘和新郎！（对梅姬）感觉怎么样，梅姬？（被她无意识的玩笑逗笑了）我是说这件衣服。
梅　姬	（到她妈妈那里）我喜欢它，妈妈，只是有些地方有点紧。
波茨夫人	（满眼赞叹）梅姬最漂亮了！
艾　伦	（转向米莉）你在读什么，米莉？
米　莉	卡森·麦卡勒斯[①]的《伤心咖啡馆之歌》[②]。这本书非常棒！
罗斯玛丽	（震惊）天哪，欧文斯夫人，你怎么会让你的女儿读那样的脏书？
弗　洛	脏？
罗斯玛丽	里面每个人在某种程度上都是堕落的人。

[①] 卡森·麦卡勒斯（Carson McCullers），20世纪美国最重要的作家之一。作品有《伤心咖啡馆之歌》(The Ballad of the Sad Cafe)、《婚礼的成员》(The Member of the Wedding)、《没有指针的钟》(Clock Without Hands)、《金色眼睛的映像》(Reflections in a Golden Eye)等。

[②] 《伤心咖啡馆之歌》是美国女作家卡森·麦卡勒斯创作的中篇小说，该小说围绕着一个南方小镇两男一女之间的三角畸恋展开，收录于小说集《伤心咖啡馆之歌和其他故事》中，发表于1951年。

米　莉	不是那样的！
罗斯玛丽	妇女会禁止它进入公共图书馆。
波茨夫人	（将自己从争论中抽离）我读得可不多。
弗　洛	米莉，把书给我！
米　莉	（固执）我不！
艾　伦	欧文斯夫人，我不想干涉，但那本书在大学的阅读清单上，是现代小说课程的阅读书目。
弗　洛	（充满困惑）哦，亲爱的！我该相信什么？

〔显然最终听取了艾伦的说法。

罗斯玛丽	哼，那些大学教授没有任何道德！

〔米莉和艾伦握了握手。

弗　洛	我从来不知道米莉的口味从何而来。
梅　姬	（当弗洛检查她的裙子时）她床上的一些照片让我害怕。
米　莉	那些画是毕加索的作品，他是一位伟大的艺术家。
梅　姬	七只眼睛的女人，非常漂亮。
米　莉	（下最后通牒）照片不一定要漂亮！

〔波茨夫人的后院突然发出爆炸声，女人们吓了一跳。

弗　洛	海伦！
波茨夫人	（惊慌地跳起来）我去看看是什么。
弗　洛	别走！他一定有枪！
场外音	海伦！海伦！
弗　洛	（抓住波茨夫人的手臂）别去那里，海伦！你妈妈老了，反正她很快就要走了！
波茨夫人	（跑下舞台）啐！我不害怕。
艾　伦	（看着哈尔）那家伙说他是谁？

〔没人听到艾伦的话。

波茨夫人	（回来面对弗洛）我是个坏女人。
弗　洛	发生了什么，海伦？
波茨夫人	我把一瓶新的清洁液扔进了垃圾桶。

弗　洛	你真是够了！来吧，梅姬，让我们完成那件衣服。
	［弗洛和梅姬走进房子。罗斯玛丽看着她的手表，然后也走进了房子。
波茨夫人	过来帮帮我，米莉。那个年轻人撞上了晾衣绳。
	［波茨夫人和米莉赶紧下台。艾伦独自一人，试图辨认出从波茨夫人身边走过来的哈尔。哈尔现在光着膀子，脖子上裹着T恤。艾伦终于认出了他，见到他欣喜若狂。
艾　伦	你从哪里来？
哈　尔	（热烈而响亮）老兄！
艾　伦	哈尔·卡特！
哈　尔	我稍后过来看你。
艾　伦	（回忆起他们大学时代一些亲密的粗野问候）老舷外马达怎么样了？
哈　尔	（渴望开始游戏）想搭车吗？
艾　伦	（跳向哈尔，双腿紧抱哈尔的腰，一只手搂着哈尔的脖子，像骑着某种想象中的机器）加油了吗？（他用手指拧哈尔的鼻子，像拧启动器一样。哈尔发出舷外发动机的溅射声，在舞台上摇摆着艾伦。艾伦像抓野马一样紧紧抓住他，他们一起大笑）啊呵，兄弟们！谁眨眼？谁闪耀？谁发臭？
	［艾伦摔倒在地，二人仍在大笑着回忆无忧无虑的大学时光。
哈　尔	那曾经让整个该死的兄弟会变得活络起来！
艾　伦	我最后一次见到你时，你正在去好莱坞成为电影英雄的路上。
哈　尔	（耸耸肩）哦，那个！
艾　伦	"哦，那个"是什么意思？我借你一百美元不就是为了这个吗？
哈　尔	当然，西摩。
艾　伦	发生了什么？
哈　尔	（不愿提起）事情并不顺利。
艾　伦	我警告过你，哈尔，每年都会有一些星探承诺给所有运动员试镜。

哈　尔	哦，我考得还不错！我的职业生涯即将大展宏图，他们会叫我"刷子卡特"。你觉得怎么样？
艾　伦	是吗？
哈　尔	是的！他们给我拍了很多赤裸上身的照片，很粗犷。然后他们把我打扮成外国军团的样子，给我穿上紧身衣，戴上一顶带翎毛的大帽子，让我表演剑术。（表演哑剧决斗）干得漂亮！（表演把剑放回剑鞘）这真是太疯狂了！
艾　伦	（略带怀疑）他们给你读了什么台词吗？
哈　尔	是的，那部分进展很顺利。是我的牙不行。
艾　伦	你的牙怎么了？
哈　尔	是的！在外面，你必须有整洁的牙齿，否则他们不能用你。别问我为什么。这个宝贝说他们必须拔掉我所有的牙齿，给我新的，所以自然……
艾　伦	等一下，什么宝贝？
哈　尔	给我做测试的那个宝贝，让我参加考试的那个女孩。她被打了，但并不算惨。（他看到了艾伦的批评眼光）天哪，西摩，男人总得有自己的生活方式。
艾　伦	嗯哼，你在这里做什么？
哈　尔	（有些受伤）你见到我不高兴吗？
艾　伦	当然高兴，但请告诉我。
哈　尔	好吧，我离开好莱坞后，在内华达州的一个牧场工作。你应为我感到骄傲，西摩。每天晚上十点上床，早上六点起床。不喝酒，不泡妞。我存了两百美元！
艾　伦	（伸出一只手）哦！那我要拿走一半。
哈　尔	唉，西摩，我希望我有它，但我被打劫了。
艾　伦	被打劫了？你？
哈　尔	（举目四顾，确认没有其他人能听到）是的，我本来想搭便车去得克萨斯州做一笔大的石油交易。当我走到凤凰城的时候，有两个美女开着一辆黄色的大敞篷车过来，其中一个女人猛踩

	刹车，喊道："上车，种马！"于是我就上车了，西摩，这太疯狂了，她们在车里放了很多马提尼酒！
波茨夫人	（出现在门廊上，米莉紧随其后，波茨夫人拿着一个蛋糕）哦，在谈论往事？米莉帮我冰了蛋糕。
哈　尔	还有工作吗，女士？
波茨夫人	不，我觉得我的早餐已经差不多回本了。
哈　尔	或许有什么地方可以让我洗洗吗？
米　莉	地下室有淋浴间，来吧，我带你去。
艾　伦	（抱着哈尔）他马上就到。（波茨夫人和米莉进入欧文斯夫人的房子）好吧，所以他们喝了一杯马提尼酒！
哈　尔	其中一个美女正在吸大麻！
艾　伦	（兴奋）继续，继续！我从来没有遇到过这种事！
哈　尔	西摩，你不会相信那两个宝贝对我做了什么。
艾　伦	她们长得好看吗？
哈　尔	关你什么事？
艾　伦	这会让故事更有趣，快告诉我发生了什么。
哈　尔	嗯，你知道我的，西摩，我是个合群的人。
艾　伦	当然。
哈　尔	所以当她们把车停在游客小屋前的时候，我说："好吧，女孩们，如果我必须支付车费，这是我所知道的最简单的方法。"（他耸耸肩）但是，天哪，她们一定以为我是超人。
艾　伦	你是说……她们两个？
哈　尔	当然。
艾　伦	天哪！
哈　尔	然后我说："好吧，女孩们，派对结束了，我们走吧。"然后这个女人在杂草上，拿枪指在我的背上。她说："这个派对会一直持续下去，直到我们说结束了，小伙子！"你以为她是亨弗

艾 伦	莱·鲍嘉①！
艾 伦	然后发生了什么？
哈 尔	后来我晕了过去！当我醒来时，她们已经走了，我的两百美元也跟着走了！我去找警察，他们不相信我，说整个故事都是我一厢情愿。你怎么看？
艾 伦	（考虑一下）嗯……
哈 尔	女人变得绝望了，西摩。
艾 伦	有吗？
哈 尔	是的，是这样的。天啊，西摩，像我这样的可怜虫该怎么办呢？
艾 伦	可听起来你过得也没那么糟。
哈 尔	我想起了你，西摩。在学校里，你总是把事情处理得井井有条。
艾 伦	我？
哈 尔	是的。从不翘课，认真听课，做笔记。（艾伦笑）有什么好笑的？
艾 伦	校园英雄，他竟羡慕我！
哈 尔	不错！球门前的大英雄，而你是整个兄弟会中唯一一个把我当人看的人。
艾 伦	（同感）我知道。
哈 尔	那些势利的混蛋总是盯着看我用的哪把叉子。
艾 伦	你太自卑了，这些都是你的想象。
哈 尔	绝对不可能！
艾 伦	（小心翼翼）你听说你父亲的事了吗？
哈 尔	（沉重）在我去好莱坞之前……一切还是发生了。
艾 伦	什么？
哈 尔	（庄严沉痛）他最后一次狂饮作乐，警察把他从人行道上抬了下来，后来他死在监狱里。
艾 伦	（动容）唉，我很遗憾听到这个消息，哈尔。

---

① 亨弗莱·鲍嘉（Humphrey Bogart），美国男演员，1999 年被美国电影学会选为"百年来最伟大的男演员"第一位。

哈　尔	老太太甚至不愿意带钱过来参加葬礼，他们不得不把他埋在贫民窟。
艾　伦	加油站呢？
哈　尔	他在遗嘱中把它留给了我，但老太太打算让他宣布他疯了，这样她就可以接手了。我让她接手了，谁在乎呢？
艾　伦	（对哈尔的经历感到沮丧）天哪，哈尔，我简直不敢相信人们真的会做这样的事情。
哈　尔	不要让我的过往模糊了你眼中的美好。
艾　伦	你到城里的时候为什么不来找我？
哈　尔	我不想像个流浪汉一样走进你富丽堂皇的豪宅。我需要吃点早餐，顺便搞点零钱。
艾　伦	这没有任何区别。
哈　尔	可以的话，我希望你和你的老爸能给我找份工作。
艾　伦	什么样的工作，哈尔？
哈　尔	你有什么样的工作？
艾　伦	你想从事什么样的工作？
哈　尔	（这是他最喜欢的幻想）哦，在一个漂亮的办公室里，我可以打领带，有一个可爱的小秘书，在电话里谈论企业和事情。（当艾伦怀疑地走开时）我一直有这种感觉，如果我有机会，我可以点燃世界。
艾　伦	很多人都有这种感觉，哈尔。
哈　尔	（略带绝望）我必须在这个世界上占有一席之地，西摩，我必须这样。
艾　伦	（用手按住哈尔的肩膀）放轻松。
哈　尔	这是一个自由的国家，我和其他人有一样多的权利。为什么我不能那样生活？
艾　伦	别担心，哈尔，我会尽我所能帮助你。（波茨夫人从欧文斯家的后门出来）辛克莱正在招聘新人，对吗，波茨夫人？
波茨夫人	是的，艾伦。凯里·汉密尔顿需要一百名新人来铺设管道。

哈　　尔	（奢望更多）管道？
艾　　伦	如果你想成为公司总裁，哈尔，我想你需要努力工作，耐心等待。
哈　　尔	（握紧拳头，试图耐下心来）是的，这是我必须学习的东西，耐心！

［哈尔匆匆忙忙地走进了欧文斯家的后门。

波茨夫人	我为现在的年轻人感到难过。
罗斯玛丽	（走出前门，为自己身着的新装感到自豪，那是一套秋季西装和一顶精致的帽子）这是我要参加的私人派对吗？
波茨夫人	（对罗斯玛丽的盛装感到惊讶）天哪，你打扮得真漂亮！
罗斯玛丽	这是我在堪萨斯城买的秋季新装，这顶帽子花了二十二点五美元。
波茨夫人	你们这些老师确实有好东西。
罗斯玛丽	并且当我们想要得到它们时，也不必过问任何人。
弗　　洛	（和梅姬一起从后门出来）今天在这吃午饭吗，罗斯玛丽？
罗斯玛丽	不，酒店里有一个欢迎会，为新来的女教师准备了午餐和桥牌。
梅　　姬	妈妈，我也不能去游泳吗？
弗　　洛	谁来安排午餐？我有一百万件事要做。
梅　　姬	让米莉做饭，不会杀死她。
弗　　洛	但这可能会杀死我们其他人。

［伊尔玛·克朗凯特和克莉丝汀·肖恩瓦尔德的声音传来，她们来找罗斯玛丽，她们认为从远处大呼小叫很有趣。

伊尔玛	罗斯玛丽！我们走吧，姐妹！（当她们出现在视线中时，伊尔玛转向克莉丝汀）你会喜欢罗斯玛丽·辛尼的，她说话很古灵精怪，特别有趣。
罗斯玛丽	（俏皮地猜疑）你在说我什么，伊尔玛·克朗凯特？

［她们像十年未见的深情姐妹一样跑去拥抱对方。

伊尔玛	罗斯玛丽·辛尼！
罗斯玛丽	伊尔玛·克朗凯特！假期过得怎么样？

伊尔玛	我像奴隶一样工作，但我也玩得很开心。我不在乎我能否获得那个学位，我不会一辈子都做奴隶。
克莉丝汀	（害羞）如果让我补充的话，她一直在告诉我的不是在师范学院的生活，而是她在纽约度过的疯狂时光。
伊尔玛	（对罗斯玛丽）亲爱的，这是克莉丝汀·肖恩瓦尔德，接替梅布尔·弗里蒙特的女性卫生工作。（罗斯玛丽和克莉丝汀握手）真是个炎热的夏天，欧文斯夫人。
弗洛	这是我印象中最热的一次。
波茨夫人	（当罗斯玛丽把克莉丝汀带到门廊上时）很高兴认识你，克莉丝汀。欢迎回来，伊尔玛。
伊尔玛	你现在在工作吗，梅姬？
梅姬	是的。
弗洛	（接过话题）是的，梅姬今年夏天一直在市中心工作，只因不愿闲下来。（这时哈尔和米莉冲出了厨房的门，吵嚷着模拟起拳斗。哈尔仍赤着胸，他的T恤也仍挂在脖子上，他的样子让女士们感到震惊）为什么？他什么时候？
艾伦	（抓住哈尔进行介绍）欧文斯夫人，这是我的朋友哈尔·卡特。哈尔是兄弟会的成员。
波茨夫人	（推弗洛）我说什么来着，弗洛？
弗洛	（惊呆了）兄弟会成员！真的吗？（对此极度惊讶）艾伦的朋友就是我们的朋友。

［弗洛向哈尔伸出手。

哈尔	很高兴认识你，女士。
艾伦	（为他感到尴尬）哈尔，你没有衬衫吗？
哈尔	都是汗，西摩。

［艾伦轻推哈尔。哈尔意识到自己说错了话，不情愿地穿上了T恤。

罗斯玛丽	（提醒伊尔玛和克莉丝汀）姐妹们，我们最好快点。
克莉丝汀	（对伊尔玛）告诉他们纽约发生的事情，女孩们。

伊尔玛	（众人瞩目的焦点）我去了白鹳俱乐部。
罗斯玛丽	你是怎么去白鹳俱乐部的？
伊尔玛	我的教育统计课上有一个家伙……
罗斯玛丽	（继续开玩笑）我就知道有男人。
伊尔玛	拜托，女孩们！没什么大不了的。他只是个很大方的人，仅此而已。我们打赌，期末成绩最低的人必须带另一个人去白鹳俱乐部。我输了！

［在弗洛和波茨夫人的注视下，老师们嬉笑着离开了。

艾　伦	（呼唤在台后和米莉玩耍的哈尔）想去游泳吗，哈尔？我车里有多余的行李箱。
哈　尔	为什么不呢？
波茨夫人	（私下）弗洛，我们去野餐的时候问问那个年轻人吧。他会是米莉的约会对象。
弗　洛	的确，但……
波茨夫人	（自顾自）年轻人，弗洛和我要为年轻人办一次野餐。你也来吧，做米莉的护花使者。
哈　尔	野餐？
波茨夫人	是的。
哈　尔	我觉得我贸然加入不太好。
波茨夫人	无稽之谈。没有年轻人，野餐就没有乐趣。
艾　伦	（把哈尔带到台中）哈尔，我想让你见见梅姬。
梅　姬	哦，我们已经见过面了。或者说，我们见到了对方。
哈　尔	是的，我们见过了。
艾　伦	（对梅姬）哈尔看得到每个漂亮女孩。
梅　姬	（佯装抗议）艾伦。
艾　伦	嗯，你是镇上最漂亮的女孩，不是吗？（对哈尔）商会去年投票选举她为尼渥拉[①]女王。

[①] 原文为 Neewollah。

哈　尔	我没明白。
米　莉	她是尼渥拉的女王。"尼渥拉"是反向拼写的"万圣节前夜"。
波茨夫人	（加入）每年他们在纪念馆举行大型加冕仪式，进行各种艺术歌唱和舞蹈。
米　莉	梅姬不得不参与了整个仪式，直到他们把皇冠戴在她头上。
哈　尔	（印象深刻）是吗？
梅　姬	我累得要命。
米　莉	《堪萨斯城星报》①在他们的周日杂志上刊登了彩色图片。
梅　姬	每个人都认为我会变得非常自负，但我没有。
哈　尔	你没有吗？
米　莉	很难对那些照片感到自负。
梅　姬	（幽默的）照片颜色模糊了，我的嘴印在了我的额头中间。
哈　尔	（同情）天哪，那太糟糕了。
梅　姬	（镇定自若的）这样的事情必然会发生。
米　莉	（对哈尔）我要和你比赛，跑到车子那里。
哈　尔	你姐姐不和我们一起去吗？
米　莉	梅姬必须做午饭。
哈　尔	你的意思是她会做饭？
米　莉	当然了！梅姬会做饭、缝纫，会做所有女人会做的事情。
	［哈尔和米莉飞奔而去。米莉率先穿过大门，哈尔则翻过栅栏赶在她前面。
弗　洛	（关切的）艾伦！
艾　伦	什么事？
弗　洛	像他这样的男孩是如何进入大学的？
艾　伦	他拿到了足球奖学金，他在阿肯色州②的一所小高中取得了骄人的成绩。

---

① 《堪萨斯城星报》（The Kansas City Star），一种晚报，堪萨斯城的老牌报纸。
② 阿肯色州（State of Arkansas），简称阿州，是美国南部的一个州，位处密西西比河中下游。

弗　洛	但兄弟会……那些男孩难道就没有一点……门槛吗？
艾　伦	我想他们应该这样做，但兄弟会喜欢招徕有潜力的运动员，以达到宣传的目的。而哈尔本可以成为全美国最佳运动员……
波茨夫人	（兴奋）全美最佳！
艾　伦	如果他能好好学习的话……
弗　洛	其他男孩对他的感觉如何？
艾　伦	（不情愿）他们不喜欢他，欧文斯太太。他们对他很粗暴，每当他走进房间，其他人似乎都不太高兴。起初我也不喜欢他，后来我们共用一个房间，我就更了解他了。哈尔真的是个好人，是我交过的最好的朋友。
弗　洛	（更直白）他野蛮吗？
艾　伦	哦，不能这样说吧，他只是……
弗　洛	他喝酒吗？
艾　伦	一点点吧，（试图回避）欧文斯太太。哈尔很在意我，我会看着他，他会听话的。
弗　洛	我不希望米莉有任何事情。
梅　姬	米莉可以照顾好自己，你有点娇惯她。
弗　洛	也许是这样。来吧，海伦。（她和波茨夫人从后门进去）哦，亲爱的，为什么事情就不能简单点呢？
艾　伦	（在弗洛和波茨夫人离开后）梅姬，很抱歉我今年秋天必须回学校，这是我爸爸的主意。
梅　姬	我猜也是。
艾　伦	真的，梅姬，我爸爸非常喜欢你，我确定。
〔但艾伦听起来并不坚定。
梅　姬	嗯，他总是很有礼貌。
艾　伦	我会想你的，梅姬。
梅　姬	大学里有很多漂亮的女孩。
艾　伦	老实说，梅姬，四年来，我从未找到一个我喜欢的女孩。
梅　姬	我不信。

艾　伦　　　这是真的，她们都很做作，如果你想和她们约会，你必须提前一个月给她们打电话。

梅　姬　　　真的吗？

艾　伦　　　梅姬，这很难说，但坦白讲，我从不相信像你这样的女孩会关心我。

梅　姬　　　（感动）艾伦……

艾　伦　　　我……我希望你是真的关心我，梅姬。

〔艾伦亲吻梅姬。

哈　尔　　　（不好意思地回到舞台上，他有些担心，试图引起艾伦的注意）嘿，西摩……

艾　伦　　　（恼火）怎么了，哈尔？你无法忍受看到别人亲吻漂亮女孩吗？

哈　尔　　　搞什么鬼，西摩！

艾　伦　　　（愤怒地找借口）哈尔，你可以注意一下你的言辞吗？

梅　姬　　　艾伦，没事的！

哈　尔　　　对不起。

〔示意艾伦到他身边。

艾　伦　　　（向他走来）出了什么麻烦？

〔梅姬走开了，因为她感觉哈尔想和艾伦私下交谈。

哈　尔　　　听着，西摩，我……我从来没去野餐过。

艾　伦　　　你在说什么？每个人都去野餐过。

哈　尔　　　但我没有。当我还是个孩子的时候，我忙于掷骰子或偷牛奶瓶。

艾　伦　　　好吧，凡事都有第一次。

哈　尔　　　我并不像你那样被教育得很好，我并不知道该如何面对这些女人行事。

艾　伦　　　在你的生活中女人并不新鲜。

哈　尔　　　但这些都是淑女。如果我说错了话，或者我的肚子咕咕叫了，怎么办？我感觉会很滑稽。

艾　伦　　　你简直是神经病。

哈　尔　　　好吧，我是，但如果我做错了什么，你得尽量忽略它。

［哈尔跑下了舞台。艾伦笑了笑，回到梅姬身边。

艾　伦　　我们大约五点到，梅姬。

梅　姬　　好的。

艾　伦　　（在她旁边，温柔的）梅姬，我们今晚吃完晚饭后，也许你和我可以离开其他人，泛舟江上。

梅　姬　　好的，艾伦。

艾　伦　　我想看看月光下的你是否依然真切。

梅　姬　　艾伦，别这么说！

艾　伦　　怎么了？我不在乎你是否情真意切，你是我见过的最漂亮的女孩。

梅　姬　　还是一样，我很真实。

　　［当艾伦开始亲吻她梅姬，听到了汽车喇叭的声音。

哈　尔　　（从台下大喊）嘿，西摩，别磨磨蹭蹭的！

　　［艾伦很生气。梅姬看着他们开车离开，向他们挥手。

弗　洛　　（在里面）梅姬！快上来吧。

梅　姬　　好的，妈妈。

　　［正当梅姬欲起身时，她听到远处的火车哨声，于是她站定倾听。

幕落

第二幕

　　［同一天的傍晚。夕阳西下，橘色的余晖洒满大地。幕布拉开时，米莉独自在门廊上。她任由自己"打扮"了一下，穿上了一件妩媚动人的连衣裙，她不禁感到自己有些奇怪。实际上，她相当迷人。台下传来钢琴声，透过了波茨夫人的房子。米莉站着听了一会儿。然后她开始随着音乐摇摆，在门廊和院子里跳起

了奇怪的即兴舞蹈。音乐突然停止，米莉的情绪被打断。她冲上舞台，向左叫喊。

米　莉　　现在不要停，厄尼！（她听不见厄尼的回答）嗯？（梅姬从厨房进来。米莉转向梅姬）厄尼在等乐队的其他成员练习，他们今晚要去公园演出。

梅　姬　　（走到中间，坐在椅子上）你为什么不来厨房帮忙？

米　莉　　（轻描淡写地表现出她的优雅）我得为舞会打扮一下。

梅　姬　　我得做土豆沙拉，做鸡蛋填料，做三打面包和黄油三明治。

米　莉　　（用很有感染力的口音）我得洗澡，用粉掸掸四肢，然后穿上我的连衣裙……

梅　姬　　你清理浴缸了吗？

米　莉　　是的，我清理了浴缸。（她看上去很局促）梅姬，我看起来怎么样？现在告诉我真相。

梅　姬　　你看起来很漂亮。

米　莉　　我感觉有点滑稽。

梅　姬　　如果你想要的话，我可以把裙子给你。

米　莉　　谢谢。（略做停顿）梅姬，你怎么和男孩子聊天？

梅　姬　　怎么了？你随便聊就好了，傻瓜。

米　莉　　你是怎么想到要说什么的？

梅　姬　　我不知道，想到什么就说什么。

米　莉　　假设我脑子里什么都没想过呢？

梅　姬　　你今天早上和他谈得很好。

米　莉　　但是现在，我和他有个约会，情况不一样！

梅　姬　　你疯了。

米　莉　　我觉得他很爱炫耀。你真该看看他今天早上在高跳板上的表现，他做了非常优美的天鹅俯冲、两步半起跳和后空翻。孩子们站在一旁鼓掌，他很享受。

梅　姬　　（心不在焉）我想我今晚要涂脚指甲，穿凉鞋。

米　莉	他整个下午都在吹嘘他曾经如何成为卡特琳娜岛①附近的深海潜水员。
梅　姬	这是真的吗？
米　莉	他还说他曾经从氢气球上跳伞赚了数百美元。你相信吗？
梅　姬	为什么不呢。
米　莉	你从没听过艾伦这样吹嘘。
梅　姬	艾伦从未跳过氢气球。
米　莉	梅姬，我觉得他是个疯狂的人。
梅　姬	你认为你看到的每个男孩都是可怕的。
米　莉	艾伦带我们去"嗨吧"买可乐，后桌有一群混混女孩——胡安妮塔·巴杰和她的伙伴们。（梅姬听到这个名字时叹息一声）她们看到他，就开始咯咯地笑，嘻嘻哈哈地说着各种疯话。然后胡安妮塔·巴杰走到我身边小声说："他是我见过的最可爱的存在。"他是吗，梅姬？
梅　姬	（不想太过分）我当然不会说"他是我见过的最可爱的存在"。
米　莉	胡安妮塔·巴杰是个老色鬼。她看电影时坐在后排，这样进来的男人就会看到她并和她坐在一起。有一次，管理人员要求她和罗伯内克·克鲁斯离开——而且他们也不只是在接吻。
梅　姬	（骄傲地）我甚至从未和胡安妮塔·巴杰说过话。
米　莉	梅姬，你觉得他会喜欢我吗？
梅　姬	为什么问我这些问题？你是个聪明人。
米　莉	我不是真的在乎，我只是想知道。
弗　洛	（从厨房出来）现在我告诉自己，我有两个漂亮的女儿。
米　莉	（尴尬）小声点，妈妈！
弗　洛	米莉看起来不漂亮吗，梅姬？
梅　姬	她不挖鼻孔的时候还可以。
弗　洛	梅姬！（对米莉）除了自己，她不希望任何人漂亮。

---

① 卡特琳娜岛（Catalina Island），美国加州的沿海岛屿。

米 莉	你说我漂亮是因为你是我妈妈。我们爱的人总是漂亮的,但原本就漂亮的人,大家都会爱他们。
弗 洛	去,让海伦·波茨看看你有多漂亮。
米 莉	(疯狂地模仿自己)米莉·欧文斯来了,有史以来最伟大的美人!当你看到她时,准备好为之倾倒吧!

[米莉爬上波茨夫人家的门廊,然后消失了。

弗 洛	(坐在门廊的椅子上)我怎么会让海伦·波茨叫那个小流氓带米莉去野餐?
梅 姬	哈尔?
弗 洛	是的,哈尔,不管他叫什么名字。他把浴室里的每条毛巾都弄得黑乎乎的,他还把坐垫掀起来。
梅 姬	对他友善一点。
弗 洛	如果今晚有人喝酒,你要制止。
梅 姬	我可不想当那个扫兴的人。
弗 洛	如果孩子们想喝几杯,你也没办法,但你可以不让米莉喝。
梅 姬	她根本不会理我。
弗 洛	(转移话题)你最好去把衣服穿好。不要整个晚上都在照镜子自我欣赏。
梅 姬	妈妈,不要取笑我。
弗 洛	如果是善意的玩笑,你不应该抗拒。
梅 姬	当我照镜子时,我感到这似乎是我唯一能证明自己还活着的方式。
弗 洛	梅姬!真搞不懂你。

[三位教师上场,在舞台右下方,从庆祝活动中疲惫地返回。在第一幕中兴高采烈地退场后,她们现在的情绪显得有些低落,似乎她们期望在庆祝活动中得到某种满足,却没有成功。

伊尔玛	我们把你那任性的女孩带回家了,欧文斯太太!
弗 洛	(从梅姬身边转过来)你们好,姑娘们!聚会愉快吗?
伊尔玛	这不是一个真正的聚会,每个女孩自己付午餐费,然后我们打

	了一下午的桥牌。(悄悄地对罗斯玛丽说)我打桥牌打得很累。
弗　洛	酒店的伙食不错吧?
伊尔玛	不太好,但他们上菜很讲究,用的是货真价实的餐巾纸。天哪,我讨厌纸巾!
克莉丝汀	我吃了法式炸猪排,大部分是肥肉。你们吃了什么?
罗斯玛丽	我吃了酿辣椒。
伊尔玛	我吃了南方炸鸡。
克莉丝汀	琳达·苏·布雷肯里奇吃了一锅烤小牛肉,里面只有一小块肉,同桌的所有女孩都让她打电话向服务员投诉。
罗斯玛丽	我觉得也是!
伊尔玛	好样的!(停顿了一下)我想这个时候可能已经有人注意到我的新裙子了。
罗斯玛丽	我本来想说点什么,姐妹们,然后我……呃……
伊尔玛	还记得我去年的那件缎背绉纱吗?
罗斯玛丽	别说了!
伊尔玛	我在哥伦比亚大学时,妈妈为我重新设计缝制了它。我感觉我有了一套全新的衣服,(难过)但整个下午都无人问津!
克莉丝汀	它很时髦。
伊尔玛	(这让伊尔玛稍稍安心,她笑了。一瞬间的尴尬,并没有人找到话题)好了,我们最好走了,克莉丝汀,罗斯玛丽有约会。(转向罗斯玛丽)我们明早来接你,别迟到了。 〔伊尔玛走向后台,在门口等待克莉丝汀。
克莉丝汀	(越过罗斯玛丽)姐妹,我想告诉你,只是一个下午,我觉得已经和你认识了好多年。
罗斯玛丽	(虔诚地保证)我已经把你当作老友了。
克莉丝汀	(喜出望外)噢……
罗斯玛丽	(克莉丝汀和伊尔玛离开)再见,姑娘们!
弗　洛	(对罗斯玛丽)霍华德什么时候过来?
罗斯玛丽	随时都可能。

梅　姬	妈妈，有热水吗？
弗　洛	你去看看。
梅　姬	（走到门边，然后转向罗斯玛丽）辛尼小姐，您介意我用一些您的"一千零一夜"香水①吗？
罗斯玛丽	请自便。
梅　姬	谢谢。

[梅姬走进去。

罗斯玛丽	梅姬的心思都扑在男孩们身上了，欧文斯太太。
弗　洛	（不相信）梅姬？

[波茨夫人从家里兴奋地走出来，打断了谈话。她身后跟着端着另一个蛋糕的米莉。

波茨夫人	这是一个奇迹，就是这样！我从来不知道米莉会这么漂亮。就像我曾经看过的一部电影，贝蒂·格拉布尔②？还是拉娜·特纳③？总之，她扮演的是某个重要商人的秘书。她戴着眼镜，头发梳得很朴素，男人们根本不注意她。后来有一天她摘掉了眼镜，她的老板就想马上娶她回家！现在所有的男孩都会爱上米莉！
罗斯玛丽	米莉今晚有约会吗？
弗　洛	是的，我很遗憾。
波茨夫人	为什么，弗洛？
罗斯玛丽	他是谁，米莉？告诉你罗斯玛丽阿姨。
米　莉	哈尔。
罗斯玛丽	谁？
弗　洛	海伦家的那个年轻人，艾伦的朋友。
罗斯玛丽	哦，他！

---

①一千零一夜(Shalimar)，法国娇兰香水，是一款东方香型的香水。Shalimar在梵语中是"爱之居所"的意思，它诞生的背后蕴藏着一个古老的印度爱情传说。

②贝蒂·格拉布尔(Betty Grable)，出生于美国密苏里州圣路易斯，原名伊丽莎白·露丝·格拉布尔，20世纪著名好莱坞明星。

③拉娜·特纳（Lana Turner），出生于美国爱达荷州华莱士，美国影视女演员。

　　　　　　　［米莉走出厨房。
弗　洛　　　海伦，你又费心烤了一个蛋糕吗？
波茨夫人　　像我这样的老太太，如果想在野餐时被年轻人注意到，所能做的就是烤蛋糕。
弗　洛　　　（责备）海伦·波茨！
波茨夫人　　我感到有点兴奋，弗洛。我想我们计划野餐只是为了给自己一个借口，让我们的生活中发生一些惊心动魄的事情。
弗　洛　　　例如什么？
波茨夫人　　我不知道。
梅　姬　　　（冲出屋门）妈妈，米莉让我很生气！每次她洗澡，都把整个浴缸弄得满满的，现在一点热水都没有了。
弗　洛　　　你应该早点想到。
罗斯玛丽　　（听到霍华德的车开过来并停下）是他！是他！
波茨夫人　　谁？哦，是霍华德。你好，霍华德。
罗斯玛丽　　（又坐下）如果他喝了酒，我就不和他出去了。
霍华德　　　（从门外进来）你们好，女士们。
　　　　　　　［霍华德个子不高，身材消瘦，已步入中年。作为一个小镇商人，他总是带着微笑打招呼，而这种微笑在大多数时候是非常真诚的。
弗　洛　　　你好，霍华德。
霍华德　　　你看起来真漂亮，罗斯玛丽。
罗斯玛丽　　（她的语调像是在和不太熟的人说话）我看您似乎没穿外套。
霍华德　　　即使是九月，还是太热了。晚上好，梅姬。
梅　姬　　　你好，霍华德。
弗　洛　　　切里韦尔那边怎么样，霍华德？
霍华德　　　生意不错。开学了，大家都在买东西。
弗　洛　　　生意好，对大家都有好处。
米　莉　　　（从厨房出来，害羞地站在霍华德身后）嗨，霍华德。
霍华德　　　（转过身，有了新发现）嘿，我以前怎么从没发现米莉是个这么好看的孩子。

米　莉　　（绕至弗洛身边，担心的）妈妈，伙计们说他们什么时候到这儿？

弗　洛　　五点半，你已经问了我十几次了。（这时传来汽车驶近的声音，弗洛从舞台右边看过去）艾伦把两辆车都开来了！

[米莉跑进屋内。

波茨夫人　（对弗洛）总有一天你会开着那辆大凯迪拉克瓢虫。

艾　伦　　（从右边走来）大家准备好了吗？

弗　洛　　过来坐下，艾伦。

罗斯玛丽　（像一个冠军女主人）越多越好！

艾　伦　　我把两辆车都开来了。我想让哈尔和米莉用福特车把篮子运出来。哈尔正在停车。（看向坐在波茨夫人家门廊上的梅姬）你好，美人！

梅　姬　　你好，艾伦！

艾　伦　　（朝台下呼唤）快点儿，哈尔！

弗　洛　　他是一个心细的司机吗，艾伦？

[这个问题没有得到回答。哈尔跑了过来，不自在地拽着肩膀处的夹克，用曾经在更衣室大喊大叫的嗓音吼到。

哈　尔　　嘿，西摩！嘿，我是个大块头，西摩。我比你粗壮多了，穿不了你的夹克。

艾　伦　　那就脱下来。

波茨夫人　没错，我希望看到人舒适的样子。

哈　尔　　（露出自信的笑容）我从来不穿别人的衣服。看，我的肩膀很宽。（他展示了这一事实）我的衣服都应该量身定做。

[哈尔挥舞着手臂，展示着自由的躯体。波茨夫人在欣赏，而其他女人在猜测。

艾　伦	（想消除拘谨）嘿，呃，赫拉克勒斯①，你见过欧文斯夫人了吗？
哈　尔	当然！
	［弗洛向哈尔点头。
艾　伦	我想你今早见过波茨夫人了。
哈　尔	（搂着波茨夫人）哦，她是我最好的女孩！
波茨夫人	（像个小女孩一样傻笑）我烤了一个巴尔的摩女士蛋糕。
哈　尔	（夸张地广而告之）这位女士在我快饿死的时候收留了我，我在旅行时遇到了一些倒霉事，一帮人把我所有的钱都抢走了……
艾　伦	（打断）这位是罗斯玛丽·辛尼，哈尔，辛尼小姐在地方高中教速记和打字。
罗斯玛丽	（伸出手）是的，我是一名老教师。
哈　尔	（过分认真的）我非常尊重学校教师，女士。工作很辛苦，工资却不高。
	［罗斯玛丽无法判断这是否是一种恭维。
艾　伦	这位是霍华德·贝文斯，哈尔，贝文斯先生是辛尼小姐的朋友。
霍华德	（两人握手）我在切里韦尔开了一家小店，卖一些小玩意儿和学习用品。你和艾伦有空可以开车过来熟悉一下。
	［米莉走进来，站在门廊上，装出一副不慌不忙、从容不迫的样子。
哈　尔	（看着霍华德，认真的）先生，我们做好日程安排就会尽快过来。（他瞅向米莉）嘿，朋友！（他精心模仿了一只天鹅潜水，落在米莉旁边的门廊上）你今天晒得更黑了，是不是？（他转向其他人）你们真该看看米莉今天早上的样子，她从高高的跳水板上跳了下来！
米　莉	（挣脱开，坐在台阶上）别说了！

---

① 赫拉克勒斯（Hercules，古希腊语：Ἡρακλῆς、现代希腊语：Iraklis），又译为赫拉克里斯、赫拉克剌斯、海格力斯、海克力士，是古希腊神话中的一位英雄、半神。神王宙斯与阿尔克墨涅之子，天生力大无穷。

哈　　尔　　　　怎么了，朋友，觉得我在打压你吗？（回过头来对大家说）我不会向很多人承认这一点，但她跳水几乎和我跳得一样好！（意识到这听起来像是在吹牛，于是继续解释）我是西海岸的跳水冠军，你们懂我的意思吧？

　　　　　　　　［哈尔笑着安慰自己，然后坐在米莉旁边的门阶上。

弗　　洛　　　　（过了一会儿）梅姬，你该换衣服了。

艾　　伦　　　　上楼去为我们打扮一下。

梅　　姬　　　　妈妈，我能穿我的新裙子吗？

弗　　洛　　　　不，我给你做那件衣服是为了留到今年秋天的舞会上穿的。

　　　　　　　　［现在大家的注意力又回到了哈尔身上。梅姬继续坐着，不知不觉地看着他。

罗斯玛丽　　　　（对哈尔）你从哪里弄到这双靴子的？

哈　　尔　　　　我想也许我应该为我的样子道歉，但是你看，我刚说过的那些人把我的衣服也全部拿走了。

波茨夫人　　　　真遗憾！

哈　　尔　　　　你懂得，我不想让你们觉得你们在和一个流浪汉交往。（他不自在地笑了）

波茨夫人　　　　（凭直觉说了一些挽救他自尊心的话）衣服不能造就男人。

哈　　尔　　　　我也是这么告诉自己的，女士。

弗　　洛　　　　海伦，你母亲有人照顾吗？

波茨夫人　　　　是的，弗洛。我给她找了个保姆。

　　　　　　　　［大家都笑了。

弗　　洛　　　　那么让我们开始收拾篮子吧。

　　　　　　　　［弗洛走进厨房。波茨夫人开始追她，但哈尔的故事吸引了她，她又坐下了。

哈　　尔　　　　（继续向罗斯玛丽解释）瞧，女士，我家老头儿死后留给我这双靴子。

罗斯玛丽　　　　（不怀好意的）他只给你留了一双靴子？

哈　　尔　　　　他说："孩子，家里的男人需要一双靴子，因为他得经常踢人。"

"你的工资早已花光，

房东却要房租。

你向女人寻求慰藉，

她却给你折磨。"

（哈尔微笑着自豪地解释）这是他创作的一首小诗。他说："儿子，有时候，你唯一值得骄傲的就是你是个男人。所以穿上你的靴子，这样人们就可以听到你的声音，并且握紧拳头，这样当你到达那里时，他们就会知道你是认真的。"（他笑着说）我的老爹，他是个了不起的人物！

艾　　伦	（笑）哈尔在见到人之前总是很害羞，然后你就无法让他安静下来。
	〔突然，哈尔的目光捕捉到了在波茨夫人家门廊上休息的梅姬。
哈　　尔	你好！
梅　　姬	你好！
	〔这时他们都带着一些罪恶感地别过脸去。
霍华德	你是做什么生意的，孩子？
哈　　尔	（郑重其事的）我即将进入石油行业，先生。（他坐在舞台中央的椅子上）
霍华德	哦！
哈　　尔	你看，虽然我父亲不是什么贵族百万富翁，但他有一些非常重要的朋友，他们在自己的领域里都是大人物。其中一位想让我在得克萨斯州的一家石油公司任职，但是……
艾　　伦	（实事求是）我爸爸和我已经在输油管道上为哈尔找到了一个位置。
哈　　尔	天哪，西摩，我想你应该让我来讲这个故事。
艾　　伦	（知道最好让哈尔继续说下去）对不起，哈尔。
哈　　尔	（认真地对着所有人）你看，我决定从最底层做起，因为这样我可以学到更多东西，即便我暂时赚不了多少钱。
波茨夫人	（再一次）钱不是万能的。

哈　尔	我也是这么告诉自己的，女士。钱不是万能的，我已经明白了这一点。我很感激艾伦和他的老……（想了一会儿，用"父亲"代替"伙计"）父亲……给了我这个机会。
波茨夫人	我觉得这很好。（她对哈尔充满信心）
霍华德	这是一个商业发达的城市，年轻人可以走得很远。
哈　尔	先生，我打算走得更远！
罗斯玛丽	（不在乎的）一个年轻人来到镇上，他一定是个混混儿。
波茨夫人	如果他能加入乡村俱乐部，打高尔夫球，那不是很好吗？
艾　伦	他负担不起。
罗斯玛丽	保龄球队是一个吵闹的团队。
波茨夫人	浸礼会教堂有一个年轻人的圣经课。

［哈尔的脑子里一直在盘旋着这些关于他未来的计划，现在他向他们保证。

哈　尔	哦，我要参加俱乐部，去教堂，做所有这些事情。
弗　洛	（从厨房出来）梅姬！你还在这儿呢？
梅　姬	（跑到自己家门口）请大家原谅，我去换衣服。（她走进去）
弗　洛	时间差不多了。
艾　伦	（在梅姬后面喊）快点，好吗，美人？
米　莉	你们应该看看梅姬打扮的方式。她用了大约六种面霜，全身上下都涂满了粉，还在耳朵下面擦香水，让自己变得很神秘。她要花半小时涂口红，要好几个小时才能准备好。
弗　洛	来吧，海伦。艾伦，我们需要一个人帮我们削冰，把篮子放进车里。

［波茨夫人进屋。

哈　尔	（慷慨的）我会帮您的，夫人。
弗　洛	（根本无法接受他）不，谢谢你。艾伦不会介意的。
艾　伦	（对离开的哈尔）注意礼貌，哈尔。（他和弗洛开始行动）
米　莉	（不知道如何与哈尔单独相处，她跑向弗洛）妈妈！
弗　洛	米莉，给这个年轻人看看你的画。

米　莉	（对哈尔）想看看我的艺术品吗？
哈　尔	你是说你会画画？
米　莉	（拿起她的素描本给哈尔看，弗洛和艾伦走进去）那是波茨夫人。
哈　尔	（印象深刻）看起来就像她。
米　莉	我只是爱波茨夫人，到了天堂，我希望每个人都像她一样。
哈　尔	嘿，朋友，想画我吗？
米　莉	好啊，我试试。
哈　尔	我曾经做过模特，（摆个姿势）这个怎么样？（米莉摇摇头）这个呢？（坐在树桩上摆另一个姿势）行吗？
米　莉	你为什么不试着自然一点呢？
哈　尔	天哪，太难了。

　　［但哈尔最终摆出了一个自然的姿势。米莉开始为他素描。罗斯玛丽和霍华德一起坐在门口。夕阳西下，橘色的余晖洒满了整个舞台。

罗斯玛丽	（抓住霍华德的胳膊）霍华德，看那日落！
霍华德	漂亮吧？
罗斯玛丽	这是我见过的最火红的夕阳。
霍华德	如果你把它画成画，没人会相信你。
罗斯玛丽	就像白天不舍得结束，不是吗？
霍华德	（不完全明白她的意思）哦，我不知道。
罗斯玛丽	就好像白天不想结束，它要大干一场，或许是把世界点燃，不让黑夜悄悄来临。
霍华德	罗斯玛丽……你是个诗人。
哈　尔	（当米莉为他素描时，他开始放松并反思自己的生活）你知道，每个人的一生中都会有一个必须安定下来的时候。像这样的小城镇，正是安顿下来的好地方，这里的人们随和而真诚。
罗斯玛丽	不，霍华德，我觉得米莉在这儿的时候不应该喝酒。
哈　尔	（一听到酒就转过身来）什么？

罗斯玛丽　　我们只是说说而已。

哈　尔　　（转向米莉）你今天下午做什么了，朋友？

米　莉　　读了一本书。

哈　尔　　（印象深刻）你是说，你一个下午就看完了一整本书？

米　莉　　当然，一动不动。

哈　尔　　我真是个混蛋！是什么故事？

米　莉　　没有太多故事。就只是你读它时感觉……内心温暖、悲伤、有趣。

哈　尔　　哦，当然。（过了一会儿）我希望我有更多的时间看书。（自豪的）这就是我安定下来后要做的事。我要读所有更好的书，听所有更好的音乐。这是我欠自己的。（米莉继续画素描）我曾经和一个爱看书的女孩在一起，她加入了每月一书俱乐部，他们让她一直看书。她一本书还没读完，他们就送她另一本书。

罗斯玛丽　　（霍华德要走）霍华德，你去哪儿？

霍华德　　我马上回来，亲爱的。

〔罗斯玛丽跟着霍华德到大门口，看着他走下台阶。

哈　尔　　（当米莉把素描递给他时）那是我吗？（欣赏着）我很欣赏有艺术细胞的人，我能留着它吗？

米　莉　　当然，（害羞的）我也写诗。我写的诗从来没有给活着的灵魂看过。

哈　尔　　朋友，我想你一定是个天才。

罗斯玛丽　　（叫住霍华德）霍华德，把瓶子放在原处！

哈　尔　　（听到"瓶子"这个词跳了起来）她说"瓶子"吗？

罗斯玛丽　　（走到哈尔身边）他去了旅馆，从那些一无是处的搬运工那里买私酿威士忌！

霍华德　　（回来，拿出一个瓶子）年轻人，也许你想喝一口这个。

哈　尔　　该死！

〔哈尔喝了一口。

罗斯玛丽　　霍华德，把它收起来！

霍华德	如果米莉看到有人喝酒，她不会感到震惊的。是吗，米莉？
米　莉	天哪，不！
罗斯玛丽	如果有人来告诉学校董事会怎么办？我会很快丢掉工作的，就像你说的杰克·罗宾逊一样。
霍华德	亲爱的，谁会来看你？镇上的人都在公园野餐。
罗斯玛丽	我不在乎。酒在这个州是违法的，一个人应该遵守法律。（对哈尔）你不是这么说的吗，年轻人？
哈　尔	（急于表示同意）哦，当然！一个人应该遵守法律。
霍华德	亲爱的，尝尝吧。
罗斯玛丽	不，霍华德，我一滴也不会碰。
霍华德	来吧，亲爱的，为我喝一口。
罗斯玛丽	（开始动摇）霍华德，你应该为自己感到羞愧。
霍华德	我不明白为什么。
罗斯玛丽	我想我知道你为什么想让我喝一口了。
霍华德	现在，亲爱的，不是这样的。我只是觉得你应该像我们其他人一样享受美好时光。（对哈尔）学校教师有享受生活的权利，你不是这么说的吗，小伙子？
哈　尔	当然，学校教师有享受生活的权利。
罗斯玛丽	（拿起瓶子）现在，米莉，你不要告诉学校里的任何孩子。
米　莉	你把我当成什么了？
罗斯玛丽	（环顾四周）有人来吗？
霍华德	绝对安全。
罗斯玛丽	（喝了一大口，做了个痛苦的表情）呼！我要喝点水！
霍华德	米莉，你怎么不去屋里给我们拿点水？
罗斯玛丽	欧文斯夫人会怀疑的。我去找水管喝点水！（她跑向波茨夫人的院子）
霍华德	米莉，我的姑娘。我想给，也很愿意给你一杯，但我猜你家老太太会伤心。
米　莉	妈妈不知道的事不会伤害她。（她伸手去拿瓶子）

哈　尔	（先抓住瓶子）不，朋友，你别再喝了！（他又喝了一口）
罗斯玛丽	（在台下呼叫）霍华德，快来救我！我看到一条蛇！
霍华德	你去吧，米莉。她没看到蛇。（米莉走出去了，当哈尔再喝一口时，他看到梅姬的窗户上亮起了一盏灯。霍华德跟随着哈尔的视线）看她在那儿，给胳膊上粉。你知道吗，我每次来这里都盼着见到她。我告诉自己，"贝文斯，老伙计，你可以尽情地看，但只可远观不可亵玩"。
哈　尔	（对梅姬有些敬畏）她是那种值得男人尊重的女孩。
霍华德	看看她，给那可爱的唇涂上口红。在我看来，上帝把一个女孩造得这么漂亮是有原因的，是时候让她发现这个原因了。（他想到了一个主意）听着，孩子，如果你在苦恼，我在旅馆认识几个女孩。
哈　尔	谢谢，但我已经放弃了那种事情。
霍华德	我认为这是一种非常好的态度。
哈　尔	此外，我从不为此付钱。
罗斯玛丽	（进来，米莉紧随其后）上帝啊，我感觉自己要晕倒了！
米　莉	（被罗斯玛丽的激动逗笑了）那只是一根花园里的水管。
罗斯玛丽	（怀疑地看着哈尔和霍华德）你们俩在说什么？
霍华德	谈论天气，亲爱的，谈论天气。
罗斯玛丽	我想也是。
米　莉	（看到窗内的梅姬）嘿，梅姬，你为什么不收取入场费？
	［梅姬的窗帘拉上了。
罗斯玛丽	天哪！当我还是个女孩时，我和她一样漂亮！
霍华德	当然了，亲爱的。
罗斯玛丽	（拿起酒瓶）经常有男孩叫我，但如果我父亲抓到我在窗前展示自己的话，他会用皮带抽我的。（拿起酒杯）因为我是被一个敬畏上帝的人严格抚养长大的。
	［罗斯玛丽又拿起一瓶酒。
米　莉	（音乐从后台响起）嘿，来吧，厄尼！（向哈尔解释）这是厄

	尼·希金斯和快乐男孩乐队，他们在这里所有的舞会上表演。
罗斯玛丽	（开始狂喜地摇摆）上帝啊，我喜欢这音乐！来和我跳舞吧，霍华德。
霍华德	亲爱的，我不擅长跳舞。
罗斯玛丽	你们男人都是这么说自己的。（转向米莉）来和我跳舞吧，米莉！
	［罗斯玛丽把米莉拉到门廊上，两人把椅子推开。
米　莉	我来带头！我来带头！
	［罗斯玛丽和米莉以一种优雅而自觉的方式一起跳舞，跟着音乐的节奏，但几乎没有其他动作。两个女人在一起跳舞时似乎都有点傲慢，好像在向男人们炫耀她们的独立。她们的节奏准确，但缺乏灵感。霍华德和哈尔看着，笑着。
霍华德	或许哈尔和我也可以。
罗斯玛丽	请便吧。（霍华德转向哈尔，两人大笑着开始共舞。哈尔用他自己的方式表现出女性的腼腆。罗斯玛丽对此感到恼火）别闹了！
霍华德	我以为我们跳得不错。
	［罗斯玛丽抓住霍华德，把他拉到门廊上。
哈　尔	来和我跳舞吧，米莉！
米　莉	好，我从来没有和男生跳过舞，我总需要引导。
哈　尔	放轻松，按我的步骤做。来吧，试试看。
	［哈尔和米莉一起跳舞，但米莉的舞蹈中流露出一种尴尬的不确定感。霍华德和罗斯玛丽一起跳舞，一直在切磋舞技。
罗斯玛丽	别闹了，霍华德，和我跳舞吧。
霍华德	亲爱的，和我跳舞一点都不好玩儿。
罗斯玛丽	乐队在演奏，你总得和某个人跳舞。（他们继续"蹒跚学步"）
米　莉	（对哈尔）我跳得是不是很差？
哈　尔	不！你只需要一点练习。
罗斯玛丽	（边舞边说）上帝啊，我喜欢跳舞！在学校里，孩子们都叫我

"舞痴",我每天晚上都去跳舞。

波茨夫人　　（从厨房出来,她坐在那里看着跳舞的人们。弗洛和艾伦出现并站在门口观看）在大家跳舞的时候我没法待在厨房里!

哈　尔　　（停止舞蹈,指示）听着,朋友,要记住我是男人,你得按我的步骤来。

米　莉　　我想以我自己编的舞步来。

哈　尔　　只要男人会跳舞,就得男人来引导舞步。（他们继续跳舞）

波茨夫人　　你做得很好,米莉!

米　莉　　（当她被转圈时）我觉得自己像丽塔·海华丝①!

〔弗洛和艾伦进屋。

罗斯玛丽　　（在遐想中重返青春）一天晚上,我在一个情人节的盛大聚会上跳舞。我跳得很卖力,都晕倒了!那时他们叫我"舞痴"。

哈　尔　　（暂时停止跳舞）我教你一个新舞步,米莉。这是我在洛杉矶学的,试试看。

〔哈尔灵活地完成了一个更复杂的舞步。

波茨夫人　　难道他不优雅吗?

米　莉　　天哪,这舞步看上去很难。

哈　尔　　需要一点时间,试试吧。

〔米莉试着去做,但这对她来说太难了。

米　莉　　（放弃）对不起,我就是搞不明白。

哈　尔　　仔细看好了,朋友。如果你学会了这一步,你将成为镇上最聪明的朋友。看到了吗?（他继续示范）

米　莉　　（观察,但不解）是的,但是……

哈　尔　　真正的放松,明白吗?你先这样,再那样。

〔哈尔打着响指,对节奏保持着灵活而敏锐的反应。

米　莉　　天哪,我真希望我能做到。

〔现在,音乐节奏变得更加缓慢,更加性感。哈尔和米莉停止

---

① 丽塔·海华丝（Rita Hayworth）,美籍西班牙犹太裔舞者、影视演员。

罗斯玛丽	跳舞，聆听音乐。 （一直羡慕地看着哈尔）这就是跳舞的方式，霍华德，就是这样！
	［哈尔开始随着较慢的节奏跳舞。米莉试图跟上他。现在，梅姬穿着她的新裙子从前门走了出来。虽然这条裙子对于野餐来说确实有些"过分"，但她确实令人着迷。她站在一旁看着哈尔和米莉。
霍华德	（从罗斯玛丽身边走过）你看起来真漂亮，梅姬。
梅　姬	谢谢你，霍华德。
霍华德	你想跳支舞吗？
	［梅姬接受了，两人一起在门廊上跳舞。罗斯玛丽独自在门廊上跳舞，没有注意到他们。
波茨夫人	（看到梅姬和霍华德在跳舞）这么多的舞者！我们把后院变成舞厅了！
罗斯玛丽	（从梅姬手中抢过霍华德）还以为你不会跳舞呢。
	［梅姬走到院子里，看着哈尔和米莉。
波茨夫人	（对梅姬）这个年轻人在教米莉一个新的舞步。
梅　姬	哦，这很有趣。我一直想教艾伦。
	［梅姬自己尝试着跳起来。她跳得和哈尔一样好。
波茨夫人	大家快看！梅姬也这样跳！
哈　尔	（转过身看到梅姬在跳舞）嘿！
	［哈尔和梅姬相隔一段距离，随着节奏打着响指，身体却没有接触。然后他们慢慢地向对方舞动，哈尔将梅姬拥入怀中。这支舞蹈具有原始仪式的性质，让两个年轻人交融。其他人庄严地注视着。
波茨夫人	（最后）他们好像天生就应一起跳舞，是不是？
	［这句话打破了魔咒。米莉走到波茨夫人所在的台阶前，开始检查那瓶威士忌。
罗斯玛丽	（不耐烦的）你不能那样跳吗？

霍华德　　　天哪，亲爱的，我是个商人！
罗斯玛丽　　（独自跳舞，双腿在空中踢来踢去。在接下来的场景中，米莉偶尔拿起威士忌酒瓶喝上一口，而其他人没有注意到）有一天晚上，我跳得太卖力了，都晕倒了！就在舞厅中央！
霍华德　　　（饶有兴致地观察着）罗斯玛丽的腿很漂亮，不是吗？
罗斯玛丽　　（这让她觉得很好笑）这就像你们男人一样，除了女人的腿，别的什么也不会谈。
霍华德　　　（有点不高兴被误解）我只是注意到它们的形状不错。
罗斯玛丽　　（狂笑）如果我们女人到处谈论你的腿，你会觉得怎么样？
霍华德　　　（准备活动一下，站起来把裤子撩到膝盖处）好了！这是我的腿，如果你想谈谈它们的话。
罗斯玛丽　　（笑得前仰后合）从没见过这么难看的东西，男人的大毛腿！（罗斯玛丽走到哈尔身边，占有性地把他从梅姬身边拉开）年轻人，让我看看你的腿。
哈　　尔　　（不知道该如何面对）啊？
罗斯玛丽　　我们今晚通过了一条新规定，这里的每个人都要露出他的大腿。
哈　　尔　　女士，我穿着靴子。
霍华德　　　放过这个年轻人吧，罗斯玛丽。他在和梅姬跳舞。
罗斯玛丽　　现在轮到他和我跳舞了。（对哈尔）我也许是一个老教师，但是我能跟上你的步伐。来吧，牛仔！
　　　　　　〔罗斯玛丽有点紧张，受到哈尔身体的刺激，她放弃了传统的风格，紧紧抓住哈尔，将脸颊贴在他的旁边，臀部紧紧靠在他身上。可以感觉到，哈尔的尴尬和排斥。
哈　　尔　　（想反对）女士，我……
罗斯玛丽　　我以前有个男朋友是个牛仔。我去科罗拉多①治流感的时候认识了他。他爱上了我，因为我是个上了年纪的女人，还有点理

---

① 科罗拉多州（Colorado），美国西部的一个州，其首府兼最大城市为丹佛（Denver）。

智。一天晚上，他带我到山上约会，要我在山顶上嫁给他。他说上帝是我们的牧师，月亮是我们的伴郎。你听过这样的话吗？

哈　　尔　　（试图挣脱）女士，我现在想再来一杯。

罗斯玛丽　　（把他拉近自己）和我跳舞吧，年轻人。跟我跳舞，我能跟上你。你知道吗？你让我想起了那些古老的雕像，直到去年，学校图书馆里还有一尊。他是罗马角斗士，身上只有一面盾牌，（她坏笑着）手臂上的盾牌，就是他的全部装备。每次去图书馆经过那个雕像，我们所有的女孩都觉得受到了侮辱。我们写了一份请愿书，要求校长为此做些什么。（她在叙述时笑得很开心）你知道他做了什么吗？他让学校看门人找来一把凿子，把雕像凿得像模像样。（另一种淫笑）天哪，那些古代人真堕落。

哈　　尔　　（他很少被弄得这么不自在）女士，我不想跳舞了。

罗斯玛丽　　（从她的故事中清醒过来，抓住哈尔的衣服）你要去哪儿？

哈　　尔　　女士，我……

罗斯玛丽　　（含情脉脉地命令）和我跳舞吧，年轻人，跟我跳舞。

哈　　尔　　我……我……

　　　　　　［哈尔从罗斯玛丽手中挣脱，但她的手仍紧紧抓住他，在他挣脱时撕坏了他的衬衣。霍华德介入。

霍华德　　　他想和梅姬跳舞，罗斯玛丽。让他们单独待会儿，他们是年轻人。

罗斯玛丽　　（空洞的声音）年轻？你说他们年轻是什么意思？

米　　莉　　（后台传来一声病态的呻吟）哦，我好难受。

波茨夫人　　米莉！

米　　莉　　我想死。

　　　　　　［所有人的目光都集中在米莉身上。米莉跑向厨房门。

梅　　姬　　米莉！

霍华德　　　这小混蛋做了什么？把她自己弄醉了？

哈　　尔　　放轻松，朋友。

罗斯玛丽　　（她有自己的难题，她踉跄着穿过舞台，下场）我想这是件好事——他们还年轻。

梅　姬　（走向米莉）我们进去，米莉。

米　莉　（恶狠狠地转向梅姬）我恨你！

梅　姬　（伤心地）米莉！

米　莉　（抽泣）梅姬才是漂亮的那个，梅姬才是漂亮的那个。

［米莉冲进厨房门，波茨夫人跟在她身后。

梅　姬　（自言自语）她为什么要这么做？

霍华德　（检查瓶子）她一定喝了好几口。

罗斯玛丽　（用手指着哈尔，她找到了复仇的方法）这都是他的错，霍华德。

霍华德　现在，亲爱的……

罗斯玛丽　（挑衅地指责哈尔）米莉是你的约会对象，你应该照顾她的，可你却忙着和梅姬眉来眼去。

霍华德　亲爱的……

罗斯玛丽　你也不比他好多少！梅姬，你应该感到羞愧。

弗　洛　（怒气冲冲地飞奔到门廊上）谁给我的米莉喝威士忌了？

罗斯玛丽　（狂热地指着哈尔）是他干的，欧文斯太太！这都是他的错！

［弗洛瞪着哈尔。

霍华德　（试图理清头绪）欧文斯太太，是这样的……

弗　洛　米莉还太小，不能喝威士忌！

罗斯玛丽　哦，他会给她喝威士忌，一起享乐，然后溜之大吉！

霍华德　（试图让他们理智起来）大家听着！让我们……

罗斯玛丽　我知道我在做什么，霍华德！我不需要你的任何建议。（到哈尔身边）你穿着那双靴子在这里踱来踱去，好像这里是你的地盘，以为你看到的每个女人都会疯狂地爱上你，但有一个女人却对你不屑一顾。

霍华德　这孩子什么也没做，欧文斯太太。

罗斯玛丽　（面对哈尔，每次指责都拉近距离）贵族百万富翁，胡说八道！你连一个贵族富翁都不认识。你吹嘘你的父亲，但我打赌他比你好不了多少。

[哈尔蒙了。霍华德仍然试图和弗洛讲道理。

霍华德 我们谁也没看见米莉喝威士忌。

罗斯玛丽 （靠近哈尔）你以为你是个男人，就可以在这里为所欲为。你以为你年轻，就可以把别人推到一边，不把他们放在眼里。你以为你强壮就可以展示你的肌肉，没有人会知道你是多么可怜的标本。但你不会永远年轻，你想过吗？到时候你会怎么样？你会在贫民窟结束一生，这对你是正确的，因为贫民窟是你的出身，贫民窟是你的归宿。

[罗斯玛丽把脸贴近哈尔，在霍华德抓住她之前，向他吐出最后一句话。然后霍华德终于抓住了她，几乎是为了保护她免受自己伤害，把她的胳膊放在身体两侧，把她拉开。

霍华德 罗斯玛丽，闭上你的嘴。

[哈尔退到门廊的最边缘，没有人注意他，他的反应仍然是个谜。

波茨夫人 （走出厨房）米莉会没事的，弗洛。艾伦抱着她的头照料着她，她会好起来的。

弗洛 （清晰而坚定地宣布）我希望大家明白，这次野餐不再喝酒了。

霍华德 都是我的错，欧文斯太太，我的错。

[艾伦护着清醒过来的米莉出了门廊。

波茨夫人 现在米莉完好无损地在这里。我们都要去野餐了，忘了它吧。

艾伦 （迅速指责哈尔）哈尔，发生了什么？

[哈尔没做回应。

弗洛 （对艾伦）米莉会和我们一起走，艾伦。

艾伦 当然，欧文斯太太。哈尔，我告诉过你不要喝酒！

[哈尔仍然沉默不语。

弗洛 梅姬，你为什么穿你的新衣服？

梅姬 （迷惑不解状）我不知道，我只是把它穿上了。

弗洛 上楼去换衣服，马上。我是认真的！你等会儿和罗斯玛丽、霍华德一起来！（梅姬跑进去）

波茨夫人　　快点，所有的桌子都将被占用。
艾　伦　　贝文斯先生，告诉梅姬我在外面等她。哈尔，篮子都在福特车里，快去！

［哈尔不动，艾伦匆匆离开。

弗　洛　　米莉，亲爱的，你感觉好些了吗？

［弗洛和米莉穿过小巷，右转。

波茨夫人　　（对着哈尔）年轻人，你可以跟着我们找到路。

［波茨夫人跟着其他人离开。观众听到凯迪拉克开走的声音。哈尔坐在门廊边上沉默不语。霍华德和罗斯玛丽在波茨夫人家的草坪上。

霍华德　　他只是个孩子。罗斯玛丽，你说话太难听了。
罗斯玛丽　　是什么让我那样做的，霍华德？是什么让我那样做的？
霍华德　　你得记住，男人和女人一样也有感情。（对哈尔）别理她，年轻人，她没别的意思。
罗斯玛丽　　（已经走到大门口）我不想去野餐，霍华德。这是我假期的最后一晚，我想好好玩玩。
霍华德　　我们去兜风，亲爱的。
罗斯玛丽　　我想驶向落日，霍华德！我想驶向夕阳。

［罗斯玛丽跑向汽车，霍华德紧随其后。霍华德的车开走了，哈尔沮丧地坐在门廊上。梅姬很快穿着另一件衣服悄无声息地走出来，哈尔丝毫没有察觉到她的存在。她坐在门廊的长椅上，最后轻声说。

梅　姬　　你是个出色的舞者……
哈　尔　　（微乎其微的声音）谢谢。
梅　姬　　我可以通过和一个男孩跳舞来了解他。有些男孩，即使他们很聪明，或者在其他方面很成功，但当他们抱着女孩跳舞时，他们会有点尴尬，女孩会觉得有点不自在。
哈　尔　　（低着头，双手托着脸）的确。
梅　姬　　但是当你抱着我跳舞的时候，我有一种最放松的感觉，你知道

	自己在做什么，我可以跟上你的每一步。
哈　尔	听着，宝贝儿，我心情很不好。
	〔哈尔突然站起来，双手插在口袋里，从梅姬身边走开。他不愿意靠近她，他因被侮辱而愤怒到颤抖。
梅　姬	你千万别理辛尼小姐。（哈尔沉默不语）像她这样的女人让我对所有女性都感到生气。
哈　尔	听着，宝贝儿，你为什么不走开呢？
梅　姬	（深刻体会到他的情绪）怎么了？
哈　尔	（颤抖，肩膀耸动，努力不让自己号啕大哭）有什么用，宝贝儿？我是个流浪汉。她就像一台该死的 X 光机一样把我看透了。像我这样的人在世界上并没有容身之所。
梅　姬	一定有的。
哈　尔	（自嘲）什么？
梅　姬	当然。你很年轻，而且很有趣。我是说，你会说各种风趣的话，我很喜欢听你说话。你很强壮，长得也很好看。我打赌辛尼小姐也是这么想的，否则她不会说那些话。
哈　尔	听着，宝贝儿，让我跟你说实话。当我十四岁的时候，我在少年管教所待了一年。你觉得怎么样？
梅　姬	真的吗？
哈　尔	当然！
梅　姬	为什么？
哈　尔	因为偷了别人的摩托车。是我偷的，我偷了它，因为我想骑上这该死的东西，走得那么远，那么快，没有人会追上我。
梅　姬	我想……很多男孩有时都有这种感觉。
哈　尔	然后我家那个老女人去了当局。（模仿着他的母亲）"我已经尽我所能照顾这个孩子了，我已经无能为力了。"于是我去了该死的少年管教所。
梅　姬	（十分动情）天哪！
哈　尔	最后，一个福利联盟把我赶了出来，那个老女人看到我回来很

	难过。是的！她有了新的男朋友，而我挡了她的路。
梅 姬	父母不和是很可怕的。
哈 尔	我从来没有告诉过别人，甚至包括西摩。
梅 姬	（不知所措）我……我希望我能说些什么或做些什么。
哈 尔	这就是哈尔·卡特的故事，但没有人会把它拍成电影。
梅 姬	（自语）大多数人都会非常震惊。
哈 尔	（看着她，然后玩世不恭地转过身去）就是这些，宝贝儿。如果你要晕倒，或生病，又或是跑进屋里锁上门……请便，我不会阻止你。（一片寂静，然后梅姬突然冲动地用手捧起他的脸亲吻他。然后她把手放回腿上，感到很尴尬。哈尔惊讶地看着她）宝贝儿！你做了什么？
梅 姬	我……我很自豪你告诉了我。
哈 尔	（带着谦卑与感激）宝贝儿！
梅 姬	我……我厌倦了别人说我漂亮。
哈 尔	（爱抚地将她搂在怀里）宝贝儿，宝贝儿，宝贝儿。
梅 姬	（反抗地跳起来）不，我们得走了。我们的车里有所有的篮子，他们会等着我们的。（哈尔站起身来，慢慢地走到她身边，双眼紧紧地盯着她。当他走近时，梅姬感到激动）真的，我们得走了。（哈尔将她拥入怀中，热情地亲吻她。梅姬用不舍的声音说出了他的名字）哈尔！
哈 尔	安静，宝贝儿。
梅 姬	真的，我们得走了。他们会等着的。
哈 尔	（把她抱在怀里，声音低沉而坚定）我们不去那该死的野餐。

幕落

第三幕

第一场

[午夜过后。一轮明月挂在天空中，天空呈现出深沉的蓝色。月亮又圆又大，为月下的景物投下淡淡的光芒。很快，观众听到霍华德的雪佛兰在房子旁边停下，然后霍华德和罗斯玛丽下了车。罗斯玛丽先下，她疲惫地走到门口，郁郁不乐地瘫坐在那里。她似乎心事重重，对霍华德的回应也只是咕哝了几句。

霍华德　　我们到了。亲爱的，我们又回到了起点。

罗斯玛丽　（心不在焉）哦。

霍华德　　你今晚对我真好，罗斯玛丽。

罗斯玛丽　哦。

霍华德　　你认为欧文斯太太会怀疑什么吗？

罗斯玛丽　我不在乎她怎么想。

霍华德　　一个商人必须谨言慎行。还有，毕竟你是个老师。（笨手笨脚地逃走）我最好还是回切里韦尔去，我明早还要开店。晚安，罗斯玛丽。

罗斯玛丽　哦。

霍华德　　（亲吻她的脸颊）晚安。也许我应该说，早上好。

[霍华德动身。

罗斯玛丽　（刚回过神来）你去哪儿，霍华德？

霍华德　　亲爱的，我得回家了。

罗斯玛丽　你不能丢下我一个人走。

霍华德　　亲爱的，理智点。

罗斯玛丽　你不能丢下我走。今晚之后不行，我很理智。

霍华德　　　（有点紧张）亲爱的，别无理取闹。
罗斯玛丽　　带我一起走。
霍华德　　　人们会怎么说？
罗斯玛丽　　（几乎是恶毒的）管人们会怎么说，让他们见鬼去吧！
霍华德　　　（震惊）亲爱的！
罗斯玛丽　　如果我对他们嗤之以鼻，人们会怎么说？如果我走在街上给他们看我的粉红色内裤，他们会怎么说？我在乎别人说什么吗？
霍华德　　　亲爱的，你今晚不太对劲儿。
罗斯玛丽　　是的。我比以往任何时候都更像我自己，带我一起走吧，霍华德，如果你不带我走，我不知道自己该怎么办，我是认真的。
霍华德　　　听着，亲爱的，你最好上楼去睡觉。你明早就要开始上课了，我们星期六再谈。
罗斯玛丽　　也许你星期六不会回来了，也许你再也不会回来了。
霍华德　　　罗斯玛丽，你知道不会的。
罗斯玛丽　　那我接下来要做什么呢？对下一个人好，再对下下一个人好……直到没有人关心我是否对他好，直到我准备好进坟墓，却没有人带我去。
霍华德　　　（试图安慰）听我说，罗斯玛丽。
罗斯玛丽　　你不能让这种事发生在我身上，霍华德。我不会让你得逞的！
霍华德　　　我不明白，我们刚开始在一起的时候，你是我见过的最棒的朋友，总是能逗我笑。
罗斯玛丽　　（声音低沉）我再也笑不出来了。
霍华德　　　我们周六再谈。
罗斯玛丽　　现在就谈。
霍华德　　　（尴尬的）嗯，亲爱的，我……
罗斯玛丽　　你说过要和我结婚的，霍华德。你说当我度假回来时，你会和牧师一起等我。
霍华德　　　亲爱的，我这个夏天忙得不可开交，而且……
罗斯玛丽　　牧师在哪儿，霍华德？他在哪儿？

霍华德	（从她身边走开）亲爱的，我已经四十二岁了，一个人形成了某种生活方式，然后突然有一天要改变的时候，已经太晚了。
罗斯玛丽	（抓住他的胳膊，抱住他）回来，霍华德。我也不是天真的年轻人，甚至也许比你想象的还要老一点点。我也有自己的生活方式，但它们是可以改变的，并且必须改变。像这样住在租来的房间里，每天晚上和一群老处女一起吃晚饭，然后一个人回家，这可不行！
霍华德	我知道是怎么回事，罗斯玛丽。我的生活也并非称心如意。
罗斯玛丽	那你为什么不做点什么呢？
霍华德	我想，每个人都会遇到一些不顺心的事。
罗斯玛丽	可我的生活实在有太多的不如意了。我一直告诉自己，每年都在告诉自己，这是最后一年了，总会发生些什么，可什么也没发生……只有我变得越来越疯狂。
霍华德	（无可奈何的）嗯……
罗斯玛丽	地上有一个井洞，霍华德，小心别掉进去。
霍华德	我不是在开玩笑。
罗斯玛丽	一直以来你都在用谎言引诱我。
霍华德	（辩解）罗斯玛丽，不是这样的！我没有引诱你。
罗斯玛丽	我想知道不是引诱是什么？
霍华德	我们周六再谈好吗？我累得要死，而且我这周很忙……
罗斯玛丽	（抓住他的胳膊，直视着他的眼睛）你得和我结婚，霍华德。
霍华德	（痛苦）好啦，亲爱的，我现在不能和你结婚。
罗斯玛丽	你可以早上过来。
霍华德	有时候你很不讲道理。
罗斯玛丽	你必须和我结婚。
霍华德	你打算怎么处理你的工作？
罗斯玛丽	阿尔瓦·杰克逊可以接替我的位置，直到他们从中介公司找到新人。
霍华德	我得付钱给福瑞德·詹金斯让他照看几天店面。

罗斯玛丽	那就让他来。
霍华德	好吧。
罗斯玛丽	我明早等你，霍华德。
霍华德	（沉思片刻后）不。
罗斯玛丽	（低声哭泣）霍华德！
霍华德	我不会跟任何一个说"你必须和我结婚"的人结婚，我不会的。（他沉默不语。罗斯玛丽流下了可怜的泪水。霍华德慢慢地重新考虑）如果一个女人想让我娶她，她至少应该说"请"。
罗斯玛丽	（憔悴而卑微）请和我结婚吧，霍华德。
霍华德	好啦，你得给我时间考虑一下。
罗斯玛丽	（绝望）哦，上帝啊！请和我结婚吧，霍华德。请你……（她跪下来）请求你……求你……
霍华德	（为她的卑微感到尴尬）罗斯玛丽……我……我需要些时间好好想想。你现在上床休息吧。我明早开车过来，也许我们可以在你去学校前谈谈，我……
罗斯玛丽	你不只是想逃避吧，霍华德？
霍华德	我早上会过来的，亲爱的。
罗斯玛丽	真的吗？
霍华德	是，反正我也要去法院。到时候再说吧。
罗斯玛丽	哦，上帝啊！请和我结婚吧，霍华德，请。
霍华德	（试图离开）去睡觉吧，亲爱的，明早见。
罗斯玛丽	拜托了，霍华德。
霍华德	明早见，晚安，罗斯玛丽。（动身）
罗斯玛丽	（用温顺的声音）请！
霍华德	晚安，罗斯玛丽。
罗斯玛丽	（在他走后）请。

〔罗斯玛丽独自站在门口，可以听到霍华德的汽车启动并驶离的声音。罗斯玛丽已经筋疲力尽，她振作起来，走进了房子。舞台上空无一人，片刻后，梅姬从右后方跑上来。她双手捧着

脸，在抽泣。哈尔紧随其后。她刚走到门边，哈尔就走到她面前，抓住她的手腕。她愤怒地反抗。

哈　尔　宝贝儿……你不会后悔的，对吧？（一片寂静，梅姬泣不成声）
梅　姬　放开我。
哈　尔　求你了，宝贝儿。如果说我做了什么让你不开心的事，我……我几乎想死。
梅　姬　我……我很惭愧。
哈　尔　别这么说，宝贝儿。
梅　姬　我甚至不知道发生了什么，然后……突然间，我的整个生活都被改变了。
哈　尔　（苦涩地自我贬低）我应该被拉出去吊死，我只是个一无是处的流浪汉。那个老师是对的，我应该在阴沟里。
梅　姬　别这么说。
哈　尔　这种时候，我恨我自己，宝贝儿。
梅　姬　我想……这不是你的错，也不是我的错。
哈　尔　有时候我做事情很冲动。（梅姬进屋）明天能见到你吗？
梅　姬　我不知道。
哈　尔　天哪，我差点忘了。我明天开始新的工作。
梅　姬　我九点要去一毛钱商店。
哈　尔　你什么时候路过？
梅　姬　五点。
哈　尔　也许到时候我能见到你，嗯？也许我可以过来，然后……
梅　姬　我和艾伦有个约会，如果他还愿意和我说话的话。
哈　尔　（一个新痛苦）天哪，我都把西摩忘得一干二净了。
梅　姬　我也是。
哈　尔　我不能回他家，我该怎么办？
梅　姬　也许波茨夫人可以……
哈　尔　我把车开回原位，在前座上伸个懒腰，睡一会儿。（他想了一会儿）宝贝儿，你打算怎么应付你家那个老女人？

梅　姬	（微微颤抖）我，我不知道。
哈　尔	（又在恐惧中）天哪，我应该在日出时被枪毙。
梅　姬	我……我会想办法告诉她的。
哈　尔	（尴尬）晚安。
梅　姬	晚安。

［梅姬又开始抽泣。

哈　尔	宝贝儿，你能给我一个晚安吻吗……也许？就再来一次。
梅　姬	我不认为这是个好主意。
哈　尔	拜托！
梅　姬	这……这只会让一切我最好忘了的事情重新开始。
哈　尔	求你！
梅　姬	答应我不要抱我。
哈　尔	我会把手放在身侧，我向上帝发誓。
梅　姬	好吧……（她慢慢地走向他，双手捧起他的脸，亲吻他，这个吻持续了很久。哈尔的手变得紧张，终于找到了环抱她的方式。他们之间的激情再次爆发。然后梅姬发出一声轻微的尖叫，从哈尔身边挣脱开来，跑进屋里，啜泣着）别，你答应过的。我再也不想见到你了，我还不如死了算了。

［梅姬跑进前门，留下哈尔一个人。他鄙视自己，用拳头捶打着自己，用脚后跟踢着大地，开始讨厌自己出生的那一天。

幕落

第二场

［第二天清晨。米莉坐在门口抽着烟，她穿着一条新洗的裙子，迎接开学的第一天。弗洛从前门走了出来，她是一个疯狂的女人。米莉立即掐灭了香烟。弗洛甚至没有时间穿好衣服，她在睡衣外面穿着一件旧睡袍。她对米莉说。

弗　洛	梅姬进来的时候你醒着吗？
米　莉	没有。
弗　洛	她今天早上跟你说什么了吗？
米　莉	没有。
弗　洛	亲爱的上帝！昨晚我没能从她嘴里套出一个字，她哭得太厉害了，她把门锁上了。
米　莉	我打赌我知道发生了什么。
弗　洛	（突然）你什么都不知道，米莉·欧文斯。如果有人对你说什么，你就……（嗅嗅空气）你抽烟了吗？
波茨夫人	（从后台阶走来）梅姬告诉你发生什么了吗？
弗　洛	下次你再收留流浪汉，海伦·波茨，让他们待在你自己的院子里，我会万分感谢你的。
波茨夫人	梅姬还好吗？
弗　洛	她当然没事。她下了车，离开了那个流氓，她就是这么做的。
波茨夫人	你有艾伦的消息吗？
弗　洛	他说他今天早上会过来。
波茨夫人	那个年轻人在哪里？
弗　洛	在哪里？如果他再次出现在这里，他就应该在监狱里，那是他要去的地方！
罗斯玛丽	（把头伸出前门）有人看见霍华德吗？
弗　洛	（惊讶）霍华德？没看见。怎么了，罗斯玛丽？
罗斯玛丽	（紧张和不确定）他说他今天早上可能过来。欧文斯太太，我正把夏天的衣服放在阁楼上。谁能帮帮我？
弗　洛	我们很忙，罗斯玛丽。
波茨夫人	我来帮你，罗斯玛丽。
	〔波茨夫人看着弗洛，然后走上门廊。
罗斯玛丽	谢谢，波茨夫人。（进屋）
弗　洛	（对波茨夫人）她整个早上都像只掉了头的鸡一样到处乱跑。有事情发生了！（波茨夫人进屋，弗洛对着米莉）你看着艾伦。

［弗洛进屋。传来了伊尔玛和克莉丝汀的声音，她们来这里是为了找罗斯玛丽。

伊尔玛　　姑娘，我希望罗斯玛丽已经准备好了。我答应过校长我会早点到那里帮忙登记。

克莉丝汀　我看起来怎么样，伊尔玛？

伊尔玛　　这是一件可爱的衣服。让我来调整一下后面。

［伊尔玛调整衣服裙摆悬垂的部分，克莉丝汀耐心地站在一旁。

克莉丝汀　我认为老师在开学第一天应该打扮得漂漂亮亮的，给学生一个好的第一印象。

伊尔玛　　（走上门廊）早上好，米莉！

米　莉　　嗨。

伊尔玛　　罗斯玛丽准备好了吗？

米　莉　　你想上去就上去吧。

克莉丝汀　（对米莉）我们昨晚在野餐时没见到梅姬。

米　莉　　很多人都是如此。

伊尔玛　　（给克莉丝汀一个意味深长的眼神）来吧，克莉丝汀。我敢打赌，我们必须把那个困倦的女孩从床上叫起来。

［伊尔玛和克莉丝汀走进前门。邦波骑着自行车，从车上下来，把一张报纸扔在波茨夫人家的台阶上。然后他来到弗洛家的后门廊，爬上波茨夫人家的门廊，这样他就能看到对面梅姬的房间了。

邦　波　　嘿，梅姬！想跳舞吗？下一个轮到我了，梅姬。

米　莉　　你闭嘴，疯子！

邦　波　　我哥哥看到他们停在桥下，艾伦·西摩在城里到处找他们。她总是装腔作势，但我知道她喜欢男人。

［邦波看到艾伦从欧文斯家的房子后面走过来，便迅速离开了。

米　莉　　有一天我真的会杀了那个暴躁的混蛋。（她转过来看向艾伦）

艾　伦　　我能看看梅姬吗？

米　莉　　我去叫她，艾伦。（对着梅姬的窗户喊）梅姬，艾伦来了！（回

	头对艾伦）她可能在穿衣服。
艾　伦	我等她。
米　莉	（坐在树桩上，非常害羞地转向他）我……我一直喜欢你，艾伦，你不知道吗？
艾　伦	（有些惊讶）喜欢我吗？
米　莉	（点点头）向一个人表示你喜欢他是非常困难的，不是吗？
艾　伦	（有点苦涩）对一些人来说很容易。
米　莉	我不知道为什么这让你觉得自己像个傻瓜。
艾　伦	（相当感动）我……我很高兴你喜欢我，米莉。
米　莉	（可以感觉到她的孤独）我并不指望你做什么，我只是想告诉你。
	［霍华德匆匆忙忙地穿过大门，很不高兴，他对米莉说。
霍华德	我能见见罗斯玛丽吗？
米　莉	我的天哪，霍华德，你在这里干什么？
霍华德	我想她在等我。
米　莉	你最好在楼梯下面喊一声。（霍华德正要进门，但又转了回来）其他人也都在上面。
霍华德	（看上去非常严厉）其他人？
米　莉	波茨夫人、克朗凯特小姐和肖恩瓦尔德小姐。
霍华德	天哪，我得单独见她。
罗斯玛丽	（在里面呼叫）霍华德！（在里面，对着所有的女人）是霍华德！他来了！
霍华德	（知道自己无法逃脱）天哪！
	［观众听到里面传来女人欢快的咿呀声。霍华德最后可怜地看了米莉一眼，然后走了进去。米莉跟了进去，院子里只剩下艾伦一个人。过了一会儿，梅姬从厨房门走了出来。她穿着一件简单的连衣裙，整个人显得很严肃。她的表情令人难以捉摸。
梅　姬	你好，艾伦。
艾　伦	（看到她非常感动）梅姬！

梅　姬　　　昨晚的事我很抱歉。

艾　伦　　　梅姬，不管发生了什么都不是你的错，我知道哈尔酗酒时的样子，但我现在已经把哈尔搞定了！他不会再找你麻烦了！

梅　姬　　　真的吗？

艾　伦　　　在学校里，我花了一半的时间帮助他摆脱困境。我知道他有过几次艰难的经历，我总是替他感到难过，但他就是这样回报我的。

梅　姬　　　（仍然很平静）他现在在哪里？

艾　伦　　　别担心哈尔！我现在就代他向你道别。

梅　姬　　　（还是面无表情）他走了吗？

弗　洛　　　（跑出厨房门，她现在穿好衣服了）艾伦，我不知道你在这里！

〔屋内传来了叫喊声。米莉走了出来，把大米扔到其他人的肩膀上，其他人都在笑着、喊着，观众只能听到下面的一些片段。

波茨夫人　　新娘来了！新娘来了！

伊尔玛　　　愿你的烦恼都是小事！

克莉丝汀　　你得到了一个很棒的女孩，霍华德·贝文斯！

伊尔玛　　　罗斯玛丽要找一个好男人了！

克莉丝汀　　她们没有比罗斯玛丽更好的了！

波茨夫人　　开心点！

伊尔玛　　　愿你的烦恼都是小事！

波茨夫人　　永远快乐！

〔现在他们都在门廊上。霍华德提着两个手提箱，他的脸上露出混乱又困惑的表情。罗斯玛丽穿了一套夸张的旅行服。

伊尔玛　　　（对罗斯玛丽）姑娘，你穿的是旧衣服吗？

罗斯玛丽　　一双旧的尼龙袜，但和新的一样好。

克莉丝汀　　她穿的是全新的衣服。罗斯玛丽，你穿的是蓝色的衣服吗？我没看见！

罗斯玛丽　　（大胆的）你不会的！（他们都笑了，罗斯玛丽开始清点个人物品）借来的东西！我没有东西可借！

[哈尔的头从木屋的边缘出现。他观察了一会儿，确定没有人注意到他，然后飞快地跑进了棚屋。

弗 洛　　梅姬，你给罗斯玛丽借些东西，这将意味着你的好运气。去，梅姬！（她挽着艾伦的胳膊，把他拉向台阶）罗斯玛丽，梅姬有东西借给你。

梅 姬　　（走到人群中）您可以借用我的手帕，辛尼小姐。

罗斯玛丽　谢谢你，梅姬。（她接过手帕）姑娘们，梅姬非常漂亮，不是吗？

伊尔玛
克莉丝汀　哦，是的！是的，确实如此！

[梅姬转身离开人群，朝波茨夫人家走去。

罗斯玛丽　（上述过程中）她很谦虚！像梅姬这样漂亮的女孩可以无忧无虑地生活！

[艾伦从人群中转过身来加入梅姬的行列，弗洛转身走向梅姬，罗斯玛丽跟着弗洛。

罗斯玛丽　欧文斯太太，我的热水瓶在衣柜里，卷发器在浴室里，你和女孩们可以拥有它们。我把其他的东西都放在阁楼上了，等我们安顿下来，霍华德和我就来拿。切里韦尔也不是很远。我们可以成为好朋友，和以前一样。

[哈尔把头伸进棚屋的门，看到了梅姬的眼睛，梅姬吓了一跳。

弗 洛　　我不想现在提这些，罗斯玛丽，但你没有给我们太多的通知。你知道我可以把房间租给谁吗？

伊尔玛　　（对罗斯玛丽）你没告诉她琳达·苏·布雷肯里奇的事吗？

罗斯玛丽　哦，是的！琳达·苏·布雷肯里奇，她是缝纫老师！

伊尔玛　　（对所有人积极肯定）她是个可爱的女孩！

罗斯玛丽　她和本迪克斯太太吵了一架。本迪克斯太太想让她为早上的橙汁付二十美分，而我们没有一个女孩付过超过十五美分的钱。是吗，姑娘们？

伊尔玛	（坚决支持）是！从来没有！当然没有！
克莉丝汀	
罗斯玛丽	伊尔玛，你让琳达·苏去联系欧文斯太太。
伊尔玛	我会的。
弗 洛	谢谢你，罗斯玛丽。
霍华德	罗斯玛丽，我们还得去拿执照……
罗斯玛丽	（对着伊尔玛和克莉丝汀，她们都泣不成声）再见，姑娘们！我们一起度过了非常快乐的时光！

［伊尔玛、克莉丝汀和罗斯玛丽相拥而泣。

| 霍华德 | （坐立不安）来吧，亲爱的！ |

［艾伦从霍华德手中接过手提箱。

霍华德	（对艾伦）一个男人必须在某段时间安定下来。
艾 伦	当然。
霍华德	人们宁愿和已婚男人做生意！
罗斯玛丽	（对梅姬和艾伦）我希望你们俩能像我和霍华德一样幸福。（转向波茨夫人）波茨夫人，您一直是个很好的朋友！
波茨夫人	我祝你幸福，罗斯玛丽。
罗斯玛丽	再见，米莉。有一天你会成为一个有名的作家，我会为认识你而感到骄傲。
米 莉	谢谢，辛尼小姐。
霍华德	（对罗斯玛丽）都准备好了吗？
罗斯玛丽	一切就绪，准备出发！（突然想到）我们去哪儿？
霍华德	（尴尬地停顿了一下）嗯……我有个表兄在奥扎克①经营一个旅游营地，他和他妻子可以免费让我们住下。
罗斯玛丽	哦，我爱奥扎克！

［罗斯玛丽抓住霍华德的胳膊将他拉下舞台。艾伦将手提箱搬下舞台。伊尔玛、克莉丝汀、波茨夫人和米莉跟在他们后面，

---

① 奥扎克（Ozark），美国中西部地区的一个高原，地处阿肯色州。

	一边扔着大米，一边在后面叫着。
所有人	（他们离开时）每年的这个时候，奥扎克地区都非常美丽！快乐愿您的烦恼都是小烦恼！你得到了一个出色的女孩！你得到了一个优秀的男人！
弗 洛	（与梅姬独处）梅姬，昨晚发生了什么事？你一个字也没告诉我。
梅 姬	别管我了，妈妈。
罗斯玛丽	（台下）欧文斯太太，您不跟我们说再见吗？
弗 洛	（气呼呼的）哦，亲爱的！我整个早上都在和她道别。
艾 伦	（出现在大门口）欧文斯太太，辛尼小姐想把她房间的钥匙给您。
波茨夫人	（艾伦后面）来吧，弗洛！
弗 洛	（匆忙离开）我来了，我来了。
	［弗洛跟着艾伦和波茨夫人走入了喧闹的后台。现在哈尔从木棚里出来了。他的衣服湿透了，粘在身上。他赤着脚，T恤上有血迹。他站在梅姬面前。
哈 尔	亲爱的！
梅 姬	（从他那儿返回）你不该来这儿。
哈 尔	听着，宝贝儿，我有麻烦了。
梅 姬	活该。
哈 尔	西摩的老爹让警察跟踪我，说我偷车。我不得不把其中一个混蛋打晕，游到河里才得以脱身。如果他们追上我，那就太糟糕了。
梅 姬	（依旧面无表情）你生来就是惹麻烦的。
哈 尔	宝贝儿，我不得不说再见了。
梅 姬	（仍隐藏着情绪）你要去哪里？
哈 尔	货运列车很快就到，我搭个便车，我以前做过很多次。
梅 姬	你打算怎么办？
哈 尔	我在塔尔萨有些朋友。我总能在梅奥酒店找到一份工作。天哪，

我不想说再见。

梅　姬　（不知道他的确切感受）嗯……我不知道还能做什么。

哈　尔　你还在生气吗，宝贝儿？

梅　姬　（含糊其词的）我……我从没见过像你这样的男孩。

［喧闹现在安静下来了，可以听到霍华德和罗斯玛丽在其他人的呼唤声中离开了。弗洛回来了，停在门口，看到了哈尔。

弗　洛　梅姬！

［现在艾伦跑了过来。

艾　伦　（大怒）哈尔，你在这里干什么？

［波茨夫人和米莉上场，伊尔玛和克莉丝汀紧随其后。

波茨夫人　是那个年轻人！

哈　尔　听着，西摩，我没有偷你的破车，咱们把话说清楚。

艾　伦　如果你知道什么对你是好的，最好离开这个城市。

哈　尔　我准备好了就走。

波茨夫人　走？我以为你会留在这里安顿下来。

哈　尔　不，我不会安定下来。

艾　伦　（野蛮地撕扯哈尔）你现在就走，你把我当什么了？

哈　尔　（拉住艾伦，不想打架）听着，朋友，我不想和你打架，你是我唯一的朋友。

艾　伦　我们不再是朋友了，我不怕你。（艾伦撞向哈尔，但哈尔的力量和身体灵敏性远远超过艾伦。他迅速将艾伦的双臂反扣在身后，将其摔倒在地。伊尔玛和克莉丝汀在门口紧张地看着。波茨夫人忐忑不安，艾伦痛苦地喊叫着）放开我，你这该死的流浪汉！放开我！

弗　洛　（对哈尔）把你的手从他身上拿开。

［艾伦不得不承认他已经被控制。哈尔放开他，艾伦退到波茨夫人家后门台阶，坐在那里，双手捂着脸，感受着最深的羞辱。远处传来火车的汽笛声。哈尔急忙跑到梅姬身边。

哈　尔　（对梅姬）亲爱的！你不打算说再见吗？

弗　洛	（对伊尔玛和克莉丝汀）你们最好快走，姑娘们，我们可不是在演节目。
	［伊尔玛和克莉丝汀气冲冲地离开。
梅　姬	（低着头，不想看哈尔）……再见……
哈　尔	请别生气，宝贝儿。你坐在我身边，看起来那么漂亮，说着那些甜言蜜语，我以为你也喜欢我，宝贝儿。老实说，我是喜欢你。
梅　姬	没关系，我没有生气。
哈　尔	谢谢，非常感谢。
弗　洛	（像只吠叫的梗犬）年轻人，如果你不马上离开这里，我就报警，把你关到你该去的地方。（梅姬和哈尔甚至没有听到）
梅　姬	我……我确实喜欢你……从第一次见到你的时候。
弗　洛	（大怒）梅姬！
哈　尔	（满面笑容）真的吗？（梅姬点头）我也觉得你确实喜欢我。
	［对哈尔来说，一切都值得了。米莉在门口怀疑地看着。波茨夫人在后面慈爱地看着。弗洛时而关心艾伦，继而试图摆脱哈尔。
弗　洛	梅姬，我要你马上进屋！
	［梅姬没动。
哈　尔	听着，宝贝儿，我以前从没说过，从来没有。这让我觉得自己像个怪胎，但我……
梅　姬	什么？
哈　尔	我为你疯狂，宝贝儿。我是认真的。
梅　姬	你和很多女孩约会……
哈　尔	少数几个。
梅　姬	就像你昨晚和我约会一样。
哈　尔	不像昨晚，宝贝儿。昨晚是……（尝试寻找合适的表达）自然而然的。
梅　姬	真的吗？

哈　尔	你坐在那里的样子，知道我的感受。你握着我的手说话的样子。
梅　姬	我不能忍受辛尼小姐那样对待你。毕竟，你是个男人。
哈　尔	你是个女人，宝贝儿，不管你知道与否，你是一个真正的、活生生的女人。

〔远处传来警笛声。弗洛、波茨夫人和米莉都惊恐万分。

| 米　莉 | 嘿，警察来了。 |
| 波茨夫人 | 我知道如何应对他们。 |

〔波茨夫人匆匆离开。米莉在一旁看着。哈尔和梅姬站着没动，他们站在那里看着对方的眼睛，然后哈尔说。

哈　尔	你爱我吗？
梅　姬	（眼中噙着泪水）这又有什么用呢？
哈　尔	我是个可怜虫，宝贝儿，我必须在这一生中拥有属于我的东西。吻我，再见。（他抓住她，吻她）跟我走，宝贝儿。他们在酒店地下室给了我一个房间，虽然有点简陋，但在找到更好的房间之前，我们可以一起住。
弗　洛	（气愤）梅姬！你疯了吗？
梅　姬	我不能。

〔火车鸣笛远去。

| 弗　洛 | 年轻人，你最好尽快上火车。 |
| 哈　尔 | （对梅姬）当你听到那列火车驶出一个小镇，并知道我在上面时，你的小心脏就会崩溃，因为你爱我，该死的！你爱我，你爱我，你爱我。 |

〔哈尔在梅姬唇上印下最后一吻，然后跑去赶火车。当他放开梅姬时，她摔倒在地。弗洛赶紧安慰梅姬。

弗　洛	起来，梅姬。
梅　姬	哦，妈妈！
弗　洛	为什么会发生在你身上？
梅　姬	我爱他！我真的爱他。
弗　洛	嘘，姑娘，小点声。邻居们都在他们的门廊看热闹呢。

梅 姬	我从来不知道是什么感觉。为什么没有人告诉我？
米 莉	（从后面看）他成功了，他上了火车。
梅 姬	（深深地遗憾地呼喊）现在我再也见不到他了！
弗 洛	梅姬，相信我，这样最好。
梅 姬	为什么？为什么？
弗 洛	至少你没有嫁给他。
梅 姬	（痛苦地哀号）哦，妈妈，你能用你感受到的爱做些什么呢？你能把它带到哪里去？
弗 洛	（被打败了）我……我从未发现。
	〔梅姬哭着进了屋。波茨夫人回来了，拿着哈尔的靴子。她把靴子放在门廊上。
波茨夫人	警方在河岸上发现了这些东西。
艾 伦	（站在波茨夫人家的台阶上，起身）女孩们总是喜欢哈尔。他离开兄弟会几个月后，她们还打电话来。"哈尔在吗？""有人知道哈尔去哪儿了吗？"她们的声音听起来总是那么惆怅。
弗 洛	艾伦，今晚来吃晚饭。我有甘薯派和所有你喜欢的东西。
艾 伦	我马上就走了，欧文斯太太。
弗 洛	走了？
艾 伦	我爸爸一直想让我带他去密歇根钓鱼。我一直在拖延他，但现在我……
弗 洛	你会在上学前回来的，是吗？
艾 伦	我会在圣诞节回来的，欧文斯太太。
弗 洛	圣诞节！艾伦，进去和梅姬说再见！
艾 伦	（回忆过去的爱情）梅姬很漂亮。她让我感到如此骄傲——只是看着她……并告诉自己她是我的。
弗 洛	再见她一次，艾伦！
艾 伦	（下定了决心）不！圣诞节我会回家，到时我会去打声招呼。（他跑出去了）
弗 洛	（失声痛哭）艾伦！

波茨夫人　　（安慰她）他会回来的，弗洛，他会回来的。

米　莉　　（挥手告别）再见，艾伦！

弗　洛　　（重新开始生活）你最好准备上学了，米莉。

米　莉　　（走到门口，相当悲伤）天哪，我差点忘了。

［米莉进屋。弗洛转向波茨夫人。

弗　洛　　你喜欢那个年轻人，是不是，海伦？承认吧。

波茨夫人　　是的，我有。

弗　洛　　（轻声的）嗯。

波茨夫人　　家里只有我妈妈和我，我已经习惯了一切，一切都那么朴素，偶尔掉在地板上的发卡，窗前的天竺葵，我妈妈的药味……

弗　洛　　我会保持我家的原样，谢谢。

波茨夫人　　当一个男人在那里，不，弗洛，他走进门，突然一切都不同了。他在狭小的房间里踱来踱去，就像还在户外一样，他说话的声音洪亮，震得天花板都在颤抖。他所做的一切都让我想起家里有个男人，这似乎很好。

弗　洛　　（怀疑的）有吗？

波茨夫人　　这提醒了我……我是个女人，这似乎也很好。

［米莉拿着课本大摇大摆地从前门走出来。

米　莉　　（鄙视的）梅姬爱上了那个疯子。她在里面哭得死去活来。

弗　洛　　管好你自己的事，去上学。

米　莉　　我永远不会坠入爱河，我不会。

波茨夫人　　等你长大一点再说吧，米莉姑娘。

米　莉　　我已经够老了。梅姬可以留在这个水深火热的小镇上，嫁给一个脾气暴躁的家伙，养一大堆肮脏的孩子。等我大学毕业了，我要去纽约，写一些让人震惊的小说。

波茨夫人　　你是一个有才华的女孩，米莉。

米　莉　　（得意的）我将是如此伟大和出名，我将永远不会坠入爱河。

男孩的声音（普德克·麦卡洛）（从台下传来，对米莉起哄）嘿，加油，女孩！

米　莉　　（在远处发现他）是普德克·麦卡洛，他自以为很聪明。

男孩的声音（普德克·麦卡洛） 嘿，女孩！来吻我，我想坠入爱河。

米　莉　　　（怒火中烧）如果他以为这样就可以蒙混过关，那他就是疯了。
　　　　　　　〔米莉找来一根棍子，打算用来对付冒犯她的人。

弗　洛　　　米莉，米莉！你是一个成年女孩了。
　　　　　　　〔米莉想了想，放下棍子起身。

米　莉　　　晚上见。（她离开）

弗　洛　　　（想要得到保证）艾伦会回来的，你不这么认为吗，海伦？

波茨夫人　　当然，他会回来的，弗洛。他会在圣诞节回来，带梅姬去乡村俱乐部跳舞。他们会结婚，从此过上幸福的生活。

弗　洛　　　希望如此。
　　　　　　　〔突然，梅姬从前门走了出来。她戴着帽子，提着一个纸板手提箱。她脸上露出坚定的神情，径直走向大门。

弗　洛　　　（眩晕的）梅姬！

梅　姬　　　我要去塔尔萨，妈妈。

波茨夫人　　（自言自语）看在上帝的分儿上。

梅　姬　　　请不要生气。我这样做不是为了报复。

弗　洛　　　（抱住她的头）真没想到！

梅　姬　　　我知道你的感受，但我不知道还能做些什么。

弗　洛　　　（焦急的）听着，梅姬，艾伦圣诞节要回来了。他会带你去俱乐部跳舞。我会为你做另一件新衣服，然后……

梅　姬　　　我要走了，妈妈。

弗　洛　　　梅姬！听我说……

梅　姬　　　我的车几分钟后出发。

弗　洛　　　他不好，他永远无法支持你。当他有工作时，他会把所有的钱都花在酒上。一段时间后，会有其他女人。

梅　姬　　　我想过所有这些事情。

波茨夫人　　你不会因为一个人完美而爱，弗洛。

弗　洛　　　哦，上帝！

男孩的声音　（在远处）嘿，梅姬！嘿，美人儿！你是我的唯一。

波茨夫人　　　那些男孩是谁？

梅　姬　　　一些帮派分子，开着他们的改装车。（亲吻波茨夫人）再见，波茨夫人。我会像想念妈妈一样想念你的。

弗　洛　　　（拽着梅姬，试图从她手中夺走手提箱）梅姬，现在听我说，我不能让你……

梅　姬　　　没用的，妈妈，我这就走了。别担心，我存了十美元，买一双鞋，我在《塔尔萨世界》的广告上看到有很多女招待的工作。替我跟米莉说再见，妈妈，告诉她我说恨她的那些话都不是真心的。

弗　洛　　　（哭泣）梅姬……梅姬……

梅　姬　　　告诉她，我一直为有这样一个聪明的妹妹而感到骄傲。

　　　　　　　〔梅姬跑开了。弗洛仍在拉扯她，然后放弃，站在门柱旁，看着远处的梅姬。

弗　洛　　　海伦，我能阻止她吗？

波茨夫人　　　有人能阻止你吗，弗洛？

　　　　　　　〔弗洛给波茨夫人一个真切领悟的眼神。

男孩的声音　　嘿，梅姬！你是我的唯一。

弗　洛　　　（仍然看着远处的梅姬）她还这么年轻，我有很多事一直没有机会教她。

波茨夫人　　　让她自己学，弗洛。

波茨夫人的母亲　海伦！海伦！

波茨夫人　　　耐心点，妈妈。

　　　　　　　〔波茨夫人开始上楼梯到她家的后门廊。弗洛仍然站在门口，注视着远方。

幕落

巴士站

Bus stop

[美]威廉·英奇(William Inge)著　邓雪 译

导 读

《巴士站》是威廉·英奇的代表作之一，该剧在百老汇一上演便声名大噪，轰动一时，《时代》杂志评价该剧"不仅是这个演出季，也可能是英奇最优秀的剧作"。该剧以堪萨斯城以西一个小镇的街角餐馆为特定空间，围绕因恶劣天气导致前往托皮卡的公路被封锁，汽车无法继续前行而停靠在餐馆旁，车上的乘客遂与在餐馆里谋生的人相遇相知而展开故事。通过餐馆里人们的交流与行动，细腻地铺陈出不同个体的情感经历与生活历程，昭示出在貌似平静的形式中包含了人物内在的精神风暴和深刻的内在冲突。

一个暴风雪肆虐的深夜，一辆长途汽车因前方道路塌陷被迫滞留在堪萨斯城以西约30英里一个小镇的街角餐馆里。女老板格蕾丝、女招待埃尔玛、值勤警官威尔迎接了车上几位饥寒交迫、疲惫不堪的旅客。其中最先进入餐馆的是一个20岁左右的金发女孩切丽。她一进餐馆就向威尔求助，声称遭到诱拐。威尔立即警觉起来，盘问起后进来的博和维吉尔两人。原来两人是牛仔，博和切丽差不多年纪，维吉尔是博的朋友兼保护人。他们是在堪萨斯城的一家夜总会里认识歌手切丽的，切丽美丽的容貌和动人的歌声让博立即坠入爱河，而切丽也被博的英俊相貌和健壮体魄所吸引，便欣然同意同他一起回蒙大拿牧场结婚。不料因对未知生活的恐惧和对博粗鲁自负的性格感到不满后，切丽变卦了。然而博根本不理睬威尔的干预，他的逻辑具有强烈的主观色彩："我告诉她我爱她，我想娶她。"威尔讥讽道："你忽略了一个简单而重要的事实，那就是这个姑娘她不爱你。"两人最终在雪地里大打出手。

旅客中还有一位温文尔雅的莱曼博士，他曾就读于名校，并担任大学教授。莱曼一进餐馆就急迫地询问汽车是否开出了堪萨斯城地界，得到肯定答复后，他似乎放下了一桩心事，然后把注意力集中在女招待埃尔玛身上。埃尔玛是高中即将毕业的纯情少女，对生活和外面的世界充满好奇渴望，她还分辨不清友谊与爱情的界线。埃尔玛十分倾慕莱曼的渊博学识与机智话语，答应随他一起去托皮卡参观博物馆。其实，莱曼博士是个不可救药的酒鬼，曾有过三次失败婚姻，他在情感上过于自私和吝啬，又不愿承担任何的家庭和社会责任，以至于放任自我。他还有着严重的自怜情结和性诱惑倾向。在堪萨斯城内闲逛时，他与中学女生搭讪挑逗，引起警方注意，不得不匆匆逃走。现在莱曼似乎又要把垂钓抛向天真的埃尔玛。

餐馆老板格蕾丝遭到丈夫的遗弃，在孤独和性饥渴中，她向来往的司机张开温暖臂膀。她与司机卡尔短暂偷情，却因为卡尔始终没有正面回答她有关是否结婚的询问而在欢娱之后顿陷更深的痛苦与自谴中。格蕾丝自嘲地向埃尔玛解释自己的放荡行为："因为我是一个不安分的女人，每隔一段时间，我就得找个男人，只是为了让自己开心点。"

剧中巧妙地设计了这样一个场景：困守在餐馆里的人们举办娱乐表演活动，这个消磨时间的办法，是埃尔玛想出来的。维吉尔弹奏了一曲伤感悠远的西部歌谣，切丽演唱了她拿手的、曾深深打动博的歌曲，埃尔玛与莱曼合演了《罗密欧与朱丽叶》中著名的"阳台"选段。表演活动所制造的温馨情调与家庭氛围，促使人们重新思考自己的爱情观和生活态度。

从警局放回来的博在维吉尔的开导下，终于认识到应该尊重所爱之人的感情，应该温柔地而不是粗暴地对待爱情问题。他主动向切丽认错。当切丽得知自己是博追求过的第一个姑娘，博曾经所说的"猎色经历"完全是他为了遮掩幼稚而吹嘘出来的时候，十分震惊。她向博承认在曾与博相处时，仍同时与其他男人来往，自己在感情上配不上博。博经过痛苦的内心煎熬，发现自己依旧深爱着切丽。于是这两个年轻人拥抱在一起。现在他们了解了对方的真实情感，终于迈出了相敬相爱的第一步。莱曼既受到莎士比亚剧作道德力量的激荡，又被埃尔玛天真无邪的情感关怀所感动，主动熄灭了不洁的欲念。他放弃了与埃尔玛共游托皮卡的计划，准备去看心理医生。短短的午夜几个小时，对少女埃尔玛来说是一段不寻常的经历。不管别人怎么看待莱曼，他对她容貌、性格、青春的赞美，使埃尔玛感受到异样的温情与快乐。她对自己、对未来充满了信心，对真正的爱情也有了更加清晰的憧憬。

凌晨时刻，道路疏通，汽车要出发了。博与切丽将去蒙大拿牧场开始新生活，莱曼继续他那漂泊天涯的行旅。但维吉尔却留下来了，他不愿意夹在博与切丽中间，妨碍他们的幸福，他完成了对博的监护，要去寻找自己的生活了……

如同英奇其他作品一样，此剧没有刻意设计的中心情节和主要人物，而是在一个特定的空间里，不同背景、身份、年龄和性别的人们由于偶然性的机缘相聚在一起，展示出自己的故事。作者企图通过不同场面的艺术组接，展示"不同类型的爱情画面，从天真无邪到腐恶堕落的种种陈列"[①]。而"巴士站"更像是"乌托邦"，让每一个皮囊里孤独、寂寞的心都能在此得到片刻的放松。

---

① 《英奇戏剧四种·序》，*Random House, New York*, 1958

出场人物：

埃尔玛·达克沃斯（Elma Duckworth）：十几岁，高中生，餐馆服务员。
格蕾丝（Grace）：三四十岁，成熟女性，餐馆服务员。
威尔（Will）：小镇的警长。
切丽（Cherie）：大约二十岁，漂亮的金发女孩。
森拉尔德·莱曼（Gerald Lyman）：大学教授，哲学博士。
卡尔（Carl）：巴士司机，格蕾丝的情夫。
博·德克尔（Bo Decker）：牛仔。
维吉尔·布莱辛（Virgil Blessing）：牛仔，博的朋友。

场景：

第一幕
三月初的一个夜晚，凌晨一点

第二幕
几分钟后

第三幕
清晨，大约清晨五点

第一幕

[整个故事发生在堪萨斯城①以西约三十英里一个小镇的街角餐馆里,这家餐馆也是巴士线路上的临时休息站。这是一个破败的建筑,几乎没有什么现代化的痕迹,污损的墙壁上装饰着风景日历和画着漂亮女孩的海报,天花板的电线上挂着两个摇摇欲坠且光线不佳的电灯泡。房间中间放着几张用餐的四方桌和几把椅子,最左边是柜台,前面摆放着六个凳子,延伸到柜台深处。柜台后面是一些餐馆常规的用具(咖啡滤壶、盘子、杯子、冰箱等),柜台上有几大盘盖着玻璃罩的甜甜圈、甜面包卷等。在最右边,紧靠外面的大门,有一排杂志架和一排书架,上面堆满了各种杂志、书籍。后面的中间是一个老式的富兰克林火炉,右后方有一个很大的窗户,可以看到外面的风景。靠墙的窗户下面,是为候车的人准备的两把长椅。左后方是后门,靠近柜台上端,门上有一个模糊的手绘标牌,写着"洗手间在后面"。

[三月初的一天的凌晨一点,外面暴风雪正在肆虐,透过窗户可以听到呼啸而过的风,看到飘飞的雪花。相比之下,餐馆里显得格外温暖舒适,富兰克林火炉散发出它所有的热量。两个年轻的女人,穿着陈旧的制服,在柜台后面工作。埃尔玛是个大眼睛女孩,还在上高中。格蕾丝是个看起来三四十岁的成熟女性。预计很快就有一辆巴士到站,她们正在懒散地检查还缺少哪些食物。外面狂风大作,猛烈冲击着所经之处,好似要将

---

① 堪萨斯城(Kansas City),美国密苏里州西部的一座城市。

这家小餐馆连根拔起，然后又突然平息，使一切归于平静。幕布拉开时，埃尔玛站在最右边看着窗外，被这狂暴的天气吓坏了。格蕾丝正在打电话。

埃尔玛	你听听这风，听听这风，三月真是来如雄狮啊！（格蕾丝摇了摇电话听筒，没有得到回应）格蕾丝，你真应该过来看看，看看这风是怎么把镇上的东西吹得乱七八糟的。
格蕾丝	现在我只想知道为什么找不到接线员。
埃尔玛	我打赌巴士会晚点。
格蕾丝	（终于放下电话）我打赌不会的，至少到现在为止路看起来是通的，但我联系不到接线员，她一定是接了太多电话了。
埃尔玛	（仍看着窗外）我敢打赌巴士上没有多少乘客。
格蕾丝	或许吧，但就算只有一个人，我们也得继续营业。
埃尔玛	今晚应该不会有人出门，除非万不得已。
格蕾丝	你的家人会担心你吗，埃尔玛？
埃尔玛	不会，我父亲说，在我离开家之前，他就猜到会这样了。
格蕾丝	（走到柜台后面）好吧，你最好过来帮我，巴士随时会到，我们得把东西准备好。
埃尔玛	（离开窗前，跟着格蕾丝走到柜台后）像这样的夜晚，我很高兴我有家可以回。
格蕾丝	唉，我也是，可是家里没人。
埃尔玛	你丈夫现在在哪，格蕾丝？
格蕾丝	我怎么知道？
埃尔玛	你不想他吗？
格蕾丝	不！我不想。
埃尔玛	如果他现在走进来，你会不会很高兴见到他？
格蕾丝	你想知道的太多了。
埃尔玛	我只是比较好奇，格蕾丝。
格蕾丝	嗯，像你这个年龄的孩子想了解的问题。我不知道，我想如果我知道他不会待很久，会很高兴见到他的。

埃尔玛	格蕾丝，你不工作的时候不觉得孤独吗？
格蕾丝	当然会，如果不是餐馆的事让我忙个不停，我可能会疯掉。有时候晚上，我倒完垃圾、锁好门、关了灯之后，就会有种不舒服的感觉，我真的不想上楼回那个空荡荡的房间。
埃尔玛	啊，如果你有这种感觉，为什么不写信给你丈夫让他回来呢？
格蕾丝	（想了一会儿）因为他在的时候我也一样孤独。除了发生关系，其他时间他不怎么陪我，但是发生关系是一回事，孤独是另一回事。平时，我和巴顿① 经常吵架。
埃尔玛	我父母相处得很好，我是说，他们似乎真的很喜欢对方。
格蕾丝	哦，我知道不是所有结了婚的人都像我和巴顿一样。（又去打电话）现在，也许我能找到接线员了。（摇了摇听筒，还是没人接，挂断）
埃尔玛	我喜欢在这儿和你一起工作，格蕾丝。
格蕾丝	是吗，亲爱的？很高兴听你这么说，我真不知道没有你我该怎么办，尤其是周末。
埃尔玛	你知道吗？一开始我很害怕这份工作。
格蕾丝	（开玩笑）为什么？我还以为工作让你没时间陪你的男朋友们呢。（埃尔玛看起来有些不高兴）如果你成绩不那么好，也许会有更多的男朋友。因为男生觉得一个女生如果比自己聪明，他们会有点尴尬。
埃尔玛	那我该怎么办？难道让我的课程不及格？
格蕾丝	当然不是。你是个好孩子，很有头脑。我像你这么大的时候，真希望有人能跟我讲道理，但我是个任性的孩子，总是我行我素。所以现在我在这，成了一个开餐馆的寡妇，以后可能会死在这个小镇上，被他们埋在后院。 ［威尔警长从前门走了进来，风雪挟着他破门而入。他身材魁梧，神情阴沉，身高超过一米八，留着浓密的黑胡子，额头上

---

① 巴顿（Patton），格蕾丝丈夫。

有一道伤疤。他戴着一顶破旧的黑帽子，穿着厚重的雨衣和笨重的套鞋，看上去有些令人生畏。

威　尔	（走进来）你们的电话能接通吗？
格蕾丝	不，威尔，接线员没回复。
威　尔	这说明所有线路都断了。开往托皮卡①的巴士快到了，是吗？
格蕾丝	马上就到。
威　尔	他们得停在这里，不知道多久。从这里到托皮卡的高速路被封了，可能得需要一整晚清理积雪。
格蕾丝	听起来很恐怖。
威　尔	高速路正在清理，电话公司也在努力恢复线路。三月来如雄狮，没错。
格蕾丝	是啊。
威　尔	（脱下雨衣挂起来，走到火炉边暖手）车站很冷。有现煮的咖啡吗？
格蕾丝	它刚刚煮好，威尔，如你所愿的新鲜。
威　尔	（走向柜台）像这样的暴风雪让我抓狂。（格蕾丝听了他的话笑了，给他倒了杯咖啡）让我很生气。
格蕾丝	这样的天气什么都做不了。
威　尔	可能因为我是警长吧，我喜欢看到所有的事情都井然有序。
格蕾丝	让风吹吧！我只祈求上帝给我留个栖身之所。（听到外面巴士马达声停了）
威　尔	巴士到了。
格蕾丝	埃尔玛，去倒些水吧。记着甜甜圈是昨天剩下的，但是可以吃。三明治的所有材料都准备好了，除了奶酪，我们没有奶酪了。
威　尔	你好像从不准备奶酪，格蕾丝。
格蕾丝	是的，威尔，我想我有点以自我为中心，我不爱吃奶酪，所以也从不为别人准备奶酪。

---

① 托皮卡（Topeka），美国堪萨斯州首府。

埃尔玛	天哪,真庆幸今晚不用坐巴士。
格蕾丝	我想知道今晚谁开车,是卡尔对吗?
埃尔玛	我想是的。
格蕾丝	(显然卡尔要来的消息让她很开心,推了推埃尔玛)亲爱的,我随时准备为卡尔服务。
埃尔玛	好吧,格蕾丝。

〔门开了,雪飞了进来。切丽,一个大约二十岁的金发女孩,好像被追赶着走了进来。她没有戴帽子,头发上尽管别着漂亮的发夹,发丝还是随风飘扬。她有一种脆弱的、少女般的美。她立即跑向柜台,引起了格蕾丝和埃尔玛的注意。她拖着一个又大又破的草编行李箱,穿着一件薄薄的金色布外套,边缘装饰着并不华丽的毛皮,一件用亮片和网布做的裙子,以及露出装饰着亮丽珐琅的脚趾的镀金凉鞋,脸上化着电影里的那种妆,尽管穿着和妆容有些荒谬,但还是难以掩盖她的美貌。她的老家在奥扎克①,讲着一口南方方言。

切　丽	(看起来很慌张,直截了当地说)有什么地方可以让我躲起来吗?
格蕾丝	(很吃惊)什么?
切　丽	巴士上有一个人……我想躲起来。
格蕾丝	(支支吾吾的)天哪……这怎么办?
切　丽	(看到后门上的手绘标牌,朝它走去)我躲进卫生间,如果有个又高又瘦的牛仔进来,你就告诉他我不见了。
格蕾丝	(在门口拦住切丽)嘿!你不能躲在那,太冷了,会冻坏你的……
切　丽	(打开门,看见卫生间在外面)啊,在外面。
格蕾丝	这只是个小镇。
切　丽	(又开口了)待二十分钟应该没什么问题。

---

① 奥扎克(Ozarks),美国中西部地区的一个高原,地处阿肯色州。

格蕾丝	（再次阻止她）但我要告诉你一件事，巴士可能整夜都停在这里。
切　丽	（转身）什么？
格蕾丝	高速路被封了，你们都得待在这儿，直到高速路清理干净。
切　丽	（关上门，拖着行李箱来到柜台。几乎要哭了）天哪，那我该怎么办？
格蕾丝	（从柜台后面走到前门）我最好现在去告诉卡尔巴士晚点的事。
切　丽	（坐在柜台前的凳子上）我该怎么办？我该怎么办？
埃尔玛	（友好的）这条街上有一家小旅馆。
切　丽	你把我当什么了，百万富翁吗？
威　尔	（出于职业敏感，他来到切丽身边）小姐，出什么事了？
切　丽	（狐疑地看着威尔）你是警察？
威　尔	我是当地的警长。
埃尔玛	这儿的每个人都喜欢他，真的！
切　丽	嗯……我没说要你帮我抓谁。
威　尔	谁说我会抓人？我想知道你遇到了什么事？
切　丽	我……我需要保护。
威　尔	为什么？
切　丽	有个牛仔在追我。
威　尔	（环顾四周）他在哪儿？
切　丽	他和他的朋友在巴士上睡着了，巴士一停，我就跳下车跑了，但我无处可逃。他很快就会来这儿，你只要让他离我远点就好了。
威　尔	你是在巴士上认识他的吗？
切　丽	不是，我是在堪萨斯城认识他的，我在那儿的蓝龙夜总会工作，就在畜牧场旁边。他来堪萨斯城进行一年一度的牛仔竞技表演，他和其他牛仔每晚都来夜总会，每晚都会大打出手。老板说明年牛仔们来的时候，是不会让他们进来的。
威　尔	然后他就跟着你上巴士了？

切　丽	他拖着我上了巴士，我被绑架了。
威　尔	绑架？那你还有时间收拾行李箱？
切　丽	我本来打算去别的地方，想要逃离他，但他把我抱起来拖上了车。唉，我都不知道该怎么说。
威　尔	他打算带你去哪？
切　丽	他在蒙大拿州①有个牧场，说一到那儿就和我结婚。
威　尔	你没同意吗？
切　丽	我可不想去蒙大拿那种鸟不拉屎的鬼地方。
威　尔	好吧，如果这个牛仔真的违背了你的意愿，我会阻止他的。
切　丽	你根本不了解他，他是个很偏执的人。
威　尔	我能对付他，你别害怕，我大半个晚上都在。如果有什么麻烦，我会阻止的。
埃尔玛	威尔在这里，你很安全的。威尔在这儿很受尊敬，他打架可从没输过。
威　尔	你在说什么……埃尔玛，我当然输过……一次。
埃尔玛	格蕾丝总说你是无敌的。
威　尔	没有人是……无敌的，男人得了解这点，越早越好，一个优秀的拳手必须知道被打败的滋味，这就是斗士和恶霸之间的区别。
切　丽	（颤抖着）我有预感会出事。

［杰拉尔德·莱曼博士走了进来。他中等身材，大约五十岁，一张微笑着的、红润的、孩子气的脸与他那副颇有学术气息的眼镜和铁灰色的头发格格不入。他穿着一件破旧的巴宝莉外套，里面是一件质量不错的旧花呢西装。他的衣服乱糟糟的，帽子也没戴，大概是落在什么地方了。因为喝了酒的缘故，他看起来很兴奋，赞许地打量着这家餐馆。

---

① 蒙大拿州（Montana），美国西北部的一个州。

莱　曼	"这座城堡可真是风水宝地!"①
切　丽	(对埃尔玛)我把行李箱藏在柜台后面怎么样?这样他进来就看不到了,我不说不跟他去蒙大拿的事,让他以为我会跟他去,然后等车开后才发现我不在车上,这是我唯一能想到的办法了。
埃尔玛	(接过行李箱,把它放在柜台后面)哦,威尔在这儿,你不用担心。
切　丽	是吗?(端详着威尔)他看起来有点像摩西②。
埃尔玛	他可是一个非常虔诚的人。你肯定想不到,他是公理教会的执事。
切　丽	(碰巧想到)我的家人都是圣教徒。可以给我一杯咖啡吗?多放些奶油。

[埃尔玛给切丽倒了杯咖啡。这时,巴士司机卡尔走了进来,后面跟着格蕾丝。卡尔身材魁梧,声音洪亮,精力充沛,穿着制服,看起来很清爽。

威　尔	(在房间的另一头向卡尔喊道)卡尔,这风是你带来的吗?
卡　尔	(喊道)不!是它带来了我!

[这种问候在他们之间传递了十几次了,但他们仍乐此不疲。

格蕾丝	你真幽默。
卡　尔	风速每小时九十英里,巴士每小时才走二十英里。路什么情况,威尔?
威　尔	他们把高速路口封了起来,可能需要几个小时。
卡　尔	电话也断了?
威　尔	是的,在努力修了。

[莱曼在炉火旁取了会儿暖,私下找到卡尔弄清情况。

| 莱　曼 | 司机,我们还在堪萨斯州吗? |

---

① 出自莎士比亚的《麦克白》。
② 摩西,《圣经》中的希伯来先知,曾率以色列人逃脱埃及人的奴役。

卡　尔	什么意思，还在？你已经在堪萨斯州待了快半个小时了。
莱　曼	我不理解，我听有人说出了堪萨斯城就很快过州界，现在我发现……
卡　尔	（狐疑地看着莱曼）你有点急于跨过州界，对吧？
莱　曼	（吃惊地）什么……你到底是什么意思？
卡　尔	没什么，你现在已经过州界了。也许你不知道，你说的那个堪萨斯城在密苏里州①。
莱　曼	你在开玩笑吗？
卡　尔	密苏里州也有个堪萨斯城，我们现在在堪萨斯州的堪萨斯城。这就是你们东部人的问题，对哈德逊河②以西的任何区域都一无所知。
莱　曼	行行行，别骂了。

［卡尔脱下厚外套。

格蕾丝	卡尔，我帮你把外套挂起来，你来火炉边取暖吧。
莱　曼	（看到埃尔玛时眼睛一亮，然后像个骑士一样在她面前鞠了一躬）"女神，在你的祈祷之中，不要忘记替我忏悔我的罪孽！"③
埃尔玛	（笑着说）很遗憾你的车晚点了。
莱　曼	哦！这样问候我好吗？
埃尔玛	（困惑地）我的意思是……
莱　曼	在我充满爱意的问候之后，你能想到的只有说"很遗憾你的车晚点了"。好吧，我不这样想，我宁愿坐在这儿看着你天真的蓝眼睛，也不愿继续坐在无聊的巴士上。
埃尔玛	你是不得不去什么地方吗？
莱　曼	我口袋里有一张去丹佛④的票，但我不必非去那里不可，我从不非要去一个地方不可。我从一个城镇到另一个城镇四处旅

---

① 密苏里州（State of Missouri），美国中西部州级地区。
② 哈德逊河（Hudson River），美国纽约州的一条河流。
③ 出自莎士比亚的《哈姆雷特》。
④ 丹佛（Denver），美国科罗拉多州的首府和最大城市。

	行,只是为了证明我是自由的。
埃尔玛	巴士可能还要过一天才能到达丹佛。
莱 曼	啊,好吧!下一站是哪里?
埃尔玛	托皮卡。
莱 曼	托皮卡,就是有个著名医院的托皮卡吗?
埃尔玛	门宁格诊所①?是的,那是个非常有名的地方,很多电影明星都因为精神崩溃之类的原因去那里。
莱 曼	(表情冷漠的)那里还有什么消遣方式吗?
埃尔玛	它是堪萨斯州的首府,几乎和堪萨斯城一样大。那里有一所大学和一个博物馆,有时还会有交响音乐会和演出。我每个星期天都去那里看望我嫁到那儿的姐姐。
莱 曼	那附近有印第安部落跳战争舞吗?
埃尔玛	(笑着)没有!傻瓜,我们非常文明。
莱 曼	我有自己的判断。请给我一杯双倍糖的黑麦威士忌……加冰块。
埃尔玛	对不起,先生,我们不卖酒。
莱 曼	你们不卖酒?
埃尔玛	是的,先生,只卖一些喝不醉的饮料。
莱 曼	唉!
埃尔玛	我们有现煮咖啡,自制的馅饼和蛋糕,各种各样的三明治……
莱 曼	不,姑娘,别想用你的美味来让我清醒,我早有准备。(从大衣口袋里掏出一瓶威士忌)麻烦给我一杯最好的柠檬苏打水。
埃尔玛	(低声说)你最好别让威尔看到你这么做。你不应该这样做。
莱 曼	威尔是谁?警长吗?
埃尔玛	是的。这里确实有很多人往饮料里加烈酒,我们也从来不说什么,但威尔要是看见,他会让你停下来的。
莱 曼	我会很小心的,我保证。

---

① 门宁格诊所,专有名词,原文为 The Menninger Clinic。

[埃尔玛把苏打水放到莱曼面前。莱曼亲切地对她微笑。莱曼往杯子里倒了些苏打水，又倒了些威士忌，慢悠悠地走到最右边的一张桌子旁，拿着苏打水坐了下来。卡尔正和格蕾丝在柜台最里面用非常小的声音说话。威尔走到他身边。

威　尔　　我可不羡慕你，卡尔，在这样的天气里开车。

卡　尔　　（听起来像个人见解）是的！三月来如雄狮！

威　尔　　你所有的乘客都在这儿了？

卡　尔　　有两个古怪的牛仔蜷在后座上睡着了。我以为我把他们吵醒了，但并没有。

威　尔　　你不应该现在去叫醒他们吗？

卡　尔　　我开玩笑说让他们待在原地，其中一个真是麻烦精，他一直在追那个金发女孩……（指了指切丽）

威　尔　　她刚才告诉我了。

卡　尔　　看他那样子，我真想让他下车，做任何事都得分清时间和场合吧。

威　尔　　巴士可能很快就被雪困住。

卡　尔　　一会儿我就去叫醒他们，先让我在这里玩一会儿。（说着注意力又回到了格蕾丝身上。掂量了一下情况，然后拿起一份《堪萨斯城星报》坐在靠近火炉的地方读起来）你知道吗，格蕾丝？这是我们第一次待在一起超过二十分钟。

格蕾丝　　（害羞的）那又怎样？

卡　尔　　我不知道，我肯定会在这儿待一个晚上，如果有一个房间可以让我去，那就更好了。可以坐下来听听收音机，有个像你这样的漂亮女人……可以聊天……也许可以喝几杯啤酒。

格蕾丝　　你不会是在暗示什么吧？

卡　尔　　（假装无辜）什么？格蕾丝，你有那样的房间吗？

格蕾丝　　是的，我有，但我从没告诉过你。是不是那个坏脾气的叫多布森①的家伙告诉你我在餐馆楼上有一个房间？

卡　尔　　（想了想问）多布森？多布森……我好像不记得有叫多布森的人。

格蕾丝　　你比我更了解他吧，他每周坐西南巴士来两次，他告诉我你和他有时在托皮卡见面，然后一起画画。

卡　尔　　多布森？是的，我认识多布森。弗恩·多布森，一个王子般的小伙子。

格蕾丝　　好吧，如果他和你说我的房间，我可以告诉你，他曾经来过一次，当时他的手被割伤了，我带他到我的房间包扎。这是他唯一一次在那里，我以我的名誉担保。

卡　尔　　哦，格蕾丝，弗恩·多布森对你的评价很高，非常高。

格蕾丝　　嗯……他更好。现在，你想吃什么？

卡　尔　　火腿奶酪黑麦面包。

格蕾丝　　对不起，卡尔，我们没有奶酪。

卡　尔　　怎么，被老鼠吃了吗？

格蕾丝　　你的话一点也不搞笑。

卡　尔　　好的，那就来份火腿黑麦面包吧。

格蕾丝　　（看着面包箱）对不起，卡尔，我们也没有黑麦了。

莱　曼　　（坐在桌子旁，插话）我可以做证，先生，我刚要了黑麦，也被告知没有了。

卡　尔　　听着，先生，你不觉得你应该在回家见你太太之前戒掉那些东西吗？

莱　曼　　（笑着说）你是说太太？我没有太太，先生。我是自由的，自由到可以周游宇宙，没人等我回家。

卡　尔　　（对格蕾丝说，希望得到同情）在我的巴士上，只能遇到这些人——酒鬼和流氓。

格蕾丝　　卡尔，全麦怎么样？

---

① 多布森，人名，原文为 Dobson。

卡　尔　　可以，全麦也行。

　　　　　［埃尔玛又给莱曼端来苏打水。］

莱　曼　　（对埃尔玛）是的，我是自由的。我的第三个也是最后一个妻子几年前抛弃了我……为了一个棒球手。（咯咯地笑着，仿佛这一切都很荒谬）

埃尔玛　　（有些吃惊）第三个？

莱　曼　　是的，第三个。结婚是一个我已经陷进去的坏习惯，有时候，真的，我又必须放弃这一切。哦，但是她很漂亮！一头金发，和那边那位年轻女孩一样。（指了指切丽）而且还是南方人，或许是她假装的。而且我们分开的时候，她比其他人都要好，她不在乎钱，只想和那个棒球手在一起，所以我不需要支付她的赡养费……好像我能做到一样。（笑了笑，叹了口气，回忆起另一件事）我的第二任妻子完全是另一种类型，但她也很漂亮，是我的学生，当时我在东部的一所大学教书。唉！她要和我离婚，理由是我大小便失禁，而且总是喝醉，但我也没办法控制自己。（尽管如此，还是笑了起来）

切　丽　　（从柜台那边）嘿！这些甜甜圈多少钱？（数着钱包里的硬币）

埃尔玛　　（离开莱曼，急忙回到柜台）给你个优惠价，五美分两个。

切　丽　　好。

莱　曼　　（若有所思地开始背诵，仿佛是为了自娱自乐）"在我身上你或许会看见秋天，当黄叶，或尽脱，或只三三两两，挂在瑟缩的枯枝上瑟瑟抖颤——"①

切　丽　　（颤抖着走到炉子前）我从没这么冷过。

埃尔玛　　（把甜甜圈放到切丽面前）你真的在夜总会工作吗？

切　丽　　（立刻容光焕发）当然！我是 chanteuse②，我叫自己 Cherie。

埃尔玛　　是法语对吗？

---

① 出自莎士比亚的诗歌《在我身上你或许会看见秋天》。
② 法语，意为"歌手"。

切　丽	不知道，我第一次看到这个名字的时候就被吸引了。
埃尔玛	是法语，它的意思是亲爱的。你只用这一个名字吗？
切　丽	是的，一个名字就足够了，就像"Hildegarde"①，她也是"chanteuse"。
埃尔玛	"chanteuse"的意思是"歌手"。
切　丽	你怎么知道这么多？
埃尔玛	我高中时候上过法语课。
切　丽	哦！（一阵沉思）我没能上到高中。我姐姐维奥莱特②离家出走后，我就成了家里最大的女孩。我还有两个妹妹、五个哥哥。家里的孩子大部分都比我大，不上高中是他们的意思！唉，我十二岁的时候不得不退学，在家里做家务、做饭。我真的是个好厨师。
埃尔玛	你学过唱歌吗？
切　丽	（摇了摇头）只是听听收音机，看看电影，努力唱得和别人一样好。
埃尔玛	你是怎么开始在夜总会工作的？
切　丽	我赢得了业余比赛，在密苏里州的乔普林③。我在那儿得了二等奖……几个男孩靠耍弄牛奶瓶得了一等奖……我觉得很不公平，你觉得呢？让一个艺术表演者和玩杂耍的人竞争。
埃尔玛	我也觉得。
切　丽	不管怎么说，二等奖已经足够让我去堪萨斯城参加比赛了。那是一场真正的比赛，我没有赢得任何奖品，但它让我得到了在蓝龙的工作。
埃尔玛	乔普林，你是从那里来的吗？
切　丽	（认命的）不，乔普林是个大城市。我住在离那儿大约一百英

---

① 法语，读音为"希尔德加德"。
② 维奥莱特，原文为Violet，切丽的姐姐。
③ 乔普林（Joplin），美国密苏里州西南部城市。

	里远的河谷镇①，奥扎克的一个小镇。我一直住在那里，直到三年前的春天，洪水把一切都冲走了。
埃尔玛	天哪，这也太糟糕了。
切　丽	除了我的小妹南，我不知道我的其他家人在哪，洪水刚来我们就被冲散了。我带着南来到了乔普林。她找了一份服务员的工作，而我在利格特药店工作，直到业余比赛开始。
埃尔玛	在夜总会工作一定很有趣。
切　丽	（脸上掠过一丝失望的表情）嗯……不全是。
卡　尔	（暂时离开格蕾丝）威尔，你要在这里待一会儿吗？
威　尔	是的。
卡　尔	我把那些牛仔叫进来，你来看着他们。
威　尔	我尽力。
卡　尔	威尔，再告诉你一件事。
	［卡尔小心翼翼地看着莱曼，好像不想被听到，然后他走到威尔身边，在他耳边低声说了些什么，威尔听后看起来很惊讶。
威　尔	我被吓到了。
卡　尔	所以，你最好盯着他。（起身离开）
威　尔	你不在这儿吗，卡尔？
卡　尔	（他和格蕾丝的眼神告诉观众他们之间有些不可告人的秘密，他朝她眨了眨眼。伸了伸懒腰，很明显这是装的）说实话，威尔，我坐了一天车，身体都快僵硬了，我想出去散个步。
威　尔	迎着暴风雪，你疯了吗？
卡　尔	没疯，我就是这样的人，威尔。我喜欢在雨雪中长时间散步，这让我很放松，有时候我一走就要走上好几个小时。
威　尔	几个小时？
卡　尔	是的，几个小时。我就是这样的人。（说着慢悠悠地走了出去，吹着口哨掩饰着小心思）

---

① 河谷镇，地名，原文为 River Gulch。

威　尔	（对格蕾丝）想象一下，在这样的夜晚出去散步。
格蕾丝	嗯，一个人这样真的很好，威尔，确实是这样。
切　丽	（趴在柜台上和埃尔玛私下说）司机说他要把他叫醒，那他很快就会来了，你不会让他知道我说了他什么吧？
埃尔玛	不会的，我发誓。
莱　曼	（突然想起了另一首诗，开始大声背诵起来）"我能否将你比作夏天？你比夏天更美丽温婉。狂风将五月的蓓蕾凋残，夏日的勾留何其短暂。"①
埃尔玛	（还在柜台后面，听到莱曼的声音，温柔地微笑着，隔着房间对莱曼喊道）嘿！这是我最喜欢的十四行诗之一。
莱　曼	是吗，你也读莎士比亚吗？
埃尔玛	我在学校的英语课上研究过他，我很喜欢十四行诗，现在还记得其中一些呢。
莱　曼	（离开桌子回到柜台）我以前都熟记于心，很多段落我都能完整地背出来。我经常给我的朋友背这些。（和埃尔玛一起笑）
埃尔玛	去年秋天，我背下了《罗密欧与朱丽叶》"阳台"那一幕。班上的一个男孩扮演罗密欧，我们在学校的大会上表演。
莱　曼	哦！我真希望我能亲眼看到。
	［当埃尔玛在柜台后继续工作时，切丽觉得有必要解释自己对莎士比亚的理解。
切　丽	在我上学的地方，直到九年级才读到莎士比亚的作品。九年级时，每个人都读《恺撒大帝》，我还在电影里看过马龙·白兰度演的恺撒，真的很喜欢。
莱　曼	女士，你的洛钦瓦②在哪里？
切　丽	（咯咯地笑着）我听不懂你在说什么，但我喜欢你说话的方式。
莱　曼	而我……懂我说的每句话……却很鄙视自己说话的方式。

---

① 出自莎士比亚的《我能否将你比作夏天？》。
② 瓦尔特·司各特（Walter Scott）诗歌《洛钦瓦》（Lochinvar）中英俊勇敢的骑士。

切　丽　　　（咯咯地笑着）太可爱了。（回忆起）我曾经有个爱读诗的好朋友。

莱　曼　　　（以一种嘲弄的口吻）他怎么了？

切　丽　　　我不知道，他离开了小镇，他叫埃弗雷特·布鲁贝克，在怀恩多特街①的拐角处卖二手车。他有一辆漂亮的有车顶的庞蒂克车。他谈吐不错，但我想他其实不比别人好多少。

莱　曼　　　别人？

切　丽　　　嗯……我在工作的地方遇到了不少男人，蓝龙夜总会，就在畜牧场旁边，听说过吗？

莱　曼　　　抱歉，我没听说过。

切　丽　　　你的意思是像你这样受过教育的人，是不会去蓝龙这种地方的吗？

莱　曼　　　（怀疑的）我不会？

〔前门再次打开，两个牛仔博·德克尔和维吉尔·布莱辛进来了。他们的外表像皱巴巴的油画一样，第一眼看上去像逃犯。博二十岁出头，又高又瘦，看起来很户外，很运动。他很不修边幅，穿着一条褪色的牛仔裤，贴在腿上就像蜕皮一般。脚上的靴子已经磨损，满是灰尘。后脑勺上的毡帽破旧不堪。他穿着一件褪色的牛仔衬衫，外面穿着一件闪闪发光的马皮夹克，脖子上系着一块头巾。维吉尔是一个四十多岁的男人，他以一种像父母对待孩子的方式对博。他身材高大，肥胖，行动缓慢，看起来像是博的管家。他的穿着和博差不多，但是更整洁一点。他的箱子里装了一把吉他，衬衫口袋里放着一沓钞票，经常从口袋里掏出香烟。两人都还在努力从瞌睡中醒来，但博很快认出了切丽。两人都没有关身后的门，其他人冷得发抖。

博　　　　（声音洪亮的）喂！为什么没有人叫醒我们？我在那儿可能会冻坏的。

---

① 怀恩多特街，地名，原文为 Eighth and Wyandotte。

格蕾丝	嘿！快关上门。
博	（在房间的另一头喊）Cherry，你怎么不告诉我一声就下车了？你就这样对你要嫁的男人吗？
威　尔	（把目光从报纸上移开）关上门，牛仔！

［博甚至没有听到威尔的声音，而是穿过房间大步走到切丽面前。切丽蜷缩在柜台边，好像希望博可以忽略她。维吉尔还在揉着睡眼，张着嘴靠在敞开的大门边。

博	你不应该这样对我，Cherry。偷偷从车上溜下来，就像想要摆脱我一样，自己到这里来吃吃喝喝，我们明明可以一起来吃的。有时候我真搞不懂你，Cherry。
切　丽	我说过一百遍了，我不叫"Cherry"，我叫"Cherie"。
博	我不喜欢那样叫，就叫"Cherry"怎么了？
切　丽	这叫法有点尴尬。
威　尔	（用更坚定、更响亮的声音）牛仔，你能把门关上吗？

［当博转向威尔时，维吉尔迅速关上了门。

博	（傲慢无礼的）你怎么了，伙计？你害怕呼吸点新鲜空气吗？（威尔怒气冲冲地看着他，但博并没有被吓到）你应该深呼吸，让新鲜空气进入你的肺，笨蛋！
维吉尔	（低声对博说）他是警长。
博	（大声说）他是警长跟我有什么关系？这并不代表他有权利命令我吧？没人可以命令我，是吧，维吉尔？
维吉尔	不是，有时候还是要……听一听的。
博	（无视维吉尔，向所有人介绍自己）我叫博·德克尔，今年二十一岁，在蒙大拿州的希尔镇①有个牧场，在那儿我养了一群优质的牛和十几匹马，还有全国最好的羊、猪和鸡。我刚从牛仔竞技比赛回来，我在那里赢得了所有奖项，对吧，维吉尔？（他开玩笑地用肘捅了捅维吉尔的肋骨）没错，我就是最

---

① 希尔镇，地名，原文为 Hill。

棒的野马终结者、最棒的套车手、最棒的斗牛手。我不会让他们都来的，而且《生活》杂志还给我拍了照。（面对威尔）所以，先生，我希望你能带着一点敬意跟我说话，不要把我当作一个无足轻重的仆人，从房间的另一头大声对我发号施令。（威尔目瞪口呆）

切　丽　　（私下对埃尔玛说）你见过像他这样的人吗？

威　尔　　（声音听起来很公正）你是最后一个进来的，牛仔，你让门开着，就应该把它关了，我不管你是谁。这就是我要说的。

博　　　　门已经关了，你还在说什么？（大步走到柜台前，坐在凳子上）看来我们要在这儿待上一段时间了，维吉尔，吃点东西怎么样？

维吉尔　　（留在杂志柜前）不了，博。我在嚼烟叶。

博　　　　（拍着大腿）这就是你们处女座，只要嘴里叼着一团东西就会高兴，我要吃点零食。（对埃尔玛说）小姐，给我三个汉堡吧。

埃尔玛　　三个？有什么要求吗？

博　　　　生吃就行。

　　　　　［切丽做出一副被恶心到的表情。莱曼悄悄地退了出来，把他的饮料端到窗口。

埃尔玛　　确定吗？

博　　　　确定，再配上一片厚切洋葱和一些酸黄瓜。

埃尔玛　　（犹豫的）好吧……如果你确定你不是在开玩笑的话。

博　　　　（叫住了正要走向冰箱的埃尔玛）开个玩笑，小姐，我还没说完呢。我还想要一些火腿和鸡蛋……土豆沙拉……还要一块馅饼，什么味儿都可以，只要上面有蛋糖脆皮就行。

埃尔玛　　我们有柠檬味儿的、巧克力味儿的，都有蛋糖脆皮。

博　　　　（想了想）柠檬和巧克力我都喜欢，我不知道我要哪个。（又想了想）两个都要，小姐。

　　　　　［切丽又做出一副被恶心到的表情。

埃尔玛　　都要？

博	是的!麻烦再给我一夸脱①牛奶,我还在长身体呢。(埃尔玛开始准备食材,博转向切丽)旅行真是让我胃口大开。一个甜甜圈,你就吃这么点吗?
切 丽	我不饿。
博	不饿?
切 丽	我没开玩笑。
博	你可以开。
切 丽	我没有!
博	亲爱的,等我把你带到蒙大拿,我会把你养肥的。我打赌两周后,你就认不出自己了。(博伸出熊臂一般的胳膊搂住切丽,把她拉到自己怀抱里,并亲了她的脸颊)我爱你,Cherry,你是我见过的最可爱的女孩。那天我走进夜总会,听到你唱着我最喜欢的歌,你像天使一样,我当时就告诉自己,你是属于我的。得不到你,我是不会离开这里的。现在我得到你了,是不是,Cherry?
切 丽	(试图避开博的拥抱)博……这里有人……他们都看着呢……

[切丽说得对,大家都看着他们。

博	那又怎么样?秀恩爱又不犯法,对吧?更何况我们要结婚的。(说着更用力地抱紧切丽,用力在她嘴唇上吻了一下。切丽挣脱了他,转过身去)
切 丽	博!我的天啊!放开我!
博	Cherry,你不能这样对你的丈夫说话。
切 丽	你让我很难过。
博	哦,是吗?维吉尔,我可不是那种会用感情去纠缠女人的人。我从不乞求任何女人和我发生关系。(回过头对维吉尔说)是不是啊,维吉尔?我从来不用哄女人跟我发生关系,对吧?
维吉尔	(用一种克制的声音)这……

---

① 夸脱,容量单位,主要用于英国、美国和爱尔兰。在美国,夸脱分为干量和湿量两种类型。其中一湿量夸脱约为 0.946 升。

博　　　（仍然用洪亮的声音说）对！无论我走到哪里，我都能得到我想要的。不是吗，维吉尔？她们谁敢忤逆我，我就会打她们，对吧，维吉尔？

［维吉尔逃避着对博做出回应，这时埃尔玛把汉堡递给博。

埃尔玛　　这是汉堡。火腿和鸡蛋要再等一会儿。

博　　　　好的，我先吃了。

［格蕾丝揉着额头，假装痛苦的样子。

格蕾丝　　埃尔玛，亲爱的，我头疼得厉害。

埃尔玛　　怎么了，格蕾丝？

格蕾丝　　你能照看一会儿吗？

埃尔玛　　当然。

格蕾丝　　因为我现在唯一能做的就是上楼躺一会儿。这是唯一对我有好处的事。

威　尔　　（坐在椅子上说）你怎么了，格蕾丝？

格蕾丝　　（在后门说）我头疼，威尔，这简直让我抓狂。

威　尔　　是吗？

［格蕾丝走了出去。

莱　曼　　（对埃尔玛）你现在是餐馆的女主人了。

埃尔玛　　你还没告诉我你第一任妻子的事呢。

莱　曼　　我怎么会忘记她呢？

埃尔玛　　她是什么样的？

莱　曼　　（仍然兴致勃勃的）她是我所有前妻里最可爱的一个，嗯……我相信她是。我们在百慕大度了蜜月。后来，她以精神虐待为由起诉我要求离婚，拿走了我的房子和汽车，以及一笔我至今仍难以支付的赡养费。后来她没有选择再婚，因为她发现尽管她想从婚姻中得到什么，但她并不一定要结婚。（笑着说）唉，也许我做得不够好吧。

［埃尔玛对莱曼总是用幽默的方式来讲述自己的困难感到有点困惑。

［博斜靠在柜台上，打断了他们的谈话。

博　　　　小姐，鸡蛋是还在下吗？
埃尔玛　　（急忙跑到炉子旁）哦，对不起，已经准备好了。
　　　　　［博跳起来，抓起一个盘子，滑过柜台，让埃尔玛从炉子上给他端食物。
博　　　　那些还不够塞牙缝儿。（埃尔玛用食物装满他的盘子）谢谢你，小姐。（想回去拿凳子，但在路上被切丽的行李箱绊倒了）该死！（低头查看是被什么绊倒了。切丽沉默不语。博慢慢抬起她的脸，怀疑地看着她）Cherry！（切丽什么也没说）Cherry，你把箱子带到这里来干什么？（切丽还是什么也没说）Cherry，我在认真问你，你带行李箱来干什么？告诉我。
切　丽　　（惊恐的）我……我……你不要靠近我，博。
博　　　　（摇着切丽的肩膀）告诉我！你把行李箱放在柜台后面干什么？你想干什么？骗我吗？你是打算离开我吗？这就是你坐在这里的计划吗？
切　丽　　（发现当博摇晃她时她很难说话）博……拿开你的手，博·德克尔！
博　　　　告诉我，Cherry，告诉我！
　　　　　［威尔朝博走过来，把手放在他的肩膀上。
威　尔　　牛仔，别烦那个小姑娘。
博　　　　（暴躁地对威尔说）先生，你无权干涉我和我的感情。
威　尔　　也许她是你的未婚妻，也许不是。总之，我在这儿的时候你不能虐待她，懂吗？
博　　　　虐待她？
威　尔　　（对切丽）小姐，我想你最好现在就告诉他，说说你对这件事的看法。
　　　　　［博疑惑地看着切丽。
切　丽　　（很难说出口）我……我……
博　　　　你到底想说什么，Cherry？

切　丽　　　嗯……我……

威　尔　　　小姐，你最好告诉他。

切　丽　　　好了，博，别生气。

博　　　　　再这样说话我会疯掉的。你们俩到底有什么计划？

切　丽　　　博，我不想去蒙大拿和你结婚。

博　　　　　不，你想！

切　丽　　　不，我不想！

博　　　　　不管怎样，你迟早会喜欢那儿的。

切　丽　　　但是博，我不想去……

博　　　　　（一声响亮的抗议）什么？

切　丽　　　我不去。这里的警长说他会帮我，他不会让你带走我的。我要留在这里，坐下一班车回坎兹①。

博　　　　　（抓住她的肩膀想让她保证）你不会做这种事的。

切　丽　　　不，我会做。博，我不会跟你去的。

博　　　　　（困惑的）但是 Cherry……我们这么了解彼此。

切　丽　　　但这并不意味着我要嫁给你啊。

博　　　　　（震惊的）为什么……我真应该把你放在我腿上打你屁股。

切　丽　　　（更害怕了）别碰我。

博　　　　　（对威尔）先生，你不要在意她说的话，女人根本不知道她们自己的想法。（转向切丽）

切　丽　　　你不要靠近我！

博　　　　　你得跟我回希尔镇，然后结婚，现在你觉得你不会喜欢那里，是因为你还没去过。这样想很奇怪，但你去了以后就不会有这种想法了。我不会接受你否定的答案的。上帝啊，你必须得跟我走！

〔用力地把切丽拽到自己身边。威尔又上前拉开两人。

威　尔　　　如果她不想走，你就不能带她走。还不明白吗？现在放过她吧。

---

① 坎兹，地名，原文为 Kanz。

［博站在那儿，生气地看着威尔。切丽一直在抖。维吉尔站在最右边，一脸忧虑。

博　　　　（威胁地对威尔说）这不是你该管的事。
威　尔　　小姑娘来找我，需要我的保护，就是我的事。
博　　　　是吗，Cherry？你是找警长寻求保护吗？
切　丽　　（逆来顺受的）是的，是的。
博　　　　（再次咆哮道）为什么？你为什么需要保护？因为一个想娶你的男人？
切　丽　　（颤抖着说）因为……
博　　　　（生气地吼道）因为什么？我说过我爱你，不是吗？
切　丽　　（几乎要哭了）我知道你爱我。
博　　　　（愤愤不平地对着威尔）看到了吗？我告诉她我爱她，我想娶她。世界上到处都是疯子在互相残杀，你除了站在这里阻止我，没别的事情干了吗？
威　尔　　你忽略了一件事，牛仔。
博　　　　（不耐烦的）你聪明，你告诉我，我忽略了什么。
威　尔　　你忽略了一个简单而重要的事实，那就是这个姑娘她不爱你。

［博陷入了沉默，他什么也说不出来，大家都知道威尔已经说出了一个博不打算面对的事实。维吉尔警觉地看着博。他看得出来，博已经足够愤怒，要攻击威尔了，而且马上就要动手。维吉尔连忙跑到博的身边，握住他的手臂，好像要阻止他。

维吉尔　　（安抚的）不，博，别紧张，别发脾气。他是警长，控制一下你的脾气。
博　　　　（对维吉尔说）这个混蛋，告诉我她不爱我！
维吉尔　　（试图把博从现场引开）别理他，博，过来坐下。你得好好想想。
博　　　　（从维吉尔的手中挣脱出来）放开我，维吉尔。
威　尔　　如果你不相信我，去问那位小姐吧，问她是否爱你。
博　　　　我不会这样问她的。
威　尔　　好吧，看来你相信我的话。

博　　　　我不会相信你的话，我告诉你，她爱我，我知道。

〔切丽抽泣着跑向柜台。

威　尔　　维吉尔……她不会和你们一起上车的。我们就说到这儿吧，所以你最好接受我的建议，和你的朋友坐下来，安静地玩会儿牌，直到巴士开过来把你们接走。

维吉尔　　照他说的做吧，博。我想，不管怎么说，我们可能看错了这个女人。

博　　　　（捍卫着切丽）别说她的不好，维吉尔。

维吉尔　　我没有说她的不好，我只是说你没有理由娶一个说不爱你的女孩，仅此而已。我有点怀疑她是不是有你想象的那么好。现在过来坐下吧。

博　　　　（不安地转向维吉尔）我不想坐。（踱步走向大窗户，站在那里望着外面）

埃尔玛　　（从柜台后面问维吉尔）火腿和鸡蛋我要怎么处理？

维吉尔　　小姐，把它们放在炉子上烤着就行了，一会儿他就吃了。

威　尔　　（对切丽）小姐，我想你不会再被打扰了，如果还会，警局就在马路对面，随时叫我。

切　丽　　（擦了擦眼睛）非常感谢，我还好。

威　尔　　一切都还好吧，埃尔玛？

埃尔玛　　（对这个问题感到惊讶）为什么这么问，威尔？

〔威尔看着莱曼，明显看出莱曼有点不舒服。

威　尔　　我待会儿再过来。

埃尔玛　　好的，威尔。

〔威尔走到门口，看了博一眼，然后走了出去。

莱　曼　　我不知道为什么，但是……当警长离开房间时……我似乎更放松……（放松地笑了）

埃尔玛　　人们因为威尔是警长就不喜欢他，这太不公平了。

莱　曼　　但是亲爱的，你看，他代表着权威，是我们最可怕的人。警察、老师、律师、法官、博士，我想甚至还有收税员……我们想当然地认为，他们会因为我们做过甚至没做过的事而惩罚我们……

埃尔玛　　但是你说过你曾经也是老师。

莱　曼　　但并不成功。我从来不会在一个地方待太久。我讨厌别人凌驾于我之上，比如院长、校长、系主任，我从来都不是一个能服从命令的人……错与对，我都有我自己的判断。

［博从角落里慢慢走过来，找到正在从箱子里拿吉他的维吉尔。

博　　　　（犹豫地低声说）我该怎么办，维吉尔？

维吉尔　　博，你不能再这么依赖我了，我除了告诉你坐下来平静一会儿外，不知道该告诉你怎么做。

博　　　　我平静不了。

维吉尔　　那好吧，像一个豹子一样踱步哀伤吧。

博　　　　（自言自语）我简直不敢相信！

维吉尔　　你不敢相信什么？

博　　　　（尴尬的）哦……算了吧。

维吉尔　　如果有什么心事压着你，最好把它放下。

博　　　　唉，我……我只是从来没有意识到……一个女孩会……不爱我。

幕落

第二幕

［距离第一幕结束只过了几分钟，大家都努力打发着时间。维吉尔拿出吉他，调好音后，演奏起柔和、忧郁的牛仔民谣。他尽可能地使自己的音乐不那么引人注意。博徘徊在角落里，一脸沮丧。切丽坐在一张桌子边看着一本电影杂志。莱曼继续坐

在柜台喝着饮料，时不时向埃尔玛献殷勤。尽管埃尔玛没有意识到她正在被追求，但她被莱曼逗乐了。

埃尔玛 你还在哪儿当过老师？

莱　曼 我的上一份工作是在东部的一所进步学院，那里教的都是些功能性的内容。我敢肯定，老师们已经对教给学生东西感到绝望了，所以他们决定理解学生。每天，所有教职员工都要开会，了解学生们接触过的所有人，从老师到女服务员。我们会集思广益，试图弄清楚为什么孩子们没有从课堂上学到他们应该学到的东西。如果你暗示他们只是没有接受大学教育的头脑，那你就是不民主。

埃尔玛 那你一定不喜欢这所学校。

莱　曼 亲爱的，我对我的整个人生都不满意。

埃尔玛 真的吗？

莱　曼 是的，我想重新活一次。（有些难过）

埃尔玛 后来你辞职了吗？

莱　曼 有一天我受够了，我兴高采烈地冲进院长办公室对他说："先生！我以优异的成绩从芝加哥大学毕业，又在牛津大学获得罗德奖学金，然后在哈佛以最高荣誉拿到了博士学位。我想我有权利让我的学生理解我。"

埃尔玛 （觉得很有趣）他怎么说？

莱　曼 哦，我没有等他回复，就走出门去了火车站，买了一张去拉斯维加斯的票。这是我能想到的最远的地方了。从那以后我一直在旅行，这真的很快乐。（笑着说）

埃尔玛 我也想过去当老师，但是听你说的，感觉这份工作并不吸引人。

莱　曼 做你想做的，亲爱的，别被我影响。（埃尔玛笑了，莱曼突然握住她的手）你是个可爱的小姑娘。

埃尔玛 （非常惊讶）为什么……谢谢你，莱曼博士。

莱　曼 （清了清嗓子，用一种全新的方式）你是不是告诉过我你明天打算去托皮卡？

埃尔玛	（看了看表）你是说今天吧，是的，我买了一张堪萨斯城交响乐团的票，他们每年都来托皮卡开演唱会。
莱　曼	（试探的）你……住在你姐姐那儿对吗？
埃尔玛	对，然后赶在周一上课前坐早班车回来。放学后，我就来这儿工作。
莱　曼	（思考着什么）托皮卡是不是有一所大学？
埃尔玛	是的，沃什伯恩大学①。
莱　曼	沃什伯恩大学，对！我正在做一项研究，我突然想到我可以去那儿查参考资料。
埃尔玛	真巧，我去过沃什伯恩大学的图书馆很多次。
莱　曼	很多次？（表现得很狡猾，显然埃尔玛没有觉察到）或许你可以带我去那儿！
埃尔玛	（犹豫着）嗯……我……
莱　曼	我会比你先到托皮卡，然后去接你……
埃尔玛	如果你真的想让我去的话。
莱　曼	你带我去图书馆，然后也许我们可以一起吃晚饭，也许你会允许我们一起去听交响乐。
埃尔玛	（喜出望外）你是认真的？
莱　曼	为什么这样问？我当然是认真的。
埃尔玛	我不知道，通常年纪大的人都比较忙，甚至没有时间理我们这些小孩儿。我当然乐意！
莱　曼	那么我们可以有个约会了？
埃尔玛	当然，一定会很有趣，我已经迫不及待了。
莱　曼	但是亲爱的……不要告诉任何人我们的计划好吗？
埃尔玛	为什么？
莱　曼	你看……我结过婚，还比你大，虽然没有你想象的那么大……不管怎样，别人可能不理解。

---

① 沃什伯恩大学，专有名词，原文为 Washburn University。

埃尔玛　　　哦。

莱　曼　　　所以保密,好吗?

埃尔玛　　　好吧,如果你认为这样比较好的话。

莱　曼　　　这样是比较好的。

〔维吉尔弹完一首民谣,切丽鼓掌。

切　丽　　　真的是好听极了,维吉尔。

维吉尔　　　谢谢你,小姐。

〔博在角落里看到两人的亲密互动,脸部抽搐了一下。切丽走到柜台和埃尔玛说话。

切　丽　　　难道就没有别的办法能回坎兹吗?

埃尔玛　　　抱歉,巴士从托皮卡过来,在道路清理干净之前,它没法过去。

切　丽　　　我只是有点坐立不安。(坐在中间的桌边,点了一支烟)

〔突然,前门打开了,威尔拿着保温壶走了进来。

威　尔　　　(走向柜台)埃尔玛,请帮我把这个装满。

埃尔玛　　　好的,威尔。(说着接过保温壶)

威　尔　　　我准备沿着高速路走一段,看看进度怎么样了。我想他们会喜欢喝热咖啡的。

埃尔玛　　　好主意,威尔。

威　尔　　　(环视了一下四周)一切都还好吗?

埃尔玛　　　当然。

威　尔　　　(疑惑)格蕾丝还没下来?

埃尔玛　　　没有。

威　尔　　　我在外面没看到卡尔。他不会出什么事吧?

埃尔玛　　　我一点也不担心他。

威　尔　　　嗯,我想他能照顾好自己。(埃尔玛把保温壶递给威尔)谢谢你,埃尔玛。(递给埃尔玛钱,然后又开始说)问卡尔主要是为了这里的乘客。哦,对了,埃尔玛,如果有人找我,告诉他我一会儿就回来。(环顾四周,确保每个人都听到了他的声音,然后走了出去)

[博听到后突然从角落里转过身来，怒气冲冲地走到维吉尔面前。

博　　　　都怪这该死的警长，不然我早就带 Cherry 走了……
维吉尔　　你准备带她去哪？
博　　　　街上有个警长，你甚至可以从窗户看到他。
维吉尔　　博，你不能强迫一个女孩嫁给你，你是做不到的。那个警长是个负责的人，如果他认为他该管这事，那他会马上开枪打死你。现在还不如去柜台喝一杯呢，就像教授那样。
博　　　　我从不喝酒，也从不会让任何女人带我去喝酒。
维吉尔　　你不喝酒、不抽烟。你应该具备些坏习惯的，这样才能让女人更依赖你。

[博想了一会儿，然后坐到维吉尔对面。

博　　　　维吉尔，我讨厌让自己看起来像个可怜软弱的男人，但过去的几个月里，我一直很孤独，我……我真不知道该怎么办。
维吉尔　　这样想并不丢人，博。
博　　　　你呢，维吉尔？你难道不觉得孤独吗？
维吉尔　　很久以前我就放弃了浪漫，决定把孤独视为理所当然。
博　　　　我也希望我能这样，可是我做不到。

[此时博和维吉尔安静地坐在那儿。切丽站在柜台旁，抬起湿润的眼睛望着埃尔玛，试图寻找知己。

切丽　　　或许我是个傻子。
埃尔玛　　为什么这么说？
切丽　　　我也不知道为什么我不去蒙大拿和他结婚，或许会比现在过得好。
埃尔玛　　他说他爱你。
切丽　　　他根本不知道什么是爱。
埃尔玛　　为什么这么说？
切丽　　　他只是想要一个女孩，想要一个异性，能够抱他、吻他，仅此而已。剩下的时间里，他根本不会注意到我的存在。
埃尔玛　　你当初为什么决定嫁给他？

切　丽	（睿智地看了埃尔玛一眼）你不是很有经验吧？
埃尔玛	我想是的。
切　丽	我从来没决定要嫁给他。在他提起这个话题前，一切都很好。有一天晚上，博进来了。当时我正在唱《古老的黑魔法》，这是我唱得最好的歌。他也非常喜欢，他边听边跳上椅子，像印第安人一样大喊大叫，还把手放进嘴里吹口哨。当然，这一切让我觉得很美好，因为夜总会里大多数客人都喝得烂醉，根本没人认真听我唱歌。
埃尔玛	然后你就喜欢上他了？
切　丽	嗯……我觉得他很可爱。（说着露出调皮的微笑）
埃尔玛	我觉得他长得有点像伯特·兰卡斯特①。
切　丽	也许吧……我以前只在电影里见过牛仔，但从来没见过真人……他看起来很健壮，我一开始就被他吸引了。
埃尔玛	被吸引了？
切　丽	但是只能是叫作……性吸引吧。
埃尔玛	天哪！
切　丽	第二天早上，他醒来后就大喊："亲爱的，我们结婚吧！"我真觉得他疯了，但当我试图和他讲道理的时候，他一句也不听，就待在我身边，像个影子似的。晚上他不得不回去参加牛仔竞技比赛，但比赛一结束他就又回到蓝龙，刚好赶上我晚上的表演。要是有别的家伙说要跟我约会，博就上去揍人家一顿。
埃尔玛	但是你从来没说过要和他结婚，对吗？
切　丽	是的！他整个星期都在告诉我，他和维吉尔会在牛仔竞技比赛结束的那晚来接我，然后一起回蒙大拿。我知道如果那晚我在蓝龙会发生什么，所以我决定阻止这一切发生。我的一个同事住在堪萨斯城河对岸的一个牧场里，她说我可以去她那儿。所以我昨晚去了蓝龙，只是唱了第一场，我就告诉他们我要辞职

---

① 伯特·兰卡斯特（Burt Lancaster），美国著名导演。

了。反正我一直想找另一份工作……并且我也拿到了薪水……但该死的,我就不应该告诉他们我会搭乘午夜巴士!博十一点多去蓝龙的时候,付给了他们五美元,他们就出卖了我……我刚到汽车站,连车票都还没拿到,博和维吉尔就过来了。博开玩笑地走到售票窗口说:"三张去蒙大拿的票!"然后他就把我拖上了巴士,之后我就一直在巴士上。我甚至心里在想,我是不是得在蒙大拿老去,死去。

[埃尔玛继续手头的工作时,切丽陷入了沉思。在舞台的另一边,博思考了一会儿,开始质问维吉尔。

博	维吉尔,自从我父母去世后,你就开始照顾我了。我一直在想,或许是我让你失去了安定下来的机会。
维吉尔	(笑着说)不,不会的,博,我只是想找个不用安定下来的借口罢了。
博	但是你从我十岁起就一直在照顾我。
维吉尔	我也可以结婚啊。
博	你谈过恋爱吗?
维吉尔	一次,在我去你爸爸的牧场工作之前。
博	后来发生了什么?
维吉尔	没什么。
博	你求婚了吗?
维吉尔	没有。
博	为什么?
维吉尔	嗯……每个人的生命中都会有这样的时刻,必须要放弃些什么……
博	你是什么意思?
维吉尔	她很可爱,但是我和她相处并不自在。她活得太精致、太文雅了,我总害怕自己说错或者做错什么。
博	懂了。
维吉尔	或许是我太胆小了吧,但是每次从她那里回到工棚,和我的朋

	友聊天、打牌或者听音乐,我都会感觉特别放松,特别自在。我不想放弃他们。
博	是的,有的女孩确实会使男人紧张。
维吉尔	但是现在我有点羞愧。
博	羞愧?
维吉尔	对的,博,一个人不能一辈子都靠朋友过活。
博	(又沉思了一下,然后直接问)维吉尔,为什么她不喜欢我?
维吉尔	(犹豫的)嗯……
博	说实话。
维吉尔	也许你做错了。
博	我做错了什么?
维吉尔	有时候你很固执,很自私。
博	我?
维吉尔	对。
博	那我应该怎么办?
维吉尔	我也没什么经验,但是,博,我觉得你应该更绅士一点儿。
博	绅……绅士?我已经尽我所能地绅士了。你真应该听听汉克[①]和奥维尔[②]从城里回来是怎么在牧场里谈论那些女人的。
维吉尔	他们喜欢吹牛,博。你不能相信汉克和奥维尔说的一切。
博	但是女孩有什么理由不喜欢我,就像没理由不喜欢汉克和奥维尔一样?
维吉尔	他们比你大一些,比你懂得多些,所以对女孩很绅士……只要他们愿意。
博	我可装不出来。
维吉尔	这不怪你。
博	但是女孩应该会喜欢我啊,我会读书写字,还爱干净、有礼貌,

[①] 汉克,人名,原文为 Hank。
[②] 奥维尔,人名,原文为 Orville。

	不是吗？
维吉尔	我不知道。
博	而且我又高又壮。女孩不都喜欢这样的吗？我自认为我长得还行。
维吉尔	那倒是。
博	当我好好打扮的时候，我就像女孩子希望看到的那样帅气。
维吉尔	我知道你是这样的。
博	（突然对这一切的不公感到愤怒）但是，该死的！她为什么不跟我回牧场呢？
	［博双手插在臀部的口袋里，开始踱步，像豹子一样回到角落里，背对着其他人站着，看着窗外的雪花飞舞。
埃尔玛	（注意到博的不安，对切丽说）哎呀，要是你爱他就好了！
切丽	那一切就解决了，不是吗？但是我做不到，我可不想去他那个鸟不拉屎的牧场，在那儿除了他和一大堆牛，我再也见不到别人了。
埃尔玛	确实，如果你爱他，去了一定会很孤独。
切丽	我很期待没有缘由地爱上一个人，就是没有缘由地爱上。我不知道为什么这么期待，但确实如此。
埃尔玛	我也希望有一天我能遇到。
切丽	我开始认真思考，是否真有我想要的那种爱。
埃尔玛	什么样的爱呢？
切丽	嗯……我不知道。我现在十九岁，但我从十四岁起就和男人在一起了。
埃尔玛	（震惊的）你说真的？
切丽	亲爱的，我十四岁时差点嫁给我表哥，但我爸不同意。
埃尔玛	我从没听说过有人这么年轻就结婚的。
切丽	在奥扎克挺常见的，我们不会浪费太多时间。总之，我很庆幸

	我没嫁给我表哥马尔科姆①，因为他真的很坏，就像我爸说的那样，但我当时确实为他疯狂。从那以后，我也总是为有的男人神魂颠倒。博是我表哥之后第一个想娶我的人。当然我也想结婚，组建家庭，但是……
埃尔玛	但是你再也无法爱上任何人了？
切 丽	也许会，但我不知道，或许我不知道爱是什么样，但我知道它不是什么样……这很难用语言表达，就是不管你对这个人有多疯狂，但是……你得感觉到他尊重你，对，就是这样。
埃尔玛	我也这样认为。
切 丽	我想要一个可以让我崇拜和尊重的男人，而不是一个只会威胁我的男人。我想要一个对我温柔的男人，但又不是被当成婴儿对待。我……我只是想……不管我嫁给谁……除了爱和性之外，他对我有一些真正的关心。你能明白我的意思吗？
埃尔玛	（忙着消化这一切）我想是的。你回堪萨斯城后打算做什么？
切 丽	我不知道，那儿的电台有一个乡村音乐栏目，我或许会去那里工作。如果不去那里，我可能会在利格特或沃尔格林找份工作。过段时间，我可能会嫁给某个男人，不管我爱不爱他。当我们还是孩子的时候，我们想当然地认为爱是存在的，但是爱也许得自己去发现，因为不是每个人都会说出来。
埃尔玛	（忧郁的）也许你是对的……但我希望不会。
切 丽	（在凳子上蠕动了一下）哎呀，我真不想去那个冷冰冰的卫生间，但我想我最好不要再拖延了。（切丽急忙从后门出去）
	〔莱曼听到了切丽最后说的话，又坐到了柜台前，忧郁地沉思了一会儿，然后和埃尔玛说话。
莱 曼	我们对爱情的追求是多么大胆，就像它是一份应得的遗产，以至于我们不得不与愤怒的亲戚争吵，从而得到我们应得的那份。

---

① 马尔科姆，人名，原文为 Malcom，切丽的表哥。

埃尔玛	你别抱怨了，你可是有三个前妻的人。
莱　曼	别这样羞辱我呀，我是好好爱过她们的……（马后炮）至少我认为我做到了……一阵子。（仍在轻笑，仿佛是一个极大的讽刺）
埃尔玛	如果我的话让你听起来不舒服，我很抱歉，莱曼博士，我不是故意的。
莱　曼	不用道歉，我太自负了，以至于别人说什么我都不会生气。
埃尔玛	你一点都不自负。
莱　曼	哦，相信我。最自负的人是那些自负到无法表现自己有多自负的人。
埃尔玛	我想事情有点理想化，我认为人们会坠入爱河，并永远保持这种状态。
莱　曼	也许我们已经失去了这种能力，也许人类已经过了爱真的存在的进化阶段，也许生活会变得更复杂，以至于人类对生存的焦虑会使他变得过于吝啬，无法在任何真正的关系中献出自己。
埃尔玛	你说的我听不懂。任何人都可以坠入爱河，我一直这样认为……还有……
莱　曼	但是两个人如果真的相爱，就必须放弃他们自己各自的一些东西。
埃尔玛	（试着跟上）是的。
莱　曼	男人生来就怕爱一个人，有时他们会把爱永远藏在心里，任其枯萎或死去。他们永远不了解爱，只知道重复，在毫无意义的重复中一遍又一遍地寻找。
埃尔玛	（有点沮丧）哎呀！我们怎么会谈到这个话题？
莱　曼	（开怀大笑，抓住埃尔玛的手）啊，亲爱的！别理我，因为是否有爱情这种东西，我们总是……（举起酒杯）假装有。那让我们谈谈即将到来的托皮卡之行，你能穿上你最好看的衣服吗？
埃尔玛	当然可以。如果天气好的话，我就穿我妈妈买给我的春天的新

	衣服，是那种柔和的玫瑰色，还有一个小蕾丝领子呢。
莱　曼	啊，那你一定会看起来很可爱、很可爱，希望你会穿。我希望我说这些亲昵的话不会让你感到尴尬……
埃尔玛	没有……我不觉得尴尬。
莱　曼	我很高兴，就把我当成一个慈父般的老傻瓜，好吗？如果我为你的甜美、你的青春、你的天真而欣喜若狂，你也不会感到烦恼吗？因为这些是我一直追求的可以温暖我心的品质，就像我找一把火来温暖我的手。
埃尔玛	现在我有点尴尬了，甚至不知道说些什么。
莱　曼	那就什么都别说，或者说服我一下，让我别喋喋不休地谈论琐碎的事情。
	［埃尔玛和莱曼一起笑了，这时切丽颤抖着回来了。
切　丽	啊，太冷了。维吉尔，我希望你再给我们弹首歌，我想我们都需要点什么振奋起来。
维吉尔	那我们做个交易，如果你唱歌我就弹。
埃尔玛	（一个绝妙的主意出现在她的脑海中）不如我们来一场表演吧！（她的建议出人意料，大家都沉默了）这里的每个人都可以做点什么！
莱　曼	这是个好主意，你必须为我扮演朱丽叶。
埃尔玛	（没听到莱曼说的，而是跑向维吉尔）你愿意为我们演奏吗，维吉尔？
维吉尔	我不会演奏歌剧或者吉特巴舞。
埃尔玛	你想弹什么就弹什么。（对博说）你会参加吗？（博听后固执地转向另一边）参加吧！除非我们都做点什么，否则就不好玩了。
维吉尔	博。
博	我又不是戏剧演员，小姐。

维吉尔	你会背《葛底斯堡演说》①。
博	（没好气的）我不会表演。
维吉尔	那为什么不表演你的绳子魔术呢？你的绳子在车上，我可以帮你拿过来。
埃尔玛	哦，来吧，绳子魔术一定很有趣。
博	（坚定的）不！我可不想在一群陌生人面前出丑。
维吉尔	（对埃尔玛）我想他是认真的，小姐。
埃尔玛	唉！
维吉尔	（悄悄地对博说）我不明白你为什么不能配合点，博。
博	我这会儿脑子太乱了，没心思表演魔术。
埃尔玛	（对切丽）给我们唱首歌好吗，Cherie？
切 丽	我要一个馅饼，再要一杯咖啡。
埃尔玛	没问题。
	［切丽赶紧去找维吉尔。
切 丽	维吉尔，你会弹《古老的黑魔法》吗？
维吉尔	你先开始，我想我可以找出和弦。
	［切丽坐在维吉尔身边，他们一起研究着和弦。埃尔玛急忙去找莱曼博士。
埃尔玛	你会为我们朗诵诗歌，对吗？
莱 曼	（已经入戏）当然，我来扮演罗密欧，你来扮演朱丽叶。
埃尔玛	天哪！我不知道我能不能记住那些台词。
莱 曼	（递给她一本他从书架上拿下来的书）有时候，在书架上这些耸人听闻的少年犯小说中，你或许能找到莎士比亚。喏，《莎士比亚四大悲剧》。（他们开始回顾书中的场景）
	［博对切丽和维吉尔之间的亲密感到不满，气势汹汹地走到他们身边。
博	（对切丽）这是我的座位。

---

① 《葛底斯堡演说》（Gettysburg Address）发表于美国南北战争期间，是美国前总统林肯最著名的演说。

埃尔玛	（从莱曼博士那里拿书）如果我多看几遍，应该没什么问题。你了解"阳台"那段吗？
切　丽	（跳起身）你坐。（匆匆坐到在柜台那里的埃尔玛旁边）
莱　曼	亲爱的，整个剧本我都背下来了，甚至倒背如流。
切　丽	（对埃尔玛）我带了一套演出服，在哪儿可以换？
埃尔玛	柜台后面，洗手池上方有一面镜子。
	［切丽飞快地跑到柜台后面，翻着她的行李箱。
博	（对维吉尔）她对你就像小猫对牛奶一样温柔。
埃尔玛	哇，竟然还有服装什么的。（继续和莱曼一起重温）
维吉尔	（试图开个玩笑）如果我对女人这么有吸引力，有什么用吗？（然而博并没有把这当成玩笑，维吉尔意识到博被深深伤害）我瞎说的，博，没什么别的意思。
博	也许这对你来说没别的意思。
维吉尔	她对我好是因为我在弹吉他，博。吉他这种温柔的乐器很招女孩子喜欢。
博	温柔？
维吉尔	对，女孩子喜欢温柔的东西。
博	是的！
维吉尔	是，当然是。
博	一个男人变得"温柔"，就会有人不把他当回事了。
维吉尔	有时候是的，博，但不总是这样，你需要找准时机。
博	嗯……我一直努力做一个正派的小伙子，可是我不知道自己是否温柔。
维吉尔	我觉得你是温柔的，博。就像狩猎的时候，你从来都做不到射杀一只可爱的小鹿。
博	你是在取笑我吗？
维吉尔	（不耐烦的）没有，我没有取笑你，你的本性中有温柔的一面，和其他人一样。
博	或许是吧。

维吉尔	当然是。
博	（突然感到不公平）那 Cherry 为什么不过来跟我好好说话，就像她对你那样？
维吉尔	博，你是有温柔的一面，但你不知道怎么表现出来。
博	（判断了一下）我没有！
维吉尔	不，你只是不知道怎么做罢了。
博	维吉尔，一个人要怎么表现他温柔的一面呢？
维吉尔	嗯……我不知道怎么告诉你。

〔埃尔玛走到博和维吉尔身边，准备主持这场表演。

埃尔玛	你先来吗，维吉尔？
维吉尔	没问题。
埃尔玛	好，那我来做主持吧。（站在舞台中央，对着观众）女士们，先生们！格蕾丝餐厅今晚将举办来自世界各地的著名艺术家的舞台表演！（维吉尔弹奏了一段引子和弦）今晚我们的第一个节目来自牛仔，维吉尔先生——（停顿了一下）
维吉尔	（对埃尔玛）维吉尔·布莱辛。
埃尔玛	维吉尔·布莱辛，他会用吉他给大家带来欢乐。

〔掌声响起。

〔埃尔玛和莱曼博士一起退到房间的后面，维吉尔开始表演。他演奏的时候，博被吸引到柜台前，他试图离柜台后面换衣服的切丽更近一些。

博	（天真的）我想你误会我了，Cherry。
切丽	别过来，我在穿衣服。
博	Cherry……我想你错怪我了。
切丽	安静点，正演出呢。
博	Cherry，我是一个非常温柔的人，你只是不知道罢了。我很温柔，我甚至不去猎鹿，因为我无法杀死那些可爱的小鹿。不信你问维吉尔。
切丽	我不感兴趣。

博	不感兴趣？
切　丽	是的。你在你朋友弹吉他的时候跑来跟人聊天，真是个混蛋！
博	你对维吉尔和对我的态度都不一样。
切　丽	你能走开让我一个人待着吗？
博	（最后一招）Cherry，我跟你说过我那台二十四英寸的彩色电视机吗？
切　丽	说过一百万次了！现在能走开吗？

　　［埃尔玛做出安静的手势让博安静下来。博沮丧地回到房间的另一边。此时维吉尔的表演刚刚结束，博在大家给维吉尔的掌声中坐下。

切　丽	（三人一起说）太棒了，维吉尔！
莱　曼	（三人一起说）太牛了！
埃尔玛	（三人一起说）好听！再来一首！
维吉尔	我的表演结束了，我已经准备好看你们的了。
博	（对维吉尔）她很在乎我是否温柔。
埃尔玛	（以主持的身份再次出现）太棒了，维吉尔。（然后转向莱曼博士）你准备好了吗？
莱　曼	（得意的）当然。
埃尔玛	（把书递给维吉尔）你愿意当我们的提词员吗？
维吉尔	听起来有点滑稽，不过我可以试试。
埃尔玛	（问莱曼）哎呀，我们用什么做阳台？
莱　曼	这是个问题。

　　［埃尔玛和莱曼一起考虑是用柜台让埃尔玛站在上面，还是用一张桌子。

博	（对维吉尔）他们要干什么，维吉尔？
维吉尔	罗密欧和朱丽叶，莎士比亚。
博	莎士比亚！
维吉尔	这个罗密欧可是个情种，博，看着他，学几句。

　　［切丽从柜台后面跑出来，衣服外面套着一件外套，坐在一张

桌子旁。

切　丽　　我准备好了。

博　　　　（读着维吉尔所拿的书中的一些台词）"轻声……那边窗子里……亮起来的……是什么光？那就是东方……朱丽叶……便是那朝阳……"①

［博结结巴巴地读了大部分单词，维吉尔把书从他手里拿走了。

维吉尔　　嘘！

埃尔玛　　女士们，先生们！你们将看到《罗密欧与朱丽叶》中的"阳台"选段，杰拉尔德·莱曼博士将扮演罗密欧，而我将扮演朱丽叶，我叫埃尔玛·达克沃斯。场景是在意大利维罗纳的凯普莱特家的果园，这个柜台是阳台。（莱曼博士把埃尔玛扶着站到柜台上，等他开始）好了吗？

［莱曼迅速喝了口酒使自己安心，然后把瓶子装进口袋里，以浪漫主义的步伐走了过来。他非常享受表演。但令人感慨的是，他似乎并没有意识到自己有多糟糕，他也是一个彻头彻尾的自私演员，把朱丽叶当作道具，把所有的台词都当成是宏大的独白来读。

莱　曼　　"没有受过伤的人才会讥笑别人身上的创痕。轻声！那边窗户里亮起来的是什么光？那就是东方，朱丽叶就是太阳！"（试图继续，但埃尔玛急于开始她的表演）"起来吧，美丽的太阳！赶走那妒忌的月亮。"

埃尔玛　　（与莱曼同时说）"罗密欧啊，罗密欧，为什么偏偏你是罗密欧呢？否认你的父亲，抛弃你的姓名吧；也许你不愿意这样做，那么只要你宣誓做我的爱人，我也不愿再姓凯普莱特了。"

莱　曼　　"她欲言又止，她要说什么？她的眼睛透露了她的心事。让我来回答她吧。不，我太鲁莽了——"

博　　　　（对维吉尔）鲁莽？他喝醉了。

---

① 以下表演中涉及的台词均出自莎士比亚的《罗密欧与朱丽叶》（［英］莎士比亚：《罗密欧与朱丽叶》，朱生豪译，文化艺术出版社 2004 年版）。

维吉尔	嘘！
莱 曼	"她并不是在跟我说话。天空中有两颗最灿烂的星星，因为有事离开了，恳求让她的眼睛代替它们在天空中闪耀，直到归来之时。"
埃尔玛	唉！
莱 曼	"她说话了。啊！再说下去吧，光明的天使！因为我在这夜色中仰视着你，瞻望着一个生着翅膀的天使，就像一个尘世的凡人……"
	〔莱曼继续着他的表演，尽管博在议论他。
博	我听不懂，维吉尔。
维吉尔	这是《罗密欧与朱丽叶》，看在上帝的分儿上，现在你能闭嘴吗？
莱 曼	（继续表演）"张大了出神的眼睛，瞻望着一个生着翅膀的天使，驾着白云缓缓地驰过了天空一样。"（他越来越累了，但还不打算结束）
埃尔玛	"只有你的名字才是我的仇敌，你即使不姓蒙太古，仍然是这样的一个你。姓不姓蒙太古又有什么关系呢？它又不是手，又不是脚，又不是手臂，又不是脸，又不是身体上任何其他部分。啊！换一个姓名吧！姓名本来是没有意义的——"
莱 曼	（打断她，开始支支吾吾）"那么我就听你的话，你只要叫我做爱，我就重新受洗，重新命名。"（他似乎突然在台词中找到了个人的意义）
埃尔玛	"你是什么人，在黑夜里躲躲闪闪地偷听人家的话？"
莱 曼	（觉得自己不能说下去了）"我没法告诉你我叫什么名字，敬爱的神明，我痛恨我的名字。"
	〔莱曼停下了，一阵寂静，埃尔玛示意维吉尔给些提示。
维吉尔	（提示）"因为他是你的仇敌。"
莱 曼	（离开了现场，默默地重复着这句话，跌跌撞撞地走回柜台）"我痛恨我的名字……"

〔埃尔玛急忙跑到莱曼身边。维吉尔抓住博，把他拉回到地板上，并羞辱他。

埃尔玛　　莱曼博士，怎么了？
莱　曼　　亲爱的……让我们停止这种毫无意义的表演吧！
埃尔玛　　我做错了什么吗？
莱　曼　　你没做错任何事情……
埃尔玛　　我可以试着用不同的方式来念台词。
莱　曼　　不，不，告诉你的观众，罗密欧突然充满了悔恨。
〔莱曼坐到凳子上，埃尔玛犹疑不定地在他身边待了一会儿。
博　　　　（转向维吉尔）维吉尔，我要放弃了，如果为了做爱就得这样做的话。
埃尔玛　　（对维吉尔）恐怕他不舒服。
维吉尔　　（对埃尔玛）我试着提示他。
埃尔玛　　（心想）好吧，我们只剩下一个节目了。（对切丽）你准备好了吗？
切　丽　　当然。
埃尔玛　　女士们，先生们，下一个节目由来自堪萨斯城蓝龙夜总会的国际女歌手Cherie小姐表演，有请Cherie！
〔当切丽走出来时，所有的人都为她鼓掌，维吉尔为她弹起前奏，博向她吹口哨。
切　丽　　（脱下外套，低声对埃尔玛说）记住，我表演的时候，不允许进行餐桌服务。
埃尔玛　　好。
〔在后台，莱曼从大衣口袋里拿出瓶子，喝得酩酊大醉。切丽站到一张桌子上，开始伴着维吉尔的和弦唱起《古老的黑魔法》。她对这首歌的演绎是最引人注目的，这似乎是根据她对诸多唱伤感恋歌的歌手的观察而创作的。她很有魅力，并且很有趣，但她自己似乎并不知道。而且她重燃了博对她炽热的爱，以至于博在她的表演中情不自禁地表达出来。

博	（切丽唱到一半）她很漂亮，对吧，维吉尔？
维吉尔	（努力把注意力集中在他的演奏上）嘘！博。
博	我要得到她，维吉尔。
维吉尔	嘘！
博	（暂停了一下，不理会任何人）我下定决心了，我告诉自己我要这个姑娘。这就是我参加牛仔竞技比赛的唯一原因，我不接受任何反驳。
维吉尔	博，你能不能安静点！
博	我这辈子想要的任何东西都已经得到了，所以我现在不会停下，我要得到她。

[切丽被激怒了。她从桌子上跳下来，狠狠地打在博的脸上。

切丽	你真是没礼貌！
博	（惊呆了）Cherry！
切丽	如果我是个男人，一定把你打得半死，总有一天会有男人这么做的，我希望我能亲眼看到。

[切丽回到换衣服的地方。博还沉浸在错愕中。

[这时，莱曼已经喝酒喝得几乎失去了知觉，他在凳子上来回摇晃，喃喃自语，几乎语无伦次。

莱曼	"哦……罗密欧……你为什么是罗密欧……"

[莱曼笑得像个傻子，从凳子上摔下来，瘫倒在地板上。埃尔玛和维吉尔冲向他。博依然待在原地，困惑且受伤地瞪着切丽。

埃尔玛	（关心的）莱曼！莱曼博士！
维吉尔	这人状态很糟糕，我们把他弄到长椅上去吧。（两人试图帮莱曼站起来）

[同时，博穿过房间，一跃爬过柜台，把切丽抱在怀里。

博	我是在告诉维吉尔我爱你，你没有权利过来打我。
切丽	（挣扎着）我就打了，怎么样？放开我！
博	（把她抱起来）我下去叫醒警长，今晚我要娶你。

[博把切丽抱在怀里往门口拉，此时埃尔玛和维吉尔正在努力

　　　　　　　把莱曼扶到长椅上。
切　丽　　　救命！维吉尔，救命！
博　　　　　闭嘴！我会是一个好丈夫的，你一定不会失望的。
切　丽　　　（被抱到门口）救命啊，警长！帮帮我！帮帮我！
　　　　　　［埃尔玛的注意力从莱曼身上转移到切丽这边。博抓住切丽，切丽又踢又抗议，直到前门突然打开，博发现威尔站在门口。
威　尔　　　牛仔，放下她！
博　　　　　（试图继续前进）给我让开！
威　尔　　　（在切丽设法从博怀里挣脱出来的时候把博推进去）你最好按我说的做。
博　　　　　没人能干涉我。
　　　　　　［博立刻扑向威尔，然而威尔早有准备，一拳将博打得晕头转向。
维吉尔　　　（急忙跑到博身边）你不能这么做！博，你不能和警长打架！
博　　　　　（慢慢站起来）我对天发誓，先生，没有人能打得过我！
威　尔　　　我准备好了，也愿意试试，来吧，牛仔。
　　　　　　［博再次扑向威尔。威尔闪到一边，博一拳打空。博将威尔推向外面，打架还在继续。维吉尔立刻跟了出去。埃尔玛和切丽赶忙到窗口察看。
切　丽　　　我就知道会这样。
埃尔玛　　　天哪！我还是打个电话给格蕾丝吧。
　　　　　　［说着埃尔玛朝后门走去，还没到门口，格蕾丝正好穿着睡袍从后门走了进来。
格蕾丝　　　嘿！发生了什么事？
埃尔玛　　　哦！格蕾丝，他们打起来了，这一切发生得太突然了，我……
格蕾丝　　　（匆匆走到窗前）我看看。
切　丽　　　（离开窗口，不想再看了，走到一张桌子旁边的椅子上坐下）哎呀，我从来没有想过要给任何人造成麻烦。
格蕾丝　　　哇！看来威尔要打败他了。

埃尔玛	（站在窗口，被眼前的景象吓坏了）啊！
格蕾丝	要赌钱的话我肯定都押在威尔身上。威尔在上面。看！牛仔是个新手，他简直疯了！
埃尔玛	（离开窗口）我……我不想再看了。
格蕾丝	（是个搏击爱好者，从窗口向大家介绍）哦，上帝，这真是一场精彩的搏击。加油！威尔，加油！威尔，给他来一记上勾拳。看我说的对吧，牛仔倒下了。威尔现在给他戴上了手铐。

［切丽轻轻地抽泣着，埃尔玛走到她身边。

埃尔玛	会给他叫急救的，威尔总会这样。
切 丽	嗯……你得承认，他是自找的。
格蕾丝	（离开窗口）我很庆幸他们是在外面打的。（然后环顾四周，看看是否有地方需要修缮）还记得上次在这儿打架吗？我不得不装了一个新窗户。（说着上楼回到房间）

［莱曼从长椅上站起来，迂回着走到中间。

莱 曼	爱需要坚强的男人和女人。（差点跌倒，抓住椅子的靠背支撑着自己）内心足够强大去爱的人……得能屈能伸。（重重地叹了口气，用迷离的眼神环顾四周）一个人足够强大，才可以带着爱成长，达到更高的境界。人们勇敢地承担被爱的责任，而不是害怕它成为负担。（又叹了口气，疲倦地环顾四周）我……我从来没有慷慨地去爱，把我真实的自己袒露给别人，因为我很软弱，我以为这样会减轻我的负担。我！（狂笑着朝后门走去）罗密欧！罗密欧！我恶心！

［埃尔玛急忙追上莱曼，在门口拦住了他。

埃尔玛	莱曼博士！莱曼博士！
莱 曼	别麻烦了，亲爱的女孩，别为我这样的蠢老头操心。
埃尔玛	你不是蠢老头，我喜欢你胜过我认识的任何人。
莱 曼	亲爱的，我受宠若惊，也很高兴，但你还年轻。再过几年，你会……从一个女孩变成一个女人，一个善良、体贴、有爱心、聪明的女人……一个只能可怜……可怜我的女人。因为我是个

孩子，一个醉醺醺的、不守规矩的孩子，我心里对真正的女人一无所知。

［格蕾丝穿好衣服及时回来了，观察现场的其他地方。

埃尔玛	我给你拿点能让你感觉舒服点的东西。
莱　曼	不……不……我要到冰冷的卫生间去。（说着从后门冲了出去）
格蕾丝	（关心埃尔玛）埃尔玛，亲爱的，怎么了？他对你说了什么？

［格蕾丝走到埃尔玛身边，两人小声地交谈着。格蕾丝这时像极了一个母亲。维吉尔匆匆穿过前门，走向切丽。

维吉尔	小姐，你愿意帮忙吗？警长说如果你不起诉博，他就会放他出来，让他回到车上，如果这车还能开的话。
切　丽	这样他就又能回到这儿来伤害我了，是吗？
维吉尔	他不会再那样做了，小姐，我保证。
切　丽	你保证有什么用？他呢？
维吉尔	你可以相信他。
切　丽	我以前也是相信的，结果呢？他做了什么？他抓住我吻我……就像他是拿破仑一样。
维吉尔	（走过去，尽可能亲切地说）小姐……如果他知道我告诉你这些，他不会原谅我的，但是……你是第一个和他发生关系的女人。
切　丽	哈！我当然不信！
维吉尔	这是真的，小姐，他一直像兔子一样害羞。
切　丽	（惊讶的）我的上帝！
格蕾丝	（对埃尔玛）听我的，不要在托皮卡或其他任何地方见他。
埃尔玛	我不会的，格蕾丝，但是说实话，我认为他没有任何恶意。他只是喝多了。

［莱曼从后门回来了。埃尔玛赶忙走到他身边。

|埃尔玛|莱曼，你还好吧？|
|莱　曼|（走向长椅）亲爱的，我已经是个老人了，我很累。|

［莱曼俯卧在长椅上，几乎马上就睡着了。埃尔玛找了一件旧

夹克盖在他身上。久久的沉默，埃尔玛周到地坐在莱曼旁边。切丽心事重重。

格蕾丝　让他睡一觉就好了，这是你唯一能做的。

〔卡尔从后门进来了。他的脸上带着不耐烦的厌恶表情，好像刚刚目睹了什么令人作呕的事情。他怀疑地看了莱曼博士一眼，然后转向格蕾丝。

卡　尔　格蕾丝，谁在后屋吐了一地？

格蕾丝　哦，天哪！

〔莱曼打鼾。

切　丽　（突然跳起来，一把抓住维吉尔的夹克）维吉尔，我们走吧。

维吉尔　（激动的）我非常高兴你能帮助他，小姐。

切　丽　但如果这只是你为了不让我起诉他撒的谎，我永远都不会原谅你。

维吉尔　这不是谎话，小姐。你是第一个和他发生关系的女孩。

切　丽　好吧，我以前确实从来没有得到过这个荣誉。

〔维吉尔和切丽一起匆匆地走了出去。

幕落

第三幕

〔此时已是清晨，大约五点钟，暴风雪已经平息，晨光熹微，一切显得格外宁静祥和。

〔博、切丽和维吉尔已经从警长办公室回来了。博和之前一样坐回角落，低着头背对着大家。仔细观察不难发现，他一个眼圈发黑，一只手缠着绷带，维吉尔像侍从一样坐在他身边。莱曼博士还在长椅上睡觉，鼾声如雷。切丽试图趴在桌子上睡觉。

　　　　　　埃尔玛正在打扫卫生。卡尔正在打电话试图找到接线员。格蕾丝在柜台后面。

卡　　尔　（晃了晃听筒）还是没人接。（挂断电话）

格蕾丝　　（打了个哈欠）你们都走了我就可以去睡觉了，我好累。

卡　　尔　（听起来有点含沙射影）受够我了吗，宝贝儿？（格蕾丝看了他一眼，警告他不要让埃尔玛听到）我有点庆幸高速路被封了。

格蕾丝　　（卖弄风情的）是吗？

卡　　尔　让我们有机会彼此熟悉一点，不是吗？

格蕾丝　　一点！

卡　　尔　每周来这里三次，每次二十分钟。我……我离开了……你会想我吗，格蕾丝？

格蕾丝　　当然，卡尔！

卡　　尔　是吗？

格蕾丝　　是的，但你不必对其他司机说什么。

卡　　尔　（感到被冒犯）为什么，为什么你认为我……

格蕾丝　　我知道你们男人在一起的时候会聊些什么，尤其关于女人。

卡　　尔　好吧，但我不这样，格蕾丝。

格蕾丝　　我可不希望这条路上的其他司机，尤其是他们其中的一些人，认为我需要为他们提供其他服务。

卡　　尔　好吧，我懂了。（突然觉得受宠若惊）但是……你有点喜欢我……对吗，格蕾丝？

格蕾丝　　（再次卖弄风情）也许是吧。

卡　　尔　（试图从她那儿得到更多承诺）是吗？是吗？

格蕾丝　　你知道我最喜欢你什么吗，卡尔？是你的手。（她拿起卡尔一只手玩起来）我喜欢手大的男人。

卡　　尔　好吧，宝贝儿。

　　　　　〔这时威尔从前门蹑手蹑脚地走了进来，仿佛对自己权威的身份不以为然。

威　　尔　（对格蕾丝）一辆从高速路开来的卡车刚刚经过，他们说要不了多久就能通车。

格蕾丝 但愿。

威　尔 （看了看四周）没发生什么事吧？

格蕾丝 没有，威尔。

威　尔 （端详了一会儿博，然后走过去对他说）牛仔，如果你对我怀恨在心，我想你应该问问自己，如果你处在我的位置，你会做什么。我不能让你把不想走的小姑娘带走，对吧？（博没有回答，只是避开威尔的目光，但威尔还是想得到答复）对吧？

博 我不想说话，先生。

威　尔 好吧，不说也行，但我想你得知道这位女士……（切丽动了）如果她想……就会以违反《曼恩法案》①的罪名起诉你，把你送进监狱。

博 什么法案？

威　尔 《曼恩法案》，你违背一个女人的意愿，带她过了州界。

维吉尔 这可是一项很严重的指控，博。

博 （面对威尔）可是我爱她。

威　尔 没什么分别。

博 男人对他喜欢的东西有拥有的权利。

威　尔 那也得配得上对方，牛仔。

博 我工作很努力，有自己的牧场，还在银行有六千美元存款。

威　尔 嘿，牛仔，你最好谦虚点。

博 我不会跪下来乞求我想要的。

威　尔 谦虚和卑微可不是一回事。（博不明白）我也有过一次这样的经历，牛仔，那会儿我还没你现在大呢。一天，我从一个叫皮尔森的牧师那里偷了一匹马，想拿去卖钱，结果被发现了。他很好，给我机会让我把话说清楚，但我不承认马是他的，然后他不得不做了他该做的，把我打得差点丧命。我永远忘不了，

---

① 《曼恩法案》，原文为Mann Act，美国国会于1910年6月通过，法案禁止州与州之间贩运妇女。

因为那是我人生中第一次不得不承认我错了，当时我很痛苦。最后，过了几天，我决定去给牧师道歉，然后我对整件事的感受就不一样了。我加入了他的教会，在他去世前，我们一直都是很好的朋友。（转向维吉尔）他照我说的做了吗？

维吉尔　　还没呢，警官。
威　尔　　（对博说）你为什么害怕做？
博　　　　谁说我害怕了？
威　尔　　不是吗，你告诉我？
博　　　　（有点不满）我会做的，但是得给我点时间。
威　尔　　但我警告你，除非你是真心的，否则没用。
博　　　　我是真心的。
威　尔　　好，那就去做。

　　　　　〔博慢慢地、不情愿地站起来，笨拙地、内疚地走向柜台后的格蕾丝。

博　　　　小姐……我想道歉。
格蕾丝　　什么？
博　　　　因为我引起这么大的骚动。
格蕾丝　　你不必向我道歉，牛仔，我喜欢看打架。格蕾丝餐厅随时欢迎你来，随时。
博　　　　（带着感激的笑容）谢谢。（走向埃尔玛）我一定表现得像个流氓，对不起。
埃尔玛　　哦，没关系。
博　　　　谢谢你，小姐。
埃尔玛　　很遗憾我们没能看到你的绳子魔术。
博　　　　小把戏罢了。（指着熟睡的莱曼）我一定要叫醒教授，向他道歉吗？
威　尔　　没事，你可以忽略教授。

　　　　　〔威尔朝切丽点了点头。博最怕面对的是切丽。博朝她走去，但没走多远。

博	我做不到。
维吉尔	（失望的）啊，博！
博	我说我做不到。
维吉尔	为什么？
博	她现在不会尊重我了。她看到我打输了。
威尔	你答应过我，你欠她一个道歉。不管你是不是被打了，你都得去，否则我就不让你上巴士了。

［博进退两难，他擦了擦额头上的汗。

维吉尔	去吧，博，去吧。
博	嗯……我……我试试看。（扭扭捏捏地走向切丽，终于叫出她的名字）Cherry！
切丽	嗯？
博	Cherry……我不应该这样对你，把你拖上巴士，还违背你的意愿想让你嫁给我。你能原谅我吗？
切丽	（想了想说）我想这是我这辈子受到的最差的待遇了。
博	（拿出钱包）Cherry……我把你弄到这儿来了，我想我应该让你体面地回去。所以……这个给你。（他递给她一沓钞票）
切丽	是警长让你这么做的吗？
博	（生气的）不！他没说让我给你钱。
威尔	那是他的主意，小姐，但我认为这样挺好的。
切丽	你不用给我这么多，博。
博	你拿着吧。
切丽	好吧，谢谢。
博	我……我祝你好运，Cherry……真心的。
切丽	你也是，博。
博	嗯……我想该说的我都说了，所以……再见。
切丽	（用微弱的声音说）再见。

［博尴尬地回到角落。切丽坐回桌边，充满了惊奇。

| 威尔 | 这不算太糟，对吧，孩子？ |

博	让我再来一次的话，我宁愿去驯服野马。
	［威尔开怀大笑，然后看似随意地走到柜台前。
威　尔	头还疼吗，格蕾丝？
格蕾丝	嗯？
威　尔	之前你说你头疼。
格蕾丝	哦，我现在很好，威尔。
威　尔	（看着卡尔）你散步还开心吗，卡尔？
卡　尔	还不错。
威　尔	好吧，我想你最好上楼一趟，有人拿走了你的套鞋放在格蕾丝房间门口。
	［威尔笑了很久，埃尔玛也忍不住笑了。卡尔看着自己的脚，意识到自己的疏忽。
格蕾丝	（有些生气）真爱管闲事！
威　尔	我要一杯咖啡，格蕾丝，再来一个甜面包卷。（说着从柜台上的玻璃盘子里挑了一个）
维吉尔	博，来柜台吃口早餐吧。
博	我不饿，维吉尔。
维吉尔	来杯咖啡怎么样？
博	不想喝。
维吉尔	你怎么了？不应该感觉很轻松吗？警长放了你，然后……
博	还不如待在监狱里呢。
维吉尔	这是什么话！巴士很快就要离开了，过几天就能到牧场了。
博	就算再也见不到那个该死的牧场，我也不在乎。
维吉尔	为什么，博？建它可是你花费了半辈子的心血。
博	那是我见过的最孤独的地方。
维吉尔	嗯……我不这样认为。
博	就像要回墓地一样。

维吉尔	博……我听汉克和奥维尔说学校的新老师住在斯特宾①那边，长得很漂亮。
博	我对女老师不感兴趣。
维吉尔	给自己点时间，博，你还年轻。你会找到很多姑娘，她们也会爱你的。
博	我只想要Cherry。

[这是大家第一次看到博流眼泪。

维吉尔	（徒劳地耸了耸肩）啊——博——
博	（把维吉尔打发走了）去找点吃的吧，维吉。

[博仍沉浸在难过中。维吉尔慢慢走向柜台。突然电话响了，格蕾丝跳起身来接起电话。

格蕾丝	哦，我的上帝，电话终于通了！（对着电话说）你好，格蕾丝餐厅！（停顿）什么？（停顿）好的，我告诉他。（挂断电话，转向卡尔）现在路通了，但车必须带上链子，因为路太滑了。
卡尔	该死！（匆匆起身穿上大衣，走到屋子中间说）路通了！大家等我带上链子就出发，得二十分钟……（停下来，回头看着他们）有人帮我的话会快一点儿。（说着往外走）
威尔	（从柜台前站起来）我来帮你，卡尔。（跟上卡尔）
切丽	（走向博）博。
博	啊？
切丽	我想告诉你一件事，有点私密，也有点尴尬。但是……我不是你想要的那种女孩。
博	什么意思，Cherry？
切丽	有些人会说我过着那种生活，确实是的。
博	你到底想说什么？
切丽	嗯……我想，你知道我在蓝龙工作，就会知道在你之前我还有过其他男朋友。

---

① 斯特宾，地名，原文为Steubing。

博	你有吗？
切 丽	我有，还不少。
博	维吉尔告诉过我，但我不信。
切 丽	嗯，这是真的。所以你看……我不是你想要的那种女孩。
	［博没有表态，切丽回到她原本坐的桌子前。埃尔玛走到长椅边叫醒莱曼。
埃尔玛	莱曼，莱曼！
	［莱曼醒来猛地坐起来，警觉地环顾着四周。
莱 曼	我在哪？（认出是埃尔玛）哦，是你呀。（说着挤出一个灿烂的微笑）亲爱的姑娘，能被你叫醒多幸福啊！
埃尔玛	你感觉怎么样？
莱 曼	也许我这么问并不礼貌，我在这儿睡了多久？
埃尔玛	哦，几个小时。
莱 曼	演出开始后，我好像断片了，什么都不记得了。我们演得怎么样？
埃尔玛	很好呀。
莱 曼	哦，那就好。我想喝一杯昨晚你让我喝的咖啡。
埃尔玛	好，再给你做点吃的怎么样？
莱 曼	不，我不想吃。（做出一副想吐的表情）
埃尔玛	莱曼，你必须吃点，我是认真的。
莱 曼	必须吃吗？
埃尔玛	对，必须！
莱 曼	好吧，为了你对我的好，我要几个煎蛋、一些烤面包和橙汁。但我这么做是为了你，只为你。
	［埃尔玛溜到柜台后开始准备莱曼的早餐。维吉尔从柜台前起身走向博。
维吉尔	博，我去帮司机弄链子，你待在这儿照顾好自己。（说着走了出去）
博	（再次找到切丽）Cherry……我现在和你说话会不会打扰到你？

切　丽	不会……
博	好吧……既然你提起这事，我想告诉你，你是我第一个发生关系的女孩。（一阵沉默）上帝！我从没想到我自己会说出来，但我还是说了。
切　丽	我没想到，博。
博	你看……我一直都住在牧场。我想我不太了解女人……因为她们和男人不一样。
切　丽	是不一样。
博	每次我遇到女人……我都很紧张……不知道该做些什么，这种症状很严重。
切　丽	但是你和我在一起时并不紧张，博。
博	我刚走进夜总会的时候你在唱歌……你边唱边冲我笑，还冲我眨了几次眼。还记得吗？
切　丽	记得。
博	嗯，我知道我很幼稚，但是……以前从没有人这样对我，所以我以为你的歌是为我而唱。
切　丽	你确实吸引了我，博……
博	你是那么纯洁，看起来是那么热心、可爱。我……我觉得我可以爱你……我也确实这样做了。
切　丽	博，你真的认为你爱我吗？
博	难道不是吗，Cherry？我不可能……和一个我不爱的女孩亲近。

〔切丽几乎要哭了。她和博都一时说不出话来，各自回了自己的地方。

〔卡尔走了进来，他已经穿上了套鞋，后面跟着维吉尔和威尔。他又来到屋子中间宣布消息。

卡　尔	亲爱的乘客，巴士往西开！下一站，托皮卡！

〔卡尔来到在柜台旁站着的格蕾丝身边，从口袋里拿出一支铅笔，开始写巴士行程单。

威　尔	（对博）牛仔，你现在还好吗？

博	我一定是世界上最不快乐的人了。
威　尔	你现在不开心,并不意味着明天也会不开心。握个手吧,牛仔。
博	(犹豫的)嗯……
维吉尔	握吧,博,他只是想和你做朋友。
博	(伸出手来,仍然有些勉强)好吧。(两人握手)
威　尔	我只是想让你记住,没什么过不去的。再见。
博	再见。
威　尔	我要回家了,周一见,格蕾丝。
格蕾丝	周一见,威尔。
卡　尔	威尔,谢谢你帮我,我写完行程单就出发。
威　尔	(停在门口,对切丽说了最后一句话)蒙大拿是个不错的地方,小姐。(说完走了出去)
维吉尔	博,不错的小伙子。
博	(把注意力集中在切丽身上)也许有一天我会这么想。
维吉尔	好了,博,我们该上车了。
	〔博没听到维吉尔说话,突然向切丽走去。
博	Cherry!
切　丽	怎么了,博?
博	Cherry,我答应过不骚扰你,但是如果你允许的话,我……我想吻你。
切　丽	你想?(博点了点头)好,博,我也想你吻我,真的想。(博咧开嘴笑了,仿佛又变成了一个流氓,正要像以前那样粗暴地把她抱在怀里,但她阻止了)博,我想这次你吻我的时候,会有些不一样。
博	(不确定切丽的意思)哦?(环顾四周,看着迅速转身离开的维吉尔,知道维吉尔无法提供建议。然后小心翼翼地把切丽揽进怀里,仿佛抱着一件珍贵的礼物)天哪!原来认真吻一个人的时候,会有点紧张,对吗?
切　丽	对。

[博吻了切丽，很久，也很温柔。

格蕾丝　（在柜台边说）他现在看起来不像是在强迫她。

[在亲吻结束后，博呆住了。他不确定自己的感受，穿过房间跑到维吉尔面前，把他拉到一个长凳上坐下，两人交谈起来。
[莱曼来到柜台边吃早餐。

莱　曼　我可以非常诚实地告诉你，这是我吃过的最美味的早餐。但或许这不能算作赞美，因为我很少吃早餐。

[莱曼和埃尔玛一起笑了。

埃尔玛　这是我最喜欢的一餐。（说着转向冰箱，拿出一瓶咖啡准备给莱曼倒上）

莱　曼　（当埃尔玛转回来）亲爱的女孩，让我们停止我们的玩乐，好吗？你总不想和我这样一个老无赖在州府的大街上散步吧。

埃尔玛　随便你。

莱　曼　我将继续前往丹佛，这样或许才是最好的。

埃尔玛　不管怎么样，我都很高兴认识你。

莱　曼　谢谢，有时候觉得自己做的事情是正确的是一件非常令人欣慰的事情，我不知道自己是否总是选择这样做。

埃尔玛　什么意思？

莱　曼　没什么，只是随便说说。也许我在托皮卡附近的时候，应该去那家医院寻求一些帮助。

埃尔玛　有时他们的病人会来这里，但在我看来，他们很正常。

莱　曼　（对自己说）很长一段时间，朋友们一直暗示我应该接受精神治疗。（笑着说）我不知道他们是真的为我好，还是想看我笑话。

埃尔玛　天哪，我看不出你有任何问题！

莱　曼　（有些难过）年轻人当然看不出来。（又恢复了高昂的情绪）然而，我不认为我要去接受精神治疗，我宁愿就保持现在的样子。（像骑士一样又拉起埃尔玛的手）再见，亲爱的，你是自简·考尔小姐以来最可爱的朱丽叶。（吻了吻埃尔玛的手，然后去拿

外套)

埃尔玛	(从柜台后面走过来,跟在莱曼后面)谢谢你,莱曼博士。很高兴认识你,你是我见过的最聪明的人。
莱　曼	最聪明?
埃尔玛	是的,最聪明。
莱　曼	好吧,我聪明得令人发指。聪明一些不是很好吗?

[莱曼笑了笑,给了埃尔玛一个飞吻,然后匆匆地走出了门。埃尔玛留在后面,看着他上了车。

卡　尔	(对格蕾丝)嘿,知道这个教授怎么了吗?堪萨斯城的一个侦探是我的好朋友,他把这个教授指给我看。知道他说了什么吗?他说这位教授因为在学校里闲逛被警察抓了。
格蕾丝	(震惊的)真的?
卡　尔	然后他们查了他的记录,发现他有过好几次麻烦,都是因为和年轻女孩发生关系。
格蕾丝	我的天!你告诉威尔了吗?
卡　尔	当然,我告诉他了,但是他们现在抓不到教授的任何把柄,威尔也拿他没办法。(埃尔玛走回柜台,听着卡尔接下来要说的)我不理解,他为什么要称自己为博士?他是骗子吗?
埃尔玛	不,卡尔,他是哲学博士。
卡　尔	是什么?
埃尔玛	这是最高的学术学位。
格蕾丝	你还以为他有足够的哲学思想,不会惹麻烦呢。

[埃尔玛在柜台后继续她手里的活儿。

卡　尔	(对格蕾丝)宝贝儿,我要走了,你难过吗?
格蕾丝	不……我告诉过你,我累了。
卡　尔	(温和的)你知道吗,有时候我在想,结婚到底有什么好,每天都得忍受同一个女人,早上还要看着她,她脾气不好的时候还要想方设法让她开心。但这很适合我。
格蕾丝	我也没什么好抱怨的,顺便问一句,你结婚了吗,卡尔?

卡　尔	结婚，谁说我结婚了？告诉我，我修理他。
格蕾丝	随便问问！后天见。（她朝他眨了眨眼）
卡　尔	（也眨眨眼，暗示）你一定会对二十分钟内能发生什么感到惊讶。（在格蕾丝的屁股上拍了一下以示告别）都上车吧！（匆匆走出前门）
格蕾丝	（自语）他还是没告诉我他是不是结婚了。

　　[博急忙向切丽走去。

博	Cherry。
切　丽	（有点期待）怎么了？
博	我一直在和我的朋友聊天，他认为在我们两个之间，我更幼稚一些。
切　丽	（笑了笑，觉得很有趣）是吗？维吉尔说的吗？
博	是的……我喜欢你现在的样子，Cherry，所以我不在乎你以前怎么样。
切　丽	（被打动了）哦，上帝，这是我听过的最甜蜜、最温柔的话。
博	（尴尬的）Cherry……对于一个被拒绝过一次的人来说，要鼓起足够的勇气再试一次是非常困难的……
切　丽	你不需要鼓起勇气，博。
博	（不太确定她的意思）不需要？
切　丽	这是这个世界上你最不需要的东西。
博	嗯……不管怎样，我还是要说出我内心的想法。
切　丽	什么？
博	我还是希望你能和我一起回牧场，特别希望。
切　丽	特别希望？
博	是的，特别希望。
切　丽	嘿，我现在愿意跟你去世界上的任何地方，博，任何地方。
博	真的吗？真的吗？

　　[博和切丽很快相拥在一起，所有人都看着。

格蕾丝	（轻轻推了推埃尔玛）我想到会这样的。

埃尔玛	天哪，我没想到。
	［博和切丽分开，分别跑向房间的不同位置。博告诉维吉尔，切丽告诉埃尔玛和格蕾丝。
博	听见了吗，维吉尔？我们要结婚了，Cherry 愿意和我一起回去！
切丽	（在柜台）浪子回头的感觉真的很美妙。我们会结婚的，我们一起回蒙大拿！
卡尔	（从门里探出头来，不耐烦地喊道）嘿！看在上帝的分儿上，都快上车吧！（走出去）
博	（抓住了维吉尔的手臂）走吧，维吉尔，你这只老浣熊！
维吉尔	（不以为然的）现在，博……听我说。
博	（很开心，压根儿什么都听不进去，一只胳膊搂着切丽，另一只拽着维吉尔）走吧！该死，我们浪费的时间够多了，快走吧！
维吉尔	听着，博，现在安静一会儿，你得听我说。你不再需要我了，我不跟你去了。
博	（不相信自己的耳朵）你不跟我去？
维吉尔	对，我……我不去了。
博	（大吃一惊）你知道你在说什么吗，维吉尔？
维吉尔	当然知道。
博	戏谑的事一个接一个。
维吉尔	我……我找了另一份工作，博，那儿的饲料非常好，我可以照看牛群。我本来想之前就告诉你的。
博	维吉尔，我真不敢相信你会离开我，你在开玩笑吗？
维吉尔	不……我没开玩笑。
博	我可能会……
切丽	维吉尔，我希望你能一起……我挺喜欢你的……
博	你看，Cherry 喜欢你，维吉尔，你没有理由不来。
维吉尔	嗯……我在做正确的事，我确定。
博	那谁来照看那些牛？

维吉尔	汉克,他会做得比我更好的。
博	(非常沮丧)唉,维吉尔,我不知道你为什么要这样。
维吉尔	你最好快点,博,司机等了很久了。
博	(开始拉维吉尔,想把他拖走,就像他曾经对切丽那样)该死,你是我的朋友,我不会让你走的。你和Cherry还有我一起去,我们都需要你……
维吉尔	(越来越难以控制自己的感情)别这样……博……别这样……让我走吧……
切丽	(拉住博)博……你不能这样……如果他不想走,你不能强迫他……
博	但是,Cherry,他没有任何理由不去,这太疯狂了。
切丽	嗯,人们总有自己的理由。
博	是吗?(他反思)唉,我不敢想没有维吉尔的日子。
维吉尔	(笑着)再过几个星期……你就不会想我了。
博	(心灰意冷的)唉,维吉。
维吉尔	你好好的吧。
切丽	(声音洪亮的)维吉尔,你会来看我们吗?
维吉尔	夏天的时候我会去的。
博	现在你准备去哪,维吉尔?
维吉尔	我会把地址写给你的,但是现在没时间了。那是个很好的地方,你们现在赶紧上车吧。
	[卡尔按了按喇叭。
博	(飞快地拥抱了一下)再见,老朋友,再见!
维吉尔	再见,博,再见!
	[博试图忍住眼泪,抓住切丽的手。
博	走吧,Cherry,我们得快点了。
	[在出门之前,博停下来,脱下皮夹克,帮切丽穿上。他很绅士,然后他拿起她的行李箱,走了出去,然后道别。
切丽	再见——再见——再见,各位朋友!

[维吉尔站在门口，挥手告别，他的眼睛看起来有点湿润。过了一会儿，马达启动，巴士离开了。

格蕾丝　　（站在柜台后面）先生，我们得关门了，我和埃尔玛要休息了，要等到八点才继续营业，下一班的直达巴士是去阿尔伯克基①的，八点四十五分。

维吉尔　　阿尔伯克基？我想那是最好的地方。

[维吉尔仍然站在前门，看着外面霜冻的早晨。埃尔玛和格蕾丝继续在柜台后面工作。

埃尔玛　　可怜的莱曼博士。

格蕾丝　　喂，你听到卡尔告诉我关于那家伙的事了吗？

埃尔玛　　没，怎么了？

格蕾丝　　根据卡尔的说法，莱曼是被赶出坎兹的。

埃尔玛　　不，我不信。

格蕾丝　　亲爱的，卡尔直接从巴士总站的侦探那儿听到的。

埃尔玛　　（不敢问）什么……莱曼……是这样的？

格蕾丝　　嗯，很多这样的老顽固就是对年轻女孩下手。（埃尔玛的脸上露出疑惑的神色）所以，还好你没在托皮卡见他。

埃尔玛　　你认为他想要和我……在一起？

格蕾丝　　不然你以为他为什么要一直和你说一些肉麻的话？

埃尔玛　　（非常激动）天哪！

格蕾丝　　下次再有男人进来耍流氓，你就告诉格蕾丝阿姨。

埃尔玛　　我有点傻。

格蕾丝　　每个人都得学会怎么判断。（看冰箱）周一我要订些奶酪。

埃尔玛　　我会提醒你的。

格蕾丝　　（走向埃尔玛，带着歉意地说）埃尔玛，亲爱的。

埃尔玛　　怎么了？

格蕾丝　　威尔有没有告诉你我和卡尔的事？他要是说了我就杀了他，我

---

① 阿尔伯克基（Albuquerque），美国新墨西哥州最大城市。

	不想让你知道。
埃尔玛	我不明白我为什么不可以知道，格蕾丝，我不想永远当个小孩子。
格蕾丝	你可以知道，但是你还是个孩子，我不想给你做不好的榜样，你以为你知道了还能忽略这些不把我想得很坏吗？
埃尔玛	当然啊，格蕾丝。
格蕾丝	因为我是一个不安分的女人，每隔一段时间，我就得找个男人，只是为了让自己开心点。
埃尔玛	这不关我的事，格蕾丝。（停了一会儿，看着镜子里的自己，很高兴）你想想，他想和我上床……
格蕾丝	别自恋了。
埃尔玛	我没有，格蕾丝，但这种感觉真好。
格蕾丝	别去惹这些麻烦，等你上了大学就可以去认识些帅哥。
埃尔玛	好吧，我等着。
格蕾丝	你可以走了，亲爱的，我去倒垃圾。
埃尔玛	（从柜台后面的衣橱里拿出外套）好的。
格蕾丝	晚安。
埃尔玛	（从柜台后面走出来，穿上大衣）晚安，格蕾丝，周一见。（走过维吉尔身边）很高兴认识你，维吉尔，我喜欢听你弹吉他。
维吉尔	谢谢你，小姐。
	［埃尔玛走出房间。
格蕾丝	我们要打烊了，先生。
维吉尔	（来到房间中间）有什么暖和点的地方可以待到早上八点吗？
格蕾丝	现在警察站也关了，我也不知道能去哪，除非你想冒险去叫醒酒店老板。
维吉尔	不了，就不打扰别人了。
格蕾丝	几分钟后会有一辆去堪萨斯城的巴士。我把牌子挂出来，他们就会停下。
维吉尔	不用了，谢谢，没必要再回去了。

格蕾丝	很抱歉，先生，那你得受冻了。(说着拿着垃圾走出后门，留下维吉尔一个人)
维吉尔	(自语)好吧……有些人就是得遇到这些事情。(轻轻地拿起吉他走了出去)

〔格蕾丝回来，锁上后门，按下墙上的开关，打了个哈欠，伸了个懒腰，然后发现前门被锁上了。外面的阳光刚刚好，照进了昏暗的餐厅。格蕾丝在后门停了下来，疲惫地打量着餐厅，能感觉到她很孤独。她叹了口气，然后走出后门。

〔幕布落下。

楼梯顶上的黑暗

The Dark at the Top of Stairs

[美] 威廉·英奇（William Inge）著　钱佳仪　译

导 读

威廉·英奇是美国当代剧坛第一位集中而细腻地描写中西部小镇生活的剧作家，《楼梯顶上的黑暗》由英奇根据其处女作《远离天堂》（Farther off from Heaven）改编而成，再现了以牛仔游牧为中心的农业中西部向着以商业经营为中心的工业中西部转变的历史进程。该剧的故事背景为20世纪20年代俄克拉荷马城附近的小镇，这片原先由牧场与荒原组成的土地由于西部油田的开发，迅速进入繁荣的商业化时代，强烈地刺激了该地区居民的思想观念和生活方式。除了生动而准确地描绘地域风情之外，英奇对弥漫在美国中西部小镇的狭隘、粗野、庸俗习气的揭露，既毫不留情而又富有同情悲悯之心。剧中主人公弗洛德一家正是在这样的社会背景冲击下开始重新审视自己的生活，力求去适应日新月异的变化，并在这个过程中经历了重重误解、冲突和悲剧，最终在对抗中实现了理解与和解。正如剧作家田纳西·威廉斯为《楼梯顶上的黑暗》作序时所强调的："英奇真正了不起的才能表现在，他第一次向人们展示了美国普通民众生活的一般情状。然而，他不是猛烈地扯下而是慢慢地褪下你的面纱，让你看到自己的真面目。"

该剧主要以弗洛德家的女儿蕾妮准备参加舞会与舞会风波这条线索推动剧情发展，并由此铺展中年男女婚姻的不幸与情感冲突，描述父母的过分保护所造成的孩子幽闭症和依恋情结，反映狭隘愚昧的小镇流行风气以及种族歧视所形成的傲慢与偏见。所谓"楼梯顶上的黑暗"则具有双重隐喻：一方面，它是孩子们居住的阁楼上终年不见阳光的一段走廊，暗示着孩子们对家庭庇护的依赖和神秘外部世界所象征的幽暗未知；另一方面，它又暗示着包括成年人在内的，潜意识里需要克服的恐惧心理。英奇试图挖掘出人们面对生活时隐藏在心底的胆怯，去外化这些时时刺激着人们的不可名状的恐惧和"症候"。

剧中所呈现的鲁宾与科拉这对中年夫妻所面临的生活状态则具有深刻的文化意味。鲁宾出身于传统的中西部牧民家族，作为该地区开发者的后代，他见证了这里的原住民和自己的先辈为了土地与生存权而勇猛厮杀，因而他接受的生活教育和职业训练也是典型的牛仔游牧式的，中西部文化所赋予鲁宾的阳刚魅力和事业辉煌深深镌刻在他的行为基因里。然而，油田的开掘伴随着工业的兴起，一夜之间鲁宾成为小镇的"最后一个牛仔"，他的文化失落感伴随着前路未知的恐惧骤然而至，不断丧失的家园感让主人公们被不确定性所裹挟，以"男子气概"为准绳、以"一家之主"自居的鲁宾则试图藏匿、否认、抗拒这种脆弱性的存在。而妻子科拉的恐惧感源自婚姻中女性的生理本能：对另一半忠诚的怀疑，对自己年老色衰的担忧，她希望采取迁移住处的方法改变现状、逃避恐惧。于是固守旧梦的"落寞牛仔"鲁宾与试图追随时代步伐的妻子科拉之间爆发了无休止的争吵和难以消弭的怨恨。剧作家认为，夫妻之间的交流、沟通、理解是彼此互相搀扶着走出心理黑暗、生活黑暗的有效手段，英奇以两个孩子为纽带，在故事推进中巧妙修复了鲁宾和科拉坍塌的情感关系。剧本写到，离家出走的鲁宾最终还是回来了，这位"最后的牛仔"在家乡找到一份机器推销员的工作，这种"回归"伴随着成人式的妥协和抗争之后的无奈又坦然的微妙心境。从牧马到推销马具，再到推销机器，这乃是时代变迁、文化变迁和生活变迁在鲁宾身上留下的深刻烙印，也是整个中西部工业进程的现实缩影。

贝尔德·舒曼（R.Baird Shuman）指出，英奇对这个地区民众生活中所表现的社会问题和心理现象展现出独特而严肃的关注，用令人震惊的诚实的笔调去描写人物所处的平庸沉闷的生活环境，去叙述由于精神疾病而打乱生活秩序所引发的变故。同时，英奇剧中的女性角色常常被平淡无聊的生活所吞没，他利用这种情境去强化角色个人危机所造成的剧场紧张感，左右着观众的情绪，并最终令剧中角色和观众意识到，只有勇敢地直面心灵隐痛、直面苦涩无奈的人生境遇、直面不可逆转的过去，才能超越磨难、拥抱自我、走向坚强，从而在对于生活的困苦求索中获得新的希望。

《楼梯顶上的黑暗》由圣·苏伯（Saint Subber）和伊利亚·卡赞（Elia Kazan）于1957年12月5日在纽约市音乐盒剧院（The Music Box, New York City）首次推出，剧中角色如下：

出场人物（按出场顺序排列）：

科拉·弗洛德：一个年轻的家庭主妇。
鲁宾·弗洛德：科拉·弗洛德的丈夫。
桑尼·弗洛德：十岁的儿子。
外面的男孩们
蕾妮·弗洛德：十六岁的女儿。
福莱特·康罗伊：蕾妮的朋友。
莫里斯·莱西：科拉的姐夫。
洛蒂·莱西：科拉的姐姐。
庞奇·吉文斯：福莱特的男朋友。
萨米·戈登鲍姆：庞奇的朋友。

导演：伊利亚·卡赞（Elia Kazan）
布景：本·爱德华（Ben Edwards）
服装：卢辛达·巴拉德（Lucinda Ballard）
灯光：简·罗森瑟尔（Jean Rosenthal）

场景：

鲁宾·弗洛德与他的妻子和两个孩子住在靠近俄克拉荷马城的一座小镇上。时间是在 20 世纪 20 年代早期。

第一幕
初春时节的一个星期一的午后

第二幕
下周周五，晚饭后

第三幕
第二天，傍晚时分

第一幕

[整个故事的背景是鲁宾·弗洛德和他的妻子以及两个孩子的家,位于一个靠近俄克拉荷马城的小镇上。时间是20世纪20年代初,该地区正处于石油开采热潮当中。这座房子宽敞而舒适,有八到九个房间,是那种建于20世纪之初的方形框架房屋,稳定而牢固,象征着体面和舒适的物质生活。

[我们所看到的正是弗洛德家的客厅,剧中的情节就发生在此。最左边有一排楼梯,顶端是楼上的走廊,这里没有窗户和阳光。在白天的场景中,这一小块地方处于半黑暗状态,到了晚上则是一片漆黑。当走廊有灯光时,我们刚好可以看到那里的人物的脚。在整部戏剧中,这个区域似乎对人物存在某种威胁性。

[楼下最右边是外面的入口,在进入客厅前必须经过一小段走廊。

[客厅中间是一张柳条桌,两把舒适的柳条椅各放一侧。舞台中央是通往客厅的推拉门,在那里我们看到一架钢琴。在这扇门的左边和楼梯下面,是一扇通往餐厅的旋转门。舞台左下方是一个壁炉和一张舒适的大皮椅,这个区域默认属于鲁宾。房间的其余部分有书架、一张大桌子、几张小桌子和科拉·弗洛德父母的画像。透过后面的大窗户,我们可以看到房子前廊的一部分以及来来往往的人。

[至于房间的气氛,尽管阴暗的角落和维多利亚时期的家具让人感到情绪低落,但却隐含着舒适的热情好客的氛围。

[当窗帘拉开时,显现出一个宁静的初春午后,大约五点钟,

外面的太阳缓缓落山，但房间里仍然充满了柔和而温暖的光线。[幕布升起时，舞台是空的。科拉和鲁宾都在楼上，鲁宾准备离开家出差。

科　拉　　鲁宾！
鲁　宾　　干什么！
科　拉　　还要我告诉你多少次，把你的手洗干净然后用毛巾擦干！每次你离开浴室，看起来都像一匹野马在里面撒欢。（鲁宾大笑）我可以在这里清楚地闻到海湾朗姆酒的味道。我打赌，你肯定又偷偷收拾打扮自己了！
鲁　宾　　（拎着行李箱正下楼。他是一个三十六岁但依然健壮且相貌俊秀的男人，穿着西装窄裤、靴子和花色衬衫，系着领带，戴着一顶大帽子）我必须要给我的顾客留下好印象。
科　拉　　（喊他）你这次要去多长时间？
鲁　宾　　我应该周末回家，星期六吧。
科　拉　　这比你平时要好多了，这次是在哪里？
鲁　宾　　（走到存放着他的商业用具的角落）我已经给你确定好这次的路线了，放在壁炉架上了。
报　童　　（从外面向屋内喊道）嘿，弗洛德先生！琼西说你的轮胎在车库里已经备好了。
鲁　宾　　好的，爱德华，我这就下去拿。
科　拉　　（下楼）鲁宾，你磨蹭了这么久才去，为什么不等到天亮再走？现在快到晚饭时间了，今晚无论你去哪里都见不到任何顾客。等到天亮吧，我早起给你做早餐、做饼干吃。
鲁　宾　　我今天本来应该一早就出去的，都星期一了我才刚刚准备出发。今晚可以赶到马斯科吉，明天一早到那里，然后在中午前完成工作，再去奇卡沙。
科　拉　　鲁宾，我希望你能在家多待一阵。
鲁　宾　　我得赚钱养家啊。

科 拉	可其他男人不用去全国各地卖马具来养家啊。
鲁 宾	其他男人如何谋生是他们的事,我必须用我所知道的最好的方式来过我的生活。我无法像你的父辈把你们从宾夕法尼亚州带到这里时那样当校长,也不能像你姐夫莫里斯那样当牙医。我在牧场长大,本以为会在那里度过我的一生。卖马具是我能做的全部……只要有任何马具可以卖出去的话。
科 拉	(带着一丝自怜)我真羡慕那些一直有丈夫陪伴的女人。从来没有人带我去别的地方,我活得像个寡妇。
鲁 宾	那你想让我做什么?放弃我的工作,每天待在家里取悦你吗?
科 拉	(她经常被他的语言所伤害)鲁宾!你怎么能这样说?
鲁 宾	上帝啊,你说得好像一个男人除了待在家里陪你之外就没有别的事可做了。
科 拉	鲁宾!我考虑的不仅仅是我,还有孩子们!我们的女儿十六岁了,你记得吗?没错,蕾妮十六岁了,桑尼才十岁。有时候他们表现得就好像没有父亲一样。
鲁 宾	(坐在桌前磨着刀具)你总是告诉我他们在学校里表现得多好。女儿会弹钢琴,对吗?儿子也会做些什么,早起演讲?或是什么类似的事情?
	[鲁宾从科拉的缝纫篮里找到了一只袜子,用来擦拭他的刀具。
科 拉	(她再次感到震惊)鲁宾!不要用干净的袜子擦!
鲁 宾	在我看来,没有我,你们依然能相处得很好。
科 拉	鲁宾,我很担心他们。蕾妮在同龄人里面很害羞,一点都不自信,我不知道该为她做些什么,但你可以。每次你走近她,她的眼睛就像蜡烛一样亮了起来。
鲁 宾	(有点尴尬)好了,科拉。
科 拉	这是真的……还有桑尼,其他男孩取笑他、骂他!他根本不知道如何与他们相处。
鲁 宾	他应该把他们打得满地找牙。
科 拉	他不像你,不像我认识的任何人。鲁宾,他需要父亲。蕾妮也

鲁 宾	是，孩子在成长过程中需要父亲，就像他们需要母亲一样。别再这么说了。上帝啊，当孩子们出生时，你把他们抱得那么紧，让我觉得他们就像是你的私人财产，而我和他们一点关系都没有。
科 拉	鲁宾，不是这样的。
鲁 宾	见鬼的不是！你这么溺爱、保护他们，但凡我想给他们灌输一些道理，他们肯定觉得我十分粗鄙刻薄！
科 拉	鲁宾，别这么说！
鲁 宾	你总是在亲吻和讨好儿子，我有时都在怀疑谁才是这里的一家之主！
科 拉	鲁宾！
鲁 宾	我只是说出了我认为的。
科 拉	就算孩子们与我过于亲近，也只是因为你不在身边，我必须要有个人紧紧依靠。
鲁 宾	你就像父亲以前牧场里的一匹老母马，从不愿意放开它的小马驹。天啊，它会把它们锁在里面，让我们所有人用尽办法才能把小马驹放出来，而它从不愿意让它们离开。
科 拉	（有点反感）鲁宾，我不喜欢你刚才的比方。
鲁 宾	好吧，但它在其他方面都是一匹好母马。
科 拉	你有时说话真的有点……粗鲁。
鲁 宾	好吧……我有自己的说话方式，这很难改变。
科 拉	（看着他在镜子前打扮）你喜欢在路上的感觉，是吗？你喜欢假装自己还是个年轻的牛仔。
鲁 宾	这感觉并不糟。
科 拉	鲁宾，在镇上你可以做很多事情。住在街角的宾尼先生靠着给邻居卖杂货也过得很好，我们也可以找到这样的店铺，鲁宾，我和孩子们都可以帮助你。做这样的工作你会更开心的，相信我。
鲁 宾	不用你告诉我如何变得开心，我告诉过你一遍又一遍，我是不

	会把我的生活关在任何店铺里的。
科 拉	加油站呢？鲁宾，你可以试着经营一个加油站或一个停车场……
鲁 宾	该死的，我不想过那种生活，科拉。它真的不适合我，别再来挑剔我了。我们结婚十七年了，我以为你会准备好接受我现在的样子，或者开始寻找新的男人。
科 拉	你明明知道，我并不是想找什么新的男人。
鲁 宾	那你就要尝试忍受你现在拥有的这个。
科 拉	我会努力适应的。
鲁 宾	男人不会因此改变的。吻我一下吧，我要走了。（粗暴且玩弄般）过来。
	［鲁宾快速地抱住科拉，然后亲吻。
科 拉	（谨慎的）鲁宾，你走之前得给我留点钱。
鲁 宾	需要多少？
科 拉	能给我大概二十五美元吗？
鲁 宾	（撞到天花板）二十五美元？我星期六就回来了。
科 拉	这周我有很多开支，而且……
鲁 宾	我来支付账单。
科 拉	鲁宾，我得照顾整个家庭。上个月太冷了，我们的煤气费很高。而且蕾妮受邀参加一个乡间俱乐部举办的盛大的生日派对，她得给罗尔斯顿家的女孩带点礼物吧。
鲁 宾	我？要出钱给坐拥半个城镇财富的哈里·罗尔斯顿家的女儿买礼物？
科 拉	我不是经常有这种要求的。
鲁 宾	（从他的钱包里拿出一张钞票）二十美元，这是我能给到的全部。
科 拉	谢谢你，鲁宾。罗尔斯顿一家给玛丽·珍办了一个盛大的舞会。（发现他外套上的一枚扣子松了）来，我帮你把扣子钉上。
鲁 宾	科拉，没关系的。

科　拉	只需要一分钟，坐下。（他们坐下，科拉从缝纫篮里拿出针线）他们有来自俄克拉荷马城的舞蹈和管弦乐队。
鲁　宾	哈里·罗尔斯顿和佩格·罗尔斯顿现在开始养狗了是吗？
科　拉	是的，我几乎没怎么再见到佩格了。
鲁　宾	我猜他们没时间陪老朋友了，毕竟他们现在变得那么富裕了。
科　拉	不管怎么说，我还是很感谢他们能邀请蕾妮参加派对。
鲁　宾	在乡间俱乐部？上帝保佑我，在干哈里·罗尔斯顿所干的那些事之前，就让我死在救济院里吧。
科　拉	怎么了，鲁宾？
鲁　宾	我是认真的。他为了筹集足够的保险赔偿金来进行他的第一笔石油投资，竟然打伤了自己的脚。
科　拉	你相信那些说法吗？
鲁　宾	当然相信，因为我知道这是事实。他射中了自己的脚，否则他现在应该在监狱里。相反，他成了社会领袖，还在乡间俱乐部里开派对，而且我竟然应该为他邀请我女儿而感到骄傲。
科　拉	冬天的时候我在市中心碰到了佩格。天哪，她穿着一件漂亮的毛皮大衣，像只灰色的小松鼠，还戴着很多美丽的珠宝。
鲁　宾	她花钱的速度快赶上老哈里赚钱一样快了。
科　拉	为什么她不能拥有这些好东西呢？
鲁　宾	有人告诉我她们现在都出去喝酒了，去乡村间俱乐部的聚会喝得醉醺醺。
科　拉	佩格以前不是这样的。
鲁　宾	可现在大家都变成这样了。镇上的人都为石油而疯狂，商会说我们是整个西南地区人均最富有的城镇。的确没有夸大其词，有了这些石油资源，他们从政府那里得到了几百万美元的巨额财富，这些该死的印第安人开着他们的豪华轿车到处跑。数以百万计的美元，没有人知道该怎么挥霍它。好了吗？快点……
科　拉	（钉完了纽扣）鲁宾，我知道你想做投资，如果你听说有什么绝对的把握，可以拿着我妈妈死后留给我的钱，用这两千美元

	来投资。
鲁　宾	在石油行业，没有什么事是绝对的。
科　拉	没有吗？
鲁　宾	没有，你可以赚到一百万美元，也可以在一夜之间一无所有。
科　拉	鲁宾，没必要说得这样严重。
鲁　宾	我努力工作在支撑这个家庭，不是吗？
科　拉	没错。
鲁　宾	那我们就不要管别人了。
科　拉	我只是害怕，这些贫穷的时日可能让你觉得有种落后于人的感觉。
	［突然，从外面传来男孩的嘲笑声。
男孩的声音	桑尼·弗洛德！他已经丢光脸了！
	桑尼跑回家找妈妈咯！
	桑尼在和娃娃玩呢！
	桑尼·弗洛德已经名声臭啦！
科　拉	快看那里！（她紧张地起身，跑到外面对着那些攻击她儿子的男孩）你们这些熊孩子快给我离开！我的桑尼没有做任何伤害你们的事。现在回家，否则我就给你们每个人的妈妈打电话！你们应该为自己感到羞耻，竟然欺负一个比你们还小的男孩！
	［桑尼跑进屋来，很难分辨他的感受。
鲁　宾	（跟着科拉走到门廊）科拉，别闹了。
科　拉	我怎么可能在他们欺负我儿子的时候静静地站在旁边？
鲁　宾	这是属于他自己的战争，他必须为自己战斗。
科　拉	如果他们敢动我儿子的一根头发，我就毁掉他们！
男孩的声音	（最后一个嘲笑者）桑尼·弗洛德已经丢光脸咯！
科　拉	我要毁了这些小孩！（科拉重新回到屋里）
男孩的声音	桑尼·弗洛德已经丢光脸咯！
鲁　宾	（仍在门廊上）嘿，过来，你这个小胖子。
男　孩	嗨，先生。

鲁　宾	过得还好吗，乔纳森？让我看看你长成什么样了。（他把男孩抱起来）哎哟，胖得像头小肥猪。代我向你父亲问好。
	［男孩跑开，鲁宾回到屋里。
科　拉	桑尼，他们伤害你了吗？
桑　尼	没有。
科　拉	这次又是因为什么开始的？
桑　尼	我不知道。
科　拉	你有没有说什么惹他们生气的话？
桑　尼	没有。
科　拉	他们就是嫉妒你，因为你成绩比他们好。这群小崽子就是嫉妒！
鲁　宾	桑尼！
桑　尼	嗯？
鲁　宾	要我教你怎么去迎战吗？
桑　尼	（转身离开父亲）我不需要。
鲁　宾	（对科拉）我还能做点什么？给他买把霰弹枪？
科　拉	一定还有什么我们能做的事。
鲁　宾	每个人都应该找到自己处理事情的方式，科拉，无论他选择战斗还是逃跑。
科　拉	但我讨厌任何让我感到无能为力的事情。
鲁　宾	我得走了。
科　拉	桑尼，跟你父亲说再见。
鲁　宾	（表现出一副和蔼的样子）再见，儿子。
桑　尼	（不情愿的）再见。
鲁　宾	（放弃）这小鬼头。
科　拉	你就没有什么想对他说的吗？
鲁　宾	科拉，如果儿子要我帮助他，他必须自己来找我，告诉我该怎么做。我永远不知道他在想什么。
科　拉	你只是不关心。

| 鲁宾 | 真是见鬼，我可不管了。
| | ［鲁宾气急败坏地跑到外面，科拉焦急地跟着他到门口。
| 科拉 | 鲁宾……鲁宾……（我们听到鲁宾的车开过来了。科拉回到屋里）桑尼，你为什么不听你父亲的话？为什么不让他帮你？
| 桑尼 | 蕾妮在哪里？
| 科拉 | 她在市里呢。你父亲不常回家，他在的时候你为什么不试着和他好好相处呢？
| 桑尼 | （想回避这种情形）我不知道。
| 科拉 | 大多数你的同龄男孩都很崇拜他们的父亲。
| 桑尼 | 好吧，我当然尊重他，可是我有更崇拜的电影明星了。
| 科拉 | 先忘掉你的什么电影明星，你应该先崇拜你的父亲，他和他的祖辈都是这片土地的开拓者，他们与印第安人还有野牛斗争，在这个还只是一片荒野的国家定居下来。如果有一部关于他们的电影，你肯定会迫不及待地想看。
| 桑尼 | 妈妈，当你出来告诉那些男孩要打电话给他们的妈妈时，情况只会变得更糟。
| 科拉 | 你不会听我的话对吧？也不会听任何人的话，你太固执己见了。
| 桑尼 | 好吧，我还是追星吧。
| 科拉 | 我今天早上整理的时候把它们放在书架上了，你唯一的消遣就是回屋摆弄那些电影明星的照片。（桑尼拿出他的画册剪贴簿，把它摊在地面上）
| 桑尼 | 我就是喜欢他们。
| 科拉 | 这就是你全部的朋友了，根本不是什么真正的朋友！只是一些你幻想出来的纸片人罢了，这些照片和人们真实的样子完全不是一回事！
| 桑尼 | 可我喜欢这些照片。
| 科拉 | 也许你应该多出去和其他男孩一起玩，桑尼。
| 桑尼 | 他们玩的游戏太愚蠢了。

科　拉　　桑尼，如果你不和他们一起玩，他们怎么会信任你呢？长大后也是一样的道理。

桑　尼　　我不想只是为了让他们喜欢我而跟他们玩。

科　拉　　（突然变得激动）快到我这里来，桑尼，我真希望自己能更了解你一点，孩子。

桑　尼　　我也不明白这一切是为什么。

科　拉　　（安抚他）没事，我不会逼迫你的。孵出蛋的母鸡总是想知道长满斑点的蛋是怎么长成小鸡的，就像这种心情。我爱你，桑尼，胜过爱世界上任何其他事物。

桑　尼　　妈妈，我今晚可以去看电影吗？

科　拉　　还是老规矩，只能每周看一部电影，周五晚上。

桑　尼　　可是妈妈，今晚有一部很特别的电影，说实话我真的很想去看。

科　拉　　我明白总有一些特别的东西被你当成生命中重要的支柱，但工作日晚上应该用来学习，现在必须待在家里学习。

桑　尼　　可我已经完成了所有的课业。

科　拉　　你还要在下周六斯坦福夫人的茶话会上演讲，为什么不准备一个新的发言稿？

桑　尼　　我找不出任何我感兴趣的东西。

科　拉　　对了！今天早上我在俄克拉荷马城的报纸上读到了一首优美的小诗，这是关于一个讨厌服用蓖麻油的小男孩的故事，它这样开头："在所有讨厌的事情中，我认为最糟糕的是……"

桑　尼　　（明显感到无聊）我想找点什么严肃的内容。

科　拉　　严肃的？比如？

桑　尼　　我不知道。

科　拉　　天哪，在我看来，这个世界上已经有足够多严肃的事情了，不需要你再来喋喋不休一些苦大仇深的内容了。

　　　　　［在窗外，我们看到福莱特和蕾妮笑着走进门廊。

桑　尼　　我厌倦了你从报纸上剪下来的那些愚蠢的文章。

科　拉　　我们不应该有这样的优越感！桑尼，你姐姐回来了，快绅士一

	点，给她开门。
蕾妮	（从门里探出头来，小心翼翼地问）妈妈，爸爸走了吗？
科拉	他走了。你看，海岸都变得清晰了。
蕾妮	（兴奋地跑向科拉，她是一个勇于做自己的率真女孩）妈妈，这是我拥有的最漂亮的裙子！
科拉	我看看。
蕾妮	进来吧，福莱特！
福莱特	（提着一个大礼盒进来，她是个活泼的年轻女孩）你好，弗洛德夫人。
	［福莱特打开礼盒。
蕾妮	帮我收起下摆，收紧腰身，现在正合我心意。
福莱特	这简直太惊艳了，弗洛德夫人。
科拉	谢谢你，福莱特。穿着吧，蕾妮。
福莱特	没错，就穿着吧。
蕾妮	（把裙子拿到她面前）妈妈，你说爸爸会生气吗？
科拉	他暂时不会知道这件事。他走之前给了我一些钱，足够我提前支付部分费用。我想用这种方式骗他。福莱特肯定觉得我们很糟糕。
福莱特	当然不会，我妈妈和我也做过同样的事情。
蕾妮	哦，妈妈，你应该看看福莱特的那条裙子！
福莱特	是一条红色的，带亮片的超短裙！我可太喜欢了！
科拉	你的裙子也是在"德尔曼"买的吗，福莱特？
福莱特	（她忍不住吹嘘起来）不是的，我所有衣服都是我妈妈带我去俄克拉荷马城买的。
科拉	这样啊！
桑尼	（摸着裙子）看，上面还有星星。
蕾妮	（厉声说）桑尼，把你的脏手从我的新裙子上拿开。
桑尼	（准备随时和蕾妮争执起来）我的手才不脏！
蕾妮	你真让人讨厌！你为什么不去户外打球？别一直待在屋子里监

	视我的一切行动！妈妈，你为什么不让他出去玩啊？
桑 尼	这是你的家，也是我的家，我和你一样有权利待在这里。怎样！
科 拉	（总是为他们吵架而难过）蕾妮，他只是想摸摸这件衣服，他也喜欢漂亮的东西。
福莱特	哎呀，蕾妮，他也没做错什么事。
科 拉	当然没有。你们只是有时候看不惯对方，所以才总是吵个不停。
桑 尼	我讨厌你！
蕾 妮	我也讨厌你！
科 拉	都给我停下，这是姐弟之间说话的方式吗？我不会再管你们了！福莱特，你也要给罗尔斯顿家的女孩送生日礼物吗？
福莱特	我妈妈给我买了一个粉饼当礼物送给她，这是我们唯一能想到的。她家的财富可以拥有这天底下的一切。
科 拉	我想也是，她的父母现在这么富有。好了，我也去买点东西让蕾妮带过去。
福莱特	你知道的，在他们赚到这桶金之前，我的家人就认识罗尔斯顿一家。我妈妈说罗尔斯顿太太过去在市中心的一家女帽店当店员。
科 拉	是的，那时我就认识她了。
福莱特	我爸爸说罗尔斯顿先生为了通过石油赚钱简直太疯狂了，不惜打伤自己的脚。这真的很疯狂，不是吗？
桑 尼	他为什么要这样做？
	〔蕾妮走到客厅试穿她的裙子。桑尼坐在桌边。福莱特的存在深深吸引着他。
福莱特	这样他就可以筹集到足够的保险赔偿金来进行他的第一笔石油投资。你也听过那个故事吗，弗洛德夫人？
科 拉	哦，是的……看来你已经听到了关于罗尔斯顿一家的各种传言。
福莱特	你知道吗？乡间俱乐部的一些女人不想给罗尔斯顿太太会员资

	格，因为她们并不喜欢她。
科　拉	竟然是这样吗？
福莱特	但是当你和罗尔斯顿家一样有钱时，我想你可以成为任何组织的成员。我只是讨厌玛丽·珍·罗尔斯顿。学校里的一些男生认为她很漂亮，但我觉得她像一头母牛。我不是嫉妒，如果我有那么多钱买衣服，我也会被选为全校最漂亮的女孩。不管怎样，我确信她的头发漂染过了。
科　拉	真的吗？
蕾　妮	（从推拉门之间探出头）你确定吗？
福莱特	当然。因为她和我的体育课是同一个排球队，她的储物柜就在我的旁边，而且……
科　拉	（提醒她桑尼也在）福莱特！
福莱特	当我去参加她的生日聚会时说这些坏话不是很糟糕吗？但我不在乎，她只是因为不得不邀请我才叫上我，因为我爸爸是她爸爸的律师。
桑　尼	（蕾妮穿着她的新裙子从客厅出来，桑尼做了个鬼脸，把脚撑在桌子上）呃……
科　拉	哦，蕾妮，你简直太漂亮了！桑尼，把你的脚放下来。让我看看，蕾妮！裙子做得太精美了！福莱特，再说点关于邀请蕾妮参加聚会的那个年轻人的信息吧。
福莱特	弗洛德夫人，他是个犹太人。
科　拉	他是犹太人？
蕾　妮	妈妈，你觉得我可以和犹太人出去吗？
科　拉	当然了，亲爱的，如果他是个好孩子的话。
福莱特	他叫萨米·戈登鲍姆，来自加利福尼亚州的好莱坞，他的妈妈是一名电影女演员。
科　拉	真的吗？
蕾　妮	福莱特也是刚刚知道的。
桑　尼	（全神贯注地听）画报里的电影女演员？

福莱特　　　是的，但她只是在影片中扮演一些小角色。我见过她一次，她扮演了一个自命不凡的上流社会女性，是格洛丽亚·斯旺森的情敌。她俩爱上了同一个男人托马斯·梅根，她说了很多关于格洛丽亚·斯旺森的莫须有的坏话，让人们认为她很差劲，这样她就可以嫁给托马斯·梅根了。但是托马斯·梅根最终发现了这一切，而且……

蕾妮　　　　妈妈，犹太人是什么样的？

科拉　　　　其实我也不认识什么犹太人，但是蕾妮……

福莱特　　　我听说他们中的一些人移情别恋的速度非常快。

科拉　　　　我相信他们和其他人没什么两样。

福莱特　　　（在房间里跳起迷人的舞蹈）他们可不相信基督教。

科拉　　　　起码他们中的大多数都不。

蕾妮　　　　那他们的行为有什么异常吗？

科拉　　　　（不太确定）嗯……

福莱特　　　我爸爸说，他们总是想在生意场上占你便宜。

科拉　　　　当然也有很多非常好的犹太人，蕾妮。

福莱特　　　那是当然！

蕾妮　　　　我也不知道会发生什么。

福莱特　　　亲爱的，他是个好男孩，这就是你所需要知道的全部。

科拉　　　　俄克拉荷马城有犹太家庭，但我猜镇里应该没有。

福莱特　　　的确如此，弗洛德夫人。刘易斯家族是犹太人，只是他们把原来的名字"莱文"改了，所以没人知道。

科拉　　　　我确实在某个地方听到过。

蕾妮　　　　妈妈，我有点害怕和与我如此不同的人出去。

福莱特　　　（她似乎从来没有意识到自己不经意的冒犯）你疯了，蕾妮！哎呀，我永远不会和一个犹太男孩保持稳定的关系，但我肯定会和他约会——如果我没有其他选择的话。

科拉　　　　蕾妮，我敢肯定吉文斯家族的男孩的朋友们都是好孩子，不管他是不是犹太人。而且他的母亲是一名电影演员呢，想想

	这些！
福莱特	是啊，虽然不是很出名。
科　拉	（对蕾妮）现在，你有一个愉快的派对约会，还有一件漂亮的新裙子可以穿，你肯定会玩得很开心！
福莱特	当然会的，毕竟派对就是派对！在这个乡间俱乐部，他们有一支来自俄克拉荷马城的舞蹈管弦乐队，载歌载舞。我简直等不及了！快把你的头发打理得可爱一点，看起来会更好。（看看她的手表）哦，见鬼！我得回家了。
科　拉	你想留在这里吃晚饭吗，福莱特？
福莱特	不啦，今天晚上是我为家人做晚饭的日子，我妈妈每周让我做一次晚餐，可以称作"厨艺之夜"，她说这对我学习一些家政知识很有帮助。这听起来不奇怪吗？他们以为我只会做鲑鱼饼，因为我在家政学课上学会了怎么做之后的一整年，我每周一晚上都做鲑鱼饼。对了，亲爱的，你能帮我复习一下我们下周要进行的那个愚蠢的公民学考试吗？
蕾　妮	好吧。
福莱特	该死的什么公民学！为什么他们不能在那所死板的学校里教一些对我们有用的东西？
科　拉	再见，福莱特！
福莱特	再见，弗洛德夫人、蕾妮！桑尼，有时间到我家来玩儿，我知道小男孩喜欢什么。
科　拉	再见！（福莱特离开）桑尼，如果今晚想吃什么的话，你现在就得去商店买东西了。
桑　尼	妈妈，我能买个棒棒糖吗？
科　拉	难道你不想把零钱存在你的存钱罐里吗？
桑　尼	不——我只想要块糖。
科　拉	好吧，但你得答应晚饭前不能吃它。

蕾　妮　　我也想要一个，我想要好时①的坚果味的。
科　拉　　也给蕾妮带一个吧。
桑　尼　　她可以自己去买。
蕾　妮　　妈妈，他太小气、太刻薄了！
桑　尼　　我才不管。她总让我生气，我不喜欢她。
科　拉　　桑尼，她是你的姐姐。
桑　尼　　那又怎样？我不喜欢她。
　　　　　［桑尼离开。
科　拉　　哦，上帝，总有一天你们这些孩子会感到后悔的。当你连与自己的家人都无法好好相处时，你怎么能指望和外面的人处得来呢？（走到窗前，戒备地向外看）可怜的桑尼，每次他出门，那些邻里的恶霸男孩都会找上他，我想他们现在都回家了。（蕾妮脱下她的新衣服，扔在椅子上）
蕾　妮　　我不确定我是否喜欢福莱特这个人。
科　拉　　（从窗边走开）怎么了？为什么这么说？
蕾　妮　　她亲近我的唯一原因是我能帮助她复习功课。（蕾妮走进客厅，拿来她白天穿的衣服，回到客厅穿上）
科　拉　　为什么这么说？
蕾　妮　　我就是这样觉得。
科　拉　　你不会认为没有人喜欢你吧？
蕾　妮　　妈妈，也许我们不应该买这件衣服。
科　拉　　你说什么？
蕾　妮　　我是认真的，爸爸要是知道会气死的。
科　拉　　我告诉过你，他不会知道的。
蕾　妮　　派对当晚他不会在这儿吗？
科　拉　　不会，即使他在，他也不会注意到这件衣服是新的，除非你告诉他。

---

① 好时（HERSHEY'S），北美地区最大的巧克力及巧克力类糖果制造商。

蕾妮	那结果还不是一样吗,妈妈?我觉得这样不好。
科拉	为什么不好?
蕾妮	因为……这件礼服太贵了,这对我有什么用呢?反正我在舞会上也不开心,没有人和我跳舞。
科拉	这次肯定会不一样的。你有了一件新礼服,还有一个从加利福尼亚远道而来的好男孩做你的护花使者。想象一下,大多数年轻女孩简直会兴奋得无法呼吸!
蕾妮	这不过是一场相亲。
科拉	什么?
蕾妮	他们给城里所有的女孩介绍相亲,可没有人愿意答应。
科拉	我的孩子,我敢保证,绝不是这样的。
蕾妮	哦,妈妈,你只是不知道罢了。
科拉	我当然知道。
蕾妮	再说,他是犹太人。我以前从没接触过犹太男孩,我有点害怕。
科拉	孩子,你这都是在找借口。你只是不想去,对吗?蕾妮,你不想交朋友吗?
蕾妮	我想,但是……
科拉	你闷在家弹琴或者去图书馆复习功课是交不到朋友的。我很高兴你勤奋好学又有天分,但光靠这些是不够的。
蕾妮	我不想再谈这个了。
科拉	可你总有一天要谈论这些事情的。你要去哪儿?
蕾妮	去练琴。

[蕾妮走进客厅,开始弹奏音阶。

科拉	(不耐烦的)在你一半的生命里只有练琴这件事!(蕾妮气鼓鼓地敲打钢琴,然后离开走向卧室)但你会为别人演奏并让他们知道你多么有才华吗?没有!你藏起了你的光芒,待在家里,关起门来弹琴。除了你的家人,没人能听到你弹琴的声音。你所做的只是在钢琴前自顾自怜,弹奏那些悲伤的曲子,仅此而已!

[蕾妮从餐厅出来,给她的植物浇水,让自己平静下来。

蕾　妮　　妈妈,我就是不能在人群面前演奏,我就是做不到。

科　拉　　为什么不能?那你爸爸给你买钢琴有什么用?有什么用!(蕾妮开始抽泣)好了,别哭了,蕾妮,对不起。(蕾妮走进客厅,继续她单调的音阶练习。科拉去打电话)长途吗?请给我接俄克拉荷马城的3-6-0-7-J。(等待片刻)嗨,洛蒂,周五晚上你和莫里斯能过来吃晚饭吗?好久没见到你了,我想见见你,和你聊聊天。(我们听到鲁宾的车在外面停下,车门"砰"的一声关上,然后他跺着脚走到前廊)蕾妮要去乡间俱乐部参加一个派对,我想我们可以吃顿丰盛的晚餐……而且鲁宾不回来,我想你来陪陪我吧,我会很高兴的,很期待见到你。

鲁　宾　　(冲进屋里)你们到底在背着我干什么事情?(看到放在椅子上的那件无辜的衣服)那是什么?

科　拉　　(挂掉电话)鲁宾!

鲁　宾　　(拿起衣服作为罪证一般)原来这就是你为什么要额外的钱。真是件漂亮的礼服啊,还是你背着我买的!

科　拉　　鲁宾,我们正打算告诉你……

鲁　宾　　我要不是去城里找朋友们说话,都不知道自己家里发生了这么件糟心的事儿!

科　拉　　所以,是谁告诉你的?

鲁　宾　　谁告诉我的?自然是背着你了解到的,我当然有我的方法。

科　拉　　你根本就没出城,你去了那个肮脏的台球厅玩儿。

鲁　宾　　我有权随时去台球厅玩儿。

科　拉　　我还以为你急着出城呢。哦,没错,你今晚必须去马斯科吉。

鲁　宾　　我还是能赶到马斯科吉的。(找到衣服上的价格标签)一千九百七十五美元!上帝啊,一千九百七十五美元!

科　拉　　你在台球厅的时候洛伦·德尔曼来过吗?是他告诉你的吗?如果是他说的,我就再也不在他家店里买东西了。

鲁　宾　　呵,正合我意。

科 拉	该死的,他怎么就不能闭上那张臭嘴呢?我打算分期付款买那件衣服,然后……
鲁 宾	"我店里那件最好的衣服",他穿着一套新裁剪的衣服,一边说着一边叼着根雪茄走进来,"我刚把我店里那件最贵的衣服卖给了你妻子"。
科 拉	该死的,这简直气死我了!
鲁 宾	天啊,你这女人,你把我当什么了?百万富翁、石油大亨吗?你以为你嫁的是这种人?
蕾 妮	(从客厅的门探出头来,带着哭腔和焦虑说)妈妈,我告诉过你,他肯定会生气的。我们把裙子退回去吧,反正我也不想去参加派对了。
科 拉	(不耐烦地)蕾妮,回客厅去,除非我叫你,否则别进来。 [科拉猛地关上客厅的门。
鲁 宾	你看,她根本就不想要那件衣服。都是你,给她灌输了那么多关于派对、礼服和乱七八糟的想法!
科 拉	没错,鲁宾,蕾妮当然不想去参加派对了,她什么地方都不想去,只想把自己关在客厅里练琴或者去图书馆埋头看书,但她毕竟总有一天会想结婚的,不是吗?那她去哪儿找丈夫呢?公共图书馆吗? [鲁宾走到角落,坐在他的皮椅上,从办公桌抽屉里拿出一瓶威士忌。
鲁 宾	就在不久前……我给她买了一条新裙子。
科 拉	你?真的吗?
鲁 宾	嗯。
科 拉	这对我来说是个新鲜事。什么时候?
鲁 宾	就在几个月前。
科 拉	我确实从未见过,是什么样子?
鲁 宾	白色的。
科 拉	鲁宾·弗洛德,那是三年前,她八年级毕业时你给她买的衣

	服！从那以后她就没有穿过新衣服了，除了那几件破校服！
鲁 宾	为什么她不能穿这件白裙子去参加派对？
科 拉	因为自从你给她买了那条裙子后，她已经长高了三英寸！而且两年前我把裙子剪了，染成黑色给她做了一条裙子，可以配水手服穿。
鲁 宾	还是那句话，我没钱给她买礼服，就是没钱。
科 拉	每当我们家里需要什么的时候你就没钱了，对吧？
鲁 宾	我明确告诉你了，我现在没钱。
科 拉	但当你想要一瓶私酿威士忌的时候，你就总是有钱了，不是吗？我敢说你绝对有钱买其他东西，只是我原本不想挑明。
鲁 宾	我听不懂你在说什么。
科 拉	你知道我在说什么。
鲁 宾	对，我当然知道。
科 拉	我知道你出门在外时会发生点什么。你可以说是为了你的顾客而打扮的，但我碰巧知道了点什么。你以为我是傻瓜吗？
鲁 宾	我不懂你在说什么。
科 拉	我刚好有个门路广又体面自尊的朋友，她告诉我当你去庞卡城的时候会发生的事情。
鲁 宾	你是说韦佩尔姐妹？
科 拉	我说的是谁不重要，重要的是我在那边有朋友，这就是我想要告诉你的。
鲁 宾	那些爱管闲事的老处女！该死的韦佩尔姐妹还跟你说了什么？
科 拉	也许你没钱给你女儿买新裙子，但似乎你有钱带梅维斯·普鲁伊特去共进晚餐、看电影，还送礼物给她。
鲁 宾	我的确认识梅维斯，从小就认识她了。我带她去看电影有什么不妥吗？
科 拉	可你每次回家都累得不想带我去看电影。
鲁 宾	这跟在外工作的生活不一样。

科　拉	我想也是。
鲁　宾	还有，我征求过她的意见了，有天晚上我吃晚饭的时候，她恰好走进了吉布森家。除了让她加入我还能怎么办呢？
科　拉	她去吉布森家是因为她知道你在那儿，我太知道她是什么样的女人了。
鲁　宾	她不像被传言的那么坏，那个可怜的女人日子也不好过。
科　拉	她就是有那么坏！
鲁　宾	你说是就是吧，我真为她感到难过。
科　拉	随你的便吧！
鲁　宾	好吧，难道有法律规定我不能同情梅维斯·普鲁伊特吗？
科　拉	从我有印象起，她的眼神就没离开过你。
鲁　宾	你拉倒吧。
科　拉	我们结婚后和她一起离开的那个男人呢？
鲁　宾	他跑了，抛弃了她。
科　拉	我猜也是有原因的。我还听说有人看见她在你离开小镇后不久穿了一双黑底软鞋，而恰好有人看见你在环球商店买了一模一样的一双鞋。
鲁　宾	天哪，你怎么不去当侦探啊？
科　拉	我从没要求别人告诉我这些事，我倒是希望他们别让我知道。
鲁　宾	好吧，我承认给她买了双鞋，那天是她生日，那鞋才花了我六十八美分，却让那个可怜的女人如此开心。毕竟，我从小就认识她了，而且那时我们都还小。
科　拉	你觉得别人告诉我这些话时我是什么感受？
鲁　宾	你不应该全都听信的。
科　拉	你叫我怎么能不信呢？
鲁　宾	（他不得不停下来回想了一下，提醒自己要称呼梅维斯·普鲁伊特的全名，以防科拉怀疑他们之间太熟悉了）我和梅维斯·普鲁伊特之间没什么的，你大可不必为此担心。
科　拉	你去的每个地方都可能有她这样的女人，这就是为什么你想出

城去，像一匹年轻的种马一样在全国各地撒欢。

鲁　宾　　闭上你的臭嘴，女儿会听见的！

科　拉　　（沉浸在自怨自艾中）你看起来似乎很关心你的女儿，很关心我们任何人。

鲁　宾　　除非我把你放在我腿上搂着你，你才会觉得我在关心你。

科　拉　　如果你只想娶个印第安女人当妻子，那为什么不直接娶个居留地的印第安女人回家？她会让你变富有，不是吗？而且你根本不用搭理她。

［看见桑尼来到门廊。

鲁　宾　　你说得对，也许我早就该这么做了！

科　拉　　所以，现在你想把责任丢给我？

鲁　宾　　把什么丢给你？

［桑尼拿着一袋杂物悄悄走进房间，科拉和鲁宾都沉浸在争吵中，完全没注意到他。

科　拉　　你到底明不明白，鲁宾·弗洛德？

鲁　宾　　我到底还应该明白什么？

科　拉　　你从没想过要娶我。

鲁　宾　　我从没这么说过。

科　拉　　但这是事实，不是吗？

鲁　宾　　那我告诉你，不是这样的。

科　拉　　是真的，这些年来我一直有这种感觉。

［桑尼穿过客厅进入餐厅，鲁宾和科拉仍未察觉。

鲁　宾　　好吧，如果你这么想，那就随你的便吧。我承认，在某种意义上我不想娶任何人，你不能理解一个男人放弃自由的感受吗？

科　拉　　那当一个女人知道她丈夫娶她只是因为……因为他……（科拉发现蕾妮在客厅的门缝里偷窥，对她大叫）蕾妮，回屋里去！

鲁　宾　　这些都不是我们一开始争吵的原因，我们是在为裙子吵架，你得把它退回去。

科　拉　　不可能。

鲁　宾	必须退回去！
科　拉	蕾妮应该穿着她的新裙子去参加派对，要不然你就埋了我吧！哼！
鲁　宾	你得把裙子还给洛伦·德尔曼，否则我就永远离开这个家不回来了！
科　拉	随你的便！你只有一半时间在家，其他时间没有你我们也能过得很好。
鲁　宾	那你就坚持己见吧。除非地狱里开了冰激凌店，我才会回到这里来听你的唠叨！

　　[鲁宾气冲冲地朝走廊而去。

科　拉	滚出去！给我滚去庞卡市！梅维斯·普鲁伊特还在那儿等你呢！没有你，她可能要寂寞死了！

　　[桑尼从餐厅悄悄走进来，看着科拉。

鲁　宾	上帝啊！科拉，你这样说话，我真的忍不住想要打你的冲动。
科　拉	（跟着他走进走廊，讥讽他，观众看不见他们俩）来啊，打我啊！你不敢的！（但他竟然真的敢，观众听到他打人的声音，科拉被打回客厅）鲁宾！

　　[蕾妮在客厅看着，桑尼也还在客厅。

鲁　宾	我会去庞卡城喝着烈酒，带梅维斯去看电影，让我能想到的一切都见鬼去吧！你也见鬼去吧！

　　[鲁宾冲出门外。

科　拉	（冲到门口）别再踏进这房子一步，鲁宾·弗洛德！我永远不会忘记你说过的话，永远不会！你再也别想进这房子了！

　　[我们听到鲁宾的车开走了。科拉回到客厅，茫然间没缓过神来发生了什么事。

桑　尼	妈妈，这真是你有生以来最糟糕的一天，对吗？
科　拉	你站在那儿多久了，桑尼？
桑　尼	从他打你开始。
蕾　妮	（上前来）他说不回来是认真的吗？妈妈，你为什么要说那些

	话？我爱爸爸，你为什么要对他说那些话？
科　拉	天哪，我真不想让你们看到我们这样争吵。
桑　尼	爸爸说没想过娶你是什么意思？
科　拉	我的桑尼，你还太小了，不懂这些大人的事。
桑　尼	妈妈，他伤害你了吗？
科　拉	我现在还在气头上，我也搞不明白他到底有没有。
蕾　妮	我觉得爸爸再也不会回来了。妈妈，我们该怎么办？
科　拉	别担心，我的蕾妮。
蕾　妮	我们要去救济院吗？
科　拉	当然不会，别担心了。
蕾　妮	但如果爸爸再也不回来呢？
科　拉	我们不是还有你外婆留给我的钱吗？如果最坏的情况发生了，我们可以去俄克拉荷马城，和你的洛蒂阿姨和莫里斯叔叔一起住。
桑　尼	（高兴地上蹿下跳）好啊，好啊，好啊！我想搬去俄克拉荷马城！
蕾　妮	妈妈，快看他，爸爸走了他很高兴，他竟然高兴！
桑　尼	我才不管呢，我想搬去俄克拉荷马城！
蕾　妮	可我不想搬走，这里才是我的家。
科　拉	好了，孩子们。
蕾　妮	我讨厌你！
桑　尼	我也讨厌你！俄克拉荷马城！我就想搬去俄克拉荷马城！
科　拉	都别说了，这房子里的争吵一晚就够了。蕾妮，把你的衣服拿上楼，挂在衣柜里。
蕾　妮	我现在讨厌那件衣服了，都是它惹的祸，我讨厌它！
科　拉	照我说的做，把衣服拿上楼，挂在衣柜里。如果我亲自带你去参加派对，你必须得跟我去。（蕾妮上楼）否则下次再有人邀请你，我就让你穿旧衣服去！
桑　尼	（带着发现新大陆般的喜悦）俄克拉荷马城！

科　拉	（疲惫的）我们出去吃晚饭吧，虽然我们都不饿了。
桑　尼	我想吃，我饿了。
科　拉	（有点好笑的）你饿吗？那好吧，到我这儿来，桑尼！（带着突如其来的爱）你爱我吗，孩子？你爱妈妈吗？
桑　尼	比全世界任何人都爱。
科　拉	（紧紧抱住他）哦，天哪，没有你们我该怎么办？我希望你永远爱我，桑尼，希望你们永远爱我。蕾妮，你要去哪儿？

［蕾妮不屑地看了他们一眼，然后走进客厅。不一会儿，我们听到她在弹奏一首动听的肖邦夜曲。

桑　尼	妈妈，我要卖掉我那张胖子阿巴克尔①的签名照，米利森特·达尔林普尔说她会给我十五美分。如果我把照片卖了，今晚就有足够的钱去看电影了，而且还能买一袋爆米花。
科　拉	（躺在旁边的地板上）如果世界都为你而毁灭了，你依然想去看电影，是吗？
桑　尼	为什么不呢？
科　拉	你的妈妈不开心，桑尼，难道这对你没有任何影响吗？
桑　尼	好吧，对不起。
科　拉	我希望你们今晚都在我身边，你们能明白吗？哦，上帝啊，如果生活能像音乐一样甜美该多好啊！（片刻后，母子二人相拥入眠。随后科拉站起来，好像害怕自己会失控，拉着桑尼的手）过来，桑尼，帮我摆桌子。

幕落

---

① 罗斯科·阿巴克尔（Roscoe Fatty Arbuckle，昵称"fatty"，1887年3月24日—1933年6月29日），出生于美国堪萨斯州，美国导演、演员、编剧、作曲家。

第二幕

［幕布拉开时，我们听到客厅里传来歌声，洛蒂坐在钢琴前，桑尼在她身边，两人唱出悦耳的歌声。蕾妮无精打采地站在一旁晾着盘子。莫里斯坐在鲁宾的椅子上，正在玩迷你拼图，这让他乐不可支。事实证明，洛蒂是个又健壮又腼腆的女人，比科拉大几岁。她穿着艳丽的裙子，戴着许多首饰。莫里斯是个看起来很颓废的男人，阳刚之气尽失。

洛　蒂　　（和桑尼唱）"有让我们快乐的笑容……"
科　拉　　（从厨房走进客厅）我不需要你帮我洗碗了，蕾妮，你现在上楼去为参加派对做准备吧。（冲客厅呼唤）桑尼！桑尼！
莫里斯　　晚餐很丰盛，科拉。
科　拉　　你说什么，莫里斯？
莫里斯　　（努力让他的声音盖过钢琴声）我说，晚餐很丰盛。
科　拉　　谢谢你，莫里斯。现在去换衣服吧，蕾妮。（蕾妮不情愿地上了楼）桑尼，桑尼？洛蒂！你俩能不能别再闹出动静啦，大家都快被吵得听不清别人说话了！

［洛蒂和桑尼结束合唱。

科　拉　　桑尼，我说——让你来厨房给我帮忙。
桑　尼　　为什么蕾妮不去？
科　拉　　她已经帮我收拾好了桌子，现在她得洗澡准备参加派对。
桑　尼　　我总是什么都得做。
洛　蒂　　（用哄孩子的语气）我觉得这太难过了。（桑尼和科拉走出餐厅，洛蒂走进客厅，转向莫里斯）科拉总是嫉妒我，因为我会弹钢琴而她不会，你知道她为什么叫我们来这里吗？

［洛蒂匆忙跑到莫里斯身边。

莫里斯	为了一起吃晚饭。
洛蒂	当然不是!她和鲁宾又吵架了。我在厨房帮她端菜的时候,她把一切都告诉了我。
莫里斯	这次又是怎么回事?
洛蒂	是关于她给蕾妮买的新裙子,但那又有什么关系呢?他们可以因为任何事吵架,只是这次鲁宾打了她。
莫里斯	鲁宾打了她?
洛蒂	别告诉她是我说的,可怜的科拉,我想她跟鲁宾很难再过下去了。
莫里斯	鲁宾又走了?
洛蒂	你猜对了。你知道她现在想做什么吗?她想带孩子们到俄克拉荷马城跟我们一起住。她说是我建议他们这么做的,也许我是建议过,但天哪,我从没想过他们真的会这么做,她和两个孩子跟我们住在一起,我们会疯掉的,不是吗?只有一间多余的卧室,其中一个就得睡在起居室的榻榻米上。那当你的病人早上来就诊时,该怎么办呢?
莫里斯	这的确不会有什么好盼头。
洛蒂	不可以,莫里斯,她照顾孩子的方式简直……如果她继续用这种方式,她会把孩子们全惯坏的。
莫里斯	你跟她说什么了,亲爱的?
洛蒂	我什么也没告诉她。当她问我的时候,我装作很惊讶,嗫嚅着……(桑尼走进客厅,把科拉刚洗过的一个大花瓶放好。洛蒂看到了他)嗨!亲爱的。
桑尼	她们又让我干活。
洛蒂	那太可怜了。
	[桑尼走出餐厅。
洛蒂	直到我想好要说什么为止。莫里斯,把拼图收起来,听我说,今天晚上她会来问你的,你只需要说"一切交给洛蒂决定,科拉"。你记住了吗?语气好听点,就好像这不关你的事一样。

莫里斯　　　我会记住的。

洛　蒂　　　你说你会记住，真的吗？

莫里斯　　　当然会，亲爱的。

洛　蒂　　　我不确定，因为你太害怕伤害别人的感情了。

莫里斯　　　不是这样的。

洛　蒂　　　的确如此。难道我还不了解你吗？你不得不去看俄克拉荷马城的心理医生，因为你害怕给病人钻牙时弄伤他们。承认吧，这让你很难受。

莫里斯　　　亲爱的，我不是真的不舒服。

洛　蒂　　　你也真是的，记住我说的话，别在最后一刻心软让科拉带着孩子们过来。天哪，莫里斯，如果他们在家里，我们不到两天就会被关进疯人院的。科拉虽然是我的亲妹妹，但我无法和她一起生活下去。我爱她的孩子们，但不能和他们住在一起。这会把我逼疯的，你也一样。

科　拉　　　（进客厅把餐巾放进餐具柜）快好了。

洛　蒂　　　你应该叫我来帮你。（但科拉已经回到了厨房）科拉跟我说过，她在俄克拉荷马城的一家大百货公司找到了一份工作。你能想象她会这么做吗？我想象不出。我说："科拉，那种工作你干不了两天的，整天站在那里忍受别人的抱怨。"我不知道我是否说服了她，但我给了她一些思考的余地。（悄悄回到客厅门口，看看科拉是否在旁边，然后回到莫里斯身边，用一种非常凝重的声音说）莫里斯，你觉得鲁宾还在庞卡城和梅维斯·普鲁伊特鬼混吗？

莫里斯　　　（沉默了一会儿）我不知道，亲爱的。

洛　蒂　　　你也不知道？

莫里斯　　　是的，我不知道。

洛　蒂　　　你们男人，告诉对方所有事，又想互相袒护彼此。什么东西都无法撬开你们的嘴！

莫里斯　　　不管鲁宾做什么……哪怕那是真的……也是他自己的事。

洛蒂	我的老天啊,我们听起来是不是突然变得正义凛然了?我敢打赌,鲁宾还在见她。
莫里斯	别告诉科拉。
洛蒂	我不会的。我跟你说过科拉第一次见到鲁宾的事吗?
莫里斯	说过,亲爱的。
洛蒂	不对,我没说过。科拉和我从便利店出来,她说她想买点蕾丝做衣服。这时候鲁宾来了,就像一幅充满罪恶的画,他骑着一匹闪亮的黑马走在街上。天哪,他真帅,虽然我们都不知道他是谁,但他看着科拉笑了。科拉开始变得紧张不安。你知道吗?就在那天晚上,鲁宾来家里找科拉。我妈妈爸爸不知道该怎么办,他们站在一旁,好像很害怕鲁宾一样。但是科拉和鲁宾一起骑马出去了。鲁宾带了一辆马车。六个星期后他们结婚了,我爸爸妈妈担心死了。好在鲁宾的家人都很好,但他们是牧场主人,就是有点野性。那时候科拉只有十七岁,高中还没毕业,我想这就是我爸爸中风的原因。你觉得有关系吗?
莫里斯	也许吧。
洛蒂	肯定是的,他们觉得科拉嫁给鲁宾这样的人还不如死了算了,但科拉总是很坚定,当她决意按自己的方式行事时,我妈妈爸爸都不是她的对手。
莫里斯	好吧,我还挺喜欢鲁宾的。
洛蒂	我也是,亲爱的。我没说他什么坏话。他是个比我想象中更好的丈夫,但我很庆幸不是我嫁给他,否则我会无时无刻不陷在焦虑中。我很高兴自己嫁给了一个可以信任的好人。
	[莫里斯不知道该如何回应这个"赞美",他面带困扰地穿过房间。
莫里斯	如果鲁宾不回来,科拉怎么办?
洛蒂	那不是我们的问题,亲爱的。
莫里斯	我明白,但我还是……
洛蒂	听着,她在这里有一栋漂亮的大房子,不是吗?如果有必要,

	她可以接待房客，更何况我妈妈去世时给她留了两千美元。没错，科拉也是她的孩子，所以我妈妈把钱留给了她，我不必再担心了。
蕾妮	（在楼上）洛蒂姨妈！
莫里斯	好吧，我只是想知道……
洛蒂	现在，记住，你只要说，"科拉，我一切都听洛蒂的"。
莫里斯	好的，亲爱的。
	［蕾妮下楼来了，看起来有些憔悴和害怕。
洛蒂	嘘！（此刻她转过身来，带着早已准备好的微笑对蕾妮说）亲爱的，你还没准备好参加派对吗？莫里斯和我很想看看你的新裙子。
蕾妮	我不太舒服，真希望我不用去。
洛蒂	（担忧）你哪里不舒服？告诉你妈妈了吗？
蕾妮	说了，但她不相信我。姨妈，你能不能帮我告诉她？
洛蒂	（兴奋地冲进餐厅，我们听到她在和科拉说话）科拉！蕾妮说她不舒服，我想她也许可以不去参加派对。她不想去，或许是身体哪里不舒服吧？
科拉	（从餐厅走进客厅，经过洛蒂）她没什么问题，洛蒂。
洛蒂	但她说她不舒服。（对蕾妮）过来，亲爱的，让我看看你有没有发烧？没有发烧的迹象。伸出舌头，胃不舒服吗？
蕾妮	有点。
洛蒂	天哪，科拉，她的小手像冰一样。
科拉	（冷静且理智）这孩子没什么毛病，洛蒂，她每次参加聚会前都会有这种感觉。
洛蒂	如果她不舒服，就没法玩得开心。
科拉	这是她必须克服的，计划已经安排好了，我给她买了礼服，她还约了一个从加利福尼亚远道而来的男孩，我不会允许她装病不去的。如果她临时爽约，罗尔斯顿家的女孩就再也不会邀请蕾妮参加派对了。

［蕾妮的策略失败，她回到楼上。

洛　蒂　　莫里斯，一个年轻女孩不想参加派对，简直是太奇怪了。（她不解地看着蕾妮离开）我刚想到一件事，我有一瓶香水要送给她。是科蒂最好的一款香水"L'Origan"，俄克拉荷马城的一家药妆店正在搞周年促销，每盒科蒂的香粉都会附赠一瓶香水，就附在盒子上面。莫里斯，去车里把那个包裹拿给我，就在后座上，我拿上楼给蕾妮，她一定会很开心的。

科　拉　　你想得真周到，洛蒂。

莫里斯　　（在去门口的路上）这会让她闻起来像个优雅女性的。

洛　蒂　　（猛地一顿）你怎么会知道漂亮女人的味道？

莫里斯　　我不能开个玩笑吗？

［莫里斯离开，科拉和洛蒂坐在桌子两边。

洛　蒂　　这真是一顿美妙的晚餐，科拉。

科　拉　　我很高兴你这么想，虽然我食之无味。

洛　蒂　　哦，科拉，别这样。

科　拉　　洛蒂，我们结婚十七年了，却还是不能和睦相处。

洛　蒂　　为什么会这样？我听说你们相处得很好，一待就是好几个月。

科　拉　　只有鲁宾不在的时候。

洛　蒂　　科拉，不应该是这样的。

科　拉　　看到父母吵架对孩子不好。

洛　蒂　　科拉，你有两个世界上最好的孩子，他们很棒。

科　拉　　我很担心他们，洛蒂……你刚才看到蕾妮了，她因为要去参加派对就又不舒服了，而大多数同龄女孩都会取笑她的，其他男孩子也是这样取笑桑尼的。

洛　蒂　　哦，蕾妮肯定会熬过这段时光的，桑尼也会的。

科　拉　　孩子们不会以某种特别的方式克服这些事情，这些烦恼会如影随形，影响他们长大后的生活。

莫里斯　　（带着一个小包裹回来）这是你要找的吗？

洛　蒂　　是的。蕾妮，我有东西给你，能让你闻起来香香的。这是真正的法国香水，莫里斯说它能让你闻起来像个优雅女人。

［洛蒂跑上楼去，散发出她特有的热情和亲切。

科　　拉　　洛蒂心地很好，莫里斯。

莫里斯　　她很为你的孩子们着想。

科　　拉　　我知道，我一直在想，如果桑尼和蕾妮能去俄克拉荷马城的那些大学校读书，不是更好吗？我是说……

洛　　蒂　　（匆匆下楼）科拉，我希望你能允许我帮蕾妮烫头发，可以让她看起来像个漂亮的洋娃娃，我可是这方面的艺术家！上星期莫里斯带我去神社参加派对，大家都说我的头发是全场最漂亮的。

科　　拉　　随你们去吧。

洛　　蒂　　但现在不行，她泡在浴缸里。那你什么时候去烫头发呢？

科　　拉　　鲁宾不喜欢波浪卷发。

洛　　蒂　　他竟然不喜欢，但你喜欢我的卷发对吗，莫里斯？

莫里斯　　当然了，亲爱的。

洛　　蒂　　我才不会让男人来告诉我能不能卷发，我不会再留长发了，莫里斯说也许我现在该学着抽烟了。你相信吗，科拉？现在俄克拉荷马城的女人都开始抽烟了，这在以前不是很可耻吗？我们到底是怎么了？

科　　拉　　（她有太多的心事，现在无心参与洛蒂的闲聊）我……我还是去厨房做饭吧。

［科拉从餐厅的门出去了。

洛　　蒂　　莫里斯，我不知道该怎么办，我只是不忍心看到科拉这么不开心。

莫里斯　　没事，亲爱的，毕竟这不是你该操心的事。

洛　　蒂　　哦，我知道，但从某种程度上说，这也是我的烦恼。我是说从我们还是女孩的时候起，我就一直照顾着科拉，开学第一天我就带她去见老师了，每次吃炸鸡的时候我都会为她放弃叉

	骨①。她是我们家的宝贝，我们都十分宠爱她。
莫里斯	亲爱的，如果你想照顾她和孩子们，一切都取决于你，我们可以一起想办法。
洛 蒂	天哪，莫里斯，那我们的生活会很艰难的。
桑 尼	（从客厅进入）洛蒂姨妈，想看我喜欢的电影明星吗？
洛 蒂	当然了，亲爱的。（桑尼走进客厅去拿剪贴簿，洛蒂转过身私下对莫里斯说）他每次来这里，都要让我们看看他的电影明星。
莫里斯	有诺玛·塔尔玛奇②的吗？
桑 尼	（把剪贴簿摊在他们面前）当然有。
洛 蒂	诺玛·塔尔玛奇，诺玛·塔尔玛奇！你满脑子都是诺玛·塔尔玛奇！我不知道你看上她哪一点了，而且她还是个天主教徒！
莫里斯	亲爱的，你对天主教有偏见。
洛 蒂	没错，怎样！也许有一天你想娶诺玛·塔尔玛奇，然后让教皇告诉你下半辈子该做什么，让你发誓把所有的钱都留给教会，把所有的孩子都培养成天主教徒，然后加入哥伦布骑士团，发誓在天主教徒接管世界的那一天到来时，出去杀掉所有善良的新教妇女。
	［科拉走进客厅，走向餐具柜，然后缓缓走向卧室。
莫里斯	亲爱的，你都是从哪儿听来的这些？
洛 蒂	好吧，这是事实。玛丽埃塔·弗拉格迈耶告诉我的。科拉，玛丽埃塔有个非常要好的朋友，以前是天主教徒，现在不是了，她甚至还加入了修道院。但她后来跑掉了，因为发现了那些她完全无法忍受的事情。这位朋友告诉玛丽埃塔，天主教徒在教堂的地下室里放满了枪支和各种弹药……
科 拉	（她对洛蒂的抱怨再熟悉不过）洛蒂！
	［科拉无可奈何地摇摇头，回到客厅，正要去厨房。

---

① 叉骨，又称如愿骨，吃家禽等时两人将颈与胸之间的 V 形骨拉开，得大块骨者可许愿。
② 诺玛·塔尔玛奇（Novma Talmadge，1893—1957），是早期影坛"布鲁克林三姐妹"中的大姐。

洛　蒂	因为总有一天，他们会崛起并占领世界，把我们这些不想成为天主教徒的人通通杀掉。我相信他们说的每一个字。
莫里斯	好吧……我还是喜欢诺玛·塔尔玛奇。有贝比·丹尼尔斯①的照片吗？
桑　尼	有。

［桑尼递给莫里斯一张照片。洛蒂抢先看了一眼，表示赞同。

洛　蒂	我不知道你看上她哪一点了。（她把照片递给莫里斯）
莫里斯	你不喜欢任何女明星，亲爱的。
洛　蒂	大概是吧，我听说她们都是一群荡妇。（对桑尼说）宝贝，你爸爸什么时候回来？
桑　尼	爸爸不会回来了，他和妈妈吵架了。这个是你最喜欢的一个，洛蒂姨妈。

［桑尼递给洛蒂一张照片。

洛　蒂	谁呀？鲁道夫·瓦伦蒂诺，他可不是我的最爱。
莫里斯	可你把《酋长》看了四遍。
洛　蒂	那只是因为玛丽埃塔·弗拉格迈耶想让我陪她。
莫里斯	鲁道夫·瓦伦蒂诺一定也是天主教徒，他是伊利里亚人②。
洛　蒂	但他不是天主教徒。玛丽埃塔的朋友有一本书，上面列出了好莱坞所有的天主教徒。（她仔细地研究着照片）你知道吗？看着他我有点害怕。那双眼睛，好像在嘲笑你，还有那一口白牙。我觉得一个男人像他这么漂亮简直是一种罪过，让他这样的男人碰我，我会吓死的！（科拉回来了，没穿围裙，手里拎着一个纸袋）但你知道吗？他们说他真的是个好人。科拉，你知道俄克拉荷马城有个女人特别崇拜鲁道夫·瓦伦蒂诺吗？这是真的！玛丽埃塔认识她，她还在地下室给他建了个小神像，在房间里点满了蜡烛，每天都去那里为他做祷告。

---

① 贝比·丹尼尔斯（Bebe Danieis），美国女演员。
② 伊利里亚人，欧洲古代一个说印欧语的民族。

科　拉	我还以为你要给蕾妮做头发呢。
洛　蒂	哦，差点忘了！我猜她现在已经洗完澡完了。
科　拉	（把袋子放在桌上）炸鸡还剩很多。洛蒂，我给你带了些回来。
洛　蒂	你和孩子们不想吃吗？
科　拉	他们除了鸡胸肉什么都不吃。
洛　蒂	谢谢你，科拉。
科　拉	桑尼，我可不想在朋友们来找蕾妮的时候你的照片贴得满屋子都是。
桑　尼	好吧。
莫里斯	（洛蒂从包里拿出鸡腿）亲爱的，你刚吃了。
洛　蒂	别凶我了。（她上楼前对莫里斯耳语）记住我跟你说的话，莫里斯。（然后她匆匆上楼）蕾妮！我上去给你做头发了，我要把你变成一个漂亮娃娃！
蕾　妮	（在楼上）我在这里，洛蒂姨妈。
	〔莫里斯走到门边，似乎希望躲开科拉。
科　拉	莫里斯……莫里斯！我想洛蒂已经告诉你发生什么事了吧。
莫里斯	嗯……是的，科拉……她说了一些。
科　拉	我想，也许我的父母是对的，我不该嫁给鲁宾。
莫里斯	我想过一阵子你就会忘记这些争吵了，鲁宾也是。
科　拉	我不认为我们应该忘记它，也不觉得我们会复合。我想我失败了。
莫里斯	科拉，你太夸张了。
科　拉	莫里斯，我才三十四岁，还很年轻。我想带孩子们去俄克拉荷马城，让他们在那里上学，然后我在百货公司找份工作。我知道我从来没做过那样的工作，但我想我会喜欢的，而且我不得不这么做。
莫里斯	科拉……或许……
洛　蒂	（我们看到楼上她的脚在走廊上经过）我们去浴室吧，蕾妮，那里光线好些。

莫里斯	科拉,整天站着太辛苦了。
科　拉	我会习惯的。
莫里斯	好吧,科拉,我很难给你建议。
科　拉	莫里斯,我在想我和孩子们能不能去你和洛蒂的家住一段时间,就一段时间,直到我们习惯这个城市,直到我找到了工作有了家的感觉。
莫里斯	好吧,我……嗯……
科　拉	我保证我们不会添麻烦的。我的意思是,我会把孩子们的事情打理得井井有条,如果洛蒂想让我做饭,我就会做饭。
莫里斯	嗯……我……
科　拉	我不知道我和孩子们还能做什么,莫里斯。
莫里斯	嗯……科拉,我不知道该怎么说。
科　拉	我们会不会太碍事了,莫里斯?
莫里斯	不会的,当然不会,科拉,但是……
科　拉	(充满希望的)我想我们能应付得来,我会付我们那份账单的,我说到做到。

〔透过窗户看到福莱特、庞奇和萨米来到门廊。

莫里斯	科拉,我……
洛　蒂	(满脸焦虑地从楼梯上冲下来)科拉,蕾妮病了,她吐得整个浴室到处都是。

〔洛蒂急匆匆地跑回楼上,科拉也跟了上去。

科　拉	哦,上帝!(门铃响了,科拉一下子愣住了)天哪!是那些追求蕾妮的年轻人。桑尼,穿上你的礼服去开门。(桑尼跑向门口,在开门之前停下来,打开了门廊的灯。我们看到门廊外的三个年轻人——身着炫目派对礼服的福莱特和两个身穿附近军校制服的男孩。其中一个男孩庞奇·吉文斯正在整理仪容。室内,科拉忧心忡忡地上楼)哦,亲爱的!这孩子怎么了?莫里斯,在我回来之前,尽量让这些年轻人玩得开心。

〔科拉上了楼。桑尼推开门。

桑　尼	你不进来吗？
福莱特	（跳着舞走进走廊，带来了春夜的寒意）嗨，桑尼！你姐姐准备好了吗？
桑　尼	还没呢。
福莱特	哦，好吧！（把头伸出门外）进来吧，伙计们，我们得等会儿。（庞奇·吉文斯和萨米·戈登鲍姆纷纷登场。两人都穿着合身的、闪耀着光泽的蓝色制服。福莱特开始介绍）萨米，这是桑尼·弗洛德，蕾妮的弟弟。
	［萨米·戈登鲍姆正式地走出来，手里拿着他的羽状头饰。他是一个黝黑英俊的十七岁年轻人，有一头乌黑亮丽的头发、一双黑色的眼睛，带着迷人的微笑。然而，他身上的某些东西似乎有种陌生感，至少与他现在所在的中西部地区相比是这样。他可能是一位波斯王子，从他的故乡流落而来。但时过境迁，他已变得善于接受自己的状态，而且表现出渴望交朋友和被喜欢的意愿。
萨　米	嗨，桑尼！
桑　尼	（握手）嗨！
福莱特	（把庞奇从身后拉过来）这就是庞奇·吉文斯。（她几乎是把庞奇从走廊的黑暗角落拖到了灯火通明处。庞奇是一个令人感到无趣失望的人，军校的学习对他的体态毫无帮助。他穿着军装，却好像对军装的笔挺和威严感到难为情。在别人介绍他时，他软绵绵地伸出一只手，嘟嘟囔囔、语无伦次地说着一些问候语，然后就退了下去，希望没有人会注意到他。介绍完毕，福莱特开始注意到莫里斯）哦，你好！我是福莱特·康罗伊。你好吗？
莫里斯	你好，我是莫里斯·莱西，蕾妮的姨夫，来自俄克拉荷马城。
福莱特	原来如此，我听她说起过你。嘿，这是莱西医生，他是蕾妮的姨夫，来自俄克拉荷马城。
萨　米	（穿过房间来到莫里斯面前，虽然说话略结巴，但却显得轻快

	而机警）你好，先生。我叫萨米·戈登鲍姆，他们都叫我萨米。
莫里斯	很高兴认识你，萨米。
福莱特	这位是庞奇·吉文斯。（向莫里斯点点头）站直了，庞奇。
莫里斯	很高兴认识你，庞奇。（庞奇在喃喃自语。莫里斯现在感觉到了他作为临时主人的责任）呃……有人要吃口香糖吗？
	［莫里斯从口袋里拿出一包，但没人感兴趣。洛蒂吵吵闹闹地走下楼梯，迫不及待地想要掌控局面，一直兴高采烈地说着无关紧要的话。
洛 蒂	大家好！我是洛蒂·莱西，蕾妮的姨妈，也是科拉·弗洛德的姐姐，来自俄克拉荷马城。俄克拉荷马城现在是个大城市了，人们说再过十年，它将成为全美国最大的城市，甚至比纽约和芝加哥还要大呢！你就是那个康罗伊家的姑娘吧？我听我妹妹提起过你。好漂亮的红裙子！对了，你们都见过我丈夫了吗？莱西医生，他是个牙医，也来自俄克拉荷马城，他能帮你拔掉所有的坏牙。（她开心地笑了，然后看着那些华丽的制服，眼睛慢慢睁大了）我的天啊，这身打扮太帅了！
萨 米	（站出来）你好，女士，我是萨米·戈登鲍姆，来自加利福尼亚。
洛 蒂	哦，科拉跟我说过那个从加利福尼亚州来的年轻人，来自好莱坞。莫里斯，他妈妈是电影演员，她也许演过我看过的电影呢！
萨 米	她演过托马斯·梅根的最后一部电影，她叫格特鲁德·范德霍夫，只是个小角色罢了，不是什么明星。
洛 蒂	格特鲁德·范德霍夫！莫里斯，我们看过托马斯·梅根的最后一部作品了吗？我想应该没有。我喜欢托马斯·梅根，但我们没时间看完所有的电影。你看过她演的电影吗，莫里斯？
	［洛蒂似乎在每一个话题上都会提到她的丈夫，但不在意他的回应。当福莱特插话时，莫里斯还在琢磨最后这个问题。
福莱特	莱西夫人，你见过庞奇·吉文斯吗？
洛 蒂	我听我妹妹提起过你，你的族人在镇上很有名望，是吧？应该

　　　　　　是了，科拉提起过他们。（庞奇伸出一只手，喃喃自语）你说什么？（他重复着喃喃自语。洛蒂感到费解，但还是尽力回应着）非常感谢你！
　　　　　　［在楼梯顶端，观众看到蕾妮的双脚正鼓足了力气下来，观众听到科拉在鼓励她。

科　拉　　继续，蕾妮。
　　　　　　［但蕾妮还是做不到，双脚慌忙退回了安全的地方。
洛　蒂　　（尽可能避免尴尬）好吧，恐怕你们得再等几分钟。蕾妮还没准备好。
科　拉　　（在楼上）蕾妮，不用管他们。
洛　蒂　　科拉在楼上会帮她的，我想你们得自娱自乐一会儿了。有人打麻将吗？
　　　　　　［洛蒂注意到了那袋炸鸡，把它藏到了桌子底下。
福莱特　　我想玩音乐。有新的自动钢琴打孔纸卷①吗，桑尼？
桑　尼　　有一些。
　　　　　　［他们跑进客厅，来到钢琴前。
福莱特　　天哪，我真希望你像我们一样有一台维克多牌留声机。
洛　蒂　　（坐下，把目光转向萨米）你离家挺远吧？
萨　米　　是的，夫人。
洛　蒂　　莫里斯和我去过一次加利福尼亚参加一个神社大会，我们觉得那里棒极了，还有橘子什么的。我觉得你会想在春假的时候回家的。
萨　米　　我想……我没有一个真正的家，莱西夫人。
　　　　　　［桑尼从客厅走了回来，萨米好奇地看着他。
洛　蒂　　你跟我说过你妈妈住在外面吗？
萨　米　　是的，但是她忙着拍电影，没有更多的时间陪我，确实有点糟。她现在没有地方让我住，但这不是她的错。

---

① 用于自动钢琴琴键弹奏。

洛　蒂	你父亲呢？
萨　米	我没见过他。
洛　蒂	你竟然没见过你父亲？
萨　米	是的，他在我出生前就去世了。我母亲后来结过几次婚，但我从没见过她的任何一任丈夫……虽然他们都是很绅士的好人。
洛　蒂	我从没想过有谁会没有家。那你一辈子都在军校度过吗？
萨　米	差不多吧，我敢打赌，几乎全国所有的军校我都去过了。好吧，我收回这句话。有些学校我没去过，我是说……有些学校不收我。
桑　尼	（天真无邪）我妈妈说你是犹太人。
洛　蒂	（骇然）桑尼！
萨　米	好吧，没错。桑尼，我的确是。
洛　蒂	（安慰道）没关系的，我们不觉得一个人是犹太人有什么不好，对吧，莫里斯？
莫里斯	当然！
萨　米	我父亲是犹太人，我妈妈告诉我的，但我妈妈不是犹太人，她有一头最漂亮的金发。我长得可能更像我父亲吧……他也是个演员，但出车祸去世了。
洛　蒂	桑尼，这样很不礼貌，你应该道歉。
桑　尼	我说错什么了吗？
萨　米	没关系，我是犹太人并不影响我的生活，完全不会。我想以前是会有一点。
洛　蒂	（人必须为所做的一切寻找补救办法）你知道你应该做什么吗？你应该加入基督教科学会派①。我自己不是教徒，但我认识俄克拉荷马城的一个犹太女人，她原本很不快乐，自从加入了基督教科学教会后，就变得感到幸福了。

---

① 译者注：基督教科学派（Christian Science），美国基督教新教的一个变种教派，1879 年由玛丽·艾娣（Mary Baker Glover Eddy）创立。该派认为物质是虚幻的，疾病和罪恶皆出人的必死意识，只有通过祷告与上帝协调一致才能医治，并称此即"基督教的科学"。此教派的全称为 Church of Christ, Scientist。

桑　尼	我不是故意这样说的。
萨　米	你没有说错话，桑尼。
	［钢琴自动以准确的节奏开始演奏《阿拉比酋长》，福莱特从客厅走了进来。
福莱特	来吧，庞奇，跳舞吧。（她唱）"阿拉比酋长——他的心属于我。"一起来啊，庞奇！
萨　米	（对洛蒂始终彬彬有礼）你想跳舞吗，夫人？
洛　蒂	我？我从小就没跳过舞，但感谢你的邀请。他是不是很有礼貌，莫里斯？
	［洛蒂走出餐厅。
萨　米	桑尼，想去西部兜风吗？
	［萨米跪在地板上，让桑尼跨坐在他的背上。然后，萨米像一匹脱缰的野马一样，双脚在空中乱踢，桑尼紧紧地抱住他。
福莱特	（在房间后面，指导庞奇学习新舞步）不对，庞奇，不是这样的。你向左迈出一步，然后下蹲。看到了吗？喔，真是很优美的舞步，最近所有人都在跳这个。
洛　蒂	（从厨房端着一盘饼干进来，把饼干递给萨米和桑尼）你们想吃饼干吗？
萨　米	（站起来，走过去）这可真够费功夫的。
	［福莱特和庞奇现在退到了客厅，沉浸在舞蹈产生的爱的氛围中。
桑　尼	你从哪儿弄到这些衣服的？
萨　米	他们在学校给我的。
福莱特	（阻止庞奇向前的舞步）庞奇，别这样。
	［洛蒂刚刚端着一盘饼干走进客厅，就看到了这亲昵的一幕，这唤起了她的某种感受。
萨　米	不，我收回刚才的话，他们没给我衣服。在那个地方他们从不给你任何东西，是我花钱买的。
桑　尼	你为什么带着剑？

萨 米	（从剑鞘里拔出剑，像个海盗一样在房间里到处"冲杀"，寻找想象中的恶棍）我带剑是为了保护自己！看吧，为了杀死世界上所有的坏蛋。（他吓坏了洛蒂）别担心，夫人，它不锋利。就算我想，也伤不了人，带着它只是为了炫耀。
桑 尼	（上蹿下跳）能给我一把剑吗？我也想要一把剑！
萨 米	桑尼，你想要剑吗？来，我把我的剑给你！
洛 蒂	（对莫里斯）科拉可能会给桑尼买一把剑了。（桑尼接过剑，模仿萨米的动作。洛蒂忐忑不安）小心点，桑尼。
萨 米	桑尼，你想用这把剑做什么呢？
桑 尼	（一跃而起）以示众人！
洛 蒂	桑尼！小心点！
萨 米	你想给人们看什么呢？
桑 尼	哈哈，就只是展示给他们而已。

[剑被桑尼夹在胳膊和胸口之间，然后掉到地上，剑离开他的身体很远，看起来就像被刺穿了一样。洛蒂吓坏了。

洛 蒂	哦，亲爱的，快把它放下。不要再玩那个吓人的东西了。

[桑尼站起来和萨米一起大笑。洛蒂在客厅里把剑收了起来，遇到了福莱特和庞奇，他们正陶醉地搂着脖子跳舞。她有点被激怒了，跑上楼去叫科拉。

萨 米	（跪在桑尼身边，仿佛要让自己和他在身高上持平）我们现在干什么，桑尼？你想玩什么游戏吗？你想打印第安人，还是设捕熊器，还是翻火山或爬阿尔卑斯山？
桑 尼	（渴望的）我都想……
萨 米	我也想，桑尼，但我们还不能去，起码今晚不行。还能做点什么？
桑 尼	我可以给你看我的电影明星照片。
萨 米	哦，老天，我已经受够电影明星了，还有什么吗？
桑 尼	我可以演讲点什么。
萨 米	你能吗？（跳起来）嘿，各位！停止音乐，桑尼要讲话了！

〔萨米停止钢琴演奏,福莱特突然有点烦。

洛 蒂　　（匆匆下楼）你听到了吗,莫里斯?桑尼要说点什么!
福莱特　　（对桑尼）嘿,你要干什么?
萨 米　　（对桑尼）你想站在哪儿?
洛 蒂　　他在客厅里有个小讲台,是他练习的地方。
萨 米　　（担任主持人的角色）大家都到会客室来听桑尼表演。
福莱特　　（拉着庞奇的胳膊）来吧,庞奇。我们得听,不是吗?
萨 米　　大家安静,都安静!

〔所有人都进了客厅,只有莫里斯没有进来,他向门口走去,好像想逃走似的。这时桑尼带着孩子般的狂热开始了著名的独白。莫里斯看起来似乎与哈姆雷特有同样的苦恼。在桑尼开始之后,科拉带着蕾妮下楼。

桑 尼　　"生存还是毁灭,这是个问题:
　　　　　是去默默忍受暴虐命运的毒箭,
　　　　　还是通过斗争与无涯苦难奋然为敌,
　　　　　这两种抉择究竟哪个更崇高?
　　　　　死即昏沉睡去,什么都结束了。
　　　　　倘若一眠能了结心灵之苦楚与肉体之百患,
　　　　　那正是我们求之不得的结局。
　　　　　死去,睡去……
　　　　　但在死之长眠中会有梦来临,
　　　　　阻碍就在这儿,
　　　　　即使摆脱了这一具朽腐的皮囊以后,
　　　　　在那死亡的睡眠里,究竟将要做些什么梦,
　　　　　那不能不使我们踌躇顾虑……"

科 拉　　（当桑尼在朗诵时）哦,桑尼在朗诵莎士比亚。他一定是把书柜里那本尘封已久的莎士比亚的书拿出来了,然后背下了那段台词。（指着客厅里的萨米）蕾妮,这就是属于你的小伙子,很帅吧?现在你要好好享受这一切了,我从骨子里都能感受到。

[桑尼和科拉同时结束讲话,桑尼立即收获了热烈的掌声。

萨　米　　太精彩了,桑尼。

[所有人都走进客厅,桑尼被萨米扛在肩上,就像一个凯旋的英雄。

洛　蒂　　他是第二个杰基·库根①。

福莱特　　太精彩了,桑尼。

洛　蒂　　科拉,你应该来听听的,桑尼朗诵了莎士比亚,太精彩了。

科　拉　　当然,我听到了。

萨　米　　桑尼简直是个天才,我要带你去好莱坞,让你演电影,你一定会成为最伟大的演员的。

福莱特　　我觉得莎士比亚太伟大了,改天我也要读读他的作品。

科　拉　　(对萨米)晚上好,年轻人,我是弗洛德女士。

萨　米　　(把桑尼放下来)失礼了,夫人,我是萨米·戈登鲍姆。

科　拉　　欢迎光临,看来是我儿子在招待你。

萨　米　　是的,夫人。

科　拉　　他大约一年前开始练习演讲,有人认为他很有天分。

萨　米　　我也这么认为,夫人,他非常有才华。

科　拉　　(把蕾妮带到面前)蕾妮!萨米,这是我女儿。

萨　米　　晚上好,蕾妮。

蕾　妮　　(不情愿的)晚上好。

萨　米　　你看起来真漂亮,裙子也很漂亮。

福莱特　　是不是很可爱?我帮她挑的。(科拉悄悄抓住福莱特的胳膊,不让她插嘴)哎呀!

萨　米　　我没想到你是……你是这样,我是说……嗯,庞奇告诉我你是福莱特的朋友,所以我自然而然地以为你会……嗯,有点像福莱特。虽然福莱特是个很好的女孩,我不是故意要针对她的,

---

① 杰基·库根(Jackie Coogan, 1914—1984),美国演员,无声影片时代的杰出童星。

	但是……你也很好，是另一种不同的风格。
蕾妮	（还是有点不信任）谢谢……
萨米	你能叫我萨米吗？
蕾妮	萨米。
萨米	那我可以叫你蕾妮吗？
蕾妮	嗯，可以。
萨米	你能同意我带你去参加派对真是太好了，我知道一个女孩和她不认识的疯男孩约会是什么感受。
蕾妮	哦……没关系，毕竟你对我也一无所知。
萨米	我从没参加过什么派对，你呢？
蕾妮	我也没去过几次。
萨米	当我参加派对时总是担心别人不喜欢我，这不是很糟糕吗？当你害怕的时候，你的胃里会不会有不舒服的感觉？虽然我不想错过任何一个派对，但每次我去参加聚会都得跟自己讲道理，才不会觉得全世界都在跟我作对。我几乎一辈子都在军校度过，我妈妈住的地方根本没有我的位置，她……只是不知道能拿我怎么办。但你千万不要误会我妈妈，她是个非常好的人，我想每个男孩都觉得自己的妈妈很漂亮。她在每封信里都会告诉我，她有多遗憾我们不能时常待在一起，可她必须考虑她的工作。不过有一次我们在旧金山相见，整整两天都待在一起。她让我带她去吃饭、看表演、跳舞，我们像是恋人一样，那简直是我度过的最美妙的时光！后来我不得不回到原来的军校，每次我走进军校都有一种压抑的感觉，坚硬的石墙上挂满了将军们的照片……他们都是很棒的绅士，但看起来确实非常严肃……你应该明白我的意思。（科拉和洛蒂站在一起，以母亲般的面貌听着萨米的谈论。福莱特百无聊赖。庞奇半睡半醒，突然打了个哈欠，把大家都吓了一跳）哎呀，我猜我跟你说自己的事已经够无聊了。
科拉和洛蒂	哦，没有！当然不会。

福莱特　　（迫不及待要去参加派对）来吧，孩子们，我们快点。
萨　米　　（温柔地对蕾妮说）准备好了吗？
科　拉　　（好像怕蕾妮被吓到）蕾妮？
蕾　妮　　准备好了。
萨　米　　我帮你裹上你的外套吧。
　　　　　［"裹"字是对蕾妮这身派对盛装的虚伪美化。萨米帮蕾妮穿上大衣。
蕾　妮　　谢谢。
科　拉　　（对洛蒂悄悄说）我真希望能给她买一件像福莱特穿的那种小皮夹克。
福莱特　　站直了，庞奇，跟大家说晚安。
　　　　　［庞奇又试了一次，但还是说不清楚。
科　拉　　（就当作庞奇说了晚安）晚安，庞奇，代我向你妈妈问好。
福莱特　　很高兴见到你们，莱西夫人、莱西先生。晚安，弗洛德太太。
科　拉　　晚安，福莱特。
洛蒂和莫里斯　晚安。
桑　尼　　（拉住萨米的外套一角）你一定要走吗？
萨　米　　恐怕是的，桑尼。
桑　尼　　我能跟着一起走吗？求你了！带我一起走吧！
萨　米　　哎呀，我也不知道怎么办。（他想了一会儿，然后咨询了福莱特和庞奇）嘿，桑尼有什么不能一起去的理由吗？我保证照顾好他。能想象到他会有多开心。
　　　　　［福莱特和庞奇一脸不信。
桑　尼　　（他立刻认为自己受到欢迎是理所当然的，于是高兴地在房间里手舞足蹈）真的吗？真的吗？我要去参加派对了！我要去参加派对了！
蕾　妮　　（跑到科拉身边）妈妈，如果桑尼也去，我就不去了。毕竟其他女孩都不会被她们的弟弟打扰。
科　拉　　我尊重你的决定，孩子。

福莱特	（有了"罪魁祸首"，她就想发泄出来）不，这绝对不是孩子们的聚会，萨米！这主意太蠢了，我觉得你应该管好你自己的事。
科　拉	（试图平息福莱特的愤怒）现在，福莱特……
福莱特	（对蕾妮）他总是试图想安排好所有人！
科　拉	（对萨米）我想桑尼最好还是别去了。
桑　尼	（边哭边跳以示抗议）我想去参加派对，我想去参加派对！
萨　米	（尝试安慰）桑尼，这是个非常愚蠢的决定。
桑　尼	我——想——要——去——参——加——派——对！

［桑尼真的发脾气了，把门甩上，用脚踢门，气得满脸通红。科拉和洛蒂像紧张的母鸡一样围着他团团转。

科　拉	桑尼！马上给我住手！如果你不停下来，我就整整一个月不让你去看电影。
洛　蒂	天哪，我该怎么办？桑尼，你想吃点东西吗，亲爱的？
福莱特	现在我们是彻底没法去那了。
科　拉	他一发脾气我就拿他没办法。
萨　米	（安静地走到桑尼身边，用一种既有威严又体贴温柔的声音说话）桑尼，你不能这样。
桑　尼	（突然安静下来）不可以吗？
萨　米	不可以，你不能那样做。
桑　尼	（现在更理智了）但我想去参加聚会。
萨　米	如果你那样做，就不会有人邀请你去了。
桑　尼	不会邀请我吗？
萨　米	是的，桑尼。在别人邀请你参加派对之前，你必须做个好孩子。即便如此，他们也不一定会邀请你。
桑　尼	我喜欢去派对胜过一切。
萨　米	我也喜欢参加派对，但有很多情况我不能去。
桑　尼	真的吗？
萨　米	真的。我不该建议你参加今晚的派对，你还太小了，不过总有一天你会长大的，到那时你就可以去参加所有你喜欢的派

对了。

桑 尼　真的吗？

萨 米　当然，我告诉你我这次怎么打算的。我会在派对上收集所有能收集到的礼物，想要吗？我把它们交给你姐姐，让她带回家给你，然后你就可以一个人开派对了。怎么样？你可以以桑尼的名义开个大派对，而且没有任何大人的干扰，高兴了吧？

桑 尼　那好吧。

萨 米　那说定了。我们还是好兄弟吗？

桑 尼　是。

萨 米　永远都是？

桑 尼　永远都是。

［桑尼有点激动地拥抱萨米。

萨 米　天哪，我真喜欢这个孩子。

科 拉　（仿佛被这个景象震撼到了）你是世界上第一个能在桑尼发脾气的时候帮他的人。

萨 米　你知道吗？这其实很有趣，我似乎总是能体谅孩子们的感受。

福莱特　（还是有些不耐烦）快来吧，萨米。

［福莱特和庞奇离开。

科 拉　晚安，萨米，希望你有时间能再来。

萨 米　谢谢夫人，能受到您的欢迎真是太好了。

洛蒂和莫里斯　晚安。有空来俄克拉荷马城看我们吧，那是个大城市，你可以住在多余的卧室里，希望你喜欢我家的小猫。

科 拉　（洛蒂和莫里斯说话时）蕾妮，别忘了你的礼物。你现在感觉好多了吗？

蕾 妮　是的，妈妈。

萨 米　（从洛蒂和莫里斯身边走开）失陪一下。

［萨米向蕾妮伸出手，他们一起骄傲地走出去。

科 拉　（等他们离开）这是我见过的最优秀的年轻人了。

洛 蒂　我也这么认为，天哪，他长得真帅。尽管如此，莫里斯仍说对

	他感到抱歉。
科　拉	莫里斯？抱歉？
洛　蒂	在我看来他是个非常快乐的男孩，但莫里斯说他看起来并不快乐。莫里斯，你为什么这么想？
莫里斯	其实我也不知道。
科　拉	他看起来不开心？他把漂泊的自己当成"家"本身了是吗？
洛　蒂	应该说是的。莫里斯说，有时表现得最开心的人其实是最悲伤的。
科　拉	哦，莫里斯。
洛　蒂	莫里斯，我觉得这些都是你想象的，自从你去看了那个心理医生，你就想象每个人都不开心。（莫里斯默默地起身走到门口，留下洛蒂在想她是否说错了什么）你要去哪儿，莫里斯？
莫里斯	我想出去散散步，亲爱的。
	［莫里斯离开。
洛　蒂	（跟着他到门口）好吧，别去太久。我们很快就得回去了。
科　拉	哦，快别再说要走的事了。
洛　蒂	天哪，科拉，我们也不能整晚待在这儿呀。（现在她望向窗外，想知道莫里斯的情况）莫里斯真是个有趣的人，科拉。有时他就那样站起来，径直走开了，我从来不知道为什么。有时他一走就是几个小时，说散步有助于消化，但我觉得他只是想离开我。你有没有注意到他对别人的态度？就像今晚，所有的年轻人都在这儿，他却坐在那里一言不发，心不在焉，好像在想什么。他似乎总在想些什么东西。
科　拉	莫里斯对你很好，你可不能抱怨。
洛　蒂	的确，他对我很好……在某些方面。
科　拉	天哪，洛蒂！他给你买了那双红色漆皮拖鞋，还有那件狐狸颈饰……你应该感激他。
洛　蒂	我知道，但是……有些东西他给不了我。
科　拉	那不是他的错，你不能这样苛责他。

洛　蒂　　好吧，你说得倒是轻巧。你有两个好孩子陪着你，我除了一屋子的猫还有什么？

科　拉　　洛蒂，你不是一直说不想要孩子吗？

洛　蒂　　那……我还能对别人怎么说呢？

科　拉　　（这对她来说是一种控诉）我只是从来不知道。

洛　蒂　　（突然决定说出来）科拉……我不能让你和孩子们过来和我们一起住。

科　拉　　（这对她是个打击）洛蒂……

洛　蒂　　科拉，我做不到。

科　拉　　洛蒂，我是如此依赖你……

洛　蒂　　也许你太依赖我了，从你还是个小孩的时候，你有问题就来找我，但现在我自己也有问题了。

科　拉　　那我该怎么办，洛蒂？

洛　蒂　　打电话给鲁宾，让他回来，如果你能跪下来的话，求他回来。

科　拉　　洛蒂，我做不到。

洛　蒂　　为什么？

科　拉　　因为我们总是无法停止争吵，你知道的。我明白这样不对，但事情还是变成这样了。

洛　蒂　　你还爱他吗？

科　拉　　哦，别这样问我，洛蒂。

洛　蒂　　告诉我，你爱他吗？

科　拉　　嗯……爱吧。

洛　蒂　　科拉，我觉得你不应该听韦佩尔姐妹告诉你的那些事情。

科　拉　　可他已经承认了，洛蒂。

洛　蒂　　科拉，我不认为这意味着他不喜欢你，就因为他见过梅维斯·普鲁伊特几次。

科　拉　　我知道他……爱我。

洛　蒂　　（小心翼翼地问）他还想和你亲热吗？

科　拉　　那只是动物性的。如果我没感到他尊重我，我就不会那样放纵

	自己。
洛 蒂	（突然大笑起来）天哪，像鲁宾这样的大帅哥，谁在乎他是否正直？
科 拉	（有点震惊）洛蒂！
洛 蒂	（我们看到了洛蒂身上突然表现出的放荡，这在以前是看不出来的）科拉，你听到老女仆对小偷说的话了吗？你看，小偷拿着一根又大又长的棍子走进她的卧室，然后……
科 拉	洛蒂！
洛 蒂	（笑得前仰后合）老女仆……她脸都绿了，完全不知道发生了什么事，她说……
科 拉	洛蒂！够了，够了！
洛 蒂	（有点羞耻）天哪，科拉，我不觉得讲点八卦找乐子有什么不对。
科 拉	有时候你说话很无耻，洛蒂，当我想到爸爸妈妈是怎么把我们带大的……
洛 蒂	爸爸妈妈，也许他们知道的并没有我们以为的那么多。
科 拉	你变了，洛蒂。
洛 蒂	我还是那个我！
科 拉	我从没听过这样的话！
洛 蒂	好吧，就这样吧。我只是说说而已，聊天，聊天而已。
科 拉	洛蒂，你真的不能收留我们吗？
洛 蒂	那我的婚姻也就完了，科拉。你不了解莫里斯，他在人前总是很绅士、很安静、很怕伤害别人的感情，但他是最紧绷的人。如果你和孩子们来，他会尽量表现得很周到，但他会崩溃的，一定会的。
科 拉	你说的是实话吗？
洛 蒂	我根本没开玩笑，科拉，你不是唯一一个在生活中遇到麻烦的人，绝对别这么想。
科 拉	就在刚刚，你说你也有麻烦，洛蒂……

洛 蒂　　生活中从来不缺糟心事。
科 拉　　告诉我，洛蒂。
洛 蒂　　一定要告诉你吗？
科 拉　　莫里斯不再和你上床了吗？
洛 蒂　　（她过了好一会儿才承认）是的，他已经三年多没碰过我了……就是这样。
科 拉　　（又一次震惊）洛蒂！
洛 蒂　　这是上帝的昭示，科拉。
科 拉　　洛蒂，你到底怎么了？
洛 蒂　　我哪知道我怎么了！就像别人怎么会知道他们自己处在什么境况之下。
科 拉　　我是说……他还有别的女人吗？
洛 蒂　　除非还有哪个傻女人想要走进他的灵魂世界。（这又显示出她的幽默感，她被另一个故事转移了注意力）对了，科拉，我跟你说过俄克拉荷马城有个女人在举行降神会吗？玛丽埃塔去找了她，然后……（但突然间她又失去了幽默感，说起了另一个悲伤的故事）不，没有别的女人了，有时我倒真希望有。
科 拉　　洛蒂，我知道你在说气话。
洛 蒂　　你怎么确定我在说气话？他整天围着房子转，现在他的牙科诊所就在餐厅里，日复一日，日夜轮转，有时候我都看腻了。
科 拉　　哦，洛蒂……我一直觉得你和莫里斯是如此相爱，你们的婚姻看起来近乎完美。
洛 蒂　　没错，我们仍然很恩爱，叫对方"亲爱的"，就像我们度蜜月时一样。
科 拉　　那到底发生了什么事？一定发生了什么事吧？
洛 蒂　　你有没有注意到莫里斯突然从椅子上站起来，就这么径直离开了，没有任何解释？几年前莫里斯也做过同样的事，他内心的某种冲动突然冒出来，他就会离开家，再也不会回来。
科 拉　　我有点不明白。

洛　蒂	有时我在想，也许是我太专横了，但我总觉得莫里斯喜欢我就是因为我的专横。
科　拉	我一直很羡慕你，有一个可以随意对他发号施令的丈夫。
洛　蒂	是的，我可以对莫里斯颐指气使，因为他已经不在意这些了。
科　拉	他从不打你。
洛　蒂	呵，我倒是希望他会。
科　拉	洛蒂！
洛　蒂	我希望上帝能让爱我的人打我，就像你和鲁宾那样争吵打一架。天哪，我想好好发泄一次，怎样都比现在好。莫里斯总是对我甜言蜜语，有时我在想他是不是想杀了我。
科　拉	洛蒂，你又在说气话了。
洛　蒂	你还记得妈妈和爸爸以前是怎么告诫我们要小心男人的吗，科拉？
科　拉	当然，我记得。
洛　蒂	天哪，他们让我如此害怕向男人屈服，我太恐惧了。
科　拉	我也是。
洛　蒂	是的，在鲁宾出现并近乎强奸你之前，你一直是这样的个性。
科　拉	洛蒂，我不想让桑尼听到这种话。
洛　蒂	为什么？让他听！
科　拉	（对姐姐的大胆行为大吃一惊）洛蒂！
洛　蒂	为什么我们总要死死保护着孩子？
科　拉	小声点！鲁宾从没做过这种事。
洛　蒂	他没做过吗？
科　拉	当然没有！
洛　蒂	我的上帝啊，科拉，他在见到你两周后就把你的肚子搞大了！
科　拉	嘘！
洛　蒂	我从来没有告诉过任何人，甚至是莫里斯。天哪，你还记得妈妈和爸爸知道后是怎么做的吗？
科　拉	我记得。

洛　蒂　　　你们刚结婚一个月，爸爸就中风了。那时我认为鲁宾是世上最邪恶的人。

科　拉　　　我从没因此责怪过鲁宾，反而疯狂地爱上了他，他把我迷得神魂颠倒，让我所有的反对意见都显得那么愚蠢，他甚至让爸爸和妈妈都觉得我很傻。

洛　蒂　　　也许我也应该嫁给那样的男人，我也不知道了。也许和莫里斯一样，一切都是我的错。也许我……从一开始就没有做出正确的决定。

科　拉　　　什么意思，洛蒂？

洛　蒂　　　科拉，我告诉你一件事，我从没告诉过别人，我……从没像有些女人……说的那样享受过……

科　拉　　　洛蒂！你吗？

洛　蒂　　　为什么用这种语气？因为我说话有点下流吗？但那只是，瞎说而已。我一直在喋喋不休，最终可能只是为了让自己相信我还活着吧。我用暴食来麻醉自己，为了让自己感到胃里总是有东西，我对生活中似乎错过的所有事情充满了各种疯狂的好奇心。现在我告诉你真相，科拉，在这期间什么都没发生过。

科　拉　　　洛蒂……

洛　蒂　　　我们结婚后，莫里斯和我第一次同床共枕那晚，一切结束之后他睡着了。我躺在床上，想知道那些大人的"警告"到底是什么意思，我明明什么事也没发生，爸爸妈妈一定是在编什么故事。

科　拉　　　哦，洛蒂！

洛　蒂　　　所以，别来向我寻求同情，科拉，我不是能给予你安慰的人。

［外面传来低沉的隆隆雷声。桑尼端着一杯糨糊和他的剪贴簿从餐厅走进来。莫里斯散步归来，面容神秘而严肃。

莫里斯　　　亲爱的，我们最好现在就回去，看起来要下雨了。

科　拉　　　别再说要走了，你和洛蒂就不能在这儿过夜吗？我会早起给你们做早餐的，还有饼干。

莫里斯	不行，科拉，我明天一早还要给病人看病。
洛　蒂	我还得回家去喂猫。
莫里斯	晚餐很丰盛，科拉。
科　拉	谢谢你，莫里斯。
洛　蒂	（她突然冲动地站起身来，把裙子撩到膝盖上）天哪，我要脱掉这件紧身胸衣，舒舒服服地回家去。
科　拉	（本能保护性地跑向桑尼，站在他和洛蒂之间，以防他看到这一幕）桑尼！转过头去。
洛　蒂	天哪，感觉真不错。（她把紧身胸衣卷到腋下，揉了揉肚子上的肉，享受着前所未有的自由，然后伸手去拿那袋炸鸡）谢谢你做的炸鸡，科拉。喔，炸鸡很不错！（她拿出炸鸡）这真是一顿丰盛的晚餐，你的厨艺比我好多了。
科　拉	你过奖了。
洛　蒂	跟我吻别吧，小家伙。
桑　尼	再见，洛蒂姨妈。
洛　蒂	（紧紧抱住他）晚安，亲爱的。
莫里斯	埃德温·布斯那段独白朗诵得很棒。
桑　尼	谢谢你，莫里斯姨夫。
洛　蒂	（面对丈夫露出灿烂的笑容，仿佛他们之间溢满了幸福）我收拾好了。
莫里斯	科拉，很高兴见到你。
科　拉	希望你们常来做客，莫里斯。
洛　蒂	（在门口想到了最后一个必须告诉她的消息）对了，科拉，我忘了告诉你，玛米·基勒住院了。
莫里斯	（走出门廊）现在看起来随时都会下雨。
科　拉	怎么了？
洛　蒂	没事，就是女人的一些烦恼。
科　拉	哦……

［洛蒂从科拉的声音中听出，她现在只顾着自己的烦恼，根本

		没时间关心玛米·基勒。
洛 蒂	上帝啊，科拉……我不能就这样离开你。
科 拉	我没关系的，洛蒂。
洛 蒂	听着，科拉……如果你和孩子们想过来和我们一起住……我们会想办法的……
科 拉	真是谢谢你，洛蒂。（她们相拥在一起，仿佛感受到了血浓于水的亲情）但我会努力自己解决的，洛蒂。
洛 蒂	再见，科拉！
莫里斯	（从外边回来）开始下雨了，亲爱的。
洛 蒂	（走出门廊）别着急，莫里斯，我来了，先别不耐烦。（他们离开了。现在科拉回到了房间中央，感到莫名的冷清）
桑 尼	客人走后家里变得突然安静下来了。
科 拉	嘘，桑尼，我在想事情。
	[观众听到外面莫里斯的汽车行驶的声音，然后是雨声和风声。
桑 尼	妈妈，我们搬去加利福尼亚州吧，求你了。
	[科拉突然做了一个决定，她冲向电话机。
科 拉	接长途电话。（稍等片刻）我是弗洛德女士，接3-2-1，我想和布莱克威尔的回旋镖酒店的鲁宾·弗洛德先生通话……好的，我等着。
桑 尼	（用天真无邪的声音）我打赌他不在那儿，赌什么都行。
科 拉	喂？他不在吗？能帮忙问问他这周有没有来过吗？（片刻过后）他没来吗？麻烦您，如果他真的来了，请转达他立即打电话给他的家人。这非常重要。
	[科拉的脸上露出沮丧的表情，坐了一会儿，不知道下一步该怎么做。这时，她听到一辆汽车从远处驶来。她跳起来，跑到窗前。
桑 尼	不是爸爸，我能分辨出他的车声。
	[科拉回到房间中央。
科 拉	快去睡觉吧，桑尼，已经很晚了。我得出去把冰箱下面的盘子倒空。

［科拉从餐厅的门走出去。桑尼慢慢地、犹豫不决地走到楼梯脚下，站在那里仰望着楼梯顶上黑漆漆的一片。他站在原地好一会儿，无法强迫自己再往前走。我们听到厨房里科拉的啜泣声。桑尼突然害怕地哭出声。

桑　尼　　妈妈！
　　　　　［科拉立马回来了，她不想让桑尼知道她一直在哭。
科　拉　　桑尼，我不是让你上楼去吗？（她看懂了他的不知所措和害怕）你为什么这么怕黑呢？
桑　尼　　因为……你看不到你前面的是什么，可能是可怕的东西。
科　拉　　你现在是家里的男人，桑尼，不要害怕。
桑　尼　　如果有人和我在一起……我就不怕。
　　　　　［科拉走到桑尼身边，握住他的手。
科　拉　　来吧，孩子，我们一起上去。
　　　　　［科拉和桑尼走上楼，面对像命运一样盘旋在那里的黑暗。

幕落

第三幕

［现在是第二天傍晚。外面下着绵绵细雨，一直下了一整天。蕾妮一整天都没有换衣服。她穿着睡袍坐在床边，用毛巾擦着刚洗过的头发。科拉穿着舒适的和服从餐厅走进来。她看着蕾妮身边的餐盘。

科　拉　　蕾妮！你就吃这些？
蕾　妮　　嗯。
科　拉　　但你一整天就只吃这些？这点饭都不够一只鸟活着。

蕾 妮	我不饿,妈妈。
科 拉	别因为昨晚没玩好就自怨自艾了。
蕾 妮	爸爸回来了吗?
科 拉	我不知道,我昨晚给他打过电话,但打不通。
蕾 妮	你不生他的气了吗?
科 拉	不……我没生气。
蕾 妮	即使他打了你?
科 拉	尽管他打了我,但我也狠狠反击了,所以他才动的手。我现在不怪他了。
蕾 妮	你觉得他还会回来吗,妈妈?
科 拉	这是他本该回来的日子。都快到晚饭时间了,可他还没回来。
蕾 妮	外面一直在下雨,我打赌路况一定不好。
科 拉	你爱你爸爸,对吗?
蕾 妮	当然。
科 拉	好吧,我很庆幸你这么说。我们爱的人并不总是完美的,不是吗?但如果我们爱他们,就得接受他们的现状,毕竟就连我自己也不是完美的。
蕾 妮	你是完美的,妈妈,在任何方面你都是绝对完美的。
科 拉	不,我不完美,蕾妮。我的人生也有自己的账要还。我一直指责你父亲忽视你们,但也许我对你们过分的保护伤害更大,对你……还有桑尼。
蕾 妮	这是什么意思,妈妈?
科 拉	没什么。我现在不想解释什么,算了吧。(出于某种别人还不知道的原因,她试图转移话题)你现在感觉好点了吗?
蕾 妮	好多了。
科 拉	那就好,世界并不会因为你心爱的小伙子离开你而毁灭。
蕾 妮	哦,妈妈,这是我遇到过的最丢脸的事。
科 拉	你觉得萨米去哪了?
蕾 妮	他在中场休息时和另一个女孩去了车里。

科　拉		他们接吻了？
蕾　妮		他们管这叫"颈间激情"。
科　拉		你确定吗？
蕾　妮		妈妈，中场休息时男孩子们都这样做，他们带着女孩去外面的车里，有些人甚至在舞会剩下的时间里都不回来了。
科　拉		但你确定萨米也这么做了吗？你看到他了吗？
蕾　妮		没有，妈妈，但我知道他一定也那么做了。
科　拉		那你为什么不和他一起上那辆车？
蕾　妮		（带着自嘲自贬的情绪）别说了，妈妈。
科　拉		为什么用这样的语气说话？
蕾　妮		他不会喜欢我这样做的。
科　拉		为什么不呢？
蕾　妮		我不像其他女孩那么性感可爱。
科　拉		蕾妮，不许你这么说！你很漂亮，像福莱特和玛丽·珍一样漂亮，女人的美有一半在于她的气质。
蕾　妮		哦，妈妈。
科　拉		蕾妮，我努力把你养大，但是……你已经十六岁了，如果一个男孩想吻你，你也愿意的话，这是很自然的事。如果你喜欢那个男孩，那就没问题。
蕾　妮		（迟疑地承认）嗯……萨米吻了我。
科　拉		（十分惊讶）他吻了你？
蕾　妮		在去参加派对的路上，庞奇的车里。福莱特和庞奇坐在前座，萨米和我在后边，庞奇拿出一个酒瓶……
科　拉		这些小恶魔。
蕾　妮		妈妈，那些在外地上学的富家子弟都有点不受拘束。
科　拉		你继续说。
蕾　妮		庞奇和福莱特一开始就搂在一起，我不是故意说福莱特的闲话，但她的动作十分娴熟。
科　拉		我猜也是，没关系的，你这不是在告密。

蕾　妮	萨米和我觉得有点尴尬，也没有人可以说话，所以他牵了我的手。妈妈，他对我很好。然后他搂着我说："我可以吻你吗，蕾妮？"我太震惊了，还没反应过来就答应了。他吻了我。我做错了吗，妈妈？
科　拉	你喜欢那个年轻人吗？这才是最重要的。
蕾　妮	是的，我……我喜欢他……非常喜欢。（她无助地啜泣）怎么办，妈妈？
科　拉	好了，好了，我的宝贝蕾妮，如果他是那种到处亲吻所有女孩的小伙子，你就不必再为他伤心了，你离开派对的选择是对的。
蕾　妮	真的吗，妈妈？
科　拉	当然了。我对萨米很失望，我以为他是个好孩子，但外表是会骗人的。
蕾　妮	谢谢你，妈妈。
科　拉	好了好了，亲爱的，大千世界里还有很多优秀的小伙子呢。你还年轻，没什么可担心的。
蕾　妮	（挣扎着站起来）妈妈，我觉得我永远都不想结婚了。
科　拉	蕾妮！
蕾　妮	我是认真的，妈妈。
科　拉	你还年轻，别太早做这样的决定。
蕾　妮	我是认真的。
科　拉	你凭什么这样断言？告诉我理由。
蕾　妮	我不想和任何人吵架，不想就像你和爸爸一样。
科　拉	噢，天啊！
蕾　妮	每次你和爸爸吵架，我都觉得整个房子要塌下来了。
科　拉	那就是我的责任了。
蕾　妮	我觉得我自己一个人在学校教书，或者在办公大楼里工作，大概会更快乐。
科　拉	不，孩子。你长大后总是需要一个人的，你会需要的。
蕾　妮	但我不想，我这辈子都不需要任何人，需要一个人的感觉太可

| 怕了。

| 科　拉 | （忐忑不安）蕾妮！
| 蕾　妮 | 无论如何，只有当我一个人在练琴或在图书馆学习时，我才感到真正快乐。
| 科　拉 | 难道昨晚萨米吻你的时候你不开心吗？
| 蕾　妮 | 我想我不能指望那样的幸福。
| 科　拉 | 蕾妮，当你开始长大，你会发现自己越来越孤独，你会想要一个人；一个在你生病和夜里哭泣时能听到你声音的人；一个能给你爱，并让你把爱回报给他的人。哦，我真不愿意看到我的孩子在生活中错过这一切。（她们之间有片刻的默契，然后观众听到汽车驶近房子的声音。科拉跑到窗前，像个女孩一样兴奋）那一定是你爸爸！不，也可能是桑尼，看他从车里出来就好像那是他的车一样。斯坦福太太一定是用她的车送他回家的。
　　［桑尼穿着他的派对盛装，冲进家门，当着妈妈的面挥舞着一张五美元的钞票。
| 桑　尼 | 妈妈，快看！斯坦福太太给了我五美元，因为我朗诵了那段独白。看到了吗？整整五美元！她说我是她见过的最有才华的小男孩。看到了吗，妈妈？然后她拿出钱包给了我五美元，你看！
| 科　拉 | 当然看到了！桑尼，我为你骄傲，孩子，这是你自己赚的第一笔钱，我很骄傲。
| 桑　尼 | 斯坦福太太用她的车送我回家的，妈妈。你应该这么说，（他用法语的发音念这个词）"司机"，这是法语。
| 科　拉 | 如果你再在斯坦福太太家待下去，你就变得高高在上不想回家了吧？（她注意到蕾妮上楼了）我们晚点再聊，蕾妮。（科拉再次把目光转向桑尼）你吃东西了吗？
| 桑　尼 | 噢，妈妈，简直太好吃了，那里有各种各样的小三明治，还有可可，顶上还有鲜奶油，装在金边的白色小杯子里，特别漂

	亮！还有很多粉色、绿色的小蛋糕和冰激凌。我就这样吃了又吃，吃了又吃。
科　拉	好吧，我不用给你做晚饭了。
桑　尼	我撑得不想吃晚饭。我今晚要去看电影，然后去皇家糖果店，给自己买一个大圣代，有巧克力、棉花糖、樱桃和……
科　拉	等等，桑尼，这是你这辈子赚的第一笔钱，我觉得你应该存起来。
桑　尼	为什么，妈妈？
科　拉	我是认真的，我不会让你把钱浪费在看电影和吃圣代上的，总有一天你会感谢我。
	〔科拉从书柜里拿出桑尼的存钱罐。
桑　尼	我可不会感谢你的！
科　拉	桑尼。
	〔科拉从桑尼手中接过钞票，扔进存钱罐。桑尼对这种强迫的行为感到愤怒。
桑　尼	看看你都干了些什么？我恨你！我想看电影，我就是要看电影！如果我看不到电影，我就自杀！
科　拉	你又在说什么蠢话！
桑　尼	我说到做到！我自杀给你看！
科　拉	好了，桑尼，现在安静下来！我想跟你谈谈。
桑　尼	我能把牛奶瓶卖了换钱吗？
科　拉	别再纠缠关于看电影的事了，你已经说服我让你在这周看了一场电影了。我现在身无分文，一分钱也拿不出来。（桑尼非常沮丧，他发现沙发上摆着萨米答应给他的"好处"。他肆无忌惮地向空中撒了一把纸屑，然后戴上一顶纸帽子，大声吹起了纸喇叭）桑尼！别吵了！你得去收拾你这个烂摊子。
桑　尼	你为什么不让我有一点点开心！
科　拉	这位小伙子真体贴，还给你送来了礼物。我多希望他在其他方面也能如此体贴。

桑　尼	怎么了？蕾妮昨晚在派对上玩得不开心吗？
科　拉	不是。
桑　尼	呵，她活该。
科　拉	桑尼，这种话我不想再听到第二遍！如果你和你姐姐不能好好相处，你至少可以有一点尊重。过来，桑尼，我需要严肃地跟你谈一谈。（桑尼用喇叭嘲弄她）你能坐下吗？
桑　尼	有什么问题吗？（他坐在桌子对面）
科　拉	没什么，我只是需要跟你好好聊一聊。
桑　尼	（突然变得严肃而忐忑不安）我是不是做错了什么？
科　拉	我也搞不清到底是你做错了什么，还是我做错了什么。总之，我们要聊聊这件事。桑尼，你不能再到我床上来睡了，昨晚我心软妥协了，但我不该这么做，这是不对的。
桑　尼	可我很害怕。
科　拉	那也不行，这种事不能再发生了。这和当你还是个小孩时睡在妈妈的床上是不一样的，你不能指望我对你和小时候一样。你能理解吗？（他不自觉地内疚地别过脸去，她打量着他）我觉得你的感情比我想象中要成熟，你是个有趣的矛盾体，桑尼。在某些方面，你像你姐姐一样害羞；在其他方面，你又像海盗一样大胆。
桑　尼	我再也不喜欢你了！
科　拉	桑尼，别这么小孩子气。
桑　尼	我不管，你让我很生气。
科　拉	（靠近他）天哪，我把你保护得太好了，甚至太过了，我会承担我的责任，孩子。别生气，妈妈永远爱你，桑尼。（但她发现陷入了僵局）好了，我们不谈这个了。趁商店还没关门，快去吧。（我们从门窗看到了福莱特的脸。她在敲门叫着蕾妮。科拉急忙让她进来）福莱特！
福莱特	（冲进去）蕾妮在哪里？蕾妮！哦，弗洛德夫人，我有个可怕的消息。

科　拉	什么事？
福莱特	（福莱特的脸和整个身体都因震惊和悲伤而变得失态）哦，太可怕了！
科　拉	告诉我发生了什么。
福莱特	蕾妮呢？我也要告诉她！
科　拉	（冲楼上喊）蕾妮，你能下来吗？福莱特来了。
蕾　妮	（出来）我来了。
福莱特	哦，弗洛德太太，这简直是这镇上发生的最可怕的事了，真的是我听说过的最可怕的！
科　拉	你或是你的家人出事了吗？
福莱特	不，是萨米。
科　拉	萨米？
蕾　妮	（下楼）什么事，福莱特？
福莱特	萨米·戈登鲍姆……他自杀了……

[长时间的沉默。

科　拉	你从哪里听来的？
福莱特	是吉文斯太太告诉我的，俄克拉荷马城的旅馆人员刚刚打电话告诉她的。他们在萨米的箱子里发现了一封吉文斯太太写给他的信，邀请他和庞奇一起回家来。
科　拉	俄克拉荷马城？
福莱特	他昨晚离开派对后就去了那里，坐了午夜的火车。这就是他们查到的，因为他今早两点在酒店登记过。
科　拉	他为什么要这么做？
福莱特	（双手掩面，仿佛在躲避可怕的现实）他……他……我说不下去了。
科　拉	没关系，好了，好了，亲爱的。
福莱特	哦，我真是个傻子！他……从十四楼的窗户……跳了下去，落在了下面的人行道上。
科　拉	噢，天哪！

福莱特	这是我遇到过的最可怕的事,我从未见过自杀的人。
科　拉	有人知道他为什么自杀吗?
福莱特	没人知道!庞奇说他有时会变得喜怒无常,但从没想到他会做出这样的事。
科　拉	那他为什么半夜去俄克拉荷马城?
福莱特	依旧没人知道……但派对上确实发生了一件事,他和玛丽·珍·罗尔斯顿跳舞……那个不要脸的女人……就在中场休息前……罗尔斯顿太太这个贱女人……她喝得太多了……竟然冲到大厅中间阻止他们。
科　拉	为什么?
福莱特	你知道罗尔斯顿太太的为人。即使她这么有钱,也没人把她当回事。总之她走到中央,对着萨米号啕大哭……
科　拉	号啕大哭?为什么?
福莱特	她说她不是为犹太人办的派对,她也不想让女儿和犹太人跳舞。而且除了这个,这个地方的派对也不允许犹太人进入。但事实并非如此,其实是允许犹太人进入的。也许他们不能成为会员,但他们肯定可以作为客人到来,大家都心知肚明。(她现在转向蕾妮,蕾妮自从福莱特宣布了这一令人震惊的消息后,就麻木地坐在椅子上)这一切发生时,你在哪里?
蕾　妮	我……(但她口齿不清)
科　拉	蕾妮身体不舒服,就离开派对回家了。
福莱特	其他朋友告诉我,萨米在到处找你。他到处问大家蕾妮在哪里。
科　拉	那……那简直太让人难过了。
福莱特	(转向科拉)但这样的事情还没有严重到让一个男孩自杀,不是吗?
科　拉	的确。
福莱特	是因为罗尔斯顿太太这样的老顽固吗?
科　拉	她对萨米来说是个陌生人,但也代表了这个世界上另一种刺耳的声音。

福莱特　　天哪！我真的想不明白这件事，你还知道别的消息吗，弗洛德太太？他们打电话给萨米远在加利福尼亚的母亲，我想她一定非常难过。她让他们在俄克拉荷马城举行葬礼，她会支付所有费用，但她竟然不来参加葬礼，只因为她在工作！她在电话里哭着请求他们尽量不要让自己的名字出现在报纸上，因为她不想自己有个儿子这件事被很多人知晓。

科　拉　　葬礼上不会有萨米认识的人吧？

福莱特　　吉文斯太太说，庞奇和他爸爸可以开车来接我们。你来吗，蕾妮？（蕾妮点点头）桑尼，你也想来吗？（桑尼点点头）好吧，那后天下午见。我们都得向学校请假，这让我觉得很奇怪，你不觉得吗？我想我明天得去上主日学校①，你想和我一起去吗，蕾妮？（蕾妮点头）哎，我感觉最近糟透了。

［福莱特冲出前门，好像要逃离生活中所有的悲剧和忧伤。科拉沉默了一会儿，眼睛盯着蕾妮。

科　拉　　告诉我，萨米离开的时候你在哪里？

蕾　妮　　（悲痛欲绝）为什么这样问，妈妈！

科　拉　　告诉我，你在哪？

蕾　妮　　别这样，妈妈！

科　拉　　（命令）告诉我。

蕾　妮　　我……在……女厕所。

科　拉　　那你把萨米留在哪儿了？

蕾　妮　　我和萨米一到派对就开始跳舞，他和我连跳了三支舞。中间没人再来邀请我，我以为没人愿意和我跳舞，觉得很丢脸，有点不知所措。我只是不想让萨米觉得没人喜欢我。

科　拉　　怎么会这样？

蕾　妮　　所以我告诉萨米我要去和派对上的某个人聊天，然后我带他去见玛丽·珍·罗尔斯顿，把他介绍给她……然后让他俩跳舞。

---

① 主日学校（Sunday School），又名星期日学校。英、美诸国在星期日为在工厂做工的青少年进行宗教教育和识字教育的免费学校。兴起于18世纪末，盛行于19世纪上半期。

科　拉	蕾妮！
蕾　妮	我……以为他会喜欢她。
科　拉	但你说过你喜欢萨米，你告诉过我。
蕾　妮	但是我不想让他觉得我是个派对上的失败者。
科　拉	所以你就跑了，躲了起来？而那时哪怕一丁点的关心、一两句好话，就可能挽救他的生命！
蕾　妮	我不知道，我真的不知道会这样！
科　拉	像他这样的好青年，聪明又讨人喜欢，像王子一样英俊，却被困在这片陌生的土地上，没有朋友，也不知道向谁求助。当一些没脑子的傻瓜攻击他时，他就会耿耿于怀。（蕾妮不受控制地抽泣）现在眼泪已经没用了，蕾妮。我告诉你，我已经听够了关于你害羞、敏感、怕生人的话。我再也不想尊重你的感受了，这不过是自私罢了！（蕾妮开始想离开房间，就像福莱特所做的那样，但科拉的声音制止了她）蕾妮！当我们对自己信心不足时，就会不由自主地为对方着想。
桑　尼	（直到现在都是个沉默的倾听者）我讨厌人类。
科　拉	桑尼！
桑　尼	我就是讨厌。
科　拉	那你和佩格·罗尔斯顿一样糟糕。
桑　尼	你怎么能做到不恨那些人呢？
科　拉	这个世界上有各种各样的人，你必须学会与他们共处。上帝从未向我们承诺过任何改变，那些坏人，你不必心怀仇恨，只是为他们感到遗憾而已。趁商店还没关门，快去买点东西吧。
	［桑尼走了出去，再次听到邻居男孩们的嘲笑声，那些嘲笑声一直困挠着桑尼。
男孩们的声音	娘娘腔桑尼！
	桑尼·弗洛德！他名字里有"泥巴"！
	桑尼还在玩洋娃娃呢！
	桑尼喜欢他妈妈！

［听到声音，科拉跑向门口，但最终停下脚步。

科　拉　我想我不能一辈子保护他不受欺负。（她走到蕾妮身边）很抱歉我对你说了那么严厉的话，蕾妮。

蕾　妮　萨米……他需要我……请求我……这是我一生中唯一一次有人需要我，而我却不在他身边，我一刻都无法停止去想萨米这个人。我一直以为我是世界上唯一一个有这样感情和性格的人。

科　拉　不是这样的，如果这能安慰你的话。你要去哪儿，亲爱的？

蕾　妮　我一整天都没收拾房间了……我还没整理床铺。

［蕾妮走上楼。

科　拉　（追着她喊）今天是星期六，该换床单了，我把它们放在阁楼上晾干了。（科拉走进客厅拉下窗帘。鲁宾从餐厅进来，他穿着袜子，拎着的几个袋子"哗啦"一声掉在了地板上。科拉从客厅跑过来）天哪！

鲁　宾　我吓着你了？

科　拉　鲁宾！我讨厌这样被惊吓。

鲁　宾　我不是故意吓你的。

科　拉　我没听见你开车进来。

鲁　宾　我没开车回来。

科　拉　那车子呢？

鲁　宾　出了点小故障，留在市中心的车库里了，我走过来的。

科　拉　为什么从后门进来？

鲁　宾　科拉，我走后门还是走正门有什么关系呢？难不成从烟囱里下来？我的靴子上沾满了泥土，所以把它们脱在了后门廊上，不想弄脏你收拾得干净漂亮的房子，我是不是想得太周到了？

科　拉　你收到我的信息了吗？

鲁　宾　什么信息？

科　拉　（有点傲慢）哦……没什么。

鲁　宾　你说的信息是什么？

科　拉　你给我留的路线上说你昨晚会在布莱克韦尔，我给你打过电话，但是……我想你有更好的地方可去。

鲁　宾　　没错，我是有更好的地方。那你为什么打给我？

科　拉　　（感到受伤）我也不知道。你一定想洗个热水澡吧，我去给你放水。（科拉从餐厅门出去了。鲁宾坐在他的大椅子上，垂头丧气地把脸埋进双手里。然后他开始拆开其中一个袋子，取出马具扔在地板上。过了一会儿科拉回来了）你怎么突然决定回来了？

鲁　宾　　我失业了。

科　拉　　你说什么？

鲁　宾　　我说我失业了。

科　拉　　鲁宾！你为公司卖出的马具总是比其他销售员都要多。

鲁　宾　　是啊，可问题是现在没有人卖马具了，因为没人买马具了。人们都在买汽车。马具推销员已经……成为过去式了。

科　拉　　你是说……你的公司要倒闭了？

鲁　宾　　是这样的。我就是那个幸运的倒霉蛋。

科　拉　　哦，鲁宾。

鲁　宾　　这就是你昨晚在布莱克韦尔找不到我的原因。不管你怎么想，我的确去了别的地方找工作。

科　拉　　（有点尴尬和后悔）哦……对不起，鲁宾。

鲁　宾　　没关系，你偶尔陷到你的小心思里面也无可厚非，我已经习惯了。

科　拉　　相信我，我真的非常抱歉。

鲁　宾　　我在塔尔萨和西南供应公司的人谈过了，他们雇了很多新人去推销设备。

科　拉　　（抓住机会说）鲁宾，既然你已经丢了一份总在路上奔波的工作，我不会再让你接另一份了。你星期一早上第一件事就是去市中心，和约翰·弗雷泽谈谈，他垄断了城里所有的球杆市场，所以需要人手来管理这些市场，他会马上给你一份工作的。照我说的做，鲁宾。

鲁　宾　　（他看了她好一会儿才站起来）真难以启齿！我回家是为了向你道歉，因为我打了你。我整个星期都觉得自己是最卑鄙的人，因为我拿袜子砸了一个女人，这女人还是我老婆。我回来准备祈求你原谅我，现在又想重新来过，你没意识到你不该这样和一个男人说话吗？你不知道你每次这样原谅我，我就会出去惹更多麻烦来证明我是个自由身吗？难道你不知道，当你这样跟一个男人说话的时候，你压根儿就没有给他任何信任，因为他没有头脑、没有胆量、没有脊梁骨、没有……其他一些同样重要的品质？我们结婚这么多年，你从没真正认清过我是什么样的人，从没有。你一直跟我说这说那，就好像我是你心目中所期待的那种男人。（他抓住她的肩膀）看着我，你真的不知道我是谁吗？不知道我的真面目吗？

科　拉　　鲁宾，你弄疼我了。

鲁　宾　　如果我能得到这份工作，我会接受的。那是份高薪水的好工作。

科　拉　　我不在乎钱！

鲁　宾　　是，你不在乎，直到有一天你看到佩格·罗尔斯顿穿着新皮草大衣在街上大摇大摆地走来，然后你才会开始想，这该死的老鲁宾为什么不学点歪门邪道去赚大钱。

科　拉　　鲁宾，我向你保证，只要我还活着，我就再也不会嫉妒佩格·罗尔斯顿了。

鲁　宾　　你有没有想过，我也会因为不能给你买皮草大衣而觉得自己很吝啬？你有没有想过，我也想送我的孩子去上好大学？

科　拉　　我只是希望你能给他们一些……只属于作为父亲的你才能带来的东西。

鲁　宾　　该死的，那我到底要给他们什么？在这个时代，像我这样的人还能给他们什么？整个世界都在为赚钱而疯狂。除非口袋里塞了一百万美元，否则怎么会有人觉得自己还能奉献出什么重要的东西呢？

科　拉　　鲁宾！

鲁 宾	我说真的,科拉。
科 拉	我从没意识到你有这样的困扰。
鲁 宾	新工作是我从未做过,甚至从未想过要做的,学习那些该死的机器设备以及如何出去演示推销它们,还要和不同类型的人一起工作,他们比我更聪明,思维敏捷、说话犀利、有生意头脑。我不能像以前那样,坐在那里和他们嚼烟草、开玩笑了。我不喜欢他们,也不知道以后是否会喜欢他们。
科 拉	但你刚才说你想要这份工作。
鲁 宾	虽然我不喜欢他们,但我不得不加入他们。人总得谋生,别无他法,但我很害怕,我不知道自己会变成什么样……
科 拉	我从没想过原来你也会害怕。
鲁 宾	一直以来你都以为自己嫁给了那种会跳桥、拦火车、射杀印第安人的什么都不怕的人。时代变了,科拉,我不知道我们这种人会被命运推向何方。当我还是个孩子的时候,这个镇子除了一个邮局就没别的了,我只上过六年学,因为老头子认为我只需要读六年就够了。现在看看这些东西,学校、教堂、商店、电影院、乡间俱乐部,有些男人一夜之间成了百万富翁,开着大轿车在街上奔驰,去乡间俱乐部喝得酩酊大醉,俨然一副造物主的模样。我不知道现在该怎么办,科拉。在我出生的这片土地上,我是个陌生人。
科 拉	(试图挽回他的自尊心)是你的先辈们开拓了这片土地。
鲁 宾	有时候我在想,开拓一片土地是不是比在这片土地上安顿下来要容易得多。我现在看着这个小镇,什么都认不出来了。我回到家,还得习惯钢琴、电话、煤气灶、窗边的蕾丝窗帘、地板上的地毯。所有这些东西对我来说都是新鲜的,我不知道该怎么做。当这个世界之于我就像我的孩子一样陌生时,我怎么能觉得我还有什么可以给他们呢?
科 拉	(对他有了新的认识)鲁宾!
鲁 宾	我已经尽力了,科拉。你还不明白吗?我尽全力了。

科　拉　　是的，鲁宾，我知道你尽力了。

鲁　宾　　现在，我还有几句话要说……我要道歉，对不起，我打了你，非常抱歉，科拉。

科　拉　　我知道是我激怒了你，鲁宾。

鲁　宾　　你激怒了我，但我还是不应该打你。这算什么男人！

科　拉　　我不是故意激怒你的，鲁宾。

鲁　宾　　我很抱歉因为你给女儿买新裙子的事大惊小怪，但当时我很担心会丢了工作，而且账户里也没剩多少钱了。

科　拉　　鲁宾，如果早知道这样，我就不会买那件衣服了，你应该告诉我的。

鲁　宾　　我不想让你担心。

科　拉　　但这也是我应该一起承担的。

鲁　宾　　这就是我要说的，科拉，我爱你，你是个好女人，我不能没有你。

科　拉　　我也爱你，鲁宾，没有你我一天也过不下去。

鲁　宾　　你很纯粹、很优雅，给人一种体面……安稳……和值得尊重的感觉。

科　拉　　谢谢你，鲁宾。

鲁　宾　　但别以为你可以像收拾房子一样，把我当个摆件随时摆布。

科　拉　　我会记住的。（他们之间有短暂的沉默，因为彼此有了新的了解）当你对某些事感到恐惧时，请告诉我，鲁宾。

鲁　宾　　一个人很难承认自己的恐惧，即使是面对自己。

科　拉　　为什么？为什么要这样呢？

鲁　宾　　或许是害怕落得像……像你姐夫那样的下场。

科　拉　　哎。

　　　　　〔科拉对鲁宾有了新的认识，她跑向他，快速地抱住他。鲁宾产生出一股满足感，因为他的女人又回到了他的怀抱中。

鲁　宾　　哦，天哪。（鲁宾抱着科拉走到房子中间，他们像蜜月旅行一样坐在一起，她坐在他的大腿上亲吻着。桑尼拿着一袋杂货回

　　　　　　　来了，站在原地盯着他的父母，直到他们注意到他）嗨，我们亲爱的儿子。

桑　尼　　　嗨！
科　拉　　　鲁宾，斯坦福太太今天下午给了桑尼五美元，因为桑尼在她的茶话会上表演了一段独白。
鲁　宾　　　我真没出息。他会比他老爸赚更多的钱！
　　　　　　　［桑尼从餐厅的门出去了。
科　拉　　　对他好点，鲁宾，让他知道你想和他做朋友。
鲁　宾　　　我对孩子们很好，不是吗？
科　拉　　　有时你说话很粗鲁，很糟糕。
鲁　宾　　　人生坎坷，生活本身偶尔也有点坏脾气。
科　拉　　　我知道，只是我一直假装无事发生。
鲁　宾　　　以后我会提醒你的。
科　拉　　　每次我看到孩子们走出家门都很担心……我看着他们走向残酷的生活，他们看起来还么年轻、那么无助。
鲁　宾　　　但你得让他们走，科拉，你要学会放手。
科　拉　　　我一直觉得我可以把生活包装成精美的礼物送给他们，用白色的包装，里面装满幸福的承诺。
鲁　宾　　　可生活的真相不是这样的。
科　拉　　　没错，我能承诺给他们的只有生活本身。（意识到这一点后，她从鲁宾的腿上起身）我去厨房把杂货放好。
鲁　宾　　　（把她搂在怀里，不愿意让她走）让那些杂货见鬼去吧！
科　拉　　　（以少女的姿态抗议）鲁宾！
鲁　宾　　　（爱抚她）我们今晚能单独在一起吗？
科　拉　　　（偷偷的）我想蕾妮应该会去图书馆。如果你给桑尼点钱，我肯定他会去看电影。
鲁　宾　　　那一言为定。
　　　　　　　［鲁宾再次尝试让科拉重新沉浸于爱河。
科　拉　　　鲁宾，耐心等等！

［科拉从餐厅的门出去。蕾妮跑下楼来。

蕾　妮　　我听到爸爸说话了。

鲁　宾　　嘿，我亲爱的女儿。

蕾　妮　　（她扑进他的怀里，他把她高高举起）爸爸！

鲁　宾　　我的女儿过得还好吗？

蕾　妮　　爸爸，你回来了！我感觉好多了！

鲁　宾　　谢谢你，我的女儿。

蕾　妮　　我在练习一首肖邦的新曲子，要我弹给你听吗？

鲁　宾　　当然要，我和其他人一样喜欢高雅的音乐。

蕾　妮　　我还不能弹得很完美，但也差不多了。

［蕾妮走进客厅，一会儿我们听到了肖邦的另一首怀旧的曲子。

鲁　宾　　没关系的！（桑尼现在回来了，站在最右边。鲁宾站在中间，面对着他。他们互相看着对方，桑尼的眼神中充满了好奇和些许怨恨。鲁宾走到桑尼身边，努力表现得好些）儿子，你妈妈告诉我你做得很好，到处演讲，简直成了"小杰基·库根"。我有个客户的女儿就很擅长在人们面前表演吹口哨。

桑　尼　　吹口哨？

鲁　宾　　对，像鸟儿一样。你听说过的各种鸟她都能模仿，也许你什么时候可以见见她。

桑　尼　　有机会吧。

［鲁宾觉得自己和儿子处在一个充满不确定的领域。

鲁　宾　　你妈妈说你今晚想去看电影，我想我可以不给你钱啰。

［鲁宾掏了掏口袋。

桑　尼　　那我改变主意了，我现在不想去了。

［桑尼从父亲身边转身。

鲁　宾　　（看着儿子，仿佛悲哀地意识到他们之间的裂痕，带着一种挫败感，他把一只温暖的手放在桑尼的肩膀上）好吧，我不跟你争论了。（他走了出去，经过客厅时，他对蕾妮说）我的女儿真漂亮。

蕾妮	谢谢爸爸。
鲁宾	（打开餐厅的门与科拉交谈）科拉，儿子不会去看电影的，那现在过来吧。
科拉	（离开）我马上上来，鲁宾。
鲁宾	（关上身后的门，对蕾妮和桑尼说）我现在上楼去洗澡。

［蕾妮和桑尼目送着鲁宾上楼。

桑尼	他们看起来似乎想单独相处。
蕾妮	所有结了婚的人都这样，变成疯子。

［桑尼突然向蕾妮吐舌头，但蕾妮没有理他，而是拿起了其中一件礼物，那是萨米给的纪念品，她温柔地抚摸着。桑尼开始感到后悔。

桑尼	蕾妮，对不起，刚刚还对你做鬼脸。
蕾妮	（轻声抽泣）你想做什么表情就做吧，我不会再跟你吵了。
桑尼	别哭了，蕾妮。
蕾妮	直到我要走了，我才知道萨米还记得给你收礼物的承诺。我去整理大衣时它们就在那里放着，从我的口袋里露出来，就在萨米把它们放进去的那一刻……他肯定已经想好接下来的决定了。
桑尼	（带着涌上的悲伤情绪）你都留着吧，蕾妮。
蕾妮	这些都是他答应给你的。
桑尼	给你和给我有什么两样呢？你留着吧。
蕾妮	真的吗？
桑尼	真的。
蕾妮	你以前从来没有像现在这样……体贴成熟过。

［现在科拉正穿过餐厅的门，听到了孩子们的交谈，她站在一旁，旁若无人地听着。

桑尼	蕾妮，今晚想去看电影吗？梅·默里演的《魅力》，还有一部喜剧《小捣蛋》。
蕾妮	我觉得我还是别去了。

桑　尼		当我感觉心情不好时就去看电影，这才是好办法。
蕾　妮		我今晚本来要去图书馆的。
桑　尼		和我一起去吧，蕾妮，求你了。
蕾　妮		你真的想要我陪你吗？
桑　尼		真的，蕾妮，去吧。
蕾　妮		你哪来的钱带我去呢？我得付三十五美分的成人门票。
桑　尼		我有咱们两个人所需要付的钱。
		〔桑尼跑去拿他的存钱罐。科拉快步退回到餐厅。
蕾　妮		桑尼，妈妈告诉过你要把钱存起来。
桑　尼		我才不在乎，她又不会一辈子管着我。那是我的钱，我有权利花。（他用力地把存钱罐扔到地上，碎片散落在地板上）
蕾　妮		桑尼！
桑　尼		（在一地碎片中找到了他的五美元钞票）我们还有足够的钱买爆米花，之后还可以去皇家糖果店吃冰激凌。
		〔现在我们又看到科拉在客厅里，她是一个沉默的见证人。
蕾　妮		难得能受到我弟弟的款待，我真感到骄傲！
桑　尼		我们快点吧，喜剧电影七点开始，我可不想错过。
蕾　妮		如果错过了那场喜剧，我们可以留下来看第二场。
桑　尼		无论如何，我都想留下来看第二场，我喜欢连看两场喜剧。
科　拉		（走上前）你们要去什么地方吗？
蕾　妮		我们要去看电影，妈妈。
科　拉		一起去吗？
蕾　妮		没错。
科　拉		真令人欣慰。
蕾　妮		该死，我把皮筋忘在门廊上了。（她离开）
鲁　宾		（从楼上）科拉！
科　拉		我马上上来，鲁宾。（她若有所思地转向儿子）你原谅妈妈了吗，桑尼？
桑　尼		（难以捉摸）嗯……也许吧。

科　拉	妈妈永远爱你，桑尼。
	[科拉搂住桑尼，但他躲开了她的怀抱。
桑　尼	别这样，妈妈。
科　拉	好吧，我明白了。
鲁　宾	（在楼上越来越不耐烦）科拉！快来吧，亲爱的！
科　拉	（冲他喊）我马上上来，鲁宾。（桑尼用指责的眼神看着她）去吧，桑尼！（蕾妮从外面把头伸进来）
蕾　妮	快点，桑尼！
鲁　宾	快来，科拉！
	[科拉开始上楼去找她丈夫，中途停了一会儿，看着即将离去的儿子，而桑尼在出门之前停下脚步，也看了母亲一眼，脸上带着困惑的表情，然后他匆匆出门去找蕾妮。科拉像个害羞的少女，继续上楼，我们看到鲁宾赤足站在楼梯口温暖的灯光下。
科　拉	我来了，鲁宾。

幕落